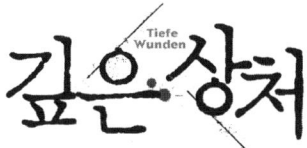

TIEFE WUNDEN by Nele Neuhaus
ⓒ by Ullstein Buchverlage GmbH, Berlin. Published in 2009 by List Taschenbuch Verlag
Korean Translation Copyright ⓒ 2012 THENAN Contents Group Co., Ltd.
All rights reserved.
The Korean language edition is published by arrangement with
Ullstein Buchverlage GmbH through MOMO Agency, Seoul.

이 책의 한국어판 저작권은 모모 에이전시를 통해
Ullstein Buchverlage GmbH 사와의 독점 계약으로 (주)더난콘텐츠그룹에 있습니다.
저작권법에 의해 한국 내에서 보호를 받는 저작물이므로 무단전재와 무단복제를 금합니다.

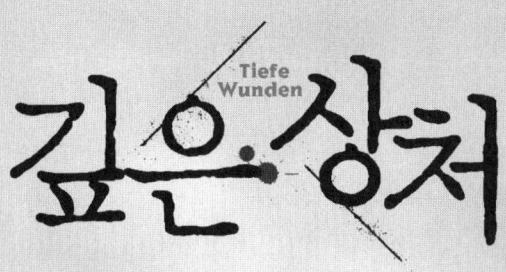

깊은 상처
Tiefe Wunden

넬레 노이하우스 지음
김진아 옮김

북로드

안네에게 바칩니다.

이 소설에 나오는 인물과 사건은 모두 허구임을 밝힙니다.

프롤로그

그가 여생을 독일에서 보내고 싶다고 했을 때 가족들은 이해할 수 없다는 표정을 지었다. 그러나 가장 이해가 안 되는 사람은 그 자신이었다. 그는 60년 넘게 미국에 살았고 그동안 미국이라는 나라는 그에게 큰 호의를 베풀었다. 그런데 이제 와서 갑자기 이 나라에서 죽을 수 없다는 생각이 든 것이다. 다비드 요수아 골드베르크는 독일 글자로 된 신문과 독일어의 울림이 그리웠다. 그가 독일을 떠난 것은 자의에 의한 선택이 아니었다. 1945년 당시, 그것은 생사가 걸린 문제였다. 미국에 온 그는 고향을 떠나오길 오히려 잘했다 싶을 정도로 큰 성공을 거두었다. 하지만 다 늙어버린 그가 미국에 연연할 이유는 없었다. 프랑크푸르트 근교에 있는 집은 20년 전 사라가 죽었을 때 사두었다. 일 때문에, 혹은 친구를 만나러 독일에 갈 때마다 낯선 호텔에서 자는 것이 싫었기 때문이다.

골드베르크는 짧게 한숨을 쉬고 나서 시야가 뻥 뚫린 통유리 너머로 시선을 던졌다. 길게 뻗은 타우누스의 산등성이가 저녁 햇살 아래서 황금빛으로 빛났다. 그는 죽은 아내의 얼굴을 떠올려보았다. 하지만 가물가물할 뿐, 잘 생각이 나지 않았다. 손주들 이름도 잘 기억나지 않고, 미국에서 산 60년의 세월도 마치 꿈속처럼 아련하게만 느껴지는데 이상하게도 미국으로 건너가기 전 일은 어제 일처럼 선명하다. 가끔 깜빡 졸다가 깨면 여기가 어딘지 알 수 없어 한참을 생각하곤 한다. 그러다 가늘게 떨리는 늙은 손이 시야에 들어오면 경멸 섞인 표정을 짓게 되는 것이다. 뼈마디가 튀어나오고 검버섯이 핀 메마른 손은 꼭 고목나무 껍질 같다. 늙는다는 것은 절대 즐거운 일이 아니다. 똥오줌 가리고 제 발로 걸어다닐 수 있는 것만 해도 얼마나 다행인가! 심장마비에 걸려 제때 깔끔하게 세상을 뜨지 못한 또래들 중에는 병원 신세를 지거나 남의 도움에 의지해 사는 사람도 많다.

그는 이 나이까지 살면서 노인병이라는 것을 모르고 살았다. 의사들도 그의 건강한 체질에 놀라움을 금치 못했다. 체질도 체질이지만 엄격한 자기 관리가 노화를 늦추는 데 한몫했다. 그는 평생 절도 있는 생활을 했고, 그런 자세로 장애물을 헤치며 인생의 고개들을 넘어왔다. 남들 앞에서 흐트러진 모습을 보인 적도 없다. 아흔이 넘은 지금도 단정한 옷차림과 위생에 신경을 쓴다. 골드베르크는 최근 양로원을 방문했던 기억을 떠올리며 가볍게 진저리를 쳤다. 헝클어진 머리에 목욕 가운 차림으로 실내화를 질질 끌고 복도를 걸어가거나 멍한 시선으로 하염없이 앉아 있는 노인들의 모습에 그는 심한 거부감을 느꼈다. 대부분 그보다 나이가 적었다. 누가 자신을 그들과 같은 부류로 치부한다면 그는 매우 기분이 상했을 것이다.

"골드베르크 씨."

집사가 부르는 소리에 그는 깜짝 놀라 뒤를 돌아보았다. 그녀의 존재를 까맣게 잊고 있었다. 이름이 뭐였더라? 엘비라, 에디트……. 에이, 모르겠다. 자식들은 혼자 살아서는 안 된다며 이 여자를 붙여 주었다. 그전에 그는 다섯 명의 지원자를 탈락시켰다. 폴란드 여자나 동양인 여자와는 한집에 살고 싶지 않았다. 그리고 그는 외모를 중요하게 생각했다. 이 여자는 금발에 키가 크고 튼튼해서 첫눈에 마음에 들었다. 게다가 독일 태생이고 가사 관리사 자격증 소지자에 간호사이기도 하다. 장남 살로몬은 "만약의 경우를 대비해서요"라고 했다. 그의 변덕을 군말 없이 견디고 그의 뒤를 따라다니며 점점 늘어나는 노년의 흔적을 말끔히 치우면서도 눈 하나 깜짝하지 않는 것을 보면 꽤 후한 보수를 받는 것이 분명했다. 그녀는 안락의자 옆으로 와서 가만히 그의 눈치를 살폈다. 그도 그녀의 화장한 얼굴을 마주보았다. 블라우스 사이로 가슴이 살짝 드러났다. 가끔 그의 꿈에 등장하는 가슴이다. 그녀는 어디로 가는 걸까? 사귀는 남자가 있어서 만나러 가는 걸까? 나이는 잘해야 마흔. 외모도 그만하면 상당히 매력적이다. 그는 궁금증이 들었지만 아무것도 묻지 않았다. 일하는 사람과는 적당한 거리를 유지하는 것이 좋다고 생각하기 때문이다.

"저 지금 갈 건데 괜찮으시겠어요?"

그녀의 목소리에서 약간의 조급함이 느껴졌다.

"필요한 거 없으세요? 저녁 식사랑 약은 식탁에 챙겨놨고……."

그는 손을 들어 그녀의 말을 끊었다. 요즘 들어 그녀는 그를 정신박약자 다루듯 한다.

"필요한 거 없으니까 가봐요."

그가 짤막하게 말했다.

"내일 아침에는 7시 반에 올 거예요."

그는 그 말에 어떤 의심도 품지 않았다. 시간 엄수에 관해 독일인과 무슨 말이 더 필요하랴.

"내일 입으실 양복이랑 셔츠는 다려서 준비해놨어요."

"알았어요."

"경보장치 켤까요?"

"아니, 그건 이따 내가 할 테니까 신경 쓰지 말고 어서 가요. 재미있는 시간 보내고."

"네, 그럼."

그녀는 약간 놀란 듯했다. 평소 그는 재미있게 지내라는 식의 인사는 하지 않는다. 또각또각 대리석 바닥에 부딪치는 구둣발 소리가 나고 육중한 문이 철컥 소리를 내며 닫혔다. 해는 이미 산 뒤로 넘어갔다. 그는 침통한 표정으로 어스름이 지기 시작한 바깥 풍경을 내다보았다. 지금쯤 거리에는 수천 명의 젊은이들이 가벼운 마음으로 인생을 즐기기 위해 약속 장소로 향하고 있을 것이다. 옛날에는 그도 그런 젊은이들 중 하나였다. 잘생긴 데다 돈과 권력에 모자람이 없었고 많은 사람에게 추앙받는 청년이었다. 그가 엘비라의 나이였을 때는 무릎 관절염에 걸린 노인네 따위에는 관심도 없었다. 늘 담요를 끼고 살면서도 추위에 떠는 늙은이, 항상 같은 자리에 앉아 인생에 남은 마지막 대사건인 죽음을 기다리는 늙은이, 이제 그는 그런 늙은이가 되었다. 어느새 그도 지난 세기의 곰팡내 나는 잔재, 화석 같은 존재가 된 것이다. 동시대를 살았던 친구들은 대부분 세상을 떠났다. 힘 좋은 청년이었을 때의 그를 기억하는 사람은 이제 세상에 단 세 명뿐이다.

그는 문밖에서 나는 종소리에 정신이 번뜩 들었다. 벌써 8시 반이 된 걸까? 아마도 그럴 것이다. 그녀는 옛날부터 시간을 어기는 일이 없었으니까. 그는 끙 소리를 억누르며 일어섰다. 그녀는 다음 날 생일 파티 전에 둘이서만 조용히 의논할 게 있다고 했다. 그 어리던 것이 벌써 여든여섯이나 됐다니 믿기지 않는 일이다. 그는 말을 듣지 않는 다리를 끌고 거실을 가로질러 현관으로 나갔다. 그리고 문 옆에 걸린 거울을 보며 아직 성성한 백발을 손으로 쓸어 넘겼다. 그녀와 다투게 될지도 모른다는 사실을 알면서도 그는 그녀가 온 것이 기뻤다. 그녀는 언제나 반가운 존재였다. 그가 독일에 돌아온 가장 큰 이유도 그녀다. 그는 미소를 지으며 문을 열었다.

2007년 4월 28일 토요일

올리버 폰 보덴슈타인은 따뜻하게 데워진 우유에 코코아 가루를 두 숟갈 넣고 저어서 포트에 따랐다. 코지마는 커피를 유난히 좋아하지만 수유하는 동안에는 커피를 마시지 않기로 했다. 그래서 그도 가끔 연대의 의미로 함께 코코아를 마신다. 따끈한 코코아도 나름 마실 만하다. 스무 살짜리 딸과 얼굴이 마주친 보덴슈타인은 딸의 놀라는 표정을 보고 씩 웃었다.
"세상에! 2000칼로리도 넘겠어요."
로잘리가 못 볼 것을 봤다는 듯 한껏 코를 찡그렸다.
"부모들이 자식을 위해서 얼마나 희생하는지 이제 알겠지?"
"그래도 난 커피는 절대 포기 못 해."
로잘리는 보란 듯이 커피를 한 모금 마셨다.
"그래? 어디 너 시집가면 두고 보자."
보덴슈타인은 찬장에서 사기 컵 두 개를 꺼내 포트와 함께 쟁반에 담았다. 코지마는 아기 때문에 새벽 5시에 깼다가 다시 잠들었다. 지난 12월 소피아 가브리엘라가 태어난 후 코지마의 생활은 완전히 바뀌었다. 늦은 나이에 다시 부모가 된다는 사실을 처음 알게 됐을 때의 놀라움은 새 생명을 기다리는 기쁨과 약간의 걱정으로 바뀌었다. 스물넷, 스물인 로렌츠와 로잘리는 이미 학교를 졸업하고 성인이 됐다. 다시 처음으로 돌아가 아이를 키운다는 것이 과연 가능할까? 두 사람이 그걸 해낼 수 있을까? 아이는 건강하게 태어날까? 이런 생각은 곧 쓸데없는 걱정으로 밝혀졌다. 코지마는 출산 전날까지 일을 하러 갔고, 출산할 때 양수 검사를 해본 결과 아기는 지극히 건강한 것으로 나왔다. 그로부터 채 5개월이 지나지 않은 지금, 코지마는 아기를 데리고 매일 사무실에 나간다. 보덴슈타인은 왠지 로렌츠와 로잘리 때가 차라리 훨씬 쉬웠다는 생각이 들었다. 물론 그때는 젊고 혈기왕성했지만, 지금보다 좁은 집에서 가난하게 살지 않았는가. 게다가 당시 코지마는 좋아하던 텔레비전 리포터 일을 그만둬야 했기 때문에 상심이 컸는데도 말이다.

"그런데 넌 토요일에 왜 이렇게 일찍 일어났어?"

"오늘 레스토랑에서 큰 행사가 있어서 9시까지 성에 가야 해요. 샴페인 리셉션에 여섯 개짜리 코스 요리를 53인분이나 만들어야 하거든요. 할머니 친구 중에 86세 생일 파티를 하는 분이 있대요."

"아, 그렇구나."

로잘리는 지난여름 졸업 시험을 마친 후 대학 진학을 포기하고 삼촌과 숙모가 하는 레스토랑에서 요리사 교육을 받기 시작했다. 보덴슈타인과 코지마의 예상과 달리 로잘리는 무척 진지한 태도로 요리 실습에 임했다. 비인간적인 근무 시간과 걸핏 하면 화를 내는 엄격한 스승에 대해 한 번도 불평한 적이 없다. 코지마는 로잘리가 요리사의 길을 택한 이유가 바로 그 다혈질 스승, 스타 요리사 장이브 생클레어 때문이라고 생각하고 있었다.

"코스 순서, 와인 종류, 인원수를 지금까지 열 번도 넘게 바꿨어요. 오늘 가면 또 뭐가 바뀌어 있을지 몰라요."

로잘리가 커피 잔을 개수대 안에 놓으며 말했다.

그때 전화기가 울렸다. 토요일 아침 8시 반에 오는 전화는 경험상 좋은 일이었던 적이 없다.

"제가 받을게요."

로잘리가 전화를 받으러 가더니 잠시 후 무선전화기를 들고 돌아왔다.

"아빠, 전화."

로잘리는 전화기를 건네고 손을 까딱한 후 밖으로 나갔다. 보덴슈타인은 한숨을 푹 쉬었다. 아기를 데리고 타우누스 산에 산책을 나갔다가 셋이서 느긋하게 점심을 먹으려던 계획은 무산될 것 같았다. 그의 걱정은 피아 키르히호프 형사의 다급한 목소리를 듣는 순간 기정사실화되었다.

"시체예요, 반장님. 오늘 제가 대기 근무이긴 한데 반장님이 잠시 오시는 게 좋을 것 같아서요. 사망자가 높은 자리에 있던 사람이에요. 게다가 미국 국적이고요."

듣자 하니 이번 주말은 망친 게 확실한 것 같다.

"어디야?"

"반장님 댁에서 멀지 않아요. 켈크하임 드로셀 가 39a번지, 다비드 골드베르크예요."

보덴슈타인은 바로 가겠다고 하고 전화를 끊었다. 그리고 코지마에게 코코아를 가져다주며 방금 들은 나쁜 소식을 전했다.

"주말에는 시체 금지인데."

코지마는 잠이 덜 깬 목소리로 중얼거리며 늘어지게 하품을 했다. 보덴슈타인은 그런 아내를 보며 씩 웃었다. 24년간의 결혼 생활 동안 코지마는 일 때문에 갑자기 약속을 깨는 일이 있어도 한 번도 얼굴을 찡그린 적이 없다. 그녀는 침대에서 일어나 앉아 컵에 코코아를 따랐다.

"코코아 고마워요. 그런데 어디로 가는 거야?"

"드로셀 가. 골드베르크란 사람인데 미국 국적이래. 가봐야 알겠지만 좀 복잡해질 수도 있겠어."

보덴슈타인이 옷장에서 셔츠를 꺼내 입으며 말했다.

"골드베르크? 들어본 이름인데…… 어디서 들었더라?"

코지마는 미간에 주름을 잡으며 생각에 잠겼다.

"높은 자리에 있던 사람인가 봐."

보덴슈타인은 파란색 무늬가 있는 넥타이를 골라 매고 재킷을 입었다.

"아, 생각났다! 꽃집 여자가 말하는 걸 들었어. 남편이 골드베르크 씨 집에 격일로 꽃 배달을 간다면서, 원래는 독일에 일이 있을 때만 그 집에 머물렀는데, 이번에 완전히 이사 왔다고 하더라고. 옛날에 레이건 대통령의 자문이었다고 하던데."

"그래? 그럼 나이가 좀 있겠네."

보덴슈타인은 허리를 굽혀 아내의 뺨에 입을 맞추었다. 그러나 생각은 이미 사건을 향해 달려가고 있었다. 두근거림과 가슴을 죄어오는 압박감이 섞인 불편한 긴장감, 현장에 시체를 보러 갈 때마다 드는 느낌이다. 그 느낌은 이번에도 어김없이 찾아왔고, 여느 때처럼 시체를 대하면 바로 사라질 것이다.

"응, 나이가 아주 많아. 그런데 그거 말고 뭐가 더 있었던 거 같은데……."

코지마는 생각이 나지 않는지 말끝을 흐리며 식어버린 코코아를 마셨다.

*

신부는 잠이 덜 깬 복사 두 명을 데리고 미사를 진행했다. 성 레온하르트 성당에는 그 말고도 몇몇 백발 할머니들이 있었다. 이른 아침부터 그들을 교회로 이끈 것은 무엇일까? 살날이 얼마 남지 않았다는 두려움? 혹은 오늘도 죽도록 심심한 날이 될 것이라는 무료한 전망? 그들은 여기저기 딱딱한 나무 의자의 앞줄에 흩어져 앉아 신부의 설교를 들었다. 신부는 단조로운 목소리 사이로 삐져나오는 하품을 억누르다가 몰래몰래 하품을 했다.

마르쿠스 노박은 맨 뒷줄에 무릎을 꿇고 앉아 멍한 시선으로 정면을 쳐다보았다. 프랑크푸르트 시 한가운데 있는 이 성당에 들어온 것은 우연이었다. 아는 사람 하나 없는 곳이다. 그 자체만으로도 위안이 되는 미사의 익숙한 순서를 따라가다 보면 마음의 평화를 얻을 수 있지 않을까 하는 기대를 품었지만 결과는 정반대였다. 수년간 성당에 발을 끊고 지냈는데 갑자기 위안이 찾아오겠는가? 어젯밤 자신이 한 짓을 모든 사람이 아는 것만 같아 불안했다. 그것은 고해성사를 하고 주기도문 열 번 외워서 용서받을 수 있는 죄가 아니다! 자신의 죄를 진심으로 반성하지 않는 그가 여기 앉아서 주의 용서를 바랄 자격이 있을까? 그는 어젯밤 느낀 흥분과 스릴이 떠올라 눈을 질끈 감았다. 아직도 자신을 바라보던 그 눈빛이 생생하다. 그리고 결국 무릎을 꿇고 쓰러지던 모습도. 맙소사. 어떻게 그런 짓을 할 수 있었을까? 그는 엄청난 일을 저질렀다고 생각하며 깍지 낀 손에 얼굴을 묻었다. 수염을 깎지 않아 꺼칠한 뺨에 눈물이 흘렀다. 이제 절대 지금까지처럼 살 수 없을 것이다. 그는 입술을 깨물며 눈을 떴다. 그리고 자신의 손을 경멸 섞인 눈빛으로 내려다보았다. 천 년이 가도 이 죄를 다 씻지 못할 것이다. 그러나 더 심한 것은 기회가 주어진다면 자신은 다시 똑같은 일을 저지를 것이라는 사실이다. 만약 아내와 아이들, 부모님이 그 사실을 안다면 절대 그를 용서하지 않을 것이다. 그는 무겁게 한숨을 쉬었다. 그 소리에 앞줄에 앉아 있던 할머니 두 명이 고개를 돌리고 의아한 얼굴로 쳐다봤다. 그는 얼른 고개를 숙였다. 그리고 완전히 윤리 의식으로 자리 잡아 그를 괴롭히는 신앙을 저주했다. 아무리 그럴듯한 핑계를 대고 빠져나가려 한들 소용없다. 진심으로 후회하고 반성하지 않는 한 용서는 없다.

*

  노인은 문에서 3미터도 떨어지지 않은 현관 대리석 바닥에 무릎을 꿇은 채 죽어 있었다. 상체는 바닥으로 기울었고, 머리는 흥건한 피 웅덩이 속에 처박혔다. 총알은 뒤통수를 뚫고 나가 얼굴을 박살 냈다. 언뜻 보면 무해해 보이는 작고 검은 구멍이지만 죽은 사람의 얼굴, 아니 한때 얼굴이었던 부분은 상상할 수 없을 만큼 파괴됐다. 사방으로 튄 피와 뇌수가 잔무늬가 있는 실크 양탄자, 문틀, 그림 액자, 문 옆에 있는 베니스식 거울에 흔적을 남겼다.
  "반장님."

피아 키르히호프가 복도 끝에 달린 문을 열고 나오며 그를 불렀다. 그녀가 호프하임 경찰서 강력반에 합류한 지도 벌써 2년째다. 원래 무지막지한 아침형 인간이지만 오늘은 웬일인지 잠이 덜 깬 얼굴이다. 보덴슈타인은 그 이유를 알 것 같았지만 아무 말 없이 고개만 끄덕였다.

"시체는 누가 발견했지?"

"집사요. 어제 외박 나갔다가 아침 7시 반에 들어왔는데 죽어 있었대요."

감식반이 도착했는지 밖이 소란스럽다. 감식반원들은 밖에 선 채 시체를 힐끗 보더니 일회용 흰색 오버올을 입고 신발을 덧신었다.

"반장님!"

남자 직원이 밖에서 부르는 소리에 보덴슈타인은 문가로 나갔다.

"여기 휴대전화가 있는데요."

문 바로 옆 화단에 서 있던 직원이 장갑 낀 손으로 휴대전화를 집었다.

"비닐에 넣어놔. 혹시 운 좋게 범인이 떨어뜨린 것일 수도 있어."

보덴슈타인이 몸을 돌린 순간 문으로 쏟아져 들어온 햇살이 집 안에 있는 커다란 거울에 반사되었다. 순간 그는 몸을 움찔했다.

"여기 이거 봤어?"

보덴슈타인이 피아에게 물었다.

"뭐요?"

피아가 다가왔다. 그녀는 오늘 머리를 대충 양 갈래로 땋고, 항상 하는 아이라인도 그리지 않았다. 아침에 급히 나왔다는 뜻이다. 그는 손으로 거울을 가리켰다. 피가 튄 거울 한가운데 숫자가 쓰여 있었다. 피아는 눈을 가늘게 뜨고 피로 쓰인 다섯 개의 숫자를 읽었다.

"1, 6, 1, 4, 5. 무슨 뜻이죠?"

"나도 모르지."

보덴슈타인은 흔적을 지우지 않으려고 조심하며 시체 옆을 지나 집 안으로 들어갔다. 부엌으로 가는 도중에 그는 현관과 복도로 이어지는 공간을 둘러보았다. 집은 단층 주택인데 밖에서 본 것보다 훨씬 넓었다. 고풍스러운 실내장식에 육중한 목제 가구가 인테리어의 주를 이루고 있다. 참나무와 호두나무로 조각한 오래된 가구다. 거실에는 베이지색 바닥에 빛바랜 페르시아 양탄자들이 여기저기 깔려 있다.

"손님이 왔었나 본데요."

피아가 소파 앞에 있는 대리석 탁자를 가리키며 말했다. 와인 병과 잔 두 개가 있고, 그 옆에는 올리브 씨가 담긴 오목한 흰색 접시가 놓여 있다.

"문을 강제로 연 흔적이 없는 것도 그렇고 언뜻 봐서 도둑이 든 것 같지는 않아요. 죽기 전에 범인과 술을 마신 것 같은데요."

보덴슈타인은 말없이 와인 병 앞에 쭈그리고 앉더니 눈을 가늘게 뜨고 병에 붙은 상표를 읽었다.

"엄청난데!"

그는 감탄사를 터뜨리며 자기도 모르게 손을 뻗다가 장갑을 끼지 않았음을 깨닫고 손을 거두었다.

"왜요?"

"1993년산 샤토 페트루스야. 이거 한 병 가격이 웬만한 경차 한 대 값이야."

보덴슈타인은 평범해 보이는 녹색 와인 병에 붙은 상표의 붉은 글씨에서 시선을 떼지 못했다.

"이해가 안 되네요."

보덴슈타인은 와인 한 병에 그렇게 많은 돈을 쓰는 사람들이 이해가 안 된다는 것인지, 피해자가 죽기 직전에, 그것도 범인과 함께 그런 비싼 술을 마셨다는 것이 이해가 안 된다는 것인지 잠시 고민했다. 병에 술이 반쯤 남아 있는 것을 보고 실험실로 보내기 전에 누군가 내용물을 개수대에 쏟아버릴 것을 생각하니 안타까운 마음이 들었다.

"피해자의 신상에 대해 밝혀진 건 있나?"

"골드베르크는 작년 10월에 이 집으로 이사를 왔어요. 독일에서 태어나서 미국에 건너가 60년 넘게 살았는데 정치적으로 중요한 인물이었던 모양이에요. 집사 말로는 집안이 무척 부유하대요."

"혼자 살았대? 상당히 늙은 것 같은데."

"아흔셋인데 꽤 정정했대요. 집사는 반지하층에 살았고 일주일에 두 번 외박을 나갔대요. 안식일 저녁하고 원하는 날 하루요."

"골드베르크가 유대인이었어?"

보덴슈타인은 뜻밖이라는 표정으로 집 안을 둘러보았다. 그 말을 확인이라도 시켜주듯 장식대 위에 올려진 일곱 갈래로 나뉜 촛대, 메노라가 눈에 들어왔다. 구리 촛대에 초만 꽂혀 있고 불은 켜져 있지 않다. 보덴슈타인과 피아는 말없이 부엌으로 갔다. 부엌은 다른 방과 달리 환하고 인테리어도 현대적인 느낌을 풍겼다.

"반장님, 죽은 골드베르크 씨의 집사인 에바 스트뢰벨 씨예요."

피아가 식탁에 앉아 있던 여자를 소개했다. 소개받은 여자가 자리에서 일어났다. 굽이 낮은 신발을 신었는데도 고개를 들지 않고 보덴슈타인과 얼굴을 마주볼 정도로 키가 컸다. 보덴슈타인은 악수를 청하며 그녀의 얼굴색을 살폈다. 아직 충격에서 깨어나지 못한 듯 창백했다. 에바 스트뢰벨은 7개월 전 골드베르크의 아들 살로몬 골드베르크에 의해 집사로 고용되었다는 말로 진술을 시작했다. 반지하층에 살면서 집안 살림과 노인 수발을 들었는데, 골드베르크는 웬만한 일은 다 알아서 했고 정신도 맑았으며 자기 관리도 철저했다고 한다. 늘 같은 시간에 일어나 정해진 시간에 식사를 하는 규칙적인 생활을 했으며, 외출하는 일은 거의 없었다. 집사와는 항상 적당한 거리를 두었지만 사이가 나쁘지는 않았다.

"손님은 자주 왔나요?"

피아가 집사에게 물었다.

"자주는 아니고 가끔요. 한 달에 한 번 미국에서 아들이 와서 이틀이나 사흘 자고 갔고, 친구들이 가끔 왔는데 주로 저녁에 왔어요. 이름은 몰라요. 제게 소개한 적이 한 번도 없거든요."

"어제 손님이 오기로 돼 있었나요? 거실에 와인 병하고 잔 두 개가 있던데."

"그럼 손님이 왔을 거예요. 전 와인을 사다 놓지 않았고, 집에도 와인은 없었거든요."

"집에 뭐 없어진 건 없나요?"

"살펴볼 경황이 없었어요. 집에 오니까 골드베르크 씨가…… 쓰러져 있기에 경찰에 전화한 다음 밖에서 기다렸어요. 제 말은, 그러니까…… 피를 그렇게 많이 쏟은 걸 보니 제가 손을 쓸 수 없겠다는 생각이 들었어요."

집사는 불분명한 동작으로 손사래를 쳤다.

"잘하신 겁니다. 그것 때문에 신경 쓰실 거 없습니다."

보덴슈타인이 미소로 그녀를 안심시켰다.

"어제 집을 나간 게 몇 시죠?"

"저녁 8시쯤이에요. 저녁 식사와 약을 준비해놓고 나갔어요."

"오늘 아침에는 몇 시에 돌아왔죠?"

피아가 물었다.

"7시 되기 몇 분 전에요. 골드베르크 씨는 시간을 안 지키는 걸 싫어했거든요."

보덴슈타인은 알았다는 듯 고개를 끄덕였다. 그러다 문득 거울에 쓰인 숫자가 생각났다.

"16145라는 숫자가 뭘 의미하는지 혹시 아시나요?"

집사는 의아한 표정으로 그를 쳐다보고는 고개를 저었다.

현관 쪽이 소란스러워 고개를 돌리니 헤닝 키르히호프가 보였다. 프랑크푸르트 법의학연구소 부소장이자 피아 키르히호프의 전남편이다. 보덴슈타인은 프랑크푸르트 강력반에 있을 때 헤닝과 함께 일했는데 그와 일하는 것은 매우 좋았다. 그는 뛰어난 학자이자 집착에 가까운 철두철미한 직업관을 가진 사람으로, 법의학계에서는 독보적 존재라 할 수 있는 인물이다. 또한 독일에 몇 안 되는 인류학적 법의학 전문가다. 골드베르크가 생전에 정말 중요한 인물이었다면 여론과 정치권에서 압력이 들어올 수도 있는 일이다. 헤닝 키르히호프처럼 대외적으로 인정받는 사람이 검시와 부검을 맡아준다면 큰 도움이 될 것이다. 그래서 보덴슈타인은 아무리 사인이 분명해 보여도 꼭 부검해야 한다고 주장할 생각이었다.

"왔어? 딴 사람 안 보내고 직접 와줘서 고마워, 헤닝."

뒤에서 피아의 목소리가 들렸다.

"누구 명령인데."

헤닝은 씩 웃고는 시체를 향해 몸을 굽혔다.

"이 양반도 참 팔자 기구하네. 전쟁, 아우슈비츠 다 겪고 살아남은 사람이 자기 집에서 이렇게 처형당할 줄 누가 알았겠어?"
"이 사람 알아?"
"개인적으로는 몰라."
헤닝이 피아를 올려다보며 말했다.
"하지만 꽤 명망 있는 사람이었어. 유대인들 사이에서뿐만 아니라 프랑크푸르트 전체에서 유명했지. 내가 알기론 워싱턴에서 요직에 있었고 수십 년간 백악관 자문으로 일했어. 국가안전보장이사회 임원이기도 했고, 군수산업 쪽하고도 끈이 닿아 있었다지, 아마? 그리고 독일과 이스라엘의 관계를 위해서도 일을 많이 한 사람이야."
"그런 걸 어떻게 다 알아? 우리한테 잘난 척하려고 인터넷 찾아보고 왔어?"
헤닝은 허리를 펴고 일어나 서운한 듯이 피아를 쳐다보았다.
"아니, 어딘가에서 읽은 거야. 그게 머릿속에 들어 있었던 것뿐이라고."
그 말에 피아는 아무런 대꾸도 하지 못했다. 헤닝 키르히호프는 실제로 카메라 같은 기억력과 평균을 뛰어넘는 명석한 두뇌의 소유자다. 하지만 사람이 가까이 있는 것을 견디지 못하고 냉소적이라는 점에서 인간관계에 치명적인 약점을 가지고 있다.
헤닝은 감식반 사람들이 현장 사진을 찍을 수 있도록 옆으로 물러섰다. 피아가 그를 끌어다 거울에 쓰인 숫자를 가리켰다.
"흠."
헤닝은 거울에 바짝 얼굴을 대고 들여다보았다.
"그게 뭐 같아? 범인이 썼겠지?"
"그럴 수도 있지. 피가 아직 굳지 않았을 때 쓴 거야. 하지만 무슨 뜻인지는 전혀 모르겠는데. 떼어 가서 검사해봐."

헤닝은 다시 시체를 향해 돌아섰다. 그리고 막 생각났다는 듯 보덴슈타인에게 물었다.

"아, 반장님. 오늘은 왜 사망 시각을 안 물어보십니까?"

"적어도 10분은 기다려드려야죠. 아무리 뛰어나다고 해도 법의관이 점쟁이는 아니잖아요."

"사망 시각은 11시 20분입니다."

보덴슈타인과 피아는 놀란 얼굴로 헤닝을 쳐다보았다.

"유리가 깨지면서 시계가 멈췄어요."

헤닝이 시체의 왼쪽 손목을 가리키며 말했다.

"골드베르크가 총살당한 게 알려지면 여론이 떠들썩하겠는걸."

보덴슈타인은 속으로 그 정도에 그친다면 다행이라고 생각했다. 반유대주의 문제가 불거지며 여론이 수사에 집중될 것을 생각하니 벌써부터 한숨이 절로 났다.

*

자신이 천하의 나쁜 놈이라 생각되는 순간도 있었다. 하지만 토마스 리터는 그런 생각을 바로 떨쳐버릴 수 있었다. 목적을 위한 수단일 뿐이다. 말린은 아직도 그와의 만남을 순전히 우연이라고 믿고 있다. 11월의 어느 날, 그는 그녀가 언제나 점심을 먹는 괴테 쇼핑가의 식당에 '우연히' 나타났다. 두 번째 우연한 만남은 그녀가 매주 목요일 저녁 7시 30분에 재활 치료를 받으러 가는 에셔스하임머 란트슈트라세에서였다. 그는 장기간에 걸친 구애를 계획했다. 그러나 일은 놀랄 정도로 빠르게 진척되었다. 그는 주머니 사정이 전혀 허락하지 않는데도 최고급 식당에서 말린에게 저녁을 사주었다. 출판사에서 후하게 받은 선불은 그 저녁 한 끼로 인해 어이없이 줄어들었다. 그는 말린이 자신의 상황을 어느 정도 알고 있는지 조심스럽게 떠보았다. 다행히 그녀는 아무것도 모르고 있었고, 오랜만에 그를 다시 만났다는 사실에 반가워 어쩔 줄 몰랐다. 말린은 옛날부터 독불장군 같은 데가 있었다. 한쪽 다리를 절단하고 의족을 단 이후로는 더욱 그랬다. 샴페인이 나온 다음 그는 1994년산 포므롤 샤토 레글리제 클리네를 주문했다. 거의 말린 집세에 해당하는 값비싼 와인이다. 그는 그녀가 자기 얘기를 하도록 살살 구슬렸다. 여자들은 자기 얘기하는 것을 좋아한다. 외로운 말린도 예외는 아니었다. 말린은 직장 얘기도 하고(큰 은행의 문서 담당자로 있다), 전남편이 결혼 생활을 하는 동안 다른 여자와 아이를 둘이나 낳았다는 사실을 알고 얼마나 낙담했는지에 대해 이야기했다. 와인이 두 잔 더 들어가자 말린은 경계심을 완전히 풀었다. 자신의 제스처가 얼마나 많은 것을 보여주는지 알았더라면 그녀는 분명 부끄러워했을 것이다. 그녀는 사랑에 굶주려 있었다. 관심과 부드러운 눈길에 목말라 있었다. 말린은 거의 손대지 않았지만 디저트가 나올 때쯤 그는 오늘 밤 그녀를 침대로 끌어들일 수 있으리라는 확신이 들었다. 그는 그녀의 입에서 먼저 말이 나오기를 끈기 있게 기다렸다. 아니나 다를까 한 시간쯤 지나자 원하던 결과가 나왔다. 15년 전부터 그를 좋아했다고 속삭이듯 단숨에 고백하는 그녀를 보며 그는 별로 놀라지 않았다. 칼텐제 집안과 인연을 맺은 후 칼텐제의 손녀 말린을 볼 기회는 충분히 많았다. 그는 마치 먼 훗날 쓸모가 있을 것을 알았다는 듯이 이미 그때부터 다른 사람은 하지 않는 칭찬으로 말린의 마음을 샀던 것이다. 프랑크푸르트에서도 부자 동네인 베스트엔드에 있는 그녀의 집에 갔을 때, 질 좋은 마룻바닥과 고급 장식재로 마감된 천장, 150평방미터나 되는 널찍한 집을 둘러보며 그는 칼텐제 집안을 깔본 결과 자신이 얼마나 많은 것을 잃었는지 새삼 쓰라리게 깨달았다. 그는 그 모든 것을, 아니 거기 더 얹어서 자신의 몫을 되찾아 올 생각이었다.

그게 반년 전 일이다.

토마스 리터는 장기적 관점에서 치밀하게 복수를 계획했다. 이제 그 씨앗이 발아하고 있다. 그는 침대에 누워 있다가 몸을 뒤집으며 늘어지게 기지개를 켰다. 방 옆에 붙어 있는 욕실에서는 벌써 세 번째 물 내리는 소리가 났다. 말린은 입덧이 심했다. 하지만 아침에 시달리고 나면 하루 종일 괜찮아서 아직 그녀가 임신했다는 것을 눈치챈 사람은 아무도 없다.

"자기야, 괜찮아?"

그는 욕실을 향해 큰 소리로 외치고는 입가에 저절로 미소가 배어 나오는 것을 지그시 눌렀다. 말린은 절대 멍청한 여자가 아니다. 하지만 그가 첫날밤 이후 피임약을 효과 없는 플라시보로 바꿔치기했다는 사실은 전혀 눈치채지 못했다. 약 3개월 전, 저녁에 집에 와보니 말린이 꺼칠한 얼굴로 부엌에 앉아 울고 있었다. 앞에는 임신 테스트기가 놓여 있고 결과는 양성이었다. 그에게는 로또 대박이나 마찬가지였다. 애지중지하는 손녀를 임신시킨 사람이 그라는 것을 알면 베라 칼텐제가 어떤 표정을 지을지 상상하는 것만으로도 엔도르핀이 마구 샘솟는 것 같았다. 그는 말린을 꼭 안아주며 처음에는 약간 당황한 척하다가 짐짓 감격하며 기뻐하는 척했다. 그리고 식탁 위에서 섹스를 했다.

욕실에서 돌아온 말린은 창백하지만 미소 띤 얼굴이다. 그녀는 이불 속으로 들어와 그의 품에 안겼다. 토사물 냄새가 났지만 그는 그녀를 꽉 끌어안았다.

"정말 할 거야? 후회 안 하겠어?"

"그럼요. 칼텐제 집안의 여자와 결혼하는 게 괜찮다면요."

말린이 진지하게 대답했다.

말린은 아직 집안사람들에게 아무 얘기도 하지 않은 것이 분명하다. 착한 것 같으니라고! 내일모레 월요일 9시 45분, 그들은 시청에서 결혼식을 올릴 것이다. 그러면 늦어도 10시에는 공식적으로 칼텐제 집안의 사람이 된다. 가슴속 깊이 혐오하는 칼텐제의 일원이 되는 것이다. 말린의 남편으로 베라 칼텐제 앞에 섰을 때 그녀가 어떤 표정을 지을지 생각하던 그는 짜릿한 상상에 자신도 모르게 발기했다. 그것을 눈치챈 말린이 까르르 웃었다.

"빨리 서둘러야겠어요. 한 시간 후에 할머니 댁에 가야 하거든요. 그다음에······."

그는 키스로 그녀의 입을 막았다. 할머니는 지옥에나 떨어지라고 해! 곧 복수의 날이 온다. 기다리고 기다리던 복수의 순간이 손에 잡힐 듯 가까워졌다! 하지만 가족에게는 말린의 배가 남산만 하게 부른 다음에야 공식적으로 발표할 생각이다.

"사랑해. 너만 보면 미치겠어."

그는 아무런 죄의식도 없이 그녀에게 속삭였다.

*

보덴슈타인 성의 대연회장에서 성대한 생일상을 받은 베라 칼텐제는 두 아들, 엘라르트와 지그베르트를 양쪽에 거느리고 탁자 중앙에 앉았다. 하지만 마음속에는 어서 빨리 이 자리가 끝나기를 바라는 마음뿐이었다. 가족들은 한 사람도 빠짐없이 초대에 응했다. 하지만 그녀는 전혀 기쁘지 않았다. 정말 생일을 함께 보내고 싶었던 두 남자가 빠졌기 때문이다. 그들이 이 자리에 없는 데는 그녀의 잘못이 크다. 한 명과는 바로 어제 사소한 일로 다투었다. 그런 결로 삐쳐서 이 자리에 나오지 않다니 정말 유치하다. 나머지 한 명은 1년 전 그녀가 연을 끊고 그녀의 삶에서 쫓아냈다. 토마스 리터는 실로 감당하기 힘든 실망을 안겨주었다. 18년간 철석같이 믿었던 그가 그렇게 야비한 행동을 했다는 사실에 그녀는 좌절했다. 지금도 그 생각을 하면 벌어진 상처를 들쑤시는 듯한 아픔을 느낀다. 그녀 자신은 절대 인정하지 않겠지만 그 아픔은 실연의 아픔에 견줄 만한 것이었다. 그리고 지금 이 순간 그녀도 그 사실을 어렴풋이 깨닫고 있었다. 이 나이에 그런 감정을 느낀다는 것이 망측하지만, 사실은 사실이다. 토마스 리터는 18년간 그녀의 측근 중 측근이었다. 그녀에게 그는 비서일 뿐 아니라 고민을 들어주는 친구이자 조언자였다. 하지만 애인인 적은 한 번도 없었다. 평생을 살아오면서 그녀가 그만큼 필요로 한 남자는 없었다. 그리고 그는 미꾸라지 같은 배신자 이상의 존재는 아니었다. 그러나 이만큼 나이가 들면서 깨달은 것 중 하나는 속담과 달리 세상에는 대신할 수 없는 것도 있다는 사실이다. 다른 사람으로 대신할 수 없는 사람도 있다. 특히 토마스가 그랬다. 베라 칼텐제는 과거를 돌아보지 않는 사람이다. 아무렇게나 처박아 둔 기억들은 점점 희미해져 갔다. 하지만 86세 생일을 맞고 보니 잠시 과거를 돌아보는 것도 나쁘지 않을 것 같았다. 인생을 살면서 많은 사람과 함께했다. 그중 몇 사람과는 좋은 마음으로 편히 보냈다. 하지만 그렇지 않은 사람도 있었다. 그녀는 길게 한숨을 뽑아냈다.

"어머니, 어디 편찮으세요? 음식을 하나도 안 드시고!"

왼쪽에 앉아 있던 둘째 아들 지그베르트가 걱정스러운 듯 물었다.

"아니다. 괜찮아. 걱정 마라."

베라 칼텐제는 애써 미소를 지었다. 지그베르트는 항상 어머니의 심기가 불편하지 않은지 걱정하면서 어머니의 인정을 받으려 애썼다. 너무 그래서 가끔은 안쓰러울 정도다. 그녀는 오른쪽에 앉은 큰 아들을 힐끗 쳐다보았다. 엘라르트는 멍하니 딴생각에 잠겨 다른 사람들의 대화를 듣지 않았다. 최근 들어 부쩍 멍하니 있을 때가 많다. 엘라르트는 어제도 외박을 했다. 듣자 하니 재단에서 후원하는 젊은 일본인 화가와 사귄다는 말이 있다. 그녀는 20대 중반으로 엘라르트와 마흔 살가량 나이 차이가 난다. 하지만 스물여섯 살 때부터 대머리였던, 둥글둥글하고 쾌활한 지그베르트와 달리 엘라르트에게서는 나이의 흔적을 찾아보기 힘들다. 나이는 예순넷이지만 외모는 오히려 젊었을 때보다 더 나아 보인다. 그러니 그 나이에도 모든 연령의 여자들에게 인기가 있는 것이다. 그는 언제나 전형적인 신사의 모습을 잃지 않는다. 유창한 말솜씨와 지적이고 세련된 외모의 그가 해변에서 반바지 차림으로 돌아다니는 건 상상도 할 수 없다! 여름에도 검정색 양복을 즐겨 입는 그의 무심한 듯 우수에 젖은 모습은 수십 년간 주변 여자들을 애닳게 했다. 엘라르트의 아내 헤르타는 그런 남편을 독차지할 수 없다는 사실을 일찌감치 깨닫고 운명으로 받아들였다. 그래서 몇 년 전 세상을 뜰 때까지 별다른 불평이 없었다. 엘라르트가 밖으로 내보이는 모습이 아무리 번듯해도 어머니인 베라는 아들의 내면이 그렇지 않다는 것을 잘 알았다. 그리고 그가 요즘 들어 내적으로 심하게 동요하고 있다는 것도 알았다. 평생 동안 보인 적이 없는 변화다.

베라는 목에 걸린 진주 목걸이를 만지작거리며 엘라르트 옆에 앉아 있는 막내딸 유타에게 시선을 던졌다. 유타는 지그베르트보다 15년 늦게 늦둥이로 태어났다. 계획에 없던 아이였다. 유타는 욕심이 많고 진취적이라는 면에서 그녀 자신을 꼭 닮았다. 유타는 처음에 은행에 들어가려고 직업 교육을 받다가 대학에 가서 경제학과 법학을 전공했다. 그리고 12년 전 정치에 입문했다. 8년 전 주의회 의원이 됐고, 현재 원내교섭단 의장직을 맡고 있으며, 내년 1월에는 당을 대표해 수상 후보로 선거에 나갈 것이 확실시되고 있다. 그녀의 계획은 헤센 주정부 수상을 거쳐 연방의회로 진출하는 것이다. 베라는 딸이 언젠가는 그 계획을 실현하리라는 데 의심을 품지 않았다. 거기에는 칼텐제라는 이름도 적잖이 도움이 될 것이다.

사실 그녀가 살아온 삶은 만족할 만한 것이었다. 자식들도 제 길을 잘 찾아갔으니 더 이상 부러울 것도 없다. 토마스의 일만 아니면 성공한 삶이라고 자신 있게 말할 수 있을 것이다. 베라 칼텐제는 세상을 살아가는 동안 이성적이고 합리적으로 일을 처리해왔다. 중요한 결정을 내릴 때는 언제나 냉철한 이성을 잃지 않았고, 무슨 일이 있어도 쉽게 감정에 휩쓸리지 않았다. 하지만 단 한 번 예외가 있었다. 상처받은 자존심, 분노, 공포에 사로잡혀 생각 없이 행동한 적이 딱 한 번 있다. 그녀는 잔을 들어 물을 한 모금 마셨다. 토마스와 완전히 결별한 다음에도 그 두려움은 떨쳐지지 않는 그림자처럼 그녀를 따라다녔다.

이제까지 살면서 위험과 마주친 적도 많지만 넓은 안목과 용기로 슬기롭게 헤쳐왔다. 숱한 위기를 이겨내고 문제를 해결하고 공격을 막아낸 그녀에게 갑자기 외로움과 두려움이 찾아왔다. 베라 칼텐제는 자신이 그렇게 나약하다고 느낀 적이 없었다. 인생을 통해 이룬 업적, 회사와 가족을 돌보는 일이 갑자기 즐거움이 아니라 부담스러운 짐으로 다가왔다. 하루가 다르게 나타나는 노화 때문일까? 언젠가는 기력이 다하고 통제가 불가능해질 것이다. 그때까지 남은 날이 얼마나 될까?

그녀는 아무 걱정 없이 웃고 떠드는 하객들의 얼굴을 하나씩 둘러보았다. 그들의 말소리, 식기 부딪치는 소리가 멀리서 들리는 것처럼 아련했다. 베라의 시선은 어릴 적 친구인 아니타에게 머물렀다. 아니타는 이제 휠체어 없이는 움직이지 못하는 신세가 됐다. 저 약해빠진 노인네가 그렇게 정열적이고 힘이 넘치던 아니타라니! 아니타와 함께 무용을 배우고 BDM(독일여자청소년동맹. 나치당이 만든 청소년 조직 '히틀러유겐트'의 하위 조직_역주)에 다니던 일이 엊그제만 같은데! 아니타는 이제 창백한 유령처럼 휠체어에 앉아 죽을 날만 기다리고 있다. 한때 윤기 나게 찰랑거리던 짙은 갈색 머리는 허연 솜털 몇 줌으로 바뀌어버렸다. 아니타를 제외하면 이제 함께 보낸 어린 시절을 기억하는 친구는 남아 있지 않다. 모두 저세상으로 가버렸다. 늙는다는 것, 친구들이 하나둘씩 죽는 것을 지켜보는 일은 절대 기분 좋은 일이 아니다.

따스한 햇볕이 나뭇잎 사이로 비치고 어디선가 비둘기 우는 소리가 들린다. 강물은 진초록 숲 너머로 보이는 하늘과 같은 푸른빛이다. 공기는 여름의 냄새, 젊음과 자유의 냄새로 가득하다. 앳된 얼굴들. 젊은이들은 두 눈을 반짝이며 조정 경기를 지켜본다. 흰색 풀오버를 입은 팀이 제일 먼저 결승선을 넘는다. 선수들은 좋아라 하며 손을 흔든다. 그의 모습이 보인다. 맨 앞에 앉은 그는 캡틴이다. 선착장으로 훌쩍 뛰어오르는 그를 보자 베라의 심장이 요동친다. 나 여기 있어요! 그녀는 속으로 외친다. 내가 경기에 이기라고 행운을 빌었어요. 날 봐요! 그가 그녀를 보고 웃는다. 그녀는 축하한다고 외치며 그를 향해 열정적으로 손을 뻗는다. 그가 만면에 미소를 띠고 그녀에게 다가온다. 심장이 터질 것처럼 두방망이질 친다. 그러나 그 미소가 비키를 향해 있다는 것을 깨닫는 순간 비수에 심장을 찔린 듯 고통이 파고든다. 질투심에 숨이 막힐 것만 같다. 그는 다른 여자를 포옹한다. 그리고 그녀의 어깨에 팔을 두른 채 환호하는 사람들 속으로 사라진다. 베라의 눈에 눈물이 고인다. 가슴이 빈 들판처럼 먹먹해진다. 사람들이 다 보는 데서 그런 수모와 치욕을 당하다니! 그녀는 이 수모를 감당하기가 너무 힘들다. 그녀는 돌아서 빠르게 걷기 시작한다. 실망은 분노로, 분노는 증오로 변해간다. 그녀는 주먹을 꽉 쥐고 모래가 깔린 강가를 걷는다. 멀리 사라져, 되도록 멀리!

베라는 몸을 움찔하며 사념에서 깨어났다. 왜 갑자기 기억하고 싶지 않은 오래된 일이 떠오른 걸까? 그녀는 손목시계를 보며 애써 태연한 척했다. 준비한 사람들에게는 미안하지만 여러 사람이 떠드는 소리와 답답한 공기, 아침부터 난리법석을 떠느라 혼을 빼놓은 이 잔치가 그녀에게는 부담스럽기만 했다. 그녀는 다시 눈앞의 현실에 집중하려 애썼다. 근 60년간 이렇게 앞만 보고 달려왔다. 베라 칼텐제는 한가하게 앉아 과거를 미화하고 그리워하는 사람들을 경멸했다. 그래서 실향민 단체나 향우회도 멀리했다. 차이들리츠-라우엔부르크 남작가의 아가씨는 오이겐 칼텐제와 결혼하면서 영원히 사라졌다. 옛 동프로이센에는 한 번도 발을 들이지 않았다. 그럴 이유가 없었다. 그 시간은 이미 지나버린 시간이 아닌가.

지그베르트가 칼로 유리컵을 두드리며 사람들의 주의를 집중시켰다. 잡담 소리가 잦아들고 부모들은 아이들을 제자리로 불러들였다. 베라는 약간의 힐난이 담긴 눈초리로 둘째 아들을 바라보았다.

"왜 그러니?"

"메인 코스가 나오기 전에 한마디 하신다고 했잖아요, 어머니."

"참, 그랬지! 내가 정신이 딴 데 가 있었나 보다."

그녀는 미안한 듯 미소를 지었다. 그리고 헛기침을 한 번 하고 자리에서 일어났다. 시간을 들여 할 말을 준비했지만 막상 일어서니 쪽지를 꺼낼 필요는 없을 것 같다.

"오늘 다들 이렇게 와줘서 고마워요. 이런 날에는 살아온 날도 뒤돌아보고 해야 하는 건데, 늙은 사람 얘기는 들어서 뭐하겠어요. 그리고 나에 대해 알아야 할 건 다 알잖아요. 안 그래요?"

그녀는 자신감 있는 눈빛으로 좌중을 둘러보았다. 역시 예상했던 대로 잔잔한 웃음이 새어 나왔다. 그녀가 막 다음 말을 하려는데 갑자기 문이 열리고 웬 남자가 들어와 방해하지 않으려는 듯 벽 앞에 섰다. 안경을 끼지 않은 베라는 그 남자의 얼굴을 알아보기 힘들었다. 갑자기 진땀이 나고 무릎이 후들거렸다. 혹시 토마스가 온 걸까? 아무리 뻔뻔해도 설마 이 자리에 나타나진 않았겠지.

"어머니, 왜 그러세요?"

지그베르트가 나직하게 물었다. 그녀는 고개를 세게 저으며 물을 마셨다.

"오늘 이렇게 축하하러 와줘서 정말 고마워요. 건배!"

그녀는 정말 토마스가 온 것이라면 어떻게 해야 할지 생각하면서 서둘러 말을 마쳤다.

"어머니, 생신 축하드려요!"

유타가 잔을 들자 모두 건배를 하며 축하의 말을 쏟아냈다. 언제 왔는지 아까 그 남자가 지그베르트 옆에 와서 인기척을 냈다. 베라는 떨리는 가슴으로 고개를 돌렸다. 보덴슈타인 성의 주인이다. 토마스가 아니다! 그녀는 안도하는 동시에 실망감을 느끼며 심하게 동요하는 자신을 원망했다. 그때 연회장 문이 양쪽으로 활짝 열렸고 웨이터들이 메인 코스를 들여왔다.

"죄송합니다만 전할 말이 있습니다."

보덴슈타인 성의 주인이 나지막하게 말하며 쪽지를 건넸다.

"음, 고마워요."

지그베르트는 쪽지를 펼쳐 읽었다. 베라는 그의 얼굴에 핏기가 가시는 것을 보며 좋지 않은 예감이 들었다.

"왜 그러니? 무슨 일이야?"

지그베르트가 잔뜩 굳은 얼굴로 건조하게 말했다.

"요수아 삼촌의 집사가 보낸 거예요. 하필이면 이런 날에……. 어머니, 요수아 삼촌이 돌아가셨대요."

*

걸핏 하면 보덴슈타인을 자기 방으로 불러서 서열을 확인시키곤 하는 수사과장 하인리히 니어호프가 오늘은 직접 강력반으로 찾아왔다. 비상 연락을 받은 카이 오스터만과 카트린 파싱어가 급히 나와 회의를 준비하고 있을 때였다. 카트린이 칠판에 반듯한 글씨체로 골드베르크라고 쓰고 그 옆에 수수께끼의 숫자 16145를 썼다.

"보덴슈타인 반장, 무슨 일인가?"

수사과장 니어호프는 언뜻 보면 지극히 평범한 50대 중반 아저씨 같다. 그러나 2 대 8 가르마를 탄 회색 머리, 둥그런 얼굴, 짧은 콧수염, 땅딸막한 키가 풍기는 무해한 인상에 속아서는 안 된다. 그는 성공하겠다는 야망이 대단하고 정치적 감각도 뛰어난 사람이다. 니어호프가 조만간 행정부의 높은 자리로 갈 거라는 소문이 몇 달 전부터 파다하게 돌고 있다. 보덴슈타인은 그를 자기 사무실로 데려가 다비드 요수아 골드베르크 살인 사건의 개요를 짤막하게 설명했다. 말없이 보덴슈타인의 설명을 들은 그는 무겁게 입을 다물었다. 니어호프가 매스컴 타는 것을 좋아하고 대규모 기자회견을 즐긴다는 것은 경찰서에서는 누구나 아는 사실이다. 그리고 여론의 큰 관심을 받았던 하르덴바흐 부장검사의 자살 이후 이렇게 유명한 사람이 죽은 건 2년 만에 처음이다. 니어호프가 카메라 세례를 받을 기회가 생겨 좋아할 거라고 생각한 보덴슈타인은 예상 밖의 미지근한 반응에 의아했다.

"귀찮아질 수도 있겠는데."

평소 허물없는 친근함을 연출하곤 하던 니어호프는 사람 좋은 미소 대신 지략가의 계산속을 드러냈다.

"미국 국적의 홀로코스트(유대인 대학살_역주) 생존자가 전형적인 나치 처형 자세로 총살당했어. 우선 매스컴과 여론에 노출시키지 않는 게 좋겠어."

보덴슈타인은 동의의 뜻으로 고개를 끄덕였다.

"민감한 사안이니까 특별히 조심하라고. 절대 실수하지 말고."

그 말에 보덴슈타인은 바로 기분이 나빠졌다. 호프하임에 강력반이 생긴 이후 그가 담당한 일에서 실수가 있었던 적은 아직 한 번도 없기 때문이다.

"집사는 어때?"

"뭐가요? 오늘 아침에 시체를 발견하고 쇼크 상태인데요."

질문의 뜻을 알아차리지 못한 보덴슈타인이 반문했다.

"혹시 집사 짓일지도 모르잖나? 골드베르크는 상당히 돈이 많았을 텐데."

그 말에 보덴슈타인은 더욱 기분이 상했다.

"국가 공인 간호사 자격증이 있는 사람인데 총살 말고 다른 방법을 생각해내지 않았을까요?"

보덴슈타인이 살짝 비꼬아 말했다. 니어호프는 근 25년간 책상 앞에 앉아 승진하는 일에만 전념했기 때문에 수사 감각이 많이 떨어졌는데도 틈만 나면 잘난 척을 한다. 이 사건이 자신에게 어떤 득실을 가져올지 머릿속으로 재느라 니어호프의 눈동자가 이리저리 바쁘게 움직였다.

"골드베르크는 국제적 유명 인사기 때문에 이 사건은 아주 조심스럽게 다뤄야 해. 팀원들은 다 집에 보내고, 밖으로 말 새 나가지 않게 철저히 입단속해."

보덴슈타인은 그 전략을 어떻게 받아들여야 할지 바로 판단이 서지 않았다. 사건이 발생한 후 72시간은 사건 해결에 있어 가장 중요한 시간이다. 현장이 아직 따끈따끈할 때 신선한 상태의 증거를 채취해야 한다. 게다가 시간이 흐를수록 증인들의 기억은 희미해지게 마련이다. 그런데 니어호프는 오늘 아침 헤닝 키르히호프가 말한 대로 부정적 여론과 외교적으로 꼬이게 될 것만 걱정하고 있다. 정치적으로는 옳은 전략일지 모르지만 형사인 보덴슈타인에게는 이해가 되지 않는 일이었다. 형사의 일은 범인을 찾아내 체포하는 것이다. 과거 독일에서 끔찍한 일을 당했던 고령의 노인이 자택에서 끔찍하게 살해당했다. 그런데 정치적인 이유로 소중한 시간을 낭비한다면 절대 좋은 형사라 할 수 없다. 보덴슈타인은 니어호프에게 알린 것을 속으로 후회했다. 니어호프는 보덴슈타인의 생각을 읽었는지 경고하는 투로 말했다.

"보덴슈타인, 딴생각하지 말라고. 멋대로 일을 처리했다간 앞으로 승진하는 데 어려움이 있을지도 몰라. 평생 살인자, 은행 강도나 쫓아다니면서 호프하임에 눌러앉으려는 건 아니겠지?"

"왜 아니겠습니까? 제가 경찰이 된 이유가 바로 그건데요."

보덴슈타인은 니어호프의 말속에 숨겨진 협박과 경찰의 일을 경시하는 태도에 화가 나서 뚱하게 말했다. 니어호프의 다음 말은 분명 달래는 뜻으로 한 것이었지만 보덴슈타인에게는 곧이곧대로 들리지 않았다.

"경험과 실력이 자네 정도 되는 사람이라면 책임 있는 자리에 가서 리더십을 발휘해야지. 귀찮더라도 그게 사내가 할 일이야."

보덴슈타인은 화를 내지 않으려고 무진 애를 썼다.

"진짜 실력자들은 수사를 해야 합니다. 안 그러면 책상에 앉아 정치적인 술수에 귀한 시간을 낭비해야 하지 않습니까?"

거의 항명에 가까운 말투였다. 니어호프는 눈썹을 쓱 치켜세우며 이 말을 모욕으로 받아들여야 할지 말지 생각하는 것 같았다.

"내가 내무장관님께 내 후임으로 자네 이름을 거론했는데 잘못한 게 아닌가 하는 생각이 드는군. 자네는 도대체가 야망이라는 게 없어."

니어호프가 차갑게 대꾸했다. 보덴슈타인은 잠시 뜨악했지만 철저한 감정 절제를 훈련해온 덕에 무표정을 유지할 수 있었다.

"다시 한 번 말하는데, 실수하지 말라고. 난 분명히 얘기했어."

니어호프가 밖으로 나가며 말했다. 보덴슈타인은 억지로 정중하게 목례를 했다. 그리고 문이 닫히자마자 피아에게 전화를 걸어 바로 프랑크푸르트 법의학연구소로 가라고 지시했다. 이미 승인이 났는데 부검을 취소하고 싶은 생각은 없었다. 니어호프가 어떻게 생각하든 그건 상관없다. 그는 프랑크푸르트로 가기 위해 경찰서를 나서는 길에 회의실을 들여다보았다. 오스터만, 카트린, 뒤따라 도착한 프랑크 벤케와 안드레아스 하세가 기대감에 찬 얼굴로 그를 쳐다보았다.

"오늘은 집에 가고 월요일에 보자고. 무슨 일 있으면 연락할 테니까."

그는 짤막하게 말하고 팀원들이 뭐라고 한마디 물어볼 새도 없이 바람같이 사라졌다.

*

로버트 바트코비아크는 맥주를 들이켜고 손등으로 입을 쓱 닦았다. 오줌을 누러 가고 싶지만 화장실 문 옆에서 한 시간째 다트를 하는 덩치들 옆을 지나가기 싫다. 그제만 해도 그들은 괜히 그에게 시비를 걸며 그가 항상 앉는 자리에 앉지 못하게 하려고 했다. 싸워서 못 이길 것도 없지만 지금은 시비에 휘말리고 싶은 기분이 아니다.

"한 잔 더."

그는 끈적끈적한 바 위로 빈 잔을 밀었다. 3시 반. 지금쯤 사람들은 늙은 여우의 생일을 축하하기 위해 축제 날 치장한 황소처럼 요란하게 꾸미고 와서 샴페인을 홀짝거리며 행복해죽겠다는 표정을 짓고 있을 것이다. 가증스러운 것들! 평소 별로 친하지도 않은 사람들이 이런 날이면 아주 행복한 가족인 양 연기를 한다. 그는 물론 초대받지 못했다. 초대를 받았어도 가지 않았을 것이다. 그러나 그 늙은 여우 앞에 초대장을 집어 던지고 놀라는 할망구에게 비웃음을 날리는 상상은 여러 번 했다. 그러나 초대장은 하루 전인 어제까지도 오지 않았고 즐거운 상상을 실현할 기회는 주어지지 않았다.

종업원은 새 맥주를 내밀고 컵 받침에 표시를 했다. 맥주잔을 드는 손이 덜덜 떨렸다. 짜증이 확 치밀었다. 젠장! 그런 멍청이들이야 뭘 하든 상관할 바 아니다. 이미 옛날부터 사생아라고 무시하며 그를 쓰레기 취급해온 사람들이다. 그들은 그를 만나면 지금도 서로 귓속말을 하며 의미심장한 눈빛을 주고받거나 머리를 절레절레 흔들 것이다. 위선자들!

로버트, 저 쓸모없는 놈팡이. 술 때문에 또 면허취소 됐다며? 세 번째인가? 무슨? 벌써 네 번째잖아. 이번에 또 감옥 가겠군. 감옥에 가도 싸지. 원하기만 했으면 뭐든 됐을 텐데 그 기회를 다 놓치고 폐인이 됐어.

그는 맥주잔을 꽉 움켜쥐고 허옇게 드러난 손가락의 뼈마디를 응시했다. 그리고 닭 모가지 같은 할망구의 주름진 목을 눈이 튀어나오도록 조르면 손이 이렇게 보일 것이라고 생각했다.

그는 맥주를 쭉 들이켰다. 항상 첫 모금이 가장 시원하고 맛있다. 차가운 액체가 식도를 타고 내려가자 질투와 절망의 불꽃이 치직 소리를 내며 식는 소리가 들리는 듯했다. 증오가 얼음처럼 차갑다고 누가 말했던가. 3시 45분. 제길, 화장실에 가야 하는데. 그는 담배 한 개비를 꺼내 불을 붙였다. 이제 슬슬 쿠르트가 나타날 때가 됐다. 다행히 요수아 삼촌에게 받아낸 돈이 있으니 빚을 갚을 수 있다. 대부에게 용돈 좀 받는 게 무슨 대수란 말인가. 그렇지 않으면 대부라는 게 있을 필요가 있나?

"한 잔 더 드려요?"

종업원이 사무적으로 물었다. 그는 바 뒤 거울에 비친 자신의 모습을 보고 다시 짜증이 치밀었다. 어깨까지 내려온 기름 낀 머리, 흐리멍덩한 눈, 제멋대로 자란 수염. 역에서 만난 양아치들하고 붙는 바람에 이도 하나 나갔다. 거지꼴이 다 됐군. 새 맥주가 나왔다. 벌써 여섯 잔째다. 이제 슬슬 발동이 걸리기 시작한다. 쿠르트에게 보덴슈타인 성까지 태워다 달라고 할까? 모두들 보는 가운데 식탁 위로 올라가 태연히 오줌을 눈다면 모두 아연실색하겠지. 그는 언젠가 영화에서 본 장면을 떠올리며 히죽 웃었다.

"휴대전화 한번 씁시다."

그는 종업원에게 말하며 혀가 꼬이는 것을 느꼈다.

"자기 거 쓰면 되잖아요."

종업원은 맥주를 따르며 쳐다보지도 않고 퉁명스럽게 말했다. 휴대전화는 어딘가에서 잃어버리고 없다.

"잃어버렸어요. 아, 한 번만 빌려 쓰자니까, 어서."

"싫어요."

종업원은 딱 잘라 말하고 맥주가 가득 담긴 쟁반을 다트 놀이 하는 패거리에게 가져갔다. 문이 열리고 쿠르트가 들어오는 것이 거울에 비쳤다. 드디어 왔군.

"어이, 친구!"

쿠르트는 그의 어깨를 툭 치고 옆 의자에 앉았다.

"아무거나 시켜. 내가 살게."

로버트가 크게 선심 쓰듯 말했다. 요수아 삼촌에게 받은 돈으로 며칠은 버틸 수 있을 것이다. 그다음엔 다른 돈줄을 찾아봐야 한다. 이미 생각해놓은 것도 있다. 헤르만 삼촌도 본 지 꽤 오래됐다. 쿠르트를 일에 끌어들이는 것도 나쁘지 않을 것이다. 로버트는 자기 몫은 자기가 찾아 먹어야 한다고 생각하며 심술궂은 미소를 지었다.

*

보덴슈타인은 법의학연구소 헤닝 키르히호프의 사무실에 앉아 피아가 현장에서 가져온 상자 속의 내용물을 살펴보았다. 와인 잔 두 개와 와인 병, 거울, 채취한 지문, 그 밖에 감식반이 모은 증거물은 이미 검사소로 보냈다. 그사이 지하층에서는 헤닝이 피아와 법대 2학년생으로밖에 안 보이는 신출내기 검사가 지켜보는 가운데 다비드 요수아 골드베르크의 시체를 부검했다. 보덴슈타인은 골드베르크가 후원하던 기관과 개인에게서 온 감사 편지와 은색 액자에 들어 있는 사진 몇 장, 구멍을 뚫어서 꼼꼼하게 철해놓은 신문 기사를 하나씩 넘겼다. 1월 날짜가 찍힌 택시 영수증, 손때가 묻고 모서리가 닳은 작은 히브리어 책, 그 외에는 별로 이렇다 할 만한 것이 없다. 골드베르크는 아마 대부분의 재산을 집이 아닌 다른 곳에 보관했던 모양이다. 고인이 남긴 개인 물건 중에서 유일하게 보덴슈타인의 관심을 끈 것은 일정이 적힌 다이어리였다. 골드베르크의 필체는 고령인데도 흔들림 없이 반듯했다. 보덴슈타인은 죽기 전 마지막 주의 일정을 죽 훑어보았다. 칸마다 일정이 없는 날이 없지만 사람 이름이 모두 약자로 돼 있다. 유독 오늘 날짜에만 약자가 아닌 제대로 된 이름으로 '베라 86'이라고 씌어 있다. 보덴슈타인은 복사기 앞으로 가서 다이어리를 한 장 한 장 복사하기 시작했다. 골드베르크의 인생 마지막 페이지에 이르렀을 때 휴대전화가 울렸다.

"반장님!"

지하실이라 수신 상태가 좋지 않아 잡음이 끓는 가운데 피아의 목소리가 들렸다.

"잠깐 내려오셔야겠어요. 헤닝이 아주 특이한 걸 발견했어요."

*

"뭐라고 설명할 수는 없어. 논리적 설명은 불가능해. 하지만 분명해. 절대 착각이 아니야."

보덴슈타인이 부검실에 들어섰을 때 헤닝은 믿을 수 없다는 듯 머리를 절레절레 흔들며 말하고 있었다. 평상시에 보이는 전문가의 여유와 특유의 냉소적인 태도는 찾아볼 수 없다. 헤닝의 조수와 피아도 난감한 표정이고, 젊은 검사는 아랫입술을 잘근잘근 씹고 있었다.

"뭘 발견했기에 그럽니까?"

"귀신이 곡할 노릇이네."

헤닝이 가까이 오라는 손짓을 하더니 그에게 돋보기를 쥐어주었다.

"시반 때문에 바로 알아보지 못했는데 왼쪽 팔 안쪽에 문신이 하나 있습니다. 시체가 왼쪽 어깨로 몸을 받치고 있었거든요."

"아우슈비츠에서는 모두 문신을 하지 않았나요?"

"네, 하지만 이런 건 아닐걸요."

헤닝이 시체의 팔을 가리키며 말했다. 보덴슈타인은 눈을 가늘게 뜨고 그가 가리키는 곳을 돋보기로 들여다보았다.

"음…… 내가 보기엔…… 알파벳인 것 같은데요. 이건 인쇄체로…… A하고…… B인 것 같은데……."

"제대로 보셨습니다."

헤닝이 돋보기를 건네받으며 말했다.

"이게 무슨 뜻일까요?"

"제 직업을 걸고 확실하게 말할 수 있습니다. 이건 불가능한 일이에요. 골드베르크는 유대인이잖아요."

보덴슈타인은 헤닝이 무엇 때문에 그렇게 흥분하는지 답답했다.

"너무 뜸 들이지 말고 말해봐요. 문신 하나가 뭐 그리 대단하다고 그래요?"

헤닝은 반쪽짜리 안경 너머로 그를 응시하더니 목소리를 낮춰 비밀스럽게 말했다.

"이건 나치 친위대 군인들의 혈액형 문신입니다. 왼쪽 팔꿈치에서 20센티미터 위 팔 안쪽. 이 문신이 신분을 너무 확실하게 드러내기 때문에 나치 친위대였던 사람들은 2차 세계대전 후 문신을 없애거나 감추려고 한 겁니다. 여기 이 사람도 마찬가지고요."

헤닝은 크게 심호흡을 하더니 시체 주변을 왔다 갔다 하며 신입생들에게 강의하듯 설명하기 시작했다.

"보통 문신은 색소가 피부 중간층인 진피층까지 침투합니다. 그런데 이 사람의 경우는 피하조직까지 파고들었어요. 겉으로 볼 때는 그냥 푸른색 흉터 같지만 표피를 제거하고 나니 혈액형 AB라고 쓰인 문신이 드러난 겁니다."

보덴슈타인은 밝은 전등 아래 흉골이 열린 채 누워 있는 골드베르크의 시체를 내려다보았다. 헤닝이 발견해낸 사실이 무엇을 의미하는지, 어떤 파장을 몰고 올 것인지 생각해볼 엄두가 나지 않았다.
"이 사람이 누구라는 걸 몰랐다면 어떤 결론을 내렸을까요?"
그 말에 헤닝은 바로 걸음을 멈추었다.
"나치 친위대의 일원이었다고 생각했겠죠. 그것도 초기 멤버예요. 나중에는 고독일어가 아니라 라틴어 알파벳을 사용했거든요."
"혹시 아무 의미 없는 다른 문신이 시간이 지나면서 변형된 건 아닐까요?"
보덴슈타인은 그럴 가능성이 희박하다는 걸 알면서도 물었다. 헤닝이 실수하는 일은 극히 드물다. 보덴슈타인이 아는 한 헤닝이 오판으로 소견을 번복한 일은 단 한 번도 없다.
"아니요. 이 부위에 이런 문신을 하는 사람은 드뭅니다."
헤닝은 보덴슈타인의 말을 기분 나빠하지 않았다. 자신의 발견이 얼마나 엄청난 것인지 잘 알고 있었기 때문이었다. 그것은 그 자리에 있는 다른 사람들도 마찬가지였다.
"처음 있는 일도 아닙니다. 남아메리카에서도 이 문신을 한 번 봤고, 국내에서도 이미 여러 차례 접한 적이 있습니다. 의심의 여지가 없습니다."

*

5시 반. 피아는 재빨리 말을 들여놓고 개와 말에게 먹이를 준 후 문을 박차고 들어가며 지저분한 신발을 아무렇게나 벗어던졌다. 어서 샤워를 하고 옷을 갈아입어야 한다. 크리스토프와의 약속을 취소해야 하나 걱정하고 있던 피아는 골드베르크 사건 수사를 잠시 보류하라는 니어호프의 지시가 반갑기만 했다. 오늘 저녁 약속은 절대 어기고 싶지 않았기 때문이다. 피아는 1년 반 전 헤닝과 헤어진 후 주식 투자로 모은 돈으로 운터리더바흐에 비르켄호프라는 이름의 작은 목장을 샀다. 그리고 복직해서 다시 형사 생활을 시작했다. 이 행운은 크리스토프라는 남자에 의해 완성되었다. 크론베르크 오펠 동물원 살인 사건을 수사하다 그를 만난 지 10개월이 다 되어간다. 그의 짙은 밤색 눈동자는 처음 본 순간부터 그녀의 마음을 사로잡았다. 매사에 논리적 근거를 찾는 데 익숙한 그녀는 처음 보는 남자에게 끌리는 자신이 두렵고 모든 것이 혼란스러웠다. 10개월이 지난 지금 그들은…… 뭐지? 연인, 친구, 아니면 커플? 그는 자주 그녀의 집에 와서 자고, 그녀도 그의 집에 자유롭게 드나들며 성인이 된 세 딸과 친하게 지낸다. 하지만 함께 보낸 시간이 적기 때문에 아직까지도 그를 만나고, 그의 집에 가고, 그와 함께 있는 것은 긴장되고 흥분되는 일이다.

피아는 거울을 보고 히죽거리는 자신을 발견하고 멋쩍은 표정을 지었다. 그리고 물을 틀고 낡은 보일러가 목욕물을 따뜻하게 데울 때까지 기다렸다. 다혈질인 크리스토프는 무슨 일을 하든 적극적이고 정열적이다. 조급하고 성급한 면이 없지 않지만 헤닝처럼 사람에게 상처를 주지는 않는다. 헤닝은 그야말로 상대의 약점을 찌르는 데 선수였다. 며칠 동안 말 한마디 안 할 때도 있었다. 애완동물, 아이들, 계획 없는 행동을 싫어하는 내성적인 천재의 아내로 16년을 살아온 피아에게 크리스토프의 천진난만함과 단순함은 매번 새롭게 다가왔다. 그를 알게 된 후 피아는 새로운 자신감이 생겼다. 그는 있는 그대로의 그녀를 사랑한다. 잠에서 막 깨어나 부스스한 얼굴이어도, 화장을 하지 않아도, 작업복에 고무장화 차림이어도 상관하지 않는다. 얼굴에 난 뾰루지나 갈비뼈에 좀 많이 붙었다 싶은 살집도 개의치 않는다. 게다가 그는 연인으로서 탁월한 자질을 지녔다. 그가 부인과 사별 후 15년간 그 자질을 경험할 수 있는 사람은 없었다. 피아는 아직도 텅 빈 동물원에서 그가 사랑을 고백하던 날을 생각하면 가슴이 두근거린다.

오늘 저녁 두 사람은 처음으로 공식적인 자리에 커플로 나간다. 프랑크푸르트 동물원에서 유인원관 신축 기금을 마련하기 위한 파티가 있는 것이다. 피아는 지난주 내내 뭘 입을까 고민했다. 헤닝과 함께 살 때 입었던 옷 중에 이사하면서 가져온 옷은 몇 벌 되지 않고, 그새 살이 많이 쪄서 맞지 않는다. 피아는 저녁 내내 숨을 참으며 다니고 싶은 생각은 없었다. 그러다 방심한 순간 지퍼가 벌어지거나 봉제선이 뜯어지는 경험은 하고 싶지 않았다. 그래서 저녁에 이틀간, 그리고 토요일 오전에 마인 타우누스 센터와 프랑크푸르트 차일(프랑크푸르트 시의 유명한 쇼핑 거리_역주)을 돌아다니며 옷을 골랐다. 하지만 상점마다 거식증 환자들을 위한 옷만 갖다 놓는지 죄다 작은 옷밖에 없었다. 피아는 자신의 고민을 이해할 만한 비슷한 나이 대의 점원을 찾아다녔지만 어딜 가나 옷 파는 사람은 갓 주민등록증이 나왔을 법한 XXS 사이즈의 삐쩍 마른 아가씨들이었고, 그들은 탈의실에서 옷에 몸을 맞추느라 비지땀을 흘리는 피아를 무표정하게 혹은 측은한 듯 바라볼 뿐이었다. 그러다 결국 H&M에서 통짜 원피스를 발견했다. 고르고 보니 임신부용이라 좀 머쓱하긴 했지만 크리스토프가 그런 데 신경 쓰지 않을 거란 확신으로 그쯤 해서 쇼핑을 끝냈다. 그리고 탈의실에서 옷을 갈아입느라 애쓴 대가로 맥도널드에서 초콜릿이 뿌려진 아이스크림이 디저트로 나오는 스페셜 메뉴를 시켜 먹었다.

*

저녁에 집에 돌아와 보니 사람은 없고 개만 보덴슈타인을 반겼다. 코지마가 오늘 일이 있다고 했던가? 부엌에 가보니 식탁 위에 쪽지가 있다.

뉴기니 프로젝트 회의 있어서 소피아 데리고 나가.

보덴슈타인은 한숨을 푹 쉬었다. 코지마는 작년에 임신하는 바람에 수년간 준비한 뉴기니 처녀림 탐험을 포기해야만 했다. 이제 소피아가 태어났으니 그런 여행을 그만두지 않을까 하고 속으로 은근히 바랐으나 착각이었다. 보덴슈타인은 냉장고에서 치즈와 마시다 만 와인을 발견하고 치즈 샌드위치를 만들어 와인과 함께 서재로 가져갔다. 항상 배고파하는 개가 뒤를 졸졸 따라왔다. 오스터만에게 맡기면 두 배는 빨리 검색할 수 있지만, 우선은 니어호프의 지시대로 다른 팀원들을 사건에 끌어들이지 않을 생각이다. 보덴슈타인은 노트북을 켜고 아르헨티나와 프랑스의 피가 섞인 첼로 연주자 솔 가베타의 CD를 넣었다. 그리고 차이콥스키와 쇼팽의 선율이 흐르는 가운데 아직 너무 차가운 와인을 홀짝거리며 인터넷 검색을 시작했다. 검색엔진은 어제 총살당한 늙은 남자에 관한 정보를 쏟아냈다. 보덴슈타인은 웹사이트에 일일이 들어가 보고 신문 기록을 들춰 보며 중요하다고 생각되는 내용을 모두 메모했다. 다비드 요수아 골드베르크는 1915년 옛 동프로이센 앙거부르크에서 사무엘 골드베르크와 그의 아내 레베카 사이에서 태어났다. 1935년 고등학교를 졸업한 후 1947년까지는 기록이 남아 있지 않다. 어딘가에는 1945년 아우슈비츠 수용소에서 풀려난 후 스웨덴과 영국을 거쳐 미국으로 망명했다고 되어 있다. 그 후 뉴욕에서 독일 은행가 가문의 딸 사라 바인슈타인과 결혼했다. 하지만 금융업계로 나가지 않고 미국 군수회사 록히드 마틴에서 능력을 인정받아 1959년 전략적 컨설팅부의 책임자가 되었다. 그는 내셔널 라이플 연합의 이사로서 워싱턴에서 가장 영향력 있는 무기 로비스트 중 한 사람이었고, 자문으로 일하며 미국 대통령의 총애를 받았다. 제3제국 치하에서 가족이 끔찍한 일을 당했지만 그는 독일과 연을 끊지 않고 독일의 여러 도시, 특히 프랑크푸르트와 지속적 관계를 유지했다.

보덴슈타인은 한숨을 쉬며 의자에 등을 기댔다. 도대체 누가 93세 노인을 죽였으며, 그 동기는 무엇일까?

강도가 들었을 리는 없다. 집사는 집 안에서 없어진 물건이 없다고 확인해주었다. 집에 귀중품을 두었던 것 같지도 않다. 경보장치는 꺼져 있었고, 전화기에 달린 자동 응답기는 아예 사용한 흔적조차 없다.

*

파티 장소에 가보니 프랑크푸르트의 유지들은 다 모여 있었다. 돈으로 귀족 칭호를 산 집안의 후예들, 요란하게 꾸미고 다니는 졸부들, 언론에 보도하기 좋게 연예계와 스포츠계의 유명 인사들도 드문드문 섞여 있다. 침팬지와 고릴라들에게 새 집을 지어주는 데 큰 몫을 한 사람들이다. 고급 입맛을 가진 손님들을 접대하기 위해 고급 연회 서비스도 출동했고 어딜 가나 샴페인이 넘쳐났다. 피아는 크리스토프의 팔짱을 끼고 사람들 사이를 누비고 다녔다. 검정색 미니 원피스도 그럭저럭 맘에 들고, 풀지 않고 놔둔 이삿짐 상자 속에서 찾아낸 고데기로 머리도 예쁘게 손질했다. 거기다 30분간 공들인 덕에 거의 안 한 것 같은 자연스러운 화장을 만들어냈다. 청바지에 고무줄로 묶은 머리에만 익숙하던 크리스토프는 적잖이 놀란 표정이었다.

"어이구, 누구십니까? 피아네 집에서 뭐하시는 겁니까?"

피아가 문을 열어주자 그가 너스레를 떨었다. 곧이어 머리와 화장이 망가지지 않도록 조심하며 부드럽게 입을 맞추었다. 크리스토프는 세 딸을 혼자 키운 아버지로서 여자들을 어떻게 대해야 하는지 잘 알았고, 그런 데서 실수하는 일도 거의 없었다. 예를 들면 몸매, 머리, 옷에 대해 무심코 한마디 잘못했다가 얼마나 큰 화가 미치는지 잘 아는지라 그런 말은 알아서 피했다. 하지만 오늘 그의 칭찬은 전략이 아니라 진심에서 우러나온 것이다. 피아는 그의 따뜻한 시선 앞에서 날씬한 스무 살짜리보다 자신이 훨씬 더 매력적이라고 느꼈다.

"여기 모인 사람 중에 내가 아는 사람은 하나도 없어. 저 사람들은 다 누구야? 동물원하고 무슨 상관이 있어서 온 걸까?"

크리스토프가 속닥거렸다.

"자칭 프랑크푸르트의 상류층이죠. 아니면 상류층이 되고 싶어 하는 사람들이거나. 어쨌든 돈은 많이 내고 갈 거예요. 이 행사의 목적이 그거잖아요. 어? 저쪽 구석에 모여 있는 사람들은 진짜 돈 많고 권력 있는 사람들인데요."

순간 그 무리 중 한 사람이 고개를 쑥 내밀고 이쪽을 보더니 손을 흔들었다. 마흔가량 된 여자로 시내 아무 가게에나 가도 몸에 맞는 드레스를 찾는 데 아무 문제가 없을 몸매의 소유자다. 피아는 예의상 일단 손을 흔들어 화답했다. 그러다가 갑자기 고개를 쑥 내밀고 그녀를 자세히 살폈다.

"오, 대단한데! 돈 많고 권력 있는 사람이 인사를 하는데? 아는 사람이야?"

크리스토프가 짐짓 감탄하며 농담조로 말했다.

"세상에!"

피아는 크리스토프의 손을 놓고 사람들을 헤치고 다가오는 여자를 기다렸다.

"퓌피!"

피아 앞에까지 온 여자가 양팔을 벌리며 외쳤다.

"개구리 맞지! 세상에, 여기서 만나네! 프랑크푸르트에는 무슨 일이야?"

피아도 그녀를 얼싸안으며 감격해서 외쳤다.

미리엄 호로비츠는 피아의 학교 때 친구다. 두 사람은 한때 죽이 맞아 온갖 말괄량이 짓을 하며 돌아다녔는데, 피아가 전학을 간 후 소식이 끊겼다.

"개구리라는 말, 정말 오랜만에 들어본다. 반가워, 피아!"

두 사람은 만면에 미소를 띤 채 호기심 어린 표정으로 서로를 훑어보았다. 피아는 미리엄이 주름 몇 개 생긴 것 말고는 전혀 변하지 않은 것을 보고 크게 기뻐했다.

"크리스토프, 인사해요. 내 친구 미리엄이에요. 미리엄, 이쪽은 크리스토프 산더."

피아가 정신을 차리고 두 사람을 소개시켰다.

"반가워요."

미리엄이 반갑게 말하며 손을 내밀었다. 세 사람은 잠시 함께 대화를 나누었다. 그러다 크리스토프는 여자들끼리 천천히 얘기하라며 자리를 비켜주었다.

*

엘라르트 칼텐제는 온몸이 쑤시는 것을 느끼며 잠에서 깼다. 그리고 눈을 껌벅거리며 여기가 어딘지 생각했다. 그는 낮잠 자는 것을 싫어한다. 생체리듬이 깨지기 때문이다. 하지만 부족한 잠을 보충하려면 낮에라도 자야 한다. 그는 목이 찢어질 듯 아프고 입에서 역한 냄새가 나는 것을 느끼며 얼굴을 찡그렸다. 그는 원래 꿈을 꾸지 않고, 꿈을 꿔도 금방 잊어버리는데 얼마 전부터는 밤마다 끔찍한 악몽에 시달려 약을 먹지 않고는 배길 수 없게 됐다. 하루에 복용하는 타보르의 양은 어느새 2밀리그램으로 늘어났다. 어쩌다 약 먹는 걸 잊어버리기라도 하면 말로 설명할 수조차 없는 오래된 두려움이 누구의 것인지 모를 목소리와 으스스한 웃음소리를 동반한 채 유령처럼 찾아온다. 그리고 땀에 젖은 채 깜짝 놀라 잠에서 깬 후에도 그 악몽은 하루 종일 어두운 그림자처럼 그를 따라다닌다.

엘라르트는 침대에 앉아 관자놀이를 누르며 두통을 달랬다. 다시 조용한 일상으로 돌아가면 훨씬 견디기 쉬워질 것이다. 그는 어머니의 86세 생신을 준비하면서 치른 숱한 공식적, 비공식적 행사들이 모두 끝났다는 데 크게 안도했다. 사람들은 당연히 그가 모든 준비를 해야 한다고 생각했다. 그가 뮐렌호프에 살고, 그들이 보기에는 딱히 할 일이 없기 때문이다. 엘라르트는 문득 무슨 일이 있었는지 떠올랐다. 골드베르크가 죽었다는 소식에 보덴슈타인 성에서의 파티는 바로 중단됐다.

엘라르트 칼텐제는 쓰디쓴 웃음을 지으며 침대에서 내려왔다. 망할 놈의 영감탱이, 아흔셋까지 살다니! 절대 요절이라고는 할 수 없는 죽음이다. 그는 비틀비틀 욕실로 들어가 옷을 벗고 거울에 비친 자신의 모습을 들여다보았다. 예순넷치고는 아직 탄탄하다. 배도 안 나오고, 살이 찌지도 않았고, 칠면조 목도 아니다. 그는 욕조에 물을 받아 목욕용 소금 한 줌을 뿌렸다. 그리고 한숨을 내쉬며 향기 나는 따뜻한 물속에 들어가 앉았다. 골드베르크가 죽었다는 소식을 듣고도 그는 아무런 충격도 받지 않았다. 오히려 그 일로 인해 행사가 빨리 끝난 것이 기뻤다. 그는 어머니가 원하는 대로 바로 집으로 돌아왔다. 그리고 뒤따라온 지그베르트와 유타가 뮐렌호프에 도착하자 슬그머니 자리를 떴다. 최근 일어난 일로 머릿속이 복잡한 그는 조용히 혼자 있게 되기를 간절히 바랐다.

엘라르트 칼텐제는 지그시 눈을 감고 어젯밤 일을 떠올렸다. 가슴을 옥죄는 섬뜩한 장면이 영화처럼 눈앞에 그려졌다. 반복, 또 반복. 어떻게 그렇게까지 할 수 있었을까? 예순 넘게 살아오면서 산전수전 다 겪었지만 이번 일처럼 그를 힘들게 한 일은 없었다. 도대체 자신이 왜 이러는지 알 수 없었기 때문에 더욱 힘들었다. 자신을 통제하기 힘들지만 이 딜레마에 대해 이야기를 나눌 만한 상대도 없다. 앞으로 이 비밀을 안고 어떻게 살아간단 말인가? 만약 이 일이 알려지면 어머니는 뭐라고 할까? 아들들과 며느리들의 얼굴을 어떻게 본단 말인가? 그때 갑자기 문이 열렸다. 엘라르트는 깜짝 놀라며 양손으로 아랫도리를 가렸다.

"어머니! 노크 좀 하세요."

그는 무심코 짜증을 내다가 어머니의 표정이 심각한 것을 눈치챘다.

"요수아 말이다. 그냥 죽은 게 아니란다. 총살당했대!"

베라 칼텐제가 욕조 옆 의자에 힘없이 걸터앉으며 말했다.

"아, 네. 안됐네요."

엘라르트의 입에서는 무심한 대꾸밖에 나오지 않았다.

"넌 어쩜 그렇게 냉정할 수 있니?"

베라 칼텐제의 목소리가 파르르 떨렸다. 그녀는 손에 얼굴을 묻고 조용히 흐느껴 울기 시작했다.

*

"자, 우리 다시 만난 걸 축하하는 뜻에서 한잔하자!"

미리엄은 피아를 바로 끌고 가서 샴페인을 두 잔 주문했다.

"언제 프랑크푸르트로 돌아온 거야? 몇 년 전에 우연히 네 어머니를 만났는데 그때는 바르샤바에 산다고 들었거든."

"파리, 옥스퍼드, 바르샤바, 워싱턴, 텔아비브, 베를린, 프랑크푸르트…… 안 살아본 데가 없어."

미리엄은 숨도 안 쉬고 도시 이름을 주워섬기고는 소리 내어 웃었다.

"가는 곳마다 새로운 사람을 만나서 사랑을 했는데 항상 금방 헤어졌어. 아마 난 장기간 연애에는 재능이 없나 봐. 내 얘기 말고 네 얘기 좀 해봐! 넌 뭐해? 결혼은 했어? 아이는 있고?"

"법대 3학기 마치고 경찰에 지원했어."

"뭐, 경찰이 됐다고? 어쩌다가?"

미리엄은 놀라서 눈을 둥그렇게 떴다. 크리스토프는 터놓고 얘기하는 게 트라우마를 이기는 가장 좋은 방법이라고 했지만 피아는 여전히 그 얘기를 꺼내는 것이 힘들다. 거의 20여 년간 누구에게도 말하지 않고 살아왔다. 심지어 남편인 헤닝에게도 비밀로 했다. 그녀의 인생에서 가장 끔찍한 사건이고 자신의 나약함과 두려움을 상기시키는 일이기 때문이다. 미리엄은 피아에게 안 좋은 일이 있었다는 것을 눈치채고 바로 진지한 표정이 되었다.

"무슨 일인데?"

"고등학교를 졸업하고 프랑스로 여행을 갔는데 거기서 어떤 남자를 만났어. 무척 친절한 사람이었어. 휴가지에서 흔히 즐기는 짧은 연애였지. 휴가가 끝나고 각자 갈 길을 갔고, 난 그걸로 끝이라고 생각했어. 그런데 그 남자는 아니었던 거야. 내가 가는 데마다 따라다니고 전화와 편지로 협박했어. 날 미행하다가 아무데서나 갑자기 튀어나오고. 그러다 어느 날, 집에 숨어 들어와서 나를 강간했어."

피아는 최대한 감정을 배제했지만 미리엄은 그렇게 담담하게 얘기하는 것이 얼마나 힘든지 이해하는 표정이었다.

"끔찍한 일을 당했구나."

미리엄이 나지막한 소리로 말하며 피아의 손을 꼭 쥐었다.

"응, 경찰이 되면 나를 함부로 보지 않을 거라고 생각했나 봐. 지금은 강력계 형사야."

"그래서 어떻게 했어? 무슨 조치를 취했어?"

그 말이 무슨 뜻인지 피아는 바로 이해했다.

"아무것도 안 했어. 남편에게도 비밀로 했는걸. 그냥 그렇게도 잘 살 수 있을 것 같았어."

처음에 말을 꺼내는 것이 어렵지 일단 말이 나오니 다음 말은 쉽게 이어졌다. 오랫동안 금기시했던 일인데 이렇게 아무렇지도 않게 말할 수 있다니!

"그런데 생각처럼 안 됐던 거네."

"아니, 오랫동안 잊어버리고 잘 지냈어. 그러다 작년에 일이 터지고 말았어."

피아는 미리엄에게 작년 여름에 있었던 두 건의 살인 사건에 대해 짧게 얘기해 주었다. 피아는 그 사건을 수사하면서 크리스토프를 알게 됐고, 자신의 과거와 다시 대면했다.

"크리스토프는 자꾸 성폭력 피해자 모임에 가보라고 하는데 난 그런 것까지 해야 하는지 잘 모르겠어."

"왜? 당연히 해야지! 그런 트라우마가 한 사람의 인생 전체를 망칠 수도 있어. 나도 아무것도 모르면서 그냥 하는 소리가 아냐. 프리츠 바우어 연구소와 비스바덴 이주민 센터에서 일하면서 2차 세계대전 후에 여성들이 무슨 일을 겪었는지 알게 됐는데, 정말 말로 표현할 수 없을 만큼 끔찍해. 그런데 대부분의 여자들이 그 얘기를 평생 아무에게도 안 하고 살아. 그런 게 사람을 정신적으로 망가뜨리는 거야."

피아는 미리엄이 많이 변했다고 생각했다. 전처럼 좋은 가문의 딸로 부족한 것 없이 자란 철없는 아가씨가 아니었다. 하긴 20년이면 긴 세월이다.

"그 연구소는 뭐하는 곳인데? 지금도 거기서 일해?"

"응, 대학 부설 기관인데 홀로코스트의 역사와 영향을 연구하는 연구 기록 센터야. 거기서 강연도 하고 전시회도 기획하고 그래. 내가 그런 일을 한다니까 좀 웃기지? 나도 옛날엔 디스코 클럽 사장이나 승마 선수가 될 거라고만 생각했지 이런 일을 하게 될 줄은 몰랐어."

미리엄은 뭐가 생각났는지 갑자기 혼자 키득거렸다.

"우리 담임 생각나니? 그 선생님이 우리가 이런 직업을 가진 걸 알면 뭐라고 할까?"

"그래, 우리더러 맨날 구제불능이라고 했잖아."

그들은 샴페인을 두 잔 더 시켰다.

"크리스토프는? 진지한 사이야?"

"응, 그런 것 같아."

"그 사람 너한테 완전히 넘어왔던데. 눈을 떼지 못하더라."

미리엄이 눈을 찡긋하며 소곤거렸다. 그 말에 피아는 새삼 가슴이 두근거렸다. 주문한 샴페인이 나오자 두 사람은 다시 건배를 했다. 피아는 목장에서 키우는 동물 이야기를 했다.

"프랑크푸르트에서는 어디 묵어?"

"할머니 집."

미리엄의 집안을 모르는 사람은 할머니 집에 묵는다는 말에 코웃음을 칠지도 모른다. 그러나 피아는 미리엄의 집에 대해 잘 알았다. 미리엄의 할머니 샤를로테 호로비츠는 프랑크푸르트 상류사회에서도 손가락 안에 꼽히는 유명 인사다. 집이라는 것도 그냥 '집'이라고 표현하기에는 너무 큰, 오래된 저택이다. 프랑크푸르트 노른자위 땅에 광활한 부지를 차지하고 있어 부동산 투기꾼들은 누구라도 군침을 흘린다. 피아는 문득 떠오르는 것이 있는지 눈을 반짝였다.

"미리엄, 혹시 다비드 요수아 골드베르크라는 사람 아니?"

미리엄은 뜻밖이라는 듯 피아를 마주보았다.

"당연하지. 골드베르크 씨는 우리 할머니랑 옛날부터 잘 아는 사이야. 프랑크푸르트 유대인 공동체의 프로젝트를 후원한 지도 수십 년은 됐을걸. 그 사람은 왜?"

"아, 그냥. 지금은 말할 수 없어."

피아는 미리엄의 호기심 어린 시선을 느끼며 얼른 말을 끊었다.

"업무상 기밀이야?"

"그런 거 비슷한 거야. 미안해."

"아니야. 자, 다시 만난 친구를 위하여! 정말 반가워!"

미리엄이 샴페인 잔을 들며 말했다.

"그래, 정말 반갑다. 시간 있으면 우리 집에 놀러 와. 옛날처럼 같이 말 타러 가자."

크리스토프가 두 사람이 서 있는 탁자로 다가와 자연스럽게 피아의 허리에 팔을 감았다. 피아는 새삼 기분이 좋아 가슴이 두근거렸다. 헤닝은 밖에서 이런 애정 표현을 하는 법이 없었다. 그런 남자들을 보면 '원시적 소유욕의 발산'이라며 코웃음을 쳤다. 하지만 피아의 의견은 달랐다. 세 사람은 다시 샴페인을 시켜 건배하고 한 잔씩 더 마셨다. 피아가 H&M 임신부 코너에서 헤맨 이야기를 하자 두 사람은 눈물이 나오도록 웃었다. 그러다 보니 어느새 시간이 12시 반이 되었다. 피아는 참으로 오랜만에 파티다운 파티를 즐겼다는 생각이 들었다. 헤닝은 10시만 되면 집에 가자거나 연구실에 가야 한다며 파티장에서 나가려고 했고, 그렇지 않으면 이름 모를 누군가와 한쪽 구석에서 심각한 이야기를 하느라 피아는 찬밥 신세가 되기 일쑤였다. 이번엔 달랐다. 크리스토프는 피아의 은밀한 성적표에서 '외출' 부문에서도 별 다섯 개를 받았다.

파티장을 나와 손에 손을 잡고 자동차를 찾아가는 동안에도 그들은 웃고 있었다. 피아는 이렇게 행복한 순간이 다시 올까 하는 생각이 들었다.

*

갑자기 방에 들어서는 코지마를 보고 보덴슈타인은 깜짝 놀랐다.
"어, 왔어? 회의는 잘했어?"
코지마는 가까이 다가와 그의 뺨에 입을 맞추었다.
"응, 아주 건설적인 회의였어. 내가 직접 정글을 누비고 다닐 생각은 없으니까 걱정 마. 대신 빌프리트 데헨트를 탐험 대장으로 섭외했어."
"난 당신이 소피아를 데리고 가지 않으면 내가 휴가 내야 하나 했지."
보덴슈타인은 안도의 감정을 숨기고 농담처럼 말했다.
"몇 시나 됐어?"
"12시 반이 다 돼가. 그런데 뭐하는 거야?"
코지마가 그의 노트북을 들여다보며 물었다.
"죽은 사람에 대해 알아보고 있었어."
"뭐 좀 알아냈어?"
"아니, 별로."
그는 아내에게 골드베르크에 대해 얘기해주었다. 그는 가끔씩 세부적인 사항에 빠져 큰 그림을 보지 못할 때면 아내에게 조언을 구했다. 코지마는 머리가 좋고 객관적으로 사건을 볼 수 있는 위치에 있기 때문에 도움이 될 때가 많다. 그가 부검 결과를 이야기하자 코지마는 눈을 둥그렇게 뜨며 고개를 저었다.

"그건 불가능해. 절대 있을 수 없는 일이야!"
"내 눈으로 직접 봤다니까. 헤닝 키르히호프는 그런 것으로 실수하는 사람이 아냐. 나도 처음에는 골드베르크에게 어두운 과거가 있을 거라는 생각은 전혀 못 했어. 그건 나도 인정해. 하지만 60년이나 지났는데 무슨 일이 있었는지 어떻게 알아? 그 사람 다이어리를 보면 사람 이름이 온통 약자로 표시돼 있어. 오늘 날짜에만 이름하고 숫자가 제대로 써 있더라고."
보덴슈타인은 하품을 하며 손으로 뒷목을 주물렀다.
"베라 86이라고 적혀 있는데 무슨 암호 같지? 나도 핫메일 계정 비밀번호가 코지……."
"베라 86?"
코지마가 미간에 주름을 잡으며 고개를 갸우뚱했다.
"오늘 아침에 골드베르크라는 이름을 들었을 때 뭔가 머릿속에 스치는 게 있었어."
"그래? 그게 뭔데?"
"베라. 베라 칼텐제. 오늘 쿠엔틴이랑 마리루이제네 레스토랑에서 86세 생일 파티를 했어. 로잘리가 얘기하더라고. 우리 어머니도 초대받았고."
보덴슈타인은 졸음이 싹 가셨다. 베라 86. 베라 칼텐제의 86세 생일. 그렇다. 죽은 사람의 수수께끼 같은 메모가 의미하는 것은 이것일 것이다! 베라 칼텐제가 누군지는 물론 안다. 기업가로서도 유명하지만 사회복지와 문화 분야에서의 막대한 공헌에 관해서는 아에네 부르다, 프리데 슈프링어 같은 영향력 있는 여류 인사들과 함께 거론될 정도다. 그런 명망 있는 부인이 나치 친위대 출신의 전 나치와 무슨 관계가 있단 말인가? 어쨌든 분명한 건 베라 칼텐제의 이름이 거론되면 이 사건이 더욱 이슈화될 것이라는 사실이다. 보덴슈타인은 그것을 생각하니 눈앞이 아찔했다.

"검시관이 착각한 거겠지. 베라 칼텐제가 전 나치와 친분이 있을 리 없어. 1945년 나치에게 모든 걸 뺏긴 사람인걸. 가족, 고향, 동프로이센에 있던 성……."

"나치라는 사실을 몰랐을 수도 있지. 골드베르크는 가히 완벽에 가까운 신화를 만들어냈어. 그렇게 죽지 않았다면, 그리고 하필이면 헤닝 키르히호프의 부검대 위에 오르지 않았다면 무덤 속까지 그 비밀을 가지고 갔을 거야."

코지마는 아랫입술을 잘근잘근 씹으며 고개를 저었다.

"세상에! 너무 무섭다."

"내가 승진하는 데도 무서울 만큼 나쁜 영향을 끼칠걸. 오늘 니어호프가 대놓고 그러더라고."

보덴슈타인이 냉소적으로 말했다.

"그게 무슨 말이야?"

보덴슈타인은 오늘 니어호프 과장이 한 말을 그대로 들려주었다. 코지마는 눈썹을 치켜세우며 놀란 표정을 지었다.

"그래? 그 사람, 딴 데로 가는 거야? 몰랐어."

"내부에서는 그런 말이 돈 지 한참 됐어. 이 사건 때문에 외교적으로 얽힐까 봐 귀찮은 거야. 이런 사건은 맡아봐야 좋은 소리를 못 듣거든."

보덴슈타인이 책상 스탠드를 끄며 말했다.

"하지만 어떻게 수사를 하지 말라고 할 수 있어? 그건 공무 집행 방해 아냐?"

"아니야. 그냥 정치적 술수일 뿐이야."

보덴슈타인은 코지마의 어깨에 팔을 둘렀다.

"뭐, 그건 그거고. 우린 잠이나 자러 가자고. 오늘 당장 세상이 끝나는 거 아니니까. 내일은 우리 공주님이 좀 늦게까지 자게 해주시려나?"

2007년 4월 29일 일요일

수사과장 니어호프는 심기가 불편했다. 아주 불편했다. 일요일 아침 일찍 연방범죄수사국의 고위 관료가 전화를 해서 다비드 골드베르크에 대한 수사를 즉각 중단하라는 명령을 하달했다. 사건 때문에 정치적으로 얽히고 비난에 시달릴 것을 두려워하던 니어호프였지만 그런 식으로 취급받는 것이 과히 기분 좋지는 않았다. 그는 보덴슈타인을 경찰서로 불러내서 절대 비밀이라는 전제 아래 오늘 있었던 일을 전해주었다.

"살로몬 골드베르크가 뉴욕에서 오늘 아침 첫 비행기로 도착했어. 아버지 시신의 즉각적 인도를 요구하고 있어."

"과장님한테요?"

보덴슈타인이 놀라서 물었다.

"아니."

니어호프는 못마땅한 듯 고개를 저었다.

"CIA 요원 두 사람과 총영사를 앞세우고 경찰청장실에 나타난 모양이야. 청장은 아무것도 모르니까 내무부와 연방범죄수사국에 연락을 취한 거지."

그리하여 내무부 장관이 직접 민원을 접수했다. 관련인들, 니어호프, 내무부 차관, 프랑크푸르트 시 경찰청장, 토마스 크론라게 교수, 연방범죄수사국 사람 두 명, 프랑크푸르트 유대인공동체 의장과 주독 미국 총영사, 그리고 CIA 요원들을 대동한 살로몬 골드베르크는 법의학연구소에서 회동을 가졌다. 분위기는 외교적 비상사태를 방불케 했다. 미국 측 사람들은 의심의 여지없이 분명하게 입장을 밝혔다. 고인의 시신을 즉시 내달라는 것이다. 사실 법적으로 볼 때 주독 미국 영사관이 현재 국내에서 수사 중인 살인 사건에 개입해 이래라 저래라 할 권리는 없다. 하지만 내무부 장관은 선거가 반년밖에 남지 않은 시점에 스캔들이 일어나는 것을 원치 않았다. 그래서 살로몬 골드베르크가 독일 땅을 밟은 지 두 시간도 지나지 않아 사건이 연방범죄수사국으로 넘어간 것이다.

"도대체 어떻게 된 영문인지 알 수 없어. 무슨 일이 있는 걸까?"

니어호프는 사무실을 서성거리다가 보덴슈타인 앞에 와서 걸음을 멈추었다. 보덴슈타인은 일요일 아침의 이 갑작스러운 회동을 설명할 수 있는 것은 하나뿐이라는 것을 알았다.

"어제 시신을 부검할 때 왼쪽 팔 안쪽에서 골드베르크가 나치 친위대 출신이라는 것을 말해주는 문신이 나왔습니다."

니어호프는 놀라서 입이 딱 벌어졌다.

"아, 아니…… 어떻게 그런 일이 가능할 수 있나? 골드베르크는 홀로코스트 생존자잖아. 가족도 아우슈비츠에서 모두 죽었고."

"골드베르크를 둘러싼 전설에 의하면 그렇죠."

보덴슈타인은 의자에 등을 기대고 다리를 꼬았다.
"전 검시관의 판단을 100퍼센트 신뢰합니다. 그러면 우리가 시체를 발견한 지 24시간도 안 돼서 골드베르크의 아들이 병력을 총동원하고 나타나 사건 수사를 막으려 하는 것도 설명되지 않습니까? 골드베르크의 아들 아니면 배후의 누군가가 높은 곳에 인맥을 가지고 있을 겁니다. 그리고 골드베르크의 시체를 최대한 빨리 없애야 할 이유도 있겠죠. 골드베르크의 비밀이 드러나는 걸 막으려는 겁니다. 하지만 우리가 한 발 빨랐죠."

니어호프는 길게 한숨을 쉬며 책상 앞에 가 앉았다.

"자네 말이 옳다고 쳐. 그런데 골드베르크의 아들이 어떻게 이렇게 빨리 중요 인물들을 동원할 수 있었지?"

"어느 자리의 누구를 아느냐의 문제겠죠. 그런 게 어떻게 돌아가는지 잘 아시지 않습니까?"

니어호프는 미심쩍은 표정으로 보덴슈타인을 쳐다봤다.

"자네가 유가족에게 연락했나?"

"아니요. 아마 집사가 알렸겠죠."

"분명히 부검 보고서를 달라고 할 텐데."

니어호프는 초조하게 턱을 쓰다듬었다. 그의 마음속에서 정치가와 형사가 싸우고 있는 듯했다.

"보덴슈타인 반장, 그다음에 어떻게 될지 상상이 되나?"

"네, 상상이 됩니다."

보덴슈타인이 고개를 끄덕였다. 니어호프는 다시 자리에서 일어나 방 안을 배회하기 시작했다.

"아, 어떡하지? 이 일이 언론에 새 나가면 난 끝장이야! 언론이 그걸로 무슨 스토리를 만들지 누가 안단 말이야?"

보덴슈타인은 자기 연민으로 가득한 상사의 말에 얼굴을 찡그렸다. 니어호프는 사건 해결에는 눈곱만치도 관심이 없었다.

"이 일이 알려지는 걸 원하는 사람이 없으니 언론에 새 나갈 일은 없을 겁니다."

"말이야 쉽지……. 부검 보고서는 어떻게 할 거지?"

"그건 파쇄기에 넣어야죠."

니어호프는 창가로 가서 뒷짐을 진 채 밖을 내다보았다. 그러다 갑자기 뒤돌아서더니 낮은 목소리로 말했다.

"우리 쪽에서는 절대 수사가 진행되는 일이 없을 거라고 약속했네. 자네도 그 말 명심해."

"네, 알겠습니다."

보덴슈타인은 니어호프가 무슨 약속을 했는지에 아무런 관심도 없었다. 하지만 그게 무엇을 뜻하는지 이해하는 데 특별한 능력이 필요하지는 않았다. 골드베르크 살인 사건은 고위층 인사의 개입으로 흐지부지 넘어가게 될 것이다.

2007년 4월 30일 월요일

"랄랄라, 춤을 추네. 저녁 내내 즐겁게 춤을 춘다네! 아, 영원히 멈추지 않고 춤을 출 수 있다면 얼마나 좋을까, 랄랄라!"

막 7시가 지난 시각, 회의실에 들어가려던 보덴슈타인은 가상의 파트너와 춤을 추며 탁자와 차트 사이를 돌아다니는 피아를 발견하고 문가에 멈춰 섰다.

"동물원장이 잘해주는 모양이군. 기분이 무척 좋아 보이는데."

보덴슈타인이 인기척을 낸 후 말했다.

"네, 기분 무지 좋아요!"

피아는 마지막으로 한 바퀴 빙 돈 후 절하는 흉내를 내며 씩 웃었다.

"그리고 우리 원장님은 항상 잘해주세요. 반장님, 커피 한 잔 드릴까요?"

"웬일이야? 휴가 필요해?"

보덴슈타인이 눈썹을 치켜세우며 놀란 척을 했다.

"어유, 반장님은 의심도 많으셔! 그냥 기분이 좋은 것뿐이에요. 토요일 저녁에 옛날 친구를 만났거든요. 골드베르크에 대해서도 잘 알더라고요. 그리고……."

"골드베르크는 물 건너갔어. 이유는 나중에 말해줄게. 인심 한 번 더 써서 다른 사람들 좀 불러오지."

잠시 후 K11팀 팀원들이 모두 모이자 보덴슈타인은 골드베르크 사건 수사가 중단됐다고 짤막하게 설명했다. 팀원들은 뜨악한 표정을 지었다. 유독 안드레아스 하세만이 아무런 감정의 변화를 보이지 않았다. 그는 항상 갈색 양복을 입는데 오늘따라 노란색 셔츠에 무늬가 있는 스웨터, 코듀로이 바지 차림이다. 아직 50대 중반이지만 은퇴할 날만 기다리는 사람이라 맥이 하나도 없어 보인다. 프랑크 벤케도 껌만 질겅질겅 씹을 뿐 오늘도 생각은 딴 데 가 있는 듯하다. 보덴슈타인은 그들에게 몇 달째 라인마인 지역에서 악명을 떨치고 있는 동유럽 자동차 사기단 검거에 열심인 K10팀을 지원 나가라고 지시했다. 그리고 피아와 오스터만에게는 미해결 강도 사건 보고서를 쓰라고 했다. 보덴슈타인은 다른 사람들이 모두 나가고 피아와 오스터만만 남기를 기다렸다가 골드베르크의 과거에 대해 알아낸 것, 골드베르크 사건을 접어야 하는 이유, 일요일 아침의 비상사태에 대해 자세히 들려주었다.

"그럼, 정말 완전히 중단된 겁니까?"

오스터만의 물음에 보덴슈타인이 고개를 끄덕였다.

"공식적으로는 그래. 미국 측에도, 연방범죄수사국 측에도 사건이 풀리길 바라는 사람이 없어. 니어호프는 부담스러운 짐을 벗게 돼서 신났고."

"실험실에 검사 맡긴 건 어떻게 되는 거예요?"

피아가 물었다.

"그 사람들이 그런 걸 생각하지 못 했겠어? 그래도 혹시 모르는 일이니까 오스터만이 실험실에 바로 연락해서 결과 나왔는지 넌지시 한번 물어봐. 그리고 결과 나왔다고 하면 직접 비스바덴에 가서 받아오고."

오스터만이 고개를 끄덕였다.

"골드베르크네 집사가 그러는데 목요일 저녁에 대머리 남자랑 검은 머리 여자가 집에 왔대요. 그리고 화요일 오후에 나가면서 어떤 남자가 집으로 들어가는 걸 봤대요. 프랑크푸르트 번호판이 붙은 스포츠카를 타고 왔는데 정문 바로 앞에 주차하고 들어가더래요."

피아가 말했다.

"아, 그래? 그 밖에 다른 거 더 있어?"

"네."

피아는 수첩을 넘겨가며 보고를 계속했다.

"골드베르크는 일주일에 두 번 집으로 꽃을 배달시켰어요. 그런데 수요일에는 꽃집 남자가 아니라 다른 남자가 왔대요. 40대 초반에서 중반으로 보이는 지저분한 남자였는데, 문을 열어줬더니 바로 집 안으로 들어가면서 친한 척을 하더래요. 문을 닫고 얘기를 했기 때문에 무슨 말을 하는지는 못 들었는데 그 사람이 가고 나서 노인 양반이 화를 내면서 꽃은 문간에서 받고 배달하는 사람을 집 안으로 들이지 말라고 했대요."

"좋아, 수고했어. 그런데 그 거울에 쓰여 있던 숫자가 뭘 의미하는지 모르겠단 말이지."

"전화번호 아닐까요? 아니면 사서함 번호일 수도 있고, 비밀번호, 스위스 은행 계좌 번호, 군번……."

오스터만 생각나는 대로 주워섬겼다.

"군번!"

갑자기 피아가 외쳤다.

"만약 살해 동기가 골드베르크의 과거와 연관이 있다면 그 숫자, 16145는 나치 친위대의 군번일 거예요."

"골드베르크는 93세예요. 그때 군번을 알리면 나이가 그만큼 먹은 사람이 있어야 할걸요."

오스터만이 이의를 제기했다.

"아니, 꼭 그래야 할 필요는 없어. 골드베르크의 과거를 아는 사람이면 돼."

보덴슈타인이 생각에 잠긴 표정으로 말했다.

범인 중에는 사건 현장이나 피해자의 몸에 표시를 남기는 사람이 있다. 표식을 남김으로써 자신의 뛰어난 지능이나 용의주도함을 알리고 경찰과 머리싸움을 하려는 것이다. 이번도 그런 경우일까? 골드베르크 집 복도에 남겨진 숫자는 하나의 표식일까? 그렇다면 어떤 의미일까? 힌트일까, 아니면 경찰을 헷갈리게 하려는 수작일까? 보덴슈타인도 오스터만이나 피아와 마찬가지로 전혀 감이 잡히지 않았다. 다비드 골드베르크 살인 사건은 정말 이렇게 미해결로 남게 되는 걸까?

*

마르쿠스 노박은 작은 사무실에 앉아 내일모레 회의에 필요한 서류를 정리했다. 오랫동안 준비해온 프로젝트가 드디어 실현되려고 한다. 최근 프랑크푸르트 시는 구시가지 복원 사업의 일환으로 시멘트 덩어리인 옛 시청 건물을 매입해 허물기로 결정했다. 시의회는 이미 2005년 여름부터 그 자리에 어떤 건축물이 들어서야 할지에 대한 토론으로 뜨거웠다. 교회 광장과 시청 광장 사이의 구시가지를 복원하는 사업인데, 전쟁 중에 파괴된 전통 건축물 가운데 역사적 의미가 있는 건물 일곱 개를 정해 옛 모습 그대로 재구성하게 된 것이다. 마르쿠스 노박처럼 재능은 있으나 아직 이름이 알려지지 않은 복원 기술자에게는 직업적으로 크게 도약할 수 있는 절호의 기회다. 이 일만 맡으면 회사는 앞으로 몇 년간 일거리 걱정을 하지 않아도 될 것이다. 게다가 언론에서도 큰 관심을 보일 것이기 때문에 지역을 넘어 전국적으로 널리 이름을 알릴 수 있는, 다시 오지 않을 기회다.

마르쿠스 노박은 갑자기 울리는 휴대전화 벨소리에 생각에서 깨어났다. 책상 위에 산더미처럼 쌓여 있는 설계도면, 스케치, 표, 사진들 사이에서 휴대전화를 찾아낸 그는 잔 흠집이 많이 난 전화기 액정을 확인하고 가슴이 덜컹 내려앉았다. 무거운 죄의식과 함께 마음 졸이며 기다리던 전화다! 그는 전화를 받지 않고 잠시 망설였다. 티나에게 체육공원에 가겠다고 약속하고 나왔다. 피시바흐 스포츠클럽은 올해도 체육공원에서 천막을 치고 5월 축제에 참여한다. 그는 아랫입술을 이로 지그시 누르며 고민했다. 떨치기 힘든 유혹이다.

"젠장맞을."

그는 입술 사이로 나지막하게 욕설을 내뱉으며 통화 버튼을 길게 눌렀다.

*

 그는 쿠르트에게 절대 술을 마시지 않겠다고 약속했고, 하루 종일 술을 마시지 않았다. 아니, 거의 마시지 않았다. 한 시간 전 프로작(우울증 치료제의 이름_역주) 두 알을 보드카와 함께 홀랑 들이켰지만 그건 냄새가 안 나니 괜찮다. 프로작을 먹고 나니 머리가 맑아지고 컨디션도 최상이다. 손도 떨리지 않는다. 로베르트 바트코비아크는 거울에 비친 자신의 모습을 보며 씩 웃었다. 머리를 다듬고 옷을 제대로 갖춰 입으니 신수가 훤하다. 관료 출신인 헤르만 삼촌은 전형적인 샌님으로 단정한 외모를 중시한다. 그래서 덥수룩한 수염, 허름한 옷, 지독한 술 냄새, 시뻘건 눈으로 나타나는 것보다는 면도를 하고 단정한 차림으로 찾아가는 것이 좋다. 물론 이러지 않아도 돈을 받아내는 데는 아무 문제가 없지만 사람은 항상 예의를 갖춰야 하는 법이니까.
 몇 년 전 헤르만 삼촌이 꼭꼭 숨기고 있던 어두운 비밀을 알아낸 것은 순전히 우연이었다. 그리고 그 후로 두 사람은 매우 친밀한 관계를 유지하고 있다. 헤르만 삼촌이 자기 집 지하실에서 무슨 짓을 하고 있는지 알게 되면 요수아 삼촌과 새어머니는 과연 어떤 표정을 지을까? 그는 거울을 등지며 히죽 웃었다. 새어머니나 요수아 삼촌에게 일러바칠 생각은 전혀 없다. 그러면 수입원이 사라질 텐데, 그런 바보 같은 짓을 하겠는가. 더러운 영감탱이, 앞으로 오래오래 살아야 할 텐데! 그는 헝겊으로 검정색 에나멜 구두를 쓱쓱 문질렀다. 이 구두와 회색 양복, 셔츠, 넥타이를 사는 데 요수아 삼촌이 준 돈의 절반을 다 써버렸다. 하지만 투자한 만큼의 성과가 분명히 있을 것이다. 8시 정각 쿠르트와 역에서 만나기로 한 그는

8시 직전 콧노래를 부르며 집을 나섰다.

*

아우구스테 노박은 해 질 무렵을 좋아한다. 황혼이 깃드는 시간이면 집 뒤 정원 벤치에 앉아 근처 숲에서 풍겨 오는 약초 냄새를 맡으며 고즈넉한 저녁 시간을 즐긴다. 일기예보에서는 오후에 기온이 현저히 떨어지면서 비가 올 거라고 했지만, 바람은 온화하고 구름 한 점 없는 하늘에는 저녁 별이 총총하다. 철쭉나무 사이에서 지빠귀 두 마리가 서로 악악거리고, 지붕 위에서는 비둘기 한 마리가 운다. 시간은 벌써 10시 15분을 향해 가고 있다. 식구들은 모두 체육공원에 가서 5월 축제를 즐기고 있는데 손자 마르쿠스만 혼자 남아 책상 앞에 앉아 있다. 마르쿠스의 회사가 잘된다고 하자 모두 배가 아파서 입을 삐죽거리기만 했지 마르쿠스가 이렇게 고생하는 것은 아무도 모른다. 성공하고 싶으면 저희들도 주말도 휴가도 없이 하루에 12시간씩 일해보라지!

아우구스테 노박은 두 손을 가지런히 무릎 위에 모으고 다리를 교차시켰다. 생각해보면 일과 걱정이 끊이지 않았던 긴 인생에서 이렇게 안정적이고 편안한 시간은 없었던 것 같다. 전쟁 트라우마에 시달리던 남편 헬무트는 같은 직장에서 한 달 이상 일해본 적이 없고 퇴직 후에는 20년 동안 집 밖에 한 발짝도 나가지 않았다. 그런 남편이 2년 전 세상을 뜨자 아들의 끈질긴 권유로 회사 부지에 있는 작은 주택으로 옮겨 왔다. 남편이 죽자 시골인 자우얼란트에서 그녀를 붙잡는 것은 아무것도 없었다. 그리고 이제 끊임없이 흘러나오던 텔레비전 소리와 남편의 트라우마에서 벗어나 혼자만의 조용한 삶을 즐길 수 있게 됐다. 정원 울타리 문이 삐걱 열리는 소리에 뒤를 돌아본 아우구스테 노박은 손자를 보고 활짝 웃었다.

"할머니, 시간 있으세요?"

"우리 손자를 위해서는 언제나 있지. 뭐 좀 먹을래? 냉장고에 굴라시(고기 스튜_역주)하고 국수 삶은 것 있는데."

"아니에요."

마르쿠스는 안색이 좋지 않다. 제 나이인 35세보다 훨씬 늙어 보인다. 요즘 들어 걱정이 있는 모양이다.

"여기 와서 앉아라."

그녀가 옆자리의 방석을 탁탁 치며 말했다. 그러나 그는 앉을 생각이 없어 보인다. 그녀는 그의 표정을 세심히 살폈다. 아직도 얼굴만 보면 무슨 생각을 하는지 알 수 있다.

"다른 사람들은 다 5월 축제에 춤추러 갔어. 너는 안 가니?"

"저도 지금 체육공원에 가려고요. 그냥 잠깐……."

그는 뭔가 생각하는 표정을 짓더니 이내 땅만 쳐다보았다.

"문제가 뭐니? 회사 일 때문에 그래? 돈 문제야?"

그는 말없이 고개를 저었다. 그리고 얼굴을 들었다. 고통과 절망에 일그러진 얼굴을 본 그녀는 가슴이 미어지는 것만 같았다. 그는 잠깐 더 망설이다가 그녀의 옆자리에 앉더니 땅이 꺼져라 한숨을 쉬었다.

아우구스테 노박은 어렸을 때부터 이 아이를 사랑했다. 아마 아이 부모가 일 때문에 막내아들을 돌볼 시간이 없어서 거의 할머니 댁에 맡겼기 때문일 것이다. 아니면 마르쿠스가 죽은 오빠 우를리히를 닮았기 때문인지도 모른다. 우를리히는 손재주가 좋아서 무엇이든 못 만드는 것이 없었다. 전쟁이 아니었다면 예술 분야에서 크게 성공했을지도 모른다. 우를리히는 1944년 24세 생일을 사흘 앞두고 프랑스에서 전사했다. 마르쿠스는 생긴 것도 오빠를 쏙 빼닮았다. 강렬한 인상을 주는 섬세한 이목구비, 짙은 밤색 눈동자, 그 눈 색깔에 어울리는 어두운색 금발, 도톰한 입술. 하지만 아직 서른다섯 살밖에 안 된 마르쿠스의 얼굴에는 깊은 주름이 패었다. 그래서 그녀의 눈에는 가끔 어른의 짐을 짊어진 아이처럼 보일 때가 있다. 마르쿠스는 갑자기 할머니의 무릎을 베고 누웠다. 어릴 때부터 그는 근심이 있을 때마다 할머니의 무릎을 찾곤 했다. 아우구스테는 손자의 머리를 쓰다듬으며 나지막하게 콧노래를 불렀다.

"할머니, 나 정말 나쁜 짓을 저질렀어요. 아마 지옥에 떨어질 거예요."

그의 몸이 부르르 떨렸다. 해는 타우누스 산 뒤로 넘어갔다. 갑자기 한기가 밀려왔다. 한동안 침묵이 흐른 뒤 그가 드디어 입을 열었다. 처음에는 더듬더듬 말을 시작했지만 그의 말투는 점점 다급해졌다. 영혼을 짓누르던 어두운 비밀을 누군가에게 털어놓는 것이 기쁜 듯한 말투였다.

*

아우구스테 노박은 마르쿠스가 가고 난 뒤에도 한참 동안 어두운 정원에 앉아 있었다. 마르쿠스의 양심 고백에 그녀의 마음은 심하게 흔들렸다. 그러나 윤리적인 성질의 것은 아니었다. 마르쿠스는 까마귀들 속에 던져진 물총새처럼 소인배 같은 가족들 사이에서 융화되지 못했다. 거기다 그의 예술가적 기질을 전혀 이해하지 못하는 여자와 결혼했다. 아우구스테는 손자의 결혼 생활이 원만치 않음을 짐작하고 있었지만 겉으로는 모르는 체했다.

마르쿠스는 매일 그녀를 찾아와 그날 있었던 일들을 이야기했다. 새로 맡은 일, 크고 작은 걱정거리, 일이 성공을 거두었다든가 회사에 타격이 있었다든가 하는 이야기, 즉 남자가 사회생활을 하면서 겪는 다양한 일들, 아내에게나 할 법한 이야기를 모두 그녀에게 털어놓았다. 그녀 또한 다른 가족들에게 별다른 정을 느끼지 못했다. 한 지붕 아래서 살기는 하지만 각별히 애정이 있고 서로를 존중한다기보다는 그저 편의를 위해 모여 사는 가족이었다. 겉으로만 행복한 가족인 척하는 그들이 그녀에게는 타인과 다름없었고, 그들이 하는 말에서 아무런 의미를 찾지 못했다.

30분 후 마르쿠스가 차를 타고 체육공원으로 출발하자 그녀는 집으로 들어가 두건을 쓰고 허름한 바람막이 점퍼와 손전등, 마르쿠스의 사무실 열쇠를 집어 들었다. 마르쿠스는 매번 하지 말라고 하지만 그녀는 규칙적으로 그의 사무실을 청소했다. 일을 안 하고 노는 것은 그녀의 성미에 맞지 않았다. 그녀는 일을 해야 늙지 않는다고 생각했다. 밖으로 나가기 전 무심코 거울을 들여다본 그녀는 자신의 주름진 얼굴을 보고 깜짝 놀랐다. 세월이 자신의 얼굴을 어떻게 변화시켰는지 잘 알고 있지만, 이가 빠져 움푹 들어간 볼과 축 늘어진 눈꺼풀을 볼 때마다 새삼스럽게 놀라지 않을 수 없다. 세상에 나온 지 어느 새 86년이 다 되어간다. 마음은 쉰에서 멈춘 것 같은데 곧 여든여섯이 된다니! 하지만 그녀는 강단 있는 체질이라 아직 웬만한 서른 살짜리보다 유연하고 민첩하다. 나이 예순에 운전면허를 땄고 일흔에는 처음으로 해외여행을 갔다. 그녀는 일상의 작은 일에 기뻐할 줄 알았다. 운명을 탓하며 넋두리나 늘어놓는 노인네가 아니다. 그리고 아직 중요한 일이 남아 있다. 이미 60년 전 죽음과 정면으로 마주친 적이 있는 그녀지만 아직은 갈 때가 아니라고 생각했다. 저승사자는 아직 좀 기다려야 한다. 그녀는 거울에 비친 자신에게 한쪽 눈을 찡긋하고 집을 나섰다. 마당을 지나면 그녀의 작은 집 뒤에 마르쿠스의 사무실이 있다. 원래 잔디밭이었던 곳에 마르쿠스가 몇 년 전 작업실과 사무실을 지었다. 사무실 문을 따고 들어가 책상 위 벽에 걸린 시계를 보니 벌써 11시 반이다. 그녀가 사라진 것을 눈치채지 못하도록 하려면 어서 서둘러야 한다.

*

쾅쾅 울리는 음악 소리가 주차장에까지 들려왔다. DJ가 발러만의 히트곡 모음을 틀었는지 발러만의 노래가 계속 이어졌다. 잔디밭에서 아이들 몇 명이 축구를 했는데, 그중에는 마르쿠스 노박 자신의 아이도 섞여 있었다. 사람들은 이 시간에 이렇게까지 취할 수 있을까 싶게들 취했다. 천막 안에 들어서니 사람이 우글우글했다. 300명은 되는 것 같았다. 노인들은 스포츠 클럽 바에 자리를 잡았는지 몇 사람을 제외하고는 보이지 않았다. 마르쿠스는 잔뜩 취해 젊은 여자들에게 추파를 보내는 늙수그레한 남자 두 명을 보고 역겨운 듯 인상을 찌푸렸다. 그때 누군가가 그의 어깨를 탁 쳤다.

"어이, 노박! 네가 여기 웬일이냐?"

슈테판의 입에서 술 냄새가 확 풍겼다.

"아, 슈테판. 티나 못 봤어?"

"아니, 못 봤어. 이리 와. 우리랑 한잔해야지."

마르쿠스는 슈테판의 손에 이끌려 땀 냄새와 술 냄새 풍기는 사람들 사이를 뚫고 천막 안에서도 가장 왁자한 곳으로 갔다.

"여기 봐! 내가 누굴 데려왔는지 보라고!"

슈테판이 소리를 지르자 이미 불콰해져서 눈의 초점이 흐려진 친구들이 일제히 고개를 들고 떠들썩하게 그를 맞았다. 모두 낯익은 얼굴들이다. 옛날에는 마르쿠스도 그들 중 하나였다. 같은 학교에 다니고, 운동도 같이하고, 마을 행사도 함께 준비하고, 소년 축구단에서부터 청년 조기 축구회까지 함께 올라갔다. 자율 소방대도 함께 나갔고, 축제에서 이런 술자리도 여러 번 가졌다. 누가 어느 집 자식인지 다 알고, 어릴 때부터 친구였다. 그런 그들이 그에게 갑자기 타인처럼 느껴졌다. 모두 조금씩 붙어 앉으며 그에게 자리를 마련해주었다. 그는 속으로는 탐탁지 않았지만 웃으며 자리에 앉았다. 누군가 펀치가 든 잔을 쥐어주었고 모두 건배를 외쳤다. 그는 술을 마셨다. 오래된 친구들과 함께하는 술자리가 재미없어진 건 언제부터였을까? 다른 사람들이 5분 간격으로 잔을 비우는 동안 그는 펀치 잔을 계속 들고 있었다. 갑자기 바지 주머니 속에서 휴대전화가 짧게 진동했다. 문자를 보낸 사람이 누군지 확인한 그는 얼굴이 붉어지는 것을 느꼈다.

"야, 마르쿠스, 내가 오래된 친구로서 좋은 충고 하나 하마."

청소년 축구단 코치인 크리스 비트횔터가 혀 꼬인 소리로 말했다.

"하이코가 티나에게 눈독 들이고 있으니까 조심해, 인마."

"응, 알았어."

그는 건성으로 대답했다. 뭐라고 답장을 하지? 그냥 무시할까? 휴대전화를 끄고 옛 친구들과 술이나 마실까? 그는 미지근해진 펀치 잔을 움켜쥔 채 아무런 결단도 내리지 못하고 멍하니 앉아 있었다.

"친구니까 생각해서 말해주는 거야, 인마."

비트횔터는 불분명한 발음으로 중얼거리더니 남은 맥주를 단숨에 비우고 트림을 했다.
"그래, 네 말이 맞아. 티나 찾으러 가야겠다."
마르쿠스가 자리에서 일어서며 말했다.
"그래, 인마. 어서 가봐라……."
티나는 절대 하이코 슈미트나 다른 남자와 바람이 날 여자가 아니다. 그리고 바람이 난다고 해도 별 관심 없다. 하지만 술자리에서 빠져나갈 기회로 이용할 수는 있다. 그는 다시 땀 냄새 나는 사람들 사이를 빠져나갔다. 아는 얼굴이 보이면 꾸벅 인사를 했지만 속으로는 티나나 티나의 친구들과 마주치지 않기를 바랐다. 언제부터 티나를 사랑하지 않게 된 것일까? 그는 무엇이 변했는지 알지 못했다. 아마 변한 것은 그 자신일 것이다. 티나는 하나도 변하지 않았다. 그에게는 너무 갑갑해져버린 세상에서 편하게 잘 지냈다. 그는 눈에 띄지 않게 천막에서 빠져나와 스포츠 클럽 카페를 지나가는 지름길을 택했다. 그러나 생각이 짧았다. 바에 앉아 있던 아버지가 어느새 그를 발견하고 불렀다.
"마르쿠스! 이리 와봐!"
만프레트 노박은 콧수염에 묻은 맥주 거품을 손등으로 쓱 닦았다. 마르쿠스는 거부감이 들었지만 아버지의 명령에 따랐다. 아버지가 이미 거나하게 취한 것을 본 그는 속으로 각오를 단단히 했다. 벽시계를 힐끗 보니 시곗바늘이 11시 반을 가리키고 있었다.
"이봐, 내 아들도 바이젠 한 잔 줘!"
만프레트 노박이 버럭 소리를 질렀다. 그리고 옛날을 못 잊어 지금도 트레이닝복을 입고 다니는 늙수그레한 남자들에게 말했다.
"내 아들이 얼마나 성공했는지 알아? 옛날 프랑크푸르트 구시가지에 있던 건물을 하나하나 다 새로 짓는다고! 대단하지?"

만프레트 노박은 마르쿠스의 등을 두드렸지만 그의 눈에는 기특함이나 자랑스러움이 아니라 조롱의 빛이 담겨 있었다. 그는 신이 나서 계속 떠들어댔지만 마르쿠스는 조용히 듣고만 있었다. 늙은 남자들은 말없이 히죽거렸다. 만프레트 노박의 건설 회사가 부도난 사실, 마르쿠스가 그 회사를 떠맡기를 거부한 사실을 모르는 사람은 없다. 피시바흐처럼 작은 동네에는 비밀이 없다. 게다가 그런 엄청난 실패가 소리 소문 없이 조용히 넘어갈 리 없다. 종업원이 바위로 맥주잔을 내밀었다. 그러나 마르쿠스는 손도 대지 않았다.

"건배!"

아버지가 잔을 높이 들며 외쳤다. 마르쿠스를 제외하고 모두 잔을 들었다.

"뭐야? 우리 같은 사람이랑은 술도 못 마시겠다 이거냐?"

술 취한 아버지의 눈에 분노가 비쳤다.

"그런 얘기 듣고 싶지 않아요. 얘기하고 싶으면 아버지 친구들하고나 하세요. 혹시 믿는 사람이 있을지도 모르죠."

만프레트 노박은 오랜 세월 쌓인 화를 주체하지 못해 손이 먼저 올라갔다. 옛날처럼 아들의 뺨을 후려치려 했지만 술 때문에 동작이 느렸고, 마르쿠스가 피하는 통에 바 스툴과 함께 요란한 소리를 내며 바닥으로 떨어졌다. 마르쿠스는 아버지가 다시 일어서려고 바닥에서 허우적거리는 모습을 무표정한 얼굴로 지켜보았다. 그리고는 밖으로 나와 크게 심호흡을 하고 빠른 걸음으로 주차장을 향해 걸어갔다. 운전대에 앉은 그는 끼익 소리와 함께 급히 차를 출발시켰다. 그러나 200미터도 가지 못해 경찰에게 붙들렸다.

"어디 축제는 잘 즐기셨나?"

경찰관 한 명이 손전등으로 그의 얼굴을 정면으로 비추며 비아냥거렸다. 지기 니치케의 목소리다. 니치케는 마르쿠스가 막강한 골키퍼로 이름을 날리고 있을 때 루퍼츠하인 스포츠클럽에서 뛰었던 선수다.

"오랜만이다, 지기."

"어? 노박이잖아. 어이구, 사장님이 어디 가시나? 운전면허증하고 차량등록증 좀 보여주시죠."

"지금 없는데."

"어이구, 이걸 어째? 그럼 내리셔야겠네요."

마르쿠스는 한숨을 쉬며 차에서 내렸다. 니치케는 축구에서 마르쿠스를 이겨본 적이 없기 때문에 항상 그를 미워했다. 그런데 음주단속에 잡혔으니 이게 웬 떡이냐 할 것이다. 마르쿠스는 니치케가 범죄자 취급하는데도 군말 없이 지시에 따랐다. 음주 측정기를 불어서 '0'이 나오자 경찰관들은 약 오른 표정을 지었다.

"혹시 마약 하셨습니까? 마리화나나 코카인 같은 거?"

니치케는 그를 순순히 보내주려 하지 않았다.

"안 했어. 해본 적도 없고. 나 그런 거 안 하는 거 알잖아."

마르쿠스는 그와 다투기 싫어서 조용히 말했다.

"알은체하면서 얼렁뚱땅 넘어가려고 하지 마십시오. 지금은 근무 중이니까 경찰관 신분입니다. 알았어요?"

"지기, 그냥 보내줘."

동료 경찰관이 보다 못해 말했다. 니치케는 어떻게 하면 마르쿠스를 잡아넣을까 궁리하는 표정이었다. 이런 기회는 다시 오지 않을 것이기 때문이다.

"내일 아침 10시까지 면허증하고 차량등록증 가지고 켈크하임 경찰서에 가서 담당 경찰관에게 확인받으세요."

니치케는 뾰족한 수가 떠오르지 않는지 억울해하며 야멸치게 내뱉었다.

"이제 꺼져, 새끼야. 운 좋은 줄 알아!"

마르쿠스는 단 한마디도 대꾸하지 않고 차에 올라 안전벨트를 매고 차를 출발시켰다. 좋게 먹었던 마음이 연기처럼 사라졌다. 그는 휴대전화를 꺼내 짤막한 답장을 써 보냈다.

지금 가고 있어요. 이따가 봐요.

2007년 5월 1일 화요일

보덴슈타인은 초조하게 운전대를 두드렸다. 에펜하임에서 남자 시체가 발견됐다는 연락을 받고 가는 중인데 켈크하임 외곽으로 빠지는 유일한 도로가 자전거 대회 때문에 꽉 막혔다. '헤닝어 탑 돌기 자전거 대회'(매년 5월 1일 에쉬보른과 프랑크푸르트 구간에서 열리는 자전거 대회. 마지막 구간에서 헤닝어 양조장을 세 번 돈다_역주)에 참가한 선수들이 오늘 들어 두 번째로 슐로스보른에서 루퍼츠하인으로 통하는 언덕길을 힘겹게 오르고 있었다. 도로변은 선수들을 응원하기 위해 나온 사람들로 가득하고, 마술산 근처에 쳐진 거대한 영사막 앞에도 사람들이 모여 기다리고 있었다. 드디어 선두 그룹이 보이기 시작했다. 선두 그룹이 붉은 구름처럼 빠르게 스쳐 지나가자 잠시 후 다채로운 색상의 유니폼을 입은 중간 그룹이 무더기로 밀려왔다. 그들의 앞, 뒤, 사이사이로 공급 차량이 섞여 함께 달리고, 공중에는 생중계 중인 헤센방송사의 헬기가 떠 있었다.

"저걸 건강한 스포츠라고 할 수 있나요? 옆에 가는 차량이 내뿜는 매연을 다 마시면서 달리잖아요."

조수석에 앉은 피아가 말했다.

"스포츠는 자살 행위야."

프로 선수나 광신자나 서로 다를 게 없다고 보는 보덴슈타인이 건조하게 대꾸했다.

"특히 사이클이 그렇지 않아요? 어디서 읽었는데 사이클을 하는 남자들 중에는 발기불능인 사람이 많대요."

피아는 그렇게 말하고 무심코 덧붙였다.

"벤케도 일반인 경기에 나간다고 하던데. 적어도 산 구간 100킬로미터는 달릴 거라고 하더라고요."

"그래? 남들이 모르는 벤케의 비밀을 알기라도 하는 거야?"

보덴슈타인은 자신도 모르게 웃음이 나왔다. 피아와 벤케는 초반의 적대적 관계에서는 벗어났다고 하지만 아직 원만한 동료 사이라고 말하기는 힘들다. 피아는 그제야 말이 이상하게 들렸을 수도 있다는 것을 깨닫고 어색하게 미소를 지었다.

"아, 아니에요. 어? 길 뚫렸어요."

사람들은 올리버 폰 보덴슈타인 반장의 비밀을 모른다. 언제나 양복과 넥타이 차림이고 누구에게든 점잖게 행동하지만 사실은 소문에 민감하고 호기심이 많아서 남의 뒷말 듣는 것을 좋아한다. 그리고 기억력도 좋아서 한 번 들은 것은 절대 잊어버리지 않는다. 어쩌면 이 두 가지 특성이 한데 섞여 훌륭한 형사가 된 건지도 모른다.

"반장님, 부탁인데 방금 한 말 벤케에게는 하지 말아주세요. 분명히 오해할 거예요."

"한번 생각해볼게."

보덴슈타인은 씩 웃으며 에펜하임 방향으로 운전대를 돌렸다.

*

마르쿠스 노박은 차 안에 앉아 가족들이 나가기를 기다렸다. 먼저 부모님이 탄 차가 출발하고, 형님 가족이 나왔다. 마지막으로 티나가 아이들을 데리고 나왔다. 모두 함께 자전거 경기를 관람하러 가는 것이 분명하다. 그렇다면 한참 지나야 돌아올 것이다. 그에게는 잘된 일이다. 가족들은 매년 자전거 경기 구경을 빼놓지 않는다. 밤늦게까지 술을 마셨더라도 그 경기는 꼭 보러 간다. 행복한 가족을 연출해야 하기 때문이다. 그는 오늘도 12킬로미터를 뛰었다. 보덴슈타인 영지까지 가서 루퍼츠하인으로 올라가다가 숲을 지나 큰 원을 그리며 다시 되돌아왔다. 평소에는 이렇게 달리고 나면 마음이 가벼워지는데 오늘은 죄의식과 양심의 가책을 떨쳐버릴 수 없었다. 지옥에 떨어질 것을 잘 알면서 다시 일을 저지르고 말았다. 그는 차에서 내려 자신의 집이 있는 3층으로 올라갔다. 거실에 들어선 그는 걸음을 멈추었다. 치우지 않고 그대로 둔 아침 식탁, 바닥에 널려 있는 장난감, 모든 것이 아침에 나갈 때와 똑같다. 낯익은 일상의 풍경과 맞닥뜨리자 불현듯 눈물이 솟구쳤다. 자신이 평범한 일상으로부터 영영 멀어졌음을 절감했기 때문이다. 다시는 돌이킬 수 없을 것이다! 이 어두운 에너지, 금지된 것을 향한 이 욕구는 어디서 비롯된 것일까? 티나, 아이들, 친구들, 가족들. 이 모든 것을 정말 버릴 참인가? 그들이 그에게 진정 아무 의미도 없어진 것일까?

욕실로 들어간 그는 세면대 거울에 비친 자신의 모습을 보고 깜짝 놀랐다. 얼굴은 홀쭉하게 여위고 눈에는 벌겋게 핏발이 섰다.

그가 한 짓을 아무도 모른다면 옛날로 돌아갈 수 있을까? 그는 과연 옛날로 돌아가고 싶은 걸까? 그는 옷을 벗고 샤워기 아래 섰다. 그리고 찬물을 틀었다. 얼음 같은 냉수가 땀에 젖은 몸에 쏟아지자 앙다문 이 사이에서 신음 소리가 새어나왔다. 냉수 목욕을 해도 어젯밤의 일이 머릿속에 떠오르는 것은 막을 수 없었다. 그 남자는 놀란 눈빛으로, 아니 경악의 시선으로 그를 응시했다. 그리고 그에게서 눈을 떼지 않은 채 천천히 무릎을 꿇었다. 그리고 등을 돌렸다. 그리고 벌벌 떨면서 기다렸다, 그가……. 마르쿠스는 한숨 같은 신음 소리를 내며 두 손으로 얼굴을 가렸다.

"마르쿠스?"

그는 수증기 때문에 뿌옇게 된 반투명 유리 뒤로 보이는 할머니의 실루엣에 깜짝 놀랐다. 그는 얼른 물을 잠그고 샤워 부스 문 위에 걸어둔 수건을 내려 허리에 둘렀다.

"왜 그러니? 어디가 아프냐?"

아우구스테 노박이 걱정스럽게 물었다. 샤워 부스에서 나온 마르쿠스는 살피는 듯한 할머니의 눈길과 마주쳤다.

"할머니, 나 또 그 일을 저질렀어요. 이제 다시는 안 그러려고 했는데……. 정말이에요. 그런데…… 그런데…….."

아우구스테 노박은 뭐라고 변명을 해야 할지 몰라 허둥대는 손자를 가만히 안아주었다. 그는 그녀의 어깨에 머리를 기대고 익숙한 할머니의 냄새를 맡으며 조용히 말했다.

"제가 왜 그런 짓을 하는 걸까요? 저도 왜 그러는지 모르겠어요. 제가 정상이 아닌 걸까요?"

그녀는 나무껍질 같은 두 손으로 손자의 얼굴을 감싸고 가만히 들여다보았다. 그리고 어린아이처럼 천진한 눈에 근심을 가득 담은 채 조용히 속삭였다.

"얘야, 괴로워하지 마라."

"하지만 어떻게 해야 할지 모르겠어요. 누가 알기라도 하면……."

"누가 알아? 거기서 널 본 사람은 아무도 없잖니? 안 그러냐?"

그녀가 공범 같은 말투로 말했다.

"네, 그런 것 같아요. 하지만……."

그는 혼란스러운 듯 머리를 흔들었다. 그녀는 어떻게 그가 한 짓을 이해할 수 있단 말인가?

"그것 봐라. 어서 옷 입고 밑으로 내려오렴. 내가 코코아랑 제대로 된 아침을 만들어주마. 아직 아무것도 안 먹었지?"

마르쿠스 노박은 자기도 모르게 웃음이 나왔다. 할머니의 만병통치약은 음식이다. 먹는 것이 도움이 안 될 때는 없다고 입버릇처럼 말한다. 그녀의 뒷모습을 보며 그는 정말로 조금 마음이 편해진 것 같다고 느꼈다.

*

헤르만 슈나이더의 집은 숲 바로 옆에 위치한 뾰족지붕의 단층 건물이다. 언뜻 보면 부잣집 같지만, 유지 보수가 제대로 되지 않았고 집을 둘러싸고 있는 넓은 정원도 손질을 하지 않아 잡초가 무성했다. 시체를 발견한 사람은 아침 무렵 집에 들른 구호단체 공익 요원이었다. 피아와 보덴슈타인은 소름 끼치는 현장을 보고 입이 딱 벌어졌다. 헤르만 슈나이더는 현관에서 거실로 통하는 복도의 타일 바닥에 무릎을 꿇은 자세로 죽어 있었다. 총알은 목덜미를 뚫고 나가 얼굴을 박살냈다. 다비드 골드베르크 때와 똑같다.

"피해자의 이름은 헤르만 슈나이더. 1921년 3월 2일 부퍼탈에서 출생했고 몇 년 전 부인과 사별한 후 이 집에서 혼자 살고 있었습니다. 구호단체에서 일주일에 세 번씩 방문했고 식사는 출장 요리 업체를 통해서 해결했고요."

현장에 제일 먼저 도착한 주근깨투성이 여자 순경이 이미 알아낸 사항을 보고했다.

"이웃 사람들은 만나봤어요?"

보덴슈타인이 물었다.

"물론이죠."

젊은 여경은 약간 자존심이 상한 듯 말했다. 세상 어디나 마찬가지지만 경찰 세계에도 집단 간의 적의와 차별이 존재한다. 순경들은 형사들이 걸핏 하면 자신들을 무시한다고 생각한다. 그리고 그 말이 아주 틀린 것은 아니다.

"옆집 여자가 저녁 8시 반쯤 남자 두 명이 집으로 들어가는 것을 봤대요. 11시가 되기 조금 전에 돌아갔는데 아주 시끄러웠던 모양이에요."

"노인들의 연금을 노린 거죠. 이번 주 들어 벌써 두 번째예요."

보덴슈타인은 다른 순경의 성의 없는 말을 못 들은 척하고 여경에게 계속 물었다.

"도둑이 침입한 흔적은?"

"언뜻 보기엔 없어요. 범인과 아는 사이라 슈나이더가 직접 문을 열어준 것 같아요. 집 안에도 뒤진 흔적이 전혀 없거든요."

"음, 조사를 잘했네요."

보덴슈타인과 피아는 라텍스 장갑을 끼고 시체를 자세히 살폈다. 40와트 백열등의 희미한 빛 속에 드러난 현장은 골드베르크 사건과 겹치는 부분들이 우연이 아님을 말해주었다. 피가 튄 꽃무늬 카펫 위에 16145라는 숫자가 쓰여 있었던 것이다.

"이 사건을 뺏겨선 안 돼."

보덴슈타인이 피아를 보면서 혼잣말처럼 말했다. 그때 검시관이 도착했다. 피아는 1년 반 전 이자벨 케르스트너의 시체를 검시한 난쟁이 의사를 바로 알아보았다. 의사도 피아와 보덴슈타인의 첫 번째 사건을 기억하고 있는지 얼굴을 찡그리며 떨떠름하게 미소를 지었다.

"좀 비켜요."

그때 일을 마음에 두었는지, 아니면 원래 천성이 그런지 그는 퉁명스럽게 말했다. 당시 보덴슈타인은 그의 성의 없는 태도를 상당히 직설적으로 비판했었다.

"증거가 손상되지 않게 조심하세요."

보덴슈타인도 질세라 받아쳤다. 그리고 그 대가로 난쟁이 의사의 질책이 담긴 시선을 받았다. 보덴슈타인은 피아에게 따라오라는 눈짓을 하고 부엌으로 향했다.

"저 사람, 누가 부른 거야?"

"순경들이 불렀겠죠."

피아는 무심코 벽에 걸린 코르크판을 쳐다보다가 영수증, 요리법을 적은 쪽지, 엽서 사이에 붙어 있는 고급 재질의 카드를 발견하고 가까이 다가갔다. '초대장'이라고 적힌 카드를 펼쳐본 피아의 입에서 높고 짧은 휘파람이 새어 나왔다.

"오호, 이것 봐라!"

그녀는 의미심장한 표정으로 보덴슈타인에게 카드를 내밀었다.

*

1970년대 초반에 지어진 단층 주택은 다양한 시대에 걸쳐 사들인, 미적 감각이라곤 전혀 없는 물건들로 채워져 있었다. 오래된 참나무 무늬목 가구가 놓인 거실에는 주인의 취향을 전혀 알 수 없는 흔하디흔한 풍경화가 걸려 있다. 부엌 벽을 장식한 꽃무늬 타일은 눈이 아플 지경으로 복잡하고, 손님용 화장실은 온통 빛바랜 분홍색이다. 피아는 썰렁한 분위기의 침실로 들어갔다. 침대 옆 탁자에 약병 몇 개와 모서리가 닳은 책 한 권이 놓여 있었다. 마리온 된호프(귀족 출신의 저널리스트이자 작가로 나치에 항거하고 전후 독일의 평화에 공헌한 여류 인사_역주)의 《아무도 모르는 이름》이다.

"어때? 뭐 있어?"

"없어요. 어떻게 된 게 서재는커녕 책상도 없네요."

밖에서 방 안을 들여다보는 보덴슈타인에게 피아가 어깨를 으쓱해 보였다.

밖으로 나오니 시체가 법의학연구소로 옮겨지고 감식반 사람들은 짐을 싸는 중이다. 검시관은 시체의 체온을 재보고 사망 시간을 새벽 1시로 추정한 후 급히 사라졌다.

"지하에 서재가 있을지도 몰라. 한번 가보자고."

피아는 보덴슈타인을 따라 지하실로 내려갔다. 첫 번째 방에는 현대식 보일러가 있고, 두 번째 방에는 상자들이 꼼꼼하게 정리돼 있는 책장이 있었다. 보덴슈타인은 다른 쪽 벽면에 진열된 와인 한 병을 꺼내 보고 높은 휘파람 소리를 냈다.

"와, 이게 다 합치면 얼마야?"

먼저 다음 방으로 간 피아는 벽에 붙은 전등 스위치를 켜보고 깜짝 놀랐다.

"반장님! 이리 좀 와보세요!"

"뭔데?"

잠시 후 보덴슈타인이 피아의 등 뒤에 나타났다.

"개인 영화관인가 봐요."

붉은 벨벳으로 덮인 벽, 다섯 개씩 세 줄로 늘어선 안락의자, 멀리 보이는 맞은편 벽에 쳐진 검정색 커튼은 작은 영화관을 방불케 했다. 문 옆 벽는 옛날식 영사기도 설치돼 있었다.

"어디 보자. 우리 영감님은 무슨 영화를 좋아하셨을까?"

보덴슈타인은 영사기 앞으로 다가가 릴을 하나 골라 걸고 아무 단추나 눌렀다. 피아가 문 옆에 있는 스위치를 올리자 커튼이 스르르 열렸다. 보이지 않는 스피커에서 갑자기 총소리와 군가가 울려 퍼지자 보덴슈타인은 어깨를 움찔하며 놀랐다. 눈 덮인 길을 달려가는 탱크, 고사포 화기나 총에 기대고 앉아 웃는 젊은 군인들, 잿빛 하늘 위를 나는 비행기가 껌뻑이는 흑백 화면 속에서 펼쳐졌다.

"주간 뉴스잖아! 세상에! 얼마나 정신이 나갔으면 사설 영화관을 만들어놓고 이런 걸 봐요?"

"옛날을 회상하고 싶었을 수도 있지. 그때는 젊었을 테니까."

포르노 영화를 기대했던 보덴슈타인은 어깨를 으쓱하고는 책장에 꼼꼼하게 정리된 필름 릴을 훑어보았다. 1933년에서 1945년까지의 독일 주간 뉴스 자료가 수없이 많고, 괴벨스의 스포츠 궁전 연설, 나치당 뉘른베르크 전당 대회, 레니 리펜슈탈의 〈의지의 승리〉, 〈몽블랑의 폭풍〉 등 수집가들이 보면 군침을 흘릴 만한 희귀한 영상 기록물들이 즐비했다. 보덴슈타인은 영사기를 껐다.

"다른 사람이랑 같이 봤나 봐요."

피아가 줄지어 있는 의자들 사이에 있는 작은 탁자를 가리켰다. 유리잔 세 개와 와인 병 두 개가 있고, 그 옆에 놓인 재떨이에는 담배꽁초가 넘쳐났다. 피아는 잔 하나를 조심스럽게 들고 자세히 들여다보았다. 역시 예상했던 대로 액체가 마르지 않은 상태다. 보덴슈타인은 복도로 나가 감식반을 불렀다. 그리고 피아를 따라 다음 방으로 갔다. 방문을 열고 안을 들여다본 두 사람은 기가 막혀 말이 나오지 않았다.

"세상에! 이게 다 뭐야? 영화 세트인가?"

피아가 역겹다는 듯 얼굴을 찌푸렸다. 천장에 서까래 비슷한 장식을 달고 바닥에 붉은색 카펫을 깔아놓은 방은 창문이 없어서 원래보다 훨씬 낮아 보였다. 방 한가운데는 육중한 마호가니 책상이 버티고 서 있고, 천장까지 닿는 책장, 서류 보관함, 무거워 보이는 금고가 한쪽 벽면을 채우고 있다. 다른 쪽 벽에는 철 십자 깃발과 히틀러와 나치 인사들의 사진이 죽 걸려 있다. 사람이 사는 것 같지도 않았던, 표정 없는 1층 풍경과 달리 지하층에는 긴 인생을 산 사람의 흔적으로 가득했다. 사진 하나를 자세히 들여다보던 피아는 등에 소름이 쫙 끼쳤다.

"이 사진은 히틀러가 직접 사인한 거예요. 나치 지하 벙커에 들어와 있는 것 같아요."

"책상 서랍을 뒤져봐. 뭔가 단서가 나온다면 이 방에 있어."

"네, 알겠습니다!"

피아가 과장되게 차렷 자세를 하며 외쳤다.

"장난하지 말고."

보덴슈타인은 물건들로 가득 찬 어두침침한 공간을 둘러보았다. 폐소공포증이 느껴질 정도이니 지하 벙커와 비교하는 것도 무리가 아니다. 피아는 책상 서랍을 열고 조심스럽게 내용물을 살폈다. 보덴슈타인은 책장에서 아무 책이나 꺼내 책장을 넘겼다.
"아니, 이게 다 뭐야?"
감식반의 크뢰거가 방에 들어서며 외쳤다.
"끔찍하죠? 사진 다 찍고 나서 여기 있는 물건들을 모두 싸서 강력반으로 좀 보내줘요. 여기 계속 있다간 숨이 막힐 것 같아요."
"이걸 다 옮기려면 트럭 한 대는 있어야 돼."
크뢰거는 귀찮다는 듯 인상을 찡그렸다.
피아는 두 번째 서랍에서 차곡차곡 쌓인 통장들을 발견했다. 헤르만 슈나이더는 상당한 액수의 연금을 받고 있었고, 한 스위스 은행 계좌로 매달 5000유로 정도 따로 입금되는 돈이 있었다. 그 계좌에는 1만 7200유로가 들어 있었다.
"반장님, 매달 5000유로 정도 입금된 기록이 있는데 보낸 사람이 KMF라고 되어 있네요. KMF가 뭘까요?"
피아가 보덴슈타인에게 인쇄된 종이를 내밀었다.
"프랑크푸르트 전쟁 사업부(Kriegsminsterium Frankfurt)?"
"존경하는 지도자 각하(Konto meines Führers)!"
크뢰거가 농담을 하자 옆에 있던 감식반원이 맞장구를 쳤다. 두 사람은 자신들이 한 말에 키득거렸지만 보덴슈타인은 마음속의 불안이 점점 커지는 느낌이었다. 부엌에 있던 카드, 카펫에 쓰인 숫자, KMF의 입금 내역까지 나왔으니 이제 더 이상 연관 관계를 부인할 수 없게 됐다. 비록 엄청난 우연일지라도 사회적으로 존경받는 여류 인사를 찾아가봐야 할 때가 된 것이다.
"KMF는 칼텐제 머신 패브릭의 약자야. 슈나이더도 골드베르크와 마찬가지로 베라 칼텐제를 알았던 거야."

보덴슈타인이 피아에게만 조용히 속삭였다.
"그 할머니, 참 고상한 친구들을 두셨네."
"친구 사이였는지는 아직 알 수 없어. 베라 칼텐제는 사회적으로 명망 있는 사람이야. 무턱대고 그녀를 의심할 순 없어."
"골드베르크도 사회적으로 명망 있는 사람이었어요."
피아가 차갑게 대꾸했다.
"무슨 말을 하려는 거야?"
"겉으로 보이는 게 전부가 아니라고요."
보덴슈타인은 심각한 표정으로 통장 내역을 내려다보았다.
"당시 독일에는 나치에 동조하거나 그 자신이 나치인 사람이 수없이 많았어. 이미 60년이나 지난 일이고."
"그렇다고 죄가 없어지는 건 아니에요. 그리고 슈나이더는 단순한 동조자가 아니에요. 뼛속까지 나치라고요. 보세요. 여기 이것들이 다 말해주잖아요."
"하지만 베라 칼텐제가 죽은 두 사람이 과거에 나치였다는 사실을 알았을 거라고 단정할 수는 없어."
보덴슈타인은 자신의 입으로 말해놓고도 한숨이 나왔다. 불길한 예감이 엄습했다. 베라 칼텐제가 정말 덕망 있고 고결한 인물이라 해도 매스컴에 이름이 오르내리고 이 사건에 결부되는 것만으로도 큰 타격을 입을 것이다.

*

그는 버스에서 내려 쾨니히슈타인 보행자 거리를 어슬렁어슬렁 걸어갔다. 돈이 있다는 것은 참으로 좋은 것이다. 로버트 바트코비아크는 쇼윈도에 비친 자신의 모습을 보고 흡족한 미소를 지었다. 그리고 헤르만 삼촌의 돈으로 제일 먼저 이를 해 넣어야겠다고 다짐했다. 이렇게 단정하게 머리를 다듬고 양복을 입으니 뒤돌아보거나 손가락질하는 사람이 없다. 사실 자의 반 타의 반으로 내몰린 이 생활에 그는 점점 지쳐가고 있었다. 일정한 잠자리와 샤워 시설, 오랜 시간 누려온 편의 시설이 절실하게 필요했다. 무엇보다 모니카에게 하룻밤 재워달라고 구걸하는 것이 싫었다. 모니카는 어제도 자기 집으로 기어 들어올 거라고 생각했겠지만 천만의 말씀이다. 몸 파는 여자 주제에 잘난 척은! 물론 생긴 게 반반한 건 인정한다. 하지만 입만 열었다 하면, 특히 술을 마셨을 때는 천박하기 이를 데 없는 본색이 드러난다. 몇 주 전 '브레이크'에서 술을 마시는데, 친구들 앞에서 도가 지나치게 비아냥거리기에 참지 못하고 따귀를 한 대 때렸다. 모니카는 그제야 입을 다물었다. 그 후로 그는 때리고 싶은 생각이 들 때마다, 때로는 별 이유 없이도 손찌검을 했다. 타인에게 권력을 휘두를 때 오는 쾌감이 마음에 든 것이다.

로버트 바트코비아크는 공원 쪽으로 꺾어 보르그니스 빌라를 지나 시청 쪽으로 걸음을 재촉했다. 로또 가게 옆에 있는 빈집을 임시 거처로 사용한 지 이미 한참 됐다. 주인은 그가 드나드는 걸 알면서도 별말 하지 않았다. 온통 먼지 구덩이고 지저분하지만 전기가 들어오고 물이 나오는 게 어딘가. 다리 밑에서 웅크리고 자는 것보다는 훨씬 낫다.

빈집 2층에 올라간 그는 한숨을 푹 내쉬며 매트리스에 몸을 던졌다. 그리고 구두를 벗어 던지며 배낭에서 맥주 캔을 꺼냈다. 거의 입을 떼지 않고 꿀꺽꿀꺽 맥주를 다 마신 그는 다시 배낭에 손을 집어넣었다. 차가운 쇳덩어리의 감촉이 느껴졌다. 영감탱이는 그가 총 한 자루를 슬쩍하는 걸 보지 못했다. 이 권총은 값이 꽤 나갈 것이다. 2차 세계대전 때 쓰던 진짜 총은 높은 가격에 거래된다. 그리고 실제로 사람을 죽인 적이 있는 총이라고 하면 시세의 두 배, 세 배 가격에 사는 미친놈들이 있다. 그는 권총을 꺼내 홀린 듯 들여다보았다. 유혹이 너무 강해서 도저히 뿌리칠 수 없었다. 슬슬 인생이 풀린다는 느낌이 강하게 들었다. 내일은 은행에 가서 수표를 바꾸고 치과에 갈 것이다. 치과에는 모레 갈 수도 있다. 그는 오늘 저녁에는 브레이크에나 들러봐야겠다고 생각했다. 가끔 술을 마시러 오는 무기 거래상이 올지도 모른다.

*

보덴슈타인은 피시바흐에서 오른쪽으로 꺾어 엡슈타인 방향 B455 연방도로로 들어섰다. 니어호프 과장이 또 무슨 핑계를 대며 막을지 모르기 때문에 한시바삐 베라 칼텐제를 만나보려는 것이다. 그는 운전을 하면서 베라 칼텐제에 대해 곰곰이 생각해보았다. 이 지역에서 그녀만큼 사회적 명성을 누리는 사람은 없다. 그녀는 나타나기만 해도 자리를 빛나게 하는 그런 인물이다. 원래 차이들리츠-라우엔부르크 남작 집안에서 태어난 그녀는 아이를 품에 안고 가방 하나 달랑 든 채 옛 동프로이센에서 서쪽으로 넘어왔다. 그로부터 얼마 지나지 않아 호프하임 출신의 기업가 오이겐 칼텐제와 결혼했고 남편과 함께 칼텐제 머신 패브릭을 국제적 기업으로 만들었다. 남편이 죽은 후에는 직접 회사를 운영하는 동시에 사회복지 활동에 큰 관심과 후원을 아끼지 않았다. 스스로 후원을 하면서 후원자를 모으는 데도 앞장섰던 그녀의 명성은 국내에만 한정

된 것이 아니다. 그녀는 오이겐 칼텐제 재단을 통해 예술, 문화, 환경, 문화재 보호 사업을 후원했고, 도움이 필요한 사람들을 위해 다양한 복지 사업도 펼쳤다.

뮐렌호프로 불리는 칼텐제 사택은 엡슈타인과 로르스바흐 사이의 촘촘히 둘러쳐진 산울타리와 검은 쇠창살 울타리 뒤에 숨어 있었다. 뾰족한 쇠창살 끝이 금빛으로 빛났다. 보덴슈타인은 활짝 열린 대문 안으로 차를 몰아 들어갔다. 집은 거대한 녹지 뒤편에 위치해 있고, 왼쪽에는 역사적 유물인 물레방아가 있었다.

"와! 정말 부러워요. 어떻게 하면 저렇게 가꿀 수 있죠?"

피아가 짙은 초록색으로 펼쳐진 잔디밭, 예술적으로 가지치기 된 나무들, 깔끔하게 손질된 화단을 보고 탄성을 질렀다.

"정원사가 부대로 있겠지. 이런 데선 동물이 막 돌아다니게 놔둘 것 같지 않은데."

보덴슈타인이 그녀의 목장을 염두에 두고 말한 것을 알고 피아는 씩 웃었다. 비르켄호프에서는 동물들이 제자리에 있는 일이 별로 없다. 개는 오리 연못에 가 있고, 말은 정원에서 돌아다니고, 오리와 거위 들은 집 안으로 견학을 간다. 지난번엔 가금류들이 집 안을 둘러본 뒤 방마다 영역 표시를 해놓아서 그걸 치우느라 오후 내내 비지땀을 흘렸다. 크리스토프가 그런 걸 웃고 넘기는 사람이어서 얼마나 다행인지 모른다.

보덴슈타인은 집 앞에 차를 세웠다. 두 사람이 차에서 내려 주위를 둘러보는데 머리가 희끗희끗한 남자가 건물 모퉁이를 돌아 나왔다. 피아는 그의 길쭉한 얼굴을 보자마자 고독해 보이는 눈매가 귀가 축 늘어진 베른하디너 종의 개를 연상시킨다고 생각했다. 어깨끈 달린 녹색 작업복 바지 차림에 가지치기용 가위를 들고 있는 것을 보니 정원사인 듯하다.

"어떻게 오셨습니까?"

그가 의심스러운 얼굴로 묻자 보덴슈타인이 곧바로 신분증을 보여주었다.

"호프하임 경찰서에서 나왔습니다. 칼텐제 여사를 만나뵙고 싶습니다."

그는 한참 동안 바지 주머니를 뒤져 돋보기를 찾아내 보덴슈타인이 내미는 신분증을 자세히 들여다보았다. 그러더니 미안한 듯 억지로 미소를 지었다.

"잠깐이라도 문을 열어두면 이상한 사람들이 많이 들어와서요. 여기가 무슨 호텔이나 골프 클럽인 줄 안다니까요."

"그럴 만도 하네요. 꼭 공원 같아요."

피아가 잘 가꿔진 화단과 정원수를 가리키며 말했다.

"보기에 괜찮습니까?"

정원사는 표정이 금방 밝아졌다.

"그럼요! 설마 이걸 혼자 다 관리하시는 건 아니겠죠?"

"가끔 아들 놈이 거들어줍니다."

정원사는 겸손하게 대답했지만 피아의 칭찬에 기분이 좋은 것 같았다.

"칼텐제 여사는 어디 계십니까?"

보덴슈타인은 이러다가 잔디 퇴비 만드는 방법이나 장미 가꾸기 얘기가 나오면 말이 길어지겠다 싶어 말을 잘랐다.

"참, 내 정신 좀 봐! 지금 바로 가서 알리겠습니다. 그런데 성함이 뭐라고 하셨죠?"

정원사가 미안한 듯 웃으며 물었다. 보덴슈타인이 명함을 건네자 그는 바로 집 쪽으로 사라졌다.

"정원은 이렇게 화려한데 정작 집은 소박하네요."

피아가 건물 외관을 훑어보며 말했다.

"여기 있는 다른 건물들에 비하면 이 집은 역사적으로 별로 중요하지 않아. 13세기엔가 처음으로 역사에 기록된 물레방아 때문에 유명한 거야. 그 물레방아는 20세기 초까지는 슈톨베르크-베르닝어로데 가의 소유였어. 슈톨베르크-베르닝어로데 가문은 엡슈타인 성의 주인이기도 했는데 1929년에 엡슈타인 시에 성을 기증했지. 그 후 베르닝어로데의 사촌이 차이들리츠 가문의 딸과 결혼했는데 그렇게 해서 이 땅이 칼텐제의 소유가 된 거야."

피아는 어안이 벙벙한 얼굴로 보덴슈타인을 쳐다보았다.

"왜?"

"아니, 그걸 어떻게 다 알아요? 그리고 베르닝…… 어쩌고 하는 가문이랑 차이들리츠, 칼텐제가 무슨 상관이에요?"

"베라 칼텐제의 처녀적 성이 차이들리츠-라우엔부르크야. 내가 깜빡하고 얘기 안 했나 보군. 그리고 나머지는 다 역사 시간에 배운 대로야."

"아, 네. 전 귀족 자제분들이 다니는 학교에 다니지 않아서 그런 전문 지식은 잘 몰라요."

"좀 비꼬는 것 같은데?"

"아니에요! 큰일 나려고요."

피아는 크게 손을 내둘렀다.

"어? 저기 남작 부인의 하인이 오는데요. 그런데 남작 부인 앞에서는 인사를 어떻게 해야 하죠? 궁정식으로 무릎을 굽히고 인사해야 하나?"

"키르히호프 형사를 누가 말려?"

보덴슈타인은 머리를 절레절레 흔들며 웃었다.

*

칼텐제 집안의 손녀 말린 리터는 오른손 약지에 낀 단순한 디자인의 반지를 내려다보며 가만히 미소를 지었다. 최근 몇 달간 빠른 속도로 진행된 긍정적 변화에 그녀는 현기증이 날 지경이다. 사실 마르코와 이혼하면서 여생을 독신으로 지내리라고 각오했었다. 뚱뚱하고 땅딸막한 체구는 아버지에게서 물려받은 것이다. 그러나 남자들이 그녀에게 다가오지 않는 이유는 그것보다 무릎 아래에서 절단된 다리 때문이다. 그러나 토마스 리터는 달랐다! 어릴 때부터 그녀를 봐왔고 무슨 일을 겪었는지 다 알기 때문이다. 로버트와의 금지된 연애, 심한 후유증을 남긴 사고, 집안이 들썩들썩했던 싸움. 그는 그녀가 병원에 입원했을 때 문병을 왔고, 부모 대신 재활 치료소에 데려다주기도 했다. 슬퍼하는 뚱보 아가씨에게 다정한 위로를 건네고 항상 격려의 말을 잊지 않는 남자였다. 말린은 이미 그때부터 그를 좋아할 수밖에 없었다.

작년 12월 우연히 그와 마주쳤을 때 그녀는 그것이 분명 하늘의 뜻이라고 생각했다. 그는 상태가 좋아 보이지 않았다. 쇠락한 사람 같은 인상을 주었다. 하지만 그 어느 때보다 친절했고 매너도 훌륭했다. 할머니를 원망할 만도 하지만 할머니에 대해 부정적인 말은 단 한마디도 하지 않았다. 18년간이나 함께 일해온 할머니와 리터의 관계가 갑자기 깨져버린 이유가 무엇인지 그녀는 모른다. 가족들도 그저 추측만 할 뿐, 정확한 이유를 아는 사람은 없다. 말린은 그의 재능이 아깝다고 생각했다. 그가 프랑크푸르트에서 더 이상 제대로 된 직장을 구하지 못하는 것은 할머니의 인맥과 영향력 때문이었다.

그는 왜 프랑크푸르트를 떠나 다른 도시에서 새로 시작하지 않았을까? 아무도 그를 써주지 않는 프랑크푸르트에 남아 프리랜서로 전전하는 이유가 뭘까? 프랑크푸르트-니더라트에 있는 그의 집은 집이라고 부르기에 민망한 수준이었다. 말린은 자신의 집으로 들어와 살라고 권했지만 그는 신세 지고 싶지 않다며 거절했다. 그 말에 그녀는 깊이 감동했다. 입은 옷 한 벌밖에 없는 알거지 신세지만, 그것은 그의 잘못이 아니라고 생각했다. 그녀는 그를 마음속 깊이 사랑했다. 함께 있는 것도 좋고, 함께 자는 것도 좋고, 곧 두 사람의 아이가 태어난다는 것도 좋았다. 그리고 그녀는 할머니와 토마스를 화해시킬 수 있다고 굳게 믿었다. 할머니는 이제까지 그녀의 부탁을 거절한 적이 없다. 갑자기 그녀의 휴대전화가 울렸다. 하루에도 열 번씩 전화를 해서 안부를 묻는 토마스의 전용 벨소리다.

"둘이 뭐하고 있어? 별일 없었고?"

말린은 배 속의 아기와 그녀를 가리키는 말에 살며시 미소를 지었다.

"우리는 지금 소파에 누워서 뒹굴뒹굴하고 있어. 독서 중이야. 자기는?"

신문사 편집부에는 공휴일이 없다. 오늘 그는 가장인 동료를 위해 자발적으로 휴일 근무를 맡았다. 말린은 참으로 토마스다운 행동이라고 생각했다. 그녀에게 그는 이해심 많고 희생정신이 강한 남자다.

"아직 안 들어온 원고가 몇 개 더 있어서 기다려야 해. 오늘 하루 종일 혼자 있게 해서 미안해. 아마 주말에는 쉴 수 있을 거야."
"내 걱정은 마. 난 잘 있으니까."
그들은 한참 더 대화를 나누었다. 토마스에게 일이 생겨 전화를 끊은 후 말린은 흡족한 미소를 머금은 채 다시 반지를 쳐다보았다. 그리고 고개를 뒤로 젖히고 눈을 감으며 생각했다. 아, 이런 남자를 갖게 되다니, 얼마나 큰 행운인가!

*

베라 칼텐제는 현관까지 나와 형사들을 맞았다. 눈이 내린 듯한 백발, 총명해 보이는 푸른 눈, 정갈한 옷차림. 노부인의 얼굴에는 오랜 세월의 흔적이 거미줄처럼 새겨져 있었으나 은색 손잡이가 달린 지팡이만 빼면 나이에 비해 상당히 정정해 보였다.
"어서들 와요. 우리 충실한 모어만이 아주 중요한 일로 찾아오셨다고 하던데."
그녀의 눈에는 반가움이 깃들어 있었고 목소리는 살짝 떨렸다.
"예, 그렇습니다."
보덴슈타인이 미소에 답하며 손을 내밀었다.
"호프하임 강력반의 올리버 폰 보덴슈타인입니다. 이쪽은 피아 키르히호프 형사고요."
"아! 가브리엘라가 사위 자랑을 그렇게 하더니 결국 이렇게 만나게 되는구먼."
그녀는 보덴슈타인을 찬찬히 살폈다.
"득녀하신 기념으로 보낸 선물이 마음에 드셨는지 모르겠네."
"네, 물론입니다. 감사히 잘 받았습니다."

보덴슈타인은 베라 칼텐제가 소피아에게 선물을 보낸 줄 전혀 모르고 있었다. 그러나 코지마가 잘 알아서 감사의 뜻을 전했을 것이다.

"반가워요, 키르히호프 형사님."

베라 칼텐제는 이번에는 피아의 손을 잡으며 살뜰하게 인사를 건넸다.

"어쩜, 눈이 예쁘기도 하지! 이렇게 예쁜 경찰관은 처음 봐요."

그녀가 피아의 눈을 자세히 들여다보며 말했다. 피아는 원래 그런 칭찬을 귀담아듣지 않지만 웬일인지 이번에는 바로 기분이 좋아져서 겸연쩍게 웃었다. 엄청난 부자에 유명 인사라 고압적인 자세로 나오거나 본 척도 하지 않을 거라고 생각했는데 이렇게 허물없이 대하는 것을 보니 놀라지 않을 수 없었다.

"여기 서서 이럴 게 아니라 어서 들어와요!"

베라 칼텐제는 오랜 친구라도 되는 양 피아의 팔짱을 끼고 플랑드르 벽걸이 그림이 여러 개 걸려 있는 응접실로 데려갔다. 커다란 대리석 벽난로 앞에는 안락의자 세 개와 작은 탁자가 놓여 있는데, 그냥 낡은 가구 같지만 피아네 집에 있는 가구를 다 합친 것보다 비쌀 것 같았다. 베라 칼텐제는 친절한 말로 자리를 권했다.

"그리 앉아요. 커피 아니면 뭐 시원한 거 한 잔 드릴까요?"

"아닙니다. 괜찮습니다."

보덴슈타인은 정중하게 거절할 뿐 앉을 생각을 하지 않았다. 사망 소식을 전할 때는 앉아서 커피 잔을 앞에 놓고 하는 것보다 선채 말하는 것이 훨씬 편하다.

"좋아요. 어디 여기 온 이유를 들어볼까요? 예의상 인사하러 온 건 아닐 테고, 그렇죠?"

그녀는 여전히 웃는 얼굴이지만 눈에는 근심이 서려 있었다.

"네, 그렇습니다."

노부인의 얼굴에서 웃음기가 사라졌다. 가여운 생각이 들 정도로 당황한 기색이다. 그녀는 의자에 앉아 선생님의 꾸지람을 기다리는 학생처럼 보덴슈타인을 응시했다.

"오늘 아침 헤르만 슈나이더라는 사람의 시체가 발견됐습니다. 그 사람 집에서 여사님과 친분 관계가 있다는 단서가 나와서 이렇게 찾아온 겁니다."

베라 칼텐제는 얼굴이 백짓장처럼 허옇게 질려서 지팡이를 떨어뜨리고 오른손으로 목걸이를 움켜잡았다.

"맙소사! 어떻게……. 아니, 무슨…… 무슨 일이 일어난 거죠?"

"집에서 총에 맞아 죽었습니다. 저희는 다비드 골드베르크 씨를 죽인 범인과 동일범의 소행으로 보고 있습니다."

보덴슈타인은 땅에 떨어진 지팡이를 주워주려 했지만 베라 칼텐제는 지팡이는 안중에도 없었다.

"맙소사!"

그녀는 신음 같은 외마디 소리를 내지르며 한 손으로 입을 막았다. 눈에 고인 눈물이 주름진 얼굴 위로 흘러내렸다. 피아가 보덴슈타인에게 눈을 흘기자 보덴슈타인은 무표정한 얼굴로 양 눈썹을 추어올렸다. 피아는 노부인의 손을 잡고 위로했다.

"충격이 크시죠? 물 좀 가져다 드릴까요?"

"고마워요. 참 친절하시네. 저기 장식대 위에 물병이 있어요."

베라 칼텐제는 감정을 추스르며 눈물범벅이 된 얼굴로 애써 미소를 지었다.

피아는 여러 종류의 술과 물이 담긴 유리병, 컵이 여러 개 놓여 있는 장식대에서 물을 가져왔다. 노부인은 피아에게 미소를 지으며 물컵을 받아 한 모금 마셨다.

"몇 가지 질문이 있는데, 힘드시면 나중으로 미룰까요?"

"아니에요. 이제 괜찮아요."

베라 칼텐제는 캐시미어 카디건 주머니에서 눈부시게 하얀 손수건을 꺼내 눈물을 닦고 코를 풀었다.

"갑자기 그런 소식을 들은 게 충격이었나 봐요. 헤르만은…… 우리 집안의 오랜 친구였어요. 그 헤르만이 그렇게 끔찍하게 죽다니!"

베라 칼텐제의 눈에는 다시 눈물이 고였다.

"사건 현장에 여사님의 생일 파티 초대장이 있었어요. 그리고 KMF에서 슈나이더 씨의 스위스 은행 계좌로 주기적으로 입금한 기록도 있었고요."

노부인은 감정을 가라앉히며 천천히 고개를 끄덕였다. 그리고 조용하지만 단호한 목소리로 설명했다.

"헤르만은 죽은 남편의 오래된 친구예요. 은퇴 후에 우리 KMF 스위스 지사의 자문으로 들어왔죠. 헤르만이 재정부 공무원으로 일하면서 쌓은 경험은 우리 회사에 큰 도움이 됐어요."

"슈나이더 씨의 과거에 대해 뭔가 아시나요?"

보덴슈타인은 아직도 지팡이를 든 채다.

"직업적으로요, 아니면 개인적으로요?"

"둘 다요. 일단 살해 동기가 있는 사람을 찾아야 하니까요."

베라 칼텐제는 생각에 잠긴 얼굴로 천천히 고개를 저었다.

"내가 알기로 그럴 만한 사람은 없어요. 참 선한 사람이었어요. 부인이 죽고 나서 죽 혼자 살았죠. 몸이 안 좋은데도 양로원에는 절대 안 가려고 했어요."

피아는 그 이유를 알았다. 양로원에서는 나치 주간 뉴스를 볼 수 없고, 히틀러의 서명이 담긴 사진을 벽에 걸어놓을 수도 없을 테니까. 하지만 그 말을 입 밖에 꺼내지는 않았다.

"슈나이더 씨를 안 지 얼마나 오래됐습니까?"

"아주 오래됐어요. 죽은 우리 바깥양반의 오래된 친구거든요."

"슈나이더 씨가 골드베르크 씨와도 아는 사이였습니까?"

"그럼요. 그런데 그건 왜 물어요?"

베라 칼텐제의 얼굴에 혼란스러운 표정이 나타났다.

"두 사건 현장에 같은 숫자가 남겨져 있었습니다. 피해자의 피로 16145라고 씌어 있었는데, 그 숫자가 두 사건의 연관성을 말해주는 것 같습니다."

베라 칼텐제는 잠시 아무 말이 없었다. 피아는 아주 짧은 순간이지만 노부인의 얼굴에 이상한 빛이 스치는 것을 보았다.

"16145라고요? 그게 무슨 뜻인가요?"

보덴슈타인이 막 대꾸하려고 하는데 한 남자가 나타났다. 키가 크고 말랐는데 그냥 마른 것이 아니라 거의 뼈밖에 남지 않았다. 양복에 실크 목도리를 두른 그 남자는 어깨까지 오는 희끗희끗한 머리 때문에 늙은 배우 같은 느낌을 풍겼다. 손님을 보고 놀란 그는 보덴슈타인, 피아, 베라 칼텐제 순서로 시선을 옮겼다. 피아는 그를 어디선가 본 것 같다는 생각이 들었다.

"손님이 계신 줄 몰랐네요, 어머니. 죄송합니다, 계속 말씀 나누시죠."

그가 나가려 하자 노부인이 그를 제지했다.

"잠깐! 이리 오너라."

베라 칼텐제의 목소리는 날카로웠지만 다시 보덴슈타인과 피아를 향할 때 그는 웃는 얼굴이었다.

"엘라르트, 우리 큰애예요. 이 집에 같이 살아요."

그녀는 아들에게도 형사들을 소개시켰다.

"엘라르트, 이분들은 호프하임 경찰서에서 나오신 형사님들이다. 이쪽은 가브리엘라의 사위인 보덴슈타인, 이쪽은 동료인…… 가만, 미안해요. 이름을 깜빡했네."

피아가 막 말을 하려는데 엘라르트 칼텐제가 선수를 쳤다. 쉰 목소리에 노래하는 듯한 울림이 있었다.

"키르히호프 부인, 오랜만입니다. 부군은 잘 지내십니까?"

그가 뛰어난 기억력을 자랑하며 물었다.

엘라르트 칼텐제 교수! 피아도 그제야 생각이 났다. 엘라르트 칼텐제는 미술사가로, 프랑크푸르트 대학에서 미대 학장으로 오랜 기간 재직했다. 프랑크푸르트 법의학연구소 부소장인 헤닝도 대학 교원이라 피아가 가끔 강의를 들으러 갔는데, 엘라르트 칼텐제 교수도 그 강의에 참석하곤 했다. 들리는 말에 의하면 세련되고 매너가 좋으며 젊은 여류 화가 킬러라고 했다. 이제 예순이 넘었을 텐데 한물간 듯하면서도 아직 매력적인 데가 있다.

"네, 덕분에 잘 지내고 있어요."

피아는 헤닝과 두 달 전 헤어졌다는 말은 쏙 뺐다.

"헤르만이 살해당했다는구나. 그래서 경찰이 온 거야."

베라 칼텐제의 목소리는 다시 안정을 잃고 가늘게 떨렸다.

"그래요? 언제요?"

엘라르트가 가볍게 놀라며 눈썹을 추어올렸다.

"어젯밤에 자택에서 총에 맞아 죽었습니다."

보덴슈타인이 설명했다.

"아, 네. 끔찍한 일이군요."

엘라르트는 사람이 죽었다는데도 별 감정의 동요를 보이지 않았다. 피아는 그가 슈나이더의 과거 나치 행각을 아는 게 아닐까 하는 의심이 들었다. 하지만 그걸 물어볼 수는 없다. 적어도 지금 이 자리에서는 아니다.

"어머님 말씀으로는 돌아가신 아버님의 친구분이셨다고요?"

보덴슈타인의 말에 그는 어머니를 힐끗 쳐다보았다. 순간 피아는 그 눈빛에서 조소를 본 것 같다는 느낌이 들었다.

"어머니가 그렇다면 그렇겠죠, 뭐."

"경찰에서는 골드베르크 사건과 동일범의 소행으로 보고 있습니다. 두 사건 현장에서 동일한 숫자가 발견됐거든요. 피해자의 피로 쓰인 16145라는 숫자가 수수께끼처럼 남겨져 있었습니다."

보덴슈타인의 말속으로 베라 칼텐제의 숨죽인 탄식이 짧게 끼어들었다. 엘라르트는 숫자를 되뇌며 생각에 잠겼다.

"16145라…… 그거 혹시…….”

그때 베라 칼텐제가 느닷없이 큰소리로 외쳤다.

"세상에 이런 일이! 어떻게 이럴 수가!"

그러더니 그녀는 한 손으로 얼굴을 가리고 크게 흐느껴 울기 시작했다. 그녀의 좁은 어깨가 들썩거렸다. 보덴슈타인은 그녀의 다른 손을 잡아주며 남은 질문은 나중에 하겠다고 말했다. 그 와중에 피아는 노부인이 아니라 엘라르트 칼텐제를 관찰하고 있었다. 그는 어머니가 경련에 가까운 울음을 토해내는데도 다가가 위로할 생각을 하지 않았다. 위로는커녕 무표정한 얼굴로 유리잔에 코냑을 따라 마셨다. 그는 어떤 감정도 드러내지 않았지만 그의 눈빛에 서려 있는 감정은 경멸이라고밖에 부를 수 없는 것이었다.

*

문 뒤에서 가까워지는 발소리를 들으며 그는 새삼 가슴이 두근거렸다. 한 발짝 뒤로 물러서 기다리니 곧 문이 열렸다. 진분홍색 리넨 원피스에 흰색 재킷을 걸친 카타리나 에르만의 화사한 모습에 그의 심장은 다시금 거칠게 뛰었다. 둥글게 말려 어깨까지 내려온 검은 머리카락에는 윤기가 흘렀고, 길게 뻗은 다리는 섹시한 구릿빛으로 빛났다.

"안녕, 자기. 잘 있었어?"

토마스 리터가 얼굴에 웃음을 띠고 다가갔지만, 그녀는 차가운 눈빛으로 그를 훑어보았다.

"자기? 놀고 있네. 지금 날 엿 먹이려는 거야?"

예쁜 입에서 상스러운 말이 거침없이 튀어나왔다. 하지만 그것은 그녀의 매력이기도 하다. 리터는 속으로 당황했다. 혹시 말린과의 관계를 알아낸 것일까? 설마 그럴 리가 없다. 몇 주째 출판사가 있는 취리히에 있거나 마주르카 섬에 있거나 했는데 카타리나가 말린에 대해 알 리 없다.

"왔으니 들어와."

카타리나가 앞장섰다. 그는 그녀 뒤를 따라 널찍한 집 안을 가로질러 옥상까지 올라갔다. 만약 그가 한 짓을 알면 카타리나는 눈물이 나게 웃을 것이다. 칼텐제 집안에 원한이 있다는 점에서 두 사람은 동지다. 하지만 카타리나와 함께 말린을 비웃을 생각을 하니 마음이 편치 않았다. 카타리나는 자리도 권하지 않은 채 서서 다짜고짜 물었다.

"어떻게 됐어? 완성됐어? 우리 마케팅 부장이 슬슬 눈치 주기 시작했거든."

토마스 리터는 잠시 대답을 망설였다.

"첫 번째 장이 영 마음에 안 들어. 베라가 1945년 프랑크푸르트에 나타나는 게 갑자기 뿅 하고 나타난 것 같단 말이지. 그전의 삶을 말해주는 가족사진이나 기록 같은 게 전혀 없어. 지금 상태로는 아무데서나 볼 수 있는 평범한 회고록 같은 느낌이야."

카타리나는 대답이 성에 차지 않는지 인상을 팍 찡그렸다.

"대박 터뜨릴 정보가 있다고 했잖아! 왠지 낚인 것 같은 기분이 드는데?"

"아니야. 정말이야! 엘라르트가 갑자기 피하면서 입을 다무는데 나도 어쩔 도리가 없잖아."

티 없이 맑은 파란 하늘 아래로 쾨니히슈타인 구시가지가 내려다보였다. 하지만 그는 성에도, 반대쪽에 보이는 빌라에도 눈길이 가지 않았다.

"정보원이 엘라르트였어? 그런 건 진작 말했어야지."

카타리나가 한심하다는 듯 머리를 내둘렀다.

"일찍 말했으면? 정보를 얻어낼 자신이 있는 모양이지?"

그 말에 카타리나는 가만히 그를 응시했다.

"어쨌든 내가 얘기해준 것으로 잘 한번 만들어봐. 그것만으로도 크게 한 방 터뜨리기엔 충분해!"

그는 입술을 깨물며 고개를 끄덕였다.

"그런데 문제가 하나 있어."

"얼만데?"

카타리나가 얼굴 표정 하나 변하지 않고 물었다. 리터는 잠시 망설이다가 길게 한숨을 뽑았다.

"5000이면 얼마간은 버틸 것 같아."

"돈은 줄게. 하지만 조건이 있어."

"뭔데?"

카타리나의 얼굴에 차가운 미소가 떠올랐다.

"3주 후까지 완성해. 9월 초에 유타가 수상 선거 후보로 선출되기 전까지는 책이 나와야 해."

3주! 토마스 리터는 난간 앞으로 가 먼 곳을 바라보았다. 어쩌다 이런 신세가 됐단 말인가? 그는 아무 문제없이 잘 살고 있었다. 갑자기 그런 이상한 생각을 해낸 게 화근이었다. 그리고 베라 칼텐제의 비밀을 폭로하는 전기를 써보겠다는 말에 유타의 둘도 없는 친구인 카타리나가 그렇게 열광할 줄은 몰랐다.

카타리나는 유타에게 냉정하게 거절당한 후 복수의 칼날을 갈고 있었다. 죽은 남편에게 물려받은 재산으로 부러울 것 없이 사는데도 친구를 용서하지 못했다. 스위스의 출판사 사장 베아트 에르만과의 짧은 결혼 생활은 재정적인 면에서 그녀에게 큰 수익을 안겨 주었다. 자신의 정력을 과대평가한 늙은 에르만은 결혼한 지 2년도 안 돼서 수석 편집자의 다리 사이에서 심장마비를 일으켜 죽었고 그의 재산, 부동산, 출판사는 고스란히 카타리나의 차지가 됐다. 그러나 유타에게 받은 모욕은 그녀의 가슴속 깊이 가시처럼 꽂혀서 사라지지 않았다. 그녀는 독일 현대사에서 중요한 인물로 손꼽히는 베라 칼텐제의 비밀을 폭로하는 책이 나오면 엄청난 스캔들이 될 거라며 돈방석에 앉는 건 시간문제라고 토마스를 꼬드겼다. 그는 그 말에 넘어갔고 인생의 모든 것을 잃었다. 직장, 명성, 미래. 베라 칼텐제가 그 사실을 알고 그를 내쫓았던 것이다. 그 이후 그는 사회적으로 매장당한 것이나 다름없이 살았다. 카타리나가 던져주는 돈으로 살면서 마음속으로 지극히 혐오하는 일로 돈을 벌었다. 하지만 스스로의 힘으로 그 상황에서 벗어날 엄두를 내지 못했다. 말린과 비밀리에 결혼해서 복수하겠다는 생각도 처음에는 기발한 것처럼 보였지만 지금은 또 다른 함정이 되어버렸다. 누구에게 진실을 말하고 누구에게 입을 다물어야 할지 알 수 없게 되어버린 것이다. 카타리나가 옆으로 다가왔다.

"우리가 요 몇 달간 당신 계좌에 쑤셔 박은 돈이 얼만 줄 알아? 사람들은 이제 결과를 보고 싶어 한단 말이야. 그 빌어먹을 원고가 왜 아직도 마무리되지 않는지 자꾸 물어보는데 매일 다른 변명을 생각해내는 것도 이제 지겨워죽겠다고!"

카타리나는 전에 없이 날카로운 목소리로 말했다.

"알았어. 3주 후에 줄게. 앞부분만 고치면 돼. 쓰려고 생각한 게 있는데 정보를 못 구했어. 하지만 오이겐 칼텐제에 대한 것만으로도 이슈는 충분히 될 거야."

그가 서둘러 대답했다.

"그래, 잘 생각했어. 나도 이제 한숨 놓겠네. 아무리 내가 사장이라도 약속한 건 지켜야 할 거 아니야?"

토마스 리터는 의식적으로 서글서글해 보이는 미소를 지었다. 그는 자신의 외모가 여자들에게 어떻게 작용하는지 잘 알고 있었다. 어떻게 해야 여자들이 사족을 못 쓰는지도 경험을 통해 터득했다. 아름다운 카타리나도 예외는 아니다.

"이리 와. 일 얘기는 나중에 하자. 보고 싶었어."

그는 난간에 등을 기대며 양팔을 벌렸다. 카타리나는 잠시 화난 척했지만 결국 고집을 꺾고 미소를 지었다. 그리고 목소리를 낮춰 비밀스럽게 말했다.

"수억이 걸린 일이야. 우리 법무팀 사람들이 가처분 조치를 피할 수 있는 방법을 생각해냈어. 책을 스위스에서 내면 된대."

그는 그녀의 가느다란 목을 따라 내려가며 입을 맞추었다. 그녀가 몸을 바싹 갖다 대자 바로 아랫도리가 꿈틀거렸다. 말린과 재미없는 건전한 섹스만 하다가 육체적 한계를 느끼게 하는 카타리나의 폭력적이고 무절제한 섹스를 생각하니 흥분됐다.

"아 참."

카타리나가 그의 벨트를 풀다 말고 말했다.

"엘라르트하고는 내가 얘기해볼게. 옛날부터 내 말이라면 껌벅 죽거든."

*

"반장님, 그 숫자를 들었을 때 칼텐제 여사의 표정이 어떤지 봤어요? 그리고 아들을 대하는 태도가, 뭐랄까…… 너무 고압적이지 않아요?"

뮐렌호프에서 나와 호프하임 경찰서로 가는 차 안에서 골똘히 생각에 잠겨 있던 피아가 갑자기 입을 열었다. 그 순간 베라 칼텐제의 얼굴에 스친 감정은 무엇이었을까? 두려움? 증오? 경악?

"글쎄. 난 별로 못 느꼈는데. 그리고 표정이 이상했다고 해도 당연한 일이지. 친한 사람이 총에 맞아 죽었다는 소식을 들었잖아. 그나저나 칼텐제 여사의 아들하고는 어떻게 아는 사이야?"

피아는 엘라르트 칼텐제를 알게 된 경위를 간단히 설명하고 다시 생각에 빠졌다.

"슈나이더가 죽었다는 말을 듣고도 얼굴색 하나 안 변했어요. 별로 놀란 거 같지도 않았고요."

"그래서? 거기서 도출할 수 있는 결론이 뭔데?"

"없어요."

피아는 어깨를 으쓱했다.

"슈나이더와 골드베르크를 그다지 좋아하지 않았다는 건 확실하죠. 그리고 자기 어머니를 위로할 생각도 전혀 없어 보였어요."

"그건 이미 다른 사람이 살뜰히 보살피고 있었기 때문이 아닐까? 난 키르히호프 형사가 같이 울면 어쩌나 걱정했다니까."

보덴슈타인이 한쪽 눈썹을 추어올리며 놀리듯이 말하자 피아는 멋쩍게 얼굴을 찡그렸다. 평소 사건에 충분히 거리를 두고 감정적으로도 중립을 잃지 않는 그녀가 오늘따라 호호백발 할머니의 동정심 유발 전략에 홀라당 넘어가 버린 것이다.

"제 생각에도 너무 아마추어 같았어요. 할머니가 엉엉 우는데 마음이 약해지더라고요. 전 할머니들한테 약한가 봐요."

"아, 그래? 키르히호프 형사는 좋은 집안에서 태어났고 약간 정신 불안 증세가 있고 살인 혐의를 받게 된 젊은 남자한테 약한 게 아니었던가?"

보덴슈타인이 재미있다는 표정으로 피아를 곁눈질했다. 피아는 루카스 반덴베르크 얘기라는 것을 바로 알아챘다. 하지만 피아의 기억력도 그에 못지않게 좋다. 그녀는 얼굴에 미소를 띠고 바로 반격에 나섰다.

"그런 걸 두고 사돈 남 말 한다고 하는 거예요. 마음 약해지는 얘기를 하니까 갑자기 미모의 수의사가 떠오르네요. 그 집 딸이 참 예뻤죠, 아마……."

"알았어, 알았어."

보덴슈타인이 황급히 그녀의 말을 막았다.
"농담한 건데 이해를 못하네."
"반장님이야말로 농담을 이해 못하시네요."
그때 카폰이 울렸다. 오스터만이 슈나이더의 부검 승인이 났다고 알려왔다. 그리고 비스바덴 과학수사연구소에서 가져온 흥미로운 소식을 전했다. 사건을 은폐하느라 급급했던 연방범죄수사국 사람들이 과학수사연구소로 넘어간 증거물을 깜빡한 것이다.
"골드베르크 자택 화단에 떨어져 있던 휴대전화는 로버트 바트코비아크라는 사람의 것으로 확인됐습니다. 범죄자 명단에 올라 있는 사람이에요. 지문도 데이터베이스에 있고요. 모든 법 조항을 어겨보려고 작정한 사람 같아요. 살인은 없는데 그 밖에 절도, 상해, 강도 안 해본 게 없어요. 향정신성물질 소지법 위반으로 여러 차례 걸렸고, 무면허 운전에, 음주 운전으로 인한 면허취소도 한두 번이 아니에요. 거기다 강간 미수 등등까지요."
"그럼 경찰서로 불러."
"그게 좀 곤란합니다. 반년 전에 출소한 뒤로는 일정한 주소지가 없어요."
"마지막 주소지는 있을 거 아냐."
"네, 그런데 이게 아주 재미있어요. 마지막 주소지가 칼텐제가의 뮐렌호프로 돼 있습니다."
"정말이야?"
피아가 놀라서 물었다.
"아마 칼텐제의 사생아라서 그런 거겠지."
오스터만의 목소리가 스피커에서 새어 나왔다. 피아는 얼른 보덴슈타인과 시선을 교환했다. 다시 칼텐제라는 이름이 나온 것은 과연 우연일까? 그때 피아의 휴대전화가 울렸다. 모르는 번호였지만 피아는 전화를 받았다.

"피아, 나야. 통화 괜찮아?"

미리엄의 목소리다.

"응, 말해. 무슨 일이야?"

"토요일에 만났을 때 말이야, 골드베르크 씨가 죽은 거 알고 있었니?"

"응. 그런데 업무상 비밀이라 말할 수 없었어."

"세상에, 누가 그런 노인을 죽였을까?"

"음, 좋은 질문이야. 아직 우리가 답을 못 찾고 있는 질문이기도 하고. 그런데 그 사건은 더 이상 우리 소관이 아니야. 그 다음 날 골드베르크 씨의 아들이 미국 영사관이랑 내무부 사람을 대동하고 와서 시체를 인수해갔어. 정말 황당하더라고."

"그건 네가 우리 장례 풍습을 잘 몰라서 그런 거야. 유대인들은 사람이 죽으면 되도록 당일에 바로 장사를 지내야 하거든. 살로몬 골드베르크는 신앙심이 두터운 사람이야."

"아, 그래?"

피아는 그새 통화를 마친 보덴슈타인을 쳐다보며 조용히 하라는 뜻으로 입술에 손가락을 갖다 댔다.

"그럼 장례는 벌써 치른 거야?"

"응, 월요일에 프랑크푸르트 유대인 묘역에서. 하지만 시바가 끝나면 다시 공식적인 장례식이 있을 거야."

"시바?"

시바를 힌두교의 신으로 알고 있는 피아가 영문을 몰라 물었다.

"시바는 히브리어로 7이라는 뜻이야. 죽은 사람을 땅에 묻고 나서 7일간의 애도 기간을 가지거든. 살로몬 골드베르크랑 그 가족들은 모두 그때까지는 프랑크푸르트에 있을 거야."
피아는 갑자기 좋은 생각이 떠올랐다.
"너 지금 어디야?"
"집인데. 왜?"
"나랑 좀 만날래? 할 얘기가 있어."

*

엘라르트 칼텐제는 2층 방 창문 앞에 서서 밖을 내다보았다. 지그베르트의 차가 쌩하니 대문을 통과해 마당으로 들어서는 것이 보였다. 그는 쓴웃음을 지으며 돌아섰다. 베라는 사태를 수습하기 위해 모든 수단을 동원했다. 올 것이 오고 있다. 엘라르트 자신도 전혀 죄가 없진 않다. 16145라는 숫자가 무엇을 뜻하는지 그 자신은 모르지만 왠지 베라가 알고 있는 것 같다는 의심이 들었다. 베라는 질문을 피하기 위해 전혀 그녀답지 않게 울음을 터뜨렸고 성공적으로 상황을 모면했다. 그리고 경찰들이 나가자마자 지그베르트에게 전화를 걸었다. 지그베르트는 물론 열 일 제쳐두고 쪼르르 달려왔다. 엘라르트는 구두를 벗어 던지고 양복 재킷을 벗어 스탠드 옷걸이에 걸었다.
그 여형사, 키르히호프 부인은 왜 그렇게 이상한 눈길로 그를 쳐다보았을까? 그는 침대에 걸터앉아 양손으로 머리를 감싼 채 아까 오고 간 말을 하나하나 머릿속에 떠올려보았다. 그가 뭔가 말을 잘못한 것일까? 눈에 띄는 행동이나 의심스러운 행동을 했나? 그녀는 그를 의심하고 있을까? 의심한다면 왜? 그는 기분이 영 좋지 않았다. 밖에서 차 소리가 났다. 물론 유타도 빠질 수 없다. 어머니는 유타에게도 연락을 해서 불러들였을 것이다. 그렇다면 곧 가족회의가 있을 것이고 누군가 그를 부르러 올라올 것이다. 그의 머릿속에서 차츰 어떤 부주의한 행동을 했는지가 명백해졌다. 그는 큰 실수를 저지른 것이다. 만약 그들이 그 사실을 알게 되면 어떻게 될까? 그런 생각을 하는 것만으로도 심장에 통증이 느껴졌다. 어디로 숨는다고 해서 해결될 일이 아니다. 지금까지처럼 정상적으로 생활하면서 아무것도 모르는 척해야 한다. 그때 갑자기 휴대전화가 유난히도 크게 울려 그는 깜짝 놀랐다. 그리고 전화를 건 사람이 유타의 친구 카타리나 에르만이라는 데 다시 한 번 놀랐다.

"안녕하세요, 오빠! 어떻게 지내세요?"

전화기에서 카타리나의 쾌활한 목소리가 흘러나왔다.

"카타리나! 오랜만에 목소리를 다 들려주고 영광인데! 내가 이런 영광을 누리게 된 이유가 뭘까?"

그는 최대한 놀라지 않은 척했다. 카타리나에게는 옛날부터 호감이 있었다. 가끔 문화 행사나 다른 자리에서 마주치면 마냥 반갑기도 했다.

"거두절미하고 본론부터 말할게요. 오빠 도움이 필요한데 잠깐 만날 수 있을까요?"

그녀의 목소리에 깔린 다급한 기색을 감지한 그는 더욱 느낌이 안 좋아서 살짝 회피하듯 말했다.

"지금 좀 곤란한데. 우리 집에 비상이 걸렸거든."

"아, 골드베르크가 죽었다는 말 들었어요."

"그러니?"

신문에 기사가 나가는 건 막은 것 같던데, 그녀는 어디서 그 소식을 들은 걸까? 아마도 유타가 얘기했을 것이다.

"오빠, 혹시 토마스가 오빠네 어머니에 대한 책을 쓴다는 거 알고 계세요?"

엘라르트는 그 말에 아무 대꾸도 하지 않았다. 불길한 느낌이 더욱 강해졌다. 토마스의 그 정신 나간 생각에 대해서는 물론 알고 있다. 그것 때문에 가족 내에 큰 분란이 일지 않았던가. 그는 순간 전화를 끊어버리고 싶은 충동을 느꼈다. 하지만 그게 무슨 소용이란 말인가? 끈질기기로 유명한 카타리나는 원하는 것을 얻을 때까지 그를 달달 볶을 것이다.

"지그베르트 오빠가 조치를 취했다는 거 알고 계시죠?"

"응. 그런데 왜 그런 걸 묻지?"

"그 책이 우리 출판사에서 나올 거거든요."

그 말에 엘라르트는 순간적으로 말문이 막혔다.

"그거 유타도 알고 있니?"

카타리나는 허탈한 듯 소리 내어 웃었다.

"지금 그런 데까지 신경 쓸 수 있는 상황이 아니에요. 사업은 사업이잖아요. 오빠네 어머니 회고록은 베스트셀러감이에요. 올해 10월 도서전에 내놓을 생각인데 아직 기본적인 정보가 부족해요. 오빠가 그 정보를 알고 계실 것 같아서요."

엘라르트의 표정이 순간 딱딱하게 굳었다. 갑자기 입이 마르고 손에 땀이 배었다.

"글쎄, 무슨 말인지 잘 모르겠는데."

카타리나가 어떻게 그 일을 알았을까? 토마스가 말했을까? 이렇게 일이 복잡해질 줄 알았으면 상관하지 않는 건데!

"무슨 말인지 잘 아시잖아요."

카타리나의 목소리가 갑자기 차가워졌다.
"오빠가 우리를 도와줬다는 건 아무도 모르게 할게요. 네? 천천히 생각해보고 연락주세요."
"이제 그만 끊어야겠다."
그는 인사도 없이 전화를 끊었다. 심장이 요동치고 토할 것처럼 속이 메슥거렸다. 그는 두근거리는 가슴을 진정시키며 생각을 정리했다. 토마스 리터는 절대 발설하지 않겠다고 맹세해놓고 카타리나에게 모든 것을 털어놓은 것이다! 복도에서 하이힐이 바닥에 부딪치는 소리가 났다. 유타의 씩씩한 걸음걸이만이 만들어낼 수 있는 소리다. 소리 없이 사라지기엔 늦었다. 늦어도 너무 늦었다.

*

피아와 미리엄은 실러 가에 새로 생긴 작은 레스토랑에서 만났다. 두 달 전 문을 연 후 프랑크푸르트의 새로운 명소로 자리를 잡아가고 있는 가게다. 두 사람은 이 가게의 스페셜 메뉴를 주문했다. 륀 지방에서 행복하게 자란 소의 고기로 만든 저지방 햄버거. 미리엄은 어서 빨리 얘기를 듣고 싶어 안달이 나 있었다. 피아도 바로 본론으로 들어갈 생각이었지만 얘기를 시작하기 전에 철저하게 다짐받는 것을 잊지 않았다.
"지금부터 내가 하는 얘기는 일급비밀이야. 정말 그 누구에게도 발설해서는 안 돼. 안 그러면 세상 살기 싫어질 정도로 큰 곤란에 처할지도 몰라. 내 말 알겠지?"
"응, 절대 얘기 안 할게. 약속해."
미리엄은 손을 들어 서약하는 흉내를 냈다. 피아는 몸을 앞으로 기울이며 목소리를 낮췄다.

"골드베르크와 얼마나 잘 아는 사이니?"

"몇 번 만났어. 프랑크푸르트에 오면 꼭 우리 집에 들르곤 했어."

미리엄은 잠시 생각하는 표정을 짓더니 말을 이었다.

"골드베르크의 부인인 사라는 우리 할머니하고 친구였거든. 그러니까 당연히 골드베르크하고도 친하게 지냈지. 누가 범인인지 짐작 가는 사람은 있어?"

"아니, 이제 우리 소관도 아닌걸, 뭐. 그리고 내 생각엔 골드베르크의 아들이 주독 미국 총영사, 연방범죄수사국, CIA, 내무부 사람들을 앞세우고 나타난 건 유대인의 장례 풍습과는 거리가 멀어."

"연방범죄수사국? CIA? 지금 농담하는 거야?"

미리엄은 뜨악한 표정이 되었다.

"정말이야. 그 사람들이 와서 우리 사건을 빼앗아 갔어. 그리고 이젠 그 이유가 뭔지도 알 것 같아. 다비드 골드베르크에게는 어두운 과거가 있어. 가족이나 친구들에게도 감춰야 할 비밀, 절대 밖에 알려져서는 안 되는 일이지."

"뜸들이지 말고 얘기해봐. 무슨 비밀인데? 옛날에 불법 거래 같은 거 했다는 말은 들은 것 같아. 하지만 그런 사람은 많아. 설마 케네디를 죽이기라도 한 거야?"

피아는 고개를 저었다.

"아니. 골드베르크는 나치 친위대였어."

미리엄은 피아를 빤히 쳐다보다가 픽 웃었다.

"그런 걸로 농담하는 거 아냐. 진짜로 말해봐."

"농담 아니야. 부검 과정에서 나치 친위대원들이 왼팔 안쪽에 새기고 다니던 혈액형 문신이 골드베르크의 팔에서 발견됐어. 의심의 여지가 없어."

미리엄의 얼굴에서 미소가 사라졌다.

"문신이 발견된 건 부정할 수 없는 사실이야. 문신을 지우려고 시도한 흔적이 있는데 피하층에는 분명하게 남아 있었어. AB형, 골드베르크의 혈액형 맞아."

"피아, 그건 절대 있을 수 없는 일이야! 어떻게 그런 일이 있을 수 있어?"

미리엄은 믿을 수 없다는 듯 머리를 흔들었다.

"우리 할머니가 골드베르크와 알고 지낸 게 60년이야. 프랑크푸르트에 사는 유대인 중 골드베르크를 모르는 사람은 없어. 유대인 기관에 많은 지원을 했고, 유대인과 독일인의 화해를 위해서도 얼마나 많은 일을 했는데! 그런 사람이 나치였을 리 없어."

"그래도 그 사람이 나치였다면? 원래는 그런 사람이 아닌데 겉으로만 그런 척했다면?"

미리엄은 말없이 피아를 응시하며 아랫입술을 깨물었다.

"좀 도와줘, 미리엄. 너희 연구소에 동프로이센에 거주하던 유대인에 대한 기록이 남아 있을 거 아냐. 그걸 이용하면 골드베르크의 과거에 대해 더 알아낼 수 있을 거야."

미리엄의 얼굴에는 고민하는 표정이 역력했다. 다비드 골드베르크 같은 사람이 그런 비밀을 수십 년간 간직해왔다는 것은 실로 엄청난 사건이기에 미리엄도 도무지 실감이 나지 않는 듯했다.

"오늘 아침에 헤르만 슈나이더라는 사람의 시체가 발견됐어. 집에서 죽었는데, 골드베르크와 마찬가지로 뒤에서 총을 쏘는 처형식 총살이었어. 여든이 훌쩍 넘은 독거노인이었는데, 그 집 지하 서재는 마치 나치 국회의사당에 있는 히틀러의 집무실 같았어. 나치 깃발, 본인의 서명이 들어간 히틀러 사진, 진짜 으스스해. 정말 말로 표현할 수 없을 정도야. 그런데 우리가 또 뭘 알아냈는지 알아? 이 사람도 골드베르크처럼 베라 칼텐제와 친분이 있어."

"베라 칼텐제?"

미리엄의 눈이 휘둥그레졌다.

"칼텐제 여사는 내가 잘 알아! 추방문제연구소를 오랫동안 후원을 하셨거든. 베라 칼텐제가 히틀러와 제3제국을 혐오한다는 건 누구나 아는 사실이야. 자기 친구들에게 나치 전력이 있다고 까발리려는 걸 알면 가만있지 않을걸."

"우리도 그럴 생각은 없어. 베라 칼텐제가 그 두 사람이 나치였는지 알았다는 근거도 없고. 하지만 그 세 사람은 아주 오래전부터 아는 사이고 친분이 두터웠어."

"세상에! 세상에 어떻게 이런 일이 있을 수 있어?"

"그리고 시체 주변에 16145라는 숫자가 있었어. 그게 무슨 뜻인지는 모르겠어. 하지만 골드베르크와 슈나이더가 동일범에게 살해당했다는 건 알 수 있지. 내 생각엔 아무래도 살해 동기를 죽은 두 사람의 과거에서 찾아야 할 것 같아. 그래서 이렇게 도움을 청하는 거야."

미리엄은 상기된 얼굴로 눈을 반짝거렸다.

"그 숫자는 날짜가 아닐까? 1945년 1월 16일(독일에서는 날짜를 표기할 때 일, 월, 연도의 순서를 따른다_역주)."

잠시 후 미리엄이 말했다. 순간 피아는 아드레날린이 치솟는 것을 느끼며 얼른 자세를 고쳐 앉았다. 그렇지! 왜 그 생각을 못 했을까? 회원 번호, 계좌 번호, 전화번호, 다 헛소리다! 그렇다면 1945년 1월 16일 어디에서 무슨 일이 있었던 걸까? 그리고 그 일이 슈나이더, 골드베르크와 어떻게 연관된 걸까? 그리고 가장 중요한 것은 누가 그 사실을 알고 있느냐 하는 것이다.

"더 알아낼 수 있는 방법이 없을까? 골드베르크는 베라 칼텐제와 마찬가지로 동프로이센 출신이야. 슈나이더는 루어게비트에서 태어났고. 그들에 대한 기록이 남아 있지 않을까?"

미리엄이 고개를 끄덕였다.

"그럼, 있지. 동프로이센에 관한 기록을 보관하고 있는 기관 중에서 가장 중요한 곳은 베를린 기밀국가기록보존소야. 온라인 데이터뱅크에서도 옛 문건들을 찾아볼 수 있고, 베를린에는 동프로이센에서 구해낸 호적 기록을 모두 놓아놓은 곳도 있어. 특히 유대인 기록이 잘돼 있을 거야. 1939년에 인구조사를 상당히 자세하게 했거든."

"그래? 그럼 거기 한번 가봐야겠다! 자료를 열람하려면 어떻게 해야 하는데?"

피아가 들뜬 목소리로 물었다.

"경찰이라면 열람하는 데 아무 문제없을 거야."

그것이 바로 문제가 될 것 같다는 생각에 피아는 실망을 감추지 못했다.

"우린 공식적으로 골드베르크 사건을 수사해선 안 돼. 그리고 따로 휴가 내서 베를린에 다녀올 수 있는 상황도 아니고."

"내가 하면 되지. 막 프로젝트가 끝나서 지금은 바쁘지 않아."

"정말? 그래주면 고맙지!"

미리엄은 기뻐하는 피아를 보며 빙긋 웃었다. 그러나 곧 진지한 표정으로 돌아와 피아의 손을 잡았다.

"내가 가서 골드베르크가 나치가 아니라는 걸 밝혀낼게."

"그래, 네가 하고 싶은 대로 해. 내게 중요한 건 그 숫자의 비밀을 알아내는 거니까."

2007년 5월 2일 수요일

프랑크 벤케는 컨디션이 좋지 않았다. 어제 일반 부문 자전거 경주 대회에서 11등으로 들어온 기쁨은 연기처럼 사라지고 다시 칙칙한 일상이 찾아왔다. 더구나 새로운 살인 사건이 터졌다. 그는 사실 매일 정시에 퇴근할 수 있게 사건 없는 조용한 날이 계속되기를 바라고 있었다. 다른 팀원들은 물 만난 고기처럼 사건에 뛰어들었다. 마치 야근과 주말 근무에 굶주려 있었다는 듯. 하긴 카트린 파싱어와 오스터만은 속 편한 싱글 아닌가. 보덴슈타인 반장이야 모든 걸 알아서 하는 사모님이 있고, 하세는 집에서 제발 밖에 좀 나가라고 한다니까 사무실에 있는 게 편할지도 모른다. 피아 키르히호프는 한동안 연애한다고 정신이 나가 있더니 그새 식었는지 다시 반장에게 잘 보이려고 애를 쓴다. 하지만 그가 어떤 상황에 처해 있는지 아는 사람은 아무도 없다. 퇴근할 때마다 뒤통수에 따라붙는 곱지 않은 시선을 느끼지 못하는 것도 아니다. 제길!

벤케는 낡아빠진 근무 차량 운전석에 앉아 시동을 켜고 피아가 나오기를 기다렸다. 혼자서도 충분히 해결할 수 있는데 반장은 왜 하필 피아와 함께 가라고 하는지 알 수가 없다. 죽은 헤르만 슈나이더의 집 지하실에서 발견된 유리컵에는 로버트 바트코비아크의 지문이 묻어 있었다. 골드베르크의 집 화단에 떨어진 휴대전화도 바트코비아크의 것이다. 이런 건 우연이라고 부를 수 없다. 반장은 그를 찾아내라고 지시했고, 오스터만이 여기저기 알아보더니 몇 달 전부터 니더회히슈타트에 있는 어떤 여자 집에 얹혀산다는 사실을 알아냈다.

벤케는 바트조덴, 슈발바흐를 지나 니더회히슈타트 로트도른 가로 차를 몰아가는 동안 선글라스 속에 표정을 숨기고 아무 말도 하지 않았다. 피아도 섣불리 대화를 시도하지 않고 잠자코 있었다. 잘 가꿔진 정원에 둘러싸인 부자 동네의 단층 건물과 연립주택 사이에 갑자기 나타난 낡은 고층 아파트는 심하게 이물적인 느낌을 풍겼다. 모두 일하러 갈 시간이라 그런지 주차장은 한산했다. '실업 급여 타려고 줄 서러 갔는지도 모르지'라고 생각하며 벤케는 입술을 실룩거렸다. 아마 이곳에 사는 사람들, 특히 주민의 높은 비율을 차지하는 외국인 이민자들은 국가의 지원으로 먹고살 것이다. 초인종 판에 붙은 수많은 명패를 보니 외국 이름이 대다수다. 피아가 원하는 이름을 찾아냈다.

"M. 크래머. 이 집이네."

*

로버트 바트코비아크는 잠이 덜 깬 채 꾸벅꾸벅 졸고 있었다. 어젯밤에는 일이 다 잘됐다. 모니카는 다행히 삐치지 않았고 1시 반쯤 술에 잔뜩 취해 그와 함께 집으로 돌아왔다. 가지고 있던 현금은 다 써버렸고 총기 거래상에게서도 아무런 연락이 없다. 하지만 바트코비아크는 오늘 바로 헤르만 삼촌이 준 수표 세 장을 가지고 은행에 갈 생각이다.

"이것 좀 봐."

모니카가 침실로 들어와 휴대전화를 보여주었다.

"어제 정말 이상한 문자가 왔어. 무슨 소린지 모르겠어. 이게 뭔지 알겠어?"

그는 겨우 눈을 뜨고 휴대전화 화면을 들여다보았다.

자기야, 이제 우리도 부자야! 다른 영감도 해치웠어. 이제 바다로 떠나는 일만 남았어!

그도 어찌된 영문인지 알 수 없었다. 그는 귀찮은 듯 휴대전화를 치우고 다시 눈을 감았다. 모니카는 누가 왜 그런 문자를 보냈을까 하며 혼자 큰 소리로 떠들었다. 안 그래도 숙취 때문에 머리가 아픈데 모니카의 날카로운 목소리가 신경에 거슬렸다.

"누가 보냈는지 알고 싶으면 그 번호로 전화해보면 될 거 아냐? 나 좀 자게 내버려 둬."

그가 잠에 취한 목소리로 중얼거렸다.

"안 돼. 일어나. 10시 전에 꺼져줘야겠어."

모니카가 이불을 걷어내며 말했다.

"또 손님이 오시는 모양이군."

사실 그는 모니카가 무슨 짓을 해서 돈을 버는지에는 관심이 없다. 하지만 손님이 갈 때까지 밖에 나가서 기다리고 있어야 하는 건 싫었다. 게다가 지금은 자고 싶은 생각뿐이다.

"돈을 벌어야 할 거 아냐? 당신이 언제 돈 한 푼 준 적 있어?"

그때 초인종이 울리고 개들이 짖기 시작했다. 인정사정없는 모니카는 롤 블라인드 줄을 확 잡아당겼다.

"좋은 말로 할 때 빨리 일어나."

그녀는 따끔하게 말하고 방을 나갔다.

*

초인종을 한 번 더 누르고 기다리던 벤케는 스피커에서 갑자기 사람 소리가 나자 깜짝 놀랐다. 개 짖는 소리도 들렸다.

"누구세요?"

걸걸한 여자 목소리다.

"경찰입니다. 로버트 바트코비아크 씨를 만나러 왔습니다."

"없는데요."

"그래도 문 좀 열어봐요."

한참 있다가 띠 하는 소리와 함께 문이 열렸다. 건물 안으로 들어가니 층마다 다른 냄새가 나는데 하나같이 기분 좋은 냄새는 아니다. 모니카 크래머의 집은 6층 복도 끝에 있었다. 전등이 나갔는지 복도는 어두컴컴했다. 흠집투성이의 가벼운 문이 열리고 잿빛 머리의 여자가 나타났다. 여자는 비쩍 마른 강아지 두 마리를 팔에 안고 한 손에는 담배를 든 채 의심스러운 표정으로 그를 쳐다보았다. 집 안에서는 텔레비전 소리가 났다.

"로버트요? 여기 없어요. 본 지 한참 됐어요."

그녀가 벤케의 신분증을 슬쩍 훑어보고 말했다. 벤케는 그녀를 밀치고 안으로 들어갔다. 방 두 개짜리 아파트는 싸구려일망정 정성 들여 꾸민 티가 났다. 흰색 소파 앞에는 탁자 대신 사용하기 위해 인도풍 나무 궤짝을 놓았고, 벽은 지중해 풍경이 그려진 그림 액자로 꾸몄다. 가구 할인 매장에서 파는 싸구려 복제화다. 거실 구석에는 야자수 화분이 있고 인조 마룻바닥 위에 깔린 화려한 무늬의 카펫이 시선을 사로잡았다.

"바트코비아크 씨의 동거인인가요?"

피아가 물었다. 여자는 잘해야 20대 후반으로 보였다. 검정색으로 과장되게 둥글려 그린 눈썹 때문에 만화 속에서 튀어나온 듯한 인상이다. 팔다리는 열세 살짜리처럼 가는 반면 가슴은 엄청나게 큰데 앞이 깊이 파인 셔츠를 입어서 더욱 두드러져 보였다.

"동거인요? 아니에요. 그냥 가끔 여기서 자고 갈 뿐이에요."

"지금 어디 있어요?"

그녀는 무표정한 얼굴로 어깨를 으쓱하고는 다시 멘톨 담배를 빨아들였다. 그리고 몸을 부르르 떠는 개들을 순백색 소파 위에 내려놓았다. 벤케는 옆방으로 갔다. 더블 침대, 거울 달린 옷장, 서랍이 많이 달린 서랍장. 침대는 양쪽 모두 사용한 흔적이 있다. 벤케는 시트에 손을 대보았다. 아직 온기가 남아 있었다.

"오늘 몇 시에 일어났어요?"

벤케가 문가에 서 있는 집주인에게 물었다.

"네? 그건 왜요?"

팔짱을 끼고 벤케의 일거수일투족을 지켜보던 여자는 도둑질하다 들킨 사람처럼 성을 냈다.

"그냥 묻는 말에 대답이나 해요."

벤케는 짜증이 치밀어 오르는 것을 누르고 말했다.

"한 시간쯤 됐어요."

"침대 오른쪽은 누가 사용했어요? 아직 따듯한데."

피아는 장갑을 끼고 옷장 문을 열었다. 그것을 본 모니카 크래머는 꽥 소리를 질렀다.

"거기! 지금 뭐 하는 거야? 뒤지고 싶으면 수색영장 갖고 와!"

"흠, 경험 좀 있나 본데?"

벤케가 얕잡아보는 시선으로 그녀의 옷차림을 위아래로 훑었다. 딱 붙는 미니스커트에 비스듬하게 굽이 닳은 싸구려 에나멜 부츠 차림이 역 뒷골목에서 흔히 볼 수 있는 모습이다.

"내 옷장에 손대지 말란 말이야!"

그녀는 고래고래 소리를 지르며 피아를 밀치고 옷장을 막아섰다. 그 순간 벤케는 밖에서 남자 그림자가 휙 스치는 것을 보았다. 곧이어 쾅 하고 현관문 닫히는 소리가 났다.

"젠장맞을!"

서둘러 방을 나가던 벤케는 모니카 크래머의 발에 걸려 넘어지고 말았다. 일부러 발을 건 것이다. 균형을 잃은 벤케는 문간에 머리를 부딪치며 문가에 일렬로 늘어서 있던 빈 술병들과 함께 와장창 소리를 내며 넘어졌다. 그 와중에 술병 하나가 깨졌고, 깨진 병 조각이 팔 아래에 박혔다. 그는 벌떡 일어났다. 그런데 모니카 크래머가 갑자기 그에게 달려들어 다짜고짜 욕을 하기 시작했다. 아침부터 짜증이 쌓여 있던 벤케는 결국 폭발하고 말았다. 그가 거칠게 따귀를 때리자 비쩍 마른 그녀는 저만치 벽에 가 부딪쳤다. 벤케는 그녀를 한 번 더 후려친 다음 팔을 뒤로 꺾었다. 모니카 크래머는 믿기 힘든 힘으로 저항했다. 상대의 정강이를 발로 차고 얼굴에

침을 뱉으며 온갖 상스러운 욕설을 퍼부었다. 벤케가 프랑크푸르트 홍등가에서 풍기단속 하던 시절 이후 처음 듣는 소리였다. 피아가 뜯어말리지 않았다면 그는 분이 풀릴 때까지 그녀를 두들겨 팼을 것이다. 이 난리법석이 일어나는 동안 개들은 흥분해서 날카로운 소리로 짖어댔다. 벤케는 씩씩거리며 피가 철철 흐르는 오른팔을 살폈다.

"방금 나간 남자 누구예요? 바트코비아크예요?"

피아가 벽에 기대고 앉아 코피를 흘리는 모니카 크래머에게 물었다.

"더러운 짭새들, 내가 말할 줄 알고? 내가 너희들 다 고소할 거야! 나 아는 변호사 많거든!"

그녀는 낑낑거리며 자신에게 달려드는 개들을 쫓으며 꽥꽥 소리를 질렀다.

"이봐요, 크래머 씨."

피아가 차분한 목소리로 설득했다.

"로버트 바트코비아크는 살인 사건과 관련돼 있어요. 이렇게 계속 거짓말하면 두 사람 모두에게 도움이 안 돼요. 방금 경찰을 폭행했잖아요. 그거 법정에서 아주 불리하게 작용하거든요. 변호사 많이 안다면서 한번 물어봐요."

모니카 크래머는 잠시 생각에 잠겼다. 그리고 사태의 심각성을 깨달았는지 방금 도망친 사람이 로버트 바트코비아크라고 털어놓았다.

"발코니에 있다가 나갔어요. 하지만 살인하고는 상관없어요."

"아, 그래요? 그런데 왜 도망갔죠?"

"그거야 짭새들하고 엮이기 싫으니까 그런 거죠."

"로버트 바트코비아크가 월요일 저녁에 어디 있었는지 알아요?"
"몰라요. 오늘 새벽에 왔어요."
"지난주 금요일 저녁에는요? 어디서 뭐했는지 알아요?"
"몰라요. 내가 뭐 걔 엄마인 줄 알아요?"
"좋아요. 협조해줘서 고마워요. 바트코비아크가 다시 여기 나타나면 본인을 위해서라도 경찰에 연락하는 게 좋을 거예요."
 모니카 크래머는 피아가 준 명함을 보지도 않고 옷 속에 집어넣었다.

*

 피아는 벤케를 태우고 병원 응급실로 갔다. 벤케는 팔과 이마에 난 상처를 꿰매고 치료를 받았다. 차에 기대고 서서 담배를 피우고 있으려니 회전문이 열리고 어두운 얼굴의 벤케가 나왔다. 이마에 반창고를 붙이고 팔에는 새하얀 붕대를 감았다.
 "뭐래?"
 "나, 병가 낸다고 해."
 벤케는 피아를 쳐다보지도 않고 차에 타더니 선글라스를 꼈다. 피아는 재수 없다는 표정을 지으며 담배를 밟아 껐다. 요즘 들어 벤케는 다시 까다로워져서 말 붙이기도 힘들 정도다. 경찰서로 가는 동안 그는 아무 말도 하지 않았다. 피아는 그가 모니카 크래머의 집에서 폭발한 일을 그대로 보고해야 할지 고민했다. 고자질쟁이 소리를 듣고 싶지는 않지만 그냥 넘어가도 되는 건지 확신이 서지 않았다. 벤케의 불같은 성질을 잘 알지만 그 상황에서는 놀라지 않을 수 없었다. 경찰 공무원이라면 그런 도발적 상황에서도 감정을 통제할 수 있어야 한다. 경찰서에 도착하자 벤케는 고맙다는 말 한마디 없이 차에서 내렸다.

"난 바로 집으로 갈게."

벤케가 뒷좌석에서 총집과 가죽 조끼를 챙기더니 바지 뒷주머니에서 병원에서 받은 증명서를 꺼내 내밀었다.

"이거 반장님에게 좀 전해줘."

"직접 말하는 게 좋지 않을까? 그리고 보고서도 벤케 형사가 직접 쓰는 게 좋을 것 같은데."

피아가 증명서를 받으며 말했다.

"아무나 쓰면 어때? 키르히호프 형사도 그 자리에 있었잖아."

벤케는 퉁명스럽게 말하고는 자기 차를 세워둔 곳으로 걸어갔다. 피아는 못마땅한 눈빛으로 그의 뒷모습을 쫓았다. 벤케가 어떻게 행동하든 상관할 바는 아니지만 찡그린 얼굴로 사무실 분위기를 망치고 당연하다는 듯 동료들에게 일을 미루는 그의 행동에 짜증이 났다. 그렇다고 벤케와 싸워서 팀 분위기를 더 나쁘게 만들고 싶은 생각은 없었다. 게다가 보덴슈타인이 아무리 권위를 내세우지 않는 관대한 상사라 해도 부상당한 경위를 벤케에게 직접 듣고 싶어 할 것 같았다.

"프랑크! 잠깐만!"

벤케는 마지못해 걸음을 멈추고 돌아보았다.

"왜?"

"무슨 일 있어?"

"아까 그 자리에 있었잖아."

"아니, 그거 말고. 요즘 왜 그러냐고. 맨날 똥 씹은 표정이고. 무슨 일인지 말해봐."

"아무 일도 없어. 괜찮아."

"괜찮긴? 집에 무슨 일 있어?"

그의 얼굴이 굳어졌다. 표정을 보니 '여기까지. 더 이상은 안 돼'라고 하는 것 같다.

"우리 집 일은 우리 집 일이니까 상관 말아줬으면 좋겠어."

피아는 이 정도 했으면 동료로서의 의무는 다한 것 같다고 생각하며 어깨를 으쓱했다. 고집불통 벤케가 갑자기 변할 리 없다.

"혹시 마음이 바뀌면 언제라도 얘기해."

피아가 돌아서는 벤케의 등에 대고 외쳤다. 그러자 그는 자기 얼굴에서 선글라스를 홱 낚아채더니 피아에게 성큼성큼 다가왔다. 피아는 그가 아까 모니카 크래머의 집에서처럼 자신을 공격할 것 같아 더럭 겁이 났다.

"여자들은 왜 항상 마더 테레사 흉내를 못 내서 안달인 거지? 왜 남의 일에 사사건건 끼어드느냐고? 그러고 나면 기분이 좋아?"

벤케가 그녀에게 얼굴을 들이대며 언성을 높였다.

"정신 나갔어? 난 그냥 무슨 일이 있는 것 같아서 동료로서 도와주려고 한 것뿐이야. 내 도움이 받기 싫으면 하고 싶은 대로 해. 그럼 될 거 아냐!"

피아는 차에 탄 후 문을 쾅 닫아버렸다. 아마 두 사람은 시간이 아무리 흘러도 친구가 될 수 없을 것 같았다.

*

토마스 리터는 욕조에 누워 눈을 감았다. 따뜻한 물에 몸을 담그니 뻐근함이 조금 가시는 듯했다. 오랜만에 해서 그런지 몸이 피곤

하고, 솔직히 말해서 별로 마음에 들지도 않았다. 한때는 카타리나의 폭력적인 섹스 성향에 이성을 잃을 정도로 흥분했지만 이제는 거부감이 들 뿐이다. 그리고 무엇보다 집에 돌아와서 말린의 얼굴을 보는 것이 괴로웠다. 아무것도 모르는 말린은 더 없이 상냥하게 그를 맞았고, 그런 그녀를 보며 그는 마음속 깊이 부끄러움을 느꼈다. 그러나 동시에 말린에게 그런 감정을 느끼는 자신에게 화가 났다. 말린은 칼텐제 가문의 딸이다. 곧 적이 아닌가! 그가 말린에게 접근한 것은 오직 베라를 골탕 먹이기 위해서였다. 말린과 사랑에 빠진 척한 것도 다 계획의 일부였다. 복수를 하고 나면 아이와 함께 말린을 차버릴 생각이었다. 낡은 아파트의 허름한 베드 소파에 누워 잠 못 드는 밤이면 그렇게 머릿속으로 수도 없이 복수를 그려보곤 했다. 그런데 그도 모르는 사이에 전혀 예상치 못한 감정이 끼어든 것이다.

  그의 인생이 비탈진 내리막길에 접어들었음이 확연해졌을 때 그의 아내는 그를 떠났다. 그때 그는 다시는 어떤 여자도 믿지 않겠다고 다짐했다. 카타리나 에르만과는 순전히 거래 관계다. 그녀는 베라 칼텐제의 회고록을 쓰는 대가로 그에게 무시 못할 액수의 보수를 지급하는 출판업자고, 그는 그녀가 프랑크푸르트에 올 때 하룻밤을 함께 보내는 파트너일 뿐이다. 그와 함께 있지 않을 때 그녀가 어디서 뭘 하는지 궁금하지도 않고, 아무 상관도 없다. 하지만 카타리나가 말린과의 관계를 알게 되면 돈줄을 놓칠 수도 있다. 말린 역시 그의 거짓말과 속임수를 알게 되면 그를 절대로 용서하지 않을 것이다. 그러면 그는 말린과 아이를 영영 잃게 된다. 그는 한숨을 푹 쉬었다. 어쩌다 이런 빼도 박도 못하는 상황에 처했단 말인가. 하지만 이 모든 것이 그가 자초한 일이다. 그때 휴대전화가 울렸다. 그는 눈을 뜨고 전화기를 찾아 들었다.

"나야. 얘기 들었어? 슈나이더 영감도 살해당했다는데."

카타리나의 목소리가 귓속으로 파고들었다.

"뭐? 언제?"

그는 놀라서 벌떡 몸을 일으켰다. 그 바람에 욕조 안의 물이 마룻바닥으로 흘러넘쳤다.

"월요일 밤에. 총살이래. 골드베르크와 똑같아."

"그걸 어떻게 알았어?"

"그냥 아는 수가 있어."

"누가 그런 늙은이들을 죽이는 거지?"

토마스 리터는 천연덕스럽게 말하며 욕조에서 일어나 물로 흥건한 마룻바닥을 내려다보았다.

"글쎄. 솔직히 말하면 난 당신이 아닐까 생각했는데. 최근에 슈나이더 집에 가지 않았어? 골드베르크 집에도 가고."

그 말을 들은 토마스는 순간 기가 막혀 할 말을 잃었다. 등줄기에 소름이 쫙 끼쳤다. 카타리나가 그 일을 어떻게 알았을까?

"말도 안 돼. 내가 뭘 바라고 그런 짓을 해?"

그는 애써 아무렇지도 않은 척했다.

"글쎄…… 입막음용? 당신이 그 노인 양반들을 협박한 건 사실이잖아?"

토마스의 심장은 목 밖으로 튀어나올 것처럼 거칠게 뛰었다. 그는 그 일을 그 누구에게도 말하지 않았다. 그 일을 아는 사람은 단연코 아무도 없다. 카타리나는 속을 알 수 없는 여자다. 자기가 가진 패를 보여주는 일이 없어서 어느 편인지 알 수 없는 때가 많다. 가끔은 카타리나가 칼텐제 집안에 복수하기 위해 그를 이용하는 것이 아닌가 하는 생각이 들기도 했다.
"생사람 잡지 마. 난 협박 같은 거 한 적 없어. 당신이야말로 그 오래된 회사 지분 문제로 골드베르크를 협박하지 않았나? 그리고 슈나이더 집에서 보르도 와인 얻어 마시면서 영화를 본 사람도 당신 아냐?"
그가 쌀쌀맞게 대꾸했다.
"그 얘긴 그만두자."
잠자코 듣고 있던 카타리나가 한풀 꺾인 기세로 말했다.
"경찰은 로버트를 의심하는 것 같아. 하긴 로버트가 범인이라고 해도 이상할 건 없지. 항상 돈에 쪼들리니까. 어쨌든 당신은 원고나 부지런히 써. 우리 고명하신 칼텐제 가문의 역사가 새로 쓰일 수도 있는 일이니까."
그는 전화를 끊고 휴지를 뽑아 마룻바닥을 훔쳤다. 그의 머릿속에서는 온갖 정보들이 혼란스럽게 들끓었다. 역겨운 영감탱이 골드베르크가 총에 맞아 죽었다. 슈나이더도 똑같이 죽었다. 엘라르트는 두 노인네를 각기 다른 이유로 싫어했다. 로버트는 돈이 절실히 필요했다. 지그베르트 역시 그들이 소유한 회사 지분에 군침을 삼키고 있었다. 그러나 아무리 동기가 있다 하더라도 그들이 사람을, 그것도 두 명이나 죽일 만한 사람들인가? 생각하고 말고 할 것도 없다. 대답은 '예스'다. 토마스 리터는 히죽 웃으며 느긋하게 노래를 흥얼거렸다.
"Time is on my side."
그는 가만히 앉아서 굿이나 보고 떡이나 얻어먹으면 된다고 생각했다. 그러나 그게 얼마나 큰 착각인지 그는 모르고 있었다.

*

모니카 크래머는 여전히 흥분이 가시지 않아 몸을 덜덜 떨면서 찬 수건과 얼음주머니로 코피를 멈추게 하려고 애썼다. 재수 없는 짭새 같으니라고! 못생긴 주제에 그렇게 인정사정없이 때리다니! 그녀는 세면대 거울에 얼굴을 비춰 보았다. 다행히 코가 부러진 것 같지는 않다. 이 모든 게 그 멍청한 로버트 때문이라니! 이번엔 뭔가 대형 사고를 친 게 틀림없다. 그의 배낭 속에는 총이 들어 있었다. 그는 길에서 주웠다고 얼버무렸지만 경찰이 살인 사건이라고 하지 않았던가! 살인이라니, 이건 더 이상 농담이 아니다. 경찰이 귀찮게 따라붙는 것은 정말 싫다. 그녀는 이번 기회에 로버트를 떼어내야겠다고 마음을 굳혔다. 사실은 귀찮기 때문이다. 이미 오래 전부터 관계를 끊으려고 했지만 그때마다 마음이 약해져서 결국은 집으로 데려오곤 했다. 시간이 갈수록 냉정하게 떼어내기가 힘들었다. 하지만 이제는 더 미룰 수 없다. 돈 한 푼 없는 거지 신세에 질투까지 하는 남자 때문에 이렇게 고생할 이유가 없다.

모니카 크래머는 침실로 가서 침대 시트를 벗겨 옷장에 몰아넣고 침대 밑 바구니에서 실크로 된 '손님용' 시트를 꺼내 깔았다. 그녀가 신문에 광고를 내기 시작한 것은 2년 전이다. '마누. 20세. 조용한 만남. 풍만하고 금기 없음'이란 광고에 넘어오는 남자는 많았다. 일단 집에 오면 이름이 마누가 아니고 나이가 20세가 아니란 사실을 문제 삼는 사람은 없었다. 주기적으로 오는 사람도 꽤 된다. 버스 운전사, 은퇴한 노인, 우체부, 점심시간에 왔다 가는 은행 창구 직원. 일반 프로그램은 30유로, 프랑스식은 50유로, 특별 요구는 100유로를 받는데, 아직까지 100유로짜리 손님은 없었다. 그녀는 그렇게 번 돈과 실업수당으로 생활비를 조달했다. 매달 적금도 붓고, 가끔 특별한 지출을 할 여유도 생긴다. 이렇게 이삼 년만 더 모으면 캐나다로 이민 가서 호수 옆에 작은 집을 사는 꿈도 이룰 수 있을 것이다. 그래서 영어도 배우러 다닌다.

초인종이 울렸다. 10시 15분 전이다. 목요일 아침마다 오는 손님은 쓰레기차를 운전하는 사람인데, 일주일에 한 번 아침 식사 시간에 찾아온다. 그는 오늘도 정확하게 시간을 지켰다. 50유로를 버는 시간은 빠르게 지나갔다. 손님은 15분 후에 바로 돌아갔다. 그로부터 5분도 채 안 되어 다시 초인종이 울렸다. 이 시간에 초인종을 울릴 사람은 로버트밖에 없다. 다음 손님은 12시에나 온다. 멍청하긴! 지금쯤 밑에서 경찰들이 잠복하고 있을 텐데! 그녀는 화난 얼굴로 문을 벌컥 열었다.

"뭐야? 지금 정신이……"

다짜고짜 화를 내려던 그녀는 회색 머리의 낯선 남자를 보고 입을 다물었다.

"안녕하십니까."

남자가 말했다. 콧수염이 나고 색안경을 썼는데 흔히 볼 수 없는 '괜찮은' 타입이다. 개기름에 비지땀을 흘리는 털북숭이도 아니고, 냄새를 풀풀 풍기는 지저분한 부류도 아니고, 화대를 깎는 좀생이도 아니다.

"들어오세요."

그녀는 앞장서 들어가며 거울을 흘깃 쳐다봤다. 스무 살로 보이지는 않지만 적어도 스물네 살로는 봐줄 만하다. 아직 왔다가 그냥 나간 남자는 없다.

"이쪽이에요."

그녀가 침실을 가리키며 말했다. 그러나 그는 여전히 문 앞에 서서 움직일 줄 몰랐다. 그의 손에 장갑이 끼워진 것을 본 그녀는 가슴이 덜컹 내려앉았다. 뭐지? 변태?

"손에는 안 껴도 돼요."

그녀는 농담을 하며 웃었지만 왠지 불길한 예감이 들었다.

"로버트 어디 있어?"

제길! 또 짭새인가?

"아, 몰라요. 아까 다 말했어요!"

그는 그녀에게서 눈을 떼지 않은 채 뒤로 손을 뻗어 문을 잠갔다. 그녀는 더럭 겁이 났다. 경찰이 아니다! 로버트는 또 누구를 건드린 걸까? 빚이라도 진 걸까?

"여기 안 올 때 죽치고 있는 곳이 어딘지 알 거 아냐?"

남자가 윽박지르듯 말했다. 모니카 크래머는 잠시 생각한 끝에 귀찮은 일에 휘말리면서까지 로버트를 감싸 줄 필요가 없다는 결론을 내렸다.

"쾨니히슈타인에 빈집 같은 거 하나 있거든요. 거기서 자요. 구시가지 보행자 도로 끝나는 데 있어요. 경찰이 잡으려고 돌아다니니까 아마 거기 숨어 있을 거예요."

"알았어. 알려줘서 고맙군."

그는 고개를 끄덕이고는 그녀를 물끄러미 쳐다보았다. 커다란 안경을 쓰고 콧수염을 기른 그는 왠지 슬퍼 보였다. 자주 오는 은행 직원을 닮았다. 그녀는 일단 안심하며 미소를 지었다. 어쩌면 이 사람도 지폐를 몇 장 내놓고 갈지 모른다.

"어때요? 20유로에 한 번 해줄 수 있는데."

그는 그녀 바로 앞까지 다가왔다. 차분한 얼굴에 아무런 표정도 없다. 그가 빠른 동작으로 오른손을 휘둘렀다. 모니카 크래머는 목에 타는 듯한 통증을 느꼈다. 반사적으로 목을 거머쥔 그녀는 손에 묻은 피를 보고 깜짝 놀랐다. 그러나 그것이 자신의 피라는 것을 깨닫는 데는 한참 걸렸다. 비릿하고 따뜻한 액체가 입안에 고였다. 그녀는 목덜미에 소름이 쫙 끼치는 것을 느끼며 극한의 공포를 맛보았다. 도대체 왜? 그녀가 그에게 무슨 짓을 했기에? 그녀는 뒷걸음질 치다가 개에 걸려 균형을 잃고 쓰러졌다. 바닥은 온통 피, 그녀의 피로 흥건했다. 그의 손에 들린 칼이 번뜩였다.

"제발, 제발 살려주세요."

그녀가 목소리를 쥐어 짜내 말하고 방어하듯 양팔로 몸을 감쌌다. 개들은 미친 듯이 짖어댔고, 그녀는 필사적인 몸짓으로 손발을 내두르며 저항했다.

*

헤닝 키르히호프가 실시한 부검 결과, 슈나이더의 팔에서도 혈액형 문신이 발견됐다. 강력반 사람 중에 그것을 이상하다고 생각하는 사람은 아무도 없었다. 이상한 것은 따로 있었다. 슈나이더가 죽기 하루 전 1만 유로 상당의 수표를 발행했다는 사실, 그리고 이날 오전 11시 반 한 남자가 슈발바흐에 있는 타우누스 저축은행에서 수표를 바꾸려 했다는 사실이다. 은행 직원들은 워낙 고액이라 수표 교환을 거부하고 경찰에 알렸다. 은행 창구를 녹화한 감시 카메라에는 월요일에 도주해 이미 체포 영장이 나와 있는 로버트 바트코비아크가 잡혀 있었다. 그는 낌새가 이상하자 수표도 받지 않고 바로 은행에서 나갔다. 그리고 잠시 후 슈발바흐 나사우 저축은행에서 5000유로가 넘는 다른 수표를 교환하려고 했지만 역시 실패했다. 그 수표 두 장은 지금 보덴슈타인의 책상 위에 나란히 놓여 있다. 필적 대조를 해보면 슈나이더의 서명이 맞는지 확인할 수 있을 것이다. 이로써 로버트 바트코비아크에 대한 의심은 반박의 여지가 없어졌다. 사건 현장 두 곳에서 모두 그의 지문이 발견되지 않았는가.

문 두드리는 소리가 나고 피아가 들어왔다.

"슈나이더 이웃집 사람에게서 제보가 들어왔어요. 월요일 밤 12시 반에 개를 데리고 나갔다가 슈나이더 집 앞에 이상한 차가 서 있는 걸 봤다는데요. 밝은색 콤비 차량인데 광고 같은 게 붙어 있었대요. 그로부터 15분 후 다시 그 집 앞을 지나갔는데 차는 없어졌고, 집에는 불이 꺼져 있었대요."

"차 번호는 봤대?"

"MTK로 시작하는 번호래요. 한 20미터 떨어진 곳에 있었고 주위가 어두워서 잘 안 보였나 봐요. 처음에는 구호단체 차인 줄 알았는데 다시 보니까 회사 로고가 눈에 띄더래요."

"바트코비아크는 혼자 움직이지 않았어. 그건 여러 사람의 지문이 묻은 와인 잔, 이웃집 여자의 증언이 뒷받침해주고 있어. 바트코비아크의 공범이 회사 차를 타고 다니는데 나중에 다시 그 집에 들렀을 수도 있어."

"와인 잔에서 발견된 지문은 바트코비아크 것을 빼고는 데이터뱅크에 입력돼 있지 않아요. 유전자 감식은 시간이 좀 걸리고요."

"그럼 먼저 바트코비아크를 찾아내야겠군. 벤케더러 그 여자 집에 다시 가서 바트코비아크가 잘 다니는 술집이 어딘지 물어보라고 해."

보덴슈타인은 피아가 머뭇거리는 것을 보고 묻는 표정으로 그녀를 쳐다보았다.
"저기…… 벤케 형사는 아까 병가 내고 집에 갔어요."
"뭐? 왜?"
보덴슈타인은 뜻밖의 말에 놀라움을 감추지 못했다. 벤케는 프랑크푸르트에서 10년도 넘게 보덴슈타인과 함께 일했다. 호프하임에 강력반이 신설되고 보덴슈타인이 반장으로 올 때 따라온 유일한 사람이기도 하다.
"전 벤케가 전화한 줄 알았어요. 아까 모니카 크래머 집에서 문제가 있었거든요. 벤케가 도망치는 바트코비아크를 쫓아가려는데 모니카 크래머가 발을 걸어서 벤케가 깨진 병 위로 넘어졌고 이마와 팔을 다쳤어요."
"아, 그래?"
그는 별 반응 없이 계속 지시를 내렸다.
"그럼, 에쉬보른 서 순경들더러 그 주변의 술집들을 샅샅이 뒤지고 술집 주인들에게도 물어보라고 해."
피아는 벤케에 대한 질문이 더 나올 거라 생각하고 기다렸지만 보덴슈타인은 일어나 재킷을 걸쳤다.
"뮐렌호프에 가서 칼텐제 여사를 다시 만나보자고. 바트코비아크에 대해 뭐라고 하는지 들어봐야겠어. 어쩌면 바트코비아크가 있을 만한 곳을 알지도 몰라."

*

뮐렌호프에 도착하니 정문이 활짝 열려 있었지만 귀에 이어폰을

꽂은 검은 유니폼 차림의 남자가 차를 막으며 창문을 내리라는 시늉을 했다. 근처에 똑같은 차림새의 경비원이 한 명 더 있었다. 피아는 신분증을 보여주고 베라 칼텐제 여사를 만나러 왔다고 말했다.

"잠깐 기다리십시오."

그는 차 보닛 앞으로 가서 유니폼 재킷 칼라에 붙은 마이크에 대고 뭐라고 중얼거렸다. 잠시 지시를 기다리던 그는 고개를 끄덕인 후 피아에게 통과하라는 신호를 보냈다. 집 앞에 도착하니 아까 그 사람과 똑같은 차림새의 남자가 똑같이 신분증을 요구하고 똑같은 질문을 다시 했다.

"뭐 하자는 거야? 똥개 훈련시키나?"

피아가 투덜거렸다. 오늘 그녀는 베라 칼텐제가 아무리 울고불고 해도 절대 마음 약해지지 않으리라 결심했다. 현관 앞에서 또 똑같은 검사가 반복되자 피아는 슬슬 짜증이 났다.

"왜 이렇게 경비가 삼엄한 거죠? 대통령이라도 만나러 가는 것 같네."

피아가 어제 그들을 막았던 회색 머리 남자를 따라 집 안으로 들어가며 투덜거렸다. 오늘 그는 검정색 터틀넥 풀오버에 검정색 청바지 차림이다.

"어제저녁에 무단 침입 시도가 있었습니다. 그래서 경비에 만전을 기하는 겁니다. 이 큰 집에 마님 혼자 계실 때도 많으니까요."

모어만이 걱정스러운 표정으로 말했다. 피아는 작년 여름 자신의 집에서 비슷한 일을 당했을 때 괴로웠던 기억을 떠올렸다. 베라 칼텐제는 유명 인사인 데다 재산도 많으니 두려워하는 것도 이해가 됐다. 집 안 어딘가에 고가의 미술품과 보석이 쌓여 있을지도 모르는 일이다. 그것은 도둑들에게 큰 유혹일 것이다.

"여기서 기다리십시오."

모어만은 어제와 다른 방 앞에서 걸음을 멈추었다. 안에서 서로 다투는 소리가 나다가 모어만이 노크를 하자 갑자기 뚝 그쳤다. 모어만은 방으로 들어가 문을 닫았다. 보덴슈타인은 무표정한 얼굴로 먼지 낀 비단 천 소파에 앉았고, 피아는 호기심 가득한 표정으로 널찍한 응접실을 둘러보았다. 뾰족한 스테인드글라스 창문으로 들어온 햇빛이 나선형 계단의 난간을 지나 흑백의 대리석 바닥에 다양한 색깔의 그림자를 던지고 있었다. 벽에는 금색 테두리 액자에 든 초상화 몇 점, 그 옆에는 순록과 곰의 머리를 박제한 것, 그리고 커다란 사슴뿔이 나란히 걸려 있다. 자세히 보니 집 안은 그리 잘 손질된 것 같지 않았다. 대리석 바닥에는 윤기가 없고, 카펫은 여기저기 올이 나갔고, 박제된 짐승 머리 사이에는 거미가 줄을 쳤고, 나무로 된 계단 난간에는 중간에 지지대가 없는 곳도 눈에 띄었다. 모든 것이 조금씩 낡아서 마치 60년 전에 시간이 멈춘 듯한 느낌이었다.

모어만이 들어간 문이 갑자기 열리고 넥타이와 양복 차림의 40대 남자가 나왔다. 그는 굳은 표정이었지만 피아와 보덴슈타인에게 정중하게 인사를 하고 사라졌다. 한 3분쯤 지나자 다시 남자 두 명이 나왔다. 피아는 그중 한 명을 바로 알아보았다. 마누엘 로젠블라트는 프랑크푸르트에서 활동하는 변호사로, 대기업 사장들이 난감한 처지에 빠졌을 때 즐겨 찾는 사람이다. 곧이어 모어만이 나타나자 보덴슈타인은 자리에서 일어났다.

"칼텐제 부인께서 들어오시랍니다."

"고맙습니다."

피아는 보덴슈타인을 따라 방으로 들어갔다. 천장까지 높이가 5미터는 될 것 같은 커다란 방은 온통 짙은 고동색 나무로 장식되어 무거운 느낌을 주었다. 정면에 보이는 벽에는 웬만한 차고 문만 한 대리석 벽난로가 떡하니 있고, 방 중앙에는 벽에 댄 나무판과 똑같은 나무로 된 긴 책상과 불편해 보이는 나무 의자 열 개가 놓여 있다. 베라 칼텐제는 앞에 서류 더미와 서류철을 펼쳐놓고 상석에 앉아 있었다. 그녀는 흥분이 가시지 않은 표정이지만 태연하게 형사들을 맞았다.

"어서 와요! 내가 도울 일이라도 있나요?"

보덴슈타인은 손등에 키스만 안 했을 뿐 귀족 집안의 자제답게 온갖 예의를 차렸다.

"모어만에게 들으니 어제 도둑이 들 뻔했다고요? 왜 제게 연락을 안 하셨습니까, 부인?"

보덴슈타인의 목소리에는 걱정이 깃들어 있었다.

"어유, 그런 사소한 일로 바쁜 사람을 오라 가라 하면 쓰나?"

베라 칼텐제가 자신 없는 투로 말했다.

"무슨 일이 있었던 겁니까?"

"얘기할 만한 것도 못 돼요. 그리고 우리 아들이 사람을 보내줘서 이제 좀 안심하고 있어요."

베라 칼텐제가 살짝 떨리는 목소리로 말하고 어색하게 웃었다. 그때 예순쯤 되어 보이는 작달막한 남자가 들어왔다. 베라 칼텐제는 KMF 대표이사인 둘째 아들이라며 지그베르트 칼텐제를 소개했다. 돼지를 연상시키는 분홍빛 얼굴에 뺨이 축 늘어지고 머리가 벗어진 그는 귀족적이고 신경질적으로 보이는 깡마른 엘라르트 칼텐제와 달리 상냥하고 사교적인 인상을 주었다. 그는 피아와 보덴슈타인에게 악수를 청한 후 어머니가 앉아 있는 의자 뒤에 가서 섰다. 회색 양복과 새하얀 셔츠, 잔잔한 무늬의 넥타이는 맞춤이 아니고는 불가능할 정도로 몸에 잘 맞았다. 지그베르트 칼텐제는 옷차림이나 몸가짐에서 보이지 않는 곳까지 세세하게 신경을 쓰는 사람인 것 같았다.

"오래 귀찮게 해드릴 생각은 없습니다. 로버트 바트코비아크를 찾고 있습니다. 두 살인 사건 현장에 있었다는 단서가 나와서요."

"로버트요? 그 애가 사건과 상관이…… 있는 건 아니겠죠?"

베라 칼텐제는 놀라서 눈을 둥그렇게 떴다.

"찾아서 얘기를 해봐야 알겠지만 상관이 아주 없는 것 같지는 않습니다. 어제 저희 팀원이 거처로 찾아갔는데 도망을 쳤다고 하더군요."

"공식적인 주소지는 아직 여기 뮐렌호프로 되어 있어요."

피아가 설명을 덧붙였다.

"마지막으로 받아줄 곳이 있어야 한다는 생각에 그냥 두었죠. 그 애는 처음 이 집에 왔을 때부터 걱정거리였어요."

"네, 저도 전과 기록을 봐서 알고 있습니다."

보덴슈타인이 고개를 끄덕끄덕했다. 지그베르트는 아무 말 없이 주의 깊은 눈길로 보덴슈타인과 피아를 번갈아 쳐다보았다. 베라 칼텐제는 깊은 한숨을 토한 후 다시 말을 이었다.

"애들 아버지는 오랫동안 로버트의 존재를 숨겼어요. 로버트는 제 어미 밑에서 가난하게 자랐죠. 결국 어미가 술독에 빠져 죽고 나서야 남편이 로버트 얘기를 꺼내더군요. 로버트는 그때 이미 열세 살이었어요. 난 먼저 남편이 바람을 피웠다는 사실을 받아들이고 마음을 정리했어요. 그러고 나서 로버트를 우리가 키워야 한다고 주장했죠. 그 어린것이 무슨 죄가 있겠어요? 하지만 이미 때가 늦었던 것 같아요."

지그베르트가 어머니의 어깨에 손을 올리자 베라 칼텐제는 아들의 손을 잡았다. 모자 사이가 얼마나 가까운지, 둘 사이에 얼마나 큰 신뢰가 존재하는지 보여주는 제스처다.

"로버트는 그때부터 이미 고집불통이었어요. 그 애가 마음을 열게 하려고 별의별 짓을 다했어요. 하지만 소용없더라고요. 열다섯 되던 해에 처음으로 도둑질을 하다가 붙잡혔고 그 후로 계속 나쁜 길로 빠졌죠."

베라 칼텐제는 근심 어린 눈빛으로 고개를 들었다.

"우리 애들은 내가 로버트를 너무 싸고돌았다고 해요. 차라리 일찌감치 감옥에 가게 놔뒀더라면 정신 차렸을 거라는 이야기죠."

"로버트가 사람을 죽일 수도 있다고 생각하시나요?"

피아의 물음에 그녀는 굳은 표정으로 생각에 잠겼다. 지그베르트는 시종일관 공손하게 거리를 두고 침묵을 지켰다.

"확실히 아니라고 말할 수 있다면 좋겠지만 하도 여러 번 실망을 해서 그렇게 말할 수가 없네요. 마지막으로 본 게 2년 전이에요. 그날도 돈을 달라고 찾아왔는데 지그베르트가 쫓아버렸죠."

피아는 노부인의 눈에 눈물이 글썽이는 것을 보았지만 마음을 굳게 먹고 온 터라 아무런 감정의 동요 없이 그녀를 관찰할 수 있었다.

"로버트가 원하기만 했으면 뭘 한다고 해도 어머니는 밀어줬을 겁니다. 하지만 그 애는 아무 생각이 없었습니다."

드디어 지그베르트가 입을 열었다. 몸집에 비해 가늘고 높은 목소리가 어딘지 모르게 어색하다.

"로버트는 항상 어머니에게 돈을 달라고 졸랐습니다. 거기다 도둑질도 잘했죠. 어머니는 매번 마음이 약해져서 돈을 주셨지만 전 어느 순간 이건 아니다 싶었습니다. 그래서 다시 한 번 더 이 집안에 발을 들이면 주거침입으로 고소하겠다고 했습니다."

"로버트가 골드베르크 씨와 슈나이더 씨를 알았나요?"

피아가 물었다.

"물론입니다. 두 사람 다 잘 알았습니다."

"로버트가 그 두 사람에게도 돈을 달라고 했을까요?"

그 말을 들은 베라 칼텐제는 생각하기도 싫다는 듯 얼굴을 찡그렸고 지그베르트가 무표정한 얼굴로 코웃음을 쳤다.

"정기적으로 돈을 받아낸 것으로 알고 있습니다. 정말 부끄러움이라는 걸 몰랐죠."

베라 칼텐제는 머리를 절레절레 흔들었다.

"얘, 그건 너무하잖니? 내가 네 말을 들은 게 잘못이다. 어찌 됐든 내가 거뒀어야 하는 건데. 그러면 그런 엉뚱한 생각은 안 했을 것 아니냐?"

"어머니, 그 얘긴 여러 번 했잖아요. 로버트 나이가 벌써 마흔다섯이에요. 언제까지고 어머니가 보호해줄 수 있는 게 아니에요. 그리고 로버트가 진지하게 도움을 청했다면 모르지만 걘 그저 돈만 달라고 졸랐잖아요."

"로버트가 무슨 엉뚱한 생각을 했다는 겁니까?"

보덴슈타인은 모자의 대화가 엉뚱한 방향으로 흐르지 않도록 끼어들었다. 베라 칼텐제는 굳은 얼굴로 애써 미소를 지었다.

"전과 기록에 나와 있는 거죠, 뭐. 그런데 그 애가 원래 천성이 나쁜 애는 아니에요. 사람을 너무 잘 믿어서 나쁜 친구들의 꼬임에 빠진 거예요."

피아는 지그베르트가 체념의 표정으로 양 눈썹을 치켜세우는 것을 보며 그도 그녀와 같은 생각을 하는 것 같다고 느꼈다. 그도 그럴 것이 그것은 범죄자의 가족에게 으레 듣는 말이다. 아들이나 딸이, 혹은 남편이나 애인이 나쁜 짓을 저질렀다고 하면 꼭 그런 말이 되돌아온다. 당사자의 잘못을 탓하기보다는 주위 사람들의 나쁜 영향에 책임을 돌리는 것이다. 베라 칼텐제도 예외는 아니었다. 형사들은 뮐렌호프에 로버트가 나타나면 전화를 해달라고 말한 후 물러나왔다.

*

로버트 바트코비아크는 켈크하임에서 피시바흐 방향으로 걸어가며 혼잣말을 끊임없이 구시렁거렸다. 슈나이더에게 온갖 욕을 다했지만 쉽게 분이 가시지 않았다. 가장 참을 수 없는 것은 늙은이의 얄팍한 수작에 넘어갔다는 것이다. 교활한 슈나이더는 난처한 표정으로 빈 지갑을 보여주며 현금이나 다름없이 쓸 수 있는 수표라고 장담했다. 현금은 무슨! 막상 은행에 가보니 직원들이 서로 눈치를 보고, 전화를 걸고 난리였다. 그는 그 전화가 분명 경찰을 부르는 것이라 판단하고 그대로 줄행랑을 놓았다. 그래서 지금 휴대전화도 없고 버스 탈 돈도 없이 터벅터벅 걸어가는 신세가 된 것이다! 한 시간 반 전에 무작정 걷기 시작했으니 한참 걸었다. 오늘 아침 모니카의 집에 경찰이 들이닥쳤을 때는 정말 식겁했다. 이렇게 신선한 공기 속에서 걷다 보니 머리도 맑아지고 현재 상황이 뚜렷하게 가늠이 됐다. 그는 막장 인생을 살고 있다. 배가 고프고 목이 마르고 잠잘 곳도 없다. 쿠르트네 집에는 가봐야 소용없다. 쿠르트네 할머니에게 욕먹고 쫓겨난 것이 한두 번이 아니다. 그 밖에 다른 친구는 없다. 마지막으로 남은 사람은 베라다. 베라가 혼자 있을 때 아무도 몰래 집에 들어가야 한다. 사람들의 눈에 띄지 않게 뮐렌호프에 들어가는 길은 잘 알고 있다. 집 안도 구석구석 모르는 곳이 없다. 일단 베라 앞에 서게 되면 객관적으로 자신의 처지를 설명할 것이다. 그러면 베라가 자진해서 돈을 줄지도 모른다. 만약 그렇지 않다면 총을 꺼내서 머리에 대고 위협할까? 아니, 그렇게까지 할 것은 없다. 사실 집에서 그를 쫓아낸 사람은 베라가 아니라 지그베르트, 그 건방진 돼지가 아닌가! 지그베르트는 처음부터 그를 좋아하지 않았지만 그 사고 이후로 그를 볼 때마다 잡아먹지 못해 안달이었다. 사실 알고 보면 사고 당시 운전대를 잡은 사람은 그가 아니라 말린이었다. 하지만 그 말을 믿는 사람은 아무도 없었다. 하긴 말린은 당시 열다섯 살이었으니 누구도 믿지 않는 게 당연한지도 모른다. 그때 말린은 얼마나 착하고 귀여웠던가! 말린은 엘라르트 삼촌의 포르셰 열쇠를 훔쳐 바람을 쐬러 가겠다고 했다. 그는 그런 바보짓 하지 말라고 말리려고 옆에 탄 것일 뿐이다. 하지만 모두 그가 말린 앞에서 으스대려고 차 열쇠를 훔쳤다고 생각했다. 흥! 로버트 바트코비아크는 아랄 주유소를 지나 길을 건넜다. 이 길을 죽 따라가면 뮐렌호프가 나온다. 그때 찢어지는 듯한 경음기 소리가 귓전을 때렸다. 정신을 차리고 돌아보니 검정색 벤츠가 옆에 와 서 있었다. 운전자가 조수석 창문을 내리고 말했다.

"어이, 로버트! 내가 좀 태워줄까? 자, 어서 타!"

로버트는 잠시 망설였지만 곧 어깨를 으쓱하고 차 문을 열었다. 지금보다 나빠질 것은 없었다.

*

"그놈의 개새끼들이 어찌나 짖어대는지! 오늘도 신고가 몇 번이나 들어왔는지 몰라요. 그 집 인간들은 며칠씩 개를 가둬놓고 집에 안 들어올 때도 있거든요. 그냥 그 안에서 하루 종일 짖고 똥 싸게 내버려 두는 거예요."

모니카 크래머의 집으로 올라가는 비좁은 엘리베이터 안에서 로트도른 가의 아파트 관리인이 불평했다. 보덴슈타인과 피아는 말없이 듣고만 있었다. 엘리베이터는 맨 위층에서 쿵 하는 소리와 함께 멈췄다. 관리인은 낙서와 흠집투성이인 문을 열며 계속 불평을 늘어놓았다.

"이 건물에 사는 사람 중에 착실하게 직장 다니는 사람이 있는 줄 압니까? 대부분은 독일어도 못 알아들어요! 그 사람들 집세를 다 나라에서 대줘요. 그런 주제에 또 말도 못 하게 건방져요! 내가 여기서 하루 종일 시달리는 거 생각하면 월급을 두 배로 받아도 모자란다니까요."

피아는 짜증스러운 표정으로 눈알을 굴렸다. 어두침침한 복도 끝에 정복 경찰 두 명과 감식반 직원 세 명, 열쇠 수리공 한 명이 기다리고 있었다. 보덴슈타인이 문을 두드렸다.

"경찰입니다. 문 여세요!"

아무 대답이 없자 관리인이 답답한 듯 보덴슈타인을 밀치고 문을 쾅쾅 두드렸다.

"문 안 열어? 그 안에 있는 거 다 알아, 이 버러지 같은 것들! 어서 문 열지 못해?"

"우리가 할 테니까 좀 진정하고 가만히 있어요."

보덴슈타인이 그를 제지했다.

"이 인간들은 점잖게 말하면 알아먹지 못한다니까 그러시네."

관리인이 혼잣말처럼 투덜거렸다. 맞은편 집의 문이 살짝 열렸다가 바로 닫혔다. 아마 이 건물에서 경찰을 보는 것은 드문 일이 아닌 모양이다.

"문 따세요."

보덴슈타인이 관리인에게 말했다. 관리인은 기다렸다는 듯 크게 고개를 끄덕이고는 열쇠구멍에 여벌 열쇠를 꽂았다. 그러나 문은 열리지 않았다. 이제 열쇠 수리공 차례다. 그는 단 몇 초 만에 자물쇠를 해체했다. 그런데도 문은 열리지 않았다.

"뭔가 무거운 걸로 문을 막은 것 같은데요."

열쇠 수리공이 한 발짝 물러서며 말했다. 순경 두 명이 몸으로 힘껏 밀자 문이 열렸다. 개들이 미친 듯이 짖어댔다.

"이런, 제길!"

순경 중 한 명이 문을 막고 있던 것의 정체를 파악하고 얼굴을 찡그렸다. 문 바로 뒤에 피투성이가 된 모니카 크래머의 시체가 놓여 있었다.

"우욱, 토할 것 같아."

시체를 발견한 순경은 피아를 밀치며 급히 복도로 사라졌다. 피아는 아무 말 없이 장갑을 꺼내 끼고 죽은 여자 옆에 쭈그리고 앉았다. 시체는 다리가 꼬인 채 옆으로 누운 자세로 머리를 문 쪽으로 향하고 있었다. 아직 사후경직은 시작되지 않았다. 피아는 시체의 어깨를 붙잡고 똑바로 눕혔다. 강력반 형사 생활을 하면서 끔찍한 모습을 많이 보아왔지만 모니카 크래머를 살해한 범인의 잔인성은 상상을 초월했다. 목에서부터 사타구니까지 찢어져서 내장이 밖으로 쏟아져 나왔고 팬티도 칼에 찢겨 있었다.

"이런, 빌어먹을!"

등 뒤에서 보덴슈타인이 숨죽인 소리로 내뱉었다. 피아는 고개를 돌려 슬쩍 그의 표정을 살폈다. 웬만한 것에는 놀라지 않는 그의 얼굴이 하얗게 질려 있었다. 다시 시체로 고개를 돌리자 그를 그토록 놀라게 한 것이 무엇인지 알 수 있었다. 피아는 위장이 뒤집히는 것만 같았다. 범인은 도살에 가까운 살인 행각에 그치지 않고 모니카 크래머의 두 눈마저 파낸 것이다.

*

"반장님, 제가 운전할게요."

피아가 손을 내밀자 보덴슈타인은 군소리 없이 차 열쇠를 내밀었다. 그들은 집 안에서 처리해야 할 일을 하고 옆집과 아래층을 찾아다니며 이웃들의 증언을 들었다. 11시쯤 소리 높여 싸우는 소리와 둔탁하게 치고받는 소리를 들은 사람은 많았지만 하나같이 그 집에서는 허구한 날 그런 소리가 났다고 증언했다. 피아와 벤케가 가고 난 후 로버트 바트코비아크가 돌아와서 그런 잔인한 살인을 저지른 것일까? 모니카 크래머는 엄청난 상처에도 불구하고 바로 죽지 않고 문까지 기어와서 죽었다. 보덴슈타인은 처참한 표정을 숨기지 못한 채 손바닥으로 얼굴을 문질렀다. 피아가 한 번도 보지 못한 모습이다.

"가끔은 산림청 직원이나 진공청소기 판매원이 되는 게 훨씬 나았겠다는 생각이 들어. 우리 로잘리보다 두세 살밖에 많아 보이지 않던데……. 이 일을 아무리 오래 해도 이런 일에는 적응이 안 되는 것 같아."

피아는 그를 흘깃 쳐다보았다. 손을 잡아주거나 다른 위로의 표현을 하고 싶었지만 마음이 선뜻 행동으로 옮겨지지 않았다. 2년째 거의 매일 얼굴을 보며 일하고 있지만 두 사람 사이에는 여전히 극복하기 힘든 거리감이 있었다. 보덴슈타인은 쉽게 친해질 수 있는 유형이 아니다. 그는 평소 감정을 겉으로 드러내는 일이 없어서 피아는 그가 형사의 일상에서 보게 되는 잔인한 광경과 정신적 압박을 어떻게 견디는지 궁금하게 생각한 적도 있다. 지금까지 그가 욕을 하거나 화가 나서 소리를 지르는 것을 본 적이 없기 때문이다. 피아는 그의 초인적인 자제력이 그가 받은 엄격한 교육에서 비롯된 것이라고 생각했다. 어떤 상황에서도, 어떤 대가를 치르더라도 절대 흐트러진 모습을 보이지 않는 철통 같은 자제력 말이다.

"저도 마찬가지예요."

피아는 겉으로는 아무렇지도 않은 척했지만 속마음은 전혀 달랐다. 부검실에서 아무리 많은 시간을 보냈어도 시체로 만나게 된 사람들의 슬프고 억울한 운명에 무감각해질 수 없었다. 그런 이유로 재난 상황이나 사고 현장을 처음 발견한 사람들에게 심리 치료를 시행하는 것이리라. 머릿속에 각인된 처참한 광경은 그 무엇으로도 쉽게 떨쳐지지 않는다. 피아도 보덴슈타인처럼 일에서 위안을 찾았다.

"그 문자 말이야. 로버트 바트코비아크가 골드베르크와 슈나이더 살인 사건의 범인이라는 걸 말해주는 증거가 아닐까?"

보덴슈타인이 사무적인 목소리로 말했다.

감식반 직원들이 모니카 크래머의 휴대전화에서 어제 오후 1시 34분에 보내온 로버트 바트코비아크의 문자 메시지를 발견했다.

자기야, 우린 이제 부자야! 다른 영감도 해치웠어. 이제 바다로 떠나는 일만 남았어!

"그럼 사건이 해결된 거네요. 로버트가 돈 욕심에 눈이 어두워 골드베르크와 슈나이더를 죽였다. 피해자들은 베라 칼텐제의 의붓아들인 로버트를 의심 없이 집 안에 들였을 테고, 로버트는 노인들을 죽인 후 금품을 갈취하고 그 사실을 알고 있는 모니카 크래머도 죽였다."
피아는 보덴슈타인의 말에 근거해 추리를 했지만 진심으로 확신하는 말투는 아니었다.
"어때? 신빙성 있지 않아?"
보덴슈타인이 물었다. 피아는 바로 대답하지 않고 잠시 생각했다. 그렇게 쉽게 사건이 풀린다면야 좋겠지만 왠지 그게 아니라는 생각이 들었다.
"글쎄요. 배후에 뭔가 다른 게 있는 것 같은 예감이 들어요."

*

축축한 말똥은 돌덩이처럼 무겁고 암모니아 냄새가 코를 찔렀다. 허리와 팔뚝이 아팠지만 피아는 삽질을 멈추지 않았다. 어떻게든 잔인한 그림을 떨쳐버려야 한다. 이런 상황에서 술을 찾는 동료도 많고, 그걸 이해하지 못하는 것도 아니지만, 그녀에게는 나쁜 생각을 떨치는 데 힘든 육체노동만 한 것이 없었다. 그녀는 이를 악물고 마구간 바로 앞에 대놓은 퇴비 통에 말똥을 퍼 날랐다. 쇠스랑이 시멘트 바닥에 부딪쳐 쨍 소리가 났다. 마지막 한 삽을 퍼낸 그녀는 숨이 턱까지 찬 상태로 허리를 펴고 얼굴에 흐르는 땀을 닦았다.
피아는 보덴슈타인과 함께 경찰서로 돌아가 동료들에게 상황을 전달했다. 회의 결과 로버트 바트코비아크에 대한 수배가 한층 치밀해졌고, 지역 라디오 방송을 통해 주민들에게 도움을 호소하자는 의견도 나왔다. 피아가 일을 거의 다 마칠 무렵 그녀의 행동을 하나하나 지켜보고 있던 개들이 벌떡 일어나 반갑게 짖으며 뛰쳐나갔다. 잠시 후 오펠 동물원이라고 쓰인 녹색 픽업이 들어와 트랙터 옆에 멈췄다. 크리스토프가 걱정스러운 얼굴로 내려 빠른 걸음으로 다가왔다.

"피아!"

그는 그녀를 얼싸안았다. 그의 품에 안기자 자신도 모르게 눈물이 흘러내렸다. 잠시 약해져도 된다는 것이 피아에게는 그렇게 고마울 수 없었다. 헤닝과 함께일 때는 전혀 상상하지 못했던 일이다.

"와줘서 고마워요."

"많이 힘들었어?"

그가 그녀의 머리에 입 맞추었다. 피아는 말없이 고개를 끄덕였다. 크리스토프는 그렇게 한참 동안 그녀의 어깨를 쓰다듬었다.

"자, 이제 욕조에 물 받아서 목욕해. 내가 가서 말 들여놓고 밥 줄게. 그리고 자기가 좋아하는 피자도 사 왔어."

"참치 피자에 정어리 토핑 추가? 역시 우리 자기가 최고야."

피아는 고개를 들고 씩 웃었다.

"당연하지. 자, 이제 얼른 가서 목욕해."

크리스토프는 눈을 찡긋하며 그녀에게 입을 맞춘 후 집 안으로 들여보냈다.

그로부터 30분 후 젖은 머리에 목욕 가운 차림으로 욕실에서 나온 피아는 열심히 씻었는데도 개운한 느낌이 들지 않았다. 살해 현장의 잔인성은 그만큼 끔찍한 것이었다. 사건이 있기 몇 시간 전 죽은 여자와 대화를 나누었다는 사실이 상황을 더욱 끔찍하게 만들었다. 그들이 모니카의 집에 나타나지 않았다면 그녀는 죽지 않았을까?

그동안 크리스토프는 개밥도 주고 식탁도 차리고 와인도 준비해두었다. 피아는 코를 간질이는 피자 냄새를 맡으며 오늘 아무것도 먹지 않았다는 사실을 깨달았다.

"얘기해서 나아질 것 같으면 얘기를 하는 게 좋아."

피아는 손으로 피자를 집어 들다 말고 크리스토프를 쳐다보았다. 그녀를 배려하는 그의 마음은 언제나 그녀를 감동시켰다. 물론 다른 사람에게 얘기하는 것이 좋다. 아픔을 치유하는 유일한 방법은 대화를 통해 드러냄으로써 타인과 공유하는 것이다.

"그렇게 끔찍한 건 처음 봤어요."

피아는 한숨을 푹 쉬고는 침착한 말투로 오늘 있었던 일을 이야기했다. 크리스토프는 그녀의 잔에 와인을 더 따라주었다. 피아는 아침에 벤케와 함께 피해자의 집에 간 일, 용의자가 도망친 일, 그런 다음 벤케가 이성을 잃고 날뛴 일도 얘기했다.

"아무리 끔찍한 일이라도 어느 정도까지는 감당할 수 있는 거잖아요. 그런데 오늘 그 여자의 시체를 보니까 정말 너무 잔인해서 감당이 안 되더라고요."

피아는 마지막 남은 피자를 다 먹고 주방용 티슈에 기름진 손을 닦았다. 한편으로는 견딜 수 없을 정도로 피곤했고, 다른 한편으로는 온몸의 신경이 곤두서서 도저히 진정이 되지 않았다. 크리스토프는 피자 상자를 접어 쓰레기통에 넣고 피아 뒤로 와 섰다. 그리고 부드럽게 그녀의 어깨를 주무르기 시작했다. 피아는 가만히 눈을 감았다.

"이런 일이 생겨서 좋은 게 뭔지 알아요? 내가 하는 일이 어떤 일인지 분명해진단 거예요. 어떤 놈인지 모르지만 꼭 잡아서 감방에 처넣을 거예요."

크리스토프는 고개를 숙여 그녀의 뺨에 입을 맞추었다.

"정말 힘들었나 보네. 하필 이런 때 혼자 두고 떠나야 해서 정말 미안해."

피아는 몸을 돌려 그를 쳐다보았다. 크리스토프는 내일이면 남아프리카로 떠난다. 케이프타운에서 열리는 동물원 국제연합회의 일정이 이미 몇 달 전부터 잡혀 있었다. 피아는 그와 떨어져 있을 것을 생각하니 벌써부터 가슴이 아파왔다. 하지만 겉으로는 명랑한 척했다.

"겨우 여드레인데요, 뭐. 전화로 얘기할 수 있잖아요."

"무슨 일 있으면 꼭 전화해. 알았지?"

그가 그녀를 자기 쪽으로 끌어당기며 말했다. 그녀는 의자에서 일어나 그의 목에 팔을 감았다.

"그럼요. 하지만 아직 안 떠났으니까 이 시간을 잘 활용해야 하지 않을까요?"

"그렇게 생각해?"

그녀는 대답 대신 그에게 입을 맞추었다. 이대로 그를 놓고 싶지 않다는 생각이 들었다. 옛날에 헤닝은 출장이 잦았고 하루 종일 연락이 안 되는 일도 많았다. 그래도 불안하지 않았는데 크리스토프의 경우는 완전히 반대다. 그와 가까워진 후 24시간 이상 떨어져본 일이 없다. 동물원 앞을 지나다 잠깐 들러 그의 얼굴을 볼 수 없다는 생각만으로도 마음이 휑하니 허전한 생각이 들었다.
 그는 그녀의 몸에서 뿜어져 나오는 욕구를 감지한 듯 그녀의 손을 잡고 침실로 향했다. 그녀는 가슴을 두근거리며 그가 서둘러 옷 벗는 모습을 지켜보았다. 그와 처음 잠자리를 같이하는 것도 아닌데 심장이 터질 듯이 뛰었다. 이런 남자는 처음이었다. 원하는 것을 모두 말하고 스스로도 아낌없이 주는 남자. 부끄러움이나 멋쩍음에서 나오는 머뭇거림, 가짜 오르가슴을 허용하지 않는 남자. 그에게 반응하는 그녀의 격렬한 몸짓은 지칠 줄 몰랐다. 부드러운 애무는 나중으로 미뤄도 좋았다. 그의 품 안에서 오늘 본 사건의 끔찍한 잔상을 모두 떨쳐버리고 싶다는 생각뿐이었다.

2007년 5월 3일 목요일

아기가 밤새 울어대는 바람에 잠을 설친 보덴슈타인은 8시 직전에야 피곤한 몸을 이끌고 경찰서에 도착했다. 코지마가 아기를 데리고 손님방으로 갔지만 아내의 배려에도 불구하고 잠을 잘 수 없었다. 거기다 길까지 막혔다. 호프하임으로 들어오기 직전 B519 연방도로에서 사고가 나서 30분간이나 발이 묶여 있었던 것이다. 그것만으로는 모자랐는지 강력반이 있는 2층으로 올라가 막 복도에 발을 들여놓는 순간 니어호프 과장과 마주치고 말았다.

"어서 오게, 보덴슈타인. 정말 잘했어! 이렇게 빨리 해결할 줄은 몰랐는데. 역시 능력 있는 사람은 달라!"

니어호프는 손바닥을 마주대고 비비며 너스레를 떨었다. 보덴슈타인은 영문 모르겠다는 표정으로 수사과장을 쳐다보았다. 딱 봐도 문 뒤에서 기다리고 있다가 나온 것이 분명하다. 보덴슈타인은 출근해서 커피 한 모금도 마시지 않은 상태에서 이렇게 예고 없는 습격을 당하자 기분이 꽉 상했다.

"과장님, 무슨 말씀이십니까?"

"조금 있다가 기자회견 하기로 했네. 내가 홍보부에 얘기해서 이미 지시를……."

니어호프는 대답은 하지 않고 자기 할 말만 했다.

"기자회견에서 뭐라고 하시게요? 대체 저 없을 때 무슨 일 있었습니까?"

"사건이 해결됐잖아! 범인이 누군지 밝혀냈지 않나? 그럼 끝난 거나 마찬가지지."

니어호프 과장이 기쁨에 찬 얼굴로 외쳤다.

"사건이 해결됐다고 누가 그래요?"

보덴슈타인은 옆으로 지나가는 동료 두 명에게 눈인사를 했다.

"파싱어 형사가 그러던데……."

"잠깐만요."

보덴슈타인은 예의가 아닌 줄 알면서도 중간에 말을 잘랐다.

"어제 두 살인 사건 현장에 있었던 남자의 내연녀가 살해당한 건 사실입니다. 하지만 아직 범행 도구도 찾지 못했고, 그 남자가 살해했다는 확실한 증거도 확보하지 못했습니다. 아직은 사건이 해결됐다고 말할 수 있는 상황이 아닙니다."

"그렇게 복잡하게 생각할 게 뭐 있나? 돈 욕심에 범행을 저질렀고 그 사실을 아는 내연녀를 죽인 거 아닌가? 범인을 아니까 언젠가는 잡을 테고 이제 자백만 받으면 되잖아."

보아하니 니어호프에게는 이미 끝난 사건인 듯했다.

"기자회견은 11시네. 자네도 참석하도록 해."

보덴슈타인은 기가 막혀 말이 나오지 않았다. 힘들게 시작된 하루가 점점 더 힘들어지려 하고 있었다.

"11시 정각에 아래층 대회의장으로 와. 그리고 기자회견 끝난 다음에 내 방에서 얘기 좀 하지."

니어호프는 딱 잘라 말하고는 만족스러운 미소를 지으며 자신의 사무실로 들어가 버렸다.

보덴슈타인은 카트린과 하세가 함께 쓰는 사무실 문을 활짝 열어젖혔다. 두 사람 모두 출근해서 컴퓨터 앞에 앉아 있었다. 보덴슈타인이 들어오는 것을 본 하세는 얼른 자판 하나를 눌렀다. 언제나처럼 인터넷을 하고 있었겠지만, 근무시간에 은퇴 후에 지낼 집을 찾든 말든 보덴슈타인은 상관하지 않았다.

"파싱어 형사, 내 방으로 좀 오지."

보덴슈타인은 아무런 인사도 없이 다짜고짜 말했다. 아무리 화가 났어도 다른 동료 앞에서 야단을 치고 싶지는 않았다.

잠시 후 팀의 막내인 카트린 파싱어가 겁먹은 얼굴로 조심스럽게 문을 열고 들어왔다. 보덴슈타인은 책상 앞에 앉아서 카트린에게 앉으라는 말도 하지 않았다.

"무슨 근거로 과장님에게 사건이 해결됐다는 말을 했지?"

보덴슈타인은 카트린을 노려보며 날카로운 목소리로 추궁했다. 아직 어리고 자신감이 부족한 카트린은 요즘 들어 너무 열심히 하려다 실수를 하는 일이 더러 있다.

"제가요? 제가 무슨 말을 했는데요?"

카트린은 얼굴이 붉으락푸르락해져서 되물었다.

"나도 그게 궁금해서 부른 거 아니야?"

"어제…… 어제저녁에 과장님이…… 회의실에 오셔서는……."

카트린은 긴장해서 말을 더듬었다.

"반장님을 찾으셨어요. 그래서 제가 반장님하고 피아 선배는 두 살인 사건 현장에 있었던 남자의 여자친구 시체를 보러 가셨다고 말씀드렸어요."

카트린의 반응을 본 보덴슈타인은 금세 화가 풀렸다.

"전 그 말밖에 안 했어요. 정말이에요, 반장님. 맹세해요."

보덴슈타인은 그 말을 믿었다. 니어호프가 급한 마음에 낱낱의 수사 결과를 짜 맞춘 것이다. 기가 막힐 노릇이었다. 그리고 한편으로는 이상한 일이기도 했다.

"알았어. 아까는 화가 나서 한 말이니 잊어. 벤케는 출근했나?"

"아니요. 벤케 선배는…… 병가 냈는데요."

카트린은 여전히 억울함이 가시지 않은 목소리다.

"아, 그렇지. 키르히호프는?"

"피아 선배는 아침에 남자친구를 공항에 데려다 주고 바로 부검에 참석한다고 했어요. 8시에 모니카 크래머 부검이 있거든요."

*

"얼굴이 왜 그래?"

8시가 막 지난 시각, 법의학연구소 제2부검실에 들어선 피아를 보고 헤닝 키르히호프는 놀란 표정을 지었다. 피아는 얼른 세면대 위에 붙은 거울을 쳐다보았다. 밤을 새우다시피 하고 10분 전까지 차 안에서 질질 짠 사람치고는 그렇게 나빠 보이지 않았다. 북적북적한 공항에서의 이별은 생각과 달리 너무 짧았다. B청사 앞에 도착하니 남아프리카에 함께 가는 동료 두 명이 크리스토프를 기다리고 있었다. 베를린과 부퍼탈에서 온 동료인데, 그중 베를린에서 온 동료는 여자였고 상당한 미인이었다. 마지막 포옹, 급한 입맞춤 뒤에 크리스토프는 그들과 함께 청사 안으로 사라졌다. 피아는 그들이 사라진 방향을 보며 예상치 못한 허탈감에 사로잡혔다.

"내 친구 미리엄 기억나?"

"호로비츠 양? 수년 전에 딱 한 번 마주친 일이 있지. 그 뒤로 만날 일이 없어서 참 다행이라고 생각하고 있어."

헤닝은 미리엄에 대한 기억이 좋지 않은 듯 쓴 입맛을 다셨다. 피아는 언젠가 미리엄이 헤닝을 '닥터 프랑켄슈타인'이라고 비꼰 일을 기억해냈다. 헤닝은 미리엄을 '개념 없는 죽순이'라고 칭함으로써 바로 앙갚음을 했다. 피아는 미리엄이 그동안 어떻게 변했는지 얘기할까 하다가 그만두었다.

"얼마 전에 우연히 만났는데 프리츠 바우어 연구소에서 일한대."

"그래? 아버지가 인맥 써서 취직시켜준 모양이군."

아니나 다를까 헤닝은 이번에도 역시 '뒤끝 작렬남'의 면모를 과시했지만 피아는 신경 쓰지 않았다.

"내가 골드베르크에 대해서 알아봐 달라고 부탁했어. 처음에는 골드베르크가 나치였다는 걸 믿지 않더라고. 그러다 연구소 기록에서 골드베르크와 그 가족에 대한 걸 찾아냈어. 나치는 세세한 것까지 다 기록해놓은 걸로 유명하잖아."

부검대 위에는 모니카 크래머가 깨끗이 씻긴 채 나체로 누워 있었다. 로니가 부검대로 다가왔다. 피아는 헤닝과 로니에게 미리엄으로부터 들은 이야기를 해주었다. 앙어부르크에 살던 골드베르크와 그의 가족은 다른 유대인들과 함께 1942년 3월 쾨슈프 강제수용소로 끌려갔다. 골드베르크의 가족은 그곳에서 죽었지만, 골드베르크는 1945년 1월 수용소가 해체될 때까지 살아남았다. 그때까지 생존해 있던 유대인들은 모두 아우슈비츠로 끌려가 가스실에서 죽임을 당했다. 골드베르크도 1945년 1월 가스실에서 죽었다. 부검실은 쥐죽은 듯 조용했다. 피아는 두 남자를 기대에 찬 눈빛으로 바라보았다.

"그래서? 그게 뭐 어쨌다는 거야?"

헤닝은 특유의 재수 없는 말투로 아랫사람에게 말하듯 툭 던졌다. 피아는 그의 반응에 바로 신경질이 났다.

"무슨 말인지 모르겠어? 당신이 부검한 그 골드베르크는 다비드 요수아 골드베르크가 아니라고."

"그래? 엄청난데."

헤닝은 무표정한 얼굴로 어깨를 으쓱하더니 딴소리를 했다.

"그런데 검사 새끼들은 왜 이렇게 시간을 안 지키는 거야? 난 시간 약속 안 지키는 거 진짜 싫은데!"

"그 검사 새끼 여기 있어요."

뒤에서 여자 목소리가 들렸다.

"안녕하세요?"

발레리 뢰플리히가 고개를 빳빳이 들고 또각또각 하이힐 소리를 내며 들어왔다. 그녀는 로니에게만 눈인사를 하고 피아는 못 본 척 무시하고 지나쳤다. 피아는 갑자기 당황하는 헤닝을 보며 재미있다는 표정을 지었다.

"어서 오십시오, 뢰플리히 검사님."

"안녕하세요, 키르히호프 박사님."

두 사람이 깍듯이 존대하는 것을 보며 피아는 피식 웃음이 나왔다. 지난번에 헤닝의 집에서 봤을 때는 뢰플리히, 헤닝 두 사람 다 옷을 아주 시원하게 입고 있었다.

"자, 그럼 시작합시다."

헤닝은 피아, 뢰플리히와 시선을 마주치지 않으면서 갑자기 부산하게 움직였다. 헤닝은 뢰플리히가 계속 치근덕거렸지만 그때 딱 한 번뿐이었다고 맹세를 했다. 하지만 헤닝은 그 책임을 피아에게 돌렸다. 헤닝이 검안을 하면서 소형 마이크에 대고 줄곧 중얼거리는 동안 피아는 로니와 함께 뒤로 물러나 있었다.

"요즘은 판사 한 명을 찍어서 작업 걸고 있다고 하더라고요."

로니가 턱짓으로 뢰플리히를 가리키며 속삭였다. 피아는 팔짱을 낀 채 부검대 바로 앞에 서 있는 뢰플리히를 보며 어깨를 으쓱했다. 뢰플리히가 누구를 꼬드기든 별로 관심이 가지 않았다. 피아는 허벅지와 허리가 살짝 당기는 것을 느끼며 어젯밤을 떠올렸다. 그리고 비행기가 케이프타운에 도착할 시간을 계산했다. 크리스토프는 도착하자마자 문자 메시지를 보내겠다고 했다. 과연 그가 그 약속을 기억할까? 피아는 눈으로는 헤닝이 하는 일을 건성으로 쳐다보면서 딴생각에 빠져들었다.

헤닝은 범인이 갈라놓은 부분을 더 길게 찢었다. 그리고 내장을 하나하나 꺼낸 다음 심장을 해부했다. 로니는 위장 내용물 표본을 실험실로 가져갔고, 다른 사람들은 아무 말 없이 부검을 지켜봤다. 헤닝은 부검 기록을 위해 마이크에 대고 끊임없이 중얼거렸다.

"피아! 자?"

갑자기 헤닝이 지르는 소리에 깜짝 놀란 피아는 부검대 앞으로 한 걸음 다가섰다. 동시에 뢰플리히도 부검대에 바짝 다가섰다.

"경찰은 약 10센티미터의 호크빌 칼을 찾아야 해. 범인은 아주 강한 힘으로 단번에 칼을 휘둘렀어. 그 칼날에 내장이 파열됐고, 갈비뼈에도 칼자국이 남았어."

"호크빌 칼이 뭐죠?"
뢰플리히가 물었다.
"내가 그런 것까지 알려줘야 해요? 알아서 찾아봐요."
헤닝이 면박을 주자 피아는 왠지 뢰플리히가 가엾다는 생각이 들었다.
"칼날이 반달 모양으로 굽은 칼이에요. 원래는 인도네시아에서 물고기 잡을 때 사용하는 칼이에요. 써는 데는 전혀 적합하지 않고 살상용으로만 쓰여요."
"고마워요."
뢰플리히는 감사의 뜻으로 고개를 주억거렸다.
"그런 칼은 시내 마트에서 살 수 있는 게 아니야. 마지막으로 이런 상처를 본 건 코소보 내전 때였어."
헤닝은 왠지 모르지만 기분이 더 상한 듯했다.
"눈은 어때?"
피아는 객관성을 유지하려 했지만 모니카 크래머가 죽기 전에 어떤 생각이 들었을까 생각하니 끔찍하기만 했다.
"눈? 눈은 아직 하지도 않았잖아."
헤닝이 느닷없이 짜증을 냈다. 피아와 뢰플리히는 아무럼 하는 표정으로 눈짓을 주고받았다. 헤닝은 그것을 눈치챘지만 아무 말 없이 사체의 하반신을 해부하며 마이크에 대고 불분명한 발음으로 웅얼거렸다. 피아는 녹음을 받아 적을 비서가 힘들겠다고 생각했다. 그로부터 20분 후 헤닝은 돋보기로 사체의 푸르스름한 입술을 살핀 후 입안을 한참이나 들여다보았다.
"목 안에 뭐가 있어요? 뭔데 그래요? 궁금해요."
뢰플리히가 초조한 목소리로 물었다.

"잠시만 기다리시죠, 검사님."

헤닝이 비꼬듯 말하고 스칼펠로 식도와 성대를 갈랐다. 그리고 면봉에 내용물을 묻혀 로니에게 하나씩 건넸다. 이윽고 표본 채취가 끝나자 자외선램프를 들고 밖으로 드러난 식도 안을 비추었다.

"와!"

그는 탄성을 지르며 고개를 들었다.

"검사님도 한번 보시겠습니까?"

발레리 뢰플리히는 열심히 고개를 끄덕이며 사체에 다가섰다.

"더 가까이 와야 보이죠."

헤닝이 말했다. 피아는 그 안에 뭐가 들어 있을지 짐작이 간다는 표정으로 머리를 절레절레 흔들었다. 이미 눈치챈 로니도 삐져나오는 웃음을 참았다.

"아무것도 안 보이는데요."

"푸르스름하게 빛나는 거 안 보여요?"

"보여요. 독살당한 건가요?"

뢰플리히는 고개를 들고 미간을 찌푸렸다.

"글쎄요, 정자에 독이 들어 있었다면 그럴 수도 있겠죠. 당장은 알 수 없고 결과가 나올 때까지 기다려봐야겠네요."

헤닝이 심술궂게 웃으며 말했다. 뢰플리히는 바보 취급을 당했다는 것을 알고 얼굴이 빨개져서 씩씩거렸다.

"헤닝, 당신 정말 재수 없는 인간인 거 알아? 계속 이런 식으로 나가면 당신이 이 부검대 위에 놓일 날이 멀지 않을 거라는 것만 알아둬!"

뢰플리히는 톡 쏘아붙이고는 그 자리에서 몸을 돌려 부검실에서 나갔다. 헤닝은 그녀의 뒷모습을 바라보다가 피아에게 시선을 돌렸다.

"방금 들었지? 날 죽이겠다는 거잖아. 이건 명백한 협박이야. 여검사들은 하나같이 농담을 이해할 줄 모른단 말이야."
"그건 절대 재미있는 농담이 아니거든. 강간당했어?"
"누구? 뢰플리히?"
"전혀 안 웃기거든. 강간이야, 아니야?"
피아가 정색을 하고 물었다. 헤닝은 로니가 없는 것을 확인하고 불만스러운 감정을 토로했다.
"아, 그 여자 때문에 정말 짜증 나 죽겠어! 하루가 멀다 하고 전화해서 이상한 소리만 하고."
"부질없는 희망을 갖게 하니까 그렇지."
"부질없는 희망을 갖게 한 게 누군데? 당신이 이혼하자고 그렇게 졸라대서 그런 거지!"
"기가 막혀! 지금 제정신으로 하는 소리야? 걱정 마, 아까 화내면서 나가는 거 보니까 다시는 연락 안 할 것 같던데."
피아는 어이없다는 듯 머리를 흔들었다.
"그렇게만 되면 좋겠다. 한 시간만 지나면 금방 여기 나타나서 귀찮게 할걸."
피아는 눈을 가늘게 뜨고 전남편을 응시했다.
"이젠 확실히 알겠어. 당신 그거 거짓말이었지?"
"뜬금없이 무슨 소리야?"
헤닝은 아무 죄도 없다는 듯 순진한 표정을 지었다.
"작년 여름에 거실 탁자에서 하다가 들켰을 때 말이야, 그때 딱 한 번 실수한 거라고 했잖아. 그거 거짓말이지? 맞지?"
헤닝은 얼굴색이 바뀌며 뭐라고 변명을 하려고 했으나 로니가 들어오자 즉시 전문가의 진지한 자세로 돌아갔다.

"강간당한 건 아니야. 하지만 죽기 전에 오럴섹스를 했어. 그다음에 다른 부상을 입었어. 그 부상 때문에 죽은 게 확실해. 사인은 과다출혈이야."

*

그로부터 한 시간 후 피아는 호프하임 경찰서 회의실에 앉아 그동안의 경과를 보고했다.
"모니카 크래머의 사망 원인은 중상에 따른 과다출혈이에요. 범죄에 사용된 도구는 호크빌 칼이고요, 식도에서 정자의 흔적이 발견됐어요. 경찰 컴퓨터에 바트코비아크의 유전자 정보가 있으니까 며칠 있으면 바트코비아크의 것인지 알 수 있을 거예요. 섬유조직, 머리카락 등 현장에서 확보한 다른 증거물은 과학수사연구원으로 넘어갔으니까 결과가 나오려면 아직 좀 기다려야 해요."
보덴슈타인은 현재 확보된 증거가 얼마나 빈약한지 깨달았기를 바라며 수사과장을 흘깃 쳐다보았다. 아래층에는 기자들이 몰려와 기다리고 있었다. 니어호프가 골드베르크와 슈나이더 사건의 범인을 잡았다고 자랑하려고 있는 대로 다 부른 것이다.
"범인은 살해한 사실을 내연녀에게 말했고, 나중에 증인을 없애기 위해 내연녀를 죽인 거로군. 범인의 폭력성을 잘 말해주는 사건이야. 다들 잘했어. 보덴슈타인 반장은 이따 내 방으로 오는 거 잊지 말고."
니어호프는 그 말을 끝으로 자리에서 일어났다. 그리고 보덴슈타인더러 따라오라고 하지도 않고 기자회견장으로 서둘러 사라졌다. 회의실에는 잠시 침묵이 감돌았다.

"과장님은 기자들 앞에서 도대체 무슨 말씀을 어떻게 하시려는 걸까요?"

오스터만이 침묵을 깨고 말했다.

"내가 그걸 어떻게 알겠나. 어쨌든 시기적으로 볼 때 지금이라면 허위 기사가 나가더라도 나쁠 건 없어."

"그럼 반장님은 골드베르크와 슈나이더를 죽인 게 바트코비아크가 아니라고 생각하시는 거예요?"

카트린이 조심스럽게 물었다.

"바트코비아크는 상습범이긴 하지만 살인자는 아니야. 그리고 내가 보기엔 모니카 크래머를 죽인 사람은 따로 있어."

오스터만과 카트린이 놀란 얼굴로 보덴슈타인을 쳐다보았다.

"제삼자가 손을 쓴 것 같아. 우리가 여기저기 쑤시고 다니니까 골드베르크와 슈나이더를 죽인 죄까지 뒤집어씌울 사람을 만들어 낸 거지."

"그럼 모니카 크래머 사건이 청부살인이라는 겁니까?"

오스터만이 눈썹을 치켜 올리며 물었다.

"그렇다고 할 수 있지. 살해 방법도 전문적이고, 살상용 칼을 사용한 것도 그렇고 미심쩍은 데가 많아. 문제는 골드베르크의 유족이 그렇게 심한 방법까지 쓸 것인가 하는 건데……. 그 사람들은 골드베르크가 유대인 학살 생존자가 아니라는 게 알려지지 않게 하려고 사건 후 24시간도 안 돼서 연방범죄수사국, 내무부, 주미 총영사관, 프랑크푸르트 경찰청장, CIA까지 동원했단 말이지."

보덴슈타인은 진지한 표정으로 팀원들을 쳐다보았다.

"어쨌든 분명한 건 이번 일로 잃을 게 아주 많은 사람이 있고, 그 사람이 물불 가리지 않는다는 거야. 그러니까 앞으로 수사하는 데 있어서 조심, 또 조심해야 해. 안 그러면 죄 없는 사람들이 위험해질 수도 있어."

"그럼 지금 과장님이 범인 잡았다고 발표하는 게 잘하는 것일 수도 있겠네요."

오스터만의 말에 보덴슈타인은 천천히 고개를 끄덕였다.

"그래서 내가 과장님을 말리지 않은 거야. 그게 기사화되어 나가면 모니카 크래머 살인 사건의 범인은 마음을 놓을 테니까."

보덴슈타인의 말이 끝나자 피아가 부연 설명을 했다.

"모니카 크래머의 휴대전화에서 바트코비아크가 보낸 문자메시지가 여러 개 발견됐어요. 모두 대문자, 소문자를 지켜서 썼고요, '자기'라는 표현을 쓴 적은 단 한 번도 없어요. 즉, 우리가 발견한 문자메시지는 누군가 프리페이드 기기나 가짜 명의로 휴대전화를 사서 보낸 거예요. 바트코비아크에게 죄를 뒤집어씌우려고요."

회의실은 일순간 조용해졌다. 그게 무엇을 의미하는지 모두 알고 있었다. 전과가 셀 수 없이 많은 바트코비아크는 살인자로 몰기에 그야말로 안성맞춤이다.

"우리가 바트코비아크를 의심한다는 걸 아는 사람이 누구죠?"

카트린의 말에 보덴슈타인과 피아는 빠르게 눈빛을 주고받았다. 좋은 질문이다. 아니, 지금 이 시점에 꼭 필요한 질문이다. 정말로 바트코비아크가 모니카 크래머를 죽인 게 아니라면 바트코비아크에게 죄를 뒤집어씌우려는 사람을 찾아야 한다.

"베라 칼텐제와 둘째 아들 지그베르트는 확실하게 알고, 아마 다른 가족들도 알고 있겠지?"

"칼텐제 여사와는 상관없어. 절대 그럴 사람이 아니야."

피아의 말에 보덴슈타인이 바로 항의했다.

"좋은 일을 많이 했다고 해서 무조건 천사는 아니에요."

보덴슈타인이 왜 베라 칼텐제를 두둔하고 나서는지 아는 사람은 피아뿐이었다. 보덴슈타인은 오랫동안 경찰 생활을 하면서 밑바닥 인생부터 상류사회까지 여러 계층의 사람들을 겪어봤는데도 여전히 계층에 대한 편견이 심했다. 차이들리츠-라우엔부르크 집안에서 태어난 베라 칼텐제처럼 그도 귀족 출신이 아닌가.

"실험실에서 보고서 왔는데 안 들어보실래요?"

오스터만이 앞에 놓인 문건을 탁탁 치며 사람들의 관심을 돌렸다.

"당연히 들어봐야지. 범행 도구에 관한 것도 있어?"

보덴슈타인은 고개를 쑥 빼고 문건을 쳐다보았다.

"네, 두 사건에는 동일한 범행 도구가 사용됐습니다. 그리고 두 경우 모두 흔한 탄환이 아니에요. 9×19 자동 권총 탄환인데 1939년에서 1942년 사이에 만들어진 겁니다. 그때 이후로는 그런 합금 방식이 쓰이지 않는다고 합니다."

"그럼 범인은 2차 세계대전 당시의 구경 9밀리 권총을 쓰는 사람이겠네요. 아무 데서나 구할 수 있는 게 아니잖아요."

피아가 오스터만의 말을 정리했다.

"인터넷으로 주문하면 돼. 만약 거기 없으면 무기 거래 하는 곳도 있고. 생각처럼 어려운 일은 아닐걸?"

하세가 말했다. 보덴슈타인은 불필요한 토론이 시작되는 것을 막으려는 듯 바로 끼어들었다.

"됐어, 됐어. 오스터만, 다른 건 어때?"

"수표의 서명은 슈나이더의 것이 맞는 것으로 확인됐습니다. 그리고 필적감정에 의하면 현장에서 발견된 숫자는 둘 다 동일인이 쓴 것이라고 합니다. 골드베르크 자택 거실에서 발견된 와인 잔에서 나온 유전자와 지문은 컴퓨터에서 대조해봤지만 아무 성과가 없었습니다. 립스틱은 '메이블린 제이드'라고 시중에서 판매하는 평범한 제품인데요, 립스틱 자국 외에 아사이클로비르의 흔적이 발견됐습니다."

"그게 뭔데요?"

카트린이 물었다.

"입술에 수포가 생겼을 때 사용하는 약 성분이야. 예를 들어 조비락스에 들어 있지."

"그거 재미있네. 수포 덕분에 범인 검거! 벌써부터 신문 기사 제목이 눈앞에 그려지는데."

하세의 말에 보덴슈타인은 피식 웃음이 나왔다. 하지만 바로 이어진 피아의 말에 바로 웃음기가 가셨다.

"베라 칼텐제의 입술에 반창고가 붙어 있었어요. 그 위에 립스틱을 바르긴 했지만 제가 분명히 봤어요. 반장님, 기억 안 나세요?"

보덴슈타인은 미간을 찌푸리며 미심쩍은 표정을 지었다.

"글쎄, 그랬던 것도 같고. 확실히 기억나지는 않는데."

그때 노크 소리가 났고 곧이어 문 사이로 과장실 비서가 고개를 쏙 들이밀었다.

"반장님, 과장님 기자회견 마치고 오셨어요. 얼른 오시래요. 지금 바로요."

*

임무의 내용은 오해의 여지없이 명확했다. 무슨 수를 써서라도 그 상자를 찾아내야 한다. 왜 그 상자를 찾아내야 하는지는 중요하지 않다. 이유 같은 것은 생각할 필요도 없고, 관심도 없다. 그는 생각하라고 고용된 사람이 아니라 명령을 수행하도록 훈련된 사람이기 때문이다. 명령을 따르는 것, 그것이 그의 직업이다. 그는 노란색으로 칠해진 허름한 임대 아파트 앞에 차를 세우고 토마스 리터가 나오기를 기다렸다. 한 시간 반쯤 기다리자 어깨에 노트북 가방을 멘 리터가 귀에 전화기를 댄 채 나왔다. 그는 길을 건너 슈바르츠발트 슈트라세 전철역으로 걸어가는 리터의 모습을 보며 비웃음 섞인 미소를 지었다. 건방진 놈, 이리 가자, 저리 가자 부려먹던 때는 지났어.

그는 리터가 시야에서 완전히 사라질 때까지 기다렸다가 차에서 내렸다. 그리고 리터가 죄를 짓고 쫓겨난 후 살고 있는 싸구려 아파트 4층으로 올라갔다. 보안장치랍시고 달아놓은 자물쇠는 그에게는 아이들 장난감이나 마찬가지다. 22초 만에 문을 따고 들어간 그는 장갑을 끼고 집 안을 둘러보았다. 창으로 옆 건물이 보이고, 창문조차 없는 욕실에는 샤워기와 양변기만 달랑 있고, 복도는 한 사람이 겨우 지나갈 수 있을 정도로 좁아터졌고, 부엌은 너무 작아서 부엌이라고 부르기도 민망하다. 사치에 젖어 살던 사람이 이런 곳에서 살면 과연 어떤 기분이 들까? 그는 달랑 하나 있는 옷장을 숙련된 동작으로 뒤지기 시작했다. 깨끗한 옷과 덜 깨끗한 옷, 속옷, 양말, 구두를 다 헤집어 보았지만 상자도, 다른 단서도 나오지 않았다. 침대는 오랫동안 사용하지 않은 듯 시트조차 깔려 있지 않았다. 다음은 책상을 뒤질 차례다. 전화기가 아예 없어서 자동 응답기에 녹음된 통화 내용을 들을 수도 없고, 오래된 신문과 싸구려 섹스 잡지뿐, 단서가 될 만한 것은 아무것도 보이지 않았다. 그는 잠복하는 동안 지루함을 쫓고 영감을 불러올 잡지 한 권을 챙겼다.

그는 손으로 쓴 메모를 하나하나 읽어나가며 히죽 웃었다.
"침대 시트가 바스락거리는 소리, 살과 살이 맞닿는 소리, 오르가슴에 이른 여자의 교성……."
리터는 갈 데까지 간 것이다. 교양이 철철 넘치는 문장을 쓰시던 박사님께서 이제는 포르노 소설이나 쓰고 있다니! 그는 계속 종이를 들췄다. 그러다 노란 포스트잇에 급히 휘갈겨 쓴 이름과 휴대전화 번호, 그리고 단어 하나를 보고 순간적으로 전율을 느꼈다. 그는 디지털카메라로 사진을 찍고 다른 종이들을 다시 위에 올려놓았다. 성과가 없을 줄 알았던 수색은 예상치 못한 수확을 가져왔다.

*

카타리나 에르만은 브래지어와 팬티 차림으로 옷장 앞에 서서 무엇을 입을지 고민했다. 옷장 안은 값비싼 옷으로 그득했다. 그녀는 자신을 특별히 허영이 심한 사람이라고 생각해본 적이 없다. 갑자기 남편이 죽자 슬퍼하는 과부 역할을 하느라 한동안 화장도 하지 않았다. 그러나 거울을 볼 때마다 충격은 커져갔다. 이제는 가난한 월급쟁이처럼 살 필요가 없어졌기 때문에 자신 있게 거울을 보고 싶었다. 그래서 그녀는 몇 년 전 마흔 살 생일을 기점으로 나이와의 전쟁을 시작했다. 매일 몇 시간씩 헬스장에서 시간을 보냈고, 림프 배출과 장세척이 이어졌다. 현재는 석 달에 한 번씩 보톡스 주사를 맞는 것은 물론 주름살이 생긴 부위에 콜라겐과 하일루론산을 주입하는, 무지막지하게 비싼 시술까지 받고 있다. 하지만 같은 나이의 다른 여자들에 비해 10년은 젊어 보이니 돈을 들인 만큼 효과는 있다. 그녀는 거울을 보고 생긋 웃었다. 쾨니히슈타인에는 부자들이 많아서 그들을 상대로 소문 안 나게 안티에이징을 해주는 병원이 속속 생겨나고 있다.

그러나 그것 때문에 타우누스 촌구석으로 이사를 온 것은 아니다. 그녀는 프랑크푸르트에서 살고 싶지 않았다. 하지만 출판사가 있는 스위스나 여름 별장이 있는 스페인에 갈 일이 많기 때문에 프랑크푸르트 공항이 가까운 곳에 살아야 했다. 쾨니히슈타인 구시가지에 위치한 이 커다란 집을 산 것은 그로부터 얼마 떨어지지 않은 곳에서 가난한 식당 집 딸로 자란 그녀에게 인생의 큰 승리를 의미했다. 지금 그녀가 살고 있는 집은 그녀의 아버지를 파산시킨 남자가 살았던 집이다. 그 남자가 파산하자 그녀가 헐값에 사들인 것이다. 카타리나는 사람 일은 어떻게 될지 모르는 거라고 생각하며 씩 웃었다.

토마스 리터가 베라 칼텐제의 자서전을 쓰겠다고 나타났을 때를 생각하면 지금도 등줄기가 서늘해진다. 리터는 오만방자함이 극에 달해 베라 칼텐제가 그의 제안을 듣고 기뻐할 것이라고 믿었다. 그러나 결과는 정반대였다. 칼텐제는 두 번 생각할 것도 없이 18년간 비서로 일해 온 리터를 해고해버렸다. 카타리나는 우연히 만난 리터가 자기 연민에 가득 차 억울하다며 호소하는 것을 듣고 베라 칼텐제와 칼텐제 집안사람들에게 복수할 기회가 왔음을 감지했다. 리터는 눈을 빛내며 카타리나의 제안을 바로 수락했다.

그로부터 1년 반이나 지났다. 그동안 리터가 받은 계약금은 만 단위에 이르지만 그가 원고라고 끼적거려 온 것은 베스트셀러와는 거리가 멀어 보였다. 카타리나는 가끔씩 리터와 잠자리에 들기는 하지만 그가 큰소리치는 것을 전혀 믿지 않았다. 그는 몇 달 전에도 세간의 관심을 불러모을 엄청난 폭로 스캔들 기사가 나올 거라고 큰소리를 뻥뻥 쳤지만, 그가 지금까지 내놓은 결과물은 그의 주장과 거리가 멀어도 한참 멀다. 언제까지 그의 말만 믿을 수는 없는 노릇이다.

그녀는 칼텐제 집안이 어떻게 돌아가는지 잘 알았다. 겉으로나마 유타와의 우정을 유지하고 있기 때문이다. 허영심 강한 유타는 그녀가 아무 일도 없었다는 듯 대하는 것을 전혀 이상하게 생각하지 않았다. 토마스 리터가 해고당했을 때 그 집안에 무슨 일이 있었는지는 리터에게 들어 잘 알고 있었다. 그리고 딱히 충성스럽다고 할 수 없는 집사의 말을 듣고 나니 엘라르트에게 연락해야겠다는 생각이 들었다. 유타의 큰오빠가 얼마나 도움이 될지는 알 수 없지만 그해 여름 그 난리가 났을 때 직접 목격한 사람이니 뭔가 알고 있을지도 모른다. 카타리나가 그런 생각을 하고 있는데 휴대전화가 진동음을 냈다.

"엘라르트 오빠, 그렇지 않아도 연락할 참이었어요."

엘라르트 칼텐제는 모든 인사를 생략하고 바로 본론으로 들어갔다.

"어떤 방식으로 받을지 생각해봤니?"

"그 말은 제게 주실 게 있다는 뜻인가요?"

카타리나는 그가 과연 무엇을 꺼내 놓을지 궁금했다.

"줄 게 많지. 난 이제 관계하고 싶지 않아. 자, 어떻게 할 거니?"

"우리 집으로 오세요."

"아니, 그러지 말고 내가 내일 점심때 보낼게."

"좋아요. 어디로 보내실 건데요?"

"그건 나중에 다시 말해주마. 그럼, 끊는다."

그는 바로 전화를 끊었다. 카타리나는 씩 웃었다. 모든 게 잘되어 가고 있었다.

*

보덴슈타인은 재킷 단추를 잠그고 문을 두드린 후 니어호프의 방으로 들어갔다. 뜻밖에도 빨간 머리 여자가 앉아 있는 것을 본 그는 미안하다고 말하고 얼른 뒤돌아 나오려 했다. 그러나 니어호프가 얼른 일어나 그에게 다가왔다. 기자회견이 성공적으로 끝났다고 생각하는지 만족스러운 얼굴에 목소리도 들떠 있었다.

"아, 보덴슈타인 반장! 어서 와! 좀 갑작스럽겠지만 내 후임으로 오실 분을 소개하지!"

그 말이 떨어지자마자 빨간 머리 여자가 고개를 돌렸다. 힘들게 시작된 하루가 고속전철의 속도로 바닥을 치는 순간이었다.

"오랜만이야, 올리버."

허스키한 목소리는 여전하다. 계산적이고 차가운 눈빛이 주는 불길한 예감도 그대로다.

"아, 니콜라. 정말 오랜만이야."

보덴슈타인은 순간적으로 자신의 표정이 일그러진 것을 그녀가 눈치채지 못했기를 속으로 빌었다.

"아니, 둘이 아는 사이예요?"

니어호프가 뜻밖이라는 듯 물었다.

"물론이죠."

니콜라가 보덴슈타인에게 손을 내밀었다. 두 사람은 짧게 악수를 했다. 보덴슈타인의 머릿속에서는 좋지 않은 기억이 주마등처럼 스쳐 지나갔다. 니콜라의 눈빛으로 보아 그녀도 모든 것을 또렷이 기억하고 있는 것 같았다.

"경찰대 동기예요."

니콜라가 어안이 벙벙해 있는 니어호프에게 설명했다.

"아, 그렇군요. 앉지, 보덴슈타인 반장."

보덴슈타인은 그 말에 따랐다. 머릿속에서는 앞으로 상사가 될 여자와의 마지막 기억이 어렴풋이 떠올랐다.

"……이름을 여러 번 말했어."

니어호프의 목소리가 그의 의식 속으로 파고들었다.

"그런데 내무부에서 외부에서 사람을 데려오는 게 어떻겠냐고 하더라고. 그리고 내가 알기로 자네는 승진하는 데 별 관심이 없고 관리자가 되고 싶은 생각도 없잖아. 자네야 뭐 정치에는 관심이 없는 것을 아니까."

그때 니콜라의 눈에 조소의 빛이 나타났다. 순간 보덴슈타인의 머릿속에 모든 것이 다시 떠올랐다. 약 10년 전 일이다. 그때 그들은 홍등가에서 벌어진 잔인한 연쇄살인 사건을 수사하고 있었다. 아직까지 해결되지 않은 사건으로, 사건이 걷잡을 수 없이 커져서 절망적인 상황이었다. 프랑크푸르트 경찰서 강력반 전체가 심한 압박에 시달렸다. 그러던 중 경쟁 관계에 있는 조직에 언더커버로 잠입한 형사가 다른 언더커버에 의해 정체가 탄로 나고 대로에서 총에 맞아 죽었다.

보덴슈타인은 당시 강력반 내에서 한 팀을 맡고 있던 니콜라의 실수로 위장이 탄로 났다고 아직까지도 믿고 있었다. 욕심이 많고 인정사정없는 니콜라는 보덴슈타인 팀에 잘못을 돌리려고 했다. 그 알력 다툼은 결국 청장의 강력한 개입이 있고서야 끝났다. 니콜라는 프랑크푸르트를 떠나 뷔르츠부르크로 갔다. 그곳에서 운터프랑켄 지방경찰청 부청장 자리까지 올라갔고, 유능하고 청렴하다는 평가를 받았다. 그동안 승승장구해온 그녀가 2007년 6월 1일부로 이제 그의 상사가 되는 것이다. 보덴슈타인은 이 일을 어떻게 받아들여야 할지 도무지 마음을 정리할 수 없었다.

"엥겔 부인은 뷔르츠부르크에서 이미 휴가를 냈기 때문에 바로 인수인계를 받을 거야. 다음 주 월요일에 공식적으로 직원들에게 소개할 생각이네."

니어호프는 그렇게 말을 맺었지만 보덴슈타인은 조각조각 알아들은 게 전부였다. 니어호프는 대꾸가 돌아오기를 기다렸으나 보덴슈타인은 아무 대꾸도, 아무 질문도 하지 않았다.

"할 말씀 더 없으시면 가보겠습니다. 회의 중에 나와서요."

보덴슈타인이 일어서자 니어호프는 당황해서 고개를 주억거렸다.

"아, 이번에 살인 사건이 두 건 발생했는데, 우리 K11팀이 거의 해결한 거나 마찬가집니다."

니어호프는 보덴슈타인이 뭔가 설명을 덧붙이기를 기대하는 듯 자랑스럽게 말했다.

니콜라 엥겔은 자리에서 일어나 보덴슈타인에게 다시 악수를 청했다.

"앞으로 함께 일하게 되어서 기뻐. 잘 해보자고."

그러나 그녀의 표정은 말처럼 기뻐 보이지는 않았다. 이제부터 호프하임 경찰서의 분위기는 많이 바뀔 것이다. 니콜라 엥겔이 실무에 얼마나 간섭할지는 두고 볼 일이다.

"잘 부탁드립니다."

보덴슈타인이 그녀의 손을 잡고 흔들며 말했다.

*

 건축가와 다른 기술자 들과의 대화도 잘 끝났고 이제 시공만 남았다. 1년간의 준비 기간이 끝나고 드디어 다음 주부터 이트슈타인 마녀 탑의 보수공사가 시작된다. 느지막이 사무실로 돌아온 마르쿠스 노박은 기분이 좋았다. 프로젝트가 본격적으로 시작될 때는 언제나 가슴이 설렌다. 그는 책상 앞에 앉아 컴퓨터를 켠 후 오늘 온 우편물을 확인했다. 계산서, 홍보 전단, 광고, 카탈로그 사이에 재생지로 만든 편지 봉투가 들어 있다. 재생지는 공문을 의미하고, 그것은 절대 좋은 소식을 의미하지 않는다.
 편지 봉투를 뜯어 내용을 훑어본 그는 기가 막힌 듯 콧방귀를 뀌었다. 켈크하임 경찰서에서 온 소환장이었다. 중증 상해라니! 기가 막혀 말도 나오지 않았다. 뜨거운 분노가 치솟는 게 느껴졌다. 그는 화가 나서 종이를 구겨 휴지통에 휙 던져버렸다. 그와 동시에 전화벨이 울렸다. 티나! 부엌 창문을 통해 그를 본 것이 분명하다. 그는 마지못해 수화기를 들었다. 역시나 켈크하임 수영장에서 열리는 야외 콘서트에 왜 함께 가지 않겠다는 것인지 해명을 해야 했다. 티나는 그냥 가기 싫다는 것을 이해하지 못했다. 상처받은 그녀가 우는 소리로 항상 하는 잔소리를 늘어놓는 동안 휴대전화에 문자메시지가 들어왔다.
 "다음번엔 꼭 같이 갈게. 정말이야, 너무 화내지 마……."
 그는 마음에도 없는 소리를 하며 휴대전화 폴더를 열었다. 수신 문자를 확인하는 그의 얼굴에 환한 미소가 스쳤다. 티나가 욕을 했다가 졸랐다가 하는 동안 그는 엄지손가락으로 답장 메시지를 쳤다.

좋아요. 늦어도 12시까지는 갈게요. 그전에 할 일이 있어요.

온몸을 전율이 훑고 지나갔다. 그는 오늘 밤 또 그 짓을 할 것이다. 그를 괴롭히던 죄의식과 양심의 가책은 이미 작은 메아리가 되어 마음 저편으로 사라지고 없었다.

2007년 5월 4일 금요일

"원장님, 경찰에 알려야 하지 않을까요? 약도 그대로 다 있어요. 무슨 일이 생긴 게 분명해요. 왠지 예감이 안 좋아요."

파르빈 물타니가 걱정스러운 얼굴로 말했다. 오전 7시 30분에 노인 한 명이 없어진 것을 발견했는데 어디로 어떻게 왜 사라졌는지 도무지 설명할 길이 없었다. 고급 양로원 '타우누스블릭'의 원장인 레나테 콜하스는 짜증이 치밀었다. 하필이면 이런 날 사람이 없어지다니! 11시에 미국 본사에서 정기 검사를 하러 오기로 되어 있다. 그녀는 경찰에 연락할 생각은 추호도 없었다. 그녀의 책임 구역에서 아무도 모르게 사람이 없어진 것을 알면 본사 사람들이 어떻게 생각할지 뻔하기 때문이다.

"이건 내가 알아서 할 테니까 얼른 가서 일이나 해요. 프링스 부인이 없어진 건 우선 아무에게도 얘기하지 말고. 아마 곧 나타날 거예요."

원장은 총무를 안심시키려고 미소를 지었다.

"하지만 경찰에 연락하는 게……."

파르빈 물타니가 다시 입을 열었지만 원장은 손동작으로 말을 막았다. 그리고 총무를 문 쪽으로 이끌었다.

"이 일은 내가 직접 처리할게요."

원장은 총무를 내보낸 후 컴퓨터 앞에 앉아 사라진 노인의 고객 정보를 불러냈다. 아니타 프링스는 타우누스블릭에 15년째 살고 있는데, 관절염이 심해 휠체어가 없으면 거의 움직이지 못하는 신세다. 말썽을 일으킬지 모르는 가족도 아예 없다. 그러나 위급 상황이나 사망 시의 연락처를 확인한 원장의 머릿속에서는 다급한 경보음이 울렸다. 이 할머니를 어서 빨리 찾아다 4층 방에 모셔다 놓지 않으면 큰 문제가 생길지도 모른다.

"하필이면!"

원장은 나지막하게 중얼거리며 수화기를 들었다. 두 시간 내에 아니타 프링스를 찾아내야 한다. 지금 상황에서 경찰을 부르는 건 생각할 수도 없다.

*

보덴슈타인은 회의실의 큰 칠판 앞에 팔짱을 끼고 서서 카트린이 그려놓은 동그라미와 화살표를 눈으로 좇았다. 다비드 골드베르크, 헤르만 슈나이더, 모니카 크래머. 어제부터 지역 라디오에 광고가 나가고 있지만 바트코비아크의 행방은 여전히 묘연하다. 몇 가지 공통점이 없는 것은 아니다. 예를 들어 골드베르크와 슈나이더는 둘 다 베라 칼텐제와 친분이 있었고, 젊었을 때 나치 친위대 소속이었다. 하지만 수사는 거기서 한 발짝도 더 나아가지 못했다. 보덴슈타인은 한숨을 푹 쉬었다. 미치고 팔짝 뛸 노릇이다. 도대체 어디서부터 시작을 해야 할지도 모르겠고, 어떤 근거를 들어 베라 칼텐제와 이야기를 해야 할지도 알 수 없다. 공식적으로는 골드베르크 사건에서 손을 뗐기 때문에 와인 잔에서 나온 유전자를 들먹거릴 수도 없다. 바트코비아크의 내연녀를 죽인 사람은 골드베르크와 슈나이더를 죽인 사람과 동일 인물이 아닐 가능성도 크다. 증인, 지문, 단서 그 어느 것도 나오지 않았다. 세 개의 살해 현장에서 발견된 흔적은 로버트 바트코비아크의 것뿐이다. 그는 사실 범인으로 몰기에 딱 안성맞춤이다. 세 장소에 모두 흔적을 남겼고, 세 사람을 모두 알았고, 돈이 급히 필요했다. 골드베르크는 돈을 내놓지 않았기 때문에, 슈나이더는 경찰에 신고하겠다고 엄포를 놓았기 때문에, 모니카 크래머는 비밀을 알기 때문에 살아 있으면 너무 위험하다고 생각해서 죽였을 것이다. 언뜻 보면 모든 것이 완벽하게 맞아떨어진다. 범행 도구만 나온다면 정말 완벽하다.

회의실 문이 열리고 니콜라 엥겔이 들어왔다. 보덴슈타인은 미래의 상사를 보며 그리 놀라지 않았다.

"어서 오십시오, 엥겔 과장님."

"존대하는 걸 더 편하게 생각할 줄 알았어. 좋아. 그럼, 이제부터 존대하기로 합시다, 폰 보덴슈타인 반장."

"이름에서 '폰'은 빼도 될 것 같은데요. 그런데 여긴 무슨 일이십니까?"

니콜라 엥겔은 보덴슈타인 너머 벽에 붙어 있는 칠판을 보더니 미간을 찌푸렸다.

"그 사건은 끝난 거 아니에요?"

"전혀 아닙니다."

"니어호프 과장의 말로는 범인이 내연녀를 살해한 그 남자라는 증거가 압도적이라고 하던데요."

"바트코비아크는 현장에 흔적을 남긴 것뿐입니다. 현장에 있었다고 해서 무조건 범인이라는 법은 없죠."

"하지만 오늘 아침 신문에 기사가 났던데."

"종이가 무슨 죄가 있겠습니까?"

두 사람은 눈싸움을 하듯 서로를 응시했다. 그러다 먼저 외면한 니콜라 엥겔이 책상에 몸을 기대며 팔짱을 꼈다.

"그러니까 상관이 허위 정보를 가지고 기자회견을 하게 놔두셨다? 특별한 이유가 있는 거야, 아니면 여기선 원래 그렇게 해?"

보덴슈타인은 니콜라 엥겔의 도발적인 질문에 동요하지 않았다.

"허위 정보는 아니었습니다. 니어호프 과장님은 가끔 못 말릴 때가 있습니다. 특히 수사가 조속히 종결되어야 할 필요성이 있다고 생각하실 때는요."

"올리버! 미래의 상관으로서 나도 일이 어떻게 돌아가는지 알아야겠어. 아직 사건이 해결되지도 않았는데 기자회견을 한 이유가 뭐지?"

그녀의 날카로운 목소리는 다른 사건, 다른 장소와 관계된 나쁜 기억을 떠올리게 했다. 그러나 상관이 아니라 상관 할아버지라고 해도 그녀에게 기죽고 싶은 생각은 없었다.

"니어호프 과장님께서 제 말을 듣지 않고 고집을 부리셨기 때문이지요."

보덴슈타인은 지지 않고 날카롭게 받아쳤다. 그러나 얼굴은 거의 무표정에 가까웠다. 두 사람은 다시 서로를 쏘아보았다. 니콜라 엥겔은 이제 태도를 바꿔 달래는 듯한 말투로 나왔다.

"그러니까 세 사람을 죽인 범인이 동일 인물이 아니라고 생각하는 거야?"

형사 경력이 긴 보덴슈타인이 당근과 채찍을 번갈아 사용하는 심문 방법에 넘어갈 리 없다.

"골드베르크와 슈나이더를 죽인 사람은 동일 인물입니다. 제 생각엔 누군가 수사가 더 진행되는 것을 막기 위해 바트코비아크에게 혐의를 돌리고 있는 것 같습니다. 물론 아직까지는 추측일 뿐입니다."

니콜라 엥겔은 칠판 앞으로 가서 섰다.

"왜 골드베르크 사건이 딴 데로 넘어간 거지?"

그녀는 체구가 작지만 원하기만 하면 다른 사람에게 위협적인 느낌을 줄 수 있는 사람이다. 보덴슈타인은 팀원들이, 특히 벤케가 새 상관을 어떻게 받아들일지 걱정이 됐다. 니콜라 엥겔은 니어호프처럼 보고서를 받아 보는 것으로 만족하는 상사가 아니다. 하나하나 세세한 것까지 직접 다 알아야 하고 자기 마음대로 되지 않으면 참지 못하는 성격이다. 항상 정확한 정보를 알고 있어야 하고, 눈치도 빨라서 숨은 음모를 찾아내는 데도 도사다.

"누군가 높은 곳에 선이 닿는 사람이 있는데, 밝혀지지 말아야 할 사실이 드러날까 봐 수사를 방해하는 것 같습니다."

"밝혀지지 말아야 할 사실이 뭔데?"

"골드베르크가 홀로코스트 생존자가 아니라 나치 친위대였다는 사실이죠. 골드베르크의 팔에서 혈액형 문신이 나온 게 확실한 증거입니다. 그쪽에서 시체를 가져가기 전에 부검을 했습니다."

니콜라 엥겔은 그 말에는 아무 대꾸도 없이 회의실을 빙 돌아가 책상 앞머리에 섰다. 그리고 지나가는 말처럼 물었다.

"내가 상관으로 온다고 코지마에게 얘기했어?"

느닷없이 화제가 바뀌었지만 보덴슈타인은 당황하지 않았다. 언젠가는 과거가 현재를 따라잡는 법.

"응."

"그랬더니 뭐래?"

니콜라가 들으면 좋아하지 않을 대답이지만 그냥 해버릴까 하는 생각이 들었다. 그러나 니콜라를 적으로 만들어서 좋을 것은 없다. 니콜라는 그의 머뭇거림을 잘못 해석했다.

"아무 말도 안 했구나. 내 그럴 줄 알았지! 비겁한 건 예나 지금이나 똑같네."

니콜라의 눈에 승리의 미소가 반짝였다. 그녀의 말 뒤에 숨겨진 감정의 깊이를 느낀 보덴슈타인은 놀라는 한편 경계심이 들었다. 니콜라 엥겔과 일하는 것은 쉽지 않을 것 같았다. 그가 잘못 짚은 거라고 말하려는 순간 문가에 오스터만이 나타났다. 그는 보덴슈타인이 낯선 여자와 함께 있으면서도 소개를 안 해주자 그저 목례만 살짝 했다.

"반장님, 급한 일입니다."

"응, 바로 갈게."

"어서 가봐요, 보덴슈타인 반장. 오늘만 날이 아니잖아요."

니콜라 엥겔은 고양이 같은 표정으로 히죽 웃었다.

*

노파의 벗은 몸은 온통 피투성이였다. 손목은 밧줄로 묶여 있고 입에는 재갈 대신 스타킹을 집어넣었다.

"뒤통수에 총을 맞았습니다. 사망 시각은 10시간 전입니다."

현장에 먼저 도착한 경찰관이 불렀는지 구급 의사가 와 있었다. 구급 의사는 사망자의 다리를 가리켰다.

"그리고 총알이 무릎을 관통했습니다."

"네, 수고하셨습니다."

보덴슈타인은 표정이 저절로 일그러졌다. 골드베르크와 슈나이더 살인 사건의 범인이 세 번째 살인을 저지른 것이다. 노파의 등에 피로 16145라는 숫자가 쓰인 걸로 봐서 동일범의 소행임에 틀림없다. 범인은 시체를 파묻는 수고는 하지 않았다. 아마 빨리 발견되기를 바랐을 것이다.

"이번엔 피해자를 밖으로 끌어냈어요. 왜 그랬을까요?"

피아는 손에 라텍스 장갑을 끼고 쭈그리고 앉아 시체를 살폈다.

"타우누스블릭 양로원에 사는 할머니잖아요. 다른 사람들이 총성을 들을까 봐 그랬겠죠."

보안 경찰 대장이 말했다.

"어머, 그걸 어떻게 알았어요?"

"저기 써 있던데요."

그가 조금 떨어진 덤불 속에 처박혀 있는 휠체어를 가리켰다. 보덴슈타인은 시체를 내려다보며 깊은 동정심과 함께 표현하기 힘든 무력감을 느꼈다. 시체는 개를 데리고 산책 나온 사람이 발견했다. 한평생을 살고 이렇게 생을 마감하다니! 그녀는 죽기 전 얼마나 큰 두려움과 치욕을 견뎌야 했을까? 살인자가 점점 더 가학적으로 변해가고 있다는 생각에 보덴슈타인은 불안하기만 했다. 이번에는 남들 눈에 띌 각오를 하고 범행을 저질렀다. 다시금 무력감이 찾아들었다. 일주일 새에 벌써 네 번째 시체인데, 어디서부터 손을 대야 할지 몰라 혼란스럽기만 했다.

"연쇄 살인인 것 같아요. 이대로 계속 가다가는 언론에서 우리를 갈기갈기 찢어발기겠는걸요."

그때 피아가 말했다. 아예 불난 집에 부채질을 해라. 그때 경찰관 한 명이 허리를 숙이고 경찰 통제선을 통과해 들어왔다.

"실종 신고는 들어온 게 없습니다. 감식반은 지금 이리로 오는 중이고요."

"응, 알았어. 그 양로원에 한번 가봐야겠군. 사람이 없어진 걸 아직 모르는 모양이야."

*

얼마 후 그들은 '타운누스블릭 시니어 레지던스'의 널찍한 로비에 들어섰다. 피아는 대리석 바닥에 기다란 자줏빛 카펫이 깔려 있는 것을 보고 감탄을 금치 못했다. 그녀가 내부에 들어가 본 유일한 양로원은 할머니가 돌아가시기 전 몇 년간 지내시던 요양 시설이다. 리놀륨 장판이 깔린 바닥, 벽에 설치된 평범한 나무 손잡이, 오줌 냄새와 소독약 냄새가 섞인 냄새가 그녀가 기억하는 양로원이다. 그런데 타우누스블릭은 고급 호텔을 연상시켰다. 윤이 반짝반짝 나는 마호가니 재질의 안내 데스크, 눈 닿는 곳마다 보이는 풍성한 꽃 장식, 실내에 흐르는 잔잔한 음악, 심지어 표지판의 글자까지 금색이다. 안내 데스크 뒤에 서 있던 젊은 여직원이 친절하게 웃으며 용건을 물었다.

"원장님을 만나고 싶습니다."

보덴슈타인이 경찰 배지를 보여주자 여직원은 즉시 웃음을 거두고 수화기를 집어 들었다.
"바로 원장님께 알리겠습니다. 잠시만 기다려주세요."
"이런 데는 건강보험에서 지원 안 해주겠죠? 엄청나네요!"
피아가 보덴슈타인에게 속삭였다.
"응, 엄청 비싸지. 들어가기 20년 전부터 여기 와서 미리 점찍어 두는 사람들도 있어. 한 달에 3000유로 정도는 들걸."
피아는 돌아가신 할머니를 생각하니 마음이 좋지 않았다. 할머니는 평생 일만 하다가 죽기 전 3년간을 정신이 멀쩡한 채로 치매 환자와 거동이 불편한 환자들 사이에서 보내야 했다. 하지만 가족들에게는 더 잘해드릴 수 있는 경제적 여유가 없었다. 피아는 할머니가 살아 계실 때 자주 찾아가지 못한 것을 후회했다. 하지만 다 낡은 목욕 가운을 입고 공허한 눈빛으로 힘없이 앉아 있는 노인들을 볼 때마다 너무 우울해져서 자주 찾아갈 수 없었다. 거기다 정성이라고는 찾아볼 수 없는 식사, 개성의 소멸, 불충분한 보호, 과로에 지쳐 말 한마디 건넬 시간이나 마음의 여유가 없는 불친절한 간병인들. 사람의 삶이 그렇게 끝나서는 안 되는 것 아닌가. 아마 타우누스블릭에 사는 사람들은 평생 호강하며 살았을 것이다. 불공평은 끝이 없다.
피아는 이 주제에 대해 한마디 하려고 했지만 곧 원장이 나타났다. 레나테 콜하스는 비쩍 마른 40대 후반의 여자로, 모던한 느낌을 주는 각진 안경을 썼고 바지 정장을 입었다. 짧은 버섯 머리에는 흰머리칼이 듬성듬성 섞여 있다. 옷에서는 담배 냄새가 났고, 웃고 있지만 신경질적인 표정은 숨길 수 없었다.
"무슨 일로 오셨지요?"

"한 시간쯤 전에 숲에서 산책하던 사람이 할머니 시체를 발견했는데 바로 옆에 '타우누스블릭'이라고 쓰인 휠체어가 있었습니다. 이곳에 살았던 사람인지 확인을 해야 하는데 협조해주시면 감사하겠습니다."

보덴슈타인이 방문한 이유를 설명하는 동안 피아는 깜짝 놀라는 원장의 눈빛을 놓치지 않고 보았다. 원장은 잠시 머뭇거리다가 말했다.

"아, 네. 사실 저희 양로원에서 없어진 사람이 있어서 찾고 있던 중이었어요. 건물을 온통 다 뒤졌는데도 없어서 막 경찰에 연락을 했습니다."

"없어진 사람의 이름이 뭐죠?"

"아니타 프링스 부인이에요. 무슨 일이 있었던 거죠?"

"아마도 범죄의 희생자가 된 것 같습니다. 신원 확인을 해주시겠습니까?"

"저는 좀 곤란한데……."

원장은 이런 요구를 거절하는 것이 얼마나 이상하게 보일지 의식한 듯 말끝을 흐렸다. 시선이 불안정하게 왔다 갔다 하고 안절부절못하던 그녀의 얼굴은 막 엘리베이터에서 내리는 여자를 보더니 환해졌다.

"아, 물타니 부인! 물타니 부인은 우리 레지던스의 총무예요. 고객 관리를 담당하고 있죠. 물타니 부인이 잘 도와드릴 겁니다."

그녀는 그 말을 남기고 하이힐 소리를 내며 물러갔다. 피아는 그녀가 총무 곁을 지나치면서 던지는 날카로운 눈빛을 놓치지 않고 보았다. 총무 물타니 부인은 동양적인 미인이었다. 에나멜처럼 반짝이는 검은 머리칼에 하얀 치아, 부드러운 검은 눈동자는 양로원에서 인생의 황혼기를 보내는 남자들에게 보는 것만으로도 큰 위안이 될 것이다. 흰색 블라우스에 남색 치마 정장을 입은 그녀는 마치 케세이 퍼시픽 항공의 스튜어디스처럼 보였다.

"프링스 부인을 찾으셨나요? 오늘 아침에 사라졌는데."

그녀는 거의 억양이 없는 말투를 사용했다.

"아, 그래요? 그런데 왜 바로 경찰을 부르지 않으셨죠?"

피아의 물음에 그녀는 당황하며 원장이 사라져 간 방향을 쳐다보았다.

"어, 전 원장님이 그렇게 말씀하시기에…… 제 말은…… 전 원장님이 7시 반에 바로 전화하신 줄 알았어요."

"그럼 잊어버린 모양이죠. 아마 더 급한 일이 있었나 보죠?"

물타니 부인은 잠시 머뭇거리다가 상사를 두둔하는 쪽으로 마음을 정한 듯 정색을 했다.

"네, 오늘 본사에서 중요한 손님이 오시거든요. 제게 말씀하시면 힘닿는 대로 도와드리겠습니다."

*

"맙소사!"

물타니 부인은 손으로 입을 막으며 낮게 비명을 질렀다.

"네, 프링스 부인이 맞아요. 누가 이런 짓을!"

"자, 가시죠."

보덴슈타인은 놀라서 그 자리에 굳어버린 듯한 그녀의 팔을 잡고 다시 숲길을 빠져나왔다. 역시 보안 경찰 대장의 말이 옳았다. 범인은 양로원의 다른 주민들에게 들킬까 봐 숲에서 범행을 저지른 것이다. 타우누스블릭으로 돌아온 피아와 보덴슈타인은 물타니 부인을 앞세우고 아니타 프링스의 방이 있는 4층으로 올라갔다. 범인의 동선을 따라가 보려는 것이다. 범인은 어떻게 다른 사람들 눈에 띄지 않게 거동이 불편한 노인을 숲으로 데려갔을까?

"이곳 감시 체계는 어떻게 돌아가고 있죠? 감시 카메라가 설치돼 있나요?"

"아니요. 원하는 주민들이 많지만 아직 관리부에서 결정을 내리지 못하고 있어요."

물타니 부인은 피아의 물음에 이렇게 답하고 전날 저녁 원내에 있는 공원에서 야외 연극 공연과 불꽃놀이가 있었다고 알려주었다. 그래서 외부에서 온 손님이 많았다는 것이다.

"불꽃놀이는 몇 시에 했나요?"

"11시 15분요."

피아는 보덴슈타인과 심상치 않은 눈빛을 주고받았다. 범행 시간과 맞아떨어진다. 범인은 어둠을 틈타 아니타 프링스를 숲으로 데려갔을 것이고, 세 발의 총성은 폭죽 터지는 소리에 묻혔을 것이다.

"프링스 부인이 없어진 걸 언제 알았죠?"

피아가 질문을 계속했다. 물타니 부인은 여전히 사색이 된 얼굴로 대답했다.

"아침 식사 시간에 나오지 않았어요. 프링스 부인은 원래 부르지 않아도 일찍 나와 있는데 보이지 않아서 이상하다고 생각했어요. 휠체어에 의존해야 하지만 뭐든 자기 힘으로 직접 하는 걸 좋아했거든요. 전화를 걸었는데도 받지 않아서 제가 직접 가봤어요."

"그게 몇 시쯤이었어요?"

"솔직히 말하면 정확한 시간은 모르겠어요. 7시 반이나 8시쯤이 없을 거예요. 여기저기 다 찾아봤는데 없었어요. 그래서 원장님께 보고했어요."

피아는 손목시계를 들여다보았다. 지금은 11시다. 시체를 발견한 사람이 신고한 것은 10시였다. 그렇다면 8시부터 지금까지 세 시간 동안 무슨 일이 있었단 걸까? 충격에 정신이 반쯤 나가 있는 물타니 부인에게 그것을 물어봤자 소용없을 것 같았다. 물타니 부인은 열쇠로 문을 열고 두 사람을 먼저 들여보낸 후 뒤따라 들어왔다. 피아는 거실 앞에 서서 밝은 색상의 카펫 위에 페르시아 카펫이 깔려 있는 방 안을 휘 둘러보았다. 부드러운 천으로 된 소파 위에는 레이스 커버 쿠션이 놓여 있고, 안락의자와 육중한 책장 외에 돋을새김 무늬가 있는 장식장이 있었다.

"뭔가 이상해요. 원래는 저 장식장 위에 사진이 죽 세워져 있었고, 벽에도 사진이 든 액자가 걸려 있었어요. 책장에 꽂혀 있던 사진첩이랑 서류철도 없어졌어요. 어떻게 이럴 수가 있지? 아까 아침에 왔을 때만 해도 분명히 있었는데."

피아는 골드베르크 사건이 얼마나 빨리 다른 기관으로 넘어갔는지 떠올렸다. 이번에도 누군가 재빨리 손을 쓴 것일까? 그러나 프링스가 죽었다는 사실을 이렇게 빨리 알아낼 사람이 누가 있단 말인가?

"콜하스 부인은 사람이 없어졌다는 보고를 받고 왜 바로 경찰에 연락을 안 한 걸까요?"

피아의 물음에 물타니 부인은 어깨를 으쓱했다.

"전 원장님이 바로 전화하신 줄 알았어요. 아까 저한테 말씀하시기로는……."

그녀는 말을 하다 말고 이해가 안 된다는 듯 머리를 흔들었다.

"도둑이 드는 일이 자주 있나요?"

물타니 부인은 피아의 질문에 기분이 상한 듯 돌려 말했다.

"타우누스블릭은 열려 있는 공간입니다. 주민들의 출입이 자유롭고 방문객을 통제하지도 않아요. 레스토랑과 공연장은 일반인들도 이용할 수 있고요. 그러다 보니 완벽하게 관리하는 건 힘들어요."

피아는 무슨 뜻인지 바로 이해했다. 자유의 이면에는 안전이 보장되지 않는다는 허점이 있다. 보호받는다는 느낌이 덜할 뿐 아니라 호텔처럼 보이는 호화로운 외관 때문에 범죄자들의 표적이 되기도 쉬울 것이다. 피아는 경찰서에 돌아가면 타우누스블릭 이름으로 들어온 주거침입이나 절도 신고가 있는지 알아봐야겠다고 생각했다.

보덴슈타인이 전화로 감식반을 부른 후 세 사람은 다시 엘리베이터를 타고 1층으로 내려갔다. 물타니 부인은 아니타 프링스가 15년 전부터 타우누스블릭에 살았다고 알려주었다.

"옛날에는 친구 집에 가서 자고 오는 일도 많았어요. 거동이 불편해서 꼼짝 못 한 지 오래됐지요."

"프링스 부인은 친구가 많았나요?"

"음…… 아니요. 사람들과 잘 섞이지 않고 대개 혼자 있는 편이었어요."

물타니 부인이 잠시 생각한 후 말했다. 가벼운 진동과 함께 엘리베이터가 멈추었다. 문이 열리자 양복 입은 사람들과 대화하고 있는 원장의 모습이 보였다. 원장은 다시 경찰을 보는 것이 탐탁지 않은 듯했지만 일행에게 양해를 구하고 그들에게 다가왔다.

"시간을 내지 못해서 죄송합니다. 본사에서 감사단이 와 있어서요. 서비스 경영 인증을 유지하려면 1년에 한 번 있는 이 감사를 통과해야 하거든요."

"아, 오래 방해하지는 않을 거예요. 그리고 시체는 이곳에 살던 아니타 프링스 씨로 밝혀졌어요."

"네, 들었어요. 정말 끔찍한 일이에요."

레나테 콜하스는 상황에 적합한 표정을 지으려 했지만 얼굴에는 이미 살인 사건이 몰고 올 파장 때문에 짜증이 덕지덕지 붙어 있었다. 말이 새 나가면 고급 레지던스 이미지에 손상이 갈까 봐 두려워하는 것이리라. 그녀는 피아와 보덴슈타인을 안내 데스크 뒤에 있는 작은 방으로 데려갔다.

"제가 뭘 더 도와드리면 될까요?"

"사람이 없어진 걸 알고 나서 왜 바로 경찰을 부르지 않았죠?"

원장은 전혀 이해가 안 된다는 표정을 지었다.

"네? 총무에게 듣고 바로 연락했는데요."

"총무 말로는 7시 반이나 8시쯤 원장님께 보고했다고 하던데, 저희는 10시경에야 연락을 받았습니다."

옆에서 듣고 있던 보덴슈타인이 끼어들었다.

"정말 바로 연락하셨어요?"

피아는 미심쩍었지만 원장이 왜 경찰에 전화하는 것을 두 시간이나 미뤘는지 알아낼 길이 없었다.

"그럼요. 틀림없어요."

"가족에게는 연락하셨습니까?"

보덴슈타인의 질문에 원장은 바로 대답하지 못하고 망설였다.

"프링스 부인은 가족이 없어요."

"확실해요? 그래도 사망 시 연락할 변호사나 친구는 있을 거 아니에요?"

"저도 물론 비서를 시켜서 찾아보라고 했죠. 그런데 정말 아무도 없어요."

피아는 일단 그 문제는 덮어두기로 하고 다른 것을 물었다.

"총무 말로는 프링스 부인 방에서 없어진 물건이 있다는데, 누가 그걸 가져갔을까요?"

"네? 말도 안 돼요! 우리 레지던스에 도둑이 든 일은 없습니다."

원장은 과장되게 놀란 척했다.

"열쇠를 가진 사람은 누구누구죠?"

"방의 주인, 총무, 가끔은 가족이 가지고 있는 경우도 있어요. 총무를 의심하지는 마세요. 프링스 부인이 없어진 걸 제일 먼저 안 사람이긴 하지만요."

원장은 기분이 상한 것을 숨기려 하지 않았다.

"원장님도 알고 계셨죠."

피아가 무표정한 얼굴로 말했다. 원장은 얼굴이 빨개졌다가 금세 허옇게 변했다.

"방금 그 말은 못 들은 걸로 하겠어요. 손님이 계셔서 그만 가봐야겠네요."

*

아니타 프링스가 15년간 살았다는 집에는 사진, 편지, 일기장 같은, 개인의 행적을 말해주는 단서가 하나도 없었다. 피아와 보덴슈타인은 어떻게 된 일인지 몰라 어안이 벙벙했다. 누가 여든아홉 노인의 물건에 손을 댔단 말인가?

"아니타 프링스는 아마 골드베르크와 슈나이더를 알았을 거야.

그 숫자에는 우리가 모르는 어떤 의미가 있어. 베라 칼텐제하고도 아는 사이였을지 몰라."

보덴슈타인이 말했다. 피아는 혼잣말처럼 추리를 펴 나가기 시작했다.

"사람이 없어진 걸 아침부터 알았던 것 같은데 바로 경찰에 알리지 않은 이유가 뭘까요? 그 원장이라는 여자 행동하는 게 좀 수상해요. 본사 감사단 때문만은 아니에요."

"아니타 프링스가 죽어서 원장이 좋을 게 뭐야?"

"양로원 앞으로 유산을 남긴 게 아닐까요? 혹시라도 다른 상속인이 나올까 봐 증거를 없앤 거 아닐까요?"

"하지만 그때는 프링스가 죽었는지 몰랐을 텐데?"

두 사람은 원장을 만나러 도로 내려갔다. 원장실 앞에는 키 작고 뚱뚱한 50대 중반 여자가 앉아 있었다. 금발로 염색한 파마머리에 웨이브를 넣어 헤어스프레이로 딱딱하게 굳힌 머리 모양이 귀엽고도 우스꽝스러워 보였지만 말을 걸어보니 심술궂기가 뺑덕어멈 저리 가라다.

"원장님은 지금 안 계세요. 미안하지만 오실 때까지 기다리셔야겠네요. 제 마음대로 고객 정보를 드릴 수는 없거든요."

비서가 얄밉게 딱 잘라 말했다.

"그럼 전화해서 원장님에게 허락받으면 되잖아요! 우리가 그렇게 할 일이 없어 보여요?"

슬슬 짜증이 나기 시작한 피아가 거칠게 내뱉었다. 그러나 비서는 별로 놀라는 기색도 없이 낡은 금줄이 달린 반달 모양의 안경 너머로 피아를 빤히 쳐다보았다.

"본사에서 손님이 오셔서 시설을 순시 중이세요. 전화 연락은 안 돼요."

역시 쌀쌀맞은 대답이 돌아왔다.

"순시가 언제 끝나는데요?"

"한 3시쯤?"

비서는 도통 기가 꺾일 줄 몰랐다. 이번에는 보덴슈타인이 미소 작전을 썼다.

"저희가 하필 중요한 손님이 있을 때 왔네요. 그런데 이곳에 살던 할머니 한 분이 납치당해서 잔인한 방법으로 살해당했어요. 가족에게 알려야 하는데 연락처를 몰라서 이러는 겁니다. 직접 찾아봐 주시면 원장님을 만나지 않아도 될 것 같은데, 좀 도와주시지 않겠습니까?"

피아의 윽박지르기는 먹히지 않았지만 보덴슈타인의 정중한 부탁은 효과가 있었다. 뻣뻣하게 굴던 비서는 어느새 나긋나긋해져서 노래하듯 높은 목소리로 말했다.

"꼭 필요하신 것만 프링스 부인의 서류에서 찾아봐 드릴게요."

"아, 그래주시면 정말 큰 도움이 되겠습니다. 그리고 프링스 부인의 최근 사진이 있으면 그것도 부탁합니다. 그것만 받으면 더 이상 귀찮게 하지 않겠습니다."

보덴슈타인이 비서에게 한쪽 눈을 찡긋하며 히죽 웃었다.

"아부쟁이!"

피아가 들릴 듯 말 듯한 소리로 웅얼거렸다. 보덴슈타인은 그 말을 듣고 혼자 빙긋 웃었다. 비서가 컴퓨터 자판을 몇 번 두드리자 레이저 프린터에서 종이 두 장이 나왔다. 비서가 환한 미소를 지으며 종이 한 장을 내밀었다.

"자, 찾으시는 건 다 여기 나와 있을 거예요."

"다른 종이는요?"

피아가 물었다.

"저건 내부 정보예요."

비서는 다시 거만한 태도로 말했다. 그리고 피아가 손을 내밀자 의자를 왼쪽으로 빙 돌리더니 가식적인 미소를 지으며 종이를 뽑아 파쇄기에 넣어 버렸다.

"지시 사항이라 어쩔 수 없어요."

"흥, 내가 수색영장 가져오면 말이 달라질걸요."

피아는 부글부글 끓어오르는 화를 누르며 아무리 시설이 좋아도 이딴 양로원에서 인생의 황혼기를 보내고 싶지는 않다고 생각했다.

*

"물건은 이미 보냈다. 12시 조금 지나서 옛날 너희 집 앞으로 갈 거야. 괜찮니?"

엘라르트 칼텐제가 말했다. 카타리나는 손목시계를 보고 시간을 확인했다.

"네, 좋아요. 고마워요, 오빠. 바로 토마스를 오라고 할게요. 그런데 쓸 만한 것도 들어 있는 거예요?"

"그건 걱정 마라. 어머니의 일기장 아홉 권이 들어 있으니까."

"정말요? 그럼 소문이 틀린 게 아니었네요."

"네가 가져가서 난 오히려 홀가분하다. 그럼……."

"잠깐만요."

카타리나는 전화를 끊으려는 엘라르트를 붙잡았다.

"두 노인네를 죽인 사람이 누구라고 생각하세요?"

"셋이야."

"셋요?"

깜짝 놀란 카타리나는 자세를 고쳐 앉았다.

"아직 모르니? 어젯밤에 아니타도 살해당했어. 다른 두 사람과 똑같은 총살이야."

엘라르트는 재미있는 농담이라도 전해준다는 듯 말했다.

"억장이 무너지는 사람의 목소리는 아니네요."

"맞아. 난 그 세 사람을 모두 싫어했거든."

"저도 좋아하진 않았어요. 아시잖아요."

"골드베르크, 슈나이더, 아니타……. 이제 베라만 남았군."

엘라르트의 목소리는 몽상에 잠긴 듯 아련했다. 카타리나는 어머니의 가장 친하고 오래된 친구 세 명을 죽인 사람이 엘라르트일 수도 있다는 생각이 들었다. 동기가 없다고는 할 수 없다. 그녀가 볼 때 그는 칼텐제 집안에서 항상 겉도는 존재였다. 어머니에게 사랑받는 아들이라기보다는 마지못해 아들로 인정받는 정도였다.

"범인이 누군지 의심 가는 데 없으세요?"

"전혀. 관심도 없어. 하지만 누가 그랬든 이미 30년 전에 했어야 할 일이지."

*

정오가 지난 후 피아는 타우누스블릭의 주민들을 스무 명쯤 만났다. 양로원 총무의 말에 의하면 아니타 프링스와 친했던 사람들이다. 양로원 직원들하고도 얘기를 해보았지만 성과는 미미했다. 그리고 보덴슈타인이 원장 비서에게 얻어낸 정보에도 특별한 것은 없었다. 아니타 프링스는 자식도 손주도 없었다. 살아온 흔적이 거의 없다시피 해서 인생 자체가 어디서 뚝 떼어다 놓은 것 같았다. 사람이 죽었는데 알릴 사람도, 슬퍼할 사람도 없다는 사실이 피아의 마음을 무겁게 했다. 죽은 사람이 살던 집은 깨끗이 청소해서 다른 사람에게 세를 줄 것이다. 한 생명이 세상에서 사라졌는데 기억하는 사람도 없이 그렇게 잊히는 것이다. 피아는 무슨 수를 써서든 아니타 프링스에 대해서 더 알아낼 생각이었다. 콧대 높은 비서도, 비협조적인 원장도 그녀를 막지는 못할 것이다. 피아는 로비에 진을 치고 기다렸다. 비서실을 주시한 지 45분쯤 지나자 기다린 보람이 있었다. 뻥덕어멈 같은 비서는 생리적 욕구를 느꼈는지 방에서 나와 문을 잠그지 않은 채 사라졌다.
　불법적 증거 압류는 규칙에 어긋난다는 것을 알지만 그런 것에 구애받는 피아가 아니다. 피아는 아무도 보는 사람이 없음을 확인한 후 복도를 가로질러 비서실로 들어갔다. 그리고 책상 뒤로 돌아가 문서 파쇄기를 열었다. 오늘 뻥덕어멈이 갈아놓은 종이는 그리 많지 않았다. 피아는 종이 뭉치를 덥석 집어 티셔츠 밑에 숨겼다. 그리고 들어간 지 1분도 안 되어 비서실을 나왔다. 두근거리는 가슴을 안고 천천히 걸어 정문을 통과한 그녀는 밖으로 나와 차를 세워둔 숲길로 들어섰다.
　시체가 발견된 곳 부근에 도착해 차 문을 열고 들어가 따끔따끔하게 살을 찌르는 종이 뭉치를 옷 속에서 꺼내 놓고 나니 얼마 떨어지지 않은 곳에 크리스토프의 집이 있다는 것이 떠올랐다. 헤어진 지 24시간도 되지 않았는데 가슴이 먹먹할 정도로 그리움이 솟구쳤다. 어찌 보면 크리스토프가 남아프리카에서 저녁 시간을 어떻게 보내고 있을지 혼자 상상하지 않아도 되니 일이 많은 게 오히려 다행이다. 갑자기 울린 휴대전화 진동 소리에 피아는 정신이 번쩍 들었다. 보덴슈타인이 매번 운전 중에 전화하지 말라고 주의를 주었지만 피아는 이번에도 그냥 전화를 받았다.
"피아, 나 미리엄이야. 지금 통화할 수 있어?"
미리엄의 흥분된 목소리가 들렸다.
"응, 괜찮아. 무슨 일 있어?"
"아니, 그런 건 아니고. 지금부터 내 얘기 잘 들어. 내가 연구소에서 찾아낸 걸 우리 할머니에게 얘기했거든. 골드베르크가 과거를 속인 것 같다고 말이야. 그런데 할머니가 나를 이상한 눈으로 쳐다보는 거야. 난 처음에는 할머니가 화난 줄 알았어. 그런데 그다음에 왜 그런 걸 캐고 다니느냐고 물으시더라고. 할머니에게 얘기한 건 괜찮지?"
"응, 성과만 있다면 상관없어."
피아는 전화기를 목에 끼고 자유로워진 손으로 기어를 바꾸었다.
"우리 할머니는 골드베르크의 부인 사라와 베를린에서 학교를 같이 다녀서 친한 사이였어. 사라는 큰 변을 당할 뻔한 일이 있고 나서 1936년에 가족과 함께 미국으로 건너갔어. 할머니 말로 사라는 전혀 유대인처럼 생기지 않았대. 금발에 키도 커서 남자들에게 인기가 많았대. 그런데 어느 날 둘이 영화를 보고 집에 가는데 술 취한 남자 셋이 나타나서 치근덕거렸대. 나치 친위대 제복을 입은 젊은 남자가 도와주지 않았으면 큰일 날 뻔했나 봐. 그날 그 남자가 집까지 데려다 줬고, 사라는 그 남자에게 목걸이 펜던트를 빼서 줬어. 그리고 그다음에도 몇 번 몰래 만났는데, 사라가 베를린을 떠나면서 헤어졌어. 그리고 그로부터 11년 뒤에 뉴욕에서 그 펜던트를 다시 본 거야. 다비드 요수아 골드베르크라는 유대인이 그 펜던트를 들고 사라의 아버지 은행에 찾아왔어. 사라는 그때의 은인을 바로 알아봤고, 두 사람은 얼마 뒤에 결혼했어. 사라는 남편의 정체에 대해서 딱 한 사람, 우리 할머니에게만 얘기했어."

피아는 미리엄의 믿기지 않는 이야기에 열심히 귀를 기울였다. 이로써 골드베르크가 살아온 삶이 거짓이라는 것은 증명되었다. 그 거짓은 세월이 지나면서 엄청난 규모로 확대되었을 것이다.

"너희 할머니, 골드베르크의 원래 이름이 뭔지도 기억하셔?"

피아가 흥분된 목소리로 물었다.

"정확히는 기억이 안 난대. 오토? 오스카? 하지만 바트퇼츠에 있는 SS융커슐레에 다녔고 제1SS기갑사단 소속이었던 건 확실해. 그것만으로도 알아낼 수 있는 게 많을 거야."

"오, 미리엄, 완전 대박이야! 할머니가 또 뭐라고 하셨어?"

피아가 만족스러운 듯 말했다. 미리엄의 목소리도 흥분 때문에 살짝 떨렸다.

"할머니는 처음부터 골드베르크가 마음에 안 들었대. 하지만 사라에게 맹세한 게 있기 때문에 비밀을 지켰던 거야. 사라는 아들들이 아버지의 과거를 알게 될까 봐 걱정했거든."

"내 생각에 아들들은 이미 알고 있는 것 같아. 그렇지 않고서야 어떻게 사건 바로 다음 날 그렇게 엄청난 지원군을 이끌고 나타날 수 있었겠어?"

"종교적인 이유였을 수도 있지. 아니면 골드베르크의 영향력이 그만큼 대단했거나. 우리 할머니 말로 골드베르크는 여권을 여러 개 가지고 있었고 냉전 때 동서독 관계가 가장 심하게 얼어붙었을 때도 아무 문제없이 동독에 드나들었대."

미리엄은 잠시 숨을 돌렸다.

"그런데 내가 정말 믿을 수 없는 게 뭔지 아니? 골드베르크가 유대인이 아니라 나치였다는 사실이 아니야. 그건 생존이 걸린 상황이 되면 그 누구도 어떻게 할지 모르는 거야. 인간이라면 누구든 살아남고 싶은 거니까. 내가 정말 충격적이라고 생각하는 건 그런 거짓말이 어떻게 60년 동안 발각되지 않을 수 있었느냐는 거야."

헤닝 키르히호프의 부검대에 오를 때까지는. 피아는 속으로 생각했다.

"그리고 세상에 그 사실을 아는 사람이 단 한 사람뿐이라는 거."

미리엄이 덧붙였다. 그 점에서 피아의 생각은 달랐다. 그 사실을 아는 사람은 적어도 두 사람은 더 있다. 골드베르크, 슈나이더, 아니타 프링스를 죽인 사람, 그리고 그 모든 것이 세상에 드러나는 것을 막으려는 사람.

*

토마스 리터는 차창 밖으로 담배꽁초를 휙 던진 후 인상을 쓰며 손목시계를 보았다. 12시 15분. 카타리나는 11시까지 쾨니히슈타인으로 와서 룩셈부르크 성 앞 주차장에서 기다리고 있으면 누군가 자료를 가져다줄 거라고 했다. 그는 시간에 딱 맞춰 왔다. 한 시간도 넘게 기다리면서 그의 짜증은 커져만 갔다. 부족한 점은 스스로도 인정하는 바이지만 카타리나가 그의 원고를 스캔들 도서, 베스트셀러와는 거리가 먼 개수작이라고 표현한 것은 못내 서운했다. 제길! 카타리나는 새로운 정보를 입수했다고 했지만 마술사도 아니고 갑자기 어디서 정보를 찾아낸단 말인가? 오이겐 칼텐제의 죽음이 사고사가 아니라 타살이라는 증거라도 찾아낸 걸까? 어쨌든 출판사에서는 초판을 15만 부로 잡고, 마케팅 전략 회의를 하고, 인터뷰 일정을 잡고, 〈빌트〉 지(독일의 유명한 황색 신문_역주)와 미리보기 원고 독점 게재를 놓고 협상을 벌이는 등 준비에 한창이다. 리터로서는 부담이 클 수밖에 없었다.

그는 이미 여러 개 널려 있는 담배꽁초 위로 새 꽁초를 튕겼다. 늙은 푸들을 끌고 지나가던 노파가 못마땅한 듯 쏘아봤다. 그때 짐칸 달린 주황색 벤츠 한 대가 주차장으로 들어왔다. 문이 열리고 운전자가 내리더니 뭔가를 찾는 듯 주위를 두리번거렸다. 리터는 마르쿠스 노박을 발견하고 깜짝 놀랐다. 노박은 2년 전 칼텐제 저택 뮐렌호프에 있는 오래된 물레방아를 옛 모습 그대로 복원했으나 칼텐제 집안은 그를 비방하고 없는 죄까지 뒤집어씌웠다. 리터가 베라와 결별하게 된 데는 노박의 공이 컸다고 할 수 있다. 그 일을 계기로 리터는 하루아침에 모든 것을 잃고 쫓겨나는 신세가 됐다. 노박도 리터를 알아보았는지 차 옆으로 다가왔다.

"오랜만입니다."

"뭡니까?"

리터는 그를 힐끗 쳐다보았을 뿐 차에서 내릴 생각도 하지 않았다. 다시 노박과 엮이고 싶은 마음은 전혀 없었다.

"전달할 물건이 있어서요. 그리고 베라 칼텐제에 대해 더 말해줄 사람을 아니까 차로 내 뒤를 따라와요."

노박이 잔뜩 긴장해서 말했다. 리터는 선뜻 대답이 나오지 않았다. 노박 또한 칼텐제 집안으로 인해 피해를 본 사람이라는 것을 알지만 왠지 믿음이 가지 않았다. 그는 계획이 마지막 단계에 이른 조심스러운 상황에서 어떤 실수도 하고 싶지 않았다. 그러나 호기심이 이는 것도 사실이었다. 그는 자신의 손이 가늘게 떨리는 것을 보며 심호흡을 했다. 자료가 필요하기는 했다. 카타리나의 말로는 엄청난 정보다. 말린은 아직 몇 시간 더 있어야 집에 온다. 그때까지 딱히 할 일도 없으니 노박이 안다는 그 사람을 만나보는 것도 나쁘지는 않을 것이다.

*

마리루이제는 보덴슈타인이 양로원 비서에게서 얻어 온 흐릿한 흑백사진을 보느라 눈을 가늘게 떴다.
"이 사람이 누군데요?"
"지난 주 토요일 베라 칼텐제의 생일 파티 때 이 사람이 있었는지 알아야 하니까 한번 잘 봐요, 제수씨."
고성호텔 사람들에게 물어보자는 아이디어는 피아에게서 나왔다. 피아는 범인이 무차별하게 살인을 하는 것은 아니라며 아니타 프링스와 베라 칼텐제는 분명 관계가 있을 것이라고 확신했다.
"전 잘 모르겠어요. 그걸 왜 알아야 하는데요?"
"오늘 아침에 죽은 채로 발견됐거든요."
원하는 것을 얻을 때까지 물고 늘어지는 마리루이제의 성격을 아는 보덴슈타인은 사실대로 말해주었다.
"흠, 우리 음식 때문은 아니에요."
"그런 거 아니니까 걱정 말고 한번 잘 봐요. 어때요, 생일 파티에 왔던 사람이에요?"
마리루이제는 고개를 갸웃했다.
"우리 서빙 직원들에게 물어볼게요. 이리 오셔서 뭐 좀 드시고 가세요."

보덴슈타인은 뛰어난 자제력의 소유자지만 유독 맛있는 음식에는 약했다. 그는 군말 없이 마리루이제를 따라 커다란 호텔 레스토랑 주방으로 갔다. 스타 요리사 장 이브 생클레어는 요리를 하는 데 몇 시간씩 걸리지만, 항상 감탄을 금치 못하게 하는 결과물을 내놓는다.

"아, 올리버! 이제 강력반 형사가 레스토랑까지 조사하나요?"

글쎄. 스무 살짜리 주방 보조의 마음을 뺏어버린 서른여섯 살짜리 주방장을 조사한다고 하는 편이 맞지 않을까? 보덴슈타인은 속으로 생각했다. 이제까지 생클레어는 로잘리에게 적당한 거리를 두고 오해 살 만한 행동은 전혀 하지 않았다. 물론 로잘리는 애가 탈 것이다. 보덴슈타인은 생클레어에게 로잘리가 잘하고 있는지 물으며 잠깐 대화를 나누었다. 그동안 마리루이제는 보기만 해도 맛있어 보이는 음식을 접시에 담아 왔다. 그리고 그가 가재, 송아지 고기, 소시지로 만든 생전 못 먹어본 요리를 먹는 동안 직원들에게 사진을 보여주었다.

"네, 이 손님 토요일에 왔어요. 휠체어를 타고 있었어요."

젊은 서빙 직원이 사진을 알아보았다. 로잘리도 궁금한 듯 다가와 고개를 디밀었다.

"나도 봤어요. 외할머니에게 물어보세요. 이 할머니, 외할머니 옆자리에 앉아 있었어요."

"그래?"

"근데 무슨 일이에요, 아빠?"

로잘리가 사진을 돌려주며 물었다.

"로잘리! 야채 손질을 나 혼자 다 하라는 거냐?"

주방 깊숙한 곳에서 생클레어가 목청껏 소리를 지르자 로잘리는 번개처럼 사라졌다. 보덴슈타인과 마리루이제는 서로의 얼굴을 쳐다보았다.

"주방 보조가 왜 주방 보조겠어요."

마리루이제가 픽 웃었다. 그러나 곧 해야 할 일이 생각난 듯 미간에 주름을 잡았다. 고성호텔 레스토랑이 한 시간 후에 문을 열기 때문이다. 보덴슈타인은 잘 먹었다고 말하고 기운을 얻어 밖으로 나왔다.

*

보덴슈타인은 저녁에 뮐렌호프로 찾아갔다. 엘라르트 칼텐제는 어머니가 오랜 친구의 사망 소식에 놀라 의사에게 진정제를 처방받고 잠들었다며 유감을 표했다.

"들어오시죠. 마실 것 좀 드릴까요?"

엘라르트 칼텐제는 막 나가려던 참인 것 같았지만 서두르지는 않았다. 보덴슈타인은 살롱으로 따라 들어갔지만 음료는 정중히 거절했다. 창밖에는 무기를 든 경비원들이 둘씩 짝지어 왔다 갔다 하고 있었다.

"경비가 삼엄해졌군요. 특별한 이유라도 있습니까?"

엘라르트 칼텐제는 코냑을 한 잔 따라 들고 넋 나간 사람처럼 서 있었다. 그러나 아니타 프링스의 죽음을 슬퍼하는 것은 아니었다. 골드베르크, 슈나이더 때와 마찬가지로 그는 아무런 감정의 동요도 보이지 않았다. 그러나 뭔가에 정신이 나가 있는 것은 분명했다. 술잔을 든 그의 손이 가볍게 떨렸다. 잠을 못 잔 듯한 얼굴에는 피로가 덕지덕지 붙어 있었다.

"어머니는 오래전부터 피해망상이 심했습니다. 친구분들이 그렇게 가시니까 어머니 자신도 똑같은 꼴을 당할까 봐 두려운 거죠. 언제 문 앞에서 무릎 꿇은 채 총살당할지 모른다는 생각이 들지 않겠어요? 그래서 동생이 휘하에 거느린 사병들을 보낸 겁니다."

보덴슈타인은 그의 조소 섞인 말에 내심 놀랐다.

"아니타 프링스에 대해 아는 게 있으면 말씀을 좀 해주시죠."

"글쎄요, 아는 게 별로 없습니다. 동프로이센에 살 때부터 어머니의 친구라고 들었습니다. 동독에 살았는데 통일 후 남편이 죽자 타우누스블릭에 들어갔죠."

"마지막으로 아니타 프링스를 본 게 언제입니까?"

"지난 주 토요일 어머니의 생일 파티 때 봤습니다. 말을 해본 적은 거의 없습니다. 그러니 안다고 하기도 좀 그렇죠."

그는 코냑을 한 모금 마셨다.

"사실 슈나이더와 아니타 프링스 사건은 어디서부터 어떻게 수사를 해야 할지 잘 모르겠습니다. 어머님 친구들에 대해 더 자세히 말씀해주신다면 도움이 많이 될 것 같습니다. 그 세 사람의 죽음에 이해관계가 있는 사람이 누가 있을까요?"

"도와드리고 싶은 마음은 있지만 전 전혀 모릅니다."

엘라르트 칼텐제는 정중하게 이 일에 관심이 없음을 표명했다.

"골드베르크와 슈나이더는 같은 총으로 살해당했으며 탄환은 2차 세계대전 때 사용하던 거였습니다. 세 현장에는 모두 16145라는 숫자가 남겨져 있었어요. 저희는 날짜일 거라고 추정하고 있습니다. 1945년 1월 16일 하면 떠오르는 게 있습니까?"

"1945년 1월 16일은 연합군이 막데부르크에 폭탄을 떨어뜨린 날이죠. 히틀러가 베테라우 은신처에서 나와 총통 집무실 지하 벙커로 들어간 날이기도 합니다. 거기서 다시 나오지는 못했죠."

엘라르트의 입에서는 역사학자답게 역사적 사실이 줄줄이 쏟아져 나왔다.

"1945년 1월은 제가 어머니를 따라 동프로이센에서 피난을 나온 때이기도 합니다. 정확히 16일인지는 모르겠습니다만."

"그걸 기억하십니까?"

"아주 희미하게요. 장면이 떠오르거나 하지는 않습니다. 그러기에는 너무 어렸죠. 가끔은 영화와 텔레비전에서 본 걸 기억으로 착각하는 것 같기도 합니다."

"실례가 되지 않는다면, 그때 몇 살이셨습니까?"

"실례되지 않습니다. 전 1943년 8월 23일생입니다."

엘라르트 칼텐제는 손안에서 빈 잔을 굴렸다.

"그럼 기억나는 게 거의 없을 텐데요. 아직 두 살도 안 됐을 때 아닙니까."

"그렇습니다. 참 이상하죠? 그동안 고향에 여러 번 다녀왔습니다. 그래서 생긴 착각인지도 모릅니다."

보덴슈타인은 그가 골드베르크의 과거를 알고 있는지 궁금했다. 엘라르트 칼텐제에 대해서는 판단하기가 쉽지 않았다. 순간 보덴슈타인의 머릿속에 떠오르는 것이 있었다.

"그런데 친아버지가 누군지 아십니까?"

보덴슈타인은 엘라르트 칼텐제의 눈빛이 놀라움에 번뜩이는 것을 놓치지 않았다.

"왜 그런 걸 물으시죠?"

"오이겐 칼텐제가 친아버지일 수는 없지 않나요?"

"맞습니다. 양아버지입니다. 하지만 어머니는 생물학적 아버지의 존재를 밝힐 필요가 없다고 생각하셨는지 한 번도 말해주신 적이 없습니다. 전 다섯 살 때 양아버지에게 입양됐습니다."
"그때까지는 성이 뭐였습니까?"
"차이들리츠-라우엔부르크요. 어머니 성을 따랐죠. 어머니는 그때까지 결혼을 하지 않았거든요."
집 안 어디선가 괘종시계가 일곱 번 울렸다.
"골드베르크가 친아버지였을 가능성도 있지 않습니까?"
그 말에 엘라르트는 얼굴을 찡그리며 웃었다.
"맙소사! 생각만으로도 끔찍합니다."
"왜요?"
엘라르트는 코냑을 한 잔 더 따랐다.
"골드베르크는 절 싫어했습니다. 저 역시 그를 싫어했고요."
보덴슈타인은 다음 말을 기다렸으나 그는 아무 말도 하지 않았다.
"칼텐제 여사와 골드베르크는 어떻게 아는 사이였죠?"
"아마 이웃 마을에 살았을 겁니다. 외삼촌과 함께 김나지움에 다닌 것으로 알고 있습니다. 제 이름은 외삼촌 이름을 딴 겁니다."
"이상하네요. 그렇다면 어머니가 그 사실을 아셨어야 하는데."
"무슨 말입니까?"
"골드베르크가 유대인이 아니라는 거 말입니다."
"네?"
엘라르트는 정말로 놀란 것 같았다.
"부검 과정에서 왼쪽 팔 안쪽에 혈액형 문신이 있는 것을 발견했습니다. 나치 친위대의 표식이죠."
엘라르트는 무표정한 얼굴로 보덴슈타인을 응시했다. 관자놀이에 맥박이 뛰는 것이 보였다.

"그렇다면 제 아버지가 아닌 게 더욱 다행이군요."

"저희가 골드베르크 사건을 더 이상 수사하지 못 하게 된 것도 그것 때문인 것 같습니다. 누군가 골드베르크의 정체가 밝혀지기를 바라지 않았던 거죠. 그럴 만한 사람이 누가 있을까요?"

엘라르트는 아무 대답도 하지 않았다. 충혈된 눈 밑에 진 그늘이 더욱 짙어진 것 같았고, 금방이라도 쓰러질 것처럼 보였다. 그는 안락의자에 힘없이 주저앉아 손바닥으로 얼굴을 쓸어내렸다.

"어머님이 그 사실을 알고 계셨을까요?"

엘라르트는 잠시 그 가능성을 생각해보는 것 같았다.

"모르죠. 아들에게 친부의 정체조차 밝히지 않는 사람인데 세상을 상대로 60년간 연기를 했다고 해도 이상할 건 없죠."

엘라르트는 어머니를 싫어하는 게 분명했다. 그렇다면 왜 한 지붕 밑에서 사는 것일까? 언젠가는 아버지에 대해 들을 수 있으리라는 희망 때문에? 아니면 다른 숨은 이유가 있을까? 만약 그렇다면 그 이유는 무엇일까?

"슈나이더도 나치 친위대 대원이었습니다. 그 집 지하실은 나치 박물관을 만들어도 될 만할 정도더군요. 슈나이더도 팔에 혈액형 문신이 있었고요."

엘라르트는 말없이 보덴슈타인을 쳐다보았다. 보덴슈타인은 돈을 내고서라도 그의 생각을 읽을 수 있으면 좋겠다고 생각했다.

*

피아는 비서실에서 가져온 종이 뭉치를 식탁에 늘어놓고 하나하나 맞추기 시작했다. 그러나 국수 가닥처럼 가늘게 썰린 종이는 자꾸 동그랗게 말리기만 할 뿐 도통 비밀을 드러내려 하지 않았다. 한동안 종이 국수와 씨름을 하던 피아는 진땀이 나고 울화통이 터졌다. 끈기는 피아의 강점이 아니다. 그녀는 백날 그렇게 해봐야 소용없다는 것을 깨닫고 머리를 긁적이며 다른 방도를 찾았다. 그런 피아를 네 마리의 개가 빤히 쳐다보았다. 그녀는 속이 터져 종이 뭉치를 쓰레기통에 처박아 버리기 전에 동물들을 먼저 돌보는 것이 좋겠다고 생각하며 시계를 쳐다보았다. 사실 저녁에 뒤죽박죽 쌓여 있는 장화, 점퍼, 양동이, 말고삐를 재빨리 정리해버릴 생각이었지만 오늘도 그럴 시간은 없을 것 같다.

피아는 마구간으로 가서 말똥을 퍼내고 새 짚을 깐 후 말들을 들여보냈다. 날씨가 좋으면 곧 건초를 준비해야 할 것이다. 목장 진입로 양옆에 있는 잔디도 깎을 때가 됐다. 사료 창고의 문을 열자 소리도 없이 고양이 두 마리가 나타났다. 몇 달 전부터 비르켄호프에 살기로 작정한 녀석들이다. 수컷 검은 고양이가 책장을 딛고 피아가 사료를 섞고 있는 작업대 위로 올라왔다. 그리고 말릴 틈도 없이 플라스틱 병과 깡통 들을 와르르 쓰러뜨리고 얼른 바닥으로 뛰어내려 몸을 피했다.

"야, 이 말썽쟁이야!"

피아는 액체 풀이 든 분무기를 일으켜 세우다가 문득 좋은 생각이 났다. 개, 고양이, 거위, 말에게 먹이를 준 그녀는 서둘러 집으로 돌아와 분무기 안에 남아 있던 액체를 개수대에 버리고 맑은 물을 채웠다. 그리고 종이를 잘 펴서 그릇 닦는 행주 위에 놓고 물 뿌린 후 그 위에 행주 한 장을 덮었다. 실패할지도 모르지만 운이 좋으면 성공할 수도 있다. 어쨌든 뺑덕어멈 비서의 행동은 매우 의심스러웠다. 그동안 파쇄기 안의 종이가 없어진 걸 눈치챘을까? 피아는 속으로 웃으며 스팀다리미를 찾았다.

헤닝과 함께 살 때는 모든 물건이 제자리에 있었다. 옷장이고 찬장이고 항상 깔끔하게 정리되어 있었다. 하지만 비르켄호프에서는 우연의 법칙이 통한다. 2년 전 이사 올 때 가져온 상자 몇 개는 아직도 풀지 않은 채 그대로 있다. 한다 한다 하면서 항상 다른 일이 생겨서 정리를 하지 못 한 것이다. 피아는 침실 옷장 속에서 다리미를 찾아내 바로 종이를 다리기 시작했다. 그러는 동안 전자레인지에 데운 채소 라사냐와 마트에서 사 온 샐러드를 먹었다. 둘 다 비타민이 많다는 환상을 갖게 할 뿐 건강에 좋은 음식은 아니지만 되녀나 햄버거보다는 훨씬 낫다. 종이 국수 펴기는 피아에게 없는 끈기와 꼼꼼함을 요구했다. 피아는 실수한 자신에게 스스로 핀잔을 줘가며 끙끙거린 끝에 결국 종이를 맞추는 데 성공했다.

"뚱보 고양이야, 고맙다."

피아는 씩 웃으며 다 맞춘 종이를 쳐다보았다. 종이에는 결혼 전 이름이 빌루마트인 아니타 마리아 프링스의 병력이 세세히 기록되어 있었다. 그리고 타우누스블릭으로 이사 오기 전에 살았던 포츠담의 주소도 있었다. 피아는 비서가 왜 그렇게 그 서류를 안 보여주려고 했는지 이해가 되지 않았다. 그러다 심상치 않은 이름을 발견하고는 눈을 동그랗게 뜨고 부엌 벽에 걸린 시계를 보았다. 아직 9시다. 전화하기에 늦은 시간은 아니다.

*

보덴슈타인의 재킷 안주머니에서 휴대전화가 진동했다. 엘라르트 칼텐제는 여전히 코냑 잔을 든 채 앉아 침묵을 지키고 있었다.

"네?"

보덴슈타인은 전화에 대고 작은 소리로 속삭였다.

"반장님, 알아냈어요! 베라 칼텐제는 만나보셨어요?"

피아의 흥분한 목소리가 흘러나왔다.

"응, 지금 그 집에 와 있어."

"아니타 프링스가 죽은 걸 알고 있는지, 언제 알았는지 물어보세요. 양로원 컴퓨터에 아니타 프링스의 긴급 연락처가 베라 칼텐제로 돼 있어요. 월세를 낸 사람도 베라 칼텐제고요. 양로원 총무가 원장이 경찰에 신고하지 않은 걸 이상하다고 했잖아요. 원장은 베라 칼텐제에게 먼저 알려서 지시를 받았던 거예요."

보덴슈타인은 긴장한 표정으로 피아의 말에 귀를 기울이면서도 피아가 갑자기 어디서 그런 정보를 알아냈는지 의아하기만 했다.

"그리고 칼텐제 쪽에서 집을 치울 시간이 필요하다고 했기 때문에 원장은 일찍 신고할 수 없었던 거고요!"

그때 창밖으로 자동차 한 대가 들어오는 것이 보였다. 다른 자동차가 그 뒤를 이었고 타이어가 자갈길 위를 구르는 소리가 났다. 보덴슈타인은 그칠 줄 모르는 피아의 말을 잘랐다.

"전화 끊어야겠어. 이따 내가 전화할게."

잠시 후 살롱 문이 열리고 잿빛 머리의 키 큰 여자가 들어왔다. 그 뒤에 오는 사람은 지그베르트 칼텐제다. 엘라르트는 안락의자에 앉은 채 고개조차 돌리지 않았다.

"안녕하십니까, 형사님."

지그베르트가 형식적인 미소를 지으며 손을 내밀었다.

"소개하죠. 이쪽은 제 동생 유타."

유타 칼텐제는 텔레비전에서 보던 터프한 정치인이 아니었다. 직접 보니 훨씬 여성스럽고 예뻤다. 그녀는 그가 좋아하는 유형이 아닌데도 설명하기 힘든 매력으로 그를 사로잡았다. 그녀와 악수를 하기도 전에 그는 그녀의 벗은 몸을 상상했다. 자신의 뻔뻔한 상상에 부끄러워진 보덴슈타인은 얼굴을 붉혔다. 유타 칼텐제의 푸른 눈동자는 그런 그를 지그시 살폈다. 그녀는 그의 반응이 마음에 든 것 같았다.

"어머니에게 말씀 많이 들었어요. 직접 만나게 돼서 반가워요. 슬픈 일이 계기가 되긴 했지만요."

유타는 정치인다운 미소를 지으며 보덴슈타인에게 악수를 청했다. 그리고 그 손을 바로 놓지 않고 잠깐 동안 더 잡고 있었다.

"어머님을 뵈려고 왔는데 때를 잘못 잡은 것 같습니다."

보덴슈타인은 그녀가 그의 마음에 일으킨 동요를 드러내지 않으려고 안간힘을 썼다.

"아니타는 어머니의 오랜 친구예요. 최근 일어난 사건들 때문에 충격을 크게 받으셨어요. 어머니도 이젠 많이 늙으셔서 걱정이 돼요. 겉으로는 안 그런 척하셔도 옛날처럼 정정하시지 않거든요. 도대체 누가 그런 짓을 했을까요?"

유타가 한숨을 섞어 말했다.

"범인을 잡는 데 도움이 필요합니다. 질문할 게 있는데 잠깐 시간 좀 내주실 수 있겠습니까?"

"그럼요."

유타와 지그베르트가 합창하듯 대답했다. 그와 동시에 엘라르트도 깊은 생각에서 깨어났다. 그는 잔을 테이블 위에 놓고 일어나 벌겋게 충혈된 눈으로 동생들을 쳐다보았다. 그는 동생들보다 머리 하나가 더 컸다.

"너희들, 골드베르크와 슈나이더가 나치 친위대였다는 거 알고 있었니?"

그 말을 들은 지그베르트는 눈썹만 살짝 치켰지만 유타는 깜짝 놀랐다.

"요수아 삼촌이 나치라고요? 말도 안 돼. 큰오빠 취했어요?"

유타가 코웃음을 치며 머리를 흔들었다.

"내 평생 이렇게 정신이 맑은 적이 없었다."

엘라르트는 증오에 가득 찬 눈으로 동생들을 쏘아보았다.

"아마 그래서 이렇게 분명하게 느끼는 거겠지. 술에 취하지 않고서는 이 위선적인 집구석에서 한시도 견딜 수 없다는 걸!"

유타는 그런 엘라르트가 창피한지 보덴슈타인에게 미안하다는 표정을 지었다.

"팔에 나치 친위대가 하던 혈액형 문신이 있었대. 그리고 생각하면 생각할수록 그게 맞을 거라는 확신이 들어. 골드베르크, 그 노인네는……."

엘라르트가 어두운 얼굴로 말을 이었으나 유타가 그 말을 끊고 보덴슈타인을 쳐다보았다.

"사실인가요?"

"네, 사실입니다. 부검 과정에서 문신이 발견됐습니다."

"세상에! 어떻게 그럴 수가 있어요? 헤르만 삼촌이라면 또 모르겠지만 요수아 삼촌이 그럴 리가!"

유타는 의지할 데가 필요한 듯 지그베르트에게 달려가 그의 손을 잡았다. 엘라르트가 뭐라고 말을 하려는데 지그베르트가 선수를 쳤다.

"로버트는 찾아보셨습니까?"

"아니요. 아직 찾지 못했습니다."

보덴슈타인은 알 수 없는 직감에 이끌려 로버트 바트코비아크의 내연녀가 잔인하게 살해당했다는 말은 하지 않았다. 한편 엘라르트가 바트코비아크에 대해 한마디도 묻지 않은 것이 이상하다는 생각이 들었다.

"교수님, 아니타 프링스가 사망했다는 소식을 언제 어떻게 알게 되셨습니까?"

"오늘 아침 7시 반쯤 어머니에게 전화가 왔습니다. 아니타 프링스가 없어졌다고 하더군요. 그리고 몇 시간 후에 다시 전화가 왔고, 죽었다는 소식을 들었습니다."

보덴슈타인은 엘라르트의 솔직함이 의아하기만 했다. 딴생각을 하느라 거짓말을 할 정신이 없거나 정말 솔직한 것이거나 둘 중 하나일 것이다. 어쩌면 피아가 잘못 짚었고, 이 집 사람들은 아니타 프링스의 집에서 물건이 없어진 일과는 아무 상관이 없는지도 모른다.

"어머님이 어떻게 반응하시던가요?"

그때 엘라르트의 휴대전화가 울렸다. 발신자를 확인하는 그의 눈이 빛났다.

"죄송합니다만 중요한 약속이 있어서 지금 나가 봐야겠습니다."

그는 그 말만 남기고 악수도 인사도 없이 살롱을 나갔다. 유타는 그런 그의 뒷모습을 보며 머리를 절레절레 흔들었다.

"허구한 날 딸 같은 여자들하고 연애를 하고 다니니 몸이 견디나? 나이 생각을 해야지."

유타가 조소를 섞어 말했다.

"형님은 지금 가치관의 혼란을 겪는 중입니다. 행동이 이상해도 이해하십시오. 반년 전 정년퇴직을 한 후 슬럼프에 빠졌어요."
 보덴슈타인은 남매를 찬찬히 쳐다보았다. 나이 차이가 큰데도 서로 친한 것 같았다. 지그베르트는 매사 용의주도하고 너무 정중하다 싶을 정도로 감정 표현을 절제해서 엘라르트에 대해 어떻게 생각하는지 파악하기가 힘들었다.
 "아니타 프링스가 죽었다는 걸 어떻게 아셨습니까?"
 "형님이 10시 반쯤 전화해서 알려주었습니다. 전 일 때문에 스톡홀름에 가 있었는데 소식을 듣고 바로 다음 비행기를 탔습니다."
 유타는 의자에 앉았더니 상의에서 담배를 꺼내 불을 붙였다.
 "좋은 버릇은 아니죠. 유권자들에게는 비밀이에요! 우리 어머니가 아셔도 혼나요."
 유타는 담배 연기를 깊이 빨아들인 다음 보덴슈타인을 보며 생긋 웃었다.
 "네, 알았어요."
 보덴슈타인도 미소로 답했다. 지그베르트는 위스키를 한 잔 따른 후 보덴슈타인에게 권했으나 그는 이번에도 거절했다.
 "제게는 문자가 왔어요. 총회에 참석하느라고 벨 소리가 안 나게 해놨거든요."
 유타가 말했다. 보덴슈타인은 사진이 진열되어 있는 장식대로 다가갔다.
 "범인으로 의심 가는 사람은 있습니까?"
 지그베르트의 물음에 보덴슈타인은 고개를 저었다.
 "아직 없습니다. 죽은 세 사람을 잘 아셨을 텐데 주변에 그런 짓을 할 만한 사람이 있을까요?"
 "전혀 없어요. 사람들에게 해 끼치는 일을 하실 분들이 아니에요.

요수아 삼촌은 이미 할아버지가 된 다음에 알게 됐지만 제게 참 잘 해주셨어요. 항상 선물을 사다 주셨죠."

유타는 담배를 피우며 회상에 젖었다.

"베르티 오빠, 내 가우초 안장 기억나?"

유타가 미소 띤 얼굴로 물었다. 지그베르트는 애칭을 부르자 난감한 표정으로 웃었다.

"내가 여덟 살이나 아홉 살 정도 됐을 땐데 그 안장이 너무 무거워서 들 수도 없었거든. 그런데 내가 망아지 등에 그걸 얹겠다고 막 고집을 부렸지."

"열 살이었어. 그리고 그 안장에 처음으로 너를 태우고 거실을 기어다닌 사람은 나였어."

지그베르트의 말에는 애정이 담겨 있었다.

"그래 맞아! 오빠는 내가 원하는 건 뭐든지 해줬지."

유타는 '뭐든지'에 강세를 두었다. 그리고 담배 연기를 코로 내보내며 보덴슈타인에게 미소를 던졌다. 단순한 호기심이나 호의 이상의 감정이 담긴 미소였다. 보덴슈타인은 자기도 모르게 몸이 뜨거워지는 것을 느꼈다.

"가끔 내가 남자들에게 그런 영향력을 발휘할 때가 있지."

그녀는 보덴슈타인에게서 시선을 떼지 않은 채 말했다.

"요수아 골드베르크는 친절하고 곧은 사람이었습니다."

지그베르트가 위스키를 손에 든 채 여동생 옆에 와서 섰다. 남매는 번갈아 가며 골드베르크와 슈나이더에 대한 이야기를 늘어놓았다. 그러나 그 내용은 엘라르트가 말한 것과는 정반대였다. 두 사람 모두 지극히 자연스러운 태도를 보였지만 보덴슈타인은 왠지 연극을 보는 듯한 기분을 떨칠 수 없었다.

"헤르만 삼촌과 숙모는 참 좋은 사람들이에요. 정말이에요. 전 그 분들을 정말 좋아했어요. 아니타 아줌마는 1980년대 말에야 알게 됐어요. 아버지가 회사 지분을 떼어준 걸 알고 무척 놀랐죠. 뭐 거의 안다고 할 수는 없어요."

유타는 재떨이에 담배를 비벼 끄고 일어났다. 지그베르트가 보충 설명을 했다.

"아니타 아주머니는 어머니의 가장 오래된 친구입니다. 어렸을 때부터 알았고, 동서독에 떨어져 살았는데도 불구하고 연락이 끊긴 적이 없습니다."

"네, 그렇군요."

보덴슈타인은 액자에 든 사진을 들고 들여다보았다.

"부모님의 결혼사진이에요."

유타가 옆으로 다가와 말했다. 그리고 다른 사진을 집어 들었다.

"그리고 이건…… 어머, 베르티 오빠, 어머니가 이 사진도 액자에 넣은 거 알았어?"

유타가 재미있다는 듯 웃자 지그베르트도 따라 웃었다.

"형님 졸업식 때지. 난 그 사진 싫어."

보덴슈타인은 그 이유를 알 것 같았다. 사진 속의 엘라르트는 열아홉 살 정도 되어 보였다. 약간 어두운 느낌이 들긴 하지만 나름대로 미청년이라 할 만했으나 그 옆에 서 있는 지그베르트는 숱이 적고 거의 색깔이 없는 머리카락에 뺨이 터질 것처럼 빵빵한 게 새끼 돼지를 연상시켰다.

"이건 제 열여덟 살 생일 때 찍은 거예요."

유타가 사진 하나를 손으로 톡 건드리며 보덴슈타인을 힐끗 쳐다보았다.

"그땐 빼빼 말랐었죠. 어머니가 거식증인 것 같다면서 절 병원에 끌고 간 적도 있어요. 지금은 거식증에 걸려보는 게 소원인데."

유타는 그렇게 말하며 양손으로 허리를 쓸어내렸다. 보덴슈타인은 그 허리가 마음에 들었다. 유타는 그가 무엇을 상상하는지 안다는 듯 키득거리며 웃었다. 순간 보덴슈타인은 그녀가 아무 뜻도 없어 보이는 그 제스처 하나로 그의 관심을 그녀의 몸으로 돌리는 데 성공했음을 깨닫고 그것이 과연 고의였을지 생각했다. 그러나 그녀는 바로 다른 사진을 가리켰다. 유타와 검은 머리의 여자가 카메라를 향해 환하게 웃고 있는 사진이었다. 둘 다 스물 중반으로 보였다.

"제 친구 카타리나예요. 이건 우리 둘이 로마에 놀러갔을 때 찍은 거예요. 모두들 우릴 쌍둥이라고 불렀어요. 항상 꼭 붙어 다녔거든요."

보덴슈타인은 사진을 자세히 보았다. 유타의 친구는 마치 모델처럼 예뻤다. 그 옆에 서 있으니 유타는 거의 보잘것없어 보였다. 보덴슈타인은 유타가 비슷한 또래의 남자와 함께 찍은 사진을 가리켰다.

"옆에 있는 사람은 누굽니까?"

"로버트요."

그 옆에 바싹 붙어 선 그녀에게서 향수 냄새와 희미한 담배 냄새가 났다.

"저랑 거의 같은 시기에 태어났어요. 제 생일이 딱 하루 빨라요. 그것 때문에 어머니는 무척 속상해하셨죠."

"왜요?"

"생각을 해보세요. 아버지가 어머니와 로버트의 어머니를 거의 동시에 임신시킨 거잖아요."

유타는 푸른 눈 속에 박힌 검은 반점이 보일 정도로 얼굴을 가까이 들이댔다. 보덴슈타인은 그런 은밀한 이야기를 아무렇지도 않게 하는 것에 적잖이 당황했다. 유타는 그것을 눈치채고 눈웃음을 흘렸다.

"전 로버트가 무슨 짓이든 할 수 있는 사람이라고 봅니다."

뒤에서 지그베르트가 말하는 소리가 들렸다.

"제가 집에 발도 못 붙이게 했지만 어머니와 어머니 친구들에게 계속해서 돈을 뜯어낸 것만 봐도 알 수 있죠."

유타는 사진을 제자리에 놓은 후 동의하는 표정을 지었다.

"네, 로버트는 완전히 망가졌어요. 교도소에서 나온 뒤로는 잠잘 데도 없는 것 같더라고요. 하려고만 했으면 뭐든 밀어줬을 텐데 그렇게까지 망가지다니 슬픈 일이에요."

"언제 로버트 바트코비아크를 마지막으로 보셨습니까?"

보덴슈타인의 질문에 두 사람은 생각하는 표정으로 서로 마주보았다.

"한참 됐어요. 지난번 선거 때인 것 같아요. 바트조덴 보행자 거리에서 유세를 했는데 갑자기 앞에 서 있더라고요. 처음엔 누군지 못 알아봤어요."

"돈 달라고는 안 하든? 항상 돈, 돈, 돈 얘기밖에 안 하잖아."

지그베르트가 경멸이 담긴 표정으로 말했다.

"전 집에서 쫓아낸 이후로는 한 번도 못 봤습니다. 제게는 아무것도 뜯어낼 수 없다는 걸 안 거죠."

"저희는 상부의 지시로 골드베르크 사건에서 손을 뗀 상태입니다. 그리고 오늘 프링스 부인의 집에 가보니 물건이 모두 없어졌더군요. 누군가 우리가 보지 못하도록 빼돌린 거죠."

유타와 지그베르트는 갑자기 화제가 바뀌자 멍한 얼굴로 보덴슈타인을 쳐다보았다.

"누가 왜 물건을 빼돌려요?"

지그베르트가 물었다.

"누군가 수사를 방해하려는 것 같습니다."

"왜요?"

"글쎄요. 그걸 알면 이러고 있지 않겠죠."

유타는 골똘히 생각에 잠긴 채 보덴슈타인을 응시했다.

"아니타 아줌마한테 재산은 없어도 보석은 좀 있었을 거예요. 양로원 사람들이 그런 거 아닐까요? 자식이 없다는 걸 모두 알았을 테니까요."

보덴슈타인도 그 생각을 안 한 것은 아니다. 하지만 그렇다고 해도 가구만 빼고 모든 물건을 빼돌릴 필요는 없었을 것이다.

"세 사람이 같은 방식으로 죽었다는 건 아무래도 이상해요. 요수아 삼촌이야 경력이 워낙 화려하다 보니 살면서 친구만 만들진 않았을 거예요. 하지만 헤르만 삼촌과 아니타 아줌마는 왜요? 전 도저히 이해가 안 돼요."

유타가 혼잣말처럼 말했다.

"우리가 진짜 생각해봐야 할 건 범인이 현장에 남기고 간 숫자입니다. 1, 6, 1, 4, 5. 이게 중요한 단서인 것 같은데 무슨 뜻인지 도대체 알 수가 없어요."

그때 갑자기 문이 열렸다. 유타는 깜짝 놀라 몸을 움찔했다. 문가에 모어만이 서 있었다.

"노크 좀 할 수 없어요?"

유타가 신경질적으로 내뱉었다.

"죄송합니다."

모어만은 보덴슈타인을 알아보고 고개를 까딱했다. 그러나 말처럼 길쭉한 그의 얼굴에는 아무런 표정도 없었다.

"마님의 상태가 안 좋으셔서 구급 의사를 부르기 전에 알려드리려고 왔습니다."

"알았네. 바로 올라가지."

지그베르트가 말했다. 모어만은 형식적으로 고개를 숙인 후 물러갔다.

"죄송합니다만 그만 가봐야겠습니다. 더 질문할 게 있으시면 전화하십시오."

갑자기 초조해진 지그베르트는 재킷 안주머니에서 명함을 꺼내 보덴슈타인에게 내밀었다.

"네, 알겠습니다. 어머님께 쾌차하시라고 전해주십시오."

"신경 써주셔서 감사합니다. 유타, 어서 가자."

"응, 금방 갈게."

유타는 지그베르트가 나갈 때까지 기다렸다가 서둘러 담배를 꺼내 입에 물었다.

"으, 모어만은 언제 봐도 기분 나빠!"

그녀는 얼굴이 창백해져서 담배 연기를 깊이 빨아들였다.

"늙은 스파이 놈, 인기척 좀 내지 꼭 쥐새끼처럼 소리 없이 다니면서 사람을 놀라게 한다니까!"

유타의 반응에 보덴슈타인은 이상하다는 생각이 들었다. 어렸을 때부터 이 집에 살았을 테니 일하는 사람들에게 적응이 됐을 텐데, 왜 그렇게 강한 적개심을 드러내는 것일까?

문을 향해 걸어가던 유타는 다시 한 번 뒤를 돌아보았다.

"참, 꼭 만나보셔야 할 사람이 있어요."

그녀는 눈을 가늘게 뜨고 목소리를 낮췄다.

"토마스 리터, 어머니의 비서였던 사람이에요. 무슨 짓이든 할 수 있는 인간이죠."

보덴슈타인은 생각에 잠긴 채 자동차를 세워둔 곳으로 걸어갔다. 엘라르트 칼텐제는 어머니도 동생들도 좋아하지 않는다. 동생들은 그런 그를 무시하고 얕잡아 본다. 그런데 왜 엘라르트는 밀렌호프를 떠나지 않을까? 지그베르트와 유타 칼텐제는 그의 질문에 망설임 없이 대답했고 성의 있는 태도를 보였다. 그러나 두 사람 역시 말로만 그들을 좋아했다고 알 뿐 잔인하게 살해당한 세 노인의 운명을 진심으로 슬퍼하는 것 같지는 않았다. 말로는 그들을 좋아했다고 하고 좋은 사람이라고 하면서도 말이다. 자동차 앞까지 왔을 때 보덴슈타인은 문득 걸음을 멈추었다. 칼텐제 남매와 대화를 하는 동안 석연치 않은 느낌이 든 순간이 있었다. 그게 뭐였지? 어스름이 지기 시작한 넓은 잔디밭에서 쉭 하는 소리가 나더니 스프링클러가 돌아가기 시작했다. 그 순간 보덴슈타인은 기억이 났다. 유타 칼텐제가 지나가는 말처럼 한 말이다. 그 말은 중요한 단서가 될 수도 있을 것이다.

2007년 5월 5일 토요일

　보덴슈타인은 덕지덕지 붙인 종이를 받아들고 증거물의 확보 경위를 설명하는 피아를 믿기지 않는 표정으로 쳐다보았다. 그들은 세례 준비로 분주한 보덴슈타인의 집 앞에 서 있었다. 사실 아직 수사 책임자가 자리를 비워서는 안 되는 단계지만 막내딸의 유아 세례에 참석하지 않는다면 가정에 심각한 위기가 찾아올 수도 있다는 판단에서 보덴슈타인은 하루 쉬기로 했다.
　"베라 칼텐제가 입을 열어야 해요. 죽은 세 사람에 대해 더 알아내지 못하면 죽도 밥도 안 돼요."
　피아의 말에 보덴슈타인은 동의의 뜻으로 고개를 끄덕였다. 엘라르트 칼텐제가 한 말이 떠올랐다.
　'어머니 자신도 똑같은 꼴을 당할까 봐 두려운 거죠.'
　"아니타 프링스의 집에서 물건을 빼돌린 사람은 베라 칼텐제가 틀림없어요. 그럴 만한 이유가 있으니까 그랬을 거 아니에요. 도대체 왜 그랬을까요?"

"골드베르크나 슈나이더처럼 비밀이 있겠지. 그런데 당장 베라 칼텐제를 만나기는 힘들 것 같아. 조금 전에 그 집 딸하고 통화했는데 병원에서 신경 발작 진단을 받아서 어젯밤에 정신병원에 들어갔대."

피아는 어이없다는 듯 머리를 절레절레 흔들었다.

"거짓말이에요. 베라 칼텐제는 신경 발작을 일으킬 만한 사람이 아니에요. 상황이 불리해지니까 숨는 거라고요."

"글쎄, 과연 배후 인물이 베라 칼텐제일까?"

보덴슈타인이 뒤통수를 긁적이며 말했다.

"그럼 누구겠어요? 골드베르크의 경우는 아들이거나 미 첩보 기관일 수 있겠죠. 비밀이 새는 걸 싫어했을 테니까요. 하지만 아니타 프링스에게 숨길 게 뭐가 있겠어요?"

"어쩌면 우리가 잘못 생각하고 있는지도 몰라. 우리가 생각하는 것보다 훨씬 단순한 사건일 수도 있어. 그 숫자는 범인이 우리를 혼란스럽게 하려고 일부러 연막을 친 것일 수도 있어. 어쨌든 오스터만더러 KMF에 대해 알아낼 수 있는 건 다 알아내라고 해. 어제 유타 칼텐제가 아니타 프링스에게 회사 지분이 있다고 이야기하더라고."

보덴슈타인은 어제저녁 피아에게 전화를 걸어 뮐렌호프에서 있었던 일을 요약해서 들려주었다. 그러나 칼텐제 집안의 삼 남매가 골드베르크와 슈나이더에 대해 상반되는 진술을 한다는 말만 하고 늦은 시간에 유타에게 전화가 왔다는 말은 하지 않았다. 사실 보덴슈타인 자신도 그 일을 어떻게 받아들여야 할지 몰랐다.

"즉, 돈 때문에 일어난 사건이라는 거예요?"

"음, 넓은 의미에서는 그렇다고 할 수 있지. 그냥 내 예감이야."

보덴슈타인은 어깨를 으쓱했다.

"아, 그리고 헤어지기 전에 유타 칼텐제가 어머니의 비서였던 남자를 만나보라고 하더라고. 그 남자를 한번 만나봐야겠어. 칼텐제 집안을 다른 관점에서 볼 수 있는 계기가 될 거야."

"알겠어요. 그럼 전 슈나이더의 유품을 살펴볼게요. 그 속에 다른 단서가 있을지도 모르니까요."

피아는 그렇게 말하고 뒤돌아 가려다가 뭔가 생각난 듯 걸음을 멈추고 주머니에게 작은 선물 상자를 꺼냈다.

"소피아 선물이에요. K11팀 전체가 함께 산 거예요. 축하한다고 전해주세요."

*

피아는 오전 내내 슈나이더의 집에서 압수한 증거물을 뒤졌고, 오스터만은 보덴슈타인의 지시대로 모든 수단을 동원해 KMF에 대한 정보를 모았다. 피아가 한숨을 쉬며 고개를 든 것은 정오가 다 되어갈 무렵이었다.

"국세청이라도 털었나? 지하실에 있던 서류는 다 재무 관련 서류야. 도대체 뭐가 어떻게 된 건지 모르겠네!"

"칼텐제 집안의 우정은 그 서류에서 나온 건지도 모르지."

"협박용이라는 거야?"

"예를 들면."

오스터만은 안경을 벗고 손가락으로 콧잔등을 문질렀다.

"KMF에서 매달 슈나이더의 스위스 은행 계좌로 보낸 돈의 액수를 생각해봐. 협박용이었을 가능성이 충분해."

"글쎄 과연 그럴까? 어쨌든 그게 살해 동기는 아닌 것 같은데."
피아는 서류철을 탁 소리 나게 덮은 후 바닥에 널브러져 있는 다른 서류철들 위로 던졌다.
"KMF에 대한 건 좀 찾았어?"
"응, 엄청 많아."
오스터만은 안경다리를 입에 물고 앞에 놓인 종이 더미를 뒤적였다.
"KMF는 직원 수가 3000명이 넘는 국제적 기업이야. 169개국에 지사가 있고 그룹 회사가 30개 정도 돼. 대표이사는 지그베르트 칼텐제고, 자사 지분은 40퍼센트 정도야."
"뭐하는 회산데?"
"알루미늄 프레스를 만드는 회사야. 그 회사의 창업주가 알루미늄을 여러 가지 모양으로 찍어낼 수 있는 기술을 발명해 특허를 냈는데, KMF가 그 특허를 아직까지 가지고 있고, 거기 기반한 다른 기술이 100개 정도 있는데 그것에 대한 특허까지도 가지고 있어. 돈을 긁어모으는 거지."
오스터만은 의자를 밀고 자리에서 일어났다.
"아, 배고파. 되너 사 오려고 하는데 먹을 거야?"
"그래, 좋아."
피아는 '장롱 내용물, 좌측 하단'이라고 쓰인 상자를 열었다. 상자 속에는 소포 끈으로 묶어놓은 신발 상자 몇 개가 들어 있었다. 첫 번째 상자는 여행 기록, 크루즈 선박 티켓, 남국 풍경이 그려진 엽서, 댄스 카드(무도회에서 댄스 파트너의 이름을 적는 수첩_역주), 메뉴 카드, 유아세례, 결혼식, 생일, 장례식에 오라는 초대장, 그 밖에 슈나이더 자신에게만 의미가 있을 법한 잡다한 기념물로 가득했다.

두 번째 상자에는 꼼꼼하게 정리해놓은 편지 다발이 들어 있었다. 피아는 끈을 자르고 편지 한 장을 빼냈다. 1941년 3월 14일의 편지다. 피아는 누렇게 바랜 옛날 글씨체를 해독하듯 읽어나갔다.

사랑하는 아들에게.
우리는 네가 건강히 지내다가 무사히 돌아오기만을 바라고 있단다. 전쟁이라고 하지만 여긴 변한 것이 전혀 없다.

편지는 친지와 친구 들의 안부, 수신인이 궁금해할 만한 일상을 전하면서 이어졌고 '엄마가'라는 말로 끝났다. 피아는 닥치는 대로 편지를 꺼내 읽었다. 슈나이더의 어머니는 편지 쓰는 낙으로 살았는지 그 양이 엄청났다. 심지어 아직 봉해진 채로 있는 편지도 있었다. 발신인은 앙어부르크, 슈타인오르트에 사는 캐테 칼바이트다. 그렇다면 이 편지들은 슈나이더의 어머니가 보낸 게 아니란 말인가? 슈나이더는 왜 남의 편지를 간직하고 있었던 걸까? 순간 뭔가 생각이 날 듯했지만 금세 사라져버렸다. 피아는 계속해서 편지를 읽었다. 오스터만이 고기와 산양 치즈를 곱빼기로 넣은 되너를 두 개 사 가지고 돌아왔다. 그가 되너를 먹기 시작하자 사무실은 금방 되너 냄새로 가득 찼다. 그러나 피아는 되너를 받아놓기만 하고 편지 읽는 데 집중했다.
1941년 6월 26일 캐테 칼바이트는 아들에게 다음과 같이 썼다.

네 아버지가 성에서 일하는 슐라게터에게 들었다는데, 리벤트로프(나치 치하에서 외무장관을 지낸 정치인. 패전 후 뉘른베르크 전범 재판에서 사형을 선고받은 12명 중 한 사람_역주)가 군인들을 데리고 와서 성 반쪽을 징발했다는구나. 자기는 괴를리츠에 있는 아스카니아(동프로이센에 대규모로 지은 히틀러의 사령부_역주) 공사장에서 일한다고도 하더라……

그 다음 문단은 검열에 의해 검게 칠해져 있었다.

네 친구 오스카가 집으로 찾아와 네 안부를 전해주었단다. 이제 여기 올 일이 많으니 종종 들르겠다고 하더구나…….

피아는 읽기를 멈추고 생각에 빠졌다. 베라 칼텐제는 슈나이더가 죽은 남편의 옛 친구라고 했다. 그러나 그 말은 들은 엘라르트는 "어머니가 그렇다면 그렇겠죠, 뭐"라고 하며 이상한 표정을 지었다. 그리고 미리엄의 할머니는 골드베르크의 진짜 이름이 오토나 오스카일 것이라고 했다.
"무슨 편지야?"
오스터만이 우물거리며 물었다. 그러나 피아는 아무 대꾸 없이 마지막 편지를 한 번 더 읽었다.

네 친구 오스카가 집으로 찾아와…….

피아는 비밀에 한 발짝 다가섰다는 생각에 가슴이 두근거렸다.
"헤르만 슈나이더는 캐테 칼바이트라는 여자가 동프로이센에서 보낸 편지 200통 정도를 보관하고 있었어. 왜 그랬을까? 서류상으로는 부퍼탈(독일 서부의 도시_역주)에서 태어나 거기서 학교를 다닌 것으로 되어 있는데 이 편지들은 동프로이센에서 온 거야."
"무슨 생각을 하는 건데?"
오스터만은 손등으로 입을 쓱 닦고는 주방용 티슈를 찾느라 서랍을 뒤적거렸다.

"헤르만 슈나이더도 다른 사람 행세를 한 것 같아. 골드베르크는 원래 이름은 오스카로, 바트퇼츠에서 SS융커슐레에 다녔어."

피아는 고개를 들고 오스터만을 쳐다보았다.

"그런데 이 오스카는 동프로이센 슈타인오르트에 살던 한스 칼바이트의 친구야. 그리고 한스 칼바이트의 편지가 헤르만 슈나이더의 집에서 발견됐어."

피아는 자판과 마우스를 끌어당겼다. 구글 사이트로 들어가 편지에 나온 '동프로이센', '슈타인오르트', '리벤트로프', '아스카니아'로 검색을 하다 보니 옛 동프로이센에 대한 정보가 잘 정리되어 있는 사이트가 나왔다. 약 한 시간 동안 잃어버린 땅의 역사와 지리에 대해 읽으면서 피아는 독일 현대사에 대한 자신의 지식이 얼마나 부족한지 뼈저리게 느꼈다. 히틀러의 동부 사령부 '볼프스샨체'는 '아스카니아 화학 공장'이라는 별칭으로 불렸다. 라스텐부르크의 작은 마을 괴를리츠 근처에 있는 깊은 숲 속에서 무슨 일이 벌어지는지 주민들은 전혀 알지 못했다. 1941년 히틀러가 볼프스샨체로 옮겨 온 뒤 외무부 장관 리벤트로프가 슈타인오르트에 위치한 렌도르프 가문의 성 절반을 징발한 것도 사실이다. 캐테 칼바이트는 성과 어떤 연관이 있었을 것이다. 성에서 하녀로 일하면서 들은 이야기를 아들에게 보내는 편지에 썼을지도 모른다. 65년 전 부엌 식탁에 앉아 전쟁터에 나간 아들에게 편지를 썼을 여자를 생각하니 왠지 소름이 끼쳤다. 피아는 인터넷 사이트에서 몇 가지 정보를 메모한 다음 미리엄에게 전화를 걸었다.

"전사한 독일군에 대한 걸 알려면 어떻게 해야 해?"

피아가 짤막한 인사 뒤에 물었다.

"예를 들면 국립묘지관리공단에 문의할 수 있지. 뭘 알고 싶은 건데? 아 참, 통화료 많이 나올지도 몰라. 나 어제저녁에 폴란드에 왔거든."

"그래? 거긴 뭐하러 갔는데?"

"골드베르크 일이 너무 궁금해서 직접 현장에 조사하러 왔어."

순간 피아는 할 말을 잃었다.

"그래서 지금 어디 있는데?"

"베고르제포. 옛날에 앙어부르크였던 곳이야. 바로 가짜 골드베르크가 태어난 곳이지. 폴란드어를 하니까 좋은 점이 있네. 시장이 직접 문서실까지 데리고 가서 열쇠로 문을 열어주더라."

"너도 정말 못 말리겠다. 어쨌든 잘하고 와. 정보 줘서 고맙고."

피아는 씩 웃으며 전화를 끊고 다시 인터넷 검색을 시작했다. 잠시 후 전쟁피해자 찾기 사이트에서 '묘지 찾기 온라인' 링크로 들어간 피아는 검색창에 헤르만 슈나이더의 이름, 생년월일, 출생지를 치고 초조하게 모니터를 응시했다. 그리고 곧이어 나온 결과를 보고 놀라움을 금치 못했다. 1921년 3월 2일에 부퍼탈에서 태어난 헤르만 루드비히 슈나이더는 철십자훈장을 탄 공군 중령으로 제400추격기 편대 6중대를 이끌었다. 그는 1944년 12월 24일 하우젠-오버아울라 전투에서 포케불프 FW190A-8와 함께 추락했고, 유해는 부퍼탈 중앙묘지에 묻혔다.

"세상에! 진짜 헤르만 슈나이더는 53년 전에 죽었어!"

피아는 오스터만에게 방금 발견한 사실을 말해주었다.

"헤르만 슈나이더는 위장하기에 이상적인 이름이지. 어디 가나 있는 평범한 이름이잖아. 만약 내가 신분을 숨겨야 한다면 되도록 눈에 띄지 않는 이름을 고를 거야."

"그래 맞아. 그런데 가짜 슈나이더가 진짜 슈나이더의 신상명세를 어떻게 알아냈을까?"

"아마 아는 사이였겠지. 같은 부대에 있었을 수도 있고, 전쟁에서 돌아와 새 신분이 필요해지자 전사한 그 친구가 생각났고, 그다음부터 슈나이더 행세를 했겠지."

"그럼 진짜 슈나이더의 가족은?"

"그 사람들은 유해를 받아서 장례를 치렀을 테고. 그것으로 끝난 거지."

"하지만 금방 탄로 나지 않았을까? 방금 나도 알아내는 데 몇 분 안 걸렸잖아."

"시대가 다르잖아. 그때는 전쟁이 막 끝난 뒤라 혼란스러웠어. 그럴 때 신분증도 없이 민간인 복장으로 나타나서 내가 헤르만 슈나이더요 하는데 그걸 누가 의심하겠어? 진짜 슈나이더의 병역 수첩을 가지고 있었을지도 모르고. 지금이야 컴퓨터라는 게 생겨서 단 몇 초 만에 정보를 검색할 수 있지만 60년 전에 그걸 어떻게 알았겠어? 그때는 탐정을 고용하고 많은 돈과 시간을 들여도 행운이 따르지 않으면 찾기 힘들었을 거야. 나라면 만약의 경우를 생각해서 반드시 아는 사람의 신원을 도용했을 거야. 그리고 되도록 외부에 모습을 드러내지 않고 조용히 살았을 거야. 슈나이더가 딱 그랬잖아. 전혀 눈에 띄지 않는 삶을 살았어."

"와, 정말 엄청난데. 그럼 이제 동프로이센 슈타인오르트 출신의 한스 칼바이트를 찾아야겠네. 슈타인오르트는 골드베르크가 살던 앙어부르크에서 가까워. 만약 방금 한 말이 맞는다면 가짜 골드베르크, 즉 오스카가 가짜 슈나이더, 즉 한스 칼바이트와 아는 사이였을 거야."

피아가 메모를 하며 말했다.

"맞아."

오스터만은 피아가 손대지 않고 놔둔 되너에 시선을 두었다.

"저거 먹을 거야?"

"아니, 먹고 싶으면 먹어."

피아는 건성으로 대답하며 고개를 저었다. 오스터만은 대답이 떨어지자마자 다 식은 되너를 덥석 집었고, 피아는 다시 인터넷 검색을 시작했다. 베라 칼텐제와 아니타는 친구 사이였다. 가짜 골드베르크와 가짜 슈나이더, 즉 오스카와 한스 칼바이트도 친구였다. 모니터 화면에 베라 칼텐제의 이력이 나타났다.

"1922년 7월 14일 라우엔부르크 암 도벤제, 앙어부르크 출생. 부모는 하인리히 엘라르트 폰 차이들리츠-라우엔부르크, 헤르타 폰 차이들리츠-라우엔부르크. 부모는 폰 파페 태생이고 형제로는 하인리히, 마인하르트, 엘라르트가 있는데, 위의 둘은 1917년에 사망, 엘라르트는 1945년에 실종. 1945년 1월 피난. 나머지 가족은 라우엔부르크 트렉(동프로이센에서 피난한 이주민의 대열_역주)에 가해진 소련군의 습격으로 모두 사망."

피아는 다시 동프로이센 사이트로 갔다. 그곳에서 '라우엔부르크'를 검색했더니 도벤제 유역에 위치한 도바라는 이름의 작은 지방이라고 나왔다. 그 근처에 지금은 폐허가 된 차이들리츠-라우엔부르크 가문의 성이 있었다.

"베라 칼텐제와 아니타 프링스가 살던 곳은 가짜 골드베르크와 가짜 슈나이더가 살던 동네와 가까워. 내 생각엔 네 사람 모두 아는 사이였을 거야."

피아가 오스터만에게 말했다. 오스터만은 책상에 팔꿈치를 괴고 고개를 갸웃했다.

"그럴 수도 있겠지만 그런 걸 숨길 이유가 있을까?"

"좋은 질문이야."

피아는 볼펜을 입에 물고 잠시 생각하다가 미리엄에게 전화를 걸었다. 미리엄은 바로 전화를 받았다.

"지금 메모할 수 있니? 거기 간 김에 슈타인오르트 출신의 한스 칼바이트와 아니타 마리아 빌루마트에 대해서도 좀 알아봐줘."

*

세계 현대미술의 1번지인 프랑크푸르트 쿤스트하우스는 뢰머 광장 바로 옆 오래된 건물에 둥지를 틀고 있었다. 피아는 토요일 오후 시내에서 덩치 큰 닛산을 주차하기가 얼마나 힘든지 다시 한 번 절감했다. 뢰머 광장과 하우프트 광장 주변의 주차장은 모두 꽉 차서 아무리 찾아도 그 덩치를 끼워 넣을 만한 구멍이 보이지 않았다. 주차 공간 찾기에 지친 피아는 결국 시청 앞 광장으로 갔다. 1분도 되지 않아 교통순경 두 명이 달려와 차를 빼라고 손짓했다. 피아는 차에서 내려 여경들에게 신분증을 보여주었다.

"이거 진짜 맞아요?"

여경 하나가 미심쩍은 표정으로 피아의 신분증을 살폈다. 혹시 초콜릿으로 만들었을까 봐 입에 넣고 깨물어 보기라도 할 태세다.

"그럼, 진짜죠."

짜증이 치밀어 오른 피아가 성급히 말했다.

"사람들이 별의별 걸 다 들이대요. 그거 다 모으면 박물관 열어도 될 정도라고요!"

여경이 신분증을 돌려주며 말했다.

"금방 뺄 거예요."

피아는 그렇게 말하고 미술관을 향해 걸었다. 토요일 오후지만 미술관이라 당연히 문을 열었고 로비, 계단, 전시실 할 것 없이 사람들로 미어터졌다. 현대미술에 별 관심이 없는 피아는 그녀가 아직 한 번도 이름을 들어본 적이 없는 칠레의 조각가 겸 화가의 작품을 보러 이렇게 많은 사람들이 모였다는 데 놀라지 않을 수 없었다. 1층에 있는 카페테리아 역시 사람으로 가득했다. 피아는 이리저리 둘러보는 자신이 엄청난 문외한처럼 느껴졌다. 안내 책자도 그녀가 아는 이름은 단 하나도 없었다. 관람객들은 과연 작대기와 물감 튄 자국을 보고 무엇을 느끼는 걸까?

피아는 안내 데스크의 여직원에게 용건을 말하고 칼텐제 교수를 기다리는 동안 프로그램 일정표를 훑어보았다. 오이겐 칼텐제 재단은 이른바 '컨템포러리 아트' 제반 외에도 젊고 재능 있는 음악가와 연기자 들을 후원했다. 재단 소유인 미술관 건물 위층에는 심지어 전용 콘서트홀과 작업실까지 갖추고 있었다. 국내외 예술가들이 정해진 기간 동안 살면서 작업을 할 수 있는 공간이다. 칼텐제 교수를 따라다니는 소문에 비추어보면 그의 취향에 맞는 젊은 여류 예술가들이 대부분일 것이다. 피아가 이런 생각을 하고 있을 때 엘라르트 칼텐제가 층계를 내려오는 것이 보였다. 최근 밀렌호프에서 봤을 때는 특별한 인상을 받지 못했는데 오늘 보니 완전히 다른 사람 같다. 마술사나 사제처럼 온통 검은색으로 빼입은 그가 다가오자 사람들은 공손히 길을 비켜주었다.

"안녕하십니까. 기다리게 해서 미안합니다."

그가 미소 없는 얼굴로 손을 내밀었다.

"괜찮아요. 갑자기 찾아왔는데도 시간을 내주셔서 감사합니다."

멀리서는 카리스마 넘치는 모습이었지만 가까이서 보니 오늘도 그는 무척 피곤해 보인다. 벌건 눈밑에는 짙은 그늘이 졌고, 홀쭉하게 마른 얼굴은 수염을 깎지 않아 덥수룩했다. 마치 내키지 않는 역할을 하는 배우 같다.

"위로 올라가시죠."

피아는 호기심 가득한 얼굴로 두리번거리며 삐걱거리는 나무 계단을 올라갔다. 미술관 5층에 위치한 이 아파트는 프랑크푸르트 사람들 사이에서 꽤 유명하다. 정치계, 문화계 인사들이 모여 광란의 축제를 벌인다느니 마약 파티를 한다느니 별의별 소문이 다 돌았기 때문이다. 아파트 앞에 이르자 칼텐제는 피아에게 정중하게 문을 열어주었다. 그때 그의 휴대전화가 울렸다.

"잠깐 실례하겠습니다. 먼저 들어가시죠."

어두침침한 방으로 들어간 피아는 낡은 마룻바닥과 서까래가 드러난 천장을 둘러보았다. 바닥까지 닿는 커다란 유리창 앞에 놓인 짙은색 마호가니 책상 위에는 책과 카탈로그가 가득 쌓여 있어 빈 곳이 보이지 않을 정도다. 한쪽 구석에는 시커먼 속을 드러낸 벽난로가 있고, 그 앞에는 가죽 소파 세트와 낮은 나무 탁자가 있다. 벽은 새로 칠했는지 눈부시게 하얗고 두 개의 커다란 사진 액자를 제외하고는 아무것도 걸려 있지 않았다. 사진 하나는 벗은 남자의 육감적인 뒷모습, 다른 하나는 얼굴인데, 눈과 입만 보이고 코와 턱은 손가락으로 가리고 있었다.

피아는 천천히 집을 둘러보았다. 그녀가 걸을 때마다 낡은 참나무 바닥이 삐걱거렸다. 부엌 끝에는 발코니로 나가는 유리문이 있고, 욕실은 온통 흰색이다. 타일 위에는 젖은 발자국이 아직 선명하고 욕조 옆에는 사용한 수건이, 바닥에는 아무렇게나 벗어놓은 청바지가 널브러져 있었다. 면도 크림 냄새도 났다. 피아는 엘라르트 칼텐제가 여류 화가와 즐기는 시간을 방해한 것이 아닌가 하는 생각이 들었다. 청바지가 엘라르트의 것이라고 하기에는 너무 작아 보였기 때문이다.

피아는 호기심을 누르지 못하고 무거운 벨벳 커튼 뒤를 들여다보았다. 정돈되지 않은 커다란 침대와 검정색 옷 일색인 행거가 보였다. 부처 동상이 받침대 역할을 하는 유리 탁자도 있다. 탁자 위에 놓인 은색 와인 쿨러 속에서 짙은 꽃 냄새를 풍기며 장미 다발이 시들어가고 있었다. 침대 옆 바닥에는 골동품 느낌이 나는 커다란 트렁크와 팔이 여러 개 달린 구리 촛대가 있는데, 촛농이 바닥으로 흘러내려서 기괴한 모양을 이루고 있었다. 불륜의 현장을 상상했던 피아는 특별할 것 없는 침실의 모습에 조금 실망했다. 그러나 다음 순간 침대 옆 탁자에 놓인 권총을 보고 숨이 멈추는 듯했다. 그녀는 침대로 한 걸음 다가가 침대 너머에 있는 권총을 향해 팔을 뻗었다. 막 권총을 집으려는 순간 뒤에서 움직임이 느껴졌다. 피아는 너무 놀라 균형을 잃고 침대 위로 벌렁 나자빠졌다. 엘라르트 칼텐제가 이상하게 빛나는 눈빛으로 그녀를 내려다보고 있었다.

*

말린은 냄새 때문에 그가 술을 마셨음을 알았다. 그냥 마신 정도가 아니라 고주망태가 되어 있었다. 그러나 그는 그녀가 뭐라고 말을 하기 전에 거친 키스로 그녀의 입을 막아버렸다. 정열적인 입맞춤에 그녀는 무릎에서 힘이 빠져나가는 것을 느꼈다. 그는 그녀의 블라우스 속으로 손을 집어넣어 브래지어 끈을 풀고 가슴을 움켜쥐었다.

"너무 보고 싶었어."

토마스 리터가 거친 숨소리를 섞어 속삭이고는 그녀를 침대 쪽으로 밀었다. 말린의 심장이 거칠게 뛰었다. 그는 그녀에게서 눈을 떼지 않은 채 바지를 벗었다. 곧 그는 그녀 위로 체중을 실었고, 그녀의 몸은 그의 요구에 반응하기 시작했다. 그녀는 흥분이 온몸을 훑고 지나가는 것을 느꼈다. 오후 시간을 보낼 계획이 따로 있었지만 이것도 나쁘지는 않았다. 말린 리터는 키스를 멈추지 않은 채 급히 신발과 청바지를 벗었다. 그제야 에로틱과 거리가 먼 속옷을 입었다는 사실이 떠올랐다. 그러나 그는 그녀가 무엇을 입었는지 눈치조차 채지 못하는 것 같았다. 남편이 거칠게 그녀 안으로 파고들자 그녀는 낮은 신음 소리를 내며 눈을 감았다. 그리고 언제나 촛불과 와인이 있는 로맨틱한 섹스일 필요는 없다고 생각했다.

*

"실망했어요?"

엘라르트 칼텐제는 구석에 있는 바로 가서 잔 두 개를 꺼냈다. 피아는 그가 조금 전의 난처한 상황을 아무렇지도 않게 넘기고 사적인 공간을 염탐한 것에 대해서도 아무 말 하지 않는 것에 크게 안도했다. 그가 그녀의 손에 쥐어준 결투용 권총은 골동품으로서 꽤나 가치 있어 보이는, 아름다운 물건이었다. 그러나 세 사람의 목숨을 앗아간 범행 도구로는 보이지 않았다.

"왜 제가 실망했을 거라고 생각하시죠?"

"나도 이 집에 대해 무슨 소문이 나도는지 압니다."

그는 손짓으로 소파를 가리키며 자리를 권했다.

"마실 건 뭘 드시겠습니까?"

"콜라 라이트로 할게요."

"그럼 나도 그걸로 하죠."

그는 작은 냉장고에서 콜라 병을 꺼내 두 잔을 따라 들고 피아 앞에 와서 앉았다.

"정말 그런 파티가 있었나요?"

"파티는 많이 했죠. 하지만 소문으로 떠도는 그런 방탕한 파티는 이미 오래전에 끝났습니다. 마지막으로 그런 파티가 있었던 건 1980년대 말입니다. 너무 힘들어서 못 하겠더라고요. 사실 난 저녁 먹고 와인 한잔하면서 텔레비전을 보고 10시쯤 잠자리에 드는 재미없는 사람이거든요."

"그런데 뮐렌호프에 사시는 거 아니었나요?"

"여기선 더 이상 살 수가 없으니까요."

엘라르트 칼텐제는 자신의 손바닥을 내려다보며 생각에 잠겼다.

"프랑크푸르트 미술계에서 한가락 하는 사람들은 이상하게도 꼭 우리 집에서 모여야 한다고 생각했어요. 어느 날부터 갑자기 그런 술자리가 지겹더라고요. 나를 가만 놔두지 않는 사람들도 딱 꼴 보기 싫고요. 보는 눈도 없으면서 있는 척하는 전문가들, 좀 뜬다 싶으면 돈 무서운 줄 모르고 무조건 사들이는 수집가들도 지겹지만 더 싫은 건 생활 능력도 없고 재능도 없으면서 혼자만 예술가인 척 하는 사람들이에요. 황당하게 부풀려진 자아, 혼란한 세계관, 모호한 예술관을 가진 사람들이 몰려와서 자기가 재단의 후원을 받아야 할 사람이라면서 귀가 아프게 떠들어대는 걸 듣는 건 그야말로 고역이죠. 그런 사람 중에 후원할 가치가 있는 사람은 1000명 중 한 명도 안 됩니다."

그는 코웃음을 쳤다.

"그 사람들은 내가 밤새도록 그런 얘기를 듣고 싶어 한다고 생각했는지 모르지만 난 아침 8시부터 강의를 해야 하거든요. 그래서 3년 전에 밀렌호프로 들어간 겁니다."

잠시 침묵이 흐른 후 그는 헛기침을 하며 화제를 돌렸다.

"그런데 무슨 일로 오셨습니까? 제가 뭐 도와드릴 일이라도 있습니까?"

"헤르만 슈나이더에 관한 일로 질문이 있어서요."

피아는 가방에서 수첩을 꺼냈다.

"유물을 조사하다가 이상한 점을 발견했어요. 골드베르크뿐 아니라 슈나이더도 전쟁 후 신분을 위장한 것 같아요."

"아, 그렇군요."

엘라르트는 놀라움을 숨기듯 짤막하게 대꾸했다.

"어머님이 슈나이더를 돌아가신 아버님의 옛 친구라고 하니까 '어머니가 그렇다면 그렇겠죠'라고 대답하셨는데요, 제가 볼 때는 뭔가 다른 말씀을 하고 싶으신 것 같았거든요."

엘라르트는 놀랍다는 듯 양 눈썹을 치켰다.

"관찰력이 뛰어나시군요."

"직업상 반드시 필요하죠."

"칼텐제 집안에는 비밀이 많습니다."

그는 콜라를 한 모금 마신 후 돌려 말했다.

"어머니가 쥐고 있는 비밀이 몇 개 되죠. 예를 들어 지금까지도 제 친부가 누군지 말해주지 않았습니다. 그리고 정확한 생년월일도요."

"그건 왜죠? 그리고 그렇게 생각하시는 이유는요?"

피아가 의아한 표정으로 물었다. 엘라르트는 무릎 위에 팔을 괴었다.

"아기들이 기억하지 못할 것을 기억하고 있으니까요. 그건 제가 초능력이 있어서가 아니라 동프로이센을 떠날 때 16개월 된 아기가 아니었기 때문입니다."

엘라르트는 손으로 꺼칠한 얼굴을 쓸어내린 후 멍하니 허공을 응시했다. 피아는 그의 다음 말이 이어지기를 조용히 기다렸다.

"50년간은 그런 생각을 하지 않고 살았습니다. 그냥 나는 아버지가 없고 고향도 없다고 생각했죠. 우리 세대에는 그런 사람이 많습니다. 아버지들은 전쟁에서 돌아오지 않았고, 가족은 흩어지고, 고향에서 쫓겨난 사람은 나뿐이 아니에요. 그런데 어느 날 크라카우의 자매 대학에서 세미나 초청이 들어왔습니다. 아무 생각 없이 갔죠. 그리고 주말에 동료들과 함께 새로 생긴 학교를 견학한다고 올슈틴이라는 곳에 갔습니다. 옛날에는 알렌슈타인이라고 불리던 곳이죠. 그때까지는 그냥 관광객으로서 폴란드를 보았는데, 그 철교와 교회를 본 순간 옛날에 본 적이 있다는 생각이 들었습니다. 그때가 겨울이었다는 것까지 기억이 났어요. 그래서 올슈틴에서 바로 자동차를 빌려서 동쪽으로 가보았습니다. 그런데……."

그는 말을 하다 말고 침통한 표정으로 머리를 흔들었다.

"그때 거길 가지 말았어야 했는데!"

"왜요?"

엘라르트 칼텐제는 자리에서 일어나 창가로 가서 쓰디쓴 목소리로 말을 이었다.

"그때까지 난 두 아이의 아버지로서 어느 정도 만족스러운 삶을 살았습니다. 가끔은 연애도 하고 직업에서도 성취감을 느꼈습니다. 내가 누군지, 어디에 속한 사람인지 안다고 생각했습니다. 그런데 그 여행 이후로 모든 것이 바뀌었어요. 그때 이후로 내 삶에서 가장 중요한 부분이 어둠 속에 묻혀 있다는 느낌을 지울 수가 없었습니다. 그렇다고 적극적으로 찾아 나선 것도 아니었죠. 지금 와서 생각해보면 그건 두려움 때문이었어요. 더 많은 것이 망가질 것이 두려워서 진실을 알고 싶지 않았던 거예요."

"예를 들면 어떤 거요?"

그와 눈이 마주친 피아는 내적 고통이 적나라하게 드러난 그의 눈빛을 보고 놀라지 않을 수 없었다. 엘라르트 칼텐제는 겉으로 보이는 것과 달리 큰 불안에 시달리고 있었다.

"형사님도 부모님, 조부모님이 다 계시죠? 이건 네 아버지를 닮아서 그렇다, 네 어머니를 닮아서 그렇다, 아니면 할머니나 할아버지를 닮았다는 말을 들어본 적이 있죠? 그렇죠?"

피아는 갑자기 친밀해진 말투에 어리둥절해서 고개를 끄덕였다.

"전 그런 말을 들은 적이 단 한 번도 없어요. 처음에는 어머니가 강간을 당했다고 생각했어요. 전쟁 중에는 그런 일이 많았으니까요. 하지만 그렇다고 해서 출생의 비밀을 말하지 못할 건 아니죠. 다른 가능성은 내 아버지가 끔찍한 만행을 저지른 나치일 거라는 추측이었어요. 그거야말로 정말 끔찍한 상상이죠. 내 어머니가 무고한 사람을 고문하고 처형하고 돌아온, 검은 제복의 사내와 잠자리에 들었던 걸까요?"

엘라르트 칼텐제는 흥분이 고조되어 거의 소리를 지르다시피 했다. 그가 바로 앞으로 다가서자 피아는 덜컥 겁이 났다. 예전에도 어떤 남자와 단둘이 한 방에 있었던 적이 있는데 나중에 인격 장애자로 밝혀진 적이 있다. 엘라르트 칼텐제의 거리감을 둔 정중한 태도가 무너지기 시작했다. 그는 열기로 번들거리는 눈으로 그녀를 노려보며 주먹을 꽉 움켜쥐었다.

"어머니가 입을 다무는 데 다른 이유가 있을 수 있겠습니까? 그것 말고는 없어요! 밝혀지지 않은 출생의 비밀, 이 불확실성 때문에 내가 밤낮으로 어떤 고통을 받는지 털끝만큼이라도 이해할 수 있겠어요? 없어요! 이 문제를 생각하면 생각할수록…… 그 어둠이 느껴집니다. 그 어둠이 평범한 사람이 하지 않는 짓을 하게 만들어요! 도대체 왜 이러냐고요? 도대체 어디서 그런 욕구가, 그런 욕망이 생기는 거냐 이 말입니다. 내가 도대체 어떤 유전자를 물려받았기에! 집단 학살범? 강간범? 내가 제대로 된 가정에서 어머니 아버지의 사랑을 받고 자랐다면, 장점도 약점도 모두 감싸 주는 그런 집안에서 자랐다면 달랐을까요? 내게 뭐가 부족했는지 이제는 알겠어요. 내 안에 거대한 틈이 있어서 내 존재의 뿌리를 삼키고 나를 겁쟁이로 만든 거예요. 그 어둠이 느껴져요! 그래서 난 당당히 질문을 못 하는 겁쟁이가 된 겁니다!"

그는 손등으로 입을 닦고 돌아서 창가로 가더니 손을 창틀에 짚고 창문에 머리를 기댔다. 피아는 아무 말도 하지 못하고 굳은 듯 그 자리에 서 있었다. 그의 말에서는 엄청난 자기혐오와 절망이 느껴졌다.

"난 내게 이런 짓을 한 사람들을 증오했습니다. 죽이고 싶도록 미웠어요!"

그가 쥐어짜듯 말했다. 피아는 그의 마지막 말에 귀가 번쩍 틔었다. 그의 행동은 그냥 이상한 정도가 아니었다. 혹시 정신질환이 있는 것일까? 형사 앞에서 살인 의도를 이렇게 명백하게 밝히는 사람이 어디 있단 말인가!

"누구를 말씀하시는 거죠?"

피아의 물음에 그는 몸을 홱 돌리고 마치 처음 보는 사람이라는 듯 그녀를 쳐다보았다. 벌겋게 충혈된 눈에 광기가 돌았다. 만약 그가 이대로 피아에게 달려들어 목을 조른다면 어떻게 될까? 멍청하게도 권총은 옷장 속에 고이 모셔두고 나왔고 그녀가 여기 온 것을 아는 사람은 아무도 없다.

"진실을 알고 있는 사람들이죠."

"그게 누군데요?"

그는 흥분이 가라앉았는지 소파로 가서 다리를 꼬고 앉았다. 그리고 아무 일도 없었다는 듯 미소를 지었다.

"콜라를 하나도 안 마셨군요. 얼음 넣어드릴까요?"

피아는 그 질문에 대답하지 않았다. 세 명을 죽인 살인자를 눈앞에 두고 있다는 확신에 심장이 터질 듯이 뛰었지만 끈질기게 대답을 요구했다.

"진실을 알고 있는 사람이 누구죠?"

"이젠 상관없습니다. 셋 다 죽었으니까요. 어머니만 빼고요."

그는 차분하게 대답하고 콜라 잔을 비웠다. 그 목소리에서는 쾌활함마저 느껴졌다.

*

피아는 운전석에 앉고 나서야 수수께끼 같은 숫자와 로버트 바트코비아크에 대해 물어보지 않은 것이 떠올랐다. 항상 사람을 볼

줄 안다는 자부심이 있었는데 엘라르트 칼텐제는 예외였다. 그녀는 그를 세련되고 매력적인 신사로만 생각했다. 삶의 여유를 알고 아무 문제없이 세상을 살아가는 사람인 줄만 알았다. 그의 어둡고 황폐한 내면을 들여다볼 준비는 전혀 되어 있지 않았다. 갑작스러운 분노의 폭발, 내면에 숨겨진 엄청난 증오, 다시 평소의 모습으로 돌아왔을 때의 급격한 감정 변화. 우열을 가릴 수 없는 황당함의 연속이었다.

"얼음 넣어드릴까요? 나 참!"

피아는 그의 말투를 흉내 내고는 머리를 절레절레 흔들었다. 그리고 클러치를 밟는데 다리가 덜덜 떨렸다. 그녀는 나지막이 한숨을 토하며 담배에 불을 붙이고 알테브뤼케로 들어섰다. 이 다리는 마인 강을 지나 작센하우젠으로 통한다. 시간이 지나자 떨림이 멈추고 마음에 다시 안정이 찾아왔다. 가만히 생각해보면 엘라르트 칼텐제가 어머니의 세 친구를 살해했을 가능성은 충분하다. 그는 자신이 불행한 이유를 출생의 비밀을 말해주지 않는 그들에게서 찾고 있지 않았던가. 그런 모습을 보고 나니 무슨 짓이라도 할 수 있는 사람이라는 생각이 들었다. 아마 처음에는 조용히 이야기를 하다가 그들이 입을 열지 않으리라는 것을 알고 이성을 잃었을 것이다. 아니타 프링스는 그를 잘 알았으므로 그가 휠체어를 밀고 건물 밖으로 나갔어도 저항하지 않았을 것이다. 그리고 골드베르크와 슈나이더도 아무 의심 없이 문을 열어주었을 것이다. 16145라는 숫자는 엘라르트와 죽은 세 노인 모두에게 의미가 있다. 어쩌면 정말 동프로이센에서 피난 나온 날짜인지도 모른다. 생각하면 생각할수록 신빙성 있는 추리였다. 피아는 천천히 오펜하임 란트슈트라세를 따라 슈바이츠 광장 쪽으로 달렸다. 유리창에 빗방울이 떨어지더니 부슬부슬 비가 내리기 시작했다. 피아는 와이퍼를 작동시켰다. 그때 옆 좌석에 둔 휴대전화가 진동음을 냈다.
"네."
피아는 전화에 대고 짤막하게 말했다. 오스터만의 목소리가 흘러나왔다.
"로버트 바트코비아크 찾아냈어. 그런데 이미 죽었어."

*

말린 리터는 팔을 베고 모로 누워 코를 고는 남편을 바라보았다. 사실 그에게 화를 내야 할 상황이었다. 그는 거의 24시간 동안이나 연락이 없다가 술에 떡이 되어 돌아와 다짜고짜 그녀를 덮쳤다. 그러나 그녀는 아무래도 그를 미워할 수 없었다. 특히 이렇게 곤히 잠들어 있을 때는 어린아이처럼 사랑스럽기만 했다. 그녀는 그의 날렵한 옆얼굴과 숱 많은 머리를 찬찬히 뜯어보았다. 이렇게 잘생기고 똑똑하고 멋진 남자가 그녀의 남편이라니 생각할수록 신기했다. 다른 여자들이 줄을 섰을 텐데 어떻게 그는 그녀를 좋아하게 되었을까? 그가 다른 여자들을 놔두고 그녀를 선택했다는 것을 생각하면 그녀는 깊은 행복감을 느꼈다. 몇 달 있으면 아기가 태어날 것이다. 그러면 제대로 된 가정을 이룰 것이고, 그때는 할머니도 토마스를 용서할 것이다. 할머니와 토마스 사이의 불화는 그들의 행복에 그늘을 드리우는 유일한 오점이다. 그러나 토마스는 할머니를 원망하지 않기 때문에 상황만 주어진다면 화해하기 위해 최선을 다할 것이다. 말린은 그가 몸을 뒤척이자 이불을 덮어주려고 몸을 반쯤 일으켰다.

"가지 마."

토마스가 눈을 감은 채 그녀를 향해 손을 뻗었다. 그녀는 미소를 지으며 도로 누워 그의 꺼칠한 뺨을 어루만졌다. 그러자 그가 옆으로 돌아누우며 그녀의 몸 위로 무거운 팔을 턱 얹었다.

"전화 안 해서 미안해. 그런데 지난 24시간 동안 너무 엄청난 걸 알아냈어. 원고를 다 다시 써야 할 것 같아."

그가 불분명한 소리로 웅얼거렸다.

"무슨 원고?"

말린의 물음에 그는 잠시 말이 없다가 눈을 뜨고 그녀를 쳐다보았다.

"나, 사실 자기에게 숨기고 말 안 한 게 있어. 왜 말을 안 했는지 나도 모르겠어. 아마 창피해서 그랬겠지. 뮐렌호프에서 해고당하고 나서 새 직장 구하기가 힘들었어. 그런데 어떻게든 돈은 벌어야겠고. 그래서 소설을 쓰기 시작했어."

그가 부끄러운 듯 살며시 웃었다. 술 냄새가 확 풍겼다. 말린은 그렇게 웃는 그의 모습이 좋았다.

"소설 쓰는 게 뭐가 창피해?"

"음, 그게 노벨상을 탈 만한 소설은 아니거든. 하지만 이야기 하나에 600유로씩은 받아. 내가 쓰는 소설은 그러니까…… 사랑 이야기, 가슴 아픈 로맨스, 의사와 여자 환자 이야기, 뭐 그런 거야. 뭔지 알겠지?"

말린은 잠시 할 말을 잃었지만 곧 웃음보를 터뜨렸다.

"역시 비웃는구나?"

토마스가 삐친 얼굴로 말했다. 그러자 말린이 양팔로 그의 아랫도리를 감싸며 외쳤다.

"아니야! 나 닥터 슈테판 프랑크 좋아해! 내가 읽은 것 중에 자기가 쓴 것이 있을지도 모르겠다."
"그럴 수도 있지. 난 가명을 쓰거든."
"가명이 뭔데?"
"맛있는 거 만들어주면 말해줄게. 배고파 죽겠어."

*

"반장님은 오늘 영세식이라 피아가 가야 할 것 같은데."
"응, 내가 갈게. 어디로 가야 하는지 알려줘. 그런데 시체는 누가 발견한 거야?"
피아는 오른쪽 방향등을 넣고 차들이 끼워주기를 기다렸지만 이기적인 운전자들은 아무도 끼워줄 생각을 하지 않았다. 그러다 작은 틈이 나타나자 피아는 얼른 액셀을 밟고 무모하게 끼어들었다. 뒤에 오던 차가 급브레이크를 밟으며 요란하게 경적을 울려댔다.
"부동산업자가 고객에게 집을 보여주려고 들어갔는데 구석에 바트코비아크가 죽어 있었대. 이제 집 팔긴 글렀지."
"지금 농담할 때야?"
피아는 엘라르트 칼텐제를 만난 후 농담할 기분이 아니었다.
"부동산업자 말로는 몇 년 전부터 빈집이었대. 바트코비아크가 가끔씩 몰래 들어가서 임시 거처로 사용했나 봐. 쾨니히슈타인 구시가지 하우프트 가 75번지야."
"오케이."
중앙역 근처까지 가자 막혔던 길이 완전히 뚫렸다. 피아는 로비 윌리엄스 CD를 틀고 〈필(Feel)〉의 리듬에 맞추어 엑스포를 지나 고

속도로로 들어섰다. 그 CD 때문에 동료들에게 놀림을 당하기도 했지만 오늘은 왠지 로비 윌리엄스를 듣고 싶었다. 피아는 딱히 정해진 장르를 선호하는 편이 아니라서 그때그때 기분에 따라 음악을 듣는다. 재즈와 랩을 제외하고는 모든 음악 장르를 섭렵했다고 할 수 있는 그녀의 CD 목록은 아바에서 시작해 비틀스, 마돈나, 미트 로프, 샤니아 트웨인을 아우르고 U2와 지지탑에 이른다. 피아는 마인-타우누스 센터에서 꺾어 B8 연방도로를 타고 약 15분 후 쾨니히슈타인에 도착했다. 학교 다닐 때부터 자주 다니던 길이라 사람들에게 묻지 않고도 구시가지의 구불구불한 골목길을 잘 찾아갈 수 있었다.

키르히 가를 돌자 멀리 오르막길에 서 있는 순찰차 두 대와 구급차 한 대가 보였다. 여성복 가게와 복권 가게 사이에 위치한 75번지는 수년간 빈집으로 방치돼 있는 동안 창문과 문이 판자로 막히고 외벽의 페인트는 너덜너덜 떨어져 나가고 지붕도 망가져 쾨니히슈타인 중심가의 외관을 해치는 흉물이 되어 있었다. 부동산 중개인은 아직 현장에 있었다. 30대 중반의 남자로 구릿빛으로 그을린 피부, 젤 바른 머리, 에나멜 구두를 신은 모습이 누가 봐도 부동산 중개인이라고 딱 알아맞힐 것 같은 사람이다. 밖에는 여전히 비가 내리고 있었다. 피아는 입고 있던 회색 점퍼에 달린 모자를 뒤집어썼다.

"아, 진짜 재수 더럽게 없어요. 몇 년 만에 살 사람이 나타났는데! 같이 온 여자가 시체를 보고 소리를 지르는데, 발작이라도 일으키는 줄 알았다니까요!"

부동산 중개인은 이렇게 된 것이 피아의 잘못이라는 듯 불평을 늘어놓았다.

"미리 한번 둘러봤어야죠. 건물 소유주는 누구예요?"

"쾨니히슈타인에 사는 여자예요."

"이름하고 주소를 말해야죠. 아니면 누구 실수로 집을 못 팔았는지 직접 전화해서 설명하시겠어요?"

그는 피아의 말속에 뼈가 있음을 눈치채고 못마땅한 시선을 보냈다. 그러나 곧 재킷 주머니에서 블랙베리를 꺼내 두드리더니 집주인의 이름과 주소를 찾아 명함 뒤에 적었다. 피아는 명함을 받아 주머니에 넣고 집 주변을 둘러보았다. 주택 부지는 밖에서 볼 때보다 훨씬 넓었고 뒷마당은 쿠어파크와 인접해 있었다. 썩어가는 나무 울타리는 불청객의 출입을 통제하는 용도로는 전혀 쓸모가 없어 보였다. 피아는 부동산 중개인을 쫓아버린 후 뒷문을 지키는 순경에게 고개를 까딱하고 집 안으로 들어갔다. 집 안도 상태가 좋아 보이지는 않았다. 구급 의사는 벌써 가방을 챙기고 있었다. 다른 현장에서 봐서 안면이 있는 의사다.

"아, 키르히호프 형사! 언뜻 보기엔 과실에 의한 자살 같아요. 약국을 털어 왔는지 약이 한 보따리는 되고, 거기다 보드카를 적어도 한 병은 마셨어요."

의사가 턱짓으로 뒤를 가리켰다.

"네, 수고하셨어요."

피아는 그를 지나쳐 순경들이 서 있는 곳으로 갔다. 창문이 막혀 있어 실내는 어두컴컴했고 낡은 마루만 깔려 있을 뿐, 공간은 텅 비어 있었다. 오줌 냄새, 구토물 냄새, 썩는 냄새가 났다. 피아는 바트코비아크의 시체를 보고 욕지기가 났다. 바트코비아크는 벽에 등을 기대고 앉은 채 죽어 있었다. 주변에는 파리가 들끓었다. 눈과 입은 크게 벌어져 있고, 허연 물질이 턱을 적시고, 셔츠 위로 떨어저 말라붙어 있었다. 아마도 구토물일 것이다. 그는 지저분한 면 양말, 피 묻은 하얀 셔츠, 검정색 청바지를 입고 있었다. 그 옆에는 값비싸 보이는 새 가죽 구두가 놓여 있었다. 그렇게라도 부동산 중개인이 발견했기에 망정이지 시체 썩는 냄새가 밖으로 새어 나가 행인들이 신고할 때까지 기다려야 했다면 사망 시각을 알아내는 데 응용 곤충학의 도움을 받아야 했을지도 모른다. 시체 옆에는 상당히 많은 맥주병과 보드카 병이 세워져 있고, 그 옆에는 배낭이 있었다. 활짝 열린 배낭 속에는 약봉지와 돈다발이 들어 있었다. 피아는 눈앞에 펼쳐진 그림이 왠지 마음에 들지 않았다.

"죽은 지 얼마나 됐죠?"

피아는 구급 의사에게 물으며 장갑을 꼈다.

"대충 24시간 정도 됐을 겁니다."

그렇다면 그가 아니타 프링스를 살해했을 가능성이 있다. 어느새 현장에 도착한 감식반은 피아에게 눈인사를 건네고 지시가 내리기를 기다리고 있었다.

"그리고 옷에 묻은 피는 다른 사람 피일 겁니다. 방금 살펴본 바로는 외상이 없어요."

구급 의사가 덧붙였다. 피아는 이곳에서 일어난 일을 상상해보았다. 로버트 바트코비아크는 배낭과 비닐 가방을 들고 오후쯤 이곳에 들어왔을 것이다. 배낭 속에는 맥주 일곱 병, 보드카 세 병이, 비닐 가방 속에는 약이 가득 들어 있었다. 그는 바닥에 앉아 엄청난 양의 약을 술과 함께 마셨고, 술과 항우울제가 만나 작용하면서 정신을 잃었을 것이다. 그렇다면 왜 눈을 뜬 채일까? 왜 옆으로 쓰러지지 않고 똑바로 앉은 자세일까?

피아는 순경들에게 조명을 좀 밝게 해보라고 말하고 다른 방들을 둘러보았다. 2층에 가보니 사용한 흔적이 있는 방과 욕실이 있다. 한쪽 구석에 지저분한 매트리스가 깔려 있고 소파 하나, 낮은 탁자 하나, 심지어 자그마한 텔레비전과 냉장고까지 있다. 의자 위에는 옷이 걸려 있고, 욕실에는 세면용품과 수건도 있었다. 몇 년간 쌓인 먼지가 그대로 있는 1층과는 달랐다. 바트코비아크는 왜 바닥에 앉아 술을 마셨을까? 왜 2층으로 올라와 소파에 앉을 생각을 하지 못했을까? 순간 피아는 조금 전 1층에서 그렇게 찝찝한 기분이 든 이유가 뭔지 떠올랐다. 바트코비아크가 앉아 있던 마룻바닥이 먼지 하나 없이 깨끗했던 것이다. 술을 퍼마시기 전에 그가 스스로 바닥을 쓸었을 리는 없지 않은가. 서둘러 아래층으로 내려가 보니 작달막한 키의 빨간 머리 여자가 서 있었다. 흰색 리넨 투피스에 뾰족구두를 신은 모습이 현장과 전혀 어울리지 않았다.

"지금 여기서 뭐 하시는 거죠? 여긴 사건 현장이거든요."

피아가 불친절하게 말했다. 귀찮은 구경꾼은 정말이지 사절하고 싶었다.

"네, 누가 봐도 사건 현장이네요. 니어호프 수사과장님의 후임으로 오게 된 니콜라 엥겔이라고 합니다."

니어호프의 후임이 온다는 소리를 들은 바 없는 피아는 어안이 벙벙해서 상대를 쳐다보았다.

"아, 그래요? 그런데 여긴 왜 오신 거죠? 그 말씀 하시려고요?"

평소보다 말이 삐딱하게 나왔다. 그러나 여자는 시종일관 상냥하게 굴었다.

"일 도와주러 왔어요. 우연히 들으니 혼자 현장에 갔다고 하더라고요. 그래서 마침 할 일도 없고 해서 와본 거예요."

"신분증 있으세요?"

피아는 정말 보덴슈타인이 과장 후임이 온다는 말을 해주지 않은 것인지, 낯 두꺼운 기자가 시체를 직접 보고 싶어서 거짓말로 둘러대는 것인지 확신이 서지 않았다. 여자는 여전히 웃는 얼굴로 손가방에서 신분증을 꺼내 보여주었다.

"아샤펜부르크 경찰청…… 경위 니콜라 엥겔……. 구경하고 싶으면 구경하세요."

피아는 신분증을 돌려주며 애써 미소를 지었다.

"참, 전 호프하임 강력11팀의 피아 키르히호프라고 합니다. 친절하게 대응하지 못해서 죄송해요. 요즘 일이 힘들어서요."

"괜찮아요. 신경 쓰지 말고 일해요."

피아는 웃으며 고개를 끄덕이고 시체를 향해 돌아섰다. 시체를 다각도에서 찍고, 신발, 술병, 배낭 등 증거물을 사진에 담는 작업이 끝나자 감식반이 증거물을 일일이 투명한 봉투에 담기 시작했다. 피아는 순경들에게 시체를 옆으로 밀어달라고 부탁했다. 사후경직 때문에 쉽지는 않았지만 결국 성공했다. 피아는 시체의 둔부와 등, 손바닥을 살폈다. 온통 먼지투성이였다. 그 말은 누군가 시체를 거기 내려놓은 후에 청소를 했다는 뜻이다. 그것은 곧 이 사건이 성공적인 자살이 아니라 덜 성공적인 타살임을 뜻했다. 피아는 그것을 혼자만 알고 말없이 배낭을 뒤졌다. 배낭의 내용물은 니어호프의 주장을 뒷받침해주는 것들이었다. 끝이 휜 칼과 권총. 이것들이 세 노인과 모니카 크래머의 목숨을 앗아간 흉기일까? 그 밖의 물건들, 오래돼 보이는 펜던트가 달린 금 목걸이, 은 동전 세트, 묵직한 금 팔찌는 아니타 프링스의 보석함에서 나왔을 것이다.

"3460유로."

니콜라 엥겔은 돈을 센 후 순경에게 증거물 수집 봉투를 달라고 해서 그 안에 넣었다.

"이건 뭐죠?"

"모니카 크래머를 살해한 칼인 것 같아요. 그리고 이건 세 노인을 쏜 총이고요. 8구경이에요."

피아가 심각한 표정으로 말했다.

"그럼 이 남자가 범인이겠네요."

"글쎄요. 범인인 것처럼 보이려고 한 것일 수도 있어요."

"이 남자가 범인이라는 걸 의심하는 거예요? 왜죠?"

니콜라 엥겔은 사람 좋아 보이는 미소를 거두고 진지한 표정으로 호기심을 나타냈다.

"너무 단순하잖아요. 그리고 여긴 뭔가 이상해요."

*

피아는 잔칫집으로 찾아가야 할지 고민하다가 그냥 전화로 보고하기로 했다. 사근사근하게 축하의 말을 건넬 마음의 여유가 없었기 때문이다. 보덴슈타인의 아들이 받아서 아버지를 바꿔주었다. 피아는 엘라르트 칼텐제를 만난 일과 시체가 발견된 일, 그리고 바트코비아크의 죽음이 자살이 아닌 것 같다고 말했다.

"지금 어디서 전화하는 거야?"

"차 안에서요."

피아는 저녁 먹으러 오라고 할까 봐 내심 걱정이 되었다. 뒤에서 사람들의 웃음소리가 왁자하게 났다. 그러나 그 소리가 점점 멀어지고, 곧 문 닫히는 소리가 나더니 조용해졌다.

"우리 장모님에게 재미있는 얘기를 들었어. 베라 칼텐제와 교류

하는 사람들은 우리 장모님도 다 알거든. 지난주 토요일에 생일 파티에도 초대받았고. 친한 친구가 아닌데도 초대했더라고. 하긴 우리 장모님 이름이 끼면 빛나지 않는 자리가 없으니까."

보덴슈타인의 처가는 보덴슈타인 가문보다 더 진한 귀족의 피가 흐르는 집안이다. 코지마의 조부모는 독일의 마지막 왕과 개인적으로 친분이 있었고, 외할아버지는 이탈리아의 왕족으로, 왕위를 물려받을 뻔한 사람이다.

"우리 장모님은 베라 칼텐제의 죽은 남편에 대해 아주 안 좋게 말하더라고. 오이겐 칼텐제는 제3제국 때 히틀러의 군대에 무기를 대주고 큰돈을 벌었대. 연합군이 들어온 뒤에 동조자로 분류됐지만 1945년 이후에 바로 사업을 다시 시작했지. 돈을 스위스 은행에 넣어두었던 거야. 그건 베라도 마찬가지였고. 오이겐 칼텐제는 1980년대 초에 죽었어. 그때 엘라르트 칼텐제가 양아버지를 죽인 범인으로 지목되었던 모양이야. 하지만 결국 사고사로 결론짓고 수사가 마무리됐어."

엘라르트 칼텐제의 이름이 나오자 피아는 자기도 모르게 소름이 끼쳤다.

"둘째 아들 지그베르트는 사고를 치고 1964년 미국으로 보내졌어. 거기서 유학하다가 1973년에야 부인과 아이들을 데리고 돌아왔어. 지금은 KMF의 사장이야. 유타 칼텐제는 대학 다닐 때는 레즈비언이었는데 결국 어머니 밑에서 일하는 남자와 연애를 하다가 파탄이 났다는군."

"그런 시시콜콜한 가족사 말고 다른 건 없어요? 바트코비아크 부검 때문에 검사에게 전화해야 해요."

피아가 살짝 짜증을 냈다. 그러나 보덴슈타인은 시종일관 같은

투로 말을 이었다.

"골드베르크랑 슈나이더에 대해서도 별로 좋게 말하지 않았어. 골드베르크를 두고 말하길 얍삽하고 독한 인간이라면서 무기나 팔아먹는 주제에 세상에서 제일 잘난 줄 안다고, 보기만 해도 기분 나쁘다고 욕하더라고. 그리고 여권이 여러 개여서 냉전 때도 동독을 자유롭게 드나들었대."

"골드베르크를 싫어하는 건 엘라르트 칼텐제와 똑같네요."

경찰서에 도착한 피아는 주차장에 차를 세우고 창문을 조금 연 후 비상용으로 두었던 담배를 한 대 피웠다. 오늘 들어 벌써 13개비째다.

"참, 진짜 슈나이더가 누군지 알아냈어요. 공군 조종사였는데 1944년 공중전에서 전사했어요. 우리가 알고 있는 슈나이더는 동프로이센 출신이고 본명은 한스 칼바이트인 것 같아요."

"음, 재미있군."

보덴슈타인은 말만 그렇게 했지 전혀 놀란 기색이 아니었다.

"우리 장모님은 그 네 사람이 모두 옛날부터 아는 사이라고 못 박아 말하더라고. 이야기에 심취하다 보면 아니타를 '미아'라고 부르는 일도 많고 걸핏 하면 자기네들끼리 고향 이야기를 하며 좋아했다는 거야."

"그 사실을 아는 사람이 더 있을 거예요. 제 생각엔 엘라르트 칼텐제가 범인일 가능성이 커요. 자신의 뿌리를 모르는 것 때문에 무척 괴로워하거든요. 출생의 비밀을 알면서도 말해주지 않는 어머니의 세 친구가 미워서 죽였을 수도 있어요."

"그건 좀 짜 맞춘 느낌이 많이 나는데. 그리고 아니타 프링스는 동독에 살았는데, 프링스 내외 둘 다 슈타지(동독 국가보안부_역주)에서 일했대. 남편이 상당한 요직에 있었다더군. 그리고 양로원 원장의 말과 달리 아들이 하나 있다는데."

"죽었을 수도 있죠."

그때 피아의 휴대전화에서 통화 대기를 알리는 신호음이 들렸다. 피아는 얼른 발신인을 확인했다. 미리엄이었다.

"반장님, 방금 다른 통화 들어왔거든요."

"남아프리카에서 온 건가?"

"네?"

"동물원장님, 남아프리카 가신 거 아니었나?"

"그걸 어떻게 아셨어요?"

"남아프리카 맞지?"

피아는 크게 놀라지 않았다. 보덴슈타인은 언제나 같이 팀원들에 대해 잘 알고 있었다.

"네, 맞아요. 하지만 방금 온 전화는 제 친구 미리엄에게 온 거였어요. 옛날에 앙어부르크였던 폴란드 베고르제포 시청 문서실에 앉아서 진짜 골드베르크와 슈나이더의 흔적을 찾고 있거든요. 그새 뭔가 찾아냈는지도 모르겠어요."

"그 친구가 골드베르크와 무슨 상관인데?"

피아는 앞뒤 관계를 설명하고 바트코비아크의 부검이 바로 다음 날로 잡히면 부검에 참석하겠다고 약속했다. 그리고 미리엄에게 전화를 걸었다.

2007년 5월 6일 일요일

피아는 시끄러운 전화벨 소리에 놀라 잠이 깼다. 잠에 취해 눈을 떠보니 아직 어두컴컴하고 방 안 공기가 탁했다. 그녀는 침대 옆에 놓인 전등을 켜고 수화기를 들었다.
"어디서 뭐 하느라고 안 와? 다들 모여서 기다리는데. 한시가 급하다고 한 사람이 누군데!"
"맙소사. 헤닝, 지금 한밤중이야!"
"지금 9시 15분이거든. 빨리 튀어와!"
전화가 툭 끊겼다. 자명종을 보니 정말 9시 15분이다. 피아는 얼른 이불을 걷어내고 일어나 비틀비틀 창가로 갔다. 어젯밤 실수로 블라인드를 끝까지 내리고 자서 방 안이 관 속처럼 어두웠다. 샤워를 하자 어느 정도 정신이 들었지만 몸은 버스에 치인 사람처럼 무겁기만 했다.
피아는 어제 거의 강요하다시피 해서 로버트 바트코비아크의 부검 승인을 얻어냈다. 신속한 부검이 필요한 근거로는 시간이 지나면 사망자가 복용한 약물 성분이 분해되어 증거로 사용할 수 없게 될 것이라는 점을 들었다. 헤닝은 다음 날 바로 부검을 했으면 좋겠다고 하자 떨떠름하게 승낙했다. 그리고 9시쯤 집에 돌아와 보니 울타리 안에 풀어놓았던 한 살배기 망아지 두 마리가 옆집 과수원으로 넘어가 덜 익은 사과를 따 먹고 있었다. 겨우 망아지들을 잡아다 마구간에 집어넣고 나니 밤 11시였고 온몸이 땀에 젖어 있었다. 기진맥진해서 집으로 돌아와 냉장고를 열어보니 먹을 것이라고는 유효 기간이 지난 요구르트와 카망베르 치즈 반쪽뿐이었다. 그날의 유일한 위로는 크리스토프의 전화였다. 전화를 끊고 그대로 곯아떨어졌는데 늦잠을 잔 것이다. 옷장을 열어본 피아는 깨끗한 속옷이 몇 개 남아 있지 않은 것을 보고 재빨리 속옷 빨래 한 통을 60도에 맞춰 돌렸다. 아침 식사를 할 시간은 없었다. 말들이 안됐지만 주인이 프랑크푸르트에서 돌아올 때까지 마구간에 갇혀 있어야 한다.

10시가 조금 못 되어 부검실에 들어서니 이번에도 뢰플리히가 검사 대표로 와 있었다. 뢰플리히는 멋진 투피스가 아니라 청바지에 자신의 체구보다 훨씬 큰 티셔츠 차림이었다. 피아는 그 티셔츠가 헤닝의 것임을 바로 알아보았고 정신력이 한계에 임박하는 것을 느꼈다.

"자, 이제 시작하죠."

헤닝은 그 말 외에 다른 말은 하지 않았다. 피아는 헤닝과 수많은 시간을 보낸 그 부검실이 갑자기 낯설게 느껴졌고 자신이 이제 정말 그의 삶에서 지워진 사람이라는 생각에 한없이 쓸쓸해졌다. 그녀가 먼저 헤어지자고 했고, 그도 그녀와 똑같이 다른 파트너를 찾은 것일 뿐이므로 담담하게 받아들여야 한다는 것을 알지만 충격을 부인할 수는 없었다. 지금 그녀는 그런 충격을 아무렇지도 않게 견딜 수 있는 상태가 아니었다.

"잠깐만. 금방 올게."

피아는 그렇게 말하고 자리를 떴다.

"어디 가?"

헤닝이 날카롭게 외쳤지만 피아는 부검실을 뛰쳐나와 옆방으로 갔다. 일요일인데도 일부러 나온 분석실 조교 도리트가 커피를 끓여놓은 것이 있었다. 피아는 사기잔에 커피를 따라 한 모금 마셨다. 커피는 말할 수 없이 썼다. 피아는 커피 잔을 내려놓은 뒤 눈을 감고 관자놀이를 문질렀다. 머리가 띵하게 아파왔다. 피아는 이렇게 정신적으로 황폐해본 적이 없었다. 거기다 생리가 시작됐기 때문인지 끝없는 피로감이 우울함이 함께 찾아왔다. 그것으로도 부족한지 눈두덩 밑에서는 뜨거운 눈물이 치솟았다. 크리스토프만 그렇게 멀리 있지 않았더라도! 크리스토프가 옆에 있다면 아무 일도 없다는 듯 웃을 수 있을 텐데! 피아는 손바닥으로 눈두덩을 짓누르며 필사적으로 눈물을 참았다.

"괜찮아?"

헤닝의 목소리에 피아는 깜짝 놀라 어깨를 떨었다. 헤닝이 들어오고 문 닫히는 소리가 들렸다.

"응, 요새…… 일이 좀 많아서 그래."

피아는 뒤돌아보지 않고 말했다.

"몸이 안 좋으면 부검은 오늘 오후로 미뤄도 돼."

내가 혼자 멍하니 있는 동안 뢰플리히와 한 번 더 즐기려고?

"아냐, 괜찮아."

피아가 거칠게 내뱉었다.

"나 좀 봐."

헤닝의 말투가 너무 부드러워서 피아는 울음이 터질 것만 같았다. 피아는 어린아이처럼 고집스럽게 머리를 흔들었다. 그리고 다음 순간 헤닝은 아무 말 없이 그녀를 껴안았다. 함께 살 때는 한 번도 하지 않은 행동이다. 피아는 장승처럼 그대로 서 있었다. 그녀는 전남편에게 약한 모습을 보이고 싶지 않았다. 특히 지금은 뢰플리히에게 얘기할지도 모르기 때문에 더욱 그랬다.

"당신이 이렇게 힘들어하는 거 도저히 못 보겠어. 동물원장은 애인 안 챙기고 대체 뭐 하는 거야?"

"남아프리카에 출장 갔어."

헤닝은 피아의 어깨를 잡고 돌려세운 다음 손으로 그녀의 턱을 들어올렸다. 피아는 그가 하는 대로 내버려 두었다.

"눈 떠."

헤닝이 명령하듯 말했다. 피아는 그 말에 따랐다. 피아는 그의 걱정스러운 표정을 보고 내심 놀랐다.

"어제저녁에 망아지들이 탈출했어. 뉴빌은 다치기까지 했어. 동네방네 두 시간이나 쫓아다니다가 겨우 잡았어."

피아는 마치 이렇게 힘든 게 말썽꾸러기 망아지들 때문이라는 듯 말했다. 애써 참았던 눈물이 주르륵 흘러내렸다. 헤닝은 말없이 그녀를 품에 안고 등을 쓰다듬었다.

"이러는 거 여자친구가 보면 화낼 거야."

피아가 그의 녹색 가운에 대고 중얼거렸다.

"내 여자친구? 아니야. 설마 지금 질투하는 거야?"

"그럴 자격이 없다는 거 나도 알아. 하지만 질투가 나는 게 사실이긴 해."
 헤닝은 잠시 말이 없었다. 그리고 잠시 후 조용히 입을 열었을 때는 말투가 달라져 있었다.
 "내 말 들어봐. 여기 이거 빨리 해치우고 우리 둘이 어디 가서 맛있는 아침 식사를 하는 거야. 그리고 당신만 좋다면 이따가 비르켄호프에 가서 뉴빌의 상태도 봐줄게."
 피아는 헤닝이 다른 뜻 없이 순수하게 호의를 베푸는 것임을 알았다. 헤닝은 작년에 망아지들이 태어날 때도 함께 있었고, 피아와 똑같이 말을 좋아하는 사람이다. 피아는 혼자 집에 있지 않아도 된다는 생각에 그의 제안을 받아들이고 싶은 유혹을 느꼈지만 완강히 뿌리쳤다. 그녀는 전남편의 동정을 바라지 않았다. 그리고 그에게 헛된 희망을 심어주고 싶지도 않았다. 헤닝에게 그런 짓을 할 이유는 없었다. 그녀는 깊이 숨을 들이마셨다.
 "고마워. 우리가 친구로 남아서 다행이야. 그런데 이따가 경찰서에 가봐야 해."
 피아가 손등으로 눈물을 닦으며 말했다. 경찰서에 가야 한다는 건 거짓말이지만 그렇게라도 해서 거절하는 것처럼 들리지 않기를 바랐다.
 "알았어."
 그는 그녀를 놓아주고 파악하기 힘든 눈빛으로 그녀를 쳐다보았다.
 "그럼, 천천히 커피 마시고 들어와. 기다리고 있을게."
 피아는 천천히 고개를 끄덕였다. 과연 헤닝은 그 말이 이중적 의미로 들릴 수 있다는 것을 알고 있을까?

2007년 5월 7일 월요일

"로버트 바트코비아크는 살해당했어요. 술과 약물 복용은 자의에 의한 게 아니었고요."

피아가 회의실에 모인 팀원들에게 설명했다.

그녀는 어제 임시 부검 결과를 보고 상당히 놀랐다. 죽은 바트코비아크의 혈액과 소변을 검사한 결과 고도의 중독 상태였음이 드러났다. 삼환계 항우울제가 혈중알코올농도 3.9퍼밀의 술과 섞여 호흡 순환기 활동을 정지시키고 죽음에 이르게 한 것이 분명했다. 헤닝은 사체의 머리, 어깨, 손목에 멍 자국이 있는 것으로 보아 강제로 결박당했을 가능성이 있다고 말했다. 또한 식도 피부조직에서 발견된 가느다란 생채기와 바셀린의 흔적은 누군가 튜브를 이용해 강제로 중독성 칵테일을 주입했을 거라는 헤닝의 추측을 뒷받침해 주었다. 비스바덴 과학수사연구소로 보내진 다른 표본들은 실험 결과가 나올 때까지 아직 시간이 필요하지만 헤닝은 타살이라고 분명하게 잘라 말했다.

"그리고 시체가 발견된 장소는 사건 현장이 아니에요."

피아는 감식반에서 찍은 사진을 동료들에게 나누어주었다.

"범인이 똑똑한 척하느라고 바닥에 있는 흔적을 깨끗이 지우긴 했는데 바트코비아크를 내려놓은 다음에야 그 생각이 났던 모양이에요. 옷이 온통 먼지투성이였어요."

"이것으로 다섯 번째 시체야."

보덴슈타인이 말했다.

"그리고 다시 원점으로 돌아가는 거고요. 그전에도 그다지 진전이 있었던 건 아니지만요."

피아가 침울한 목소리로 덧붙였다. 어젯밤 엘라르트 칼텐제와 8구경 권총이 등장하는 꿈을 꾸었는데 아직까지 그 잔상이 남아서 피로가 더했다.

골드베르크, 슈나이더, 프링스를 죽인 사람과 모니카 크래머의 살인범이 다른 인물이라는 데는 모두 동의했지만, 노인 삼인방을 죽인 사람이 엘라르트 칼텐제일 거라는 피아의 의견에 동조하는 사람은 아무도 없었다. 사실 토요일만 해도 범인을 찾았다고 확신하던 피아 자신도 살인 동기라고 생각했던 것이 너무 터무니없이 느껴졌다.

"뻔하잖아요. 바트코비아크가 돈 때문에 노인들을 죽이고 그걸 모니카 크래머에게 이야기했는데, 모니카 크래머가 불어버리겠다고 협박하자 죽인 거 아니에요."

정확히 7시에 나타나 잠이 덜 깬 얼굴로 앉아 있던 벤케가 시큰둥하게 말했다.

"그럼 바트코비아크는 누가 죽였는데?"

"몰라."

피아의 물음에 벤케는 귀찮다는 듯 내뱉었다. 보덴슈타인은 자리에서 일어나 칠판 앞으로 갔다. 칠판은 그동안 위에서 아래까지 다 채워졌고 현장 사진이 잔뜩 붙어 있었다. 보덴슈타인은 뒷짐을 지고 서서 동그라미와 사선으로 어지러운 칠판을 못마땅한 표정으로 바라보았다.

"이거 다 지워. 처음부터 다시 시작해야겠어. 우리가 뭔가 놓친 게 있어."

그때 문이 열리고 여직원이 들어왔다.

"또 할 일 생겼어요. 어젯밤에 피시바흐에서 한 남자가 상체에 여러 차례 칼을 맞고 호프하임 병원으로 실려 갔는데 중상이래요."

"에이, 시체가 다섯인데 무슨 사건이 또 생겨?"

벤케가 투덜거렸다. 그러나 투덜거린다고 해결될 일은 아니다. 아무리 일이 많아도 그것 역시 강력반 소관인 것이다.

"안됐지만 어쩌겠어요."

여직원은 말과 달리 전혀 동정하지 않는 표정으로 얇은 서류철을 주고 돌아갔다. 피아는 보덴슈타인이 책상 위에 놓은 서류철을 향해 손을 뻗었다. 다섯 건의 살인 사건 중 진전이 있는 것은 하나도 없고 과학수사연구소에서 결과가 올 때까지는 며칠 아니 몇 주가 걸릴지 모른다. 당분간 수사에서 언론을 배제하자는 보덴슈타인의 전략에는 시민들의 도움을 받을 수 없다는 큰 단점이 있었다. 쓸모가 있든 없든 제보가 들어오면 손 놓고 기다리지만 않아도 된다. 피아는 2시 48분 익명의 긴급전화를 받고 출동한 순찰대원의 보고서를 읽었다. 마르쿠스 노박이라는 남자가 난장판이 된 사무실에 쓰러져 있었다는 내용이었다.

"반대하는 사람 없으면 제가 가볼게요."

피아는 하루 종일 하릴없이 책상에 앉아 실험 결과를 기다리는 것도, 벤케의 짜증에 전염되는 것도 싫었다. 그래서 우울할 때는 몸을 움직여서 떨쳐버리는 게 좋다는 평소의 지론을 따르기로 했다.

*

한 시간 후 피아는 호프하임 병원에 도착해 외과 의사를 만났다. 하이드룬 반디크는 밤새 한숨도 못 잔 듯 눈밑에 짙은 그늘이 져 있었다. 주말에 일하는 의사들이 72시간씩 근무한다는 것을 말을 피아도 들은 적이 있다. 여자 의사는 노박의 기록부를 꺼내들었다.

"죄송하지만 자세한 건 말씀드릴 수 없어요. 제가 얘기할 수 있는 건 술집에서 벌어진 단순한 싸움은 아니라는 거예요. 작정하지 않고서는 사람을 그렇게 만들어놓을 수 없어요."

"그게 무슨 뜻이죠?"

"그냥 마구잡이로 때린 게 아니라고요. 오른손이 으깨지다시피 했어요. 어젯밤에 수술을 했는데 절단해야 할지도 몰라요."

"복수인가요?"

피아가 미간을 찌푸리며 물었다.

"복수라기보다는 고문에 가깝죠. 전문가 짓이에요."

닥터 반디크는 어깨를 으쓱했다.

"목숨이 위험한가요?"

"수술이 잘돼서 상태는 안정적인 편이에요."

피아는 반디크를 따라 병원 복도를 걸어갔다. 노박의 병실 앞에 다다르니 안에서 흥분한 여자의 목소리가 새어 나왔다.

"그 시간에 사무실에서 뭐 한 거야? 그전엔 어디 갔었고? 제발 말 좀 해봐!"

의사가 문을 열자 소리가 뚝 그쳤다. 커다란 방에는 달랑 침대 하나뿐이었다. 노파가 창문을 뒤로 하고 의자에 앉아 있고, 그 앞에는 노파보다 쉰 살은 젊어 보이는 여자가 서 있었다. 피아는 그들에게 자신을 소개했다.

"전 크리스티나 노박이에요."

젊은 여자가 말했다. 윤기 나는 밤색 머리와 운동으로 단련된 몸매를 가진 30대 중반의 여자로, 시원시원한 얼굴 생김새가 평상시라면 예뻐 보였을 얼굴이다. 그러나 지금은 하도 울어서 얼굴이 창백하고 눈은 벌겋게 충혈되어 있었다.

"남편분에게 질문할 게 있는데…… 잠깐 자리를 비켜주시죠."

"그러세요. 하지만 입을 열지는 모르겠네요. 제게는 아무 말도 안 하거든요."

크리스티나 노박은 새로이 솟구치는 눈물을 삼켰다.

"밖에서 좀 기다려주시겠어요?"

크리스티나 노박은 판단이 서지 않는 듯 손목시계를 보았다.

"사실은 일하러 가야 하거든요. 전 유치원에서 일하는데 오늘 오펠 동물원에 견학 가는 날이에요. 아이들이 몇 달 동안 손꼽아 기다렸는데……."

오펠 동물원이라는 말이 나오자 피아는 마음 한구석이 찌르듯 아팠다. 만약 크리스토프가 병원에 누워서 그녀와 말을 하지 않는다면 어떨까 하는 생각이 자기도 모르게 들었다.

"그럼 나중에 따로 오셔도 돼요."

피아는 가방을 뒤져 명함을 찾아 건넸다. 크리스티나 노박은 명함을 보더니 미심쩍은 표정을 지었다.

"부동산 중개인이세요? 경찰에서 나왔다고 했잖아요."

명함을 받아 확인해보니 토요일 부동산 중개인에게 받은 명함이었다.

"아, 미안해요. 오늘 오후 3시에 경찰서로 나올 수 있어요?"

피아가 다시 자신의 명함을 주며 물었다.

"그럼요."

크리스티나 노박은 입술을 가늘게 떨며 희미하게 미소를 지었다. 그리고 말이 없는 남편을 한 번 돌아본 후 지그시 입술을 깨물며 병실을 나갔다. 그때까지 한마디도 없이 앉아 있던 노파가 그녀의 뒤를 따라 나갔다. 피아는 그제야 피해자에게 관심을 돌렸다. 마르쿠스 노박은 침대에 등을 대고 누워 있었다. 튜브가 코에 하나, 팔꿈치 안쪽에 하나 꽂혀 있고 퉁퉁 부은 얼굴은 멍투성이에 왼쪽 눈썹 위와 왼쪽 귀에서 턱에 이르는 곳에 꿰맨 자국이 있었다. 오른팔에 부목이 대어져 있고 다친 팔과 상체는 온통 하얀 붕대에 가려져 보이지 않는다. 피아는 노파가 앉아 있던 의자를 침대 쪽으로 끌어다 앉았다.

"안녕하세요, 노박 씨. 전 호프하임 경찰서에서 나온 피아 키르히호프라고 해요. 오래 귀찮게 하지는 않을 거니까 걱정 마세요. 어제 무슨 일이 있었는지만 말해주시면 돼요. 어떻게 된 일인지 기억나세요?"

힘없이 눈을 뜬 마르쿠스 노박의 눈꺼풀이 가늘게 떨렸다. 그는 보일 듯 말 듯 고개를 저었다. 피아는 그에게 더 가까이 다가앉으며 얼굴을 들이댔다.

"누군가 노박 씨에게 중상을 입혔어요. 운이 좋아서 병원에 있는 거지 지금쯤 영안실 냉장고에 들어가 있었을 수도 있어요."

침묵.

"덮친 사람 얼굴은 보셨어요? 왜 그런 거예요?"

"기…… 기억이 안 납니다."

대답하기 싫을 때 사람들이 가장 많이 하는 말이다. 피아는 피해자가 누구에게 왜 맞았는지 정확히 알고 있다는 생각이 들었다. 무엇을 두려워하는 것일까? 그가 침묵하는 데 다른 이유가 있을 것 같지는 않았다.

"신고할 생각 없습니다."

"이런 경우는 신고할 필요가 없어요. 중증 상해는 진정서 없어도 자동적으로 수사하게 돼 있어요. 아무튼 기억나는 대로 말씀해주시면 저희에게 큰 도움이 될 것 같네요."

그는 말없이 고개를 돌렸다. 피아는 자리에서 일어섰다.

"나중에 다시 올 테니 한번 잘 생각해보세요. 빨리 나으시고요."

*

오전 9시. 니어호프 수사과장은 붉으락푸르락한 얼굴로 쿵쿵거리며 보덴슈타인의 방으로 향했다. 니콜라 엥겔이 바로 그 뒤를 따랐다.

"이게 뭐야?"

니어호프는 오늘 날짜의 〈빌트〉지를 보덴슈타인의 책상 위에 탁 소리 나게 놓고 종이를 뚫기라도 하려는 듯 손가락으로 두드렸다. 3면에 실린 반쪽짜리 기사였다.

"해명을 해보라고!"

천인공노할 사건! 노인 살해범이 날뛰고 있다!

굵은 활자의 제목이 눈에 들어왔다. 보덴슈타인은 신문을 들고 선정적 표현으로 가득한 기사를 읽어나갔다.

한 주 만에 시체가 네 구나 발생했으나 경찰 수사는 오리무중. 진실을 규명하기는커녕 거짓 정보를 흘린 경찰의 속내. 다비드 G.(93세), 헤르만 S.(89세)와 자신의 내연녀 모니카 K.(27세) 살해 혐의를 받고 있는 로버트 W.(유명 인사 베라 칼텐제의 조카)는 여전히 행방이 묘연하다. 지난 금요일 네 번째 습격을 감행한 노인 연쇄 살인범은 목덜미를 총으로 쏘는 처형 방식으로 거동이 불편한 아니타 F.(89세)를 무자비하게 살해했으나 경찰은 여전히 갈피를 잡지 못한 채 쉬쉬하고 있다. 네 사건의 유일한 공통점은 피해자들이 호프하임의 백만장자 베라 칼텐제와 친분이 있다는 것이다. 베라 칼텐제의 목숨도 위험한 것일까?

활자가 눈앞에 어른거렸지만 보덴슈타인은 정신을 집중해서 끝까지 읽었다. 관자놀이에 맥박이 너무 심하게 뛰어서 도저히 제대로 생각을 할 수 없었다. 대체 누가 이런 왜곡된 정보를 언론에 흘린 것일까? 그의 시선은 곧바로 니콜라 엥겔의 회색 눈에 가 꽂혔다. 그녀는 약간의 조소가 섞인 눈초리로 어쩌는지 보자는 듯 그를 쳐다보았다. 정말 니콜라 엥겔이 안 그래도 심한 압박을 받고 있는 그를 음해하기 위해 꾸민 짓일까?
"어떻게 이런 기사가 나올 수 있느냐는 말이야!"
니어호프가 단어마다 느낌표를 달아 말했다. 보덴슈타인은 그가 이렇게까지 화내는 것을 본 적이 없다. 후임 과장 앞에서 체면이 서지 않아서일까? 아니면 다른 곳에서 올 책망을 두려워하는 것일까? 처음에 골드베르크 살인 사건이 터졌을 때 그는 제2, 제3의 살인이 뒤따를 줄 모르고 외부의 간섭과 은폐 시도를 너무 쉽게 받아들였다.

"전 모르는 일입니다. 기자회견을 한 건 과장님이시잖습니까?"

니어호프는 기가 막힌 듯 콧방귀를 뀌었다.

"난 완전히 다른 내용을 말했어. 틀린 정보였다고! 난 그래도 자네를 믿었는데!"

보덴슈타인은 니콜라 엥겔을 힐끗 쳐다보았다. 만족스러운 표정을 보니 정말 그녀가 뒤에서 공작한 것인지도 모른다는 강한 의심이 들었다.

"전 그 기자회견에 반대했습니다. 그런데 과장님이 제 말을 안 들으셨잖아요! 어떻게든 빨리 사건을 마무리 짓고 싶어 안달이 나신 거였잖아요!"

니어호프는 얼굴이 시뻘개져서 신문을 확 낚아챘다.

"자네가 그럴 줄 정말 몰랐네!"

니어호프는 머리끝까지 화가 치밀어 올라 보덴슈타인의 얼굴에 대고 신문을 휘둘렀다.

"내가 신문사에 전화해서 정보를 준 사람이 누군지 알아낼 거야. 자네나 자네 부하들이 연관돼 있으면 바로 징계 때리고 자네는 정직 조치할 테니까 각오해!"

니어호프는 그렇게 말하고 혼자서 쿵쿵거리며 방을 나갔다. 보덴슈타인은 분노에 치를 떨었다. 신문 기사보다는 그가 과장을 밟으려고 뒤에서 공작을 폈다고 의심받는 것에 주체할 수 없이 화가 치밀었다.

"이제 어쩌지?"

니콜라 엥겔은 생각해준답시고 한 말이었지만 보덴슈타인에게는 그 말도 가식적으로만 들렸다. 가식의 절정이었다. 순간 그는 그녀를 방에서 쫓아내고 싶은 충동을 느꼈지만 화를 꾹꾹 누르며 낮은 목소리로 말했다.

"이런 식으로 내 수사를 방해할 수 있다고 생각했다면 한참 잘못 짚은 거야. 부메랑이 될 테니까 명심해."

"그게 무슨 소리야?"

니콜라 엥겔이 아무것도 모르는 사람의 천진한 미소를 지었다.

"네가 언론에 정보를 흘렸을 거라는 거지. 예전에도 그런 적이 있잖아. 네가 승진하고 싶어서 너무 일찍 정보를 흘리는 바람에 위장해 있던 우리 직원의 정체가 탄로 나서 살해당한 일 잊었어?"

보덴슈타인은 그 말을 내뱉은 순간 실수했다는 생각이 들었다. 당시 징계도 내부 감사도 없었고, 기록조차 남지 않았다. 그러나 니콜라는 하루아침에서 사건에서 빠졌다. 그녀의 미소는 순식간에 얼어붙었다.

"함부로 말하지 마."

니콜라 엥겔이 건조하게 말했다. 보덴슈타인은 위험한 짓을 하고 있다는 것을 잘 알았지만 너무 흥분하고 화가 나서 도저히 이성적으로 생각할 수 없었다. 그리고 그 말을 너무 오랫동안 마음에 담아두고 있었다.

"내가 겁낼 줄 알아?"

그는 188센티미터의 큰 키로 그녀를 내려다보며 고압적인 자세를 취했다.

"그리고 내게 말 한마디 없이 우리 팀원들이 일하는 데 가서 감시하는 것도 허용하지 않을 거야. 난 네가 무슨 짓을 할 수 있는 사람인지 잘 알아. 우리가 얼마나 오래전부터 아는 사이인지 잊지 마."

뜻밖에도 그녀가 한 걸음 뒤로 물러섰다. 보덴슈타인은 기 싸움에서 그가 유리한 위치를 선점했음을 감지했다. 그녀도 그것을 느꼈는지 홱 뒤돌아 방을 나가 버렸다.

*

반투명 유리문이 열리고 피아가 나오자 대기실의 플라스틱 의자에 앉아 있던 노박의 할머니가 일어났다. 그녀는 베라 칼텐제와 비슷한 나이로 보였다. 그러나 곱게 늙은 고상한 노부인과 이 억센 할머니는 얼마나 대조적인가! 푸르스름한 회색 머리를 짧게 깎은 그녀는 일을 많이 해서 고목나무처럼 변한 손에 관절염의 흔적이 역력했다. 딱 봐도 살아오면서 고생을 많이 한 사람이다.

"기다려주셔서 감사해요. 저기 앉을까요?"

피아가 창가에 길게 늘어선 의자를 가리켰다.

"애가 저 지경이 돼서 누워 있는데 어떻게 혼자 두고 가요?"

노파가 걱정스러운 얼굴로 말했다. 피아는 그녀에게 신상명세를 물은 후 수첩에 메모를 했다. 밤에 경찰에 전화를 한 사람은 노박의 할머니인 아우구스테 노박이었다. 손자의 사무실과 작업실이 있는 마당 쪽으로 침실이 나 있는데, 2시쯤 무슨 소리가 들려서 창문으로 내다보았다고 했다.

"난 잠을 제대로 못 잔 지가 한참 됐어. 창문으로 보니까 마르쿠스의 사무실에 불이 켜 있고 대문이 열려 있더라고. 사무실 앞에 검정색 차가 서 있고. 작은 트럭처럼 생긴 큰 차였어요. 어쩐지 불길한 예감이 들어서 밖에 나가 봤지."

"경솔한 행동을 하셨어요. 무섭지 않으셨어요?"

아우구스테 노박은 대답할 가치도 없다는 듯 손사래를 쳤다.

"안에서 마당 불을 켜고 밖으로 나오자 사람들이 막 차에 타고 있더라고. 세 명이었어. 그런데 차에 타더니 나를 받으려는 것처럼 막 달려오더라고. 그러다가 정원 울타리 앞에 세워져 있는 시멘트 화분 하나를 치었어. 번호판을 외우려고 쳐다봤는데, 글쎄 번호판이 없더라고. 나쁜 놈들!"

"번호판이 없었다고요?"

수첩에 메모를 하던 피아가 놀라 고개를 쳐들었다.

"손자의 직업은 뭐죠?"

"문화재 복원 기술자. 오래된 전통 건축물을 수리하고 복원하는 일을 하지. 회사에 주문도 많이 들어오고 평판도 아주 좋아. 하지만 회사가 성공하고 난 후로는 문제가 많아."

"왜요?"

"왜 그런 말이 있잖아. 시샘은 노력해야 얻어지는 거고, 동정은 공짜로 얻는 거라고."

아우구스테 노박이 콧방귀를 뀌었다.

"어젯밤에 습격한 사람들이 손자와 아는 사이인 것 같았나요?"

노파는 머리를 흔들었다.

"그건 아닌 것 같아. 마르쿠스가 아는 사람 중엔 그런 짓을 할 만한 사람이 없어."

피아는 알겠다는 듯 고개를 끄덕였다.

"담당 의사는 노박 씨가 당한 부상을 일종의 고문이라고 표현하던데, 노박 씨가 왜 고문을 당했을까요? 뭔가 숨기는 게 있나요? 아니면 요즘 협박을 받은 사실이 있나요?"

아우구스테 노박은 주의 깊은 얼굴로 피아를 쳐다보았다. 평범한 노인네지만 눈치가 빠른 사람임에 틀림없다.

"내가 어떻게 그런 걸 알겠어?"

"그럼 누가 알까요? 아까 그 손자며느리요?"

"글쎄, 난 모르지. 오늘 오후에 일 끝나고 갈 테니 물어보면 되잖아. 그놈의 일이 남편보다 더 중요하지."

노파는 씁쓸한 얼굴로 혀를 찼다. 그 말속에는 뼈가 있었다. 겉으로는 평범해 보이지만 알고 보면 콩가루 집안인 경우가 허다하다.

"손자가 어떤 어려움에 처해 있는지 정말 모르시는 거예요?"

노파는 고개를 저었다.

"도움이 못 돼서 미안하지만 정말 모르는 걸 어떡하겠어. 회사 일이었다면 분명 이 할미에게 얘기를 했을 거야."

피아는 아우구스테 노박에게 고맙다고 말하고 나중에 경찰서에 와서 진술서에 서명하라고 했다. 그런 다음 감식반에게 전화를 걸어 피시바흐에 있는 마르쿠스 노박의 사무실로 오라고 한 다음 자신도 현장으로 향했다.

*

마르쿠스 노박의 회사는 피시바흐 변두리에 있었다. 공공도로가 끊기는 곳에 음주운전을 일삼는 사람들이 애용하는 도로가 하나 있는데 바로 그 옆이다. 회사 안으로 들어가자 사무실로 보이는 건물 앞에 직원들이 모여서 웅성거리고 있었다.

"안녕하세요? 호프하임 경찰서에서 나왔습니다."

피아가 신분증을 들어 보이며 말을 걸었다.

"왜들 그러세요? 무슨 문제 있어요?"

"문제가 한둘이 아니에요. 안 그래도 늦은 데다 문이 잠겨서 안에 들어가지도 못하고 있어요. 사장님 아버지가 열쇠를 가지고 있는데, 경찰이 올 때까지 기다리라면서 문을 안 열어줘요."

모직 셔츠와 파란 작업복 바지를 입은 젊은 남자가 말했다. 그리고 턱짓으로 저만치서 성큼성큼 걸어오는 남자를 가리켰다. 감식반이 오기 전에 현장을 망가뜨리지 않은 것은 다행스러운 일이다.

"이제 경찰이 왔으니 열어주겠죠. 사장님은 어젯밤 습격을 받고 병원에 입원했어요. 아마 당분간은 못 나올 거예요."

그 말을 들은 직원들은 할 말을 잊고 서로의 얼굴만 쳐다보았다.

"아, 좀 비켜봐!"

뒤에서 걸걸한 남자 목소리가 들리자 그들은 바로 길을 비켜주었다.

"경찰이오?"

남자는 피아를 머리끝에서 발끝까지 훑어보며 미심쩍은 표정을 지었다. 혈색이 좋고 커다란 주먹코 밑에 단정하게 콧수염을 기른 남자로, 키도 크고 덩치도 좋았다. 명령하는 데만 익숙하고 여자의 권위를 인정하지 않는 전형적인 가부장적 남자로 보였다.

"네, 맞습니다. 누구시죠?"

피아가 신분증을 보여주며 물었다.

"만프레트 노박이오. 이건 내 아들 회사예요."

"아드님이 안 계시는 동안 누가 회사를 돌보죠?"

피아의 질문에 만프레트 노박은 어깨를 으쓱했다.

"우리가 알아서 할 수 있습니다. 연장하고 차 열쇠만 있으면 됩니다."

젊은 남자가 끼어들었다.

"넌 나서지 말고 가만히 좀 있어!"

만프레트 노박이 으르렁거렸다.

"아니요. 나설 거예요! 우리 사장님에게 한 방 먹였다고 생각하시는 것 같은데 아저씨가 우리에게 명령할 권한은 전혀 없다는 거 알아두세요!"

만프레트 노박은 얼굴이 벌개져서 호되게 되받아칠 태세로 양손을 허리춤에 올렸다.

"진정하고 어서 문이나 열어요! 이따가 가족들에게 어제 있었던 일에 대해 질문할 거니까 그렇게 아시고요."

만프레트 노박은 피아에게 적대적인 눈길을 보냈지만 아무 말 없이 하라는 대로 했다.

"따라와요."

피아가 젊은 남자에게 말했다.

사무실은 난장판이 되어 있었다. 책장 안에 있던 서류철은 바닥에 떨어져 있고, 책상 서랍과 그 안의 내용물이 온통 밖에 나와 널브러져 있고, 모니터, 인쇄기, 팩스, 복사기는 처참하게 부서져 있었다. 캐비닛도 문이 활짝 열린 채로 마구 뒤진 흔적이 역력했다.

"이런 빌어먹을!"

젊은 작업반장의 입에서 욕설이 튀어나왔다.

"열쇠는 어디 있어요?"

피아의 물음에 그는 문 옆 왼쪽 벽에 달린 열쇠함을 가리켰다. 피아는 고개를 끄덕여 열쇠를 챙기라는 신호를 보냈다. 그는 필요한 열쇠를 모두 챙긴 다음 복도를 지나 두꺼운 철문이 달린 작업실로 안내했다. 그곳은 아무 일도 없는 것 같았다. 그러나 작업반장의 입에서는 낮은 비명이 터져 나왔다.

"왜 그래요?"

"창고요."

그가 살짝 문이 열려 있는 맞은편 방을 가리켰다. 잠시 후 그들은 넘어진 책장과 파손된 기물 한가운데 서 있었다.

"아까 노박 씨에게 우리 사장님에게 한 방 먹였다고 생각하는 것 같다고 했는데 그게 무슨 뜻이죠?"

"그 노인네, 우리 사장님을 못 잡아먹어서 안달이에요. 우리 사장님이 자기 건설 회사를 인수하지 않았다고 화내는 거죠. 전 사장님을 이해해요. 그 회사는 빚 덩어리였거든요. 다들 거드름 피우고 돈 쓸 줄만 알았지 회사를 경영할 줄 아는 사람이 없었어요. 아무리 가족이라도 우리 사장님은 그 사람들하고 근본적으로 달라요. 머리도 진짜 좋고 실력도 있고 직원들에게도 잘해주고요."

"노박 씨가 아들 회사에서 일을 하나요?"

"아니요. 하라고 했는데 거절했어요. 다른 두 형도 마찬가지고요. 그냥 실업급여나 받으면서 빈둥거리는 거예요."

그가 가소롭다는 듯 콧방귀를 뀌었다.

"그런데 이렇게까지 어질러진 걸 보면 엄청나게 시끄러웠을 텐데 아무도 눈치를 못 챘다니 참 이상하네."

피아가 혼잣말처럼 말했다.

"눈치채고 싶지 않았나 보죠."

작업반장은 사장 가족에 대해 시종일관 부정적인 태도를 취했다. 그들은 창고를 나가 다시 작업실로 갔다. 갑자기 작업반장이 걸음을 멈추고 피아를 쳐다보았다.

"아까 사장님이 당분간 못 나오실 거라고 했잖아요. 그게 정말인가요? 어떤 상태예요?"

"내가 의사는 아니지만 상태가 심각해요. 지금 호프하임 병원에 있어요. 사장님 없어도 당분간 일할 수 있는 거예요?"

작업반장은 어깨를 으쓱했다.

"며칠은 버틸 수 있죠. 하지만 큰 건을 하나 추진 중인데, 그건 사장님만 알아요. 주말에 중요한 일정도 있고요."

*

마르쿠스 노박의 가족은 그다지 협조적으로 나오지 않았다. 아무도 집 안으로 들어오라는 사람이 없었기 때문에 피아는 현관문 앞에서 얘기를 해야 했다. 만프레트 노박은 피아가 누구에게 질문을 하든 자신이 대답하는 게 당연하다는 듯 혼자서 모든 대답을 도맡아 했다. 그의 아내는 삐쩍 곯아서 나이보다 훨씬 늙어 보였고 얇은 입술을 꾹 다문 채 누구와도 시선을 마주치지 않았다. 마르쿠스 노박의 형들은 40대 초반으로 둘 다 굼뜨고 미련해 보였으며 외모가 아버지와 붕어빵처럼 닮았다. 그러나 아버지의 자신감은 물려받지 않은 것 같았다. 알코올중독자처럼 눈이 풀린 큰아들은 마르쿠스의 회사 바로 옆에 있는 아버지 집에 가족과 함께 얹혀살았고, 둘째 아들은 두 집 건너에 살았다. 월요일 아침 시간에 그들이 왜 집에 있는지는 이미 들었으므로 물어볼 필요가 없었다. 그들 중 어느 누구도 한밤중에 이상한 소리를 들은 사람은 없었다. 침실이 모두 뒤쪽, 즉 숲 쪽으로 나 있어서 아무 소리도 들리지 않는다는 것이었다. 그들은 모두 구급차와 경찰차가 도착한 후에야 무슨 일이 있다는 것을 알았다고 했다. 의심 가는 데가 있느냐고 묻자 만프레트 노박은 어머니와 달리 즉석에서 여러 명의 이름을 줄줄이 댔다. 피아는 자존심에 상처를 입은 술집 주인과 해고당한 회사 직원의 이름을 메모했지만 그들이 이 사건과 관련이 있을 거라고는 생각하지 않았다. 의사가 말한 대로 마르쿠스 노박을 습격한 사람은 전문가일 것이다. 피아는 노박 가족에게 고맙다고 말하고 감식반이 도착해 일하고 있는 사무실로 돌아왔다. 피아의 머릿속에서는 시샘은 노력해야 얻어지는 거고 동정은 공짜로 얻는 거라던 아우구스테 노박의 말이 떠나지 않았다.

*

 두 시간 후 경찰서에 도착한 피아는 사무실 분위기가 무거운 것을 보고 무슨 일이 있었다는 것을 눈치챘다. 모두 책상 앞에 앉아서 사람이 들어와도 쳐다보지 않았다.
 "무슨 일 있어?"
 오스터만이 신문 기사에서 비롯된 사건의 개요를 들려주었다. 보덴슈타인의 방에서 니어호프 과장과 싸우는 소리가 나더니 보덴슈타인답지 않게 크게 화를 내면서 언론에 정보를 흘렸느냐고 한 사람씩 불러 추궁했다는 것이다.
 "우리 중에 그런 사람은 정말 없거든. 참, 책상 위에 진술서 있어. 조금 전에 노박이라는 할머니가 왔다 갔어."
 "응, 고마워."
 피아는 가방을 책상 위에 놓고 진술서에 시선을 던졌다. 그 옆

전화기에는 '긴급 연락 요망!'이라고 쓰인 노란 포스트잇이 붙어 있었다. 0048로 시작하는 것을 보니 폴란드에서 미리엄이 전화를 한 것이었다. 그러나 그 두 가지보다 급한 일이 있었다. 피아는 보덴슈타인의 방으로 갔다. 막 문을 두드리려는데 문이 활짝 열렸다. 벤케가 똥 씹은 표정으로 나오더니 인사도 없이 휙 지나쳐 갔다. 피아는 열린 문으로 들어갔다.

"벤케 형사 왜 저래요?"

피아가 물었지만 보덴슈타인은 아무 대답도 하지 않았다. 표정이 영 좋지 않았다.

"병원에 간 일은 어떻게 됐어?"

"마르쿠스 노박. 피시바흐에 사는 문화재 복원 기술자예요. 어젯밤 괴한 세 명이 사무실로 쳐들어와 고문을 했어요. 하지만 당사자가 도통 입을 열려고 하지 않아요. 가족들도 누가 무엇 때문에 그런 짓을 했는지 전혀 모르는 것 같고요."

"K10팀에 넘겨. 우린 그것 말고도 할 일이 많아."

보덴슈타인이 책상 서랍을 뒤적거리며 말했다.

"잠깐만요. 아직 안 끝났어요. 그 사람 사무실에서 켈크하임 검찰이 보낸 공문이 나왔는데 베라 칼텐제에 대한 과실 치상죄로 소환하는 내용이었어요."

그 말을 들은 보덴슈타인은 정신이 번쩍 드는지 동작을 멈추고 피아를 쳐다보았다.

"노박의 전화기를 조사했는데 칼텐제 집안의 전화번호가 요 몇 주 사이에 서른 번도 넘게 찍혀 있었어요. 어젯밤에도 거의 30분 동안 엘라르트 칼텐제와 통화를 했고요. 물론 우연일 수도 있지만 다시 칼텐제라는 이름이 나오는 게 석연치 않아요."

"음, 그렇군."

보덴슈타인은 턱에 손을 대고 생각에 잠겼다.

"그때 경비가 왜 이렇게 삼엄하냐고 했더니 무단침입 때문이라고 했잖아요. 그게 노박 얘기 아니었을까요?"

"한번 알아보지, 뭐. 내게 방법이 있어."

보덴슈타인이 전화기 버튼을 누르며 말했다.

*

그로부터 한 시간 후 보덴슈타인은 가브리엘라 폰 로트키르히 백작 부인의 저택 앞에서 차를 멈추었다. 바트홈부르크 하르트발트는 포더타우누스에서 가장 부자 동네다. 높은 담과 빽빽이 들어찬 산울타리 뒤에 수천 평방미터에 이르는 사유지 공원과 궁전 같은 빌라들이 있고, 그 안에 진정한 상류계급 사람들이 살고 있다. 코지마와 다른 자녀들이 모두 결혼해서 나가고 남편도 죽었기 때문에 로트키르히 백작 부인은 방 18개짜리 대저택에 혼자 살고 있었다. 늙은 집사 부부가 바로 옆에 있는 게스트하우스에 살았다. 지금은 일하는 사람이라기보다는 친구에 가까웠다. 보덴슈타인은 장모인 로트키르히 백작 부인에게 큰 존경심을 가지고 있었다. 그녀는 놀라울 정도로 스파르타적인 생활을 했고, 가문 소유의 여러 재단을 통해 사회의 여러 분야에 후원을 아끼지 않았다. 그러나 베라 칼텐제처럼 소문을 내가면서 하는 것이 아니라 소리 없이 묵묵히 했다. 보덴슈타인은 피아를 집 뒤에 있는 커다란 정원으로 데려갔다. 온실이 세 개 있는데, 백작 부인은 그중 하나에서 큰 화분에 토마토를 옮겨 심고 있었다.

"아, 어서 와."

백작 부인이 두 사람을 반겼다. 보덴슈타인은 빛바랜 청바지에 낡은 카디건을 입고 챙이 축 늘어진 모자를 쓴 장모의 모습이 어색해서 피식 웃었다. 보덴슈타인은 장모와 뺨을 맞대고 인사를 나눈 다음 피아를 소개했다.

"어유, 밭이 언제 이렇게 커졌어요? 장모님 혼자 이 많은 걸 다 드시진 않을 테고 이걸 다 어떻게 하세요?"

"자식들 나눠주고 남는 건 시 구호단체에 보내. 취미 생활도 하고 좋은 일도 하는 거지. 아니, 그런데 무슨 일인가?"

"혹시 노박이라는 이름 들어보셨어요?"

"노박, 노박이라……."

백작 부인은 기억을 더듬는 듯 중얼거리며 칼로 작업대 위에 세워져 있던 흙 포대를 쭉 찢었다. 비닐 포대의 갈라진 틈에서 검고 기름진 흙이 와르르 쏟아져 나왔다. 피아는 순간 모니카 크래머의 시체를 떠올리고 보덴슈타인을 쳐다보았다. 표정을 보니 그도 똑같은 생각을 하는 것 같았다.

"아, 그렇지! 2년 전 뮐렌호프에 있는 물레방아를 고친 사람이 노박이었어. 그때 베라가 문화재청에서 수리 지원을 받았거든."

"그래요? 칼텐제 여사가 노박을 과실 치상으로 고소했더라고요."

"응, 그랬지. 사고가 났는데 베라가 다쳤다지, 아마?"

"무슨 사고였는데요?"

보덴슈타인은 재킷을 젖히고 넥타이를 느슨하게 풀었다. 온실 안의 기온은 적어도 29도, 습도는 90퍼센트 정도 될 것 같았다. 백작 부인은 토마토 화분을 진열대 위에 올려놓았다.

"자세한 건 나도 몰라. 베라는 자기 문제를 잘 이야기하지 않거든. 어쨌든 그 일이 있고 나서 리터를 해고했고 노박이랑 여러 차례 소송이 벌어졌어."

"리터가 누구죠?"

"토마스 리터. 오랫동안 베라의 비서였고 최측근이었지. 그런데 사전 통보도 없이 그 자리에서 내쫓았어. 그러고 나서 여기저기 안 좋은 소문을 퍼뜨려서 직장도 못 구하게 했지."

로트키르히 백작 부인은 말을 멈추고 킥킥 웃었다.

"내가 볼 때는 베라가 오래전부터 리터에게 흑심이 있었던 것 같아. 하지만 멀쩡하게 잘생긴 남자가 늙은 할망구를 좋아하겠어? 그 노박이라는 사람도 얼굴이 멀끔하게 잘생겼지. 나도 몇 번 봤어."

"더 이상은 아닐걸요. 어젯밤에 정체 모를 사람에게 고문을 당했는데 손을 으스러뜨려서 의사 말로는 절단해야 할지도 모른대요."

"저런! 가엾어라!"

피아의 말을 들은 백작 부인은 일손을 멈추고 안타까운 표정을 지었다.

"베라 칼텐제가 왜 노박을 고소했는지 알아내야 해요."

"그건 토마스 리터나 엘라르트에게 물어보는 게 좋을 거예요. 내가 알기로 사건이 일어났을 때 그 두 사람이 거기 있었거든."

"하지만 엘라르트 칼텐제가 자기 어머니에 대해서 나쁜 말을 하겠어요?"

보덴슈타인이 재킷을 벗으며 의심스러운 듯 물었다.

"글쎄, 엘라르트는 어머니와 그렇게 애틋한 사이가 아니야."

"그렇다면 왜 아직도 어머니와 한 지붕 밑에서 살죠?"

"그건 그냥 편해서 그런 게 아닐까? 엘라르트는 무슨 일에든 적극적으로 나서는 성격이 아니야. 훌륭한 학자이고 미술사가로서 인정을 받고 있지만 실제 삶에서는 좀 서툴지. 지그베르트는 야무진 데가 있는데, 엘라르트는 그렇지 못해. 언제나 갈등 없이 쉬운 길을 가려고 하고, 그게 안 되면 피하는 성격이야."

피아도 엘라르트에게서 그와 비슷한 인상을 받았다. 엘라르트 칼텐제는 여전히 피아의 용의선상 맨 위에 올라 있다.

"엘라르트 칼텐제가 어머니의 친구들을 죽였을 수도 있지 않을까요? 어떻게 생각하세요?"

피아가 묻자 보덴슈타인은 말도 안 된다는 표정으로 눈알을 굴렸다. 그러나 백작 부인은 피아를 찬찬히 쳐다보았다.

"엘라르트는 파악하기가 쉽지 않아요. 신사적인 겉모습 뒤에 분명 뭔가 다른 게 숨겨져 있어. 엘라르트가 아버지를 모른다는 것, 자신의 뿌리를 모른다는 사실을 감안해서 생각해야 돼요. 그 나이가 되면 살날이 얼마 남지 않았다는 생각이 들거든. 그리고 골드베르크와 슈나이더를 좋아했다고도 할 수 없고."

*

그로부터 한 시간 후 보덴슈타인과 피아는 노박의 병실에 들어섰다. 아침에 노박의 회사에서 본 젊은 작업반장이 와 있었다. 그는 침대 옆 의자에 앉아 노박이 하는 말을 수첩에 열심히 받아 적었다. 그가 저녁에 다시 오겠다는 말을 남기고 돌아가자 보덴슈타인이 나서 자신을 소개했다.

"어젯밤에 무슨 일이 있었던 겁니까? 기억이 안 난다, 그런 말은 하지 마시고."

보덴슈타인이 단도직입적으로 물었다. 노박은 다시 경찰이 찾아온 게 영 탐탁지 않은 기색이었다. 그는 자신의 주특기를 발휘해 다시 입을 굳게 다물었다. 보덴슈타인은 침대 옆 의자에 앉았고, 피아는 창틀 앞에 서서 수첩을 꺼내 들고 노박의 상처투성이 얼굴을 물끄러미 바라보았다. 지난번에는 미처 보지 못했는데 다시 보니 참 잘생겼다는 생각이 들었다. 도톰한 입술, 하얗고 고른 치아, 섬세한 얼굴 윤곽. 보덴슈타인의 장모 말이 맞았다. 원래는 무척 잘생긴 얼굴이다.

"노박 씨, 우리가 지금 시간이 남아서 이러고 다니는지 압니까? 오른손을 이 지경으로 만들어놓은 놈들이 벌도 받지 않고 거리를 활보하고 있는데 아무렇지도 않아요?"

보덴슈타인이 물었지만 노박은 고집스럽게 침묵을 지켰다.

"칼텐제 부인이 노박 씨를 과실 치상으로 고소한 이유가 뭐죠? 그리고 최근 그 집에 그렇게 자주 전화를 한 이유가 뭐예요?"

이번에는 피아가 물었다. 역시 침묵.

"이번 일도 칼텐제 집안과 관계있는 거 아니에요?"

피아는 노박이 다치지 않은 손을 꽉 움켜쥐는 것을 보고 자신의 추측이 맞아떨어졌음을 알았다. 빙고! 피아는 다른 의자를 가져다 침대 맞은편에 놓고 앉았다. 습격당한 지 18시간도 채 안 된 사람을 이런 식으로 심문하는 것은 좀 치사하다는 생각이 들었지만 어쩔 수 없었다. 해결해야 할 살인 사건이 다섯 건이나 되고, 노박은 여섯 번째 희생자가 될 뻔하지 않았는가.

"저희는 노박 씨를 도우려는 거예요. 이 일은 어제 일어난 사건에 국한된 문제가 아니에요. 저 좀 보세요."

피아가 달래는 말투로 말하자 노박은 시키는 대로 했다. 겁에 질린 어린아이 같은 그의 눈을 보자 피아는 왠지 안쓰러운 마음이 들었다. 그녀는 그에게 호감을 느꼈다. 수사를 하다 보면 생판 모르는 사람의 삶을 들여다보게 되는데, 가끔 이렇게 수사관으로서 갖춰야 할 객관성을 잃고 동정에 치우치는 때가 있다. 왜 그에게 마음이 기우는지 생각하고 있는데 문득 아침에 노박의 자동차를 봤을 때 머릿속을 스치던 생각이 다시 떠올랐다. 슈나이더가 죽던 날 밤 집 앞에 회사 로고가 붙은 자동차가 서 있었다고 말한 증인이 있었다.

"4월 30일 밤에 어디 계셨죠?"

피아가 불쑥 물었다. 노박만큼이나 보덴슈타인도 놀란 눈치였다.

"피시바흐 체육공원에서 열린 5월 축제에 갔습니다."

노박이 대답했다. 얼굴의 상처와 찢어진 아랫입술 때문에 발음이 분명치 않았지만 어쨌든 입을 열었다는 것은 진전이었다.

"혹시 그다음에 에펜하인에 가지 않았어요?"

"내가 거길 왜 갑니까?"

"그 축제에 몇 시까지 있었어요? 그리고 그다음에는 어디로 갔습니까?"

"정확히는 모르겠습니다. 밤 1시나 1시 반까지 있었을 겁니다. 그다음에는 집에 갔습니다."

"그럼 5월 1일 저녁에는요? 혹시 칼텐제 부인 집에 가지는 않았나요?"

"아니요. 내가 거길 왜 갑니까?"

"예를 들어 칼텐제 부인과 얘기를 하러 갔을 수도 있죠. 고소당했잖아요. 아니면 겁을 주려고 했나요?"

노박은 드디어 감정을 드러냈다.

"아니요! 난 뮐렌호프에 가지도 않았고, 칼텐제 부인을 겁줄 이유도 없어요!"

"그럼, 어디 한번 말해보세요. 밀렌호프에 있는 물레방아를 수리했다는 거 알아요. 그런데 사고가 있었죠? 칼텐제 부인은 그 책임을 전적으로 노박 씨에게 돌렸어요, 그렇죠? 그때 무슨 일이 있었던 거죠? 소송이 일어난 이유가 뭐냐고요?"

노박이 대답을 할 때까지는 약간 시간이 걸렸다.

"칼텐제 부인이 공사장에 들어갔습니다. 내가 경고를 했는데도 우격다짐이었어요. 그래서 막 발라놓은 진흙 바닥이 밑으로 꺼졌습니다. 칼텐제 부인은 그 책임이 내게 있다면서 공임을 주지 않았습니다."

"아직까지도 돈을 못 받았다고요?"

피아가 물었다. 노박은 어깨를 으쓱하며 다치지 않은 쪽 손을 내려다보았다.

"액수가 얼마나 되는데요?"

"모릅니다."

"이봐요, 그게 말이 돼요? 센트까지 정확히 알고 있다는 거 다 알아요! 자, 칼텐제 부인에게 일해주고 못 받은 돈이 얼마예요?"

마르쿠스 노박은 껍데기 속에 숨은 달팽이처럼 다시 입을 꾹 다물었다.

"켈크하임 경찰서에 전화해보면 금방 알아요. 고소장에 다 써 있을 거 아니에요. 자, 어서 말해요."

노박은 잠시 생각을 하더니 한숨을 푹 쉬고는 내키지 않는 투로 말했다.

"16만 유로요. 이자 빼고요."

"그건 적은 돈이 아니잖아요. 그런 큰돈을 포기한 거예요?"

"물론 아닙니다. 그 돈은 어떻게든 받을 겁니다."

"어떻게요?"

"항소할 겁니다."

병실에는 한동안 침묵이 이어졌다.

"그 돈을 받으려고 노박 씨가 어느 선까지 갈지 궁금하네요."

다시 침묵. 보덴슈타인은 피아에게 계속 하라는 눈짓을 보냈다.

"어젯밤에 온 남자들이 원하는 게 뭐였죠? 왜 사무실과 창고를 그렇게 난장판으로 만들어놓고 노박 씨를 고문한 거죠?"

노박은 입술을 일자로 만들며 벽으로 시선을 돌렸다.

"그 사람들은 노박 씨 할머니가 마당 불을 켜고 나오니까 서둘러 도망쳤어요. 바삐 차를 몰고 나가다가 시멘트 화분에 부딪쳤는데, 지금 우리 실험실 직원들이 거기 남은 도료의 흔적을 분석하고 있거든요. 그놈들은 어차피 잡힐 거예요. 노박 씨가 지금 말을 하면 더 빨리 잡을 수도 있어요."

"복면을 하고 있었고 내 눈을 가렸기 때문에 아무도 알아볼 수 없었습니다."

"노박 씨에게 원한 게 뭐였죠?"

"돈요. 금고를 찾느라 온통 뒤졌지만, 우리 회사에는 금고가 없습니다."

노박은 잠시 머뭇거리다가 대답했다. 피아는 그의 거짓말을 바로 알아차렸다. 노박도 그 사실을 눈치챈 것 같았다.

"뭐, 도와주려고 하는 건데도 얘기를 안 하시겠다면 어쩔 수 없죠. 부인에게는 좀 더 많은 얘기를 들을 수 있겠죠. 곧 경찰서로 오기로 했거든요."

"집사람이 이 일과 무슨 상관이 있습니까?"

노박은 애써 몸을 일으켰다. 자신의 아내가 강력반 형사들과 만난다는 것이 내키지 않는 것 같았다.
 "그건 곧 알게 되겠죠. 그럼, 쾌차하시길 빌게요. 혹시라도 더 떠오르는 게 있으면 이쪽으로 연락주시고요."
 피아는 짧게 미소를 지으며 그에게 명함을 건넸다.

*

 "정말 모르는 거야, 아니면 겁이 나서 저러는 거야?"
 보덴슈타인이 병원 로비로 내려가며 말했다.
 "둘 다 아니에요. 뭔가 숨기는 게 틀림없어요. 저도 처음에는……."
 피아가 갑자기 말을 멈추더니 보덴슈타인의 옷자락을 확 잡아끌고 기둥 뒤로 가 숨었다.
 "갑자기 왜 그래?"
 "저기 꽃다발 들고 오는 사람, 엘라르트 칼텐제 아니에요?"
 보덴슈타인은 실눈을 뜨고 로비를 둘러보았다.
 "아, 그렇군. 저 사람이 여긴 왜 온 거지?"
 "노박을 만나러 온 걸까요? 하지만 칼텐제 교수가 노박을 만날 이유가 있나요?"
 "그리고 노박이 여기 있다는 걸 어떻게 알았지?"
 "그 습격의 배후가 엘라르트 칼텐제라면 당연히 알고 있겠죠. 어젯밤에 그렇게 오랫동안 전화 통화를 한 것도 똘마니들이 도착할 때까지 사무실에 잡아두려는 목적이었을 수도 있어요."
 "가서 물어보지, 뭐."
 보덴슈타인은 엘라르트를 향해 당당하게 걸어갔다. 안내판 앞에서 넋이 빠져 있던 엘라르트는 옆에서 말을 걸자 소스라치게 놀라 뒤를 돌아보았다. 안 그래도 창백하던 얼굴에 핏기가 싹 사라졌다.
"어머니에게 꽃을 가져다 드리려고요? 아주 좋아하시겠네요. 어머니 병세는 좀 어떻습니까?"
"우리 어머니요?"
엘라르트는 무슨 소린지 몰라 어리둥절한 표정을 지었다.
"동생분에게 들었는데 어머니가 입원하셨다고 하던데요. 어머니 병문안 오신 거 아닙니까?"
"아…… 아니요……. 아는 사람이 아파서."
"노박 씨요?"
피아가 불쑥 끼어들었다. 엘라르트는 잠시 망설이다가 고개를 끄덕였다.
"노박 씨가 이 병원에 입원했다는 건 어떻게 아셨어요?"
피아가 심술궂게 물었다. 보덴슈타인과 함께 있으니 토요일 오후처럼 무서운 생각은 전혀 들지 않았다.
"회사 경리에게 들었습니다. 오늘 아침에 전화를 해서 알려주더군요. 제가 그 회사에 프랑크푸르트 구시가지 복원 프로젝트를 알선해주었거든요. 사흘 뒤에 중요한 일정이 있는데 사장이 병원에 있으니 직원들이 걱정이 돼서 전화한 것 같습니다."
그 말에 의심할 만한 구석은 없었다. 점차 당혹한 기색이 사라지고 엘라르트의 창백한 얼굴에 다시 핏기가 돌았다. 그러나 그는 토요일 이후 한숨도 못 잔 사람처럼 피곤해 보였다.
"지금 만나고 오시는 겁니까?"
"네, 그렇습니다."
"좀 어떻습니까?"
피아는 걱정스럽게 묻는 엘라르트를 의심스러운 눈초리로 쳐다보았다. 그냥 아는 사람을 저렇게 걱정해준단 말인가?
"고문을 당했어요. 오른손이 완전히 으깨져서 절단해야 할지도 모른대요."
피아의 말에 엘라르트는 다시 얼굴이 허옇게 질렸다.
"고문요? 맙소사!"
"네, 문제가 심각해요. 어머니가 노박 씨에게 여섯 자릿수에 육박하는 돈을 빚지고 있다는 건 아시죠?"
"뭐요? 그럴 리가!"
그는 정말로 놀란 것 같았다.
"노박 씨에게 방금 들은 얘기입니다."
보덴슈타인이 거들었다.
"하지만 어떻게 그런 일이! 왜 그 얘기를 한 번도 안 한 거지? 그동안 나를 어떻게 생각했겠어!"
엘라르트는 도저히 이해가 안 된다는 듯 머리를 흔들었다.
"노박 씨와 얼마나 잘 아는 사이예요?"
피아가 물었다. 그는 선뜻 대답하지 못했다.
"그냥 조금 아는 사이입니다. 뮐렌호프에서 일할 때 몇 번 얘기를 나눈 적이 있습니다."
피아는 말이 더 이어지기를 기다렸으나 그는 말을 아꼈다.
"어젯밤에 노박 씨와 32분간 통화하셨던데, 그것도 밤 1시에요. 몇 번 얘기를 해본 사람하고 통화하기에는 좀 늦은 시간 아닌가요?"
순간 그의 얼굴에 경악의 빛이 스쳤다. 그는 뭔가 숨기고 있다. 지금 그를 닦달하면 분명 자제심을 잃고 속마음을 드러낼 것이다.
"복원 프로젝트에 대해 할 얘기가 있었습니다. 무척 중요한 사안이거든요."

"밤 1시에요? 그 말을 믿으라는 거예요?"

피아가 단호하게 고개를 저었다.

"그리고 어머니가 과실 치상으로 노박 씨를 고소하고 세 차례나 소송을 제기하셨더군요."

보덴슈타인이 끼어들었다. 엘라르트 칼텐제는 그를 멍하니 쳐다볼 뿐 무슨 의도로 그런 말을 하는지 파악하지 못했다.

"그래서요? 그게 저와 무슨 상관입니까?"

"노박이 칼텐제 집안에 원한을 품는 게 당연하다는 생각 안 드십니까?"

그는 아무 대꾸도 하지 않았다. 이마에 땀방울이 맺혔다. 뭔가 숨기는 것이 있다는 증거다.

"노박이 못 받은 돈을 받아내기 위해 어디까지 갈 것인지 생각해 볼 만한 일이죠."

"그…… 그게 무슨 뜻입니까?"

사람들과의 마찰을 두려워하는 칼텐제 교수에게는 이 상황이 힘에 겨운 것 같았다.

"마르쿠스 노박이 골드베르크나 슈나이더를 알았나요? 아니타 프링스는요? 헤르만 슈나이더가 살해당한 날 밤 12시 반에 그 집 앞에서 회사 로고가 그려진 차를 본 사람이 있습니다. 노박 씨 회사 주차장에도 그런 차가 있더군요. 그런데 노박 씨는 그 시간에 확인 가능한 알리바이가 없어요. 집에 혼자 있었다고 하더라고요."

"12시 반요?"

칼텐제가 혼잣말처럼 되뇌었다. 피아가 끼어들었다.

"노박은 뮐렌호프에서 한참 동안 일했잖아요. 그 세 사람을 보았을 거고, 칼텐제 부인의 가장 친한 친구들이라는 것도 알았을 거예요. 칼텐제 집안사람들에게는 16만 유로가 아무것도 아닐지 몰라도 노박에게는 큰돈이에요. 친구들을 죽임으로써 어머니에게 압력을 넣으려고 한 것일 수도 있어요. 한 사람 한 사람 차례로 죽이면서 압력을 높여간 거죠."

칼텐제는 정신이 나간 거 아니냐는 표정으로 피아를 쳐다보다가 머리를 세차게 흔들었다.

"말도 안 됩니다! 그게 무슨 황당한 소리예요? 마르쿠스 노박은 살인자가 아닙니다! 그리고 그건 살인 동기가 될 수도 없고요!"

"복수, 생활고에 대한 두려움은 충분히 살인의 동기가 됩니다. 사실 전문 킬러에 의해 벌어지는 살인은 지극히 적습니다. 대부분은 평범한 사람들이 궁지에 몰려 다른 방법을 찾지 못할 때 일어나죠."

보덴슈타인이 반박했다. 칼텐제는 흥분해서 목소리를 높였다.

"마르쿠스는 총을 쏘지 않았어요! 도대체 뭘 잘못 먹었기에 그런 엉뚱한 생각을 하는 겁니까!"

마르쿠스? 엘라르트 칼텐제와 노박은 친밀한 사이임에 틀림없다. 피아는 문득 며칠 전 슈나이더가 죽었다는 소식을 전했을 때 엘라르트가 보인 무심한 반응이 떠올랐다. 이미 슈나이더가 죽었다는 것을 알고 있었기 때문에 그렇게 반응한 것이 아닐까? 돈 많고 영향력 있는 엘라르트가 고수익 프로젝트로 노박을 꾀어 살인을 저지르게 했을 수도 있는 일이다.

"슈나이더가 죽은 날의 알리바이는 계속 조사할 거예요. 그리고 골드베르크와 아니타 프링스가 살해당한 날 어디 있었는지도 물어볼 거고요."

피아가 말했다.

"완전히 잘못 짚은 겁니다."

엘라르트 칼텐제의 목소리가 파르르 떨렸다. 피아는 그의 표정을 유심히 관찰했다. 어느 정도 감정을 통제하고 있지만 여전히 흥분 상태다. 경찰이 그를 의심하고 있다는 것을 눈치챈 것일까?

*

병원 문을 나서자마자 피아의 휴대전화가 울렸다. 피아는 전화를 받느라 혼자 뒤처졌다.
"왜 이렇게 전화가 안 돼? 한 시간 전부터 계속 걸었는데."
오스터만이 짜증 섞인 투로 말했다.
"병원에 있었어. 병원 건물에서는 전화 수신이 안 되잖아. 무슨 일이야?"
"잘 들어. 마르쿠스 노박은 4월 30일 밤 11시 45분에 피시바흐 교통경찰에게 잡혔어. 면허증과 증명 서류를 가지고 있지 않아서 다음 날 켈크하임 경찰서에 가서 확인을 받아야 했는데 지금까지도 하지 않았어."
"그래? 잡힌 곳이 정확히 어딘데?"
컴퓨터 자판을 두드리는 소리가 났다.
"그뤼너벡, 켈크하임 가 모퉁이. 차는 회사 명의로 된 폭스바겐 파사트야."
"슈나이더는 밤 1시경에 죽었어. 피시바흐에서 에펜하인까지는 차로 15분이면 갈 수 있는 거리고……. 알았어, 고마워."
피아는 혼잣말로 중얼거리다가 전화를 끊었다. 저만치 앞에 간 보덴슈타인은 차 옆에서 멍하니 생각에 잠겨 있었다. 피아가 오스터만에게 들은 이야기를 해주었다.

"슈나이더가 사망한 시각에 노박이 집에 있었다는 건 거짓말이었어요. 노박이 왜 거짓말을 했을까요?"
"노박이 슈나이더를 죽여야 할 이유가 있나?"
"엘라르트 칼텐제의 사주를 받았을 수도 있죠. 칼텐제 교수가 노박에게 큰 주문을 성사시켜주고 대가를 요구했을 수도 있어요. 아니면 노박이 베라 칼텐제에게 겁을 주려고 했을 수도 있고요. 어쩌면 그 숫자도 못 받은 돈의 액수를 뜻하는 건지 몰라요. 16만 얼마라잖아요!"
"영이 하나 부족하잖아."
"하긴 그렇긴 해요. 그냥 한번 생각해본 거예요."
피아가 어깨를 으쓱했다.
"엘라르트 칼텐제가 범인이거나 범행을 사주했다는 생각은 버리라고."
보덴슈타인이 한가한 소리를 하는 것 같아 피아는 불쑥 화가 치밀었다.
"왜요? 엘라르트 칼텐제는 이제까지 우리가 만나본 사람 중에 가장 동기가 강한 사람이잖아요. 반장님도 며칠 전 집에 갔을 때 그 모습을 보셨어야 해요! 출생의 비밀을 알면서도 모른 체하는 사람들을 모두 증오한다고 했어요. 누구를 말하는 거냐고 했더니 진실을 알고 있는 사람들이라고 하면서 죽이고 싶도록 밉다고 했어요. 전 계속 물고 늘어졌어요. 그랬더니 글쎄, 셋 다 죽었으니 상관없다고 하더라고요. 이제 어머니만 남았다고요!"
보덴슈타인은 자동차 지붕 너머로 피아를 빤히 쳐다보았다. 피아는 좀 누그러진 투로 말을 이었다.
"엘라르트 칼텐제는 이미 예순이 넘었어요. 친부가 누구인지 알아낼 수 있는 시간이 얼마 남지 않았다고요. 어머니 친구들이 입을 열지 않자 감정이 욱해서 죽인 거라고요. 아니면 노박에게 시켰든 가요! 다음으로는 어머니를 죽일 거예요. 어머니도 미워하거든요."

"그 말을 뒷받침할 증거가 하나도 없잖아."

"아, 답답해!"

피아가 손으로 자동차 지붕을 탁 내리쳤다. 마음 같아서는 보덴슈타인의 어깨를 붙잡고 마구 흔들고 싶었다. 불 보듯 뻔한 일을 인정하려고 들지 않다니!

"엘라르트 칼텐제는 이 사건과 분명 관련이 있다니까요! 전 확실하게 감이 와요! 돌아가서 범행 시각에 어디서 뭘 했는지 물어보세요. 아마 혼자 집에 있었다고 하겠지만요!"

보덴슈타인은 대답 대신 피아에게 차 열쇠를 휙 던졌다.

"30분 후에 이리로 순찰차 한 대 보내."

그리고 유유히 병원으로 발길을 돌렸다.

*

피아가 경찰서에 도착하니 경비실에서 기다리고 있던 크리스티나 노박이 얼른 일어났다. 얼굴빛이 창백하고 긴장한 표정이었다.

"아, 노박 부인. 이쪽으로 오세요."

피아가 유리문 뒤에 있는 직원에게 손짓을 하자 문이 기계음을 내며 열렸다. 그 순간 피아의 휴대전화가 울렸다. 미리엄이었다.

"지금 어디야? 사무실이야?"

전화기에서 미리엄의 다급한 목소리가 흘러나왔다.

"응, 방금 도착했어."

"그럼, 메일 먼저 열어봐. 자료를 스캔해서 보냈거든. 그리고 문서실 담당 직원에게 몇 가지 중요한 정보를 들었어. 사람들하고 얘기 좀 해보고 다시 전화할게."

"응, 알았어. 메일은 바로 확인할게. 고마워, 미리엄."

피아는 2층 강력반 사무실 앞에 이르자 걸음을 멈추었다.

"여기서 잠시 기다리시겠어요? 금방 올게요."

크리스티나 노박은 말없이 고개를 끄덕인 후 복도에 있는 플라스틱 의자에 앉았다. 문을 열고 들어서니 오스터만 혼자 남아 사무실을 지키고 있었다. 하세는 양로원 타우누스블릭에, 카트린은 니더회히슈타트, 벤케는 쾨니히슈타인 주택가로 탐문을 나갔다. 피아는 자기 자리에 앉아 이메일을 열었다. 경찰 서버조차 무력하게 만드는 스팸 메일들 사이에서 폴란드에서 온 메일이 눈에 띄었다. 피아는 첨부 파일을 하나씩 열어보며 회심의 미소를 지었다.

"그렇지!"

미리엄이 베고르체보 시청 문서실에서 찾아낸 정보는 실로 대단했다. 하나는 1933년 앙어부르크 김나지움의 졸업 사진이고, 다른 하나는 당시부터 수상 스포츠의 아성이었던 앙어부르크 조정 경기에 관한 신문 기사였다. 두 사진 모두 다비드 골드베르크를 담고 있었고, 신문 기사에는 조정 경기의 승자이자 대회 후원자 사무엘 골드베르크의 아들인 다비드 골드베르크의 이름이 여러 번 거론되었다. 그가 바로 1945년 1월 아우슈비츠에서 죽은 진짜 다비드 골드베르크다. 그는 짙은 잿빛 곱슬머리에 눈이 푹 들어간 남자로, 체구가 작고 왜소했다. 키도 170센티미터가 안 되어 보였다. 켈크하임에서 총살당한 골드베르크는 젊었을 때 적어도 185센티미터는 됐을 것이다. 피아는 1933년 7월 22일자 〈앙어부르크 신문〉을 자세히 들여다보았다. '프로이센의 영광'이라는 이름의 보트 앞에서 다비드 골드베르크, 발터 엔드리카트, 엘라르트 폰 차이들리츠-라우엔부르크, 테오도르 폰 만슈타인, 네 명의 젊은이가 카메라를 향해 환하게 웃고 있었다.

"엘라르트 폰 차이들리츠-라우엔부르크라……."

피아는 입속으로 중얼거리며 마우스를 클릭해 사진을 확대했다. 1945년 이후 실종된 것으로 알려진 베라 칼텐제의 오빠임에 틀림없다. 열아홉 살 정도로 보이는 사진 속의 청년과 같은 이름을 가진 육십 줄의 조카는 반박할 수 없을 만큼 닮은꼴이다. 피아는 사진을 인쇄한 후 크리스티나 노박을 방으로 불러들였다.

"기다리게 해서 미안해요. 커피 드시겠어요?"

피아가 문을 닫으며 물었다.

"아니요. 괜찮아요."

크리스티나 노박은 의자 끝에 걸터앉아 손을 무릎 위에 포갰다.

"노박 씨가 계속 고집스럽게 입을 열지 않기 때문에 노박 부인에게 남편과 주변 사람들에 관한 이야기를 좀 들어야 할 것 같아요."

크리스티나 노박은 각오가 됐다는 듯 결연한 표정으로 고개를 끄덕였다.

"남편에게 적이 있나요?"

크리스티나 노박은 창백한 얼굴로 고개를 저었다.

"아니요. 제가 알기론 없어요."

"가족과의 관계는 어떤가요? 남편이 시아버지와 별로 사이가 좋지 않은 것 같던데……."

"가족 안에는 항상 갈등이 있게 마련이죠. 하지만 그래도 아버님이 저나 마르쿠스, 우리 아이들이 잘못되라고 무슨 짓을 하실 분은 아니에요."

크리스티나 노박은 이마로 내려온 머리카락 한 가닥을 무심코 쓸어 넘겼다.

"노박 씨는 건설 회사를 물려받지 않았고, 시아버지는 그 일을 오래도록 마음에 두고 있었던 거 아닌가요?"

"그 회사는 아버님께서 평생 일해서 일군 회사예요. 온 가족이 그 회사에서 일했고요. 아버님과 시아주버님은 남편이 회사를 넘겨받기를 바랐어요. 당연한 거죠."

"본인은 어떠셨어요? 남편이 가족의 회사를 넘겨받지 않고 독립한 것을 어떻게 생각하세요?"

크리스티나 노박은 자리가 불편한 듯 의자 위에서 몸을 꿈지럭거렸다.

"솔직히 말하면 전 남편이 회사를 물려받기를 바랐어요. 나중에는 남편이 그런 결정을 내리고 밀어붙였다는 데 감탄했지만요. 저를 포함해서 가족 모두가 남편에게 큰 압력을 넣었거든요. 전 그렇게 용기 있는 사람이 아니라서 남편이 실패할까 봐 두려웠어요."

"지금은 어떻죠? 노박 씨는 아들이 그런 일을 당한 것을 알고도 별로 걱정하는 것 같지 않던데요."

"아니에요. 그건 오해예요. 지금은 아버님께서 마르쿠스를 무척 자랑스러워하세요."

그녀가 재빨리 말했다. 그러나 피아는 그 말을 믿지 않았다. 만프레트 노박은 본인의 체면이 깎이고 영향력을 잃는 데 초연할 수 있는 사람이 아니다. 그러나 다른 한편으로는 한 지붕 밑에서 사는 시아버지에 대해 나쁘게 말하지 못하는 며느리의 입장도 이해가 됐다. 피아는 그런 여자들을 수도 없이 보았다. 현실 앞에 눈을 감고 어떤 변화도 원하지 않으며 마치 아무 일도 없다는 듯 겉으로만 행복해 보이는 여자들은 수두룩하다.
"남편이 왜 고문을 당했는지 짚이는 데 없어요?"
"고문을 당해요?"
크리스티나 노박은 이해가 안 된다는 표정으로 피아를 보았다.
"오른손이 으깨졌어요. 의사들도 회복시킬 수 있을지 없을지 모른대요. 모르셨어요?"
"네……, 몰랐어요. 그리고 남편이 왜 고문을 당했는지도 전혀 모르겠어요. 남편은 건축 기술자지 첩보 요원 같은 사람이 아니잖아요."
"그런데 왜 경찰에게 거짓말을 했을까요?"
"무슨 거짓말요?"
피아는 그녀에게 마르쿠스 노박이 4월 30일 밤 교통경찰에게 잡힌 사실을 말해주었다. 그녀는 피아의 시선을 피했다.
"괜히 애써 연기하실 거 없어요. 아내에게 비밀이 있는 남자는 많아요."
피아의 말에 그녀는 얼굴이 빨개졌지만 당황한 티를 내지 않으려고 노력했다.
"남편은 제게 숨기는 거 없어요. 단속에 걸린 것도 얘기했어요."
그녀가 딱 잘라 말했다. 피아는 그녀가 불안해하는 것을 눈치채고 일부러 메모를 하는 척했다.
"4월 30일 밤에 어디 계셨죠?"
"체육공원에서 열린 5월 축제에 갔어요. 남편은 일이 있어서 나중에 왔고요."
"남편이 언제 축제장에 도착했죠? 단속에 걸린 다음이었나요, 전이었나요?"

피아가 사람 좋은 미소를 지으며 물었다. 노박 부인은 남편이 몇 시에 교통단속에 걸렸는지 아직 모르는 상태다.

"전…… 남편을 보지 못했어요. 시아버지와 남편 친구 몇 명에게 남편이 왔다는 말을 들었어요."

"축제에 갔는데 부인을 만나지도 않고 그냥 갔다고요? 그건 좀 이상하네요."

피아는 크리스티나 노박의 아픈 곳을 찔렀다는 것을 바로 알았다. 잠시 침묵이 이어졌다. 인내심을 가지고 기다리자 크리스티나 노박이 책상에 다가앉으며 입을 열었다.

"무슨 생각을 하시는지 알겠는데 사실은 그렇지 않아요. 전 남편이 체육 동호회 사람들과 친하게 지내지 않는 것을 알기 때문에 굳이 그 축제에 오라고 조르지 않았어요. 그래서 잠깐 들러서 아버지에게 얼굴만 비치고 도로 집에 간 거예요."

"노박 씨가 단속에 걸린 건 밤 11시 45분이에요. 그다음에는 어디로 갔죠?"

"집에 갔겠죠. 전 다 정리하고 나서 6시쯤 집에 갔어요. 그때 남편은 조깅을 하러 가고 없었어요. 매일 아침 조깅을 하거든요."

"아, 그렇군요."

피아는 책상 위의 서류를 뒤적이는 척하며 아무 말도 하지 않았다. 크리스티나 노박의 불안은 점점 커졌다. 시선이 불안정하게 흔들리고 윗입술에는 땀방울이 맺혔다. 더 이상 불안을 견디지 못하겠는지 그녀는 드디어 답답한 속내를 드러냈다.

"왜 자꾸 그날 밤 일을 묻는 거죠? 그게 남편이 습격당한 것과 무슨 상관이에요?"

"칼텐제라는 이름 들어봤어요?"

피아가 대답 대신 질문을 던졌다.
"물론이죠. 그건 왜요?"
그녀가 불안한 표정으로 물었다.
"그 집안은 노박 씨에게 엄청난 액수의 돈을 빚지고 있어요. 그리고 과실 치상으로 남편을 고소한 상태고요. 사무실에서 검찰 소환장이 나왔어요."
크리스티나 노박은 아랫입술을 지그시 깨물었다. 그녀가 남편에 대해 모르는 것은 한두 가지가 아닌 것 같았다. 그 이후 그녀는 무슨 질문을 해도 침묵으로 일관했다.
"노박 부인, 남편이 습격당한 이유를 알아내려면 저희에게 협조해주셔야 해요."
그녀는 고개를 들고 피아를 빤히 쳐다보았다. 가방을 움켜쥔 손에 얼마나 힘을 주었는지 뼈마디가 하얗게 드러났다. 그렇게 한동안 침묵이 계속되었다.
"네, 마르쿠스는 제게 숨기는 게 많아요. 저도 왜 그러는지 모르겠어요. 재작년에 칼텐제 교수와 폴란드에 다녀온 뒤로 사람이 완전히 변했어요!"
"노박 씨가 폴란드에 갔었어요? 무슨 일로 간 거죠?"
크리스티나 노박은 처음에는 침묵했지만 곧 용암이 분출하듯 속에 담고 있던 말을 쏟아냈다.
"아이들을 데리고 놀러 간 게 언젠지 몰라요! 그렇게 바쁜 사람이 할머니하고는 열흘간이나 마주리아에 다녀오더라고요! 좀 우습게 들릴지도 모르지만 가끔은 나랑 결혼한 건지 할머니랑 결혼한 건지 분간이 안 돼요. 거기다 그 칼텐제라는 사람까지 나타났어요! 걸핏 하면 칼텐제 교수만 찾고 허구한 날 전화통을 붙잡고 살면서 비밀리에 무슨 계획을 그렇게 세우는지! 그런데 제게는 한마디도 안 하더라고요! 아버님도 마르쿠스가 칼텐제 집안의 일을 맡았다는 걸 알고 얼마나 화를 내셨는지 몰라요!"

"왜요?"

"시아버지 회사가 도산한 건 다 칼텐제 집안 때문이거든요. 호프하임에 사무동을 맡아 지었는데 그 사람들이 공사에 문제가 있다고 우겼어요. 그래서 전문가의 감정을 수도 없이 받고 몇 년간 소송이 이어졌어요. 그러다 시아버지가 더 이상 버티지 못하고 손을 들었죠. 700만 유로나 걸린 공사였거든요. 결국 합의에 이르긴 했지만 회사를 살리지는 못했어요."

"그래요? 그런데 왜 노박 씨가 칼텐제 집안의 일을 다시 맡았을까요?"

피아가 관심을 나타내며 물었다. 크리스티나 노박은 그저 어깨를 으쓱할 뿐이었다.

"제가 그걸 어떻게 알겠어요? 가족들도 모르기는 마찬가지고요. 시아버지는 항상 그 집안사람들을 조심하라고 일렀어요. 그런데 그때 그 일이 지금 그대로 되풀이되고 있는 거예요. 돈은 안 들어오고 소송, 감정서에 대한 감정서만 끝없이 이어지고······."

그녀는 말끝을 흐리며 깊이 한숨을 쉬었다.

"남편은 칼텐제 교수의 말이라면 껌뻑 죽어요. 제게는 아예 관심이 없어요! 아마 집을 나간다고 해도 눈치도 못 챌걸요!"

피아는 그녀의 심정을 충분히 이해했다. 하지만 부부간의 문제에 대해서 더 자세히 듣고 싶은 생각은 없었다.

"아까 병원에서 칼텐제 교수를 만났어요. 노박 씨에게 가는 중이라는데 무척 걱정스러운 얼굴이더라고요. 자기 어머니가 노박 씨에게 큰 빚을 지고 있다는 사실을 모르고 있었어요. 두 사람이 친한 사이라면 왜 그런 이야기를 안 했을까요?"

피아는 크리스티나 노박의 입에서 다른 이야기가 더 나오기를 기대하며 운을 띄웠다.

"친한 사이요? 전혀 그런 거 아니에요! 칼텐제가 마르쿠스를 이용해먹는 거라고요! 그런데 마르쿠스는 그걸 전혀 몰라요. 그 사람 머릿속에는 온통 프랑크푸르트 구시가지 복원 프로젝트뿐인데, 그 인력으로 그런 큰 공사를 어떻게 맡아요? 그건 누가 봐도 무리예요! 마르쿠스가 욕심을 너무 크게 내는 거라고요! 사람 몇 명 데리고 프랑크푸르트 구시가지 공사라니 지나가던 개가 웃겠네! 칼텐제 교수 때문에 바람만 잔뜩 들어가지고! 이 일이 잘못되면 끝장나는 거예요!"

크리스티나 노박의 말투에는 절망과 패배감이 짙게 배어 있었다. 그녀는 과연 남편과 칼텐제 교수 사이를 질투하는 것일까? 혹시 올지도 모를 파산이 두려운 것일까? 아니면 겉으로나마 평온한 가정이 흔들리고 깨지는 것을 두려워하는 것일까? 피아는 손으로 턱을 괴고 생각에 잠긴 얼굴로 상대를 응시했다.

"노박 부인, 자꾸 모른다고 하면서 수사에 협조를 안 하시는데 정말 남편에 대해 그렇게 모르시나요? 아니면 남편에게 무슨 일이 일어나든 상관없는 건가요?"

크리스티나 노박은 세차게 머리를 흔들었다.

"아니에요! 그런 거 아니에요. 남편이 몇 달째 아무 얘기도 안 하는데 제가 무슨 수로 알겠어요? 누구랑 뭘 하고 다니는지 알아야 누가 그런 짓을 했는지 짐작이라도 할 수 있는 거잖아요. 제가 정확하게 아는 건 칼텐제 집안과의 소송이 마르쿠스가 뭘 잘못했기 때문이 아니라 상자 하나가 없어졌기 때문이란 거예요. 그때 칼텐제 교수랑 베라 칼텐제의 비서인 리터 씨가 여러 번 남편을 찾아왔어요. 세 사람이 사무실에 처박혀서 오래도록 비밀 얘기를 하더라고요. 그 밖에는 정말 아는 게 없어요."

그녀의 눈에 눈물이 글썽거렸다.

"저도 남편과 아이들이 걱정돼 죽겠어요. 남편이 무슨 일에 휘말렸는지 알 길이 없고, 남편이 왜 저와 얘기를 안 하는지도 모르겠어요."

그녀는 흐느끼며 수심 가득한 얼굴을 돌렸다. 그 모습을 보니 피아는 자신도 모르게 동정심이 일었다.

"그리고 제 생각엔…… 다른 여자가 있는 것 같아요. 밤늦게 나갔다가 새벽에 들어오는 일도 많아요."

그녀는 손가방을 뒤적거리며 피아의 시선을 외면했다. 뺨에 눈물이 주르륵 흘렀다. 피아는 휴지를 건네고 그녀가 코를 다 풀 때까지 기다렸다.

"그렇다면 4월 30일 밤에도 남편이 집에 있지 않았겠네요?"

피아가 나지막한 소리로 묻자 그녀는 어깨를 한 번 으쓱하고는 고개를 끄덕였다. 그리고 피아가 이제는 더 들을 말이 없다고 생각했을 때 느닷없이 폭탄선언 같은 말을 했다.

"그리고…… 얼마 전에 그 여자를 봤어요. 쾨니히슈타인에서요. 유치원에서 쓸 책을 사러 서점에 갔어요. 전 보행자 거리에 서 있었는데, 저만치 아이스크림 가게 앞에 남편 차가 보이더라고요. 제가 막 남편에게 가려는데 복권 가게 옆에 있는 허름한 집에서 그 여자가 나왔어요. 남편은 차에서 내렸고 그 여자와 말을 주고받았어요."

"그게 언제예요? 어떻게 생긴 여자였죠?"

피아는 전기가 통한 것처럼 움찔했다.

"키가 큰 검은 머리 여자였어요. 우아하게 꾸몄고요. 남편이 그 여자를 쳐다보는 눈빛이 심상치 않았어요……. 그리고 그 여자가 남편의 팔을 만지더라고요."

크리스티나 노박은 힘없는 소리로 말하고 다시 흐느끼기 시작했다. 쉼 없이 흘러내리는 눈물이 얼굴을 적셨다.

"그게 언제였어요?"

"지난주요. 금요일 12시 15분쯤이었어요. 처음엔…… 처음에는 일 때문에 만난 사람이라고 생각했어요. 그런데…… 그 여자가 남편 차에 타고 함께 어디론가 사라졌어요."

*

피아는 회의실로 가면서 사건의 해결에 한 걸음 다가섰다는 생각이 들었다. 증인 심문을 하면서 눈물이 쏙 빠지도록 사람을 닦달하는 경우는 드물지만 가끔은 목적이 수단을 정당화하기도 한다. 보덴슈타인은 4시 반에 회의를 소집했다. 피아는 방금 알아낸 것을 어서 말하고 싶어서 보덴슈타인을 기다렸지만 니콜라 엥겔이 먼저 회의실에 들어왔다. 카트린과 하세는 이미 와서 앉아 있었고, 곧 오스터만이 서류철 두 개를 옆구리에 끼고 나타났다. 벤케가 바로 그 뒤를 따랐고, 보덴슈타인은 정확히 4시 반에 모습을 드러냈다.

"강력반 모두 모인 것 같네요."

니콜라 엥겔이 보덴슈타인 자리에 앉으며 말했다. 보덴슈타인은 아무 말도 없이 피아와 오스터만 사이에 앉았다.

"모두 모인 참에 내 소개를 하는 게 좋겠네요. 6월 1일부터 니어호프 과장님의 후임으로 일하게 된 니콜라 엥겔입니다."

회의실에는 정적이 감돌았다. 물론 새 과장을 모르는 사람은 없었다. 아무 반응이 없었지만 니콜라 엥겔은 아무렇지도 않은 듯 말을 계속했다.

"나도 오랫동안 형사 생활을 했기 때문에 강력반 일에 특히 관심이 많아요. 그래서 이번 사건도 비공식적으로나마 돕고 싶은 생각이 있어요. 내 생각엔 괜찮을 것 같아요."

피아는 슬쩍 보덴슈타인에게 시선을 던졌다. 그러나 보덴슈타인은 딴생각을 하는지 무표정한 얼굴로 앞만 쳐다보았다. 새 과장이 자신의 이력과 앞으로 강력반이 나아갈 방향에 대해 연설하는 동안 피아는 남몰래 보덴슈타인에게 물었다.

"어떻게 됐어요?"

"키르히호프 형사 말이 맞았어. 칼텐제 교수는 범행 시각에 알리바이가 없어."

니콜라 엥겔은 얼굴 가득 미소를 지으며 좌중을 둘러보았다.

"어디 보자. 보덴슈타인 반장하고 키르히호프 형사는 이미 안면이 있고. 다른 사람들은 알아서 자기소개를 해보죠. 이쪽 분부터 한번 해보겠어요?"

그녀가 벤케를 보며 말했다. 그러나 벤케는 못 들은 척 의자 등받이에 한껏 등을 기댔다.

"어서요, 벤케 경사."

그녀는 그 상황을 즐기는 듯 여유로워 보였다. 그러나 회의실에는 폭우가 쏟아지기 직전처럼 팽팽한 긴장감이 감돌았다. 피아는 벤케가 얼굴이 하얗게 질려서 보덴슈타인의 방에서 나오던 모습을 떠올렸다. 그 이상한 행동이 니콜라 엥겔과 관련이 있는 걸까? 벤케는 당시 프랑크푸르트 강력반에서 보덴슈타인 밑에 있었다. 그렇다면 벤케도 니콜라 엥겔을 알 것이다. 그런데 왜 새 과장은 마치 벤케를 모른다는 듯 행동하는 것일까? 피아가 그런 생각에 빠져 있는 사이 보덴슈타인이 나서서 상황을 정리했다.

"형식적인 절차는 생략하죠. 할 일이 많습니다."

보덴슈타인은 짤막한 말로 팀원들을 소개한 다음 바로 보고를 들었다. 피아는 크리스티나 노박에게서 알아낸 것을 말하고 싶어 입이 근질근질했지만 맨 마지막에 말하려고 꾹 참고 기다렸다. 과학 수사 결과 로버트 바트코비아크의 배낭에서 나온 총은 세 노인을 살해한 무기가 아닌 것으로 드러났다. 하세가 맡은 타우누스블릭 양로원에서는 사건과 관련된 것을 보았다는 사람이 아무도 나타나지 않았지만, 니더회히슈타트에 간 카트린은 범행 시각 즈음에 이상한 사람을 보았다는 증인을 만날 수 있었다. 모니카 크래머의 이웃 여자가 처음에는 계단에서, 나중에는 쓰레기통 옆에서 검은 옷을 입은 낯선 남자를 보았다는 것이다. 벤케는 쾨니히슈타인에서 매우 흥미로운 것을 알아냈다. 바트코비아크의 시체가 발견된 허름한 집과 대각선으로 마주보고 있는 아이스크림 가게 주인이 사진 속의 바트코비아크를 알아보고 가끔 그 집에서 자고 나오는 것을 보았다고 진술했다. 또한 그는 지난 금요일 약 45분간 그 집 앞에 'N'이라고 커다랗게 회사 로고가 붙은 차가 서 있었다고 말했다. 그리고 몇 주 전에는 바트코비아크가 처음 보는 남자와 함께 프랑크푸르트 번호판을 단 BMW 컨버터블을 타고 와서 가게 바로 앞에 주차해놓고 두 시간 가까이 그 남자와 열심히 대화를 했다는 것이다.

사람들은 노박의 회사 차가 왜 쾨니히슈타인에 있었는지, 아이스크림 가게에 왔던 남자가 누구인지에 대해 생각하기 시작했다. 그동안 피아는 시작하자마자 수사가 중단돼 얄팍한 골드베르크 사건 일지를 들춰 보았다.

"잠깐만요. 골드베르크가 죽기 전에 찾아온 남자도 프랑크푸르트 번호판이 붙은 스포츠카를 타고 왔다고 했어요. 이건 우연이 아닐 수도 있어요."

피아가 불쑥 끼어들었다. 보덴슈타인은 고개를 끄덕이며 만족스러운 표정을 지었다. 피아는 30분 전 크리스티나 노박에게 들은 이야기를 풀어놓았다.

"그 상자 안에 뭐가 들어 있었는데?"

오스터만이 물었다.

"노박 부인도 그건 모른대. 어쨌든 마르쿠스 노박과 칼텐제 교수는 겉으로 보이는 것보다 훨씬 가까운 사이야. 칼텐제 교수와 베라 칼텐제의 비서로 일했던 리터라는 남자가 그 사건 이후로 노박의 사무실에 여러 번 왔었대."

피아는 잠시 숨을 돌렸다.

"진짜 중요한 건 지금부터야! 노박은 바트코비아크의 사망 시각, 즉 금요일 12시 15분경 바트코비아크의 시체가 발견된 그 집 앞에서 검은 머리 여자와 만나서 함께 차를 타고 떠났어. 노박 부인이 쾨니히슈타인에 갔다가 우연히 봤대."

회의실에는 정적이 감돌았다. 이로써 마르쿠스 노박은 다시 용의자 리스트 최상위권에 올랐다. 검은 머리의 여자는 과연 누굴까? 노박은 그 집 앞에서 뭘 한 걸까? 과연 노박이 범인일까? 새로운 정보가 드러날수록 새로운 수수께끼도 함께 늘어났다.

"베라 칼텐제와 그 상자에 대해 얘기를 해봐야겠군. 하지만 리터라는 남자를 찾는 게 급선무야. 그자가 토해낼 게 많을 것 같아. 오스터만은 리터의 거주지를 찾아내고, 하세와 카트린은 프링스 사건을 맡아. 내일 다시 타우누스블릭에 가서 양로원 직원들, 정원사, 주민, 이웃들, 배달하는 사람 할 것 없이 다 만나보라고. 범인이 아니타 프랑스를 양로원 건물 밖으로 데리고 나가는 걸 목격한 사람이 분명히 있을 거야."

"두 사람이 그걸 다 하려면 일주일도 더 걸려요. 명단에 있는 이름이 300개가 넘는데 지금까지 만나본 사람은 겨우 56명입니다."

안드레아스 하세가 불평을 쏟아냈다.

"사람 더 붙여줄 테니까 그건 걱정 말고."

보덴슈타인은 수첩에 메모를 하고 좌중을 둘러보았다.

"벤케는 내일 다시 골드베르크와 슈나이더의 이웃들을 만나봐. 인터넷에서 노박의 회사 로고를 인쇄해서 이웃들에게 보여줘. 그리고 피시바흐 스포츠협회에 가서 4월 30일 밤에 마르쿠스 노박을 본 사람이 있는지 찾아보고."

벤케는 대답 대신 고개를 끄덕였다.

"내일 할 일이 뭔지 모두 잘 알겠지? 일 끝나고 오늘처럼 오후에 집합하도록. 아, 키르히호프는 지금 나랑 같이 노박에게 갈 거야."

피아도 고개를 끄덕였다. 리놀륨 바닥 위로 의자 끌리는 소리와 함께 사람들이 흩어졌다.

"내가 할 일은 뭐야?"

피아가 막 밖으로 나가는데 니콜라 엥겔이 말하는 소리가 들렸다. 피아는 니콜라 엥겔이 보덴슈타인에게 반말을 하는데 놀라서 걸음을 멈추었다. 그리고 열린 문 뒤에 서서 안에서 나는 소리에 귀를 기울였다.

"갑자기 이렇게 나타나면 어쩌자는 거야? 도대체 무슨 속셈이야? 내가 수사하는 동안 잡음 넣지 말아달라고 분명히 얘기했잖아."

보덴슈타인이 화난 목소리로 몰아붙였다.

"이 사건에 관심이 있을 뿐이야."

"웃기는 소리 하지 마! 트집 잡으려는 거 다 알아. 우리가 한두 해 아는 사이야?"

피아는 깜짝 놀라 숨을 멈추었다. 이게 어떻게 된 거지?

"자신을 너무 과대평가하는 거 아니야? 그냥 꼴 보기 싫으니까 수사에서 손 떼고 꺼지라고 하지 그래?"

니콜라 엥겔이 가소롭다는 듯 말했다. 피아는 잔뜩 긴장한 채 보덴슈타인의 다음 말을 기다렸다. 그러나 그때 동료 두 명이 큰 소리로 떠들며 지나갔고 회의실 문은 안에서 닫혔다.

"에이."

피아는 안타까워하며 발길을 돌렸다. 그리고 적당한 기회에 보덴슈타인에게 새 과장을 언제부터 알았는지 물어봐야겠다고 생각했다.

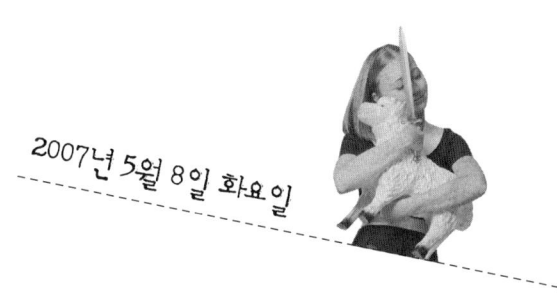

2007년 5월 8일 화요일

보덴슈타인과 피아는 아침 일찍 뮐렌호프에 도착했다. 경비원들은 보이지 않았고 커다란 대문은 활짝 열려 있었다.
"바트코비아크가 죽고 노박이 병원에 있으니 이제 두려울 게 없는 모양이네요."
피아가 말하자 보덴슈타인은 건성으로 고개를 끄덕였다. 차를 타고 오는 동안 그는 입을 꾹 다물고 한마디도 하지 않았다. 비쩍 마른 여자가 문을 열어주며 주인댁 사람들은 아무도 없다고 알렸다. 보덴슈타인은 갑자기 딴사람이 된 듯 매력적인 미소를 날리며 잠시 시간을 내줄 수 있느냐고 정중하게 물었다. 보덴슈타인의 살인 미소는 아냐 모어만에게도 통했다. 이런 일이 가끔 있는 터라 피아는 보덴슈타인에게 모든 것을 맡기고 잠자코 있었다. 문을 열어준 여자는 저택의 상일꾼 모어만의 아내로 15년째 '마님'을 모시고 있다고 했다. 피아는 마님이라는 말에 픽 웃음이 나왔다. 모어만 부부는 저택 부지에 있는 작은 집에서 사는데, 장성한 두 아들이 가족을 데리고 주기적으로 방문한다고 했다.

"노박 씨를 아십니까?"

"그럼요. 알고말고요."

아냐 모어만은 열심히 고개를 끄덕였다. 그녀는 살이 거의 없고 뼈와 근육만 남은 것처럼 말랐다. 몸에 달라붙는 흰색 티셔츠를 입었는데 왜소한 가슴 위로 주근깨 박힌 쇄골이 두드러졌다. 나이는 40세에서 50세 사이로 보였다.

"여기서 일할 때 항상 식사 준비를 해드렸는걸요. 노박 씨는 친절하고 참 괜찮은 사람이에요. 거기다 미남이고요."

그녀는 키득거리며 웃었다. 그녀에게 썩 어울리는 웃음은 아니었다. 윗입술이 너무 작은 탓인지 앞니가 너무 튀어나온 탓인지 그녀를 보고 있으면 부산하게 움직이는 토끼가 연상되었다.

"그때 마님이 노박 씨에게 왜 그렇게 혹독하게 했는지 지금 생각해도 통 모르겠다니까요."

아냐 모어만은 머리가 썩 좋아 보이진 않았지만 남의 일에 관심이 많고 수다스러웠다. 칼텐제 저택에서 일어나는 일 중에 그녀가 모르고 지나가는 일은 별로 없을 것이다.

"그 사고가 있던 날 무슨 일이 있었는지 기억나세요?"

피아는 그렇게 물으며 그녀의 억양에 배인 사투리가 어느 지역의 것인지 생각했다. 슈바벤? 작센? 자를란트?

"기억하다마다요. 그날 교수님과 노박 씨는 물레방아 앞에 서서 무슨 도면 같은 걸 보고 있었어요. 제가 커피를 가져다 드렸죠. 그때 리터 씨랑 마님이 돌아왔어요. 우리 남편이 공항에 가서 모셔왔거든요."

아냐 모어만은 그날의 일을 자세히 기억하고 있었다. 언제나 엑스트라 역이었을 그녀는 모처럼 관심의 중심에 선 것이 무척 즐거운 것 같았다.

"마님은 사람들이 물레방아 앞에 서 있는 것을 보고 불같이 화를 내며 차에서 내렸어요. 그리고 노박 씨가 말리는 것도 뿌리치고 방앗간으로 들어갔어요. 마님은 바로 2층으로 올라갔는데, 2층의 진흙 바닥이 아직 마르지 않아서 그만 바닥을 뚫고 밑으로 떨어지고 말았어요. 어찌나 비명을 크게 지르시던지!"

"거긴 왜 들어간 건데요?"

피아가 물었다.

"다락에 있는 짐 때문이었어요. 어쨌든 난리가 아니었어요. 노박 씨는 아무 말도 없이 그냥 그 자리에 서 있더라고요. 마님은 팔이 부러졌는데도 불구하고 공구를 넣어두는 헛간으로 갔어요."

"다락에 있던 짐은 뭐였죠? 그리고 헛간에는 왜 갔어요?"

아냐 모어만이 숨을 돌리는 사이 피아가 재빨리 물었다.

"아유, 그냥 잡동사니예요. 마님은 뭐든 버리는 법이 없거든요. 그중에서도 그 오래된 궤짝 때문인 것 같았어요. 먼지투성이에 거미줄이 잔뜩 낀 나무 상자가 여섯 개 있었거든요. 방앗간 바닥을 허물기 전에 일하는 사람들이 짐을 몽땅 헛간으로 옮겼어요."

아냐 모어만은 놀라울 정도로 근육이 많은 팔뚝 사이에 엄지손가락을 끼워 넣으며 팔짱을 꼈다. 그리고 잠시 생각하는 듯하더니 다시 말을 이었다.

"아마 그중에 하나가 모자랐던가 봐요. 주인댁 사람들하고 노박 씨가 언성을 높이며 싸웠어요. 그리고 리터 씨가 끼어들자 마님이 폭발하고 말았어요. 어찌나 심한 말을 쏟아냈는지 입에 담기도 힘들 정도예요."

그녀는 끔찍하다는 듯 머리를 내둘렀다.

"구급차가 오고 나서도 마님은 계속 소리를 질렀어요. 리터 씨더러 24시간 내에 그 상자를 다시 찾아내지 못하면 다른 직업을 찾아야 할 거라고 했어요."

"그 사람은 상관이 없지 않나요? 마…… 아니, 칼텐제 부인과 함께 외국에 나갔다 온 거잖아요."

보덴슈타인이 반문했다.

"네, 맞아요. 그런데 누군가는 목이 잘려야 하는 상황이었던 거죠. 교수님을 내쫓을 수는 없으니까 불쌍한 노박 씨와 리터 씨가 잘린 거예요. 18년간 손발 노릇 한 사람을 그렇게 욕하고 망신 주면서 쫓아내더라고요! 지금은 차도 없이 허름한 아파트에 산다고 들었어요. 그게 다 먼지투성이 상자 하나 때문이라니까요!"

그 말을 듣자 피아는 뭔가 연상되는 것이 있었지만 기억이 날 듯 말 듯했다.

"그 상자들은 지금 어디에 있죠?"

"헛간에 그대로 있어요."

"좀 봐도 될까요?"

아냐 모어만은 잠시 생각하더니 경찰에게 상자를 보여줘도 괜찮다는 결론을 내린 듯 고개를 끄덕였다. 보덴슈타인과 피아는 그녀를 따라 일어섰다. 집을 빙 돌아가니 낮은 헛간 건물이 나왔다. 헛간 안은 무엇 하나 어질러져 있지 않고 질서정연했다. 나무로 만든 작업대 앞 벽에는 여러 가지 종류의 공구들이 나란히 걸려 있는데, 검정 사인펜으로 각 공구의 모양을 따라 그려 자리를 표시해놓았다. 아냐 모어만은 옆방으로 통하는 문을 열었다.

"여기다 넣어놨어요."

두 사람은 바닥에 타일이 깔린 방으로 들어갔다. 천장에 고기를 걸어 두는 레일이 달린 것으로 보아 옛날에 냉장실로 쓰던 방인 듯했다. 먼지를 뒤집어쓴 나무 상자 다섯 개가 바닥에 나란히 놓여 있었다. 그것을 본 피아는 여섯 번째 상자를 어디서 봤는지 바로 기억해냈다. 아냐 모어만은 마지막으로 마르쿠스 노박을 본 날에 대해 이야기했다. 마르쿠스 노박은 성탄절 직전에 마지막으로 뮐렌호프에 나타났는데 선물을 주러 왔다는 핑계로 집 안에 들어가더니 곧바로 마님이 '향우회'를 열고 있는 큰 살롱으로 쳐들어갔다.

"향우회요?"

보덴슈타인의 물음에 아냐 모어만은 열심히 고개를 주억거렸다.

"네, 한 달에 한 번씩 모임을 가졌거든요. 골드베르크 씨, 슈나이더 씨, 프링스 부인, 그리고 마님 이렇게 넷이서요. 교수님이 집을 비울 때는 여기서 만났고요. 아니면 슈나이더 씨 집에서 했어요."

피아는 보덴슈타인에게 의미심장한 눈길을 던졌다. 흥미로운 정보가 아닐 수 없었다. 그러나 지금은 노박 이야기를 해야 한다.

"아, 네. 그래서 어떻게 됐어요?"

"아, 그러니까······."

아냐 모어만은 방 한가운데 서서 머리를 긁적였다.

"노박 씨는 아직 돈을 받지 못했다고 점잖게 말했어요. 그건 제가 직접 들었기 때문에 알아요. 그런데 마님이 막 비웃으면서 동냥 온 거지 취급하고······."

그녀는 갑자기 말을 뚝 끊으며 창밖을 쳐다보았다. 검정색 마이바흐 리무진 한 대가 집 모퉁이를 돌아 미끄러져 오는 것이 보였다. 묵직한 차가 그들 앞으로 지나가자 잘 손질된 진입로의 자갈들이 서로 부딪쳐 소리를 냈다. 리무진 뒷좌석의 짙은 선팅 유리창 뒤에 사람이 앉아 있는 것이 분명히 보였다. 그러나 운전사 제복을 차려입은 말상의 운전수는 혼자 차에서 내려 리모컨으로 차 문을 잠근 다음 그들에게 다가왔다.

"마님은 아직 병원에 계십니다."

피아는 모어만 부부가 짧게 주고받는 시선을 보고 그 말이 거짓임을 바로 알았다. 남의 집 일을 하며 부자 주인을 위해 거짓말을 하고 입을 다물어야 하는 기분은 어떨까? 속으로는 주인마님을 미워하는 게 아닐까? 적어도 이제까지 아냐 모어만이 보인 태도에서 딱히 충실하다는 인상을 받지는 못했다.

"그럼, 쾌차하시라고 전해주십시오. 내일 다시 들르죠."

보덴슈타인의 말에 모어만은 말없이 고개를 끄덕였다. 모어만 부부는 헛간 건물 앞에 서서 두 형사가 멀어지는 모습을 지켜보았다.

"분명히 거짓말이에요."

피아가 작은 소리로 말했다.

"응, 내 생각도 그래. 차 안에 앉아 있어."

"도로 가서 차 문을 확 열어버릴까요? 망신 좀 당하게."

그러나 보덴슈타인은 고개를 저었다.

"아니, 어디 도망가는 것도 아니니 그냥 둬. 이럴 땐 멍청한 척하는 편이 나아."

*

토마스 리터가 약속 장소로 잡은 곳은 프랑크푸르트 팔멘가르텐 안에 있는 카페 지스마이어였다. 보덴슈타인은 그가 자신의 집이 창피해서 밖에서 만나자는 것이라고 생각했다. 베라 칼텐제의 전직 비서는 이미 카페에 도착해 흡연자석에서 담배를 피우고 있었다. 보덴슈타인은 곧바로 그를 향해 걸음을 옮겼다. 리터는 형사들을 보더니 담배를 끄고 벌떡 일어났다. 피아는 보덴슈타인 뒤를 따라가며 리터를 유심히 관찰했다. 40대 중반으로 보이는 그는 약간 비대칭인 각진 얼굴에 푸른 눈을 가졌다. 코는 살짝 튀어나오고 숱 많은 머리에는 일찌감치 자라난 흰머리칼이 듬성듬성 섞여 있었다. 못생긴 얼굴은 아니지만 그렇다고 해서 누구나 인정할 만한 미남은 아니었다. 그럼에도 불구하고 지나가던 여자들이 한 번 더 뒤돌아볼 만한 매력이 있었다. 그는 피아를 머리끝부터 발끝까지 쓱 훑어보더니 흥미 없다는 듯 보덴슈타인에게 시선을 돌렸다.

"비흡연자석을 원하시면 자리를 옮겨도 됩니다."

"아닙니다. 괜찮습니다."

보덴슈타인은 등받이 없는 가죽 의자에 앉자마자 바로 용건을 꺼냈다.

"당신의 전 고용주 주변에서 다섯 건의 살인 사건이 일어났습니다. 수사 과정에서 리터 씨의 이름이 여러 번 나왔고요. 칼텐제 집안에 대해 해주실 말씀이 있을 것 같은데요."

"누구에 대해 뭘 알고 싶으십니까? 전 그 집에서 18년간 칼텐제 부인의 개인 비서로 일했습니다. 아는 게 상당히 많죠."

리터는 양 눈썹을 추어올리더니 담배 한 개비를 뽑아 불을 붙였다. 재떨이에는 이미 담배꽁초가 세 개 있었다. 그때 종업원이 와서 메뉴판을 내밀었다. 젊은 여종업원의 시선이 리터에게 집중됐다. 보덴슈타인은 커피를, 피아는 콜라 라이트를 주문했다.

"라테 마키아토 한 잔 더 드릴까요?"

종업원이 리터에게 물었다. 리터는 겉멋이 든 몸짓으로 고개를 끄덕이고는 피아를 슬쩍 쳐다보았다. 그 눈빛은 '봐라, 내가 여자들에게 얼마나 인기가 많은지 알겠지?'라고 말하는 듯했다. 피아는 속으로 재수 없는 놈이라고 생각하며 억지 미소를 지었다.

"칼텐제 부인과의 불화는 무엇 때문이었습니까?"

보덴슈타인이 질문을 계속했다.

"불화는 없었습니다. 아무리 좋은 직업이라도 18년이면 지겨워지게 마련이죠. 다른 일을 해보고 싶어서 그만둔 겁니다."

"아, 그렇군요."

보덴슈타인은 그 말을 믿는 척했다.

"실례지만 지금은 무슨 일을 하고 계십니까?"

"지금은 라이프스타일 매거진의 편집장으로 일하면서 따로 책을 쓰고 있습니다."

리터는 팔짱을 끼며 여유로운 미소를 지었다.

"정말요? 작가를 만난 건 처음이에요. 무슨 책을 쓰시는데요?"

피아가 감탄의 시선을 보내자 그는 만족스러운 표정을 숨기지 못했다.

"주로 소설입니다."

그는 두루뭉술하게 대답하고 다리를 꼬며 애써 태연한 척했다. 그러면서 자꾸만 재떨이 옆에 놓인 휴대전화를 쳐다보았다.

"저희는 칼텐제 부인과 좋게 끝난 게 아니라고 들었습니다. 물레방아 사건이 있은 후 해고된 진짜 이유가 뭐죠?"

리터는 아무 대답도 하지 않았다. 목젖이 급하게 움직였다. 그는 정말 경찰이 그런 것도 모를 거라고 생각했을까?

"해고당할 당시 수수께끼의 나무 상자가 문제가 되어 싸움이 일어났다고 들었습니다. 그 이야기를 한번 해보시죠."

"다 근거 없는 말입니다. 그 집 사람들이 저를 시기해서 지어낸 말입니다. 그 사람들은 제가 베라에게 너무 큰 영향력을 행사한다고 생각해서 항상 저를 눈엣가시로 여겼습니다. 해고가 아니라 좋게 그만둔 겁니다."

그 말은 꽤 설득력 있게 들렸다. 만약 모어만 부인에게 상세한 내용을 듣지 않았더라면 피아도 그 말을 믿었을 것이다.

"그럼, 사라진 상자 얘기를 해보시죠."

보덴슈타인이 커피를 한 모금 마시고 물었다. 순간 피아는 리터의 눈이 불안하게 깜빡이는 것을 보았다. 거기다 담뱃갑을 손에 들고 가만히 두지를 못했다. 그런 그를 보고 있으니 자기도 모르게 불안해져서 담뱃갑을 뺏어버리고 싶었다.

"잘 모릅니다. 방앗간 다락에 있던 상자가 하나 없어졌다는 말은 들었습니다만, 본 적도 없고 어떻게 됐는지도 모릅니다."

그때 케이크 진열대 뒤에 서 있던 젊은 여종업원의 손에서 접시 한 무더기가 미끄러져 와장창 소리를 내며 대리석 바닥으로 떨어졌다. 리터는 누가 자신에게 총을 쏘기라도 한 듯 어깨를 움찔하며 사색이 되었다. 신경이 무척 예민한 것 같았다.

"그 속에 뭐가 들어 있었는지 짐작이 가십니까?"

보덴슈타인이 묻자 리터는 길게 숨을 들이마신 후 고개를 저었다. 거짓말을 하고 있는 게 분명하다. 그는 왜 거짓말을 하는 것일까? 쫓겨났다는 것이 창피해서? 아니면 사건에 엮이고 싶지 않아서? 그는 베라 칼텐제에게 모진 꼴을 당했다. 사람들이 모두 보는 데서 그렇게 쫓겨났으니 자존심에 커다란 타격을 입었을 것이다.

"어떤 차를 타시죠?"

피아가 갑자기 화제를 바꾸었다.

"왜요?"

느닷없는 질문에 리터는 살짝 당황했다. 그리고 무심코 담배를 꺼내려는데 담뱃갑이 비어 있었다.

"그냥 궁금해서요."

피아는 가방에서 말보로 담배를 꺼내 탁자 위에 올려놓았다.

"제 거라도 피우세요."

리터는 잠시 망설이다가 담배 한 개비를 꺼냈다.

"아내가 Z3(BMW에서 생산하는 스포츠카_역주)를 타는데, 저도 가끔 사용합니다."

"지난 주 목요일에도 몰고 나가셨나요?"

"그랬을 수도 있죠. 그런데 그건 왜 물으십니까?"

리터는 담배에 불을 붙이고 담배 연기를 깊이 빨아들였다. 피아는 보덴슈타인과 짧게 눈빛을 주고받았다. 스포츠카를 타고 왔다는 남자는 리터일지도 모른다.

"리터 씨가 로버트 바트코비아크와 함께 있는 걸 본 사람이 있어요. 만나서 무슨 얘기를 했죠?"

피아는 자신의 짐작이 틀리지 않기를 바라며 계속 밀어붙였다. 그리고 리터가 희미하게 몸을 움찔하는 것을 보고 자신이 옳음을 확신했다.

"경찰이 그걸 왜 알아야 하죠?"

"리터 씨가 바트코비아크를 마지막으로 본 사람일 수도 있으니까요. 저희는 그동안 바트코비아크가 골드베르크, 슈나이더, 프링스의 살인자라고 생각하고 있었거든요. 로버트 바트코비아크가 지난 주말에 약물 과다 복용으로 스스로 목숨을 끊은 것은 알고 계시죠?"

피아는 리터의 눈에 스치는 안도의 빛을 놓치지 않고 보았다. 리터는 담배 연기를 코로 내보냈다.

"네, 소식 들었습니다. 하지만 전 그 일과 아무 상관없습니다. 로버트가 전화를 해서 만나자고 했습니다. 또 우는 소리를 하더군요. 전에 베라를 대신해서 로버트의 뒤를 봐주곤 했는데, 아마 이번에도 제가 도와줄 거라고 생각한 것 같았습니다. 하지만 지금은 상황이 다르죠. 그래서 안 된다고 했습니다."

"그 얘기를 아이스크림 가게에 앉아서 두 시간 동안이나 해요? 내가 그 말을 믿을 것 같아요?"

"정말입니다. 정말 그랬어요."

"골드베르크가 죽기 전날 켈크하임으로 골드베르크를 찾아갔죠? 왜 간 거죠?"

"원래부터 자주 찾아뵀습니다. 그날 저녁에 무슨 얘기를 했는지는 기억이 안 납니다."

리터는 피아를 정면으로 쳐다보며 눈 하나 깜짝 안 하고 거짓말을 했다.

"지금 우리가 15분째 얘기를 하고 있는데, 리터 씨는 계속 거짓말만 하고 있어요. 왜죠? 숨기는 게 있나요?"

"거짓말하지 않았습니다. 그리고 숨길 것도 없고요."

"골드베르크를 찾아간 진짜 이유가 뭔지, 바트코비아크와 무슨 이야기를 했는지 솔직하게 털어놓지 않는 이유가 뭐예요?"

"기억이 안 난다니까요. 아마 중요한 일이 아니었겠죠."

"그럼, 마르쿠스 노박이라는 사람은 압니까?"

잠자코 듣고 있던 보덴슈타인이 끼어들었다.

"노박요? 그 복원 기술자요? 그냥 인사만 하는 사이입니다. 몇 번 본 적이 있습니다."

"참 이상하네. 다들 인사만 하는 사이라고 하니, 원!"

피아는 가방에서 수첩을 꺼내 몇 장 넘겼다.

"아, 여기 있네. 노박 부인 말로는 방앗간 사건으로 리터 씨가 해고당한 후 칼텐제 교수와 함께 여러 번 노박 씨를 찾아왔다고 했거든요. 그리고 몇 시간씩 사무실에 처박혀 있었다고요."

피아는 리터의 얼굴을 뚫어져라 쳐다보았다. 다른 사람들, 특히 경찰 나부랭이들보다 훨씬 똑똑하다고 자처하던 그는 피아를 얕잡아봤음을 깨닫고 당혹감을 감추지 못했다. 그는 손목시계를 보는 척하며 도망갈 궁리를 했다.

"미안하지만 이제 일어나야겠습니다. 잡지사에 중요한 미팅이 있어서요."

리터가 억지 미소를 지으며 말했다.

"그럼 어서 가보셔야죠. 저희는 칼텐제 부인에게 가서 해고 이유가 뭔지 물어봐야겠네요. 골드베르크, 바트코비아크와 무슨 얘기를 했는지 칼텐제 부인이 알고 있을지도 모르죠."

그 말에 그는 얼굴이 굳어졌으나 아무 대꾸도 하지 않았다. 피아는 그에게 자신의 명함을 내밀었다.

"진짜 이유가 생각나면 연락주세요."

*

"아이스크림 가게에 있던 남자가 리터라는 걸 어떻게 알았어?"

팔멘가르텐을 지나 차를 타러 가면서 보덴슈타인이 물었다. 피아는 별것 아니라는 듯 어깨를 으쓱했다.

"그냥 육감이에요. 리터는 스포츠카 타입이잖아요."

두 사람은 잠시 아무 말 없이 걸었다.

"그런데 리터가 왜 거짓말을 했을까요? 베라 칼텐제가 18년간이나 옆에 둔 사람을 상자 하나 없어졌다고 해고하진 않았을 거예요. 개인 비서였다면 웬만한 내막은 다 알고 있을 텐데⋯⋯. 뭔가 다른 이유가 있어요."

"누가 그걸 아느냐가 문제지."

보덴슈타인이 혼잣말처럼 말했다.

"엘라르트 칼텐제요. 그 사람 집에 한 번 더 가봐야겠어요. 없어진 상자가 그 사람 침대 바로 옆에 있었어요."

보덴슈타인은 걸음을 멈추고 피아를 쳐다보았다. 눈썹 사이에 깊은 주름이 잡혔다.

"아니, 칼텐제 교수 침대 옆에 그 상자가 있다는 걸 키르히호프 형사가 어떻게 알아? 그리고 그 얘기를 왜 지금에야 하는 거야?"

"아까 뮐렌호프에서 헛간에 갔을 때야 떠올랐거든요. 그래서 지금 이렇게 말씀드리잖아요."

그들은 팔멘가르텐을 벗어나 지스마이어 가를 건넜다. 보덴슈타인이 리모컨으로 차 문을 열었다. 차에 타려고 막 조수석 문을 열던 피아의 시선이 길 건너에 늘어선 고급 주택들에 가 닿았다. 잘 수리된 벽면 장식이 돋보이는 19세기풍 건물로, 평수도 크고 고풍스러워서 부동산 시장에서 크게 인기를 누리는 집들이다.

"반장님, 저기 좀 보세요. 저기 서 있는 사람, 거짓말쟁이 리터 아니에요?"

보덴슈타인은 피아가 쳐다보는 곳을 곳으로 시선을 돌렸다.

"아, 정말이네."

리터는 휴대전화를 귀와 어깨 사이에 낀 채 열쇠로 우편함을 열고 있었다. 그는 계속 통화를 하며 열쇠로 문을 열고 건물 안으로 사라졌다. 보덴슈타인은 열었던 문을 다시 닫았다. 두 사람은 길을 건너가 우편함을 살펴보았다.
"이 건물에 주간잡지사 같은 건 없는데요. 하지만 M. 칼텐제라는 사람이 살아요. 어떻게 된 거죠?"
피아가 우편함 하나를 손으로 톡 치며 말했다. 보덴슈타인은 고개를 들어 건물 위를 올려다보았다.
"그건 알아내면 돼. 먼저 키르히호프 형사의 제1용의자에게 가보자고."

*

프리드리히 밀러 만스펠트는 키가 훤칠하게 크고 마른 노인으로 검버섯이 많은 대머리에 새하얀 머리가 화환처럼 빙 둘러 나 있었다. 길쭉한 얼굴에는 깊은 주름이 가득하고, 오래돼 보이는 두꺼운 안경을 끼고 있어 붉은 눈자위 속에 든 눈동자가 부자연스럽게 커 보였다. 그는 지난주 토요일 아침에 보덴제에 사는 딸에게 갔다가 어제저녁에야 돌아왔다. 그래서 타우누스블릭의 직원과 주민들의 이름이 올라 있는 긴 명단의 맨 마지막에 이름이 올라 있었다. 카트린 파싱어는 앞서 질문한 312명과 마찬가지로 별 희망을 가지지 않았다. 그녀는 정중하게 항상 하는 질문을 반복했다. 7년간 아니타 프링스의 옆집에 살았던 노인은 이웃이 끔찍한 죽음을 당했다는 말을 듣고 상황에 맞는 조의를 표했다.
"딸네 집으로 출발하기 전날 저녁에만 해도 쌩쌩했는데……."
노인의 쉰 듯한 목소리가 살짝 떨렸다. 노인은 왼손으로 오른손을 가만히 붙잡았다. 하지만 손 떨림을 멈출 수는 없었다.

"파킨슨병이야. 평소에는 괜찮은데 딸네 집에 갔다 오느라 좀 무리한 것 같아."

"금방 끝날 거예요. 오래 귀찮게 하진 않을게요."

카트린이 상냥하게 말했다.

"아니야, 마음껏 귀찮게 해도 돼요. 이렇게 예쁜 아가씨와 얘기하는 건 기분 전환이 되지. 여긴 늙은 할망구들밖에 없거든."

노인이 눈을 반짝이며 말했다. 카트린은 노인의 농담에 미소를 지었다.

"네, 그럼 질문 시작할게요. 그러니까 5월 3일 저녁에 프링스 부인을 보셨다는 거죠? 그때 프링스 부인은 혼자였나요, 아니면 누군가 옆에 있었나요?"

"혼자서 멀리 가지는 못했어. 그날 저녁에 공원에서 야외 공연이 있어서 아주 소란스러웠지. 항상 찾아오는 그 친구가 옆에 있었어."

카트린은 노인의 말에 귀를 기울이고 있다가 물었다.

"그게 몇 시쯤이었는지 기억나세요?"

"그럼, 기억하고말고. 난 파킨슨이지 치매는 아니거든."

노인은 농담으로 한 말이었지만 얼굴이 무표정했기 때문에 카트린은 바로 알아채지 못했다.

"나는 동베를린에서 살았어. 훔볼트 대학에서 응용물리학 교수로 일했지. 제3제국 시절에는 공산주의자들과 친하게 지냈다는 이유로 대학에서 가르치지 못했어. 오랫동안 외국에 살았지. 나중에 동독에 가서는 좋은 대우를 받았어."

"아, 네."

카트린은 노인이 왜 그런 얘기를 꺼내는지 알 수 없었다.

"당의 높은 사람들도 죄다 알았지. 사실 그 사람들을 좋아하지는 않았어. 하지만 드디어 내가 하고 싶던 연구를 할 수 있게 된 거야. 내게 다른 건 중요하지 않았어. 아니타의 남편 알렉산더는 국가안전부의 장교였어. 특수작전과 외환 확보를 위한 비공식적 거래를 맡아 했지."

카트린은 똑바로 앉으며 노인을 쳐다보았다.

"프링스 부인을 옛날부터 아셨어요?"

"내가 조금 전에 말하지 않았던가?"

노인은 잠시 생각해보다가 어깨를 으쓱했다.

"아니타보다 남편을 먼저 알았지. 알렉산더 프링스는 전쟁 때 동부 전선 외국군의 장교였고 라인하르트 겔렌 장군의 측근이었어. 라인하르트 겔렌이란 이름은 들어봤겠지?"

카트린은 고개를 저었다. 그녀는 녹음기를 책상 서랍 속에 두고 온 것을 후회하며 한마디라도 놓칠세라 부지런히 받아 적었다.

"프링스는 수비대 장교였기 때문에 러시아에 대해 잘 알았어. 아무렴 그렇고말고. 겔렌은 1945년 5월 부대를 이끌고 미국 편으로 돌아섰지. 그 부대는 CIA의 전신 조직과 연결돼 있었어. 미국의 후원으로 '겔렌 조직'이 만들어졌지. 겔렌 조직이 나중에 독일연방정보국이 된 거야."

프리드리히 뮐러 만스펠트가 어이없다는 듯 웃었다. 그의 탁한 웃음소리는 곧 밭은기침으로 변했고 한참이 지나서야 다시 말을 이을 수 있었다.

"뼛속까지 나치였던 사람들이 순식간에 민주주의자로 변했지. 프링스는 미국으로 건너가지 않고 소비에트 관할 구역에 남았어. 하지만 미국의 암묵적인 승인을 얻어 동독 국가안전부에 들어가 입지를 다졌지. 동독 정부를 위해 외환을 확보하는 일을 하면서 미국의 CIC, 나중에는 CIA와 연락을 취했고 독일의 겔렌과도 연결돼 있었어."

"그런 걸 어떻게 다 아세요?"

카트린이 감탄에 찬 얼굴로 물었다.

"난 올해로 나이가 아흔이야. 본 것도 많고 들은 것도 많지. 그리고 그만큼 많이 잊어버렸어. 그런데 알렉산더 프링스, 그 사람은 쉽게 잊을 수가 없어. 아무렴 그렇고말고. 예닐곱 개의 외국어를 유창하게 구사하는, 점잖고 똑똑한 사람이었어. 양다리를 걸치고도 크게 성공했지. 동독에 수많은 스파이를 거느렸고 서독에도 마음대로 왔다 갔다 했어. 서독의 정치, 경제 분야 고위층도 많이 알았지. 특히 무기 로비스트들과 친했어. 아무렴 그렇고말고."

뮐러 만스펠트는 잠시 말을 멈추고 한 손으로 뼈만 남은 손목을 쓰다듬었다.

"그런데 그런 사람이 왜 아니타와 결혼했는지 지금도 알 수 없어. 얼굴 반반한 거 말고는 영 아니거든."

"어떤데요?"

"독살스러워. 사람들 말로는 라벤스브뤼크 강제수용소에서 감독관 일을 했다더군. 살아남은 수용자들 중에 얼굴을 알아보는 사람이 있을까 봐 서독으로 가지 않은 거지. 1945년 드레스덴에서 프링스를 만났는데, 프링스는 그때 이미 미국, 소련과 인맥이 있었기 때문에 결혼을 통해서 아니타는 처벌을 면할 수 있었어. 새 이름으로 나치 과거를 벗고 국가안전부에 들어가 승승장구했지. 그런데······ 서쪽 물건을 하도 좋아해서 반들리츠에 있을 때는 사람들이 '미스 아메리카'라는 별명을 지어 불렀지. 본인은 무척 싫어했었다더군."

"그날 저녁에 프링스 부인과 함께 있었던 남자에 대해서 좀 얘기해주세요."

"아니타는 손님이 많았어. 어릴 적 친구인 베라가 자주 찾아왔고 가끔 그 집 교수 아들도 찾아오곤 했지."

노인은 기억을 더듬으며 천천히 물 한 잔을 기울였다. 카트린은 애가 탔지만 인내심을 가지고 노인의 말이 이어지기를 기다렸다.

"자기네들을 사총사라고 부르면서 1년에 두 번씩 취리히에서 모임을 가졌지. 베라와 아니타는 남편들이 죽은 다음에도 그 모임을 열심히 하더라고."

노인이 조소 섞어 말했다.

"사총사가 누구누군데요?"

"고향 친구들 네 명 말이야. 아니타, 베라, 오스카, 한스. 다들 어릴 적부터 아는 사이지. 아무렴 그렇고말고."

"오스카와 한스요?"

"그 무기 장사꾼하고 재정부 공무원 나리 말이야."

"골드베르크랑 슈나이더요? 그 사람들이 어릴 때부터 아는 사이라고요?"

카트린이 흥분해서 외쳤다. 노인은 재미있다는 표정으로 카트린을 보았다.

"양로원에서는 시간이 얼마나 천천히 가는지 아가씨는 모를 거야. 아무리 시설이 좋고 편해도 늙은이들이 모여 있는 곳은 다 똑같아. 아니타는 얘기하는 걸 좋아했지. 그런데 가족도 없고 하니까 나를 많이 의지했어. 결국 나도 그쪽에서 건너온 사람이니까. 아니타는 꾀가 많고 야무졌어. 하지만 베라에 비하면 어림도 없지. 베라는 천 년 묵은 구렁이야. 동프로이센 출신의 평범한 시골 처녀가 크게 성공했지. 아무렴 그렇고말고."

노인은 생각에 빠진 채 자신의 손가락을 천천히 문질렀다.

"아니타는 지난주에 무척 신경이 곤두서 있었어, 이유는 나도 몰라. 손님도 끊임없이 왔지. 베라 아들 중에 대머리랑 그 정치한다는 여동생도 왔어. 밑의 카페테리아에 앉아서 몇 시간씩 얘기를 하더군. 그리고 '조카'라는 남자가 규칙적으로 찾아와서 아니타를 휠체어에 태우고 근처를 돌아다니곤 했어."

"조카요?"

"진짜 조카는 아니고 그 젊은 사람을 조카라고 부르더구먼."

카트린은 아흔 노인의 관점에서 젊다는 것이 과연 몇 살을 의미하는 것인지 짐작하기 힘들었다.

"어떻게 생긴 사람이죠?"

"음…… 밤색 눈에 마른 체구, 중키, 평범한 얼굴이야. 이상적인 스파이지. 아무렴 그렇고말고. 아니면 스위스인 은행원 같다고나 할까?"

노인이 웃으며 말했다.

"그 사람이 금요일 저녁에도 왔다고요?"

카트린의 마음은 흥분의 도가니였지만 애써 태연하게 물었다. 보덴슈타인 반장이 들으면 무척 기뻐할 것이다.

"아무렴 그렇고말고."

노인이 고개를 끄덕였다. 카트린은 휴대전화를 꺼내 30분 전 오스터만이 보내준 마르쿠스 노박의 사진을 노인에게 보여주었다.

"혹시 이 남자였나요?"

노인은 안경을 이마로 올리고 얼굴을 들이대고 휴대전화를 들여다보았다.

"아니, 이 사람이 아니야. 하지만 이 사람도 본 적이 있어. 같은 날 저녁이었던 것 같기도 하고……."

노인은 미간에 주름을 잡으며 기억을 더듬었다.

"그래, 기억이 나. 목요일이었어. 10시 반경 막 연극 공연이 끝났을 때야. 난 엘리베이터를 타러 갔는데 그 사람이 누구를 기다리는지 로비에 서 있더라고. 연신 시계를 보면서 안절부절못하더군."

"그 사람이 여기 있는 이 사람이 분명하죠?"

카트린이 휴대전화를 들어 보였다.

"100퍼센트 확실해. 내가 사람 얼굴 하나는 기가 막히게 잘 기억하거든."

*

쿤스트하우스로 칼텐제 교수를 만나러 갔던 보덴슈타인과 피아는 허탕을 치고 경찰서로 돌아왔다. 사무실에 들어서자마자 오스터만이 새로운 소식을 전해주었다. 검사가 노박의 차량 수색을 승인하기에는 근거가 부족하다고 했다는 것이다.

"범행 시각에 노박이 현장에 있었는데 무슨 근거 부족이야? 그리고 회사 차 한 대는 슈나이더 집 앞에서 목격됐잖아!"

피아가 흥분해서 외쳤다. 보덴슈타인은 말없이 잔에 커피를 따라 마셨다.

"병원에서는 무슨 소식 없어?"

오늘 새벽부터 노박의 병실 앞에 순경이 앉아서 방문자와 방문 시각을 체크하고 있다.

"아침에 부인이 왔다 갔고 낮에는 할머니와 회사 직원이 다녀갔답니다."

오스터만이 보고했다.

"그게 다야?"

피아는 적잖이 실망한 모습이었다. 수사에 진전이 없는 것이다.

"대신 KMF에 대해서는 좀 알아냈습니다."

오스터만은 종이 더미 속에서 서류철을 찾아내 새로 알아낸 사실을 보고했다. 그가 알아낸 바에 의하면 오이겐 칼텐제는 1930년대에 유대인 사장이 시절의 수상함을 느끼고 가족과 함께 독일을 뜨자 당시에는 빈번하던 일이었지만 공정하지 못한 방식으로 그 회사를 인수했다. 그는 전 사장이 발명한 기술을 전쟁 무기를 만드는 데 사용해서 회사를 확장시키고 큰돈을 벌었다. 나치 군대에 무기를 조달했던 그는 당연히 나치 당원이었고 전쟁에서 제대로 한 몫을 챙긴 사람들 중 하나였다.

"그걸 다 어디서 알아냈어?"

피아가 오스터만에게 물었다.

"소송이 있었어. 원래 회사 주인이 요제프 슈타인이라는 유대인인데 전쟁이 끝나고 나서 회사를 돌려달라고 소송을 냈어. 칼텐제는 슈타인이 다시 돌아오면 회사를 돌려주기로 각서를 썼던 모양이야. 물론 그 각서는 사라지고 없었지. 결국 슈타인에게 회사 지분을 나눠주는 것으로 합의가 됐어. 이 사건은 당시 언론에서 크게 다뤘고, 말도 많았어. 칼텐제가 동부에 있는 공장에서 강제수용소의 포로들을 착취했다는 것이 증명됐는데도 '혐의 없음'으로 처벌 대상에서 제외됐거든."

오스터만은 말을 하다 말고 혼자 씩 웃었다.

"내가 5년 전에 은퇴한 KMF의 업무 대리인을 찾아냈는데 말이야. 베라 칼텐제와 지그베르트에 대해서 딱히 좋은 감정을 가지고 있진 않더라고. 칼텐제 모자가 아주 야박하게 쫓아냈거든. 그런데 업무 대리인이니까 회사 안팎 사정에는 훤한 거야. 세세한 것까지 다 얘기해주더라고."

1980년대 중반 KMF에는 커다란 위기가 찾아왔다. 베라와 지그베르트 칼텐제가 더 많은 영향력을 얻기 위해 오이겐 칼텐제를 상대로 음모를 꾸몄던 것이다. 이에 오이겐 칼텐제는 회사 구조를 바꾸는 것으로 대응했다. 그는 정관을 새로 만들어 회사 지분을 가족과 친구들에게 나누어주었다. 그것이 불화의 씨앗이 되어 칼텐제 집안에는 지금까지도 분쟁이 끊이지 않고 있다. 새 정관에 의해 베라와 지그베르트에게 각각 20퍼센트, 엘라르트, 유타, 슈나이더, 아니타 프링스에게 각각 10퍼센트, 골드베르크에게 11퍼센트, 바트코비아크에게 5퍼센트, 카타리나 슈뭉크라는 여자에게 4퍼센트가 돌아갔다. 오이겐 칼텐제는 그 정관을 고치기 전에 계단에서 떨어져 목이 부러져 죽고 말았다.

그때 보덴슈타인의 휴대전화가 울렸다. 전화를 받자마자 카트린 파싱어가 외쳤다.

"반장님, 대박이에요!"

보덴슈타인은 오스터만에게 잠시 기다리라는 손짓을 하고 막내 형사의 들뜬 목소리에 귀를 기울였다.

"음, 잘했어."

보덴슈타인은 한참 동안 듣고 나서 말했다. 그리고 전화를 끊은 다음 팀원들을 보며 만족스러운 미소를 지었다.

"이거면 노박에 대한 체포 영장, 집과 회사에 대한 수색 영장도 문제없겠어."

*

1942년 8월 23일. 이날을 평생 잊지 못할 것이다! 내게 조카가 생기다니 정말 기쁘다! 비키는 오늘 저녁 10시 15분에 건강한 아들을 낳았다. 나도 그 순간을 함께했다. 아주 오래 걸리는 일인 줄만 알았는데 정말 빨리 지나갔다. 전쟁이 남의 나라 일처럼 멀게만 느껴지다가도 바로 지척의 일임을 깨닫게 된다. 러시아에 가 있는 엘라르트 오빠는 휴가를 받지 못했다. 엄마는 하루 종일 기도를 하며 오빠에게 아무 일도 생기지 않기를, 적어도 이날만큼은 무사하기를 빌었다. 비키의 산통은 오후쯤 시작됐다. 아버지는 슈빈데르케를 도벤 마을로 보내 베르민 부인을 데려오도록 했다. 하지만 로젠가르텐에 사는 농부 크룹스키의 아내가 이틀째 산통을 겪고 있어서 바로 자리를 뜰 수 없다고 했다. 크룹스키의 아내는 벌써 마흔이 다 됐다! 비키는 용감하게 잘 해냈다. 내 친구지만 정말 대단하다! 출산은 끔찍하기도 하고 신기하기도 했다. 엄마, 에다, 나, 엔드리카트 부인 넷이서 베르민 부인 없이도 아이를 받아냈다. 아버지는 샴페인 한 병을 꺼내 엔드리카트 씨와 함께 다 비웠다. 엄마가 아기를 데려왔을 때는 둘 다 할아버지가 된 기쁨에 거나하게 취해 있었다. 나도 아기를 안아보았다. 그렇게 조그마한 아기가 나중에 커서 건장한 남자가 될 거라니 잘 믿어지지 않는다. 비키는 친할아버지와 외할아버지 이름을 하나씩 따서 아기 이름을 하인리히 아르노 엘라르트라고 지었다. 에다가 두 번째 이름에라도 아돌프가 들어가야 한다고 주장했지만 그냥 고집대로 밀어붙였다. 아기 이름을 들은 두 명의 할아버지는 감격의 눈물을 훔치며 샴페인을 한 병 더 땄다. 드디어 베르민 부인이 도착했을 때는 이미 젖을 먹은 아기를 엔드리카트 부인이 씻겨서 속싸개에 싸놓은 다음이었다. 대모가 된다고 생각하니 감격스럽기만 하다. 살면서 이렇게 흥분해본 적이 없다. 아버지는 손자에게 네가 언젠가는 우리 라우엔부르크 성의 주인이 될 거다. 했지만 갓난아이가 그게 무슨 말인지 알 리 없다. 아버지는 허허 웃으며 축복의 의미로 아기의 어깨에 침을 뱉었다. 다들 배꼽이 빠지도록 웃었다. 정말 즐거운 하루였다. 꼭 옛날로 돌아간 것 같았다. 엘라르트 오빠가 휴가를 받아 오는 대로 아기는 세례를 받을 것이다. 그리고 비키와 오빠의 결혼식! 그러면 비키가 우리 올케 언니가 된다. 물론 지금도 자매지간이나 마찬가지지만 진짜 가족이 되는 거다…….

*

토마스 리터는 노란 포스트잇을 일기장 여기저기에 붙인 후 피곤한 눈을 문질렀다. 정말 굉장하다! 그는 일기를 읽으면서 지나가 버린 과거의 시간 속으로 한없이 빠져들었다. 일기에는 마주리아의 성에서 곱게 자란 아가씨의 눈으로 본 세상이 생생하게 그려져 있었다. 이 일기만 정리해도 소설 한 권은 충분히 나올 것이다. 역사에서 사라져간 동프로이센이라는 세계에 바치는 레퀴엠이라고나 할까! 아르노 수르민스키(동프로이센 출신의 독일 작가_역주)나 지그프리트 렌츠(독일 전후문학의 대표 작가_역주)보다 못할 게 없다. 어린 베라는 자신이 사는 곳과 사람들을 생동감 있게 묘사했고, 당시의 정치적 상황에 대해서도 나름대로 자세히 관찰했다. 베라의 부모는 1차 세계대전에서 아들 둘을 잃고 동프로이센의 영지로 돌아가 조용한 나날을 보내고 있었다. 히틀러와 나치를 곱게 보지 않았지만 베라가 에다, 비키와 함께 BDM에 나가는 것을 막지는 않았다. 베라가 BDM에서 친구들과 함께 베를린으로 올림픽 구경을 간 일, 스위스의 기숙학교에서 지내며 비키를 그리워하는 내용은 특히 흥미진

진하다. 베라의 오빠 엘라르트는 전쟁이 나자 공군에 입대했고 실력을 인정받아 빠르게 진급했다. 영지 관리인 엔드리카트의 딸 비키와 엘라르트의 사랑 이야기는 매우 감동적이었다.

잘못한 것도, 감출 것도 없는데, 베라는 왜 동프로이센에서 지낸 어린 시절을 자서전에 포함시키는 것을 그토록 반대했을까? 유일한 흠이라면 BDM에 가입했다는 것이지만, 그 시절 그런 시골에서 남들이 다 하는 일을 혼자만 안 하고 살기는 쉽지 않았을 것이다. 리터는 일기를 계속 읽어나갔다. 계속 읽다 보니 이 일기장이 남의 손에 들어가게 놔두느니 차라리 불 속에 던지는 게 낫다고 생각한 이유를 어렴풋이 알 것 같았다. 그가 지난 주 금요일 알아낸 사실에 비추어볼 때 이 일기장은 그야말로 폭탄이라 할 만했다. 리터는 일기를 읽으면서 계속 메모를 했고, 머릿속으로 책의 서두를 새로 정리했다. 그러다가 1942년의 한 일기에서 증거를 포착했다. 1942년 8월 23일. 그날은 히틀러가 처음으로 스탈린그라드에 폭탄 공격을 지시한 날이다. 일기를 읽던 리터는 바로 인터넷으로 들어가 엘라르트 칼텐제의 약력을 불러냈다.

"어떻게 이럴 수 있지?"

리터는 혼잣말로 중얼거리며 노트북 화면을 응시했다. 엘라르트 칼텐제는 1943년 8월 23일생으로 나와 있다. 그렇다면 베라가 조카가 태어난 다음 해 똑같은 날에 아들을 낳았단 말인가? 그는 1943년 일기장을 찾아 8월분 내용이 나올 때까지 넘겼다.

꼬마 하인리히가 두 살이 됐다! 정말 깨물어 주고 싶을 만큼 귀엽다. 벌써 걸을 줄도 알고…….

리터는 앞뒤로 페이지를 넘겨보았다. 베라는 스위스의 기숙학교에 있다가 7월에 여름방학을 맞아 집에 왔다. 그해 여름은 비키의 오빠 발터 엔드리카트가 스탈린그라드에서 전사해서 매우 암울했다. 베라에게 사귀는 남자가 있는 것 같지는 않고, 임신을 짐작할 수 있는 내용도 없다. 1942년 8월 23일에 태어난 꼬마 하인리히 아르노 엘라르트는 엘라르트 칼텐제임에 틀림없다. 그런데 왜 약력에는 1943년에 태어난 것으로 되어 있을까? 칼텐제 교수가 한 살이라도 어린 척하려고 생일을 속인 걸까? 리터는 갑자기 울린 휴대전화 진동 소리에 놀라 몸을 움찔했다. 말린이 왜 집에 안 오느냐고 걱정스럽게 물었다. 시계를 보니 벌써 10시가 넘었다. 리터는 머릿속이 혼란스러웠다. 하지만 여기서 끝낼 수는 없다!
 "좀 더 걸릴 것 같아. 내일이 마감인 거 자기도 알잖아. 최대한 빨리 끝내고 갈게. 기다리지 말고 먼저 자."
 그는 전화를 끊자마자 노트북을 끌어당겨 자판을 두드리기 시작했다. 그의 얼굴에 미소가 번졌다. 만약 구체적인 증거를 댈 수만 있다면 카타리나와 출판사 사람들이 원하던 효과를 충분히 기대할 수 있을 것이다.

*

 "그러니까 노박이 목요일에 타우누스블릭에 있었단 얘기지."
 보덴슈타인은 카트린에게 들은 이야기를 오스터만과 피아에게 해주었다.
 "그리고 연극을 보러 간 건 아니겠죠."
 피아가 덧붙였다.

"오스터만, KMF에 대해서 계속 얘기해봐."

보덴슈타인의 말에 오스터만은 중단된 보고를 이어나갔다.

오이겐 칼텐제가 죽은 후 유언장이 공개되자 베라는 화가 나서 어쩔 줄 몰랐다. 유언 무효 확인을 청구했지만 아무 소득이 없자 골드베르크, 슈나이더, 아니타 프링스에게 지분을 사려 했다. 하지만 유언장에 그것을 금지하는 내용이 포함되어 있었다.

"그리고 그때 엘라르트 칼텐제가 양아버지를 죽인 범인으로 의심받았습니다. 평소 사이가 좋지 않았거든요. 하지만 곧 사고로 처리됐습니다."

오스터만은 노트를 힐끗 쳐다본 후 말을 이었다.

"베라 칼텐제는 회사 일을 결정할 때마다 친구들, 양아들 로버트, 딸 친구에게까지 동의를 얻어야 하는 게 영 마음에 들지 않았습니다. 그러다 골드베르크의 도움으로 수리남의 명예 영사가 됐고 그 인맥을 이용해 보크사이트 산출량을 확보했습니다. 그렇게 함으로써 알루미늄 사업에 본격적으로 참여하게 된 거죠. 더 이상 물건만 대주기 싫었던 거예요. 그로부터 몇 년 후에 그 권리를 미국의 ALCOA에 팔아넘깁니다. 그리고 KMF는 알루미늄 선상 압출식 공정에서 국제적 리더 자리를 차지하게 됩니다. KMF의 자산을 관리하는 자회사들은 스위스, 리히텐슈타인, 영국령 버진 아일랜드, 지브롤터, 모나코 등지에 퍼져 있어요. 아마 그보다 훨씬 더 많겠죠. 어쨌든 세금은 거의 안 내는 거나 마찬가집니다."

"슈나이더가 그 회사와 관련이 있었던 거야?"

피아는 슬슬 퍼즐 조각들이 맞춰지는 느낌이 들었다. 단편적인 정보 하나하나에 다 의미가 있었던 것이다. 오스터만은 피아의 추측이 옳음을 확인시켜주었다.

"맞아. KMF스위스의 고문이었어."

"이제 회사 지분은 어떻게 되는 거야?"

보덴슈타인의 물음에 오스터만은 크게 고개를 끄덕였다.

"네, 바로 그게 중요합니다. 정관에 따르면 회사 지분은 상속할 수도 없고, 다른 사람에게 팔 수도 없습니다. 지분권자가 죽으면 자동으로 회사의 대표이사에게 넘어가게 돼 있습니다. 이게 바로 살인 사건 네 건의 진짜 동기가 아닐까요?"

"그게 무슨 뜻이야?"

"KMF에 대한 공인회계사들의 감정가는 4억 유로에 이릅니다. 문어발식 확장으로 유명한 한 영국 회사가 공시가의 두 배를 매입 금액으로 제시한 적이 있고요. 사람들이 갖고 있는 지분의 가치가 얼마나 되는지 계산이 되시죠?"

보덴슈타인과 피아는 짧게 시선을 주고받았다.

"KMF의 대표이사는 지그베르트 칼텐제잖아. 골드베르크, 슈나이더, 바트코비아크, 아니타 프링스가 죽었으니 그 지분이 모두 그 사람에게 돌아가겠군."

"네, 그렇습니다."

오스터만은 노트를 책상에 내려놓고 확신에 찬 표정으로 씩 웃었다.

"8억 유로가 살인 동기가 아니라고 한다면 저도 더 이상은 할 말이 없습니다."

사무실에는 잠시 침묵이 감돌았다.

"옳은 말이야. 지그베르트 칼텐제는 지금까지 지분의 과반을 채우지 못했기 때문에 회사를 팔거나 상장하지 못했어. 이제 자기 지분 20퍼센트까지 합쳐서 총 55퍼센트를 가지게 된 셈이니 걸림돌이 없어진 건 맞아."

보덴슈타인이 건조하게 말했다.

"8억 유로나 되니까 10퍼센트만 해도 무시할 수 없는 금액이에요. 지분을 가진 사람 모두 지그베르트가 과반을 차지하기를 바랐을 거예요. 그래야 KMF가 팔리고 자기 몫이 현금으로 돌아올 테니까."

피아도 한마디했다. 그러나 남은 커피를 다 마신 보덴슈타인은 가만히 고개를 저었다.

"하지만 난 그게 범행 동기라는 생각이 안 들어. 오히려 범인이 의도하지도 않았는데 칼텐제 집안에 좋은 일을 한 것 같아."

피아는 오스터만의 노트를 휙 낚아채 내용을 훑어보았다.

"그런데 카타리나 슈몽크라는 여자는 대체 누구야?"

"지금 이름은 카타리나 에르만이야. 유타 칼텐제의 친한 친구인가 봐."

오스터만의 말을 들은 보덴슈타인은 뭔가 생각이 날 듯 말 듯한지 미간을 찌푸렸다. 그러다가 밀렌호프에서 본 사진을 생각해내고는 표정이 밝아졌다. 그가 막 입을 열려는데 피아가 급히 가방을 뒤져 뭔가를 꺼내 왔다. 부동산 중개인이 집주인의 이름을 적어준 명함이다.

"세상에! 바트코비아크의 시체가 발견된 집 있잖아요, 그 집 소유주가 카타리나 에르만이에요! 이게 어떻게 된 거죠?"

"간단하지. 바트코비아크를 죽인 다음 카타리나 에르만 집에 시체를 갖다 놓고 범인으로 몰려고 한 거지. 한 번에 두 마리 토끼를 잡으려는 거 아니겠어?"

칼텐제 집안사람들의 욕심이 살해 동기라고 믿는 오스터만이 지극히 당연하다는 듯 말했다.

*

 두 시간 동안 25페이지를 써 내려간 리터는 눈앞이 어른거리고 머리가 터질 것만 같았다. 극도의 피로감과 흥분이 동시에 밀려왔다. 그는 파일을 저장하고 이메일을 열었다. 오늘 원고를 보내놓으면 카타리나가 내일 아침에 바로 읽을 수 있을 것이다. 그는 창가로 가서 밖을 내다보았다. 이제 일기장을 모두 은행 금고에 넣고 집에 가면 된다. 말린은 순진해빠졌지만 일기장을 보면 눈치를 챌 것이다. 어쩌면 가족 편으로 돌아서 버릴지도 모른다. 리터는 텅 빈 주차장을 내려다보았다. 자신의 컨버터블과 그 옆에 서 있는 검정색 승합차를 제외하고는 아무것도 보이지 않았다. 그가 막 고개를 돌리려는 순간 승합차 안이 환해지며 두 남자의 얼굴이 보였다. 순간 심장이 두근거리고 두려운 마음이 들었다. 카타리나는 문제가 되는 자료고 위험할 수도 있다고 했다. 훤한 대낮에는 별 생각 없이 흘려들었지만 밤 10시 반 페헨하임 산업 단지의 으슥한 뒷마당에서는 그 말이 다른 의미로 다가왔다. 그는 휴대전화를 들고 카타리나의 번호를 눌렀다. 카타리나는 열 번이나 신호가 간 다음에야 전화를 받았다. 그는 최대한 태연한 목소리로 말했다.
 "지금까지 사무실에서 작업했는데 밖에서 누가 날 감시하는 것 같아. 밑의 주차장에 승합차가 한 대 서 있는데 그 안에 남자 두 명이 타고 있어. 어떡하지? 그 사람들 누굴까?"
 "일단 진정해."
 카타리나가 목소리를 낮춰 속삭였다. 사람들이 웅성거리는 소리와 피아노 연주 소리가 뒤에서 들렸다.
 "그냥 착각이야. 내가……."

"착각이 아니야! 밑에서 어떤 놈들이 앉아서 내가 나오기를 기다리는 것 같다니까! 그 자료가 위험할 수도 있다고 직접 말했잖아!"

"내가 말한 건 그런 뜻이 아니었어. 구체적으로 위험한 일이 생긴다는 게 아냐. 이 일에 대해 아는 사람은 아무도 없어. 집에 가서 잠이나 푹 자."

리터는 문 옆에 붙어 있는 전등 스위치를 끄고 창가로 가서 아래를 내려다보았다. 승합차는 아직 그 자리에 있었다.

"알았어. 그전에 일기장부터 은행 금고에 갖다 놓고. 거기서 무슨 일이 생기진 않겠지?"

"아무 일 없을 테니까 걱정 마."

"알았어."

리터는 어느 정도 안심이 되었다. 정말 위험하다면 카타리나는 다르게 말했을 것이다. 그녀에게 있어서 그는 황금 알을 낳는 거위가 아닌가. 그러고 보니 창피한 생각이 들었다. 카타리나는 속으로 그를 겁쟁이라고 흉볼 것이다.

"참, 방금 원고 보냈어."

"아, 그래? 내일 아침에 바로 읽어볼게. 이제 끊어야 되거든."

"알았어, 끊어."

리터는 전화를 끊고 일기장은 비닐 봉지에, 노트북은 배낭에 집어넣었다. 복도를 따라 걷는 그의 다리가 가볍게 떨렸다. 그는 혼잣말로 조용히 중얼거렸다.

"다 착각이야."

2007년 5월 9일 수요일

"어제 누가 전화를 했는지 알아? 알면 놀랄걸. 나도 정말 깜짝 놀랐거든!"

코지마가 욕실에서 큰소리로 말했다.

보덴슈타인은 침대에 누워 아기와 장난을 치고 있었다. 아기는 까르르 웃으며 엄청난 힘으로 아빠의 손가락을 움켜쥐었다. 보덴슈타인은 이 복잡한 사건을 어서 해결하고 딸과 함께 보낼 수 있는 시간이 많아졌으면 좋겠다고 생각했다.

"누가 전화했는데?"

그는 아기 배를 간질이며 욕실을 향해 외쳤다. 아기는 숨이 넘어가게 웃으며 허공에 대고 다리를 흔들었다.

코지마가 수건으로 몸을 가리고 손에 칫솔을 든 채 문가에 나타났다.

"유타 칼텐제."

순간 보덴슈타인은 속으로 뜨끔했다. 최근 들어 유타 칼텐제와 열 번도 넘게 통화한 일을 코지마에게는 말하지 않았다. 처음에는 그런 관심을 받는다는 사실에 기분이 좋았다. 그러나 전화 통화가 잦아졌고 그에게는 너무 빠르다 싶게 친한 사이가 되었다. 그리고 어제 그녀가 아무렇지도 않게 저녁 식사 한번 하자고 말했을 때에야 비로소 그녀의 목적이 무엇인지 알아챘다. 유타 칼텐제는 분명 그에게 작업을 걸고 있었다. 그는 어떻게 행동해야 할지 몰라 혼란스러웠다.

"어, 그래? 무슨 일로 전화를 했대?"

보덴슈타인은 애써 태연한 척하며 계속 아기와 장난을 쳤다.

"이번에 새로 이미지 캠페인을 시작하는데 같이 일할 사람이 필요하대."

코지마는 다시 욕실로 돌아가 목욕 가운을 입고 다시 나타났다.

"자기 어머니네 집에서 당신을 봤는데, 내 생각이 났다는데?"

"그래?"

보덴슈타인은 유타가 그의 가족에 대한 뒷조사를 하고 다니는 것이 마음에 들지 않았다. 더구나 코지마가 만드는 영화는 기록 영화지 홍보 영화가 아니다. 이미지 캠페인을 한다는 것은 거짓말이 분명하다. 하지만 유타가 그러는 이유가 뭘까?

"오늘 점심을 같이 먹기로 했어. 뭐라고 하는지 일단 한번 들어 보려고."

코지마는 침대 끝에 걸터앉아 다리에 로션을 발랐다.

"잘됐네. 무조건 비싸게 불러. 가진 건 돈밖에 없는 집안이니까."

보덴슈타인은 순진한 표정으로 아내를 바라보았다.

"당신은 괜찮아?"

그는 그 말이 무슨 뜻으로 하는 말인지 바로 이해가 되지 않아 어리둥절했다.

"괜찮지 않을 이유가 있나?"

그는 이렇게 말하며 속으로 앞으로는 유타 칼텐제의 전화를 받지 말아야겠다고 다짐했다. 그러나 동시에 이미 너무 멀리 왔다는 생각이 들었다. 날카로운 지성과 거부할 수 없는 매력을 지닌 그녀를 떠올리는 것만으로도 유부남으로서 자제해야 할 상상이 머릿속을 채웠다.

"칼텐제 집안이 수사의 초점이 되고 있는 거 아니야?"

코지마가 물었다.

"일단 가서 만나봐."

말은 그렇게 했지만 그의 속마음은 달랐다. 이제까지는 순전히 장난으로 연애 놀음을 했지만 예측하기 힘든 위험으로 돌변할 수도 있겠다는 생각이 들었다. 지금 그런 일이 일어나서는 안 된다. 아무리 마음이 따라주지 않더라도 좋은 말로 분명하게 선을 그어야 할 때다.

*

잠을 몇 시간밖에 자지 못 했지만 피아는 아침 6시 45분에 이미 출근해서 책상 앞에 앉아 있었다. 분명한 것은 지그베르트 칼텐제를 만나봐야 한다는 것이다. 피아는 커피를 마시며 어제 오스터만이 한 말을 떠올렸다. 칼텐제 남매가 살인을 청부했을 가능성은 충분히 있다. 그러나 아귀가 맞지 않는 구석이 너무 많다. 각 사건 현장에 남겨져 있는 숫자는 무엇을 의미하며, 왜 하필이면 그런 구식 권총과 60년 된 총알로 살인을 저질렀단 말인가? 살인청부업자라면 분명 소음기가 달린 권총을 썼을 것이다. 그러면 아니타 프링스를 양로원에서 숲으로 유인할 필요도 없지 않았겠는가. 골드베르크, 슈나이더, 프링스 살인 사건의 배후에는 분명 개인적 원한이 도사리고 있다. 그것만은 확실하다. 그리고 로버트 바트코비아크는 어떻게 이 그림 속에 끼워 맞춰야 할까? 그의 내연녀는 왜 죽어야만 했을까? 대답은 잘못된 단서와 잠재적 살해 동기의 실타래 속에 숨겨져 있다. 복수심은 강력한 살해 동기다. 토마스 리터는 칼텐제 가족에 대해 속속들이 잘 알고, 부당한 해고로 큰 모욕과 수모를 겪었다.

엘라르트 칼텐제는 어떤가? 그가 어머니의 세 친구를 죽였을까? 아니면 다른 사람에게 살인을 청부했을까? 그는 자기 입으로 직접 그 세 사람을 미워했으며 죽이고 싶었다고 말하지 않았던가. 거기다 의심스럽기 짝이 없는 마르쿠스 노박도 있다. 그의 회사 차가 슈나이더가 죽은 날 그의 집 앞에서 목격됐고, 바트코비아크가 죽은 날에는 본인이 현장 주변에 있었다. 아니타 프링스가 죽은 날에도 양로원에서 목격됐으니 우연이라고는 할 수 없다. 게다가 노박에게는 큰돈이 걸려 있지 않은가. 엘라르트 칼텐제와 노박은 안 그런 척하지만 생각보다 훨씬 가까운 사이다. 그 두 사람이 세 노인을 죽인 걸까? 그런데 바트코비아크가 범행을 목격한 걸까? 아니면 다 틀렸고 오스터만의 말대로 칼텐제 집안사람들의 소행일까? 아니면 완전히 다른 사람이 범인? 생각은 머릿속에서 빙빙 돌 뿐 돌파구를 찾지 못했다.

문이 열리고 오스터만과 벤케가 차례로 들어왔다. 그 순간 오스터만 책상 옆에 있는 팩스가 삐 소리를 내더니 덜덜거리며 종이를 토해내기 시작했다. 오스터만은 가방을 내려놓고 첫 번째 장을 뽑아 훑어보았다.

"드디어 왔군. 실험실에서 결과가 나왔어."

"그래? 어디 봐."

그들은 총 6페이지 분량의 보고서를 나누어 읽기 시작했다. 아니타 프링스의 목숨을 앗아간 무기는 골드베르크, 슈나이더가 살해당한 무기와 같은 것으로 밝혀졌다. 총알도 동일하다. 슈나이더의 집 영화관에서 발견된 유리컵과 담배꽁초에서는 연방범죄수사국 컴퓨터에 저장되어 있는 남성 유전자가 검출되었다. 그 밖에 슈나이더의 시체 옆에서 발견된 가느다란 머리카락 한 가닥에서 신원을 알 수 없는 여성 유전자가 나왔다. 골드베르크의 집 거울에서도 선명한 지문 하나가 채취됐지만 누구 것인지는 밝혀지지 않았다. 오스터만은 데이터 뱅크에 들어가 슈나이더의 집 지하 영화관에 있었던 남자를 찾았다. 신체 상해와 뺑소니로 전과가 여러 건 있는 쿠르트 프렌첼이라는 사람이었다.

"바트코비아크의 가방에 들어 있던 칼은 모니카 크래머를 살해한 흉기로 밝혀졌고, 칼자루에서 바트코비아크의 지문이 발견됐어. 하지만 모니카 크래머의 입에서 나온 정액은 바트코비아크의 것이 아니야. 범인은 오른손잡이고. 집 안에서 발견된 흔적은 주로 모니카 크래머와 로버트 바트코비아크의 것인데, 모니카 크래머의 손톱 밑에서 발견된 섬유 조직은 어디서 나온 것인지 알 수 없대. 그리고 머리카락 한 올이 나왔는데 지금 분석 중이고. 참, 바트코비아크의 셔츠에 묻은 피는 모니카 크래머 거야."

피아가 읽은 것을 요약해 말했다.

"뻔할 뻔자지. 바트코비아크가 여자 친구를 죽인 거 아냐. 완전

짜증 나는 여자였잖아."

벤케의 말에 피아는 굳은 표정으로 눈을 흘겼다.

"그건 불가능해. 바트코비아크가 수표를 바꾸려고 타우누스 저축은행과 나사우 저축은행에 간 비디오를 봤잖아. 정확한 시간은 확인해봐야겠지만 내 기억으로는 11시 반에서 12시 사이였어. 그런데 부검 결과에 의하면 모니카 크래머의 사망 시각도 11시 반에서 12시 사이라고."

"설마 반장님이 지어낸 전문 킬러 이야기를 믿는 건 아니겠지? 전문 킬러가 어디 할 일이 없어서 그런 멍청한 여편네를 죽이고 다녀? 뭐하러?"

"바트코비아크에게 의심을 돌리기 위해서겠지. 모니카 크래머를 죽인 사람이 바트코비아크의 가방에 흉기와 휴대전화를 넣고 피 묻은 셔츠를 입힌 거야."

피아는 그렇게 말하는 순간 노박과 칼텐제가 범인이라는 생각을 버렸다. 두 사람 중 그 누구도 구강성교 후 여자를 그렇듯 잔인하게 죽일 수 있는 사람이 아니다. 범인은 둘임에 틀림없다.

"내 생각에도 그 말이 맞는 것 같아."

오스터만은 그렇게 말하고 보고서에서 셔츠에 대한 부분을 읽어주었다. 셔츠는 단추가 잘못 끼워져 있었고 바트코비아크에게 맞는 치수가 아니었다. 그리고 포장할 때 쓰는 핀 하나가 꽂혀 있는 것으로 보아 막 새로 산 옷으로 보인다고 했다.

"그 셔츠를 판 곳이 어딘지 알아내야 해."

피아의 말에 오스터만이 시원스럽게 고개를 끄덕였다.

"그건 내가 알아볼게."

"아, 그러고 보니 잊어버린 게 있었네."

벤케가 자기 책상으로 가더니 종이 더미 속에서 문건을 하나 꺼내와 오스터만에게 건넸다. 내용을 훑어보던 오스터만의 표정이 가볍게 일그러졌다.

"이거 언제 온 거야?"

"어제."

벤케가 자신의 컴퓨터를 켜며 말했다.

"뭔데 그래?"

피아가 다가와 물었다.

"바트코비아크 배낭 속에 있던 휴대전화 이동 프로필."

벤케의 무책임한 행동을 항상 너그럽게 지나치는 오스터만이 이번에는 제대로 화가 난 것 같았다.

"이봐, 프랑크. 이거 중요한 자료야! 몰라서 이러는 거야? 내가 며칠 전부터 기다리고 있던 자료라고!"

"아무것도 아닌 일로 괜히 핏대 세우지 마! 넌 뭐 잊어버린 적 없냐?"

"사건에 관한 건 단 한 번도 잊어버린 적 없어! 너 요즘 도대체 왜 그러는 거야?"

벤케는 대답 없이 자리에서 일어나 밖으로 나가 버렸다.

"뭐라고 나와 있어?"

피아는 벤케의 행동에 토를 달지 않았다. 이제 오스터만도 벤케가 이상하다는 것을 알았으니 남자들끼리 얘기를 해보겠지.

"그 휴대전화가 사용된 건 모니카 크래머에게 그 문자를 보냈을 때, 단 한 번뿐이야. 번호는 저장돼 있지 않아."

오스터만이 문서를 꼼꼼히 읽어본 후 말했다.

"기지국은?"

"에쉬보른 주변. 송신탑 주변 반경 3킬로미터라고 해봐야 달라지는 건 별로 없어."

*

보덴슈타인은 책상 앞에 신문을 펼쳐놓고 선 채로 읽었다. 니어호프 과장에게 달갑지 않은 말을 듣고 오는 길이다. 과장은 조만간 구체적인 성과가 나오지 않으면 특공대를 부르겠다고 엄포를 놓았다. 홍보담당관실에는 사건의 진척 상태를 묻는 문의 전화가 빗발쳤다. 언론뿐 아니라 내무부에서도 공식적으로 문의가 들어왔다. 팀원들도 상당히 긴장하고 있었다. 그러나 네 건의 살인 사건 중 제대로 풀리고 있는 것은 하나도 없다. 골드베르크, 슈나이더, 아니타 프링스가 베라 칼텐제와 고향 친구라는 사실을 알아냈지만 사건을 해결하는 데 큰 도움이 되지는 않았다. 범인이 현장에 단서를 남기지 않았기 때문에 범인 프로필을 만드는 것도 불가능하다. 현재 가장 유력한 동기는 칼텐제 남매에게 있는 것으로 보이지만 보덴슈타인은 왠지 오스터만의 의견에 선뜻 동의할 수 없었다.

보덴슈타인은 신문을 접고 책상 앞에 앉아 두 손으로 머리를 감쌌다. 눈앞에서 무슨 일인가가 벌어지고 있는데 도무지 감이 잡히지 않았다. 그에게는 네 건의 살인 사건을 칼텐제 집안과 연결시키는 일이 도저히 가능할 것 같지 않았다. 연결 지점이 존재하는지도 의문이었다. 사건의 포인트를 짚어내는 능력이 사라진 것일까? 그때 노크 소리가 나고 피아가 들어왔다.

"무슨 일이야?"

그는 부하 팀원에게 혼란스러운 표정을 들키지 않으려고 얼른 표정을 수습했다.

"벤케 형사가 방금 바트코비아크의 친구 프렌첼에게 다녀왔어요. 슈나이더 집에서 유전자가 발견된 남자요. 프렌첼의 휴대전화를 가져왔는데 목요일에 바트코비아크가 프렌첼의 음성 사서함에 녹음한 내용이 있어요."

"그래서?"

"지금 모두 함께 들으려고요. 참, 그리고 토마스 리터가 들어간 지스마이어 가에 있는 집 있잖아요. 그 집에 말린 칼텐제라는 여자가 살고 있어요."

피아는 보덴슈타인의 표정을 찬찬히 살폈다.

"반장님, 무슨 일 있으세요?"

피아는 가끔 상대의 속마음을 훤히 들여다보는 것 같을 때가 있다.

"수사에 진전이 전혀 없잖아. 온통 수수께끼에 정체가 불분명한 사람들, 쓸모없는 단서들뿐이야."

"항상 그렇죠, 뭐."

피아는 그의 책상 앞에 놓인 의자에 앉았다.

"그동안 탐문도 많이 하고 여기저기 들쑤시고 다녔잖아요. 우리가 손을 대지 않아도 저절로 진행되는 부분도 있을 거예요. 지금은 통제 불가능한 것처럼 보이지만 곧 제대로 된 단서를 잡을 수 있을 거예요. 전 그런 확신이 들어요."

"키르히호프 형사는 낙천주의자로군. 저절로 진행된다는 그게 또 하나의 살인 사건이면 어쩔 거야? 니어호프 과장과 내무부의 압박은 지금도 감당하기 힘들 만큼 엄청나다고!"

"그 사람들은 도대체 뭘 바라는 거예요? 우리가 뭐 텔레비전 드라마에 나오는 형사들인 줄 아나?"

피아는 이해가 안 된다는 듯 머리를 설레설레 흔들었다.
"얼굴 좀 펴세요. 프랑크푸르트에 가서 리터랑 엘라르트 칼텐제를 만나보고 상자에 대해서 물어보자고요."

피아는 의자에서 일어나 기다리는 듯한 표정으로 보덴슈타인을 쳐다보았다. 그녀의 에너지가 그에게도 전달되는 듯했다. 보덴슈타인은 지난 2년간 피아가 자신에게 얼마나 중요한 인물이 되었는지 새삼 깨달았다. 두 사람이 만들어내는 팀워크는 완벽했다. 피아는 대범하게 가설을 세우고 역동적으로 일을 밀어붙이는 역할이고, 그는 정확하게 규칙을 따르며 그녀가 너무 감정적으로 치닫지 않도록 조절하는 역할이다.

"어서요, 반장님! 지금 그렇게 자기 회의에 빠져서 구겨져 있을 때가 아니에요. 새로 온 과장에게 우리가 뭘 할 수 있는 사람들인지 확실하게 보여줘야 할 거 아니에요!"

그 말에는 보덴슈타인은 피식 웃지 않을 수 없었다.
"그래, 맞아."
그는 자리에서 일어나며 말했다.

*

"······전화해줘!"
스피커에서 로버트 바트코비아크의 다급한 목소리가 들렸다.
"짭새들은 내가 누구를 죽였다고 생각하는 것 같아. 그리고 당분간 잠수 좀 타야겠어. 나중에 전화할게."
전화 끊는 소리가 났다. 오스터만은 녹음 테이프를 뒤로 돌렸다.
"음성 사서함에 녹음된 게 언제야?"

바닥을 쳤던 보덴슈타인의 컨디션은 어느새 회복되어 있었다.

"지난주 목요일 오후 2시 35분입니다. 켈크하임의 공중전화를 사용했습니다. 그로부터 얼마 안 있어 죽었을 겁니다."

"……우리 양어머니 밑에 있는 고릴라들이 모니카네 집 아래서 날 기다리고 있었어……."

죽은 로버크 바트코비아크의 목소리가 다시 흘러나왔다. 오스터만은 다이얼을 돌려 녹음 내용을 재생시켰다.

"한 번이면 됐어."

보덴슈타인이 손을 들어 오스터만을 제지했다.

"노박은 어떻게 됐어?"

"병원에 얌전히 누워 있습니다. 오늘 아침 8시에 할머니와 아버지가 와서 10시 조금 넘을 때까지 있었습니다."

"노박의 아버지가 두 시간 동안이나 아들 병실에 있었다고?"

오스터만이 고개를 끄덕였다.

"네. 담당자가 그러던데요."

"음, 알았어."

보덴슈타인은 헛기침을 한 번 하고 좌중을 둘러보았다. 오늘 니콜라 엥겔은 나오지 않았다.

"오늘은 베라 칼텐제와 그 아들 지그베르트를 다시 만나 얘기를 들어볼 거야. 그리고 마르쿠스 노박, 엘라르트 칼텐제, 토마스 리터의 타액 샘플이 필요하니까 준비시키고. 토마스 리터는 오늘 내가 직접 만나볼 거야. 그리고 카타리나 에르만하고도 얘기를 해봐야 돼. 어디 가야 만날 수 있는지 벤케 형사가 책임지고 알아내."

벤케가 말없이 고개를 끄덕였다.

"하세 형사는 노박의 회사 앞에 있는 시멘트 화분에서 나온 차

페인트 분석 결과 빨리 달라고 실험실 좀 닦달해보고. 그리고 오스터만, 토마스 리터에 대한 정보가 더 필요해. 알아낼 수 있는 건 다 알아내."

"오늘까지요?"

"오늘 오후까지. 할 수 있는 데까지 해봐. 그럼, 오후 5시에 여기서 다시 모인다. 빈손으로 올 생각은 하지 마."

*

그로부터 30분 후 피아는 지스마이어 가에 있는 말린 칼텐제의 집 앞에 서 있었다. 초인종을 누르고 카메라에 대고 신분증을 보여주고 나서야 띠 소리와 함께 문이 열렸다. 건물 안으로 들어간 피아와 보덴슈타인은 작달막한 30대 중반의 여자와 마주섰다. 약간 부은 듯한 밋밋한 얼굴에, 눈밑에는 퍼런 그늘이 도드라졌다. 그녀는 건장한 체구와 짧은 다리, 큰 엉덩이 때문에 자신의 체구보다 훨씬 뚱뚱해 보였다.

"좀 더 일찍 오실 줄 알았어요."

여자가 먼저 입을 열었다.

"왜요?"

피아가 뜻밖이라는 듯 묻자 여자는 어깨를 으쓱했다.

"그야…… 할머니 친구들도 돌아가시고 로버트도……."

"그것 때문에 온 거 아니에요. 어제 리터 씨를 만났거든요. 리터 씨 아시죠?"

피아가 고급스러운 인테리어를 둘러보며 말했다. 여자는 10대 소녀처럼 얼굴을 붉히며 수줍게 웃었다.

"리터 씨가 이 건물로 들어가는 걸 봤거든요. 무슨 용건인지 물어보러 온 거예요."

피아가 약간 혼란스러운 얼굴로 설명했다. 말린은 문가에 몸을 기대며 여유로운 표정을 지었다.

"여기 살아요. 제 남편이거든요. 제 성은 이제 칼텐제가 아니라 리터예요."

피아와 보덴슈타인은 뜨악한 눈빛을 주고받았다. 리터는 어제 아내가 컨버터블을 탄다는 말은 했지만 해고당한 집안의 손녀라는 말은 하지 않았다.

"결혼한 지 얼마 안 돼서 저도 아직 새 이름이 어색해요. 집에서는 제가 결혼한 것을 모르거든요. 남편이 좀 조용해질 때까지 기다렸다가 때를 봐서 알리자고 해서요."

"그 말은 살인 사건 때문에 조용하지 않다는 거죠? 그러니까…… 할머니의 친구들 때문인 거죠?"

"네, 맞아요. 베라 칼텐제가 우리 할머니예요."

"그럼 어느 분의 따님이죠?"

"지그베르트 칼텐제가 제 아버지예요."

그 순간 말린의 빵빵한 티셔츠가 피아의 시야에 들어왔다. 피아의 머릿속에서 사건과 상황의 조합이 빠르게 이루어졌다.

"곧 엄마가 되는 걸 부모님이 아세요?"

피아의 질문에 말린은 처음에는 수줍어했지만 곧 미소를 지으며 자랑스럽게 배 위에 손을 얹었다. 배는 이미 눈에 띄게 불룩해져 있었다. 피아는 웃을 기분이 아니었지만 억지로 따라 웃었다. 아직도 행복한 임산부를 보면 마음 한구석이 싸해지며 상실감이 밀려오는 것을 어쩔 수 없다.

"아니요. 이미 말했듯이 지금은 다른 일로 정신이 없으세요."

말린 리터는 그제야 좋은 집안의 자제답게 손님에 대한 예의를 차렸다.

"뭐 마실 것 좀 드릴까요?"

"아니요. 괜찮습니다. 사실은…… 남편분과 얘기를 해보고 싶은데 어디로 가야 만날 수 있죠?"

보덴슈타인이 정중하게 거절하고 물었다.

"휴대전화 번호하고 회사 주소 알려드릴게요."

"네, 그러면 고맙죠."

피아는 메모하려고 수첩을 꺼냈다.

"어제 남편분이 할머님의 비서로 일하다가 문제가 있어서 해고당했다고 하더라고요. 18년간이나 비서였다면서요?"

보덴슈타인이 끼어들었다. 말린 리터는 근심 어린 얼굴로 고개를 끄덕였다.

"네, 사실이에요. 그런데 저도 무슨 일 때문인지는 몰라요. 남편은 할머니에 대해서 나쁜 말은 전혀 입에 올리지 않거든요. 우리가 결혼해서 곧 아기가 태어난다는 사실을 아시면 할머니도 모든 걸 잊고 용서해주실 거예요."

피아는 그녀의 순진함에 혀를 내둘렀다. 과연 베라 칼텐제가 손녀와 결혼했다는 것 하나만으로 온갖 수모를 주며 야박하게 쫓아낸 사람을 다시 받아들일까? 피아의 생각에는 어림도 없는 일이었다.

*

엘라르트 칼텐제는 프랑크푸르트 방향으로 차를 몰았다. 온몸이 덜덜 떨렸다. 그가 방금 알아낸 것이 정말 사실일까? 만약 사실이라면 그들은 그에게 무엇을 바라는 것일까? 어떻게 해야 하는 거지? 그는 땀 때문에 운전대에서 손이 미끄러지지 않도록 바지에 연신 손바닥을 문질렀다. 그는 순간적으로 도로에 서 있는 시멘트 기둥을 향해 전속력으로 돌진하고 싶은 충동을 느꼈지만 죽지 못하고 살아나서 절름발이가 될지도 모른다고 생각하니 용기가 나지 않았다. 그는 항상 옆에 두는 작은 약병을 찾아 운전석 옆을 더듬었다. 그리고 이틀 전 새사람이 되겠다는 각오로 약병을 창밖으로 던져버린 것을 떠올렸다. 그는 무슨 생각으로 그런 짓을 한 걸까? 갑자기 타보르 없이 살 수 있을 거라고 생각하다니! 근 몇 달간 그는 급격한 심리적 불안에 시달렸다. 그런데 지금은 발밑의 땅이 꺼지는 것만 같았다. 그는 적극적으로는 아니지만 아주 오랫동안 진실을 찾아 헤맸다. 그러나 그가 기대한 진실은 무엇일까? 무엇을 바란 것일까? 그것이 무엇이었든 지금 알게 된 그것은 아니었다.

"이런 젠장맞을!"

그의 마음속에서 모순된 감정이 소용돌이치며 그를 괴롭혔다. 마약 성분의 약물이 들어가지 않자 불안은 더욱 거세졌다. 모든 것이 전에 없이 분명하게 다가왔다. 그 윤곽이 견딜 수 없을 정도로 선명하게 느껴졌다. 이것이 바로 진짜 세상이다. 그러나 그는 그 세상을 살아낼 수 있을지, 살아내고 싶은지 도무지 판단이 서지 않았다. 그의 몸과 두뇌는 벤조디아제핀(불면 치료제나 항불안제 등으로 쓰이는 향정신성 의약품_역주)의 진정 효과를 강력하게 원하고 있었다. 타보르를 끊어야겠다고 굳게 맹세했을 때 그는 지금 알게 된 사실을 몰랐다. 그가 이제까지 살아온 삶, 정체성, 존재 자체가 거짓이라니!

도대체 왜? 이 질문은 그의 머릿속을 망치처럼 두드려댔다. 엘라르트 칼텐제는 답할 의무가 있는 자에게 질문을 던질 수 있는 용기가 자신에게 있기를 간절히 바랐다. 그러나 그런 생각을 하는 동시에 그의 머릿속은 멀리멀리 도망치고 싶다는 생각으로 가득 찼다. 지금까지 해온 것처럼 모르는 척하는 수밖에 없다.

순간 눈앞에 빨간불이 나타나자 그는 급하게 브레이크를 밟았다. 어찌나 세게 밟았는지 육중한 벤츠의 미끄럼 방지 제동장치가 덜컹거렸다. 뒤에 오던 차가 길게 경적을 울리며 가까스로 갓길로 빠지며 추돌을 피했다. 엘라르트 칼텐제는 갑작스러운 충격에 정신이 번쩍 들었다. 이렇게 살 수 없다는 생각이 뇌리를 스쳤다. 고상한 교수님의 가면 뒤에 어떤 겁쟁이가 숨어 있는지 온 세상이 다 안다고 해도 상관없다. 가방 안에 아직 처방전 하나와 알약 한두 개는 남아 있을 것이다. 와인 몇 잔 마시면 괜찮아질 것이다. 어차피 책임져야 할 일 따위는 없다. 이대로 짐을 싸서 미국으로 뜨는 거다. 한 며칠, 아니 몇 주, 아니 가서 영영 돌아오지 않는 거다.

*

"흥, 라이프스타일 매거진 좋아하시네!"

피아는 페헨하임 산업 단지의 가구 공장 뒷마당에 위치한 볼품없는 건물로 들어서며 반복해서 중얼거렸다. 보덴슈타인과 피아는 토마스 리터의 사무실이 있는 2층으로 향하는 지저분한 계단을 올라갔다. 말린 리터는 남편의 직장에 한 번도 와보지 않은 것이 분명하다. 말이 좋아 출판사지 이 건물 문 앞에까지만 와봤어도 남편에 대한 생각이 달라졌을 것이다. 손자국이 잔뜩 나 있는 유리문에

'위크엔드'라는 간판이 붙어 있었다. 톡톡 튀는 색깔과 올록볼록한 글씨체에서 제대로 싼 티가 났다. 안내 데스크는 달랑 책상 하나인데, 전화기와 무지막지한 덩치의 모니터가 자리를 몽땅 차지하고 있었다.

"무슨 일로 오셨죠?"

안내 여직원은 한때 이 잡지의 표지 모델로 활동했을 것 같은 여자인데, 아무리 화장을 했어도 그때로부터 30년은 거뜬히 흘렀음을 알 수 있었다.

"경찰이에요. 토마스 리터 씨 어디 있죠?"

피아가 주위를 둘러보며 물었다.

"복도 따라서 가면 맨 마지막 방이에요. 왼쪽요. 전화를 넣어드릴까요?"

"아닙니다. 괜찮습니다."

보덴슈타인이 씩 웃으며 말했다. 복도 벽은 온통 잡지 표지 포스터로 도배되어 있었다. 거의 벗다시피 한 여자들이 저마다 다른 포즈를 취하고 있는데, 한 가지 공통점은 모델들이 모두 최소 D컵은 된다는 것이다. 왼쪽 마지막 방은 닫혀 있었다. 피아는 문을 두드린 후 바로 열고 들어갔다. 리터는 이런 곳에서 그들을 다시 만난 것이 영 마음에 들지 않는 모양이었다. 고풍스러운 고급 건물이 늘어선 부자 동네 베스트엔드와 뿌연 담배 연기, 포르노 사진으로 가득한, 비좁은 사무실은 실로 천지 차이였다. 그의 아이를 임신한, 볼품없는 아내와 그의 입술에 막 새빨간 립스틱 자국을 남긴, 우아한 검은 머리 여자 사이에도 천양지차가 존재했다. 그녀는 머리끝부터 발끝까지 비싼 물건으로 휘감은 듯했고, 옷, 액세서리, 구두, 헤어스타일 무엇 하나 고상하지 않은 것이 없었다.

"전화해."

그녀는 손가방을 들고 바로 자리를 떴다. 나가면서 흘깃 쳐다보았을 뿐 보덴슈타인과 피아에게는 아무런 관심도 보이지 않았다.

"사장님인가 봐요?"

피아가 물었다. 리터는 책상에 팔꿈치를 올려놓고 두 손으로 이마를 쓸었다. 꺼칠한 그의 모습은 추레한 사무실과 잘 어울렸다.

"아니요. 또 뭡니까? 내가 여기 있는 건 어떻게 알았어요?"

리터는 짜증스러운 얼굴로 담배를 꺼내 물었다.

"부인이 친절하게도 '출판사' 주소를 알려주시더라고요."

피아가 일부러 '출판사'를 강조하며 비꼬았지만 리터는 무시하고 아무 반응도 하지 않았다.

"얼굴에 립스틱 묻었어요. 부인이 이런 모습을 봤다간 오해하시겠네요."

피아가 얄밉게 덧붙였다. 리터는 손등으로 입을 쓱 닦더니 잠시 망설이다가 어쩔 수 없다는 듯 입을 열었다.

"그냥 아는 사람입니다. 빚이 있어요."

"부인도 그걸 아시나요?"

리터는 고집스러운 눈으로 피아를 노려보았다.

"아니요, 모릅니다. 알 필요도 없고요."

그는 담배 연기를 빨아들인 후 코로 휙 내뿜었다.

"일이 바쁩니다. 용건이 뭡니까? 어제 다 얘기해서 할 얘기도 없습니다."

"아니요, 완전히 반대인 것 같은데요. 대부분은 숨기고 말하지 않았죠."

보덴슈타인은 한 걸음 물러서서 말없이 듣기만 했다. 리터는 형사들을 너무 얕잡아 봤다고 생각하며 두 사람을 번갈아 쳐다보았다. 오늘은 어제와 같은 실수를 하지 않으리라.

"그렇게 생각하십니까? 예를 들어보시죠. 제가 뭘 숨겼죠?"

그는 애써 태연한 척했지만 쉼 없이 깜빡이는 눈꺼풀이 그의 불안한 심리 상태를 말해주었다.

"4월 25일 골드베르크가 죽기 전날 왜 그 집에 찾아갔죠? 아이스크림 가게에서 바트코비아크와 무슨 얘기를 했어요? 그리고 베라 칼텐제에게 해고당한 진짜 이유가 뭐죠?"

리터는 어수선한 동작으로 재떨이에 담배를 비벼 껐다. 컴퓨터 옆에 놓인 휴대전화가 베토벤의 9번 교향곡을 토해내기 시작했지만 그는 전화기를 쳐다보지도 않았다.

"에이, 참!"

리터가 귀찮다는 듯 내뱉었다.

"골드베르크, 슈나이더, 아니타 프링스 다 찾아갔습니다. 물어볼 게 있어서요. 2년 전에 베라의 자서전을 써보고 싶다는 생각이 들었습니다. 베라도 처음에는 무척 좋아했습니다. 몇 시간이고 앉아서 그간 살아온 얘기를 했고 전 그걸 받아 적었습니다. 그런데 모두 자기가 듣고 싶은 얘기, 좋은 얘기뿐이었어요. 서너 장 쓰고 나니까 정말 지루해서 못 읽겠다 싶더라고요. 어릴 적 이야기는 기껏해야 스무 문장 안에 다 정리가 되는 거예요. 그런데 사실 사람들이 궁금해하는 건 베라의 과거거든요. 귀족 출신의 아가씨가 가족을 잃고 영지를 빼앗긴 일, 어린아이를 안고 동프로이센에서 피난 나온 일, 그런 거에 관심이 있지 무슨 계약을 성사시켰네, 어디에 얼마를 기부했네, 그런 거엔 관심이 없거든요."

제풀에 지쳐 꺼진 후 조용하던 휴대전화에서 짧은 신호음이 났다.

"하지만 베라는 그런 말은 들으려고도 하지 않았어요. 자기가 쓰고 싶은 것만 쓰거나 아니면 아예 안 쓰거나 둘 중 하나였죠. 원래부터 타협이라는 걸 모르는 사람이에요. 흥, 빌어먹을 할망구!"

그는 짜증스러운 얼굴로 콧방귀를 뀌었다.

"전 베라의 인생을 한 편의 소설로 만들자고 제안했습니다. 인생의 우여곡절, 승리와 패배를 가리지 않고 한 데 엮어서 온몸으로 현대사를 겪은 여인의 인생담으로 만들자고 설득했습니다. 그런데 제가 아무리 얘기를 해도 베라는 고집을 꺾지 않았습니다. 결국 아무 조사도 하지 말고, 아무것도 쓰지 말라는 엄명이 내려졌어요. 그런 다음에도 계속해서 저를 의심했습니다. 그러다가 그 상자 사건이 터진 겁니다. 전 그때 노박의 편을 드는 실수를 했죠. 그게 끝이었습니다."

리터는 한숨을 푹 쉬고는 당시의 솔직한 심정을 털어놓았다.

"처음엔 정말 죽고 싶었습니다. 제대로 된 직장을 얻을 수도 없었고, 좋은 집도, 미래에 대한 전망도 없었죠."

"말린과 결혼하기 전까지는 그랬겠지요. 하지만 다시 다 얻었잖아요."

"그게 무슨 뜻으로 하는 말입니까?"

그는 정색을 했지만 진심으로 화를 내는 것 같지는 않았다.

"베라 칼텐제에게 복수하기 위해서 말린에게 접근했다는 얘기를 하는 거예요."

"알지도 못하면서 함부로 말하지 마요! 우린 우연히 다시 만났고, 서로에게 사랑을 느낀 겁니다."

"그럼 어제 왜 지그베르트 칼텐제의 딸과 결혼했다는 말을 하지 않았죠?"

피아는 그의 말을 전혀 믿지 않았다. 방금 전에 본 우아한 여자와 말린은 비교가 되지 않았다.
"그거야 그게 중요하다고 생각하지 않았으니까요!"
리터는 피아의 말을 공격적으로 받아쳤다.
"저희는 리터 씨의 사생활에는 관심이 없습니다. 골드베르크와 바트코비아크에 대한 것만 대답해주시면 됩니다."
보덴슈타인이 달래는 투로 말했다.
"정보를 얻으러 간 겁니다."
리터는 화제가 바뀐 것이 반가운 듯 얼른 대답하며 피아에게 적대적인 시선을 보냈다. 그리고 그다음부터는 아예 피아를 무시했다.
"오래전에 베라 칼텐제의 자서전을 써보지 않겠느냐는 제안을 받았습니다. 물론 지저분한 뒷얘기나 사소한 사건들까지 모두 포함해서 베라 칼텐제의 진짜 인생에 대한 책을 쓰자는 거였죠. 그 사람은 제게 돈과 확실한 정보, 그리고 복수할 기회를 제공하겠다고 했습니다."
"그게 누굽니까?"
리터는 고개를 저었다.
"그건 말할 수 없습니다. 하지만 그 사람이 구해준 정보는 진짜 알짜배기였습니다."
"어떤 점에서요?"
"1934년부터 1943년까지 베라가 쓴 일기장인데, 베라가 그토록 숨기고 싶어 하던 모든 배경 정보가 상세하게 나와 있습니다."
리터는 심술궂은 미소를 지었다.
"들어맞지 않는 게 많았지만 그거 하나는 확실합니다. 엘라르트 칼텐제는 베라의 아들일 수 없어요. 일기를 쓴 사람은 1943년이 될 때까지 약혼자도 없었고 쫓아다니는 남자도 없었습니다. 임신은 고사하고 성관계를 가진 적도 없어요. 그런데 재미있는 게 뭐냐 하면……."

리터는 말을 잠시 끊고 보덴슈타인을 쳐다보았다.

"베라의 오빠 엘라르트 폰 차이들리츠-라우엔부르크에게는 사귀는 여자가 있었다는 겁니다. 영지 관리인 엔드리카트의 딸 비키라는 아가씨였죠. 비키는 1942년 8월에 남자아이를 출산하고 하인리히 아르노 엘라르트라고 이름을 지었습니다."

보덴슈타인은 아무 대꾸 없이 다음 말을 재촉했다.

"그래서요?"

리터는 보덴슈타인의 무덤덤한 반응에 실망한 기색이었다.

"일기장의 주인은 왼손잡이입니다. 그런데 베라는 오른손잡이예요. 그게 증거죠."

"무슨 증거요?"

"베라가 사실은 진짜 베라가 아니라는 증거요!"

리터는 흥분해서 의자에 가만히 앉아 있지 못했다.

"골드베르크, 슈나이더, 아니타 프링스와 똑같아요! 그 네 사람이 뭔가 끔찍한 비밀을 공유하고 있었던 겁니다. 전 그게 뭔지 알아내려고 했고요!"

"그래서 골드베르크를 찾아갔다고요?"

피아가 불쑥 끼어들었다.

"아니, 60년도 넘게 비밀에 부친 일을 찾아간다고 해서 순순히 털어놓을 줄 알았어요?"

리터는 그 말을 들은 척도 하지 않았다.

"처음에는 폴란드에 가서 증인을 찾았습니다. 그런데 이미 다 죽고 그때 일을 증언할 수 있는 사람이 없었어요. 그래서 슈나이더와 아니타 프링스를 찾아갔습니다. 하지만 앵무새처럼 똑같은 말만 반복하더군요."

그는 생각만 해도 역겨운 듯 얼굴을 찡그렸다.

"셋 다 아무것도 모르는 척하더군요. 세상에서 자기들이 가장 잘난 줄 아는, 오만한 나치들! 향우회니 뭐니 한다고 모여서는 케케묵은 헛소리나 지껄이고! 세 명 다 기분 나쁜 사람들이었어요. 전 그 사람들을 처음부터 좋아하지 않았습니다."

"그래서 묻는 말에 대답도 안 해줘서 쏴버린 거예요?"

피아가 집요하게 물고 늘어졌다.

"네, 그래요. 제가 항상 몸에 지니고 다니는 칼라슈니코프로 쏴버렸습니다. 어서 체포하시죠!"

리터는 들으라는 듯 과장되게 받아치더니 보덴슈타인을 향해 돌아섰다.

"제가 그 사람들을 왜 죽이겠습니까? 어차피 조금 있으면 늙어 죽을 사람들인데."

"로버트 바트코비아크는요? 왜 만난 겁니까?"

"정보를 얻으려고요. 베라에 관한 얘기를 해주는 대가로 돈을 줬습니다. 그리고 로버트의 진짜 아버지가 누군지 제가 알거든요."

"그걸 어떻게 알았어요?"

"제가 아는 게 꽤 됩니다."

리터는 다시 끼어든 피아를 무시하는 눈초리로 힐끗 쳐다보았다.

"로버트를 오이겐 칼텐제가 밖에서 낳아 온 자식으로 알고 있는데 그거 다 거짓말입니다. 로버트의 어머니는 뮐렌호프에서 일하던 폴란드인 하녀였어요. 지그베르트가 그 열여덟 살짜리를 따먹은 거죠. 결국 임신을 했고, 그 사실을 알게 된 칼텐제 부부는 지그베르트를 바로 미국으로 유학 보냈어요. 그리고 임신한 하녀는 남몰래 지하실에서 출산하도록 했죠. 그 뒤로 감쪽같이 사라졌어요. 제 생각엔 뮐렌호프 어딘가에 땅을 파고 묻었을 거예요."

리터의 눈은 열기로 번들거렸다. 그는 점점 더 자신의 이야기 속으로 빠져들었다. 보덴슈타인과 피아는 그의 말에 조용히 귀를 기울였다.

"사실 갓난아기였을 때 입양시킬 수도 있었습니다. 그런데 베라는 그렇게 하지 않았어요. 로버트가 사생아인 자신의 운명 때문에 괴로워하는 것을 옆에서 구경했죠. 그리고 로버트가 자기 앞에서 꼼짝 못하고 자기를 떠받드는 걸 즐겼어요! 베라는 천성 자체가 그렇게 오만합니다. 아무도 자신을 건드리지 못할 거라고 믿어요. 그래서 알려져서는 안 될 내용이 들어 있는 상자들도 없애버리지 않고 가지고 있었던 겁니다. 흥, 재수 더럽게 없었던 거죠. 엘라르트가 하필이면 그 복원 기술자와 친해지는 바람에 방앗간을 뜯어고쳤으니까요."

리터의 목소리는 증오로 떨렸다. 피아는 그가 품고 있는 복수심의 깊이를 그제야 가늠할 수 있었다.

리터는 갑자기 기분 나쁘게 웃었다.

"로버트를 망친 건 결국 베라예요. 말린이 하필이면 이복 오빠 로버트에게 마음을 뺏기자 아주 난리가 났죠! 말린은 겨우 열다섯 살이었고 로버트는 20대 중반이었어요. 말린이 다리를 잃는 사고를 당하자 베라는 로버트를 바로 쫓아냈습니다. 로버트는 곧 범죄의 세계에 빠져들었죠."

"부인이 다리를 잃었다고요?"

피아가 깜짝 놀라 물었다. 그러고 보니 말린은 왼쪽 다리를 끌며 걸었다.
"네, 말했잖아요."
리터의 작은 사무실에는 잠시 침묵이 감돌았다. 피아는 보덴슈타인을 힐끗 쳐다보았지만 언제나와 같이 무슨 생각을 하는지 알 수 없는 표정이었다. 만약 리터가 말한 것 중 일부만 사실이라고 해도 폭탄 발언이다. 로버트 바트코비아크가 죽은 것은 리터에게 출생의 비밀을 듣고 베라에게 따졌기 때문일까?
"이것도 책에 쓸 건가요? 제가 듣기엔 아주 위험한 이야기 같은데요……."
피아의 말에 리터는 대답 없이 어깨만 으쓱했다.
"물론 위험합니다. 하지만 돈이 필요해요."
그는 피아와 눈을 마주치지 않고 다른 곳을 쳐다보며 말했다.
"부인이 아시나요? 친정과 아버지에 대해 그런 얘기를 쓰면 부인이 좋아하지 않을 것 같은데요."
그는 입술이 일자가 되도록 입에 힘을 주었다. 그리고 연극배우처럼 심각한 얼굴로 말했다.
"칼텐제 집안과 저는 이미 오래전부터 전쟁을 치르고 있습니다. 전쟁에는 희생이 따르게 마련이죠."
"칼텐제 집안에서 그냥 당하고만 있지는 않을 텐데요."
"그쪽에서도 이미 군대를 배치한 상태입니다. 가처분 신청에 부작위 채무, 그리고 지그베르트에게 그런 거짓부렁을 출판했다간 인세 구경도 못 하게 해줄 테니 알아서 하라는 협박도 받았습니다."
"그 일기장은 경찰에 넘겨야 합니다."
"지금 여기 없어요. 그리고 그건 제게 마지막 남은 생명보험이나 마찬가지입니다."

"한번 잘 생각해보세요."

피아가 가방에서 작고 길쭉한 통을 꺼내며 말했다.

"타액을 채취할 건데 이의 없으시죠?"

"물론 없습니다. 그런 걸 왜 해야 하는지는 모르겠지만요."

리터는 청바지 뒷주머니에 손을 찌른 채 피아에게 조소를 던졌다.

"시체의 신원을 확인할 때 빠르거든요."

피아는 차갑게 받아쳤다.

"제가 볼 때 리터 씨는 위험을 너무 얕잡아보고 있어요."

리터의 눈에 강한 적대감이 나타났다. 그는 피아가 내미는 면봉을 받아 입안에 넣고 한 번 훑은 다음 돌려주었다. 피아는 표본을 받아 통에 넣고 뚜껑을 잘 닫았다.

"내일 일기장 가지러 경찰서에서 사람이 올 거예요. 그리고 조금이라도 위협을 느끼면 전화하세요. 어제 명함 줬지요."

*

"그 말을 다 믿어야 할까요? 그 남자, 완전히 복수에 눈이 멀었어요. 복수하기 위해서 결혼까지 했잖아요."

주차장을 가로질러가던 피아는 갑자기 뭔가 생각난 듯 걸음을 멈추었다. 크리스티나 노박이 한 말이 떠오른 것이다.

"예쁜 얼굴, 검은 머리, 우아한 차림새! 노박이 쾨니히슈타인의 빈집 앞에서 만났다는 여자가 아까 그 여자 아닐까요?"

"그래! 자꾸 나도 어디서 본 듯하다는 생각이 드는데 어디서 봤는지 모르겠어."

보덴슈타인은 갑자기 걸음을 멈추고 차 열쇠를 피아에게 주었다.
"나 잠깐 갔다 올게."
그는 다시 건물로 들어가 잡지사가 있는 2층으로 올라갔다. 그리고 문 앞에서 거친 숨을 고른 후 초인종을 눌렀다. 안내 데스크에 앉아 있던 여자는 보덴슈타인이 다시 돌아온 것을 보고 의아해하며 인조 속눈썹을 붙인 눈을 깜빡거렸다.
"아까 리터 씨 방에 있던 여자분이 누군지 알아요?"
그녀는 보덴슈타인을 머리끝부터 발끝까지 훑어보더니 고개를 갸웃한 채 엄지와 검지를 비비는 시늉을 했다.
"아는 것 같기도 해요."
보덴슈타인은 무슨 뜻인지 바로 알아채고 지갑에서 20유로짜리 지폐 한 장을 꺼냈다. 그러나 그녀는 한심하다는 듯 인상을 썼다. 50유로짜리 지폐가 나오고 나서야 얼굴이 밝아졌다.
"카타리나······."
그녀는 50유로짜리 지폐를 톡 채 가더니 또 손을 내밀었다. 보덴슈타인은 하는 수 없이 20유로짜리 지폐도 내밀었다. 그녀는 돈을 받아 부츠 속에 집어넣었다.
"에르만."
그녀는 갑자기 고개를 쑥 내밀고 목소리를 낮춰 비밀스럽게 말했다.
"가끔 스위스에서 와요. 독일에 있을 때도 있는데, 타우누스 어딘가에 집이 있나 보더라고요. 차는 벤츠 5 시리즈 타고요, 번호판은 스위스 번호판이에요. 그리고 일 잘하는 비서 찾는 데 있으면 소개 좀 시켜주세요. 이 회사 정말 지겨워죽겠어요."
"여기저기 한번 물어볼게요."

그녀의 말을 농담으로 여긴 보덴슈타인은 명함을 꺼내 키보드에 꽂으며 한 눈을 찡긋했다.
"이력서랑 증명서 첨부해서 이메일로 보내요."

*

보덴슈타인은 주차된 차들 사이로 급히 걸어가며 휴대전화에 들어온 문자메시지를 확인했다. 그러다 하마터면 검정색 소형 승합차에 부딪칠 뻔했다. 차로 돌아오니 피아는 문자를 보내고 있었다.
"리터가 한 말이 사실인지 미리엄에게 확인해보라고 하려고요."
피아는 휴대전화를 내려놓고 안전벨트를 맸다.
"1942년 교회 명부가 아직 남아 있을지도 몰라요."
보덴슈타인은 시동을 걸었다.
"아까 리터와 함께 있던 여자가 카타리나 에르만이야."
"네? 회사 지분의 4퍼센트 가지고 있다는 그 여자요? 그 여자가 리터랑 무슨 관계가 있는 거죠?"
피아가 깜짝 놀라며 물었다.
"나라고 그걸 알겠어?"
보덴슈타인은 주차장에서 차를 빼낸 다음 다기능 운전대의 버튼을 눌러 오스터만에게 전화를 걸었다.
"반장님, 여기 난리 났어요! 니어호프 과장하고 신임 과장이 특공대를 두 개나 만든다고 난리예요."
오스터만이 흥분해서 외쳤다. 그러나 이미 이런 일이 있을 거라 예상했던 보덴슈타인은 태연한 얼굴로 시계를 보았다. 1시 반. 리더발트와 알레엔링을 통해서 가면 하나우 국도에서 경찰서까지 30분

정도 걸린다.

"지금부터 30분 후에 리더바흐에 있는 차이카 레스토랑에서 브리핑할 거니까 다 모이라고 해. 그리고 나보다 먼저 도착하면 카르파치오(생고기를 얇게 썰어 채소, 치즈와 함께 먹는 이탈리아 전채요리_역주)하고 치킨 커리 좀 주문해줘."

"난 피자!"

피아가 옆에서 외쳤다.

"참치랑 정어리 토핑 추가지? 알았어!"

오스터만이 명랑한 목소리로 대답했다. 두 사람은 한동안 아무 말 없이 각자의 생각에 빠져 있었다. 보덴슈타인은 프랑크푸르트에 있을 때 상사에게 듣던 말을 떠올렸다. 멘첼 반장은 틈만 나면 그에게 유동적이지 못하고 팀플레이어의 자질이 없다고 비판했다. 그것도 꼭 여러 사람이 보는 앞에서 말이다. 물론 틀린 말은 아니다. 보덴슈타인은 쓸데없이 잦은 브리핑으로 시간 낭비 하는 것도, 권한의 범위 따지는 것도, 공연히 권위를 과시하느라 아랫사람들을 괴롭히는 것도 좋아하지 않았다. 단출하게 팀원 다섯 명과 지낼 수 있는 호프하임을 선호한 이유이기도 하다. 사공이 많으면 배가 산으로 간다는 생각은 그때나 지금이나 달라지지 않았다.

"특공대를 두 개나 만든다는데 어쩌실 거예요?"

보덴슈타인은 피아를 힐끗 쳐다보았다.

"지휘를 누가 맡느냐에 따라서 달라지겠지. 어차피 지지부진하고 엉망이잖아. 도대체 문제가 뭐지?"

"노인 세 명, 여자 한 명, 남자 한 명이 살해당했다는 게 문제죠."

보덴슈타인은 베르크 가에서 한 무리의 젊은이가 횡단보도를 다 건널 때까지 기다렸다.

"우린 질문을 잘못 하고 있어."

그는 속으로 카타리나 에르만과 토마스 리터의 관계를 생각해보았다. 두 사람 사이에는 분명 특별한 뭔가가 있다. 어쩌면 리터가 베라 칼텐제 밑에서 일할 때부터 아는 사이인지 모른다.

"그 여자, 아직도 유타 칼텐제와 친할까?"

피아는 누구를 말하는 것인지 바로 알아챘다.

"그게 중요한가요?"

"로버트 바트코비아크의 친부가 누군지 리터가 어디서 어떻게 알았겠어? 그런 건 가족 내 비밀이잖아. 아무에게나 말해주는 게 아니라고."

"그럼 카타리나 에르만은 그걸 어떻게 알았을까요?"

"회사 지분을 나눠줄 정도로 친밀한 관계잖아."

"베라 칼텐제에게 가서 물어보는 게 어때요? 사라진 상자 속에 뭐가 들어 있었는지, 왜 바트코비아크에게 거짓말을 했는지 직접 물어봐요. 우리가 잃을 건 아무것도 없잖아요."

보덴슈타인은 아무 말이 없다가 가만히 고개를 저었다.

"아니야. 아주 조심스럽게 행동해야 해. 키르히호프 형사가 리터를 싫어하는 건 알겠는데, 그래도 난 생각 없이 질문했다가 여섯 번째 피해자가 나오는 건 싫어. 아까 한 말 맞아. 리터는 지금 살얼음판을 걷고 있어."

"겁대가리 없는 건 그 남자나 베라 칼텐제나 똑같아요. 복수를 위해서라면 무슨 짓이든 할 인간이에요. 복수에 미쳤다니까요. 에이 재수 없는 놈! 임신한 부인을 두고 바람이나 피우고! 그 카타리나 에르만이라는 여자하고 바람피우는 게 분명해요."

"내 생각도 그래. 하지만 시체가 되면 더 쓸모없어진다고."

*

보덴슈타인과 피아가 차이카에 도착했을 때는 이미 바쁜 점심 시간이 지난 뒤라 회사원들 몇몇을 제외하고는 손님이 없었다. 강력반 팀원들은 지중해풍으로 꾸민 레스토랑 한구석에 있는 큰 탁자에 앉아 식사를 하고 있었다. 유독 벤케만 인상을 찌푸린 채 물을 홀짝거리고 있었다.

"반장님, 좋은 소식이 하나 있습니다."

그들이 자리에 앉자 오스터만이 기다렸다는 듯 말했다.

"모니카 크래머와 바트코비아크 시체 옆에서 발견된 머리카락 있죠? 거기서 나온 유전자 프로필에 맞는 결과가 나왔습니다. 연방 범죄수사국에서 과거의 사건들을 정리하면서 단서들도 저장해놨더라고요. 그 머리카락의 주인은 1990년 10월 17일 일어난 미제 살인 사건, 그리고 1991년 3월 24일 할레에서 일어난 중증 상해 사건과 관련이 있습니다."

피아는 벤케의 굶주린 표정을 보고 의아했다. 배가 고픈데 왜 주문을 안 했을까?

"다른 건?"

보덴슈타인이 카르파치오에 후추를 치며 물었다.

"그리고 바트코비아크의 셔츠에 대한 것도 알아냈습니다. 그 셔츠는 수작업으로 만들어지는데, 유일하게 한 가게, 프랑크푸르트 실러 가에 있는 신사복 매장에만 납품한다고 합니다. 그 매장 여주인이 무척 친절하더라고요. 영수증을 볼 수 있게 해줘서 찾아봤는데 3월 1일부터 5월 5일 사이에 치수 41의 백색 셔츠는 모두 24벌 팔렸습니다. 그런데 그중에 누가 있었는지 아세요?"

오스터만은 모두의 시선이 자신에게 집중될 때까지 기다렸다가 말을 이었다.

"아냐 모어만이 4월 26일 베라 칼텐제의 명령으로 치수 41의 백색 셔츠 다섯 벌을 구입했습니다."

보덴슈타인은 식사를 중단하고 자세를 고쳐 앉았다.

"그래, 이번에는 뭐라고 변명하는지 보자!"

피아가 어림도 없다는 듯 말했다. 그리고 벤케에게 반쯤 남은 피자 접시를 내밀며 지나가는 말처럼 권했다.

"좀 먹을래? 난 더 못 먹겠어."

"고마워."

벤케는 입속으로 웅얼거리더니 사흘간 죽 한 그릇 못 먹은 사람처럼 허겁지겁 피자를 집어삼켰다.

"골드베르크와 슈나이더의 이웃은 뭐래?"

보덴슈타인이 입안 가득 피자를 우물거리는 벤케에게 물었다.

"회사 차를 봤다는 사람에게 서로 다른 로고 세 개를 보여줬는데 노박네 회사 로고를 바로 찾아내던데요. 그리고 시간도 더 정확해졌습니다. 밤 12시 50분에 아르테(ARTE, 독일과 프랑스의 합작 방송사_역주)에서 해주는 영화가 끝난 다음 개를 끌고 집에서 나갔답니다. 그리고 산책을 마치고 돌아간 때가 1시 10분이었대요. 그때는 이미 집 앞에 차가 없었다고 합니다."

"노박이 켈크하임에서 단속에 걸린 건 밤 11시 45분이에요. 에펜하임까지 갈 시간은 충분하죠."

그때 보덴슈타인의 휴대전화가 울렸다. 그는 발신인을 확인하더니 전화를 받고 오겠다며 나갔다.

"내일까지도 진전이 없으면 특공대원 스무 명에게 시달려야 해.

아, 그건 정말 싫은데."

오스터만이 불만을 털어놓았다.

"여기 그걸 좋아하는 사람이 누가 있어? 그렇다고 범인을 만들어낼 수도 없잖아."

벤케가 시큰둥하게 대꾸했다.

"하지만 단서가 많아졌으니까 구체적인 질문을 해볼 수는 있지."

피아는 커다란 유리창 너머로 주차장에서 서성거리며 전화를 받는 보덴슈타인을 쳐다보았다.

"그런데 모니카 크래머를 살해하는 데 사용된 칼에 대해서는 더 알아냈어?"

"아, 그렇지!"

오스터만은 접시를 밀어놓고 색색의 서류철 중에서 하나를 뽑아냈다. 봉할 수 있게 돼 있는 플라스틱 서류철들은 오스터만의 정리 체계에서 중요한 부분을 차지한다. 꽁지머리에 금속 테 안경, 편한 청바지 차림으로 다니지만 오스터만은 캐주얼한 외모와 달리 뭘 해도 꼼꼼하고 체계적이다.

"그 칼은 해골 손잡이가 달린 에머슨 카람비트 픽스드 블레이드 (접을 수 없는 칼_역주)라는 칼이야. 인도네시아 디자인을 본뜬 호신용 택틱 나이프야. 에머슨은 미국에 있는 회사인데, 물건은 인터넷에서 주문할 수 있어. 그 제품은 2003년에 출시된 거야. 칼 본체에 시리얼 넘버가 새겨져 있어."

"그럼 바트코비아크가 범인일 가능성은 거의 없어. 전문 킬러일 거야. 내 생각엔 반장님 말이 옳은 것 같아."

"내가 뭐가 옳다고?"

보덴슈타인은 자리로 돌아와 미지근해진 치킨 커리를 먹기 시작했다. 오스터만이 칼에 대한 설명을 반복했다.

"자."

보덴슈타인은 냅킨으로 입을 닦은 후 팀원들을 빙 둘러보았다.

"내 말 잘 들어. 이제부터는 총력전이야! 니어호프 과장이 하루 말미를 줬어. 지금까지는 장님 코끼리 만지듯 더듬고 다녔지만 이제 구체적인 단서가 나왔으니까……."

그때 다시 휴대전화가 울렸다. 보덴슈타인은 그냥 그 자리에서 전화를 받았다. 잠시 귀를 기울이던 그의 얼굴이 갑자기 어두워졌다.

"노박이 병원에서 사라졌대."

"어? 오늘 오후에 2차 수술하기로 돼 있는데. 겁먹고 도망친 거 아냐?"

하세가 혼잣말처럼 말했다.

"그건 어떻게 알았어?"

보덴슈타인이 물었다.

"아침에 카트린이랑 같이 타액 채취하러 갔었거든요."

"병실에 누구 와 있었어?"

피아가 카트린에게 물었다.

"네, 할머니하고 아버지가 와 있었어요."

피아는 노박의 아버지가 다시 병원에 왔다는 것이 아무래도 이상했다.

"키 크고 덩치 좋고 콧수염 기른 사람?"

"아니요."

카트린은 자신 없는 눈빛으로 고개를 저었다.

"콧수염은 없었어요. 그냥 며칠 안 깎아서 덥수룩한 정도고요, 머리는 회색이고 약간……."

"이런 젠장!"

보덴슈타인이 갑자기 의자를 뒤로 밀며 벌떡 일어났다.

"엘라르트 칼텐제잖아! 그걸 이제 얘기하면 어떡해?"

"제가 그걸 어떻게 알아요? 신분증이라도 보여달라고 해요?"

카트린이 항의했다. 보덴슈타인은 아무 말도 하지 않았지만 얼굴에 수천 가지 표정이 한꺼번에 나타났다. 그는 오스터만에게 50유로짜리 지폐를 쥐어준 다음 재킷을 입었다.

"우리 것도 같이 계산해. 누구 한 사람은 뮐렌호프에 가서 일하는 사람에게 셔츠 다섯 벌을 보여달라고 해. 그리고 모니카 크래머를 살해하는 데 사용된 칼을 누가 언제 어디서 샀는지, 8년 전 노박의 아버지 회사가 어떻게 망했는지, 정말 칼텐제 집안과 상관이 있는지 그것도 알아내. 베라 칼텐제가 어디 있는지도 찾아내. 병원에 있다고 하면 병실 앞에 감시를 두 명 붙이고 들락거리는 사람들 다 기록하도록 시켜. 뮐렌호프는 24시간 감시하고. 아 참, 카타리나 에르만의 처녀 적 성이 슈몽크야. 타우누스 어딘가에 살고 있고 스위스 국적일 수도 있어. 한번 알아봐. 다들 알겠지?"

"네……, 완전 죽음이다."

웬만해서는 불평을 하지 않는 오스터만도 일 폭탄을 맞고는 울상을 지었다.

"언제까지 해야 하는데요?"

"두 시간 내로, 더 빨리 끝낼 수 있으면 좋고."

보덴슈타인은 나가다 말고 뭔가 생각났는지 뒤를 돌아보았다.

"노박 회사의 수색 영장은 어떻게 됐어?"

"오늘 체포 영장이랑 같이 나올 겁니다."

"음, 알았어. 노박의 사진을 방송사에 돌리고 오늘 내로 방송에

나갈 수 있도록 하라고. 왜 찾는지는 밝히지 마. 그냥 다른 이유를 지어내. 급히 약이 필요하다든지, 뭐 그런 거."

*

"아까 전화한 사람, 누구였어요?"

차에 탄 다음 피아가 물었다. 보덴슈타인은 잠시 망설이다가 결국 실토했다.

"유타 칼텐제. 중요한 얘기가 있다고 오늘 저녁에 만나자는군."

"무슨 일인지 얘기했어요?"

보덴슈타인은 정면만 쳐다보고 운전을 하다가 호프하임 이정표가 보이자 속도를 줄였다. 점심 약속이 어떻게 됐는지 물어보려고 코지마에게 전화를 했지만 연락이 되지 않았다. 유타 칼텐제는 도대체 무슨 생각을 하는 걸까? 그 여자와 단둘이 만날 생각을 하니 영 마음이 편치 않았다. 하지만 카타리나 에르만과 토마스 리터에 대해 물어봐야 할 것이 있다. 보덴슈타인은 피아에게 함께 가달라고 할까 하다가 마음을 고쳐먹었다. 어떻게든 되겠지.

"반장님!"

피아가 부르는 소리에 그는 깜짝 놀라 정신을 차렸다.

"어, 뭐라고 했어?"

이상하게 쳐다보는 피아의 눈초리가 느껴졌다. 그런데 뭐라고 했는지 전혀 알 수가 없었다.

"미안, 뭐 좀 생각하느라고. 나 혼자 뮐렌호프에 간 날 지그베르트와 유타 칼텐제가 내 앞에서 연극을 했어."

"왜요? 그럴 이유가 있었어요?"

"엘라르트 칼텐제가 한 말 때문인 것 같아. 내가 그 말에 대해 깊이 생각하지 못하도록 하려고 한 거지."

"그게 무슨 말이었는데요?"

"그래, 그게 생각이 나야 하는데! 도저히 생각이 안 나!"

보덴슈타인은 평소의 그답지 않게 언성을 높였다. 사건에 완전히 집중하지 못하는 자신이 미워서 견딜 수 없었다. 최근에 유타 칼텐제와 그렇게 자주 전화 통화를 하지 않았다면 그때 일을 아직 잘 기억하고 있을 것이다.

"아니타 프링스에 대해 이야기하고 있었어. 양로원에서 없어졌다고 전화가 온 건 7시 반이고 죽었다는 소식이 온 건 10시쯤이라고 했어."

"전 그 얘기 처음 들어요. 왜 얘기 안 하셨어요?"

"얘기했어!"

"아니요, 안 했어요! 그 말은 베라 칼텐제가 사람을 시켜서 아니타 프링스의 물건을 다 치우게 할 시간이 충분했다는 뜻이잖아요!"

"난 분명히 얘기했어."

보덴슈타인은 자기주장을 굽히지 않았다. 피아는 아무 대꾸 없이 정말 그런지 기억을 더듬었다.

병원에 도착한 보덴슈타인은 젊은 안내요원의 항의를 무시하고 막다른 골목에 차를 세웠다. 감시를 맡은 순경은 민망한 표정으로 두 번이나 깜빡 속았다고 털어놓았다. 한 시간 전쯤 의사가 와서 검사할 게 있다고 노박을 데려갔는데, 이동 침대를 엘리베이터 안으로 밀 때는 병동 간호사까지 나서서 도와주었다는 것이다. 순경은 뢴트겐만 찍고 20분 후에 온다는 의사의 말만 믿고 도로 병실 앞 의자로 가서 앉았다.

"한시도 눈을 떼지 말라고 분명한 지시가 있었을 텐데 몸뚱이 좀 편하자고 임무를 소홀히 해? 이 일에 대해서는 확실하게 책임을 물을 테니 각오해!"

"오늘 아침 방문자는 어떻게 된 거예요? 왜 그 남자가 노박 아버지라고 믿은 거죠?"

피아가 순경에게 물었다.

"그 할머니가 자기 아들이라고 하더라고요. 그래서 전 그런 줄만 알았죠."

순경이 힘없는 목소리로 대답했다. 그때 맨 처음에 봤던 여자 의사가 걱정스러운 얼굴로 다가와 노박의 상태가 매우 위험하다고 알렸다. 손에 입은 분쇄 골절 말고도 자상에 의해 간에 손상을 입었는데 심각하다는 것이다.

순경에게 의사의 인상 착의를 물었지만 별 도움이 되지 않았다.

"두건 같은 거 쓰고 의사들이 입는 녹색 옷 입고 있던데요."

"나 참! 어떻게 생겼냐고? 늙은 사람이야, 젊은 사람이야? 뚱뚱해, 아니면 말랐어? 대머리야, 아니면 수염을 길렀어?"

보덴슈타인은 금방이라도 폭발할 기세였다. 그렇지 않아도 니콜라 엥겔이 트집 잡으려고 벼르고 있는데 이런 실수를 하다니!

"제가 보기엔 마흔이나 쉰가량 돼 보였습니다. 그리고 안경을 쓰고 있었던 것 같기도 해요."

"마흔? 쉰? 아니면 예순? 남자가 아니라 여자였던 거 아냐?"

보덴슈타인이 신랄하게 비꼬았다. 그들이 서 있는 곳은 병원 로비였다. 곧 경찰기동대가 도착했다. 기동대장은 엘리베이터 앞에 부하들을 모아놓고 지시를 내렸다. 환자들은 무슨 일인지 궁금해하며 대열을 바꾸는 경찰들 사이로 고개를 쑥 내밀었다. 경찰들은 각

층으로 흩어져 노박을 찾을 준비를 했다. 피아가 노박의 집으로 보낸 순경에게 연락이 왔지만 집에는 오지 않았다고 했다.

"회사 앞에 서서 지키다가 교대할 시간이 되면 연락해. 다른 사람들을 보내줄 테니까."

피아가 전화에 대고 지시를 내렸다. 그때 보덴슈타인의 휴대전화가 울렸다. 1층 비상구 옆 검사실에서 이동 침대가 빈 채로 발견됐다는 소식이었다. 이로써 노박이 아직 병원 건물 안에 있을 거라는 희망은 완전히 사라졌다. 핏자국은 검사실에서 복도로 죽 이어지다가 건물 밖으로 연결되었다.

"그럼 여기 계속 있을 이유가 없지."

보덴슈타인이 체념한 듯 말했다.

"자, 지그베르트 칼텐제에게 가보자고."

*

엘라르트 칼텐제는 뛰어난 이론가이지만 실천하는 데 있어서는 게을렀다. 결정해야 할 일이 생기면 항상 남에게 미루고 정작 자신은 뒷전으로 물러나기 일쑤였다. 그런데 이번 일은 즉각적인 행동이 필요한 일이었다. 그 혼자만 관계된 일도 아니고, 그 말고는 행동에 옮길 만한 사람도 없었다. 힘들지 않았던 건 아니지만 결국은 해냈다. 64년 만에, 아니 65년 만에 처음으로 삶의 주인이 된 기분이었다. 그는 그 저주받은 상자를 밖으로 끌어내고 당분간 쿤스트하우스를 휴관하겠다며 직원들을 집으로 돌려보냈다. 그리고 인터넷에서 비행기 표를 예약한 후 짐을 쌌다. 희한하게도 약을 먹지 않았는데 그 어느 때보다 컨디션이 좋았다. 갑자기 10년은 젊어진고 의지와 결단력으로 똘똘 뭉친 사람이 된 것 같았다.

엘라르트 칼텐제는 혼자 씩 웃었다. 사람들이 그를 결단력 없는 겁쟁이로 아는 것은 오히려 유리하게 작용할 것이다. 아무도 그가 그런 짓을 했으리라고는 생각하지 못할 것이다. 그 여형사가 마음에 걸리긴 하지만 그녀 역시 잘못된 단서에 현혹돼 있다. 밀렌호프 앞에는 경찰차가 서 있었다. 그러나 그는 이 예상치 못한 변수 앞에서도 당황하지 않았다. 밀렌호프로 들어가는 길은 하나가 아니다. 로르스바흐를 지나 피시바흐탈을 통해 가는 길은 경찰도 모를 것이다. 잘하면 아무도 모르게 집 안으로 들어갈 수 있다. 정말이지 하루에 한 번 이상 경찰을 만나고 싶지는 않았다. 그리고 조수석 시트에 묻은 핏자국도 설명하려면 골치 아프다. 그는 문득 라디오에서 나는 소리에 귀를 쫑긋하며 볼륨을 높였다.

"……시민 여러분의 제보를 기다리고 있습니다. 마르쿠스 노박, 35세, 호프하임 병원에서 치료를 받다가 오늘 오후부터 행방불명되었으며, 약을 복용하지 않으면 생명에 지장을 초래할 수 있는 상태입니다……."

엘라르트 칼텐제는 라디오를 끄고 만족스러운 미소를 지었다. 얼마든지 찾아봐라! 그는 마르쿠스 노박이 어디 있는지 알았다. 그 누구도 찾아내지 못하도록 꼭꼭 숨겨져 있다.

*

KMF 본사는 호프하임 노르트링에 있는 세무서 근처에 있었다. 보덴슈타인은 사전 연락 없이 쳐들어가는 쪽을 택했다. 초소 앞에 이르러 말없이 신분증을 내밀자 검은 유니폼을 입은 남자가 차 안을 쓱 들여다보더니 차단기를 올리고 통과시켜주었다.

"저 안에 마르쿠스 노박을 습격한 놈들이 있다는 데 이번 달 월급을 걸겠어요."

피아가 'K-시큐어'라는 팻말이 붙은 작은 조립식 건물을 가리켰다. 그 옆에 있는, 울타리 쳐진 주차장에는 폭스바겐 미니 버스와 창문에 짙게 선팅을 한 벤츠 승합차가 여러 대 서 있었다. 보덴슈타인은 속도를 줄여 천천히 그 옆으로 지나갔다. 몇몇 차량에 'K-시큐어. 무인 경비, 수행 경호, 현금 수송 서비스'라고 쓰인 홍보 스티커가 붙어 있었다. 시멘트 화분에 긁힌 자국은 이미 말끔히 없앴을 것이다. 그러나 제대로 짚은 것임에 틀림없다. 화분에 남아 있던 페인트를 분석한 결과 벤츠 차종이 확실한 것으로 밝혀졌기 때문이다.

지그베르트 칼텐제의 비서는 '독일 넥스트 톱 모델' 결승에 문제없이 진출할 만한 몸매의 아가씨였다. 그녀는 사장님이 외국 바이어와 미팅 중이시라며 오래 기다리셔야 할 것이라고 말했다. 피아는 비서의 무시하는 듯한 눈초리에 미소로 답하며 어떻게 저런 높은 구두를 신고 하루 종일 걸어다닐까 하고 생각했다. 지그베르트 칼텐제는 외국 손님을 젖혀두고 3분 후에 나타났다.

"회사 일로 몇 가지 변경을 계획하신다고 들었습니다."

비서가 커피와 생수를 놓고 간 뒤 보덴슈타인이 입을 열었다.

"그동안 몇몇 의결권자의 반대로 이루어지지 못했던 기업 매각을 계획 중이라면서요?"

"어디서 그런 말을 듣고 오셨는지 모르겠군요. 그리고 그렇게 단순하게 말할 수 있는 사안이 아닙니다."

지그베르트 칼텐제는 여유가 넘쳤다.

"하지만 과반의 동의를 얻지 못해 뜻을 이루지 못한 건 사실 아닌가요?"

지그베르트는 책상 위에 팔꿈치를 올려놓으며 조용히 웃었다.

"무슨 말씀을 하시려는 겁니까? 제가 KMF의 사장으로서 더 많은 지분을 얻기 위해 골드베르크, 슈나이더, 아니타 프링스를 죽이라고 시켰다는 말입니까?"

보덴슈타인도 살짝 미소를 지었다.

"이번에는 그쪽에서 너무 단순화시킨 것 같군요. 어쨌든 문맥은 비슷합니다."

"몇 달 전 공인회계사무소에 의뢰해서 회계 감사를 받은 일은 있습니다. KMF는 기틀이 탄탄하고 재정이 건실한 데다 글로벌 시장의 리더로서 수백 개가 넘는 특허를 보유하고 있기 때문에 입맛을 다시는 투자자들이 많죠. 그런데 저희가 평가를 받은 건 매각 목적이 아니라 조만간 상장을 할 계획이기 때문입니다. 시장의 요구에 맞춰 구조조정을 할 필요가 있지요."

그는 의자 깊숙이 등을 대고 앉았다.

"저도 올 가을에는 환갑이 됩니다. 그런데 가족들 중에는 회사 일에 관심을 보이는 사람이 없어서 언젠가는 남의 손에 운영권을 넘겨주어야 할 상황입니다. 그때까지는 가족들을 회사에서 빼내야 하니까요. 저희 아버지가 유언장에서 회사 지분을 분할 처리한 사실은 아시죠? 해가 지나면 그 효력이 상실됩니다. 그러면 드디어 기업 형태가 바뀌는 겁니다. 유한회사에서 주식회사가 되는 거죠. 향후 2년 이내에 일어날 일입니다. 이 계획에 대해서는 각 지분권자들에게 제가 직접 충분한 설명을 하고 동의를 구했습니다. 물론 골드베르크, 슈나이더, 아니타 프링스도 포함됩니다."

지그베르트는 다시 여유로운 미소를 지었다.

"지난번에 로버트 일로 어머니 댁에 찾아오셨을 때도 그 얘기를 하고 있었던 겁니다."

그의 말은 모두 신빙성 있게 들렸다. 보덴슈타인과 피아 두 사람 모두 오스터만의 주장을 진지하게 받아들이지는 않았다. 어쨌든 칼텐제 남매의 살해 동기는 일단 공중분해된 것으로 봐야 했다.

"카타리나 에르만을 아시나요?"

피아가 물었다.

"물론이죠. 카타리나와 유타는 오래된 단짝 친구입니다."

"왜 카타리나 에르만에게 회사 지분이 돌아간 거죠?"

"그건 저도 모릅니다. 카타리나는 밀렌호프에서 우리와 함께 자라다시피 했습니다. 제 생각에는 아버지가 어머니를 화나게 하려고 그런 것 같습니다."

"카타리나 에르만이 어머니의 전 비서인 토마스 리터와 내연 관계라는 사실을 알고 계셨나요?"

그 말을 들은 지그베르트의 미간에 깊은 주름이 잡혔다.

"아니요, 몰랐습니다. 그자가 무슨 일을 하고 돌아다니든 관심도 없습니다. 천성이 글러먹은 작자입니다. 계속해서 가족들과 어머니를 이간질시키려 했는데 어머니가 너무 늦게 알아채신 거예요."

"어머니의 자서전을 쓰고 있어요."

"한때 쓴 적이 있겠죠."

지그베르트가 딱 잘라 말했다.

"우리 변호사들이 다 금지시켰습니다. 그리고 고용 관계가 끝나면서 우리 집안의 내부 사항에 대해서는 침묵의 의무가 있습니다."

"만약 그 의무를 위반하면 어떻게 됩니까?"

"크게 후회하게 될 겁니다."

"어머니의 자서전을 쓴다는데 왜 그렇게 반대하시는 겁니까? 칼텐제 부인은 일생을 통해 큰일을 하신 분인데."

"전혀 반대하지 않습니다. 단지 어머니가 원하는 사람에게 맡겨야 한다는 겁니다. 리터는 어머니에게 부당한 대우를 받았다고 주장하면서 복수를 위해 해괴망측한 이야기를 지어냈습니다."

"예를 들면 골드베르크와 슈나이더에게 나치 전력이 있고 평생 다른 사람 행세를 하며 살았다는 거요?"

피아가 끼어들었다. 지그베르트 칼텐제는 여전히 여유로운 미소를 잃지 않았다.

"전쟁 후에 크게 성공한 기업가들 대다수가 나치와 관계가 있습니다. 우리 아버지도 전쟁 덕을 보셨죠. 무기 만드는 회사였으니까요. 제가 말하는 건 그런 게 아닙니다."

"그럼 뭡니까?"

"명예훼손, 모욕죄에 해당하는 것들입니다."

"그걸 어떻게 그렇게 잘 아세요?"

피아의 물음에 그는 어깨를 으쓱할 뿐 아무 대꾸도 하지 않았다.

"듣자 하니 아버지가 계단에서 실족사했을 때 형님이 의심받았다면서요? 그 얘기도 리터가 쓰는 책에 나오나요?"

"책 안 쓴다니까요. 그리고 전 오늘날까지도 아버지를 민 게 엘라르트라고 믿고 있습니다. 엘라르트는 아버지를 싫어했습니다. 엘라르트가 회사 지분을 받은 건 정말 웃기는 일이에요."

한 치의 빈틈도 없어 보이던 지그베르트가 드디어 속마음을 드러냈다. 그는 왜 그렇게 엘라르트를 미워하는 것일까? 키 크고 잘생기고 여자들에게 인기 많은 것에 대한 질투일까, 아니면 다른 이

유일까?

"사실 엄밀히 따지면 정식 가족도 아닙니다. 그런데 수십 년째 당연하다는 듯 회사 덕을 보고 있어요. 제가 일하는 걸 무슨 우상을 좇는 행위라도 되는 것처럼 얕잡아 보는 형님이 말입니다."

그는 쓰디쓴 웃음을 내뱉었다.

"우리 고매하신 미대 교수님께서 돈 없이 혼자 얼마나 잘 살지 한번 보고 싶습니다. 흥, 생활력이라고는 눈곱만치도 없으면서!"

"로버트 바트코비아크처럼 말인가요? 가족이 죽었는데 전혀 슬퍼하시는 것 같지 않네요."

피아의 말에 그는 원래의 느긋한 태도로 돌아왔다.

"솔직히 말하면 그렇습니다. 로버트가 이복 동생이라는 게 창피했던 적이 많습니다. 어머니가 너무 관대하게 키우셨어요."

"손자니까 그러셨겠죠."

보덴슈타인이 지나가는 말처럼 던졌다.

"뭐라고요?"

지그베르트 칼텐제는 놀라며 자세를 고쳐 앉았다.

"최근 들은 얘기가 몇 개 있습니다. 그중에 로버트 바트코비아크의 친부가 지그베르트 칼텐제 씨라는 말이 있더군요. 어머니는 뮐렌호프에서 일하던 하녀였고요. 부모님은 아들이 하녀와 부적절한 관계인 것을 알고 아들을 미국으로 보내셨죠. 그리고 아버지가 실수한 것으로 일을 마무리 지었고요."

지그베르트 칼텐제는 말문이 막힌 듯 아무 말도 하지 못하고 대머리를 쓸어 넘겼다.

"세상에."

그는 입속으로 중얼거리며 자리에서 일어났다.

"실제로 하녀와 연애를 한 적이 있습니다. 다누타라는 여자인데 저보다 서너 살 많았고 무척 예뻤어요."

그는 사무실을 이리저리 배회하기 시작했다.

"그땐 심각했습니다. 열일곱 살 때는 누구나 그렇죠. 부모님은 물론 좋아하시지 않았지요. 바람이나 쐬고 오라며 절 미국으로 보냈습니다."

그는 걸음을 멈추었다.

"8년이 지난 후 대학 졸업장을 따고 아내와 딸을 데리고 돌아왔을 때는 다누타를 새까맣게 잊고 있었습니다."

그는 창가로 가서 밖을 내다보았다. 이복 동생인 줄로만 알고 미워했던 아들, 범죄의 구렁텅이에 빠져 허우적거리다 죽어버린 아들에게 잘못한 것을 생각하는 것일까?

"그건 그렇고 어머니는 좀 어떠십니까? 지금 어디 계시죠? 급히 질문할 게 있는데."

지그베르트 칼텐제는 창백한 얼굴로 다시 자리로 돌아와 앉았다. 그리고 불안한 듯 볼펜을 들고 뭔가를 끼적거렸다.

"방문은 불가능합니다. 최근 일어난 일 때문에 상심이 크십니다. 로버트가 저지른 살인, 그리고 결국 자살했다는 소식을 듣고 몸져 누우셨습니다."

"로버트는 범인이 아닙니다. 그리고 자살하지도 않았고요. 부검 결과 타살이 확실한 것으로 밝혀졌습니다."

"타살이라고요?"

지그베르트는 믿기지 않는 듯 되뇌었다. 볼펜을 쥔 손이 살짝 떨렸다.

"하지만 누가……, 그리고 왜요? 누가 무슨 이유로 로버트를 죽인단 말입니까?"

"저희도 그게 궁금합니다. 로버트의 가방에서 내연녀를 살해한 흉기가 나왔지만 로버트가 죽인 게 아닙니다."

침묵을 뚫고 전화벨이 울렸다. 지그베르트는 수화기를 들더니 방해하지 말라고 버럭 소리를 지르고는 끊었다.

"어머니의 세 친구를 죽인 사람이 누군지, 16145라는 숫자가 무엇을 의미하는지 짚이는 데가 전혀 없으십니까?"

"그 숫자의 의미는 전혀 모르겠습니다."

지그베르트는 잠시 생각하더니 다시 입을 열었다.

"죄 없는 사람을 괜히 의심하고 싶지는 않지만, 근래 들어 엘라르트가 골드베르크를 꽤 귀찮게 했다는 건 압니다. 엘라르트는 골드베르크가 자기 친부가 누군지, 무슨 일이 있었는지 다 알면서 모르는 척하는 거라고 바득바득 우겼습니다. 그리고 리터도 최근 들어 골드베르크를 여러 번 찾아갔습니다. 그 인간은 살인을 저지르고도 남을 인간입니다."

피아는 이렇게 분명하게 범인을 지목하는 사람을 본 적이 없다. 그는 어머니의 총애를 놓고 경쟁하던 두 남자에게 이번 기회에 확실하게 복수를 하려는 것일까? 만약 리터가 자신의 사위이며 곧 태어날 손자의 아버지라는 것을 알게 된다면 어떤 표정을 지을까?

"골드베르크, 슈나이더, 아니타 프링스는 2차 대전 때 사용하던 총과 총알로 살해당했어요. 리터가 그런 걸 어디서 구했겠어요?"

지그베르트는 피아를 빤히 쳐다보았다.

"사라진 상자에 대한 얘기 들어보셨죠? 그 안에 뭐가 들어 있을 것 같습니까? 저도 한번 생각을 해봤습니다. 돌아가신 아버지의 유품일 수도 있다는 생각이 들더군요. 생각을 해보세요. 아버지는 나치당원이었고, 군인이기도 했습니다. 그 상자를 가져간 건 리터일지도 몰라요."

"리터는 해고당한 뒤로 뮐렌호프에는 얼씬하지 못했던 거 아니에요?"

피아가 반박했지만 지그베르트는 전혀 당황하지 않았다.

"리터는 금지시킨다고 안 하는 사람이 아닙니다."

"그 상자에 뭐가 들어 있는지 어머니는 아시나요?"

"네, 그런 것 같습니다. 하지만 아무 말씀도 안 하셨습니다. 한번 안 한다고 하시면 안 하는 분입니다. 엘라르트를 보세요. 환갑이 넘어서까지 친부가 누군지 몰라 헤매고 있잖아요."

지그베르트가 심술궂게 웃었다.

"네, 알겠습니다."

보덴슈타인이 미소를 지으며 일어났다.

"시간 내주셔서 감사합니다. 참, 물어볼 게 하나 더 있는데요, 누구 명령으로 회사 경비원들이 마르쿠스 노박을 고문하고 폭행한 겁니까?"

"누구요?"

지그베르트는 무슨 소린지 모르겠다는 듯 머리를 가볍게 흔들었다.

"마르쿠스 노박. 물레방아를 보수한 사람 말입니다."

지그베르트는 인상을 쓰며 기억을 더듬었다. 그러다 기억이 난 듯 고개를 끄덕였다.

"아, 그 사람! 그 사람 아버지에게 공사를 맡겼다가 고생 좀 했습니다. 사무동 공사를 맡겼는데 엉망으로 해놔서 돈이 얼마나 많이 들었는지 모릅니다. 그런데 우리 경비원들이 그 사람과 무슨 상관이 있다는 거죠?"

"제가 궁금한 것도 바로 그겁니다. 우리 감식반 동료들이 경비원들의 차를 좀 살펴봐도 되겠습니까?"

"네, 그러시죠."

그는 바로 대답하고는 재미있다는 표정을 지었다.

"K-시큐어 대장인 애머리 씨에게 전화를 넣어드리겠습니다. 애머리 씨가 잘 안내해드릴 겁니다."

*

앙리 애머리는 30대 중반의 남자로 남국의 매력을 풍기는 미남이었다. 호리호리한 몸매에 구릿빛 피부가 건강해 보이고, 새까만 머리는 뒤로 빗어 넘겼다. 흰색 셔츠에 검은색 정장을 입고 이탈리아 구두를 신은 모습은 증권 회사 직원이나 변호사, 은행가의 모습을 떠올리게 했다. 애머리는 사람 좋은 미소를 지으며 경비대의 명단을 내밀었고 묻는 말에 지체 없이 대답했다. 애머리는 1년 반 전 그를 포함해 34명인 경비대의 우두머리가 되었다. 마르쿠스 노박이라는 이름은 처음 듣는다고 했으며, 자기 대원들이 투입됐다는 비밀 작전에 대해 듣고는 매우 놀란 표정을 지었다. 차량을 조사하겠다고 하자 순순히 응하며 차 번호, 차종, 최초 등록일, 주행 수치가 명시된 회사 차 명단을 내밀었다. 보덴슈타인이 아직 애머리와 얘기를 나누고 있는데 미리엄에게 전화가 왔다. 도바로 가는 중이라고 했다. 도바는 옛날에 도벤이었던 곳으로, 라우엔부르크 마을이 속한 행정구역이다.

"내일 아침에 베고르제포 양로원으로 어떤 할아버지를 만나러 갈 거야. 1945년까지 차이들리츠-라우엔부르크 영지에서 강제노동을 한 폴란드 노인이 있다고 문서실 여직원이 알려줬거든."

"그래? 잘됐네!"

K-시큐어 사무실에서 보덴슈타인이 나오는 것이 보였다.

"미리엄, 엔드리카트와 오스카라는 이름이 나오는지 잘 봐. 잊어버리지 말고 꼭!"

"응, 알았어. 끊을게."

"키르히호프 형사가 보기엔 어떤 것 같아? 지그베르트 칼텐제와 애머리 말이야."

보덴슈타인이 막 통화를 마치고 폴더를 닫는 피아에게 말했다.

"지그베르트 칼텐제는 형과 리터를 미워해요. 어머니의 사랑을 뺏기지 않으려고 그 두 사람과 경쟁을 많이 했을 거예요. 반장님의 장모님도 그랬잖아요, 베라 칼텐제가 비서를 엄청 떠받들었다고. 거기다 엘라르트는 어머니와 함께 뮐렌호프에 살잖아요. 얼굴도 비교 안 되게 잘생겼고 주위에 예쁜 여자들이 끊이지 않고."

"음…… 그럼 애머리는?"

"꽤 미남이던데요. 너무 미끈해서 제 취향은 아니에요. 그리고 너무 친절해요. 노박에게 갈 때 사용했던 차는 그 리스트에 없는 게 분명해요. 힘들게 세금 내는 사람들을 생각해서 차량 수색은 안 하는 게 좋지 않겠어요?"

경찰서에 도착하니 오스터만이 새로운 소식들을 쏟아냈다. 베라 칼텐제는 호프하임 병원에도 바트조덴 병원에도 없었다. 노박은 여전히 행방불명이지만 기다리던 수색 영장이 나왔다. 뮐렌호프와 노박의 회사 앞에는 경찰차가 대기 중이고, 벤케가 아냐 모어만에게 가서 보여달라고 한 셔츠는 엘라르트 칼텐제의 것으로 밝혀졌다. 벤케는 프랑크푸르트에서 계속 칼텐제 교수를 찾고 있지만 쿤스트하우스는 여전히 문이 닫힌 상태다. 오스터만은 세무서, 주민센터, 경찰 컴퓨터를 동원해 카타리나 에르만에 대해 알아냈다. 1964년 7월 19일 쾨니히슈타인에서 슈뭉크의 딸로 태어난 카타리나 에르만은 독일 국적자로 스위스 취리히에 본 거주지가 있고 쾨니히슈타인을 제2거주지로 등록해놓았다. 스위스에서 출판사를 운영하고 있으며 세금도 스위스에서 낸다. 전과는 없다.

오스터만의 말을 조용히 듣고 있던 보덴슈타인은 시간을 확인했다. 6시 15분이 되어가고 있다. 유타 칼텐제는 7시 반에 켈크하임 근처 로테밀레 레스토랑에서 기다리겠다고 했다.

"출판사를 운영한다고? 리터에게 자서전을 쓰라고 한 사람이 카타리나 에르만 아닐까?"

"알아보겠습니다."

오스터만은 노트에 메모를 했다.

"아, 그리고 엘라르트 칼텐제 교수와 차량을 수배하도록 해."

피아의 얼굴에 만족스러운 미소가 떠올랐다. 역시 그녀의 예감이 적중한 것일까?

"내일 아침 6시에 노박의 집과 회사를 수색할 거야. 키르히호프 형사가 책임지고 준비시켜. 최소한 스무 명은 있어야 해. 누구누구 필요한지 알지? 필요한 인원을 확보하도록."

피아가 고개를 끄덕였다. 그때 전화벨이 울려 보덴슈타인이 수화기를 들었다. 벤케가 전화로 쿤스트하우스의 수위를 찾아냈다고 알려왔다. 엘라르트가 오늘 점심때쯤 상자 하나와 여행 가방 두 개를 차에 싣고 있어서 도와줬다는 것이다.

"그리고 베스트엔드 캠퍼스에 칼텐제 교수의 연구실이 하나 더 있답니다. 지금 그리로 가려고 합니다."

"차종이 뭐였대?"

보덴슈타인은 오스터만이 들을 수 있도록 스피커를 켰다.

"잠깐만요."

벤케는 누군가와 얘기를 하더니 다시 전화기에 대고 말했다.

"검정색 벤츠 S클래스고요, 번호판은 MTK-EK222입니다."

"응, 알았어. 오스터만하고 키르히호프에게 계속 연락해주고 칼텐제 교수 찾으면 체포해서 곧장 이리로 데려와. 오늘 바로 심문할 거니까."

"수배는요? 그래도 합니까?"

보덴슈타인이 전화를 끊자 오스터만이 물었다.

"당연히 해야지."

보덴슈타인은 그 말을 남기고 나가다가 뒤를 돌아보았다.

"아, 그리고 다들 퇴근할 때는 전화해서 얘기하고 퇴근해."

*

토마스 리터는 퀭한 얼굴로 담배 두 갑을 비우고 완성한 초고를 내려다보았다. 중간에 형사들과 카타리나가 잠시 방해한 것을 빼고 꼬박 14시간을 일했다. 칼텐제 집안의 더러운 진실과 숨겨진 범죄가 이 390페이지에 고스란히 담겨 있다. 이 책은 폭발적인 반응을 일으킬 것이다. 베라는 이제 끝장이다. 어쩌면 이 책으로 인해 감옥에 가게 될지도 모른다. 그는 파일을 저장하고 내친 김에 CD로도 한 장 구웠다. 그리고 노트북 가방에서 미니 오디오 카세트를 꺼내 CD와 함께 작은 서류 봉투에 넣은 다음 매직펜으로 주소를 썼다. 그들이 그를 협박해올 경우에 대비한 조치다. 리터는 노트북을 끄고 옆구리에 낀 채 일어섰다.

"이 빌어먹을 사무실도 앞으로는 볼일 없겠군."

그는 혼잣말을 내뱉고는 뒤도 안 돌아보고 방을 나갔다. 어서 집에 가서 시원하게 샤워를 하고 싶은 생각뿐이었다. 카타리나가 그를 기다리고 있지만 다른 날로 미루자고 할 생각이다. 오늘만은 원고, 판매 가능성, 마케팅 전략, 그가 진 빚에 대해 듣고 싶지 않다. 그리고 카타리나와 자고 싶은 생각은 더더욱 없다. 이상하게도 어서 빨리 말린이 있는 집에 가고 싶었다. 둘만의 오붓한 저녁 시간을 보내자고 약속한 것이 벌써 몇 주 전이다. 괜찮은 레스토랑에서 식사를 하고 아늑한 바에 앉아 시간을 죽인 다음 집에 가서 시간을 충분히 들여 사랑을 나눌 것이다.

"무슨 기분 좋은 일 있어? 입이 귀에 걸렸네."

안내 데스크에 앉아 있던 지나가 신기한 듯 말을 걸었다.

"퇴근하니까 좋아서 그러죠."

리터는 갑자기 한 가지 생각이 떠올랐다. 그는 주소가 적힌 서류 봉투를 지나에게 쓱 내밀었다.

"봉사한다고 생각하고 이거 좀 맡아줄래요?"

"그래요, 뭐 어렵다고."

지나는 서류 봉투를 받아 가짜 루이비통 가방 속에 집어넣었다. 그리고 공모자의 미소를 지으며 한쪽 눈을 찡긋했다.

"즐거운 시간 보내……."

그때 초인종이 울렸다.

"교정지가 이제야 왔나 보네. 오늘은 어째 한참 늦는다 했지."

리터는 인사로 한쪽 눈을 찡긋하고 택배 기사가 들어오도록 옆으로 비켜섰다. 그런데 검은 양복을 입은 몸집이 큰 남자가 들어와 리터를 위아래로 훑어보았다.

"토마스 리터 씨 맞습니까?"

"그렇게 묻는 당신은 누굽니까?"

리터는 미심쩍은 눈초리로 상대를 쳐다보았다.

"토마스 리터 씨에게 소포를 전해드리러 왔습니다. 카타리나 에르만 씨가 보낸 겁니다. 그런데 꼭 직접 전해야 한다고 해서요."

"아, 그래요?"

리터는 여전히 의심이 들었지만 카타리나는 뜬금없는 행동을 해서 놀라게 하는 일이 종종 있다. 아마 오늘 밤을 함께 보내자는 뜻으로 성인용 장난감 같은 걸 보냈는지도 모른다.

"소포는 어디 있죠?"

"기다리시면 가져오죠. 밑에 세워둔 차에 있습니다."

"아니에요, 됐어요. 어차피 내려가려던 참입니다."

리터는 지나에게 인사를 하고 남자의 뒤를 따라 나갔다. 어둡지 않을 때 퇴근하니 한결 마음이 놓였다. 인정하고 싶지는 않지만 주차장에 서 있던 검은 승합차와 재수 없는 금발 여형사의 말 때문에 겁먹었던 것은 사실이다. 하지만 이제 원고를 출판사에 넘길 것이고, 일단 활자로 인쇄되어 책으로 나오고 나면 그들도 함부로 협박하지 못 할 것이다. 남자가 정중히 문을 열어주자 리터는 감사의 뜻으로 그에게 고개를 끄덕여 가볍게 인사를 했다. 그 순간 목 옆에 따끔한 느낌이 들었다.

"앗!"

그는 외마디 소리를 지르며 노트북이 든 가방을 떨어뜨렸다. 곧 무릎이 힘없이 꺾이는 느낌이 들었다. 그때 검은 승합차가 달려오더니 바로 눈앞에서 멈추고 검은 옷을 입은 사내 둘이 튀어나와 우격다짐으로 그의 어깨를 붙들고 거칠게 승합차 안으로 밀어넣었다. 요란한 소리를 내며 미닫이문이 닫혔다. 차 안은 컴컴해서 아무것도 보이지 않았다. 차 안은 곧 밝아졌지만 리터는 도저히 고개를 들 수 없었다. 입에서 침이 줄줄 흐르고 시야가 흐릿해서 형체를 알아볼 수 없었다. 마음속에서는 물꼬가 터진 듯 공포가 엄습했다. 그는 곧 의식을 잃었다.

2007년 5월 10일 목요일

피아는 기동대 버스 옆에서 오들오들 떨다가 턱에서 딱 소리가 나도록 크게 하품을 했다. 5월이지만 11월처럼 춥고 을씨년스러운 날씨다. 어제 그녀는 11시 반에야 퇴근했다. 벤케가 나타났고, 곧이어 카트린과 하세가 연달아 도착했다. 그들은 기동대장이 따라주는 시꺼먼 커피를 마셨다. 이윽고 보덴슈타인이 나타난 것은 6시 15분이 다 되어서였다. 눈이 퀭한 것이 잠을 못 잔 것 같았다. 사복형사들은 마지막으로 지시 사항을 듣기 위해 보덴슈타인 주변으로 모였다. 모두 가택수색을 수도 없이 해본 사람들이라 무엇을 어떻게 해야 할지 잘 알았다. 담배꽁초가 발밑에서 꺼지고 남은 커피가 근처 수풀에 버려졌다. 피아는 차를 놔두고 보덴슈타인의 차로 옮겨 탔다. 보덴슈타인은 잔뜩 긴장한 듯 얼굴이 해쓱했다. 보덴슈타인의 BMW를 선두로 차들이 줄지어 도로를 내려갔다.

"리터가 다니는 잡지사의 여직원이 어제 내 음성 사서함에 메시지를 남겼어. 나도 조금 전에야 들었어. 여직원은 택배를 기다리느라 사무실에 있었고 리터는 저녁 6시 반쯤 퇴근했는데, 카타리나 에르만이 보낸 소포를 전해준다고 온 남자와 함께 내려갔대. 그런데 7시 반에 여직원이 내려가 보니까 리터의 차가 혼자 덩그러니 남아 있더라는 거야."

노박의 회사를 향해 가면서 보덴슈타인이 말했다.

"저쪽이에요."

피아가 오른쪽을 가리켰다.

"그것 참 이상하네요."

"그러게 말이야."

"유타 칼텐제를 만난 일은 어떻게 됐어요? 뭐 좀 알아냈어요?"

피아는 보덴슈타인의 턱 근육이 경직되는 것을 보고 의아하게 생각했다.

"아니, 별 얘기 없었어. 시간 낭비였어."

보덴슈타인이 짤막하게 대답했다. 피아는 실눈을 뜨고 그를 쳐다보았다.

"반장님, 뭐 숨기는 거 있죠?"

보덴슈타인은 한숨을 푹 내쉬며 노박의 회사에서 몇 미터 앞에 차를 세웠다.

"키르히호프 형사에게 쫓기는 일이 없으려면 죄는 짓지 말아야겠군."

그가 우울한 얼굴로 말했다.

"어제 멍청한 실수를 했어. 어떻게 그런 상황까지 갔는지 나도 모르겠어. 이야기를 마치고 주차장으로 가는데 유타 칼텐제가 나를…… 중요한 곳을 만졌어."

"뭐요?"

피아는 기가 막힌 듯 보덴슈타인을 쳐다보았다. 그리고 소리 내어 웃었다.

"거짓말 하지 마세요. 놀리려고 그러는 거죠?"

"아니야. 진심으로 하는 말이야. 빠져나오는 게 너무 힘들었어."

"하지만 빠져나오긴 한 거죠?"

보덴슈타인은 피아의 시선을 외면했다. 피아는 되도록 프라이버시를 건드리지 않으면서 물어볼 방법을 찾아 고민하다 조심스레 물었다.

"유타 칼텐제에게 유전자를 남기고 온 건 아니죠?"

보덴슈타인은 웃지 않았고 한참 있다가 대답했다.

"그런 것 같아."

그리고 말없이 차에서 내렸다.

*

일찍 일어났는지, 아니면 밤을 샜는지 크리스티나 노박은 외출복 차림이었다. 경찰관들이 2층에 올라가 수색 작업을 시작하자 그녀는 울어서 퉁퉁 부은 눈으로 그들이 일하는 모습을 멍하니 쳐다보았다. 자다가 놀라 일어난 노박의 두 아들은 잠옷 차림으로 부엌에 앉아 있었는데, 작은아이는 훌쩍훌쩍 울고 있었다.

"마르쿠스는 어떻게 된 거죠? 뭐 좀 알아냈나요?"

크리스티나 노박이 물었다. 그러나 피아는 보덴슈타인이 한 말 때문에 머릿속이 혼란스럽기만 했다. 크리스티나 노박이 질문을 반복하고 나서야 피아는 정신이 들었다.

"아니요. 아직 소식이 없네요. 방송에도 나갔지만 아직 제보가 들어오지 않았어요."

그 말을 들은 노박 부인은 흐느껴 울기 시작했다. 그때 쿵쾅거리는 소리가 나면서 문밖이 소란스러워졌다. 잠이 덜 깬 노박의 형제들이 계단을 내려왔고 노박의 아버지가 큰 소리로 항의했다.

"진정하세요. 곧 찾아낼 거예요."

피아는 그렇게 위로했지만 그녀 자신도 그 말을 믿지 않았다. 엘라르트 칼텐제는 자신의 범죄 사실을 아는 노박을 아무도 모르게 처리했을 것이다. 노박은 그를 의심하지 않았을 것이고, 의심했다고 해도 그런 상태에서는 반항할 수 없었을 것이다. 어쩌면 벌써 오래전에 죽었는지도 모른다.

집 안 수색은 아무 성과 없이 끝났다. 크리스티나 노박이 열쇠로 남편 회사의 문을 열어주었다. 지난번에 봤을 때 엉망으로 어질러져 있던 사무실은 그새 말끔하게 정리되어 있었다. 서류철은 다시 책장에 꽂혀 있었고, 바닥에 온통 어질러져 있던 종이들도 가지런히 정리함에 놓여 있었다. 경찰관들은 컴퓨터의 전원 코드를 빼고 책장의 내용물을 상자에 담았다. 그때 갑자기 장정들 사이로 땅딸막한 체구의 아우구스테 노박이 나타났다. 그녀는 눈물로 얼룩진 얼굴로 문가에 서 있는 손자며느리에게 위로의 말 한마디 건네지 않은 채 무작정 사무실로 들어오려다 순경 두 명에게 저지당했다.

"이봐요, 형사 양반!"

아우구스테 노박이 피아를 알아보고 불렀다.

"꼭 해야 할 얘기가 있어요!"

"나중에요, 할머니. 지금은 안 돼요. 밖에서 기다리세요."

"어이구, 이게 뭐야!"

뒤에서 벤케의 목소리가 들렸다. 뒤를 돌아보니 벤케가 책장 뒤 벽에서 금고를 찾아냈다.

"회사에 금고가 없다고 한 건 거짓말이었어."

피아가 혼잣말로 중얼거렸다. 마르쿠스 노박에게 호감을 가지고 있었기 때문에 더욱 실망스러웠다.

"13-24-08이에요."

크리스티나 노박이 묻지도 않았는데 말했다. 벤케가 숫자를 입력하자 띠 하는 소리에 이어 철컥 하고 금고가 열렸다. 그 순간 보덴슈타인이 사무실에 들어섰다.

"뭐 좀 있어?"

벤케는 허리를 굽히고 금고 안을 들여다보더니 돌아보며 씩 웃었다. 오른손에는 오래돼 보이는 권총이, 왼손에는 종이 상자에 든 총알이 들려 있었다. 그것을 본 크리스티나 노박은 숨을 훅 들이마셨다.

"범행 도구를 찾은 것 같습니다. 마지막으로 발사한 지 얼마 되지 않았어요."

벤케가 총신에 대고 냄새를 맡아보며 말했다. 보덴슈타인과 피아는 말없이 눈빛을 주고받았다.

"수배 범위 넓혀. 라디오와 텔레비전에 제보 요청 내보내."

"어떻게 된 거죠? 왜 남편 사무실 금고에 총이 들어 있는 거죠? 전 도대체…… 뭐가 어떻게 된 건지 전혀 모르겠어요."

크리스티나 노박은 얼굴이 허옇게 질린 채 중얼거렸다.

"우선 이쪽으로 와서 앉으시죠."

보덴슈타인이 회의 탁자 앞에 놓인 의자 하나를 잡아당기며 말했다. 크리스티나 노박은 잠시 망설이다가 의자로 가서 앉았다. 피아는 아우구스테 노박이 거세게 항의하는 것을 무시하고 문을 닫았다.

"받아들이기 힘드신 줄은 압니다만, 저희는 노박 씨를 범인으로 의심하고 있습니다. 이 권총은 최근 세 노인을 살해하는 데 사용된 흉기가 맞습니다."

"맙소사……."

크리스티나 노박이 넋 나간 얼굴로 중얼거렸다.

"배우자라고 해서 꼭 진술을 해야 하는 건 아닙니다. 하지만 진술을 하신다면 반드시 진실을 말해야 합니다. 아니면 위증죄로 처벌을 받을 수도 있습니다."

보덴슈타인이 법률적 사항을 설명했다. 밖에서는 노박의 아버지가 순경과 다투는 소리가 요란하게 들렸다.

크리스티나 노박은 그 소리에 신경 쓰지 않고 보덴슈타인을 빤히 쳐다보았다.

"물어보세요."

"남편이 4월 27일, 4월 30일, 그리고 5월 3일 밤에 어디 있었는지 아십니까?"

그녀는 눈물을 글썽이며 고개를 떨어뜨렸다.

"집에 없었어요. 하지만 남편은 절대 그런 짓을 할 사람이 아니에요. 남편이 왜 그런 짓을 하겠어요?"

그녀가 목이 메어 말했다.

"남편은 어디에 있었죠?"

그녀는 잠시 대답을 망설였다. 그리고 파르르 떨리는 입술로 울컥해서 말했다.

"아마 그 여자에게 갔을 거예요. 함께 있는 걸 본 적이 있어요.

남편에게는…… 다른 여자가 있어요."

*

"많이 마시지도 않았어."

차로 돌아온 보덴슈타인이 말했다. 그는 피아를 똑바로 쳐다보지 못했다.

"와인 한 잔 마셨는데 꼭 두 병을 혼자 다 마신 것 같았어. 옆에서 뭐라고 하는지도 전혀 모르겠더라고. 그다음에 무슨 일이 있었는지 지금까지도 기억이 나지 않아."

그는 잠시 말을 멈추고 피곤한 듯 눈두덩을 문질렀다.

"어느 순간 보니까 손님들이 다 가고 우리만 남아 있더라고. 밖으로 나와서 신선한 공기를 쐬니까 좀 나아졌어. 내 차 옆에 서서 얘기를 했어. 레스토랑 직원들이 퇴근하는 게 보였고…… 마지막으로 기억나는 건 그 여자가 내게 키스를 하고 바……."

"됐어요!"

피아가 급히 그의 말을 끊었다. 여덟 시간 전에 바로 이 시트에서 일어났을지도 모르는 일을 생각하니 기분이 영 찝찝했다.

"절대 하지 말아야 할 실수를 했어."

보덴슈타인은 괴로운 듯 입술을 꽉 깨물었다.

"아무 일 없었을 수도 있어요."

피아가 민망한 표정으로 말했다. 물론 그도 한낱 인간일 뿐이라는 것을 알지만 설마 그가 그러리라고는 생각도 하지 못했다. 어쩌면 그가 갑자기 솔직하게 나왔기 때문에 더 혼란스러운 것인지도 몰랐다. 그동안 두 사람은 매일같이 얼굴을 맞대고 일하면서도 사적인 이야기는 거의 금기시하다시피 했다.
"빌 클린턴도 그렇게 주장했지. 내가 이해하지 못하겠는 건 유타 칼텐제가 왜 그런 짓을 했느냐는 거야."
보덴슈타인이 기운 없는 목소리로 말했다.
"그거야 뭐, 반장님이 딱히 못생긴 얼굴은 아니잖아요. 그냥 하룻밤 놀고 싶었을 수도 있지요."
피아가 조심스레 추측했다.
"아니야. 유타 칼텐제는 목적 없이 행동하는 여자가 아니야. 분명히 계획된 거야. 최근 들어 내 휴대전화로 전화를 스무 통도 넘게 했고 오늘 낮에는 일부러 명분을 만들어서 코지마도 만났어."
보덴슈타인은 처음으로 피아를 정면으로 쳐다보았다.
"만약 내가 정직 처분을 당하면 키르히호프 형사가 수사 지휘를 맡아야 해."
"아직 그런 말을 할 단계는 아니잖아요."
피아가 달래듯이 말했다.
"아니, 생각보다 빨리 일어날 수 있는 일이야."
보덴슈타인은 두 손으로 머리카락을 쥐어뜯었다.
"니콜라 엥겔의 귀에 들어가면 게임은 끝난 거야. 안 그래도 트집 잡으려고 눈에 불을 켜고 있거든."
"하지만 새 과장이 그걸 어떻게 알겠어요?"
"당연히 유타 칼텐제가 말하겠지."
피아는 무슨 뜻인지 바로 이해했다. 보덴슈타인은 수사의 중심에 서 있는 집안의 사람과 사적인 접촉을 가진 것이다. 만약 어제 일이 유타 칼텐제가 나쁜 목적으로 계획한 것이라면 어떤 방식으로든 이 사건을 이용해먹으려고 할 것이다.

"반장님, 그러지 말고 혈액 샘플 뽑아놓으세요. 확실히 넘어오게 하려고 음식이나 와인에 약을 탄 게 분명해요."

"그건 불가능해. 난 자리를 비운 적이 없어."

"주인이랑 아는 사이일 수도 있잖아요."

보덴슈타인은 잠시 기억을 더듬었다.

"그러고 보니 주인 남자랑 잘 아는 사이 같았어. 말도 편하게 하고 단골손님 왔다면서 엄청 친한 척하더라고."

"그럼 주인 남자가 와인에 뭔가 탔을 거예요. 틀림없어요."

피아는 그렇게까지 확신이 들지는 않았지만 겉으로는 당연하다는 듯 말했다.

"지금 바로 헤닝에게 가서 피를 뽑아요. 분석 결과 약 성분이 나오면 유타 칼텐제가 함정을 팠다는 게 증명되잖아요. 정치적으로 욕심이 있는 여자니까 스캔들이 나는 걸 두려워할 거예요."

보덴슈타인의 얼굴에 희망의 빛이 떠올랐다. 그는 바로 시동을 걸었다.

"좋은 생각이야. 참, 키르히호프 형사가 한 말이 맞았어."

"무슨 말이요?"

"저절로 진행되는 일도 있을 거라는 말."

*

강력반 팀원들이 경찰서에 다시 모인 시간은 9시 반이었다. 노박의 회사에서 압수한 마우저 권총 P08/S42와 탄약은 이미 탄도학 실험실로 향했다. 마우저 권총은 1938년에 만들어진 것으로 시리얼 넘버와 수취 확인 도장까지 찍혀 있고 보존 상태가 매우 양호했다.

라디오에 제보 요청이 나간 후 빗발치듯 걸려오는 전화는 하세와 카트린이 맡았다. 보덴슈타인은 리터의 차가 여전히 워크엔드 잡지사 주차장에 세워져 있다는 보고를 받고 벤케를 말린 리터의 집으로 보냈다.

"피아 선배! 전화 왔어요. 선배 책상으로 돌릴게요!"

카트린의 말을 듣고 피아는 일어서 전화를 받으러 갔다.

"어제 그 할아버지 만났거든. 종이 있으면 받아 적어. 완전 특종이야!"

전화를 받자마자 미리엄이 흥분된 목소리로 외쳤다. 피아는 메모지를 앞으로 당겨놓고 볼펜을 찾아들었다. 리사르트 빌린스키는 22세 때 차이들리츠-라우엔부르크 가문의 영지로 보내져 강제노역을 했다. 그는 최근 일은 잘 기억하지 못했지만 65년 전에 일어난 일은 바로 어제 일처럼 자세히 기억하고 있었다. 베라 폰 차이들리츠는 당시 스위스의 기숙학교에 들어가 있었고, 오빠인 엘라르트는 공군에서 조종사로 일했다. 둘 다 성에 오는 일은 드물었다. 엘라르트는 영지 관리인의 딸인 비키와 사귀고 있었는데, 그들 사이에서 1942년 8월 아들이 생긴다. 엘라르트는 비키와 결혼하려고 날짜를 잡았지만 매번 결혼식을 앞두고 게슈타포에 끌려갔다. 마지막으로 끌려간 것은 1944년이었는데, 라우엔부르크 성의 회계 담당자인 슈빈데르케의 아들이자 나치 친위대 돌격대장인 오스카가 두 사람의 결혼을 막으려고 일부러 그런 것이라는 말이 돌았다. 이유인즉, 오스카의 동생 에다가 엘라르트를 깊이 사모했는데, 엘라르트의 마음도 얻고 엘라르트의 여동생과도 친한 비키에게 엄청난 질투심을 품고 있었다는 것이다.

슈빈데르케는 자주 성에 들렀는데, 아돌프 히틀러 경호대 소속이라 근처에 있는 볼프스샨체(폴란드 동부에 지어진 히틀러의 은신처로 늑대 굴이라는 뜻_역주)에서 근무했기 때문이다. 엘라르트는 1944년 중상을 입고 집에 돌아왔고, 1945년 1월 15일 공식적인 이주 명령이 떨어졌다. 다음 날 아침 도벤 주민들은 정든 고향을 등지고 바르텐슈타인 방향으로 떠났다. 그러나 차이들리츠-라우엔부르크 남작과 남작 부인, 중상을 입은 엘라르트, 여동생 베라, 네 살 된 하인리히와 비키 엔드리카트 모자, 비키의 병든 부모, 그리고 여동생 이다는 성에 남았다. 그들은 곧 뒤따라갈 생각이었다.

피난 행렬이 마우어발트 부근에 이르렀을 때 빌린스키는 맞은편에서 장갑차 한 대가 오는 것을 보았다. 운전석에는 나치 친위대 돌격대장 오스카 슈빈데르케가, 옆자리에는 라우엔부르크 성에서 몇 번 본 적이 있는 나치 친위대 대원이, 뒷좌석에는 에다와 친구 마리아가 앉아 있었다. 에다와 마리아는 1944년 초부터 라스텐부르크 강제수용소에서 하나는 여성 수용자들의 감독관으로, 다른 하나는 수용소장의 비서로 근무하고 있었다. 그들은 잠시 자기 아버지와 대화를 나눈 뒤 마을 방향으로 사라졌다. 빌린스키가 그들을 본 것은 그날이 마지막이었다. 다음 날 러시아 군대가 피난 행렬을 덮쳤다. 남자들은 총살당했고, 여자들은 강간당하고 일부는 끌려갔다. 그 아비규환 속에서 빌린스키가 살아남은 것은 러시아군이 그를 폴란드인 포로로 알았기 때문이었다.

그로부터 몇 년 후 빌린스키는 다시 고향으로 돌아왔고 남작 가족과 엔드리카트 가족이 어떻게 됐을지 가끔 생각해보곤 했다. 강제 노역자인 그에게 모두 친절하게 대해주었고, 비키에게는 독일어를 배우기도 했기 때문이다.

피아는 미리엄에게 고맙다고 말하고 전화를 끊은 다음 머릿속으로 내용을 정리해보았다. 베라 칼텐제의 약력에는 1945년 피난길에서 가족이 모두 죽거나 실종됐다고 나와 있었다. 그러나 빌린스키의 말대로라면 1945년 1월 16일에 그들은 성을 떠나지도 않은 것이다! 골드베르크임이 틀림없는 오스카 슈빈데르케는 러시아군이 쳐들어오기 직전 왜 여동생과 친구들을 데리고 마을로 돌아갔을까? 그날에 얽힌 수수께끼 속에 사건의 열쇠가 들어 있다. 베라 칼텐제가 사실은 영지 관리인의 딸 비키 엔드리카트인 걸까? 그리고 엘라르트 칼텐제는 공군 조종사 엘라르트의 아들? 피아는 메모한 종이를 들고 회의실로 갔다. 보덴슈타인이 불러서 카트린과 하세도 와 있었다. 그들은 조용히 피아의 보고에 귀를 기울였다.

"베라 칼텐제가 비키 엔드리카트일 가능성이 있어요. 양로원에서 만난 할아버지도 그랬어요. 동프로이센 출신의 평범한 시골 처녀가 크게 성공했다고요."

"무슨 얘기를 하다가 그 얘기가 나왔는데?"

피아가 물었다. 카트린은 수첩을 꺼내 뒤적였다.

"자기네들을 사총사라고 부르면서 1년에 두 번씩 취리히에서 모임을 가졌지. 베라, 아니타, 오스카, 한스. 다들 어릴 적부터 아는 사이야. 베라와 아니타는 남편들이 죽은 다음에도 그 모임을 열심히 하더라고."

카트린이 수첩을 보고 읽었다. 잠시 침묵이 흐르는 가운데 보덴슈타인과 피아는 시선을 교환했다. 퍼즐 조각들이 저절로 맞춰지기 시작한 것이다.

"동프로이센 출신의 평범한 시골 처녀라······. 베라 칼텐제가 비키 엔드리카트야."

보덴슈타인이 천천히 말했다.

"하룻밤 사이에 귀족이 될 기회를 포착한 거예요. 아기는 낳았지만 왕자님이 결혼을 해주지 않자 직접 신분 상승을 하기 위해 행동에 나선 거죠. 그리고 그렇게 평생을 살아온 거예요."

피아가 옆에서 장단을 맞췄다.

"그럼 누가 범인이지?"

오스터만이 머리를 긁적이며 말했다. 보덴슈타인이 벌떡 일어나 재킷을 집어 들었다.

"키르히호프 형사 말이 맞아. 엘라르트 칼텐제가 그 모든 비밀을 알아낸 거야. 그리고 복수는 아직 끝나지 않았어. 어떻게든 막아야 해!"

*

'위급 상황'이라는 말로 설득하자 담당 판사는 30분 안에 세 장의 체포 영장과 수색 영장을 발부해주었다. 프랑크푸르트에 간 벤케는 혼이 반쯤 나가 있는 말린 리터와 이야기를 나누었다. 그녀는 5시 45분쯤 사무실에서 리터와 통화를 했고 퇴근 후 저녁을 먹으러 가기로 약속했다. 그런데 7시 반에 집에 와보니 집이 난장판이 돼 있고 리터는 보이지 않았다. 그에게 계속 전화를 해봤지만 받지 않았고, 자정 이후로는 전화기가 아예 꺼져 있다. 경찰에 신고했으나 남편은 성인이 아니냐, 아직 여섯 시간밖에 안 지났는데 실종 신고를 하기에는 이르다며 좀 더 기다려보라고 할 뿐이었다. 벤케는 프랑크푸르트 공항 출국장 앞 주차장에 엘라르트 칼텐제의 벤츠가 주차돼 있는 것도 알아냈다. 조수석 시트와 차 문 안쪽에 피가 흥건했다. 혈흔은 마르쿠스 노박의 것이 맞는지 알아보기 위해 바로 실험실로 보내졌다.

보덴슈타인과 피아는 수색 팀을 이끌고 뮐렌호프로 갔다. 이번에는 지상 레이더, 시체 감식견과 함께 감식반이 동원됐다. 지그베르트와 유타 칼텐제는 뜻밖에도 집안의 변호사인 로젠블라트와 함께 서류를 잔뜩 쌓아놓고 살롱에서 대화 중이었다. 갓 내린 차 향기가 방 안에 가득했다.

"어머니는 어디 계십니까?"

보덴슈타인이 거두절미하고 물었다. 피아는 유타 칼텐제를 찬찬히 관찰했다. 그녀 또한 보덴슈타인만큼이나 포커페이스여서 표정만 보고는 어젯밤 두 사람 사이에 무슨 일이 있었는지 상상하기 힘들었다. 겉으로는 절대 한밤중에 주차장에서 유부남을 꼬드기는 여자로 보이지 않았다. 역시 사람은 겉만 봐서는 모르는 법이다.

"제가 이미 말했지 않습니까, 어머니는……."

보덴슈타인은 지그베르트의 말을 날카롭게 잘랐다.

"어머니의 목숨이 위험합니다. 형님이 세 노인을 살해하고 어머니도 노리고 있어요."

그 말을 들은 지그베르트는 바로 심각한 표정이 되었다.

"여기 수색 영장을 가지고 왔어요."

피아가 지그베르트에게 영장을 내밀자 지그베르트는 자연스럽게 변호사에게 전달했다.

"수색하는 목적이 뭡니까?"

변호사가 끼어들었다.

"마르쿠스 노박을 찾으려는 거예요. 오늘 병원에서 없어졌어요."

보덴슈타인과 피아는 베라 칼텐제의 체포 영장이 나왔다는 말은 하지 않기로 사전에 말을 맞춰두었다.

"노박 씨가 여기 있을 거라고 추측하는 이유가 뭐죠?"

유타 칼텐제는 변호사의 손에서 영장을 낚아채 훑어보았다.

"엘라르트 칼텐제의 차량이 공항에서 발견됐는데 피투성이었어요. 노박과 칼텐제 부인을 찾기 전에는 그 두 사람의 것으로 추정할 수밖에 없어요."

피아가 설명했다.

"어머니는 어디 계십니까? 오빠는요?"

보덴슈타인은 유타 칼텐제에게 아무 대답도 듣지 못하자 다시 지그베르트를 향했다.

"사장님 사위도 어제저녁 이후로 실종됐습니다."

"사위라뇨? 뭘 잘못 알고 계신 거 아닙니까? 있지도 않은 사위가 실종됐다니 무슨 말인지 도무지 모르겠군요."

그는 얼빠진 얼굴로 창밖을 내다보았다. 수색 팀이 개를 앞세운 채 레이더 장비를 들고 잘 다듬어진 잔디밭을 훑고 있었다.

"따님이 2주일 전 토마스 리터와 결혼했고 임신한 상태라는 걸 모르시는 건 아니겠죠?"

"뭐라고요?"

지그베르트 칼텐제는 번개라도 맞은 사람처럼 그 자리에 굳은 채 아무 말도 하지 못했다. 그의 시선은 여동생을 향했다. 유타 칼텐제는 금시초문이라는 표정을 지었다.

"전화 좀 해야겠습니다."

그가 주머니에서 전화기를 꺼냈다.

"나중에요."

보덴슈타인이 그의 전화기를 뺏으며 말했다.

"먼저 어머니와 형님이 어디 있는지 말하세요."

"우리 의뢰인에게는 전화할 권리가 있습니다! 이건 공권력 남용이에요!"

변호사가 소리 높여 항의했다.

"당신은 입 다물고 가만히 있어요. 자, 어서 말씀하시죠."

지그베르트 칼텐제는 얼굴이 허옇게 질려서 땀을 비 오듯 흘렸다. 그리고 몸을 부들부들 떨며 겨우 말했다.

"전화기 이리 주세요. 부탁입니다."

*

뮐렌호프 수색은 성과 없이 끝났다. 마르쿠스 노박의 흔적도 없고, 엘라르트 칼텐제나 베라 칼텐제도 찾아내지 못했다. 그러나 보덴슈타인은 엘라르트 칼텐제가 노박을 죽여 그 시체를 어딘가에 숨겼을 거라는 믿음을 버리지 않았다. 여기가 아니라면 다른 곳에 있을 것이다. 토마스 리터는 여전히 행방불명이었다. 보덴슈타인은 장모에게 전화를 걸어 베라 칼텐제가 또 어디에 집을 가지고 있는지 물어보았다.

"취리히나 테신. 내 생각엔 그 두 곳이 가장 유력해."

보덴슈타인이 경찰서로 돌아가는 차 안에서 말했다.

"스위스 경찰에 직무상 협조를 구해야겠어. 이건 뭐 되는 일이 하나도 없군!"

피아는 아무 말도 하지 않았다. 안 그래도 쓰린 상처에 소금을 뿌리고 싶은 생각은 없었다. 그러나 만약 그녀의 말을 들었다면 엘라르트 칼텐제는 구치소에 들어가 있을 것이고, 노박은 아직 살아 있을지도 모른다. 피아의 추리는 이랬다. 엘라르트 칼텐제는 상자 속에서 일기장과 8구경 권총을 발견하고 집에 숨겼을 것이다. 그러나 결단력이 많이 모자라는 사람이라서, 혹은 일기장의 내용을 제대로 파악하는 데 시간이 걸렸기 때문에 한참을 망설이다가 수개월 뒤에야 행동에 옮겼을 것이다. 그는 상자에 들어 있던 권총으로 골드베르크, 슈나이더, 아니타 프링스를 죽였을 것이다. 그들이 사실대로 말을 해주지 않았기 때문이리라. 1945년 1월 16일은 도벤 주민들이 서쪽으로 피난 나온 날이다. 그날 분명 무슨 일인가가 일어났다. 뭔가 심각한 사건이 있었고 당시 세 살이 아니라 네 살이었던 엘라르트 칼텐제는 그 일을 희미하게나마 기억하고 있었던 것이다. 마르쿠스 노박은 그가 세 노인을 죽였다는 것을 알거나, 아니면 직접 살해에 가담했을 것이다. 엘라르트는 노박이 자신에게 위험한 존재가 될 수 있다는 것을 깨달았다. 그래서 즉 그는 사라져줘야 했다.

오스터만에게 전화가 왔다. 범행 도구에서 엘라르트 칼텐제와 노박의 지문이 나온 것은 그리 놀랄 일이 아니었다. 그 밖에 신문에 난 마르쿠스 노박의 사진을 보고 제보한 사람이 있었다. 제보를 한 여성은 노박이 5월 4일 정오 무렵 룩셈부르크 성 앞 주차장에서 BMW 컨버터블을 탄 회색 머리 남자와 얘기하는 것을 봤다고 진술했다.

"노박이 리터를 만났다는 건데……. 카타리나 에르만을 만난 직후잖아. 이걸 대체 어떻게 풀이해야 하지? 헛갈리네."

보덴슈타인이 혼잣말처럼 중얼거렸다.

"그러게 말이에요. 분명한 건 크리스티나 노박이 거짓말하지 않았다는 거예요. 바트코비아크가 사망한 시각에 노박은 실제로 쾨니히슈타인에 있었어요."

"그렇다면 엘라르트 칼텐제와 노박이 세 노인뿐 아니라 바트코비아크와 모니카 크래머의 살해에도 관계됐단 말인가?"
"글쎄요. 지금은 섣불리 단정 짓지 않는 게 좋겠어요."
피아가 하품을 하며 말했다. 요즘 잠이 너무 부족해서 푹 자고 싶은 생각이 간절했다. 그러나 상황은 그녀의 뜻과는 정반대로 흘러갔다. 다시 오스터만에게 전화가 왔는데, 아우구스테 노박이라는 사람이 피아에게 급히 할 말이 있다며 경비실에서 기다리고 있다고 했다.

*

"노박 부인!"
피아는 대기실 의자에 앉아 있다가 그녀를 보고 일어서는 아우구스테 노박에게 손을 내밀어 악수를 했다.
"손자분이 어디 있는지 아세요?"
"아니요, 몰라요. 하지만 급히 할 얘기가 있어요."
"네, 그런데 지금 무척 바빠서요."
그때 피아의 휴대전화가 주머니 속에서 진동했다. 뒤를 보니 보덴슈타인도 통화 중이다. 피아는 미안하다는 표정을 지으며 전화를 받았다. 오스터만이 노박의 휴대전화가 잠시 위치 추적기에 잡혔다며 흥분해서 알려왔다. 그 말을 들은 피아는 온몸의 피가 솟구치는 느낌이었다. 마르쿠스 노박은 아직 살아 있을지도 모른다!
"프랑크푸르트 한자알레와 퓌르스텐베르크가 사이야. 잠깐 켜졌다가 도로 꺼져서 더 이상은 좁힐 수 없었어."
피아는 프랑크푸르트 경찰에 연락해서 그 지역을 바로 봉쇄하도록 협조 요청 하라고 이르고 보덴슈타인에게 달려갔다.

"반장님, 노박의 휴대전화 신호가 프랑크푸르트 한자알레에서 잡혔대요. 어딘지 상상이 되시죠?"

"그럼 대학 안에 있는 칼텐제 교수의 연구실이겠군."

그때 아우구스테 노박이 뒤에서 피아의 어깨를 건드렸다.

"저기, 미안하지만 급한 일이라……."

"죄송해요, 노박 부인. 지금은 얘기할 시간이 없어요. 손자분을 찾을 수도 있을 것 같아요. 제가 나중에 전화드릴게요. 순찰차로 집까지 태워다 드리라고 할까요?"

"아니요, 됐어요."

노파는 가만히 고개를 저었다.

"한참 걸릴 거 같아요. 정말 죄송해요!"

피아는 손을 들어 안타까움을 표시하고 이미 차 앞까지 간 보덴슈타인을 쫓아 뛰어갔다. 촌각을 다투는 상황이었다. 그들은 마음이 급해서 아우구스테 노박이 경찰서 정문을 나선 순간 조용히 시동을 건 검정색 마이바흐를 보지 못했다.

*

보덴슈타인과 피아는 그뤼네부르크 광장에 위치한 구 IG-파르벤하우스(1928년에서 1931년 사이에 지어진 독특한 건물로 화학회사의 본사로 쓰이다가 2차 세계대전 후 미군이 사용하기도 했다_역주)에 도착했다. 프랑크푸르트 대학이 새 캠퍼스로 쓰는 건물은 이미 정복 경찰들에 의해 봉쇄되어 있었다. 경찰 통제선 바깥에는 언제나처럼 구경꾼들이 대거 몰려 있었고, 안쪽에서는 교수와 학생 들이 경찰에 강하게 항의하고 있었다. 그러나 노박의 휴대전화, 아니 휴대전화의 주인을 찾을 때까지는 그 누구도 건물 안에 들어가거나 나가지 못하게 하라는 명령이 떨어져 있었다.

"저기 벤케 형사가 있어요."

피아는 너비 250미터의 10층 건물 앞에 서니 용기가 확 줄어드는 것을 인정하지 않을 수 없었다. 4만 평이 넘는 부지에서 잠시 켜졌다 꺼진 휴대전화를 어떻게 찾아낸단 말인가? 노박의 휴대전화가 저 거대한 건물 안에 있을지, 풀숲 혹은 주차된 자동차 안에 있을지는 아무도 모른다. 벤케는 거대한 기둥 네 개가 서 있는 건물 정문 앞에서 프랑크푸르트 기동대장과 대화를 나누고 있었다. 그는 보덴슈타인과 피아를 알아보고 다가왔다.

"칼텐제 교수의 연구실부터 뒤지죠."

벤케가 제안했다. 그들은 으리으리한 건물 안으로 들어갔지만 벽과 엘리베이터 문을 장식한 동판화와 띠 장식에 눈길을 주는 사람은 아무도 없었다. 벤케는 보덴슈타인, 피아, 머리끝부터 발끝까지 무장한 기동대 한 소대를 5층으로 안내했다. 엘리베이터에서 내린 그들은 오른쪽에 길게 펼쳐진, 약간 굴곡진 복도를 따라 성큼성큼 걸었다. 그때 피아의 휴대전화가 울렸다.

"신호가 다시 잡혔어!"

오스터만이 흥분해서 외쳤다.

"어디야? 건물 안이야?"

피아가 한쪽 귀를 막고 물었다.

"응, 건물 안이 확실해."

칼텐제 교수의 방은 잠겨 있었다. 관리인을 불러오느라 다시 시간이 지체되었다. 새하얀 콧수염을 기른, 나이 지긋한 관리인은 한참 동안 열쇠 꾸러미를 뒤적거리고 나서야 맞는 열쇠를 찾아냈다.

이윽고 문이 열리자 벤케와 보덴슈타인은 그를 제치고 급히 안으로 들어갔다.

"이런 젠장! 아무도 없습니다."

벤케가 말했다. 관리인은 방 한구석에 서서 놀란 눈으로 형사들의 행동을 지켜보았다.

"무슨 일이에요? 칼텐제 교수님에게 무슨 일이라도 생긴 거요?"

"그럼 아무 일도 없는데 경찰이 100명씩 투입되고 기동대가 뜨고 하겠어요?"

피아는 책상 위에 무슨 단서가 있는지 자세히 살폈다. 책상 위에 깔린 도화지에서 이름, 전화번호, 혹은 노박의 거처를 추정해낼 수 있는 단어가 있는지 찾았지만 칼텐제 교수는 전화 받을 때 그림 그리는 게 취미인지 온통 낙서뿐이었다. 보덴슈타인은 휴지통을, 벤케는 책상 서랍을 뒤졌다. 그러는 동안 기동대는 문 밖에서 대기하고 있었다.

"그러고 보니 어제 좀 이상해 보이긴 합디다. 어째 좀…… 들뜬 것 같았어요."

관리인이 생각하는 표정으로 말했다.

"어제 칼텐제 교수를 봤다고요? 아니, 왜 그런 얘기를 이제야 하세요?"

"물어보지도 않았잖소?"

벤케가 버럭 화를 냈지만 노인은 점잖게 대꾸했다. 그때 치직거리는 소리가 나더니 기동대장의 무전기에서 잡음 섞인 말소리가 들렸다. 두꺼운 콘크리트 벽 때문에 소리는 더욱 둔탁하게 들렸다. 관리인은 하얀 수염 끝을 만지작거리며 혼자만의 생각에 잠겼다.

"들뜬 정도가 아니라 기뻐서 어쩔 줄 모르더라고. 그런 모습은 처음 봤어. 서관에서 나왔는데 그것도 이상하더란 말이지. 연구실이 그쪽도 아닌데…….”

"거기가 어디죠? 그리로 좀 안내해주시겠어요?"

피아가 그의 말을 끊고 초조하게 말했다.

"예, 그럽시다. 그런데 우리 칼텐제 교수님이 무슨 잘못이라도 한 거요?"

"뭐, 별거 아닙니다. 그냥 사람 몇 명 죽인 거 같아요."

벤케가 비꼬아 한 말에 관리인은 입이 딱 벌어졌다.

"대원들이 건물에 무단침입한 자 몇 명을 생포했다고 합니다."

기동대 소대장이 군인처럼 딱딱한 말투로 말했다.

"어디서요?"

보덴슈타인의 목소리는 긴장감으로 팽팽했다.

"서관 지하라고 합니다."

"어서 가봅시다."

*

검정색 유니폼을 입은 K-시큐어 직원 여섯 명이 다리를 벌리고 벽에 양손을 짚은 채 서 있었다.

"뒤로 돌아!"

그들은 보덴슈타인의 명령에 따랐다. 피아는 앙리 애머리를 바로 알아보았다. 양복과 에나멜 구두 차림새는 아니었지만 칼텐제 회사의 경비대장이 분명했다.

"여기서 뭐 하는 거예요?"

피아의 질문에 애머리는 대답 없이 씩 웃었다.

"긴급체포하겠습니다."

피아가 애머리에게 말하고 기동대원에게 데리고 나가라는 눈짓을 했다.

"데리고 나가서 우리가 여기 있는 것을 어떻게 알았는지 알아내세요."

기동대원은 고개를 끄덕이고 여섯 명에게 수갑을 채워 밖으로 데리고 나갔다.

보덴슈타인, 피아, 벤케는 관리인과 함께 문을 일일이 열어보며 돌아다녔다. 문서 보관실, 자료실, 기계실, 보일러실, 빈 창고들이 죽 이어졌다. 그들은 이윽고 마지막에서 두 번째 방에서 원하던 것을 찾았다. 매트리스 위에 사람이 누워 있고 그 옆에 물, 음식, 약, 여행용 궤짝이 놓여 있었다. 피아는 벽에 달린 전등 스위치를 켰다. 심장이 튀어나올 것처럼 거세게 뛰었다. 형광등에 전기 흐르는 소리가 났고 곧이어 불이 들어왔다.

"노박 씨."

피아가 다가가 노박의 상태를 살폈다. 노박은 밝은 빛 때문에 눈을 제대로 뜨지 못했다. 상처가 아물지 않은 데다 수염이 덥수룩하게 자란 얼굴에는 지치고 시달린 흔적이 역력했다. 다치지 않은 손에는 휴대전화가 들려 있었다. 금방이라도 죽을 것 같은 얼굴이었지만 그는 살아 있었다. 이마를 짚어보니 불덩이같이 뜨거웠다. 피아는 그의 티셔츠가 피로 흥건한 것을 보고 재빨리 뒤를 향해 외쳤다.

"구급차 불러요. 빨리요!"

노박은 통증이 매우 심한 듯했다. 피아는 그가 무슨 짓을 했건 동정심이 드는 것을 막을 수 없었다.

"우선 병원에 가셔야 해요. 병원에 있어야 하는데 왜 여기 누워 있는 거죠?"

"엘라르트…… 제발……. 엘라르트는……."

"칼텐제 교수가 어쨌다고요? 그 사람 지금 어디 있어요?"

노박은 힘겹게 눈을 뜨고 피아를 쳐다보다가 곧 다시 감아버렸다.

"노박 씨, 저희에게 협조하셔야 해요! 공항에서 칼텐제 교수의 자동차가 발견됐어요. 그런데 정작 칼텐제 교수는 어머니와 함께 행방불명이에요. 그리고 노박 씨 회사 금고에서 최근 살인 사건에 사용된 총이 발견됐어요. 우리는 칼텐제 교수가 세 노인을 죽인 범인이라는 걸 알고 있어요. 상자에서 옛날 권총을 찾아내서……."

마르쿠스 노박은 다시 눈을 뜨고 콧구멍을 벌름거렸다. 그는 뭔가 말하려는 듯 힘겹게 숨을 몰아쉬었지만 찢어진 입술 사이로는 신음 소리만 새어 나왔다.

"미안하지만 노박 씨도 체포하지 않을 수 없어요. 사건이 있던 날 밤에 알리바이가 전혀 없거든요. 오늘 부인이 사건이 일어난 사흘 밤 동안 하루도 집에 있지 않았다고 진술하셨어요. 그에 대해 할 말 있으세요?"

노박은 아무 대답 없이 손에서 전화기를 놓더니 그 손으로 피아의 손을 잡았다. 식은땀을 줄줄 흘리며 말하려고 필사적으로 애쓰는 모습이 딱해 보였다. 노박은 갑자기 오한이 드는지 몸을 부르르 떨었다. 피아는 호프하임 병원의 여의사가 간에 손상을 입었으니 조심해야 한다고 한 말을 떠올렸다. 아마 이동하면서 내출혈이 심해진 것 같았다.

"말하지 말고 그냥 있어요. 일단 병원에 가서 좀 나아지면 그때 이야기해요."

피아가 그의 손을 다독거리며 말했다. 그는 물에 빠져 죽어가는 사람처럼 피아를 응시했다. 크게 벌어진 눈은 절망적인 눈빛으로 가득했다. 이대로 두면 그는 죽을 것이다. 엘라르트 칼텐제가 의도한 것이 바로 이것일까? 혼자 죽어가도록 아무도 찾지 못하는 곳에 가둬놓은 것일까? 그렇다면 왜 휴대전화를 빼앗지 않았을까?
"구급차가 왔습니다."
누군가의 목소리에 피아는 번뜩 정신이 들었다. 곧 구급요원 두 명이 바퀴 달린 들것을 가지고 들어왔고, 주황색 조끼를 입고 적십자 가방을 든 구급 의사가 그 뒤를 따랐다. 피아는 자리를 비켜주기 위해 일어서려 했다. 그러나 노박이 그녀의 손을 잡고 놓지 않았다.
"제발…… 엘라르트가 아니고…… 우리 할머니…….",
그는 신음처럼 속삭이다가 입을 다물었다.
"의사 선생님이 잘 돌봐 주실 거예요. 괜찮을 거예요. 칼텐제 교수는 더 이상 아무 짓도 못 할 테니 걱정 말아요."
피아는 조심스럽게 그의 손을 풀고 일어났다.
"간에 손상을 입었어요."
그녀는 구급 의사에게 말해주고 보덴슈타인과 벤케에게 다가갔다. 그들은 나무 궤짝 속의 내용물을 살펴보고 있었다.
"뭐 좀 나왔어요?"
"오스카 슈빈데르케의 친위대 제복이야. 다른 건 경찰서에 가서 자세히 보자고."

*

"전 처음부터 엘라르트 칼텐제가 범인인 줄 알았어요. 자기 손을 더럽히지 않으려고 저렇게 고통스럽게 죽도록 놔두다니!"

그들은 경찰서로 돌아가는 길이었다. 경찰서에서는 카타리나 에르만이 기다리고 있다. 유치장에 가둬둔 K-시큐어 직원들도 심문해야 한다.

"노박이 마지막으로 전화한 사람이 누구야?"

"전화기가 꺼져 있어서 모르겠어요. 통화 내역을 신청해야겠어요."

"그런데 왜 휴대전화를 그냥 두고 간 거지? 외부에 연락할 거라는 생각을 했을 텐데."

"그러게 말이에요. 경찰이 위치 추적을 할 수 있다는 걸 몰랐을 수도 있고, 미처 생각하지 못한 것일 수도 있죠."

피아는 갑자기 울리는 카폰 소리에 놀라 어깨를 움찔했다.

"여보세요? 보덴슈타인 씨?"

스피커에서 낯선 여자의 목소리가 흘러나왔다.

"네, 누구시죠?"

보덴슈타인은 자기도 누군지 모르겠다는 듯 피아를 쳐다보며 어깨를 으쓱했다.

"저 지나예요. 위크엔드 출판사의 비서요."

"아, 네. 무슨 일이십니까?"

"리터 씨가 어제 봉투를 하나 맡겼거든요. 저더러 보관해달라고 했는데 리터 씨가 실종됐잖아요. 그래서 생각해보니까 보덴슈타인 씨에게 드려야 할 것 같아서요. 여기 보덴슈타인 씨 이름이 써 있기도 하고요."

"아, 그래요? 지금 어디 계시죠?"

"사무실에요."

보덴슈타인은 잠시 망설였다.

"우리 팀원을 바로 보낼 테니까 기다렸다가 좀 주십시오."

피아는 그 말을 듣자마자 벤케에게 전화를 걸어 페헨하임에 있는 잡지사에 다녀오라고 했다. 벤케는 이 시간에 시내를 가로질러 가라니 무슨 소리냐며 구시렁거렸지만 피아는 못 들은 척했다.

*

"네, 맞아요. 우리 출판사에서 베라 칼텐제의 자서전을 낼 계획이에요. 토마스의 아이디어가 좋다는 판단이 들었기 때문에 계속 후원을 해왔어요."

카타리나 에르만이 말했다.

"어제저녁 이후로 토마스 리터가 실종됐다는 사실을 알고 계시지요?"

피아는 맞은편에 앉아 있는 여자를 찬찬히 뜯어보았다. 카타리나 에르만은 손을 안 댔다고 하기에는 너무 예뻤다. 유난히 무표정한 얼굴은 리터의 실종에 무관심하거나 보톡스를 너무 많이 맞았음을 의미했다.

"어제저녁에 만나기로 했는데 안 와서 여러 번 전화했어요. 계속 전화를 안 받더니 나중에는 전화기가 꺼져 있더라고요."

이 진술은 말린 리터의 진술과 일치한다.

"지난주 금요일에 쾨니히슈타인에서 마르쿠스 노박과 만났죠? 만난 이유가 뭡니까? 노박 부인이 남편 차에 함께 타는 걸 봤다고 하던데, 둘이 내연 관계인가요?"

이번에는 보덴슈타인이 질문했다. 카타리나 에르만은 재미있다는 표정을 지었다.

"아무리 저라도 그렇게 빨리 진도를 빼지는 않거든요. 노박 씨는 그날 처음 봤어요. 엘라르트 오빠에게 부탁한 일기장과 자료를 전해주러 나온 거였어요. 자료를 전해주고 나서 토마스를 만나러 가기 전에 가는 데까지 태워준다고 해서 탄 거예요."

피아와 보덴슈타인은 둘 다 귀가 솔깃해져서 빠르게 눈빛을 주고받았다. 어떻게 이런 일이! 토마스 리터가 자료를 손에 넣은 경위는 모든 예상을 뒤엎는 새로운 사실이었다. 엘라르트가 어머니를 배신한 것이다!

"바트코비아크의 시체가 발견된 집 있잖아요, 그 집 앞에서 노박도 만났는데, 그 집 소유주가 에르만 씨네요. 여기에 대해서 할 말 있으세요?"

피아가 물었다.

"거기에 대해서 할 말이 뭐가 있어요? 그 집은 우리 부모님이 살던 집이에요. 팔려고 내놓았는데 안 팔리고 있었던 거죠. 지난주 토요일에 부동산에서 전화가 왔는데, 막 불평하더라고요. 그런데 로버트가 하필이면 그 집에서 자살할 줄 제가 어떻게 알았겠어요?"

"바트코비아크가 그 집에 어떻게 들어갔죠?"

"아마 열쇠로 문 따고 들어갔겠죠?"

카타리나 에르만의 여유 있는 대답에 피아는 흠칫 놀랐다.

"잘 데 없으면 거기 가서 자라고 했어요. 한때는 로버트, 유타, 저 이렇게 셋은 아주 친했거든요. 집도 없이 그러고 다니는 거 보니까 불쌍하더라고요."

피아는 그 말에는 쉬이 믿음이 가지 않았다. 말과는 달리 전혀 동정하는 얼굴이 아니었기 때문이다.

"로버트 바트코비아크는 자살한 게 아니에요. 살해당한 거예요."

카타리나 에르만은 이 말에도 별 동요를 보이지 않았다.

"바트코비아크와 마지막으로 얘기한 게 언제죠?"

"얼마 안 됐어요. 마지막으로 전화 온 게 아마 지난주였을 거예요. 경찰이 골드베르크와 슈나이더를 죽인 범인이 자기인 줄 알고 쫓고 있다면서 자기는 범인이 아니라고 하더라고요. 그래서 제가 경찰서에 가서 아니라고 말하라고 했죠."

"그랬다면 지금쯤 살아 있을지도 모르죠. 토마스 리터가 실종된 게 그 자서전 때문이라고 생각하시나요?"

카타리나 에르만은 어깨를 으쓱했다.

"가능성은 충분해요. 우리가 알아낸 베라의 과거는 베라가 징역형을 받을 수도 있는 심각한 수준이에요. 아마 죽을 때까지 감옥에서 썩어야 할걸요."

"오이겐 칼텐제가 계단에서 떨어져 죽은 게 사고가 아니라는 말인가요?"

피아가 넌지시 떠보았다.

"그건 가벼운 죄질에 속해요. 당시 동프로이센에서 베라가 친오빠와 함께 여러 사람을 총으로 쏘아 죽였다는 게 진짜 큰 거죠."

1945년 1월 16일. 장갑차를 타고 마을 쪽으로 가던 사총사. 그날 이후 실종되어 생사를 알 수 없는 차이들리즈-라우엔부르크 가족!

"리터는 그걸 어떻게 알아냈죠?"

"증인에게 들었어요."

네 명의 고향 친구들이 꼭꼭 숨기고 있던 비밀을 아는 증인이라……. 그 사람은 누굴까? 그 비밀을 아는 사람이 또 있을까? 피아는 사건의 진실 앞에 성큼 다가섰다는 생각에 짜릿한 전율을 느꼈다. 세 건의 살인 사건이 동시에 해결되려는 순간이 온 것이다!

"칼텐제 집안에서 자서전이 나오지 못하게 하려고 리터를 납치했을 가능성이 있다고 생각하세요?"

"무슨 짓이든 할 수 있는 사람들이에요. 베라는 원하는 것을 위해서는 살인도 마다하지 않아요. 유타도 별반 다르지 않고요."

피아는 보덴슈타인을 힐끔 쳐다보았다. 그러나 언제나와 마찬가지로 그의 표정에서 속마음을 읽는 것은 불가능했다.

"하지만 칼텐제 교수가 토마스 리터에게 정보를 흘렸다는 사실을 칼텐제 집안사람들이 어떻게 알았을까요? 그 사실을 아는 사람이 누구누구죠?"

보덴슈타인이 물었다.

"엘라르트, 엘라르트의 친구인 노박, 토마스, 그리고 저요. 우리 네 명 말고는 아무도 몰라요."

카타리나 에르만은 잠시 생각한 후 대답했다.

"전화로 그런 얘기를 한 적이 있습니까?"

"네, 자세한 얘기는 한 적 없고, 엘라르트가 상자 속의 자료를 우리에게 넘길 거라는 말만 했어요."

"그게 언제였죠?"

"금요일요."

노박은 일요일 저녁에 당했으니 시간상으로는 맞아떨어진다.

"그리고 보니 토마스가 그제 저녁에 사무실에서 전화를 했어요. 주차장에 승합차가 있는데 남자 두 명이 타고 있다고, 이상하다고 하더라고요. 그때는 저도 별로 심각하게 생각하지 않았어요. 그런데 설마……."

카타리나 에르만은 갑자기 말을 멈추었다.

"맙소사! 설마 도청당한 건 아니겠죠?"

"충분히 그럴 수 있습니다."

보덴슈타인이 심각한 표정으로 고개를 끄덕였다.

"K-시큐어는 상당히 좋은 장비를 갖추고 있습니다. 노박의 휴대 전화 신호가 어디서 잡혔는지도 경찰 무전을 도청해서 알아낸 겁니다. 그렇다면 다른 전화를 도청하는 건 식은 죽 먹기겠죠."

그때 문 두드리는 소리가 나고 벤케가 들어와 서류 봉투를 내밀었다. 피아는 그 자리에서 봉투를 열었다.

"CD 하나랑 오디오 카세트 하나예요."

피아는 가방에서 녹음기를 꺼내 카세트를 넣고 바로 재생 버튼을 눌렀다. 잠시 후 리터의 목소리가 흘러나왔다.

"오늘은 2007년 5월 4일 금요일입니다. 저는 토마스 리터고요, 제 앞에 앉아 계신 분은 아우구스테 노박 부인입니다. 노박 부인, 제게 들려주실 말씀이 있다고 하셨죠? 자, 시작하시죠."

"녹음기 꺼!"

보덴슈타인이 갑자기 말했다.

"에르만 부인, 협조해주셔서 감사합니다. 리터 씨 소식을 들으면 바로 연락 부탁드립니다."

카타리나 에르만은 무슨 뜻인지 알겠다는 듯 자리에서 일어섰다.

"알았어요. 막 재미있어지려는 참인데 아쉽네요."

"그런데 리터 씨가 걱정되지는 않습니까? 어쨌든 에르만 씨에게 베스트셀러를 써줄 저자잖아요."

"그리고 애인이기도 하고요."

피아가 쏙 나서서 덧붙였다. 그러나 카타리나 에르만은 차갑게 웃을 뿐이었다.

"토마스가 무슨 짓을 하는지 모르고 뛰어들었다고 생각하세요?

베라를 세상에서 가장 잘 아는 사람이 있다면 바로 토마스일걸요.
토마스는 다 알고 있었어요. 그리고 제가 경고하기도 했고요."
"마지막으로 하나만 더요."
보덴슈타인이 막 나가려는 그녀를 붙잡았다.
"오이겐 칼텐제가 왜 에르만 씨에게 회사 지분을 나눠준 거죠?"
그 말에 그녀는 얼굴에서 미소를 거두었다.
"그건 자서전을 읽어보시면 알 수 있을 거예요."

*

"우리 아버지는 황제를 존경하는 분이었어요."
아우구스테 노박의 목소리가 카세트에서 흘러나왔다. 강력반 형사들은 탁자 한가운데 카세트를 놓고 모여앉아 있었다.
"그래서 내 이름도 황후 이름을 따서 아우구스테 빅토리아(독일의 마지막 황후_역주)라고 지었어요. 어릴 때는 모두 비키라고 불렀죠. 하지만 그건 아주 오래된 일이에요."
보덴슈타인과 피아는 빠르게 시선을 교환했다. 강력반 K11팀 전원이 모였고 니콜라 엥겔도 참석해 보덴슈타인 옆자리에 앉아 있었다. 시계는 8시 45분을 가리켰지만 심지어 벤케마저도 퇴근할 생각을 하지 않았다.
"나는 1922년 3월 17일 라우엔부르크에서 태어났어요. 아버지 이름은 아르노였는데, 차이들리츠-라우엔부르크 가문의 영지 관리인이었죠. 동갑내기 여자아이 세 명이 친자매처럼 자랐어요. 남작님의 딸인 베라, 회계 담당의 딸인 에다 슈빈데르케, 그리고 나 이렇게 셋이었죠. 에다와 나는 어려서부터 베라의 오빠인 엘라르트를 좋아했어요. 하지만 엘라르트는 에다를 별로 좋아하지 않았어요. 그녀는 어려서부터 욕심이 많고 이미 그 집 며느리가 된 것처럼 행동하곤 했죠. 나중에 엘라르트가 나를 좋아한다는 것을 알고는 약이 올라 어쩔 줄 몰랐어요. 열일곱 살에 BDM에서 소녀단 단장이 되면 엘라르트가 감탄할 줄 알았겠지만 정반대였어요. 엘라르트는 겉으로는 표현을 안 해도 나치를 아주 싫어했거든요. 에다는 그것도 모르고 히틀러 경호대인 오빠 오스카와 함께 실컷 뽐을 내고 다녔죠."

아우구스테 노박은 잠시 말을 멈추고 숨을 돌렸다. 사람들은 다음 말이 이어질 때까지 조용히 기다렸다.

"1936년 베를린에서 올림픽을 하는데 우리도 소녀단을 따라 구경을 갔어요. 그때 엘라르트는 베를린에서 학교를 다니고 있었어요. 그래서 엘라르트가 베라와 나를 나오라고 해서 저녁을 사주었는데, 에다가 그걸 알고는 약이 올라 폭발할 지경이었죠. 에다는 우리가 허락 없이 몰래 빠져나간 걸 고자질하고 온갖 나쁜 말을 다 하고 다녔어요. 그때 얼마나 혼났는지 몰라요. 아무튼 에다는 그때부터 나를 그렇게 괴롭힐 수 없었어요. 소녀단 아이들 다 있는 데서 창피를 주질 않나, 한번은 우리 아버지가 빨갱이라고 말한 적도 있어요. 스무 살이 되던 해에 나는 아이를 가졌어요. 우리 부모님도, 엘라르트의 부모님도 어서 결혼하라고 했어요. 하지만 당시는 한창 전쟁 중이어서 엘라르트가 전쟁터에 나가 있었어요. 그러다 드디어 결혼하려고 날을 잡았는데 엘라르트가 게슈타포에 끌려간 거예요. 엘라르트는 공군 장교였는데도 말이에요. 두 번째로 날을 잡았는데 그때도 엘라르트를 잡아가서 결혼을 하지 못했어요. 있지도 않은 말을 만들어서 매번 게슈타포에 고자질한 사람이 누군지 알아요? 바로 오스카였어요."

피아가 고개를 끄덕끄덕했다. 이 부분은 강제 노역자였던 폴란드인 노인이 미리엄에게 말한 것과 맞아떨어진다.

"1942년 8월 23일에 나는 아들을 낳았어요. 그때 에다는 다른 곳으로 떠나고 없었죠. 나치당 도벤 지부장 딸인 마리아 빌루마트와 함께 강제 수용소 근무를 지원했거든요. 에다가 떠나고 스파이 짓하는 사람이 없어지자 베라와 엘라르트는 다른 사람들 몰래 돈과 보석, 값나가는 물건을 독일 본토와 스위스로 빼돌리기 시작했어요. 엘라르트는 나치가 전쟁에서 질 것으로 예상하고 베라, 나, 우리 아들만이라도 서쪽으로 보낼 생각이었어요. 외가에서 프랑크푸르트 근처에 집과 땅을 가지고 있었는데, 우릴 거기로 데려갈 계획이었죠."

"뮐렌호프."

피아가 작은 소리로 중얼거렸다.

"하지만 계획대로 되지 않았어요. 11월에 엘라르트는 비행기가 추락해 중상을 입고 집으로 돌아왔어요. 베라는 스위스의 기숙사에서 몰래 빠져나와 성탄절을 집에 와서 보냈어요. 우리는 엘라르트를 도와 이주할 준비를 했는데 1월 15일에야 이주 명령이 내려왔어요. 하지만 때는 이미 늦었죠. 러시아군이 이미 마을에서 20킬로미터 밖에까지 와 있었거든요. 사람들은 1월 16일 이른 새벽부터 피난을 가기 시작했어요. 하지만 난 엘라르트와 부모님을 두고 떠나기가 싫었어요. 내가 안 간다고 하니까 베라도 남겠다고 했어요. 우린 서쪽으로 넘어갈 기회가 다시 올 줄 알았어요."

아우구스테 노박은 길게 한숨을 쉬었다.

"엘라르트의 부모님도 영지를 떠나느니 차라리 죽는 게 낫다는 생각이었어요. 두 분 다 예순을 훌쩍 넘긴 나이였고, 아들 둘을 1차 세계대전 때 잃었거든요. 우리 부모님은 중병을 앓고 있었어요. 결핵이었죠. 여동생 이다도 열이 40도가 넘어서 침대에서 꼼짝하지 못했고요. 우리는 식량과 이부자리를 챙겨서 지하실에 숨었어요. 러시아군이 그냥 못 보고 지나치기를 바라는 수밖에 없었어요. 점심때쯤 되니까 마당으로 차가 한 대 들어왔어요. 장갑차였어요. 남작님은 슈빈데르케가 아픈 사람들을 데려가도록 사람을 보낸 거라고 생각했죠. 하지만 그건 착각이었어요."

"누가 왔나요?"

리터가 물었다.

"에다, 마리아, 오스카, 오스카의 친구 한스요."

아우구스테 노박의 증언은 폴란드인 강제 노역자의 말과 다시 일치했다. 피아는 마른침을 꼴깍 삼키며 탁자 앞으로 바짝 다가앉았다.

"그 사람들은 지하로 내려와 우리를 찾아냈어요. 오스카는 나와 베라를 권총으로 위협하며 삽으로 땅을 파도록 시켰어요. 지하실 바닥은 모래흙이었지만 단단해서 파기가 정말 힘들었어요. 결국 에다와 한스가 거들어야 했죠. 말을 하는 사람은 아무도 없었어요. 그러고 나서 남작님 부부가 무릎을 꿇고……."

담담하게 이어지던 목소리가 갑자기 떨리기 시작했다.

"무릎을 꿇고 기도를 하기 시작했어요. 어린 하인리히는 울음을 그칠 생각을 하지 않았고 이다는 닭똥 같은 눈물을 줄줄 흘리며 아무 말도 못 하고 서 있었어요. 동생 얼굴이 지금도 눈에 선해요. 우리는 벽을 보고 한 줄로 섰어요. 마리아가 내게서 하인리히를 빼앗았어요. 하인리히는 악을 쓰며 울고 또 울고……."

회의실은 바늘 떨어지는 소리도 들릴 것처럼 조용했다.
"오스카는 먼저 남작님과 마님의 목덜미를 쏘아 죽였어요. 그다음에 내 동생 이다를 쏘았어요. 이다는 그때 열 살밖에 되지 않은 어린애였어요. 그리고 오스카가 마리아에게 권총을 주자 마리아가 우리 어머니를 쏘았어요. 먼저 양쪽 무릎에 한 방씩, 그다음엔 머리에. 엘라르트와 나는 손을 꼭 붙들었어요. 에다가 마리아의 총을 빼앗았어요. 난 그녀의 눈을 봤어요. 증오심으로 가득 찬 눈이었어요. 에다는 엘라르트와 베라를 쏘고 나서 지하실이 쩌렁쩌렁 울릴 정도로 큰소리로 웃었어요. 그리고 마지막으로 나를 쏘았어요. 지금도 그 웃음소리가 들리는 것 같아요……."
그런 끔찍한 일을 겪은 사람이 어떻게 저렇게 담담하게 그때 일을 회고할 수 있을까! 피아는 믿기지 않는 듯 머리를 내둘렀다. 그런 기억을 품고도 미치지 않고 살 수 있다니 그저 신기할 따름이다. 미리엄이 동프로이센에서 2차 세계대전을 겪은 여성들의 기구한 운명에 대해 말한 것이 떠올랐다. 그들은 상상조차 하지 못할 끔찍한 경험을 했으나 평생 동안 그 일을 입 밖에 내지 않고 살았다. 바로 아우구스테 노박이 그러했다.
"난 총알이 입으로 튀어나와서 기적처럼 살아났어요. 의식을 잃은 채 얼마나 그렇게 있었는지 모르겠어요. 정신이 든 다음 혼자 힘으로 구덩이에서 빠져나왔어요. 위에 모래를 덮어놨더라고요. 내가 숨을 쉴 수 있었던 건 엘라르트의 시체 밑에 반쯤 깔려 있었기 때문이에요. 나는 밖으로 나와서 아이를 찾아다녔어요. 성이 활활 타고 있었고 러시아군 네 명이 갑자기 나타났어요. 그 사람들은 내가 다친 걸 보고도 강간했어요. 그런 다음에야 군 의무 시설에 데려다 줬어요. 거기서 지내다 어느 정도 회복되자 다른 여자들과 함께 가축 운반용 화물열차에 태우더군요. 콩나물시루처럼 빽빽하게 사람을 태워서 앉을 수조차 없었어요. 우리를 감시하는 사람은 기분이 좋을 때만 물 한 양동이를 갖다 줬어요. 사람이 40명이나 되는데 말이에요. 우린 카렐리아(동북 유럽에 펼쳐진 넓은 영토. 역사적인 영토 분쟁 지역으로 현재는 핀란드와 러시아에 분할되어 있다_역주)로 갔어요. 오네가 호(유럽에서 두 번째로 큰 호수_역주)에서 선로를 놓고 나무를 베고 수로를 팠어요. 옆에서 매일같이 사람이 죽어나갔어요. 사람 목숨이 파리 목숨보다 못한 곳이었죠. 내가 거기서 5년간 강제 노역을 하면서 살아남을 수 있었던 건 수용소장이 나를 좋아했는지 먹을 것을 남보다 더 많이 줬기 때문이에요. 난 1950년에야 러시아에서 나올 수 있었어요. 품에는 수용소장이 남긴 아기를 안고 있었죠."

"마르쿠스의 아버지겠군. 만프레트 노박."

피아가 혼잣말로 중얼거렸다.

"프리들란트 수용소에서 남편을 알게 됐어요. 우린 자우얼란트에 있는 농장에서 허드렛일을 했어요. 첫째 아들을 찾을 수 있다는 희망은 포기한 지 이미 오래였어요. 살면서 그 누구에게도 이 이야기를 하지 않았어요. 나중에 베라 칼텐제라는 사람의 이야기를 들었을 때도 그게 에다일 거라고는 상상도 하지 못했어요. 그러다가 2년 전 여름, 손자 마르쿠스와 함께 동프로이센으로 여행을 갔는데, 옛날에 뢰첸으로 불리던 기지츠코라는 곳에 갔죠. 거기서 우연히 엘라르트 칼텐제를 만났어요. 난 그가 누군지 바로 알아볼 수 있었어요. 그리고 피시바흐로 이사 온 후 누가 내 옆 동네에 살고 있는지도 알게 되었죠."

아우구스테 노박은 다시 말을 끊고 숨을 돌렸다.

"하지만 아무에게도 말 안 하고 나 혼자만 알고 있었어요. 1년 뒤에 마르쿠스가 밀렌호프 일을 맡았어요. 그러던 어느 날 마르쿠스와 엘라르트가 나무 궤짝 하나를 가져왔지요. 그 안에 든 걸 보니 가슴이 덜컥 내려앉을 것만 같았어요. 나치 친위대 제복, 옛날 책과 신문, 그리고 구식 권총. 그 총을 본 순간 이 총이 그 총이구나 했지요. 그 물건이 60년간이나 궤짝 속에 들어 있었던 거예요. 베라 칼텐제는 그 권총을 버리지 않고 가지고 있었어요. 리터 씨가 마르쿠스와 엘라르트에게 베라의 세 친구에 대해 이야기했을 때 난 그 사람들이 누군지 바로 알 수 있었어요. 궤짝은 엘라르트가 가져갔지만 총과 탄약은 마르쿠스가 회사 금고에 넣어둔 것도 알았죠. 난 그 살인마들이 어디에 사는지 알아냈어요. 그리고 마르쿠스가 사무실을 비운 날 그 총을 들고 오스카를 찾아갔어요. 하필이면 유대인 행세를 하면서 살고 있더라고요! 오스카는 나를 바로 알아보고 살려달라고 빌었지만 난 그날 그놈이 엘라르트의 부모님을 죽인 것과 똑같이 그놈을 죽였어요. 그런데 갑자기 에다에게 메시지를 남겨야겠다는 생각이 들었어요. 그 숫자 다섯 개를 보면 무슨 뜻인지 바로 알 것 같았어요. 그 일을 아는 사람이 자기네들 말고 또 누가 있는지 몰라 두려움에 떨었겠죠. 그로부터 사흘 후에 한스 집으로 찾아가 한스도 죽였어요."

"골드베르크와 슈나이더의 집에는 뭘 타고 가셨어요?"

리터가 이야기를 끊고 질문했다.

"우리 손자 회사 차요. 마리아 때는 그게 가장 문제였어요. 마리아가 사는 양로원에서 그날 연극 공연도 하고 불꽃놀이도 한다는 말을 들었는데, 그날은 차를 쓸 수가 없었어요. 그래서 버스를 타고 가서 나중에 손자더러 데리러 오라고 했죠. 마르쿠스는 다른 문제로 고민이 많아서 내가 왜 그런 부자 양로원에 가는지 물어보지도 않았어요. 난 먼저 마리아 방으로 들어가서 재갈 대신 입에 스타킹을 물리고 손을 묶고 휠체어에 앉힌 다음 숲에 있는 공원으로 데리고 나갔어요. 이상하게 쳐다보는 사람은 아무도 없었어요. 그리고 총을 세 방 쏘았지만 폭죽이 터질 때라 총소리로 들리지 않았을 거예요."

다시 말이 끊겼다. 노파의 기구한 인생 역정과 자백은 강력반에서 닳을 대로 닳았다는 형사들에게도 충격적이지 않을 수 없었다.

"성경에 살인하지 말라고 씌어 있는 것 잘 알아요. 하지만 '눈에는 눈, 이에는 이'라고도 나와 있지요. 베라와 그 친구들이 누군지 알고 나니 그 죄를 그렇게 묻어두어서는 안 된다는 생각이 듭니다. 내 동생 이다가 살았으면 지금 일흔둘이에요. 아직 살아 있었을 수도 있죠. 그런 생각을 얼마나 많이 했는지 모른답니다."

"그러니까 칼텐제 교수가 아드님이란 말입니까?"

토마스 리터가 확실히 하려는 듯 물었다.

"그래요. 내가 사랑하던 엘라르트의 아들이자 차이들리츠-라우엔부르크 남작 가문의 후계자예요. 우린 1944년 성탄절 날 라우엔부르크 성의 도서관에서 쿠니시 목사를 모시고 결혼 서약을 했거든요."

녹음기가 다 돌아가고 난 다음에도 사람들은 한참 동안 말없이 앉아 있었다.

"그 할머니, 할 얘기가 있다며 오늘 저를 찾아왔었어요. 아마 이 이야기를 하려는 거였나 봐요. 손자가 의심받는 걸 보고만 있을 수가 없었던 거죠."

피아가 침묵을 깨고 말했다.

"그리고 아들인 칼텐제 교수도."

보덴슈타인이 덧붙였다.

"아니, 자백하러 온 사람을 그냥 돌려보냈단 말이에요?"

니콜라 엥겔이 이해가 안 된다는 듯 언성을 높였다.

"그 할머니가 범인이라는 걸 제가 어떻게 알았겠어요? 마르쿠스 노박의 휴대전화 위치가 잡혀서 급히 프랑크푸르트로 가야 했다고요."

피아가 억울한 표정으로 대꾸했다.

"아마 집으로 갔겠죠. 가서 데려오면 됩니다. 칼텐제 교수가 어디 있는지도 알 겁니다."

보덴슈타인이 말했다. 그러자 오스터만이 시큰둥한 표정을 지었다.

"제 생각엔 그전에 베라 칼텐제를 죽이려고 하지 않았을까요? 만약 아직 살아 있다면요."

*

보덴슈타인과 벤케가 아우구스테 노박을 체포하러 피시바흐로 출발한 후 피아는 컴퓨터 앞에 앉아 베라 칼텐제의 자서전을 읽었다. 카타리나 에르만과 오이겐 칼텐제의 관계도 찾아내야 한다. 아우구스테 노박의 이야기는 피아의 마음에 큰 파장을 일으켰다. 자신이 경찰이고 전남편이 부검의이기 때문에 인간의 잔인성에 대해 알 만큼 안다고 생각했는데 그 네 명이 저지른 살인 행각에는 절로 혀가 내둘러졌다. 그것은 비상 사태에서 살아남기 위해 벌인 사투가 아니었다. 그들은 오히려 그 만행을 저지르기 위해 생명의 위험을 무릅쓰고 마을로 돌아갔다. 어떻게 그런 피비린내 나는 만행을 저지르고 아무 일도 없었다는 듯 멀쩡하게 살 수 있었을까? 아우구스테 노박은 또 무슨 죄로 그런 일을 겪어야 했단 말인가! 눈앞에서 남편, 부모, 친구가 죽임을 당했고, 아이는 납치되었고, 그녀 자신은 러시아로 끌려갔다. 강제 노동, 모욕과 멸시, 배고픔, 질병을 견딘 힘은 과연 어디서 나왔을까? 아들을 다시 만날 수 있다는 희망? 아니면 복수심?

아우구스테 노박은 여든여섯의 나이에 세 사람을 죽인 살인범으로 법정에 서게 됐다. 법이 그러니 어쩔 수 없다. 이제 겨우 아들을 만났는데 감옥에 가야 할 판이다. 그녀의 행동을 정당화할 증거가 전혀 없다. 피아는 문득 읽기를 멈추었다. 어쩌면 방법이 있을 수도 있다! 처음에는 너무 비현실적이고 허황된 것 같았지만 생각할수록 괜찮은 생각 같았다. 피아가 막 헤닝에게 전화를 거는데 보덴슈타인이 어두운 표정으로 들어왔다.

"아우구스테 노박도 수배해야겠어."

그때 막 헤닝이 전화를 받았기 때문에 피아는 조용히 하라는 뜻으로 입술 위에 손가락을 가져다댔다.

"무슨 일이야?"

헤닝은 기분이 썩 좋아 보이지 않았다. 피아는 신경 쓰지 않고 짤막하게 아우구스테 노박의 이야기를 들려주었다. 보덴슈타인은 의문이 담긴 표정으로 피아를 쳐다보았다. 이에 피아는 반장님이 함께 듣고 있다고 말하고 스피커를 켰다.

"60년이 지나도 뼈에서 유전자를 감별해낼 수 있어?"

"경우에 따라서는 가능해. 뭘 어쩔 생각인데?"

헤닝의 목소리에서 짜증이 가시고 호기심이 묻어났다.

"아직 반장님하고 얘기하지는 않았어. 당신이 나랑 같이 폴란드로 가는 거야. 비행기로 갈 수 있다면 더 좋겠지. 도착하면 미리엄이 데리러 올 거야."

피아가 보덴슈타인을 쳐다보며 말했다.

"언제? 지금 바로?"

"그러면 좋지. 시간이 없거든."

"나, 지금 할 일 없어. 같이 가자고 하는 게 날 도와주는 거야."

헤닝이 갑자기 작은 소리로 속삭였다. 피아는 그 의미를 바로 알아챘다. 뢰플리히 검사가 딱 붙어 있어서 귀찮은 것이다.

"마주리아까지 차로 가면 18시간은 걸릴걸."

"당신 친구 베른트 있잖아. 아직 세스나 운전하나?"

보덴슈타인이 옆에서 고개를 저으며 눈치를 주었다. 그러나 피아는 개의치 않았다.

"전화해보고 바로 다시 전화할게. 참, 보덴슈타인 반장님."

피아가 보덴슈타인에게 수화기를 내밀었다.

"혈액 검사 결과 4-하이드록시 부탄산, 일명 GHB의 흔적이 나왔습니다. 액상 엑스터시라고도 부르죠. 제 생각에 반장님은 전날 저녁 9시경 약 2밀리그램을 복용하신 것 같습니다."

보덴슈타인은 피아와 눈빛을 주고받았다.

"그 정도 양이면 마치 술에 취했을 때처럼 운동 능력을 통제하기가 어려워집니다. 최음 효과가 나타나기도 하고요."

그 말에 보덴슈타인은 얼굴을 붉혔다.

"어떻게 된 일 같습니까?"

보덴슈타인이 피아에게서 등을 돌리며 물었다.

"스스로 복용한 게 아니라면 누군가 음료 같은 것에 약을 탔겠죠. 액상 엑스터시는 무색 액체거든요."

"아, 그렇군요. 정말 고맙습니다."

"별것도 아닌걸요. 피아, 조금 있다 전화할게."
"역시 유타 칼텐제가 술수를 쓴 거였어요."
피아가 그럴 줄 알았다는 듯 말했다.
"폴란드에 가겠다는 생각은 버려. 그 성이 아직까지 남아 있는지 어떤지도 모르잖아. 게다가 한밤중에 폴란드 관청에 협조해달라고 하면 좋아하겠어?"
"그럼, 도와달라고 안 하면 되잖아요. 그냥 관광객 신분으로 가면 되죠."
"너무 단순하게 생각하는 거 아냐?"
"복잡할 게 뭐 있어요? 헤닝 친구가 시간이 있다고 하면 내일 새벽에 비행기를 타고 폴란드로 넘어가면 돼요. 그 사람은 자주 동유럽 쪽으로 사업가들을 태우고 다니기 때문에 규정 같은 것도 잘 알아요."
보덴슈타인의 미간에 깊은 주름이 졌다. 그때 노크 소리가 나고 니콜라 엥겔이 들어왔다.
"축하해요. 살인 사건 세 건을 한꺼번에 해결했네."
"감사합니다."
"이제 어떻게 되는 거죠? 왜 범인을 체포하지 않는 거예요?"
"집에 없었습니다. 수배령을 내릴 생각입니다."
니콜라 엥겔은 양 눈썹을 추어올리더니 미심쩍은 표정으로 보덴슈타인과 피아를 번갈아 쳐다보았다.
"뭔가 다른 게 더 있는 거 같은데? 뭐 숨기는 거 있죠?"
그녀는 날카로운 눈빛으로 보덴슈타인을 응시했다.
"네, 맞습니다."
보덴슈타인은 깊은 한숨을 쉬었다.
"키르히호프 형사와 법의학자 한 사람을 폴란드에 있는 그 성으

로 보내려고 하고 있었습니다. 거기서 유골을 채취해 이리로 가져
와서 분석해볼 생각입니다. 제가 보기에 아우구스테 노박의 말은
거짓이 아닙니다. 만약 정말 그렇다는 게 증명되면 베라 칼텐제를
살인죄로 법정에 세울 수 있습니다."

"말도 안 되는 소리 말아요. 그 할머니 인생은 우리가 상관할 바
가 아니에요."

니콜라 엥겔은 단호하게 고개를 저었다.

"키르히호프 형사가 폴란드까지 가야 할 이유는 전혀 없어요."

"하지만……."

피아가 이의를 제기하려는데 니콜라 엥겔이 말을 싹둑 잘랐다.

"아직 해결하지 못한 살인 사건이 두 건이나 돼요. 칼텐제 교수
는 아직 도주 중이고. 이제 자백한 범인까지 도망쳤잖아요. 그리고
리터가 노박에게 받았다는 일기장은 어디 있죠? 그리고 유치장에
갇혀 있는 남자 여섯 명은 또 뭐예요? 나 같으면 잘 알지도 못하면
서 폴란드까지 먼 길을 운전해서 가느니 차라리 그 사람들을 심문
하겠어요!"

"그건 내일까지 시간이 있잖아요."

피아가 설득해보려 했지만 새 과장은 만만치 않게 나왔다.

"니어호프 과장님에게 이미 결정 권한을 받았거든요. 자, 그 권한
으로 명령하겠어요. 키르히호프 형사는 폴란드에 갈 생각은 꿈에도
하지 마세요. 그리고 여기 다른 문제가 생겼어요."

니콜라 엥겔은 딱 잘라 말하고 매니큐어를 칠한 손으로 문건 하
나를 내밀었다.

"아, 그래요?"

보덴슈타인이 시큰둥하게 대꾸했다.

"칼텐제 집안의 변호사가 두 사람의 심문 방법에 대해서 내무부에 공식 민원을 넣었어요. 그리고 지금 두 사람을 고발하려고 준비 중이고요."

"그건 헛소립니다. 우리가 뒤쫓고 있다는 걸 알고 무슨 수를 써서든 겁주려는 겁니다."

"보덴슈타인 반장, 제 코가 석 자라는 거 알아요? 유타 칼텐제의 변호사가 지금은 성추행이라는 표현을 쓰고 있지만 마음만 먹으면 얼마든지 강간이 될 수도 있어요."

니콜라 엥겔은 뒤로 넘겨진 앞장을 탁 소리 나게 덮더니 보덴슈타인에게 내밀었다. 보덴슈타인은 얼굴이 빨개졌다.

"그건 칼텐제 부인이 의도적으로 함정을……."

"보덴슈타인 반장! 그렇게 치사하게 나올 거예요?"

니콜라 엥겔은 그의 말을 야멸치게 잘랐다.

"칼텐제 의원을 꼬드겨서 밖에서 만난 다음 성추행한 거잖아요."

보덴슈타인의 관자놀이에 혈관이 팽팽하게 부어올랐다. 폭발하기 직전이지만 초인적 힘으로 마지막 인내심을 발휘했다.

"이 말이 밖으로 새 나가면 나도 정직 처분 말고는 다른 수를 쓸 수 없어요."

보덴슈타인은 증오에 가득 찬 눈으로 그녀를 노려보았다. 그녀도 지지 않고 그를 노려보았다.

"도대체 누구 편이야?"

보덴슈타인은 피아가 듣고 있다는 것을 잊고 반말로 물었다. 니콜라 엥겔도 제삼자가 있다는 사실에 신경 쓰지 않고 냉랭하게 받아쳤다.

"내 편이지 누구 편이야? 그걸 아직도 몰라?"

*

헤닝이 간단한 짐과 장비를 챙겨 피아의 집에 도착한 것은 밤 11시 15분이었다. 보덴슈타인과 피아는 부엌 식탁에 앉아 냉동 피자를 데워 먹고 있었다.

"비행기는 새벽 4시 반에 출발할 거야."

헤닝이 피아의 접시를 들여다보며 말했다.

"와, 이거 아직도 먹는구나. 인간이 이런 걸 먹을 수 있다니 정말 대단해."

헤닝은 그제야 두 사람의 얼굴이 어두운 것을 보고 고개를 갸웃했다.

"왜 그래요? 무슨 일 있어요?"

"완벽하게 살인을 하려면 어떻게 해야 하는지 좀 가르쳐줘요. 키르히호프 박사라면 방법을 알고 있을 것 같은데."

보덴슈타인의 말을 들은 헤닝은 의아한 표정으로 피아를 쳐다보더니 농담처럼 가볍게 대꾸했다.

"아, 물론이죠. 우선 가장 중요한 건 피해자가 내 부검대 위에 올라오지 않게 하는 겁니다. 누군데 그래요?"

"니콜라 엥겔이라고 새로 온 과장 있어."

피아가 대신 대답했다. 보덴슈타인은 다른 사람에게 말하지 말라는 조건을 걸고 그에 대한 엥겔 신임 과장의 적대감이 어디서 연유하는지 설명해주었다.

"신임 과장이 폴란드 가는 걸 금지시켰어. 운전해서 그 먼 데까지 가느니 일이나 하래."

"그래? 운전해서 가는 거 아니니까 괜찮아. 우린 날아갈 거잖아."

헤닝이 당연하다는 듯 말했다. 보덴슈타인은 그를 올려다보더니 피식 웃었다.

"맞는 말이네."

"그럼 이제 해결된 거죠? 사건은 어떻게 됐어요?"

헤닝은 유리잔을 꺼내 물을 따라 마셨고, 보덴슈타인과 피아는 지난 24시간 동안 일어난 일을 돌아가며 설명해주었다.

"1945년 1월 16일에 정말 그런 일이 일어났다는 걸 증명할 수 있는 구체적인 증거가 필요해. 그렇지 않으면 베라 칼텐제에게 살인죄를 적용하는 건 불가능해."

피아가 결론을 냈다.

"완전히 반대지. 베라 칼텐제가 가만히 있겠어? 고소, 고발로 사람을 못살게 굴겠지. 세상에 어느 법정이 아우구스테 노박의 증언 하나만 가지고 유죄 선고를 내리겠어? 그리고 자기는 총 안 쐈다고 하면 끝이잖아. 게다가 일기장도 아직 못 찾았고 리터도 행방불명이야."

"베라 칼텐제, 엘라르트 칼텐제, 아우구스테 노박 역시 실종된 상태고."

보덴슈타인이 덧붙였다. 그는 하품이 나오는 것을 참으며 시계를 보았다.

"내일 폴란드에 갈 거면 총은 놓고 가는 게 좋겠어. 괜히 일이 복잡해질 수도 있으니까."

"예."

피아가 선뜻 대답했다. 그녀는 보덴슈타인과 달리 쌩쌩했다. 그때 보덴슈타인의 휴대전화가 울렸다. 그가 전화를 받는 동안 피아는 사용한 식기를 식기세척기에 집어넣었다.

"뮐렌호프에서 여자 유골이 발견됐대. 그리고 스위스 경찰에서 연락이 왔는데 베라 칼텐제는 취리히에도 테신에도 없대."
"이미 늦은 게 아니면 좋겠는데. 전 꼭 베라 칼텐제를 법정에 세우고 싶어요."
피아가 말했다. 보덴슈타인은 자리에서 일어섰다.
"난 그만 집에 가야겠어. 오늘만 날이 아니니까."
"잠깐만요. 같이 나가요. 저도 문 잠가야 해요."
피아는 문 앞에서 산책을 기다리던 개 네 마리를 데리고 보덴슈타인을 따라나섰다. 차 옆까지 온 그들은 걸음을 멈추었다.
"엥겔이 저 어디 갔냐고 물으면 뭐라고 하실 거예요?"
이미 정직의 위협을 받고 있는 보덴슈타인에게 부담을 안겨 주는 것 같아 피아는 영 마음이 좋지 않았다. 보덴슈타인은 어깨를 으쓱했다.
"알아서 둘러댈 테니까 내 걱정은 마."
"제가 말 안 듣고 혼자 갔다고 하세요."
보덴슈타인은 피아를 가만히 쳐다보다가 천천히 고개를 저었다.
"내 생각 해주는 건 고맙지만 그럴 필요 없어. 상사인데 무슨 일을 하든 내가 뒤를 받쳐줘야 하는 거 아니야?"
두 사람은 희미한 야외등 아래서 서로를 마주보았다.
"조심히 잘 다녀와, 피아. 이제 피아가 없으면 어떻게 해야 할지 모르겠어."
보덴슈타인이 피아를 이름으로 부른 것은 이번이 처음이었다. 피아도 처음에는 그것을 어떻게 받아들여야 할지 몰랐지만 지난 몇 주간 그들의 관계가 변한 것만은 사실이었다. 보덴슈타인이 상사와 부하 사이의 벽을 허물고 마음의 문을 연 것이다.
"제 걱정은 하지 마세요."

보덴슈타인은 차 문을 열었지만 바로 타지는 않았다.

"니콜라 엥겔과 내가 엮인 건 그 사건뿐만이 아니야. 함부르크 법대에 함께 다녔고, 코지마가 나타나기 전까지 2년간 커플이었어."

피아는 숨을 헉 들이마셨다. 갑자기 보덴슈타인의 말문이 트인 이유가 뭘까?

"난 니콜라와 헤어지고 3개월 뒤에 코지마와 결혼했어. 니콜라는 그 일을 지금까지도 용서하지 못하고 있어. 그런데 난 바보같이 그런 멍청한 실수를 했으니!"

피아는 그제야 보덴슈타인이 무엇을 두려워하는지 감이 왔다.

"그러니까 엥겔이 사모님에게 그…… 에…… 그 사건을 말할까 봐 그러는 거죠?"

보덴슈타인은 깊이 한숨을 쉰 후 고개를 끄덕였다.

"그럼 엥겔이 말하기 전에 반장님이 먼저 고백하세요. 유타 칼텐제가 함정을 팠다는 걸 증명할 수 있는 혈액 검사 결과도 있잖아요. 사모님은 분명 이해하실 거예요. 제가 장담할게요."

"난 장담 못 해."

보덴슈타인은 힘없이 말하고 차에 올라탔다.

"그럼 잘 다녀오고, 쓸데없이 위험한 짓은 하지 마. 진행 상황은 바로바로 보고하고."

"네, 알았어요."

피아는 미끄러져 나가는 차를 향해 손을 흔들었다.

*

보덴슈타인은 노트북에 베라 칼텐제의 자서전을 복사해온 CD를 넣고 내용에 집중하려 애썼다. 그러나 아스피린을 다섯 알이나 먹어도 두통이 가시지 않았다. 눈앞의 글씨들이 흐릿하게 보이고 생각은 온통 딴 데 가 있었다. 조금 전 그는 코지마에게 중요한 원고라 오늘 꼭 읽어야 한다고 거짓말을 했다. 코지마는 아무런 의심 없이 그 말을 믿었다. 그리고 두 시간이 지났지만 그는 여전히 코지마에게 사실을 털어놓아야 할지 말아야 할지, 털어놓는다면 어떻게 말을 시작해야 할지 고민하고 있었다. 아내에게 비밀이 없던 보덴슈타인은 갑자기 숨기는 것이 생기니 마음이 불편해 견딜 수가 없었다. 시간이 흐를수록 용기는 작아져만 갔다. 만약 코지마가 그의 말을 믿지 않는다면, 그리고 앞으로 조금만 늦게 들어와도 매번 의심한다면, 그럼 어떡하지?

"에이!"

보덴슈타인은 노트북을 덮고 전등을 껐다. 그리고 일어나 어슬렁어슬렁 2층으로 올라갔다. 코지마는 침대에 누워 책을 읽고 있었다. 그가 들어오자 그녀는 책을 내려놓고 그를 쳐다보았다. 얼마나 아름답고 친근한 얼굴인가! 저런 사람에게 비밀을 가진다는 것은 말이 안 된다! 보덴슈타인은 아내를 쳐다보며 머릿속으로는 적당한 말을 찾았다. 입안이 바싹바싹 타고 가슴이 떨렸다.

"저기…… 여보…… 할 말이…… 있는데……."

"음, 드디어 털어놓으려고?"

그 말에 그는 번개라도 맞은 사람처럼 놀랐다. 놀랍게도 그녀는 살짝 미소까지 짓고 있었다.

"이마에 '나는 죄인'이라고 씌어 있어. 니콜라 엥겔하고 엮인 것만 아니면 돼. 자, 어서 털어놔 봐."

2007년 5월 11일 금요일

지그베르트 칼텐제는 서재에 앉아 전화기를 노려보았다. 부엌에서 말린이 흐느끼는 소리가 희미하게 들려왔다. 토마스 리터는 땅으로 꺼진 듯 사라져버렸다. 36시간째 아무 소식이 없자 말린은 제정신이 아니었다. 결국 아버지에게 찾아와 자초지종을 설명하고 도움을 구했지만 지그베르트 칼텐제가 할 수 있는 일은 아무것도 없었다. 자신이 통제 권한을 쥐고 있다고 믿었지만 최근 들어 그게 아니라는 걸 깨달았다. 뮐렌호프 마당에서 여자의 유골 일부가 발견되었다. 지그베르트는 형사들이 한 말을 머릿속에서 끊임없이 곱씹었다. 자신이 로베르트의 친부이고 어머니가 출산한 다누타를 죽였다니! 정말 그랬을까? 어머니는 도대체 어디 계신 걸까? 정오에 통화했을 때 어머니는 테신의 집에 있다며 모어만과 함께 돌아오겠다고 했다. 그는 수화기를 들고 유타의 번호를 눌렀다. 유타는 어머니 생각은 조금도 하지 않았다. 역시 어디론가 사라져버린 엘라르트에게도 관심이 없었고 오직 이 일이 자신의 경력에 영향을 끼치지 않을까만 걱정했다.
"지금 몇 시인 줄 알아?"
유타가 신경질을 냈다.
"리터, 어떻게 된 거야? 리터에게 대체 무슨 짓을 한 거니?"
"뭐? 기가 막혀! 어머니의 말이 떨어지기도 전에 넙죽넙죽 알아서 모시는 사람이 누군데?"
"난 그냥 잠시 어머니 눈앞에 얼씬거리지 못하게 한 것일 뿐이야. 그런데 어머니에게 소식 있었니?"
지그베르트에게 어머니는 존경과 감탄의 대상이었다. 어려서부터 어머니에게 사랑받고 인정받기 위해 어머니의 뜻을 헤아리고 받들었다. 설령 옳지 않다고 생각되는 일이어도 어머니의 뜻을 어기는 일은 없었다. 어머니는 그 위대한 베라 칼텐제가 아닌가! 어머니의 말을 잘 들으면 그도 언젠가는 유타처럼, 그리고 뮐렌호프에 자리를 잡아버린 엘라르트처럼 어머니의 사랑을 받을 수 있을 것이라고 생각했다.
"아니, 연락 받았으면 내가 벌써 전화했지."
"도착할 시간이 한참 지났는데 연락이 없으셔. 모어만도 전화를 안 받고. 어떻게 된 건지 모르겠네."
"오빠, 내 말 잘 들어. 어머니에게는 아무 일도 없을 테니까 괜한 걱정하지 마. 그리고 경찰들이 하는 말은 다 헛소리야. 엘라르트가 어머니에게 앙심을 품고 뭘 어떻게 하려고 한다니 그게 말이 돼? 엘라르트가 우유부단한 거 몰라? 아마 지금쯤 그 젊은 애 데리고 어디로 내뺐을 거야."
"젊은 애라니 누구 말이야?"

"모르는 척하지 마. 엘라르트, 요새 취향이 젊은 남자로 바뀐 거 몰라?"

유타가 능청 떨지 말라는 듯 툭 내뱉었다.

"쓸데없는 소리!"

지그베르트는 형을 마음 깊이 미워하기는 했지만 그런 것은 상상할 수 없었다.

"믿거나 말거나."

유타는 차갑게 내뱉고는 불평을 털어놓기 시작했다.

"그나저나 다들 날 죽이려고 작정한 거야? 어머니의 나치 친구들이 죽어나가고, 큰오빠는 동성애자에, 뮐렌호프에서는 해골이 나오질 않나! 이 일이 언론에 새어 나가면 난 끝장이라고."

지그베르트는 아무 대꾸도 하지 않고 듣기만 했다. 최근 알게 된 유타의 새로운 모습 때문에 누이동생이 낯설게만 느껴졌다. 유타는 시종일관 철저한 계산적으로 행동했고 어머니가 어디 있는지, 엘라르트가 정말 세 노인을 죽였는지, 경찰이 발견한 해골이 누구의 것인지에는 전혀 관심을 가지지 않았다. 자신에게 해가 되지 않으면 그만이었다.

"오빠, 정신 똑바로 차려. 경찰이 뭐라고 하든 우린 아무것도 모르는 거야. 그리고 실제로도 모르고. 그래, 어머니는 과거에 실수를 했어. 하지만 내가 그 짐을 짊어져야 할 이유는 없거든."

유타가 다짐받듯이 말했다.

"넌 어머니가 어떻게 되든 상관없니? 그래도 그분은 우리 어머니고……."

"감정적으로 굴지 마! 어머니는 살 만큼 살았어. 난 아직 하고 싶은 게 많다고. 어머니 때문에 모든 걸 망치고 싶진 않아. 엘라르트도 마찬가지고, 토마스도……."

지그베르트는 말없이 수화기를 내려놓았다. 멀리서 딸의 울음소리와 딸을 달래는 아내의 부드러운 음성이 들려왔다. 그는 멍하니 정면을 응시했다. 어디서 이런 회의가 찾아드는 것일까? 형사들을 만나고 난 뒤 마음속에 자라기 시작한 회의가 그의 영혼을 야금야금 갉아먹고 있었다. 그 모든 일은 가족을 지키기 위해 해야만 하는 것이었다. 가족은 어머니가 가장 중요하게 여기는 가치가 아닌가! 그런데 그는 지금 왜 어머니에게 버려졌다고 느끼는 것일까? 어머니는 대체 어디에 있는 걸까?

*

미리엄은 약속대로 바르미아 마주리(폴란드의 주. 주도는 올슈틴_역주)의 유일한 공항인 스치트노 스치마니 공항에 나와 기다리고 있었다. 세스나 CE-500 시테이션(미국 세스나 사에서 제조한 소형 비즈니스 제트기_역주)이 폴란드까지 가는 데는 딱 네 시간 걸렸는데, 놀랄 정도로 편안한 여행이었다. 여권 검사는 3분도 걸리지 않았다.

"아, 프랑켄슈타인 박사님 오셨네!"

미리엄은 피아와 포옹한 다음 헤닝에게 손을 내밀었다.

"뒤끝 작렬인데요!"

헤닝이 악수를 하며 농을 던졌다. 미리엄은 선글라스를 벗고 그를 잠시 쳐다보다가 씩 웃었다.

"제가 그런 건 절대 안 잊어버리거든요."

미리엄이 헤닝의 손에서 가방을 하나 받으며 말했다.

"어서 가요. 여기서 도바까지는 100킬로미터 정도 가야 해요."

그들은 빌린 포드 포커스에 몸을 싣고 북동쪽에 위치한 마주리아의 중심부를 향해 국도를 달렸다. 헤닝과 미리엄은 60년간이나 그냥 방치돼 있던 성의 지하에 들어갈 수 있을 것인지에 대해 이야기했다. 뒷좌석에 앉은 피아는 그들의 이야기를 건성으로 들으며 창밖으로 보이는 풍경을 구경했다. 파란만장한 과거를 간직한 이 비운의 땅은 그녀와는 인연이 없었다. 그녀에게 있어 동프로이센은 그저 텔레비전 다큐멘터리나 영화의 배경으로 등장하는 곳일 뿐이었다. 그녀의 가족 또한 추방과 이주의 역사와는 거리가 멀다. 부연 아침 햇살 속으로 언덕과 숲, 들판이 스쳐 지나갔다. 따스한 5월 햇살이 아직 두꺼운 안개가 서려 있는 호수와 늪지대 위에도 내리쬐고 있었다.

피아는 보덴슈타인 반장에 대해 생각했다. 사실 그런 것까지 말하지 않아도 되었겠지만 솔직하게 말하고 싶었던 것 같다. 중요한 것은 그의 신뢰를 확인했다는 것이다. 신임 과장은 순전히 개인적인 이유로 보덴슈타인을 못살게 굴고 있다. 불공평하지만 피아가 어떻게 할 수 있는 일은 아니다. 그녀가 보덴슈타인을 도울 수 있는 길은 여기서 실수 없이 임무를 수행하는 것뿐이다. 므롱고보(폴란드의 도시_역주)에서 미리엄은 포장되지 않은 시골길로 꺾어 들어갔다. 띄엄띄엄 서 있는 목장과 작은 마을들이 늘어선 시골길은 참으로 전원적이었다. 그리고 심심치 않게 나타나는 짙푸른 숲 사이로는 호수의 파란 물빛이 반짝였다. 미리엄은 마주리아의 늪지대가 유럽에서 가장 큰 늪지대라고 말해주었다. 한참 가니 키사노 호수가 나왔다. 카미온키라는 소도시를 지나니 도바가 가까워졌다. 피아는 보덴슈타인에게 전화를 걸었다.

"곧 도착해요. 그쪽 분위기는 어때요?"

"아직은 괜찮아. 엥겔과 마주치지도 않았고. 아우구스테 노박은 여전히 행방불명이야. 다른 사람들도 마찬가지고…… 오…… 아침에…… 애머리를 심문…… 아무…… 못 했어. 그놈들……."

"반장님, 잘 안 들려요!"

피아가 소리를 질렀지만 곧 전화가 끊겨버렸다. 미리엄이 이미 말했듯 옛 동프로이센의 광활한 벌판에는 송신탑이 그리 많지 않아서 이동통신망이 끊기는 일이 허다하다.

"빌어먹을."

피아가 혼잣말로 구시렁거렸다. 미리엄은 교차로에서 잠시 멈추었다가 아스팔트가 깔린 숲길로 우회전해 활엽수가 우거진 길을 삼사백 미터 정도 달렸다. 길이 어찌나 울퉁불퉁한지 피아는 옆 창문에 머리를 쿵쿵 찧었다.

"자, 이제 감탄할 준비들 하세요!"

미리엄이 말했다.

피아는 앞좌석 사이로 머리를 내밀고 유리창 밖으로 보이는 풍경을 감상했다. 오른쪽으로 검푸른 빛을 띤 도벤제가 펼쳐져 있고 왼쪽으로는 나지막한 야산이 완만한 곡선을 이루며 이어졌다. 중간중간에 키 큰 나무들이 모여 서 있거나 작은 숲을 만들고 있었다.

"왼쪽에 보이는 폐허 있지? 그게 옛날에 라우엔부르크였던 곳이야. 마을 사람들은 거의 다 영주의 농장에서 일했어. 학교도 있었고 가게, 교회, 물론 술집도 있었지."

라우엔부르크 마을은 교회만 빼고는 거의 흔적을 알아볼 수 없었다. 반쯤 허물어진 교회 탑의 빨간 벽돌 사이에 황새가 둥지를 틀고 있었다.

"사람들은 이 마을을 채석장처럼 이용했어. 다른 건물들과 성벽도 그런 식으로 해서 모두 사라졌어. 그나마 성은 온전히 남아 있는 편이지."

성은 호숫가 바로 옆에 있었는데, 멀리서도 대칭형으로 벌어진 모습이 눈에 잘 들어왔다. 한가운데 성이 있고 성을 둘러싸고 U 자 모양으로 다른 건물들이 늘어서 있는데, 다른 건물들은 거의 다 무너지고 건물 터만 녹색으로 빛났다. 원래는 성문에서부터 성을 향해 반듯한 길이 나 있었을 법한데 지금 그 자리는 마구 엉켜 자란 나무덤불이 차지하고 있었다.

미리엄은 아직 남아 있는 아치형 성문으로 들어가 폐허가 다 된 성 앞에 차를 세웠다. 피아는 차에서 내려 주위를 둘러보았다. 오래된 아름드리 나무 위에서 새들이 지저귀고 있었다. 가까이서 보니 성은 멀리서 볼 때보다 더 초라했다. 녹색으로 빛나던 것은 잡초와 덤불이었다. 허리 높이까지 자란 쐐기풀이 천지인 데다 건물은 담쟁이넝쿨에 덮여 보이지 않을 지경이다. 60년이라는 세월 동안 그 끔찍한 기억을 잊으려 애쓰다가 이곳을 다시 찾았을 때 아우구스테 노박의 심정은 과연 어땠을까? 가장 행복한 기억과 가장 끔찍한 기억이 담긴 이곳을 몰락할 대로 몰락한 모습으로 다시 마주했을 때 그 심정이 오죽했겠는가. 아우구스테 노박은 바로 그 순간 복수를 다짐했는지도 모를 일이다.

"누가 그 심정을 알겠어? 저 돌덩이나 알겠지."

피아는 혼잣말로 중얼거리며 터벅터벅 걸음을 옮겼다. 성 안은 오랫동안 사람의 발길이 닿지 않아 마치 원시림처럼 변해 있었다. 불에 타서 시커멓게 변한 건물 뒤로 호수가 은빛으로 반짝였다. 짙푸른 하늘에는 황새가 날고 살찐 고양이는 부서진 계단 위에서 우아하게 기지개를 켰다. 차이들리츠-라우엔부르크가의 후계자라도 되는 듯하다. 피아는 머릿속으로 성의 옛 모습을 그려보았다. 돈 관리와 살림을 맡아 하던 곳, 대장간, 축사……. 문득 피아는 이 아름다운 곳에서 추방당한 사람들이 왜 아직까지도 그 상실감을 견디지 못하는지 알 것 같았다.

"피아! 이리 좀 와 봐!"

헤닝이 성급하게 불렀다. 막 고개를 돌리는데 시야 밖에서 뭔가 반짝 하고 빛나는 것이 느껴졌다. 금속에 햇빛이 반사된 것 같았다. 피아는 쐐기풀에 둘러싸인 돌무더기 근처를 빙 돌며 반짝인 것의 정체를 찾았다. 그러다 검정색 마이바흐 리무진을 발견하고는 머리끝이 쭈뼛해질 정도로 깜짝 놀랐다. 베라 칼텐제의 마이바흐는 장거리를 달려와서인지 온통 뿌옇게 먼지를 뒤집어썼고, 창문에 날벌레들이 잔뜩 붙어 있었다. 피아는 보닛에 손을 얹어 보았다. 아직 따뜻했다.

*

"카타리나 에르만은 유타 칼텐제의 유일한 친구였어요. 방학이 되면 항상 오이겐 칼텐제의 사무실에서 아르바이트를 했고, 오이겐 칼텐제가 특히 예뻐했다고 합니다."

오스터만은 잠을 못 잔 듯 초췌한 얼굴이었다. 전날 밤 자서전을 읽느라 밤을 새우다시피 했기 때문이다.

"카타리나는 유타의 아버지가 계단에서 떨어져 죽은 날 뮐렌호프에 있었고, 우연히 살인 사건을 목격했습니다."

"그럼 실제로 살인이었단 말이지?"

보덴슈타인은 카트린이 타우누스블릭에 가서 아니타 프링스의 옆집 노인을 만나보고 작성한 진술서를 찾아 서류철을 뒤적이고 있었다. 어젯밤 코지마는 다행히 유타 칼텐제가 그를 함정에 빠뜨렸다는 말을 믿어주었다. 낮에 점심을 먹으러 만났을 때 이미 이미지 캠페인이 핑곗거리에 지나지 않음을 알았다고 말했다. 그 문제가 해결됐으니 그를 쫓아내지 못해 안달인 니콜라 엥겔을 포함해서 다른 문제들도 어떻게든 해낼 수 있을 것이다. 사실 엥겔의 강력한 반대에도 불구하고 피아를 폴란드로 보낸 것은 직업적으로 볼 때 자살 행위나 다름없다. 그러나 열흘간 다섯 구의 시체를 몰아다 준 사건 해결의 열쇠가 그 성에 숨겨져 있다. 보덴슈타인은 피아의 모험이 성공리에 끝나기를 마음속 깊이 빌었다. 그렇지 않을 경우 직업을 잃게 될 판이기 때문이다.

"네, 분명한 살인입니다. 잠깐만요. 그 부분을 읽어드릴게요."

오스터만은 원고를 읽기 시작했다.

"베라는 지하실로 통하는 가파른 계단에서 남편을 밀었다. 그리고 마치 도와주려는 듯 바로 뒤쫓아 내려갔다. 그러나 쓰러진 남편의 코에 귀를 대고 숨을 쉬는지 확인하더니 아직 숨이 붙어 있다는 것을 알고 남편이 입고 있던 풀오버로 질식시켜 죽였다. 그런 다음 아무렇지도 않은 얼굴로 위로 올라가 서재에 앉아 있었다. 오이겐 칼텐제는 그로부터 두 시간이 지난 후에야 시체로 발견되었다. 엘라르트는 바로 용의자로 지목되었다. 그날 오후 양아버지와 심하게 다투고 집을 나가 밤 기차로 파리에 갔기 때문이다."

보덴슈타인은 진지한 표정으로 천천히 고개를 끄덕였다. 이런 책을 쓰다니! 토마스 리터는 뭘 모르는 사람이거나 복수심에 눈이 어두웠을 것이다. 반면 자신이 가진 정보를 이런 식으로 외부에 알린 카타리나 에르만은 영특하다고 할 수 있다. 그녀가 왜 칼텐제 집안

사람들을 미워하는지는 알 수 없지만 무슨 이유가 있는 것만은 틀림없다. 한 가지 분명한 것은 만약 이 책이 출간된다면 칼텐제 집안 구성원 중 돌이킬 수 없는 나락으로 떨어질 사람이 한둘이 아니라는 것이다.

전화기가 울렸다. 보덴슈타인은 내심 피아의 전화이기를 바랐으나 전화를 건 사람은 벤케였다. 그제 잡지사에 찾아와 리터를 데리고 나간 남자의 인상착의가 K-시큐어 직원 한 사람과 일치한다는 것이었다. 그런데 애머리와 그 졸개들은 마치 시칠리아의 마피아처럼 굳게 입을 닫고 열지 않았다.

"지그베르트 칼텐제 불러."

보덴슈타인은 다시 직권 남용이 문제될 것을 알면서도 지그베르트를 심문하기로 했다.

"그리고 워크엔드의 여직원도 데려와. K-시큐어 사람들과 대면시켜보면 택배 기사를 사칭한 사람을 알아볼지도 몰라."

베라 칼텐제는 어디 있는 것일까? 엘라르트 칼텐제는? 아직 살아 있을까? 왜 그는 노박을 대학 지하실에 가둬놓았을까? 마르쿠스 노박은 어제저녁 바로 수술을 받고 베타니엔 병원의 중환자실에 누워 있다. 그러나 살아날 것인지는 아직 알 수 없다. 보덴슈타인은 손으로 이마를 받치고 눈을 감았다. 사라진 여행용 궤짝과 일기장은 엘라르트 칼텐제의 수중에 있었다. 그는 카타리나 에르만의 부탁을 받고 일기장을 리터에게 넘겼다. 칼텐제 집안사람 중 누군가가 그 사실을 알아냈을 것이다. 건성으로 진술서를 넘기던 보덴슈타인은 흠칫 놀라며 한 부분을 자세히 읽었다.

"그리고 '조카'라는 그 남자가 규칙적으로 찾아와서 아니타를 휠체어를 태우고 근처를 돌아다니곤 했어……. 조카요?……. 진짜 조카는 아니고 그 젊은 사람을 조카라고 부르더구먼……. 어떻게 생긴 사람이죠?……. 밤색 눈, 마른 체구, 중키, 평범한 얼굴이야. 이상적인 스파이지. 아무렴 그렇고말고. 아니면 스위스인 은행원 같다고나 할까?"

보덴슈타인은 기억 속에서 뭔가가 꿈틀거리는 느낌이 들었다. 스파이, 스파이라……. 그렇지!

"으, 모어만은 언제 봐도 기분 나빠! 늙은 스파이 놈, 인기척 좀 내지 꼭 쥐새끼처럼 소리 없이 다니면서 사람을 놀라게 한다니까!"

모어만이 갑자기 뒤에 나타났을 때 유타 칼텐제가 한 말이다. 뮐렌호프에서 그녀를 처음 본 날이었다. 바트코비아크가 입고 있던 셔츠만 해도 그렇다. 모어만에게 엘라르트의 셔츠 한 장쯤 빼돌리는 일은 식은 죽 먹기일 것이다.

"이런, 젠장!"

보덴슈타인은 안타까운 한숨을 토해냈다. 왜 그 생각을 못 했을까? 하인 모어만은 아무 의심도 받지 않고 뮐렌호프에 상주하면서 칼텐제 집안사람들의 일거수일투족을 관찰할 수 있는 위치에 있다. 리터에게 일기장이 넘어갔다는 사실을 모어만이 알아낸 것일까? 엘라르트의 전화 통화를 엿들었을 수도 있다. 그는 분명 주인 베라 칼텐제에게 충성을 다할 것이다. 다른 건 몰라도 거짓말한 것은 사실이다. 주인의 명령이라면 살인도 할까? 당장 뮐렌호프로 가야 한다! 보덴슈타인은 서둘러 일어나 책상 서랍에서 권총을 꺼냈다. 막 재킷을 걸치며 문을 여는데 화가 잔뜩 난 니어호프 과장이 금방이라도 폭발할 것 같은 표정으로 들이닥쳤다. 씩씩거리는 니어호프 옆에는 니콜라 엥겔이 샐쭉한 얼굴로 서 있었다. 보덴슈타인은 그들이 말할 틈을 주지 않고 니콜라 엥겔에게 단도직입적으로 말했다.

"급히 좀 도와주셔야겠습니다."

"키르히호프 형사 지금 어디 있나?"

니어호프가 성난 목소리로 물었다. 보덴슈타인은 니콜라 엥겔을 힐끗 쳐다보았다.

"폴란드에 있습니다. 명령을 어긴 것은 사실입니다만 그럴 만한 이유가 있습니다."

"어디에 내 도움이 필요한 거죠?"

니콜라 엥겔이 물었다. 눈에는 의미를 해독하기 힘든 빛이 떠올라 있었다.

"그동안 미처 생각하지 못했는데 강력한 용의자가 있습니다. 베라 칼텐제의 운전수인 모어만이 바로 모니카 크래머와 로버트 바트코비아크를 살해한 장본인인 것 같습니다."

보덴슈타인은 의심되는 바를 간략하게 설명했다.

"그동안 추론된 단서가 있었는데 어디에 어떻게 연결되는지 모르고 있었습니다. 모어만의 유전자 샘플이 필요합니다. 지금 뮐렌호프에 갈 건데 같이 가주셨으면 좋겠습니다. 그리고 오늘 내로 리터의 비서와 K-시큐어 놈들을 대면시킬 생각입니다. 오늘 저녁까지만 붙잡아 놓을 수 있거든요."

"아니, 지금 갑자기 그러면……."

니어호프가 반대했지만 니콜라 엥겔은 단호하게 고개를 끄덕였다.

"좋아요. 어서 갑시다."

*

피아는 제멋대로 자라난 엉겅퀴와 흙더미 사이에 아무렇게나 받쳐진 검정색 리무진 주위를 천천히 돌았다. 문이 잠겨 있지 않은 것으로 보아 급히 차에서 내린 것 같았다. 피아는 소리 없이 그 자리를 떠나 미리엄과 헤닝이 있는 곳으로 갔다. 세 사람의 휴대전화 모두 수신이 되지 않았다. 그러나 지금 보덴슈타인에게 연락이 되더라도 무슨 도움이 되겠는가?

"폴란드 경찰에 알리는 게 좋지 않을까?"

"쓸데없는 소리. 뭐라고 할 건데? 여기 자동차가 한 대 있는데 좀 와보세요? 다 비웃을걸."

"저 밑에 지하에서 무슨 일이 벌어지고 있는지 모르잖아."

"그거야 가보면 알겠지."

헤닝은 피아의 걱정을 일축하고 성큼성큼 앞장서 걸었다. 피아는 예감이 좋지 않았지만 여기까지 와서 돌아갈 수는 없었다. 과연 독일에서 마이바흐를 끌고 온 사람은 누굴까? 그리고 무슨 목적으로 여기까지 온 걸까? 잠시 망설이던 피아는 헤닝과 미리엄의 뒤를 따라 걸었다.

한때 화려했을 성은 거의 무너지기 직전이었다. 성벽은 남아 있지만 1층이 폭삭 주저앉아서 지하로 들어갈 방법이 없었다.

"저기 누가 걸어간 흔적이 있어!"

미리엄이 작은 소리로 외쳤다. 호수 쪽으로 난 샛길에 방금 사람이 밟고 지나간 듯 풀이 짓밟힌 흔적이 있었다. 세 사람은 엉겅퀴와 잡초가 우거진 길을 따라 조심스레 걷기 시작했다. 얼마 가지 않아 사람 키만큼 높이 자란 갈대가 숲을 이룬 곳이 나왔고 발밑은 진흙탕으로 변했다. 인기척에 놀라 갑자기 야생 오리 두 마리가 바로 옆에서 시끄러운 소리를 내며 날아오르자 헤닝은 깜짝 놀랐다. 피아는 팽팽하게 당겨진 활시위처럼 신경이 예민해졌다. 이마에서 흘러내린 땀이 눈으로 들어가 따끔따끔했다. 성의 지하실에서 그들을 기다리고 있는 것은 과연 무엇일까? 만약 그곳에 정말 베라 칼텐제나 엘라르트가 있다면 어떻게 해야 할까? 위험한 짓은 하지 않기로 했는데……. 폴란드 경찰에 알리는 게 현명하지 않을까?

"어, 저기 계단이 있어!"

미리엄이 다 부서져가는 계단을 발견하고 말했다. 성 뒤편은 돌 더미와 재로 뒤덮여 있었다. 호수가 바라다보이는 전망 좋은 테라스 바닥은 원래 대리석이었을 테지만 이제는 그 흔적을 찾아보기도 힘들었다. 온통 폐허라 계단 너머에도 뭔가 있을 것 같지는 않았다. 미리엄은 얼굴에 흐르는 땀을 닦으며 멈춰 섰다. 그리고 발밑에 난 구멍을 가리켰다. 피아는 눈을 질끈 감고 제일 먼저 구멍 속으로 들어갔다. 권총을 꺼내려고 허리춤으로 손을 가져간 순간, 보덴슈타인의 지시로 총을 독일에 두고 왔다는 것이 생각났다. 그녀는 속으로 '빌어먹을!'을 외치며 돌 더미를 넘어 어둠속으로 걸어 들어갔다.

라우엔부르크 성의 지하는 화재, 전쟁, 세월의 풍상을 잘 견뎌낸 듯 대부분 손상되지 않은 채 그대로 남아 있었다. 피아는 방향을 잡아보려고 했지만 규모가 워낙 커서 자신이 어디쯤에 있는지 파악하기 힘들었다.

"내가 앞으로 갈게."

손전등을 든 헤닝이 앞장섰다. 돌덩이 위로 지나가던 들쥐가 손전등 불빛을 빤히 쳐다보았다. 피아는 얼굴을 찡그리며 고개를 돌렸다. 다시 걷기 시작한 후 몇 미터 가지 않았을 때 헤닝이 갑자기 걸음을 멈추고 손전등을 껐다. 바짝 뒤따라가던 피아는 헤닝의 등에 세게 부딪쳐 휘청거렸다.

"왜 그래?"

피아가 잔뜩 긴장해서 물었다.

"말소리가 들려."

헤닝이 작은 소리로 속삭였다.

그들은 어둠 속에 서서 귀를 기울였다. 한동안 아무 소리도 나지 않았다. 그러다 갑자기 바로 옆에서 나는 듯 명령조의 여자 목소리가 쩌렁쩌렁 울리자 피아는 깜짝 놀라 몸을 움츠렸다.

"이거 당장 풀지 못해! 네가 내게 어떻게 이럴 수 있니?"

"내가 듣고 싶은 대답을 해달라고요. 그러면 풀어드릴게요."

남자 목소리가 들렸다.

"난 할 말 없다. 그놈의 물건 휘두르지 말고 저리 치워!"

"1945년 1월 16일 이곳에서 무슨 일이 있었는지 말을 하시라고요! 어머니가 패거리와 함께 몰려와서 여기서 무슨 짓을 했는지 말씀하세요. 그럼 바로 풀어드릴게요."

숨을 멈춘 채 듣고 있던 피아는 헤닝을 제치고 앞으로 나가 소리가 나는 쪽으로 고개를 쑥 내밀었다. 휴대용 헤드라이트의 강한 빛이 낮은 지하실 천장을 비추고, 엘라르트 칼텐제는 평생 어머니로 알았던 여자의 목덜미에 총을 겨누고 있었다. 등 뒤로 손목을 묶인 채 무릎을 꿇고 앉은 베라 칼텐제는 더 이상 옛날의 베라 칼텐제가 아니었다. 위로 마구 뻗친 백발, 화장기 없는 초췌한 얼굴, 구겨지고 먼지투성이인 옷에서 고상한 귀족 마님의 모습을 찾아보기 힘들었다. 엘라르트 칼텐제의 얼굴에는 극심한 긴장감이 감돌았다. 그는 눈을 불안하게 깜박이며 혀로 마른 입술을 적셨다. 잘못된 말한마디, 잘못된 행동 하나에 바로 방아쇠를 당겨버릴 기세였다.

*

 밀렌호프에 갔던 보덴슈타인과 니콜라 엥겔은 허탕을 치고 빈손으로 돌아왔다. 이미 눈치채고 날랐는지 집 안이 텅 비어 있었다. 그러나 경찰서에 돌아와 보니 지그베르트 칼텐제가 와서 기다리고 있었다.
 "어쩔 생각이야?"
 강력반이 있는 2층으로 올라가며 니콜라 엥겔이 물었다.
 "모어만과 리터가 어디 있는지 알아내야지."
 보덴슈타인의 목소리에서 단호한 의지가 느껴졌다. 빤한 해답을 찾느라 바로 옆에 있는 진실을 보지 못했다. 지그베르트는 평생 엘라르트의 그늘에 가려 살았고, 베라 칼텐제 주변에 있던 다른 사람들과 마찬가지로 그녀에게 철저하게 이용당했다.
 "지그베르트 칼텐제가 그걸 알고 있을까?"
 "그자는 베라 칼텐제의 오른손이야. 어머니가 시키는 대로 다 했을 거야."
 니콜라 엥겔이 그의 팔을 붙잡으며 걸음을 멈추었다.
 "그런데 유타 칼텐제가 함정에 빠뜨리려고 꾸민 일이라는 걸 어떻게 알았지?"
 보덴슈타인은 의심스러운 눈으로 그녀를 쳐다보았다. 그녀는 다른 뜻 없이 진심으로 알고 싶어 하는 것 같았다.
 "유타 칼텐제는 욕심이 많은 여자야. 가족 주위에서 일어난 살인 사건들이 정치가로서의 앞길에 좋은 영향을 줄 리가 없잖아. 그런 자서전이 나와 세간의 이목을 집중시키고 칼텐제 집안이 구설수에 오르면 정치 인생은 끝난 거나 마찬가지지. 로버트 바트코비아크와 내연녀를 죽이라고 사주한 사람이 누군지는 모르겠지만, 그 두 사람을 죽인 목적은 경찰 수사의 초점을 딴 데로 돌리려는 거였어. 우리가 엘라르트 칼텐제를 의심하도록 가짜 단서를 만들어놓기도 했고. 그런데 우리가 계속 물고 늘어지니까 날 어떻게 해보려는 속셈이었던 거야. 수사 책임자가 칼텐제 집안의 사람을 성추행했다! 그보다 나은 게 어디 있겠어?"

니콜라 엥겔은 진지한 표정으로 그의 말을 들었다.

"할 얘기가 있다면서 만나자고 해서 나갔어. 그날 저녁에 와인 한 잔밖에 안 마셨는데 아무것도 기억이 안 나. 진탕 마시고 취한 것처럼 몽롱했어. 그래서 어제 혈액 검사를 해봤어. 키르히호프 박사 말로는 누군가 액상 엑스터시를 내 술에 탔을 거래. 무슨 말인지 알겠어? 계획적으로 함정을 판 거야!"

"약점을 잡으려고?"

"다른 이유가 없잖아. 주정부 수상을 꿈꾸는 여자야. 그런데 어머니는 살인자고 자기 집 마당에서는 해골이 나왔으니 어떻겠어? 아마 살아남기 위해 가족을 등지고, 필요한 경우 그 일로 나를 협박하면 된다고 생각했겠지."

"하지만 증거가 있어?"

"증거를 만들어놨겠지. 그 정도 머리는 돌아가는 여자야. 뭔가 내 유전자를 증명할 수 있는 걸 보관해놨겠지."

"그래, 그 말이 맞을 수도 있어."

니콜라 엥겔이 생각에 잠겨 말했다.

"맞을 수도 있는 게 아니라 맞아."

보덴슈타인이 걸음을 떼어 놓으며 중얼거렸다.

"내가 꼭 알아내고 말 거야."

*

동굴 같은 지하에는 한동안 침묵이 계속되었다. 피아는 크게 숨을 들이마신 다음 양손을 들고 앞으로 나가며 큰 소리로 말했다.
"말해보시죠, 에다 슈빈데르케 씨. 여기서 무슨 일이 있었는지 이미 다 알고 있거든요."
엘라르트 칼텐제는 갑자기 나타난 피아를 보고 유령이라도 본 것처럼 놀랐다. 에다 슈빈데르케도 순간 몸을 움찔했으나 바로 놀란 표정을 숨기고 그녀를 반겼다.
"키르히호프 형사님! 이 늙은이를 도와주라고 하늘이 보내셨네!"
그녀는 처음에 피아를 구워삶은 간드러진 목소리로 말했다. 피아는 그녀를 무시하고 엘라르트에게 다가갔다.
"불행을 자초하는 짓 하지 말고 그 총 이리 줘요. 저 여자가 무슨 짓을 했는지 이미 다 알고 있어요."
엘라르트 칼텐제는 무릎을 꿇고 앉은 노파에게로 시선을 돌렸다. 그리고 천천히 고개를 저었다.
"경찰이 알든 말든 상관없습니다. 이렇게 포기하려고 그 먼 길을 온 게 아닙니다. 이 가증스러운 살인마의 입에서 진실을 듣고 말겠어요."
"여기서 총살당한 사람들의 유해를 찾아낼 전문가를 데리고 왔어요. 60년이 넘었어도 유전자를 검출해내 신원을 확인할 수 있어요. 그러면 독일에서 베라 칼텐제를 살인죄로 법정에 세울 수 있어요. 결국 진실은 밝혀질 거예요."
엘라르트 칼텐제는 베라에게서 시선을 떼지 않았다.
"돌아가요. 이건 내가 해결해야 할 일입니다."

그때 갑자기 어둠 속에서 땅딸막한 그림자가 툭 튀어나왔다. 다른 사람이 있다는 것을 몰랐던 피아는 소스라치게 놀랐다. 빛 속으로 들어온 사람은 놀랍게도 아우구스테 노박이었다.

"노박 부인! 여기서 뭐 하시는 거예요?"

"엘라르트 말이 맞아요. 경찰이 상관할 바 아니에요. 이 여자는 내 아들에게 깊은 상처를 입혔어요. 60년이 지났어도 아물지 않은 상처예요. 인생을 도둑질했다고요. 그때 무슨 일이 있었는지 이 여자의 입을 통해 들을 자격이 있어요."

"토마스 리터에게 말한 내용, 저희도 다 들었어요."

피아가 목소리를 낮춰 설득했다.

"그리고 그 말이 옳다는 것도 알고요. 하지만 세 사람을 죽였기 때문에 노박 부인을 체포할 수밖에 없어요. 만약 살인 동기가 될 만한 증거를 제시하지 못하면 죽을 때까지 감옥에서 보내야 할지도 몰라요. 그래도 좋다고 한다면 할 말이 없지만 아드님만은 바보 같은 결정을 하지 않게 말리세요. 이 여자를 죽이는 건 자기 인생을 망치는 짓이에요! 그럴 만한 가치가 없다고요!"

아우구스테 노박은 말없이 아들의 손에 들린 무기를 바라보았다.

"그리고 노박 부인의 손자도 찾아냈어요. 조금만 늦었으면 큰일 날 뻔했어요. 서너 시간만 늦게 발견했어도 내출혈로 죽었을지 몰라요."

그 말을 들은 엘라르트 칼텐제는 고개를 번쩍 들더니 눈을 깜빡거리며 피아를 쳐다보았다.

"내출혈이라니요?"

그가 목이 잠긴 소리로 물었다.

"회사에서 폭행당했을 때 내장기관에 손상을 입었어요. 그런 사람을 지하실에 가둬놓았으니 죽을 뻔한 게 당연하죠. 도대체 왜 그런 거예요? 마르쿠스 노박을 죽일 생각이었나요?"

엘라르트 칼텐제는 힘없이 고개를 떨어뜨렸다. 그리고 아우구스테 노박과 피아를 번갈아 보다가 머리를 세차게 흔들었다.

"당연히 아니죠! 내가 다시 돌아올 때까지 안전한 곳에 숨겨놓으려고 한 겁니다. 내가 마르쿠스에게 해를 끼치는 일을 하다니요? 말도 안 돼요!"

격렬하게 부인하는 그의 모습을 보며 피아는 병원에서 만났던 때를 떠올렸다. 그러고 보니 그때 그가 왜 그렇게 행동했는지 대충 감이 잡혔다.

"노박 씨와 그냥 아는 사이가 아니죠?"

엘라르트 칼텐제는 고개를 끄덕였다.

"네, 잘 아는 사이입니다. 아니, 그보다 훨씬 더…… 가까운 사이입니다."

"하긴 그러네요. 삼촌과 조카 사이니까 친척이잖아요."

엘라르트 칼텐제는 피아에게 총을 쥐어주고 머리카락을 쥐어뜯듯이 쓸어 넘겼다. 밝은 곳에서 보니 얼굴이 백짓장처럼 하얗게 질려 있었다.

"마르쿠스에게 바로 가봐야겠어요. 난 정말 그럴 생각은 아니었습니다. 난 그저 내가 돌아올 때까지 다른 사람들이 건드리지 못하도록 안전한 곳에 있으라고 한 것뿐입니다. 그런 상태인 줄은…… 정말이지…… 그건 정말 몰랐습니다. 맙소사! 마르쿠스는 다시 건강해지겠죠?"

엘라르트는 이제 복수 따위는 안중에도 없었다. 걱정과 근심에 휩싸인 그의 얼굴을 본 순간 피아는 그들의 관계가 어떤 것인지 깨달았다. 그러고 보니 쿤스트하우스에 있는 그의 집에 갔을 때 본 사진이 떠올랐다. 나체인 남자의 뒷모습과 눈 부분을 크게 찍은 사진, 욕실에 널브러져 있던 청바지……. 마르쿠스 노박이 바람을 피운다는 말은 사실이었다. 하지만 그 상대는 다른 여자가 아니라 엘라르트 칼텐제였던 것이다.

*

지그베르트 칼텐제는 어깨를 축 늘어뜨린 채 조사실 의자에 앉아 있었다. 하룻밤 사이에 10년은 늙어버린 것 같은 그의 얼굴에서 발그스레한 혈색이나 사람 좋은 미소는 더 이상 찾아볼 수 없었다.

"그동안 어머니 소식 들으셨습니까?"

보덴슈타인이 질문했다. 지그베르트는 묵묵히 고개를 저었다.

"경찰에서는 흥미로운 사실을 많이 알아냈습니다. 예를 들어 형님 엘라르트 칼텐제가 사실은 형님이 아니더군요."

"뭐요?"

지그베르트 칼텐제는 고개를 들고 보덴슈타인을 빤히 쳐다보았다.

"골드베르크, 슈나이더, 아니타 프링스를 죽인 범인을 잡았습니다. 스스로 범인이라고 자백했어요. 그리고 죽은 세 사람은 사실 오스카 슈빈데르케, 한스 칼바이트, 마리아 빌루마트라는 사람들입니다. 그중 오스카 슈빈데르케는 칼텐제 씨 어머니와 친남매간이에요. 칼텐제 씨 어머니의 원래 이름은 에다 슈빈데르케, 라우엔부르크 성 회계 담당자의 딸로 태어났죠."

지그베르트 칼텐제는 믿기지 않는 듯 머리를 흔들었다. 그리고 보덴슈타인이 아우구스테 노박의 이야기를 자세히 들려주자 어안이 벙벙한 얼굴로 놀라움을 금치 못했다.

"아닙니다. 아니에요. 그럴 리 없습니다."

그가 혼잣말처럼 중얼거렸다.

"믿고 싶지 않아도 사실입니다. 칼텐제 씨는 어머니에게 평생 속으면서 살아온 거예요. 뮐렌호프의 진짜 주인은 엘라르트 차이들리츠-라우엔부르크 남작입니다. 엘라르트의 아버지는 1945년 1월 16일 칼텐제 씨 어머니의 총에 죽었어요. 살인 사건 현장에 남겨져 있던 숫자는 그날을 뜻하는 거였습니다."

지그베르트 칼텐제는 손에 얼굴을 파묻었다.

"어머니의 운전사 모어만이 슈타지 출신이라는 사실은 알고 계셨습니까?"

"네, 알고 있었습니다."

"아무래도 모어만이 칼텐제 씨의 아들 로버트와 내연녀를 죽인 범인인 것 같습니다."

"맙소사!"

지그베르트 칼텐제는 고개를 들고 절망적인 한숨을 토해냈다.

"내가 바보였어!"

"그게 무슨 뜻입니까?"

"난 아무것도 몰랐어요. 뭐가 어떻게 되는 건지 정말 아무것도 몰랐단 말입니다. 맙소사, 내가 무슨 짓을 한 거지?"

그의 얼굴은 어찌할 바 모르는 절망으로 일그러졌다. 보덴슈타인은 자기도 모르게 잔뜩 긴장했다. 마치 뜻밖의 장소에서 사냥감을 만난 사냥꾼처럼 온몸의 신경이 곤두섰다. 그러나 숨이 턱 막히는 것 같은 긴장감 뒤에 찾아온 것은 실망감이었다.

"변호사를 불러주십시오."

지그베르트가 자세를 고쳐 앉으며 말했다.

"모어만은 지금 어디 있어요?"

대답은 없다.

"사위를 어떻게 하셨죠? 토마스 리터를 납치한 사람이 칼텐제 씨 회사의 경호원이라는 거 다 알고 있습니다. 리터를 어디에 숨겼어요?"

"변호사 불러달라니까요. 지금 당장!"

지그베르트는 금방이라도 눈이 튀어나올 것처럼 눈알을 부라렸다. 그러나 보덴슈타인은 그 말을 못 들은 척했다.

"칼텐제 씨, 일기장을 찾으려고 K-시큐어 사람들을 시켜서 마르쿠스 노박을 고문하라고 했죠? 그리고 리터가 자서전을 쓰지 못하도록 납치한 거 맞죠? 언제나처럼 어머니가 시키는 대로 지저분한 일을 도맡아서 한 거 맞잖아요?"

"변호사, 변호사 불러줘요."

지그베르트는 이제 거의 죽어가는 소리로 속삭였다.

"리터는 아직 살아 있습니까? 아니면 따님이 남편 걱정에 실성을 해도 괜찮다는 겁니까?"

보덴슈타인은 지그베르트의 어깨가 가볍게 떨리는 것을 놓치지 않았다.

"살인 청부는 죄질이 무겁습니다. 감옥에 가야 해요. 부인과 따님이 사실을 알면 절대 용서하지 않을 겁니다. 지금 실토하지 않으면 이제까지 쌓아온 모든 걸 잃게 된단 말입니다!"

"변호사를……."

그가 계속 변호사를 요구했지만 보덴슈타인은 쉽게 물러서지 않았다.

"어머니가 그 일을 해달라고 하던가요? 그래서 부탁을 들어드린 건가요? 만약 그렇다면 지금 털어놓으세요. 어머니는 어차피 감옥에 갑니다. 오래전 어머니가 살인을 했다는 증거도 있고 아버지의 사고사가 사실은 사고가 아니라 타살이라는 증인의 진술도 확보했어요. 뭐가 어떻게 돌아가는 건지 모르겠어요? 토마스 리터가 어디 있는지 지금 말하면 큰 타격 없이 빠져나갈 수 있단 말입니다!"

지그베르트 칼텐제는 기침을 하듯 거칠게 숨을 몰아쉬었다. 얼굴에는 혼란스럽고 지친 기색이 역력했다.

"평생 당신을 속이고 이용해먹은 어머니를 위해서 정말 감옥에까지 갈 생각이에요?"

보덴슈타인은 그 말이 효력을 나타내도록 잠시 기다렸다가 자리에서 일어섰다.

"조금 있다 올 테니까 혼자 조용히 한번 생각해보세요."

*

헤닝과 미리엄이 유골을 찾아 바닥을 샅샅이 훑는 동안 피아는 엘라르트, 베라, 아우구스테 노박과 함께 밖으로 나갔다.

"조금 전에 한 말, 일부러 과장한 건 아니죠?"

지하에서 빠져나와 테라스를 가로질러 갈 때 엘라르트가 말했다. 아우구스테 노박은 그다지 힘들어 보이지 않았지만 베라는 힘들어하는 기색이 역력했다. 그녀는 여전히 손목이 묶인 채 돌 더미 위에 주저앉았다.

"아니요, 과장 아니에요."

피아는 총에 안전장치를 하고 허리춤에 꽂았다.

"당시 무슨 일이 일어났는지 정말 다 알고 있어요. 지하에서 유해를 찾아내면 유전자를 검출해서 증거를 확보할 수도 있고요."

"아, 내 말은 그게 아니라…… 정말 마르쿠스의 상태가 그렇게 심각한지 묻는 겁니다."

엘라르트가 근심 어린 얼굴로 말했다.

"어제저녁에는 상태가 정말 심각했어요. 집에 가면 돌봐 줄 시간 많으니까 걱정 마세요."

"다 내 잘못입니다."

엘라르트는 양손으로 얼굴을 가리고 머리를 흔들었다.

"내가 그 상자에 손을 대지 않았다면 이런 일은 일어나지 않았을 겁니다."

물론 맞는 말이다. 죽은 사람들은 아직 살아 있을 테고, 칼텐제 가족의 비밀은 고이 모셔져 있을 것이다. 피아는 베라에게 시선을 돌렸다. 그녀는 가면처럼 무표정한 얼굴로 앉아 있었다. 어떻게 그런 죄를 저지르고도 저렇게 뻔뻔하고 냉담할 수 있을까?

"왜 그때 아이는 쏘지 않았죠?"

피아가 묻자 그녀는 고개를 빳빳이 들고 피아를 응시했다. 그 눈 속에는 60년이 지난 지금도 꺼지지 않는 증오의 불꽃이 일렁이고 있었다.

"그 아이는 저 여자에 대한 내 승리를 의미했어."

베라가 턱짓으로 아우구스테를 가리키며 말했다.

"저 여자만 없었다면 엘라르트는 나와 결혼했을 거야!"

"꿈 깨. 엘라르트는 너 싫어했어. 그냥 가정교육을 잘 받아서 그런 티를 내지 않았던 것뿐이야."

아우구스테 노박이 받아쳤다.

"흥, 교육을 잘 받아? 웃기지도 않네! 교육을 잘 받아서 유대인 빨갱이 딸을 임신시켜? 나중에는 애원을 했어도 내가 싫다고 했을 거야. 엘라르트는 어차피 그걸로 인생 종 친 거나 마찬가지였어. 그때는 유대인하고 피를 섞으면 사형감이었다고."

평생 어머니라고 부르던 여자를 바라보는 엘라르트의 얼굴에는 충격이 서려 있었다. 반면 아우구스테 노박은 시종일관 담담한 모습이었다.

"에다, 생각을 좀 해봐. 나치 돌격대장인 네 오빠가 목숨 좀 부지해보겠다고 60년간이나 유대인 흉내를 냈다는 걸 알면 엘라르트가 지하에서도 웃겠다! 그 위대한 나치가 하필이면 유대인 계집이랑 결혼해서 평생 유대인 말을 해야 했다니, 하하하!"

베라 칼텐제는 살벌한 눈초리로 아우구스테 노박을 쏘아보았다.

"네 오빠가 죽기 전에 살려달라고 애걸복걸하는 걸 듣지 않아도 돼서 다행인 줄 알아. 네 오빠는 평생 겁쟁이로 살았듯이 죽을 때도 버러지처럼 죽었어! 내 가족들은 그렇지 않았어. 우는 소리 한마디 안 하고 의연하게 죽었다고! 가짜 이름 뒤에 숨어 사는 너희 같은 겁쟁이가 아니었다고."

"네 가족? 흥, 너나 꿈 깨!"

"왜 내 가족이 아니야? 우린 1944년 성탄절 날 쿠니시 목사님 앞에서 결혼했어. 그건 네 오빠도 막을 수 없었지."

"거짓말하지 마!"

베라 칼텐제는 제 분을 못 이겨 묶인 손목을 마구 흔들어댔다.

"사실이야."

아우구스테 노박은 단호하게 말하며 엘라르트의 손을 잡았다.

"네가 네 아들이라고 속였던 내 아들, 내 아들 하인리히가 바로 차이들리츠-라우엔부르크 남작이야."

"뮐렌호프의 주인이기도 하죠."

피아가 단정 짓듯 말했다. 그리고 베라 칼텐제에게 말했다.

"KMF도 법적으로 당신 게 아니에요, 에다. 당신은 평생 남의 것을 도둑질했어요. 방해되는 사람은 냉정하게 없애버렸고요. 남편 오이겐 칼텐제도 직접 계단에서 밀어 떨어뜨렸죠? 로버트 바트코비아크의 어머니인 하녀도 죽였고요. 참, 그 불쌍한 하녀의 유골이 뮐렌호프 마당에서 발굴됐어요."

"지그베르트가 그런 천한 여자에게 빠져서 정말 결혼을 하겠다고 우기는데 그럼 내가 어떻게 해?"

베라 칼텐제는 지금 하는 말이 자백이라는 것도 모르고 흥분해서 외쳤다.

"그냥 뒀으면 지금보다 행복했을지도 모르죠. 하지만 당신은 그렇게 놔두지 않았어요. 그렇게 사람을 죽이고도 무사할 거라고 믿었죠. 딱 하나, 당신이 생각하지 못한 게 있었죠. 비키 엔드리카트가 살아남았을 거라고는 꿈에도 생각하지 못한 거죠. 그런데 갑자기 오빠와 한스 칼바이트, 마리아 빌루마트가 죽고, 그 시체들 옆에서 16145라는 숫자가 발견됐다는 말을 들으니 두려움에 어쩔 줄 몰랐던 거죠."

베라 칼텐제는 분노에 휩싸여 온몸을 떨었다. 그녀는 한때 피아가 호의를 느꼈던 그 고상하고 상냥한 할머니와는 완전히 다른 사람이었다.

"엔드리카트 가족과 차이들리츠-라우엔부르크 가족을 총으로 쏘아 죽이자는 건 누가 생각해낸 거였죠?"

"내가."

베라 칼텐제는 흡족한 미소를 지었다.

"귀족이 될 수 있는 기회다 싶었던 거죠, 그렇죠? 그 대가는 평생을 발각될까 봐 두려워하면서 살아야 한다는 거였고요. 그래도 60년간 아무 일 없이 잘 살았어요. 그러다 어느 날 갑자기 과거의 유령이 나타난 거죠. 그러자 정말 두려워졌죠. 항상 그랬듯이 목숨보다는 체면이 깎일까 봐 두려웠죠? 그래서 손자 로버트와 로버트의 여자친구를 죽이라고 시키고 엘라르트가 범인으로 몰리도록 가짜 단서를 깔아놨어요. 어머니와 똑같아서 체면 깎이는 걸 가장 싫어하는 딸 유타와 함께 말이에요. 하지만 이제 다 끝났어요. 자서전은 출간될 거예요. 첫 장만 읽어도 사람들은 충격에 빠지겠지요. 손녀 말린의 남편도 당하고만 있지는 않았거든요."

"흥, 말린은 이혼했어."

베라 칼텐제가 가소롭다는 듯 툭 내뱉었다.

"아, 그랬군요. 그런데 어쩌죠, 14일 전에 토마스 리터와 비밀리에 결혼했는데? 배 속에는 아이도 있어요."

피아는 분노에 어쩔 줄 모르는 노파를 보며 속으로 고소하기만 했다.

"벌써 딴 여자 좋다고 떠난 남자가 두 명이나 되네요. 엘라르트 차이들리츠-라우엔부르크는 비키 엔드리카트를 택했고, 토마스 리터는……."

베라 칼텐제가 뭐라고 응수하려는데 미리엄이 나와서 외쳤다.

"찾았어! 유골이 엄청 많아!"

피아는 엘라르트 칼텐제와 눈이 마주치자 미소를 지었다. 그리고 베라 칼텐제에게 다가갔다.

"일곱 사람에 대한 살인 혐의로 긴급체포하겠습니다."

*

앙리 애머리를 본 잡지사 여직원은 수요일 저녁 잡지사에 온 남자가 확실하다고 말했다. 니콜라 엥겔은 애머리에게 두 가지 제안을 했다. 순순히 입을 열거나 아니면 구금, 공무 집행 방해, 살인 혐의로 고소당하거나 둘 중 하나를 택하라고 하자 그는 아주 멍청하지는 않은지 바로 첫 번째를 택했다. 애머리는 모어만, 다른 경호원 한 명과 함께 마르쿠스 노박을 찾아갔다. 그리고 지그베르트 칼텐제의 지시로 며칠 전부터 토마스 리터를 감시했다. 그 과정에서 리터가 말린과 결혼했다는 사실을 알아냈지만 유타 칼텐제가 지그베르트에게 말하지 말라고 해서 입을 다물고 있었다. 애머리의 표현대로라면 '얘기 좀 하게' 리터를 데려오라는 명령을 내린 사람은 지그베르트 칼텐제였다.

"명령의 내용이 정확히 뭐였죠?"

보덴슈타인이 물었다.

"다른 사람의 눈에 띄지 않게 리터를 특정한 장소로 데려오라는 거였습니다."

"어디로?"

"프랑크푸르트 시청 앞에 있는 쿤스트하우스로요. 전 시키는 대로 했습니다."

"그런 다음엔?"

"쿤스트하우스 지하에 데려다 놓고 회사로 돌아왔습니다. 그다음에 무슨 일이 있었는지는 모릅니다."

쿤스트하우스라…… 머리를 잘 썼다. 쿤스트하우스 지하에서 리터의 시체가 발견되면 바로 엘라르트가 의심받을 것이다.

"지그베르트 칼텐제가 리터에게 원한 게 뭐였죠?"
"모릅니다. 전 지시만 받고 질문은 하지 않습니다."
"그럼, 마르쿠스 노박은? 뭘 알아내려고 고문을 한 거죠?"
"질문은 모어만이 했습니다. 무슨 상자에 대해서 묻던데요."
"모어만이 K-시큐어와 무슨 관계가 있죠?"
"아무 관계도 없습니다. 그냥 입을 열게 하는 데 선수니까요."
"하긴 슈타지 출신이니까."

보덴슈타인은 혼자 고개를 끄덕끄덕했다.

"하지만 노박은 입을 열지 않았지요?"
"네, 한마디도 하지 않았습니다."
"로버트 바트코비아크는 어떻게 했죠?"
"지그베르트 칼텐제의 지시에 따라 밀렌호프로 데려갔습니다. 지난주 수요일에 있었던 일입니다. 사람을 풀어서 엄청 찾았는데 못 찾았어요. 그러다 피시바흐에서 제가 우연히 발견했습니다."

보덴슈타인은 바트코비아크가 친구 쿠르트 프렌첼에게 남긴 음성 메시지를 떠올렸다. 양어머니 밑에 있는 고릴라들이 매복하고 있다고 하지 않았던가…….

"유타 칼텐제에게도 지시를 받은 적 있나요?"

니콜라 엥겔이 끼어들었다. 애머리는 잠시 머뭇거렸으나 곧 고개를 끄덕였다.

"어떤 지시였죠?"

이제까지 자신감에 찬 얼굴로 뺀질뺀질하게 대답을 잘하던 애머리가 갑자기 당황하며 머뭇거렸다.

"어떤 지시였냐고 묻잖아요!"

니콜라 엥겔이 주먹 쥔 손으로 탁자를 두드렸다.

"사진을 찍으라고 했습니다."

애머리는 그렇게 말하고 보덴슈타인을 흘깃 쳐다보았다.

"칼텐제 부인이 이쪽 분하고 함께 있는 사진요."

순간 보덴슈타인은 피가 얼굴로 솟구치는 느낌이 들었다. 그러나 동시에 안도감이 물밀듯이 밀려왔다. 그는 니콜라 엥겔과 눈빛을 마주쳤다. 그러나 그녀는 무표정 뒤에 감정을 숨기고 드러내지 않았다.

"지시의 내용을 자세히 말해 봐요."

"나중에 로테뮐레로 부를 거니까 기다리고 있다가 와서 사진을 찍으라고 했습니다. 11시 반에 문자가 왔습니다. 20분 후에 사진을 찍으라고요."

그는 마음이 불편한지 다시 보덴슈타인을 힐끗 쳐다보았다. 그리고 난감한 얼굴로 웃었다.

"죄송합니다. 개인적인 악감정은 없었어요."

"그래서 사진을 찍었나요?"

니콜라 엥겔이 물었다.

"예."

"그 사진 어디 있죠?"

"제 휴대전화와 사무실에 있는 제 컴퓨터 속에요."

"그건 우리가 압수하겠어요."

"뭐, 어쩔 수 없죠."

애머리는 그저 어깨를 으쓱했다.

"유타 칼텐제에게 어떤 지시 권한이 있죠?"

"특수 임무를 수행하면 보너스가 나옵니다."

애머리는 돈 주는 곳이면 어디든 가서 일하는 용병이라 의리라는 것을 몰랐다. 물론 앞으로 칼텐제 집안에서 월급 받기는 힘들어지겠지만.

"가끔은 보디가드도 하고 애인 역할도 합니다."

니콜라 엥겔은 만족스러운 듯 고개를 끄덕였다. 그녀가 듣고 싶었던 대답이 나온 것이다.

*

"베라를 데리고 어떻게 국경을 넘어왔어요?"

피아가 엘라르트에게 물었다. 엘라르트는 씩 웃었다.

"트렁크에 넣었죠. 마이바흐는 외교관 번호라 그냥 바로 통과시켜줄 걸 알았거든요."

피아는 보덴슈타인의 장모가 엘라르트를 실제 삶에서 서툴고 결단력이 부족한 사람이라고 말한 것이 떠올랐다. 그런 엘라르트가 돌연 행동에 나선 것은 어떤 동기에서일까?

"마르쿠스에게 그런 일이 일어나지 않았다면 그냥 약이나 먹고 현실을 외면하며 살았을 겁니다. 그런데 그날 병원에서 마르쿠스가 공사비를 한 푼도 못 받았다는 말을 듣고 위에 올라가서 마르쿠스가 그렇게…… 그렇게 만신창이로 당한 모습을 보니 갑자기 울컥 화가 치밀었습니다. 그 순간 변하기 시작한 겁니다. 베라가 그렇게 사람을 업신여기고 마음대로 다룬다는 사실이 갑자기 견딜 수 없을 정도로 싫었습니다! 이걸 그냥 놔둬서는 안 된다. 무슨 수를 써서든 다시는 그러지 못 하게 해야 한다는 생각이 들었습니다."

그는 잠시 말을 멈추고 머리를 설레설레 흔들었다.

"이탈리아를 통해서 남아메리카로 넘어가려 한다는 사실을 알았기 때문에 더 이상 지체할 수가 없었습니다. 정문에 경찰차가 서 있었기 때문에 다른 길로 해서 밀렌호프로 들어갔죠. 하루 종일 기회를 기다렸습니다. 그러다 드디어 유타가 모어만과 함께 나가고 지그베르트도 나갔어요. 그때 어머……, 아니 베라를 묶어서 차에 태웠습니다. 그다음은 식은 죽 먹기였어요."

"벤츠는 왜 공항 주차장에 세워놓은 거죠?"

"그거야 눈속임을 하기 위해서죠. 경찰보다는 동생의 경호원들을 따돌리려고 한 겁니다. 마르쿠스와 저를 귀찮게 쫓아다니고 있었거든요. 베라는 안됐지만 제가 공항에 갔다 올 때까지 마이바흐의 트렁크 안에 있어야 했죠."

"병원에 가서 노박의 아버지 행세를 하셨죠?"

피아가 떠보듯 물었다. 엘라르트는 그 어느 때보다 편안해 보였다. 오랫동안 괴롭히던 과거를 정리하고 불확정성의 멍에에서 벗어나니 악몽에서 깨어난 듯했다.

"아니요, 내가 내 아들이라고 했을 뿐이에요. 그리고 그게 틀린 말은 아니잖아요."

아우구스테 노박이 대신 대답했다.

"하긴 그러네요."

그것은 피아도 인정하지 않을 수 없었다.

"사실 전 처음에 교수님과 마르쿠스 노박이 범인이라고 생각했어요."

"뭐, 괜찮습니다. 그럴 의도는 아니었지만 우리가 워낙 수상하게 행동하긴 했죠. 사실 난 내 고민에 빠져서 살인 사건은 안중에도 없었습니다. 마르쿠스나 저나 너무 혼란스러워서…… 한동안 둘 다 인정하지 않으려고 했습니다. 그게 너무…… 말이 안 되잖아요. 내 말은 우리 둘 다 한 번도…… 남자를 좋아한 적이 없거든요."

그는 깊은 한숨을 내쉬었다.

"알리바이가 없는 날들은 모두 쿤스트하우스에 둘이 함께 있었던 날입니다."

"마르쿠스 노박은 조카잖아요. 그럼 혈연관계 아닌가요?"

피아의 말에 엘라르트는 혼자 빙긋 웃었다.

"어차피 아이를 낳을 건 아니니까 괜찮아요."

그 말에 피아도 웃지 않을 수 없었다.

"일찌감치 알았더라면 우리 일이 훨씬 줄었을 텐데……. 이제 집에 돌아가면 어쩔 생각이세요?"

"글쎄요."

차이들리츠-라우엔부르크 남작은 크게 숨을 들이마셨다.

"이제 숨바꼭질은 그만할 겁니다. 두 사람 모두 가족에게 우리 관계를 당당하게 밝히기로 했습니다. 이제 숨어 다니는 짓은 그만하려고요. 나야 어차피 소문이 안 좋지만, 마르쿠스에게는 아주 어려운 결단이 될 겁니다."

피아는 그 말에 바로 고개를 끄덕였다. 노박 가족은 그런 종류의 사랑을 이해해줄 사람들이 아니다. 자신의 아들, 남편, 동생이 서른 살 연상의 남자 때문에 가족을 등졌다는 소문이 동네에 퍼지면 단체로 할복이라도 할지 모른다.

"나중에 마르쿠스와 함께 다시 이곳에 올 생각입니다."

엘라르트는 햇빛에 반짝이는 호수로 눈길을 돌렸다.

"소유주 문제가 해결된 다음의 일이지만 성을 재건할 수 있을지도 모릅니다. 마르쿠스가 와서 보고 판단을 해야겠지만 호텔로 개조하면 좋을 것 같아요."

피아는 미소를 지으며 고개를 끄덕였다. 그리고 시계를 보았다. 이제 보덴슈타인에게 보고할 시간이다.

"자, 이제 칼텐제 부인을 차로 데려가는 게 어떨까요? 그런 다음 모두 함께……."

"여기서 아무도 못 나가."

갑자기 뒤에서 사람 목소리가 났다. 피아는 깜짝 놀라 뒤를 돌아보았다. 그들을 향해 총구가 겨눠져 있었다. 검정색 복면을 쓴 남자 세 명이 총을 들고 테라스로 올라오고 있었다.

"아, 모어만! 이제 슬슬 올 때가 됐다고 생각했지."

뒤에서 베라 칼텐제가 말했다.

*

"모어만은 지금 어디 있어요?"

보덴슈타인이 K-시큐어 사장에게 물었다.

"만약 자동차로 이동 중이라면 어디 있는지 알아낼 수 있습니다."

앙리 애머리는 전과가 생기는 것이 싫어서인지 매우 협조적으로 나왔다.

"칼텐제가와 K-시큐어에 속한 차량에는 모두 칩이 내장되어 있어서 소프트웨어로 위치를 추적할 수 있습니다."

"어떻게 해야 하죠?"

"컴퓨터가 있는 곳에 데려다 주시면 어떻게 하는지 보여드리죠."

보덴슈타인은 오래 생각하지 않고 애머리를 2층에 있는 오스터만에게 데려갔다.

"자, 해봐요."

보덴슈타인, 오스터만, 벤케, 엥겔은 애머리가 마이너 플래닛이라는 이름의 웹사이트에 접속하는 것을 흥미롭게 지켜보았다. 애머리는 아이디와 패스워드를 치고 로그인했다. 곧이어 유럽 지도가 나타나고 밑에 차량 번호와 함께 소속 차량이 죽 나열되었다.

"직원들이 어디 있는지 한눈에 볼 수 있도록 도입한 시스템입니다. 그리고 차량이 도난당할 경우에도 대비한 거죠."

애머리가 설명했다.

"모어만이 어느 차를 타고 나갔을까요?"

보덴슈타인이 물었다.

"잘 모르겠습니다. 하나씩 체크해보죠."

애머리는 바로 일을 시작했다. 니콜라 엥겔이 보덴슈타인에게 밖으로 나오라는 눈짓을 했다.

"지그베르트 칼텐제에 대한 체포 영장은 내가 알아서 할게. 문제는 유타 칼텐제인데……. 주의회 의원이라 면책특권이 있긴 하지만 참고인 출석이라도 나오도록 손을 써볼게."

"알았어. 그럼 내가 애머리를 데리고 쿤스트하우스에 가볼게. 거기 리터가 있을지도 모르니까."

"지그베르트 칼텐제는 내막을 다 알고 있어. 그런데 딸에게 미안해서 괴로워하는 게 분명해."

"내 생각도 그래."

"찾았습니다!"

사무실에서 애머리가 외치는 소리가 났다.

"벤츠 M클래스를 타고 나간 것 같은데요. 그 차만 엉뚱한 데 가 있거든요. 어디 보자……. 폴란드의…… 도바라는 곳인데요. 거기 도착한 지 43분 됐습니다."

보덴슈타인은 온몸의 피가 얼어붙는 것을 느꼈다. 로버트 바트코비아크와 모니카 크래머를 죽인 범인으로 추정되는 모어만이 폴란드에 있다! 두세 시간 전에 통화했을 때 피아는 이제 곧 성에 도착할 것이고 헤닝이 지하실을 샅샅이 뒤질 것이라고 했다. 그렇다면 이미 일을 끝내고 성을 떠났으리라고 추측하기는 힘들다. 모어만은 폴란드에 왜 간 걸까? 보덴슈타인은 문득 엘라르트 칼텐제가 어디 있는지 감이 잡혔다.

"마이바흐, 어디 있나 찾아봐요."

보덴슈타인이 애머리에게 말했다. 마음은 급한데 목이 메어 말이 잘 나오지 않았다.

애머리는 마이바흐 리무진의 차량 번호를 눌렀다.

"마이바흐도 거기 있는데요. 아니, 잠깐만요. 1분 전부터 다시 이동하기 시작했습니다."

보덴슈타인의 시선이 니콜라 엥겔과 마주쳤다. 엥겔은 그게 무엇을 뜻하는지 바로 눈치채고 단호하게 지시를 내렸다.

"오스터만, 이 두 차량을 주시해요. 난 폴란드 경찰에 협조 요청하고 바로 비스바덴으로 갈 테니까."

*

느닷없이 나타난 복면 쓴 남자들 중 한 명은 베라 칼텐제를 마이바흐에 태우고 떠났다. 베라의 마지막 지시는 오해의 여지없이 분명했다. 엘라르트 칼텐제, 아우구스테 노박, 피아를 포박해서 지하로 데리고 가 총살하라는 것이었다. 피아는 어떻게 하면 미리엄과 헤닝에게 위험을 알리고 이 절망적인 상황에서 빠져나갈 수 있을지 머리를 쥐어짰다. 검은 복면의 남자들에게 자비를 기대하기는 힘들어 보였다. 그들은 지시를 따른 후 아무 일도 없었다는 듯 독일로 돌아갈 것이다. 피아는 자신이 미리엄과 헤닝의 안전을 책임져야 한다는 것을 알았다. 결국 그들을 이 일에 끌어들인 사람은 그녀가 아닌가! 크리스토프를 보지 못하고 여기서 이렇게 죽어야 하다니, 그럴 순 없다. 크리스토프! 오늘 저녁 남아메리카에서 돌아오면 공항에 마중 나가기로 했는데! 지하로 들어가는 구멍 앞에서 피아는 걸음을 멈추었다. 그리고 시간을 벌 심산으로 복면 쓴 남자에게 물었다.

"우리를 어떻게 할 생각이에요?"

"아까 하는 말 못 들었어?"

복면 때문에 말소리가 불분명하게 들렸다.

"하지만 왜……?"

복면 쓴 남자는 아무 말 없이 피아의 등을 확 떠밀었다. 피아는 균형을 잃으며 흙더미 위에 머리를 찧으며 나뒹굴었다. 손이 뒤로 묶여 있어서 손으로 땅을 짚을 수 없었다. 뭔가 단단한 것이 옆구리에 닿아 부딪쳤다. 피아는 벌렁 돌아누우며 숨을 몰아쉬었다. 뼈가 부러지지 않았어야 하는데! 다른 남자가 어서 가라고 엘라르트와 아우구스테 노박을 재촉했다. 그들의 손 역시 뒤로 묶여 있었다.

"일어나! 어서!"

복면 쓴 남자가 피아의 팔을 거칠게 잡아당겼다. 순간 피아는 조금 전 갈비뼈가 나갈 것처럼 아프게 부딪친 것이 허리춤에 꽂아둔 엘라르트의 총이라는 것을 깨달았다. 어떻게든 미리엄과 헤닝에게 경고를 해야 한다!

"아악! 내 팔! 팔이 부러졌나 봐요!"

피아는 최대한 크게 소리를 질렀다. 복면 쓴 남자들은 귀찮다는 듯 욕설을 퍼부으며 피아를 일으켜 지하로 내려보냈다. 헤닝과 미리엄이 아까 그 소리를 듣고 몸을 숨겼어야 하는데! 지금 상태에서는 그들이 유일한 희망이다. 베라 칼텐제는 헤닝과 미리엄의 존재를 잊었는지 복면 쓴 사람들에게 언급하지 않고 떠났다. 피아는 비척비척 어두운 통로를 걸어가며 손목의 포박을 풀려고 필사적으로 노력했다. 그들은 이윽고 지하실에 이르렀다. 헤드라이트가 켜져 있는데, 헤닝과 미리엄의 모습은 보이지 않았다. 피아는 입안이 바싹바싹 타 들어가고 심장이 터질 듯이 뛰었다. 남자는 피아를 구멍 속으로 밀어 넣은 후 복면을 벗었다. 그를 본 피아의 표정이 일그러졌다.

"모어만 부인! 이게 어떻게 된…… 어떻게 이런 일이…… 난 모어만 씨가……."

피아는 어리둥절해서 말도 제대로 나오지 않았다.

"그냥 얌전히 독일에 있지 그랬어요? 왜 이런 힘든 상황을 자초하고 그러실까?"

아냐 모어만은 뮐렌호프의 집사이자 요리사 말고도 다른 직업이 더 있는 것 같았다. 그녀는 소음기가 달린 권총을 피아의 머리에 갖다 댔다.

"그냥 이렇게 우리를 죽일 수 있다고 생각해요? 내가 어디 있는지 우리 동료들이 다 알고 있고……."

"입 다물어."

아냐 모어만의 무표정한 얼굴에는 살기가 돌았고 눈은 유리구슬처럼 차가웠다.

"모두 옆에 와서 한 줄로 서."

아냐 모어만이 명령했지만 엘라르트와 아우구스테 노박은 움직일 생각도 하지 않았다.

"폴란드 경찰도 다 연락돼 있거든요. 지금 내가 연락하지 않으면 바로 출동할 거라고요."

피아는 마지막 시도라고 생각하며 용기를 냈다. 등 뒤에서는 포박을 풀려고 안간힘을 썼다. 손가락의 감각이 둔해졌지만 밧줄이 느슨해진 것은 느낄 수 있었다. 이제 시간만 벌면 된다!

"베라 칼텐제는 멀리 못 가요! 결국은 국경에서 잡힐 거라고요. 다 끝난 마당에 이럴 필요가 있어요? 이렇게 해서 얻는 게 대체 뭐예요?"

피아는 열심히 설득했지만 아냐 모어만은 신경도 쓰지 않았다. 그녀는 엘라르트에게 총을 들이댔다.

"자, 교수님! 어서요! 미안하지만 무릎 좀 꿇으셔야겠네."

"어떻게 이럴 수 있어? 정말 실망이 크군, 아냐."

엘라르트는 놀랄 정도로 침착했다.

"무릎 꿇어!"

아냐 모어만이 명령했다. 피아는 계속해서 포박을 푸느라 비지땀을 흘렸다. 순간 포박이 풀리는 느낌이 들었다. 그녀는 손에 감각이 돌아오도록 주먹을 쥐었다 폈다 했다. 여기서 살아 나갈 유일한 방법은 기습 공격이다. 엘라르트 칼텐제는 체념한 듯 헤닝과 미리엄이 파놓은 구멍 속으로 들어가 얌전히 무릎을 꿇었다. 아냐 모어만과 그녀의 동료가 행동하기 전에 피아가 얼른 총을 꺼내 방아쇠를 당겼다. 굉음이 터져 나왔고 총알이 복면 쓴 남자의 허벅지에 가 박혔다. 엘라르트에게 총구를 들이대고 있던 아냐 모어만은 망설이지 않고 방아쇠를 당겼다. 그때 아우구스테 노박이 앞으로 튀어나가며 무릎을 꿇고 앉은 아들을 몸으로 막았다. 소음기가 달린 권총에서 퍽하는 둔탁한 소리가 났다. 그리고 노파는 가슴에 총알을 맞고 뒤로 튕겨져 나갔다.

피아는 아냐 모어만이 다시 총을 쏘기 전에 온몸을 던져 그녀에게 달려들었다. 두 사람은 한데 엉켜 쓰러졌다. 피아가 바닥으로 몰렸다. 아냐 모어만은 피아 위에 올라타고 목을 조르기 시작했다. 피아는 젖 먹던 힘까지 다해 공격을 막았다. 머릿속으로는 호신술 시간에 배운 기술을 생각해내려고 애썼지만 작정하고 달려드는 전문 킬러를 상대하는 일은 완전히 차원이 다른 일이었다. 배터리가 다 되어 흐릿해져가는 헤드라이트 불빛 속에 아냐 모어만의 일그러진 얼굴이 흐릿하게 눈앞에 어른거렸다. 피아는 더 이상 숨을 쉴 수 없었다. 금방이라도 눈알이 튀어나올 것만 같았다. 두뇌로 가는 산소 공급이 완전히 멈추면 10초 후에 의식을 잃게 될 것이다. 그리고 그로부터 5초 내지 10초 후에 전체 두뇌 기능이 상실되어 회복이 불가능해진다. 검시관은 결막에 나타난 붉은 점, 설골 골절, 구강 및 인후 점막의 울혈을 발견할 것이다. 그러나 피아는 죽고 싶지 않았다. 죽을 때 죽더라도 이 지하실에서 이렇게 죽고 싶지는 않았다! 아직 마흔도 안 됐는데 죽다니! 피아는 죽을힘을 다해 손 하나를 빼내서 아냐 모어만의 얼굴을 할퀴었다. 그녀는 신음 소리를 내더니 짐승처럼 이를 드러내며 으르렁거렸다. 목을 조르는 손아귀의 힘이 약해졌다. 그 순간 관자놀이로 뭔가 단단한 것이 날아들었고 피아는 그대로 의식을 잃었다.

*

헤센 주의원 총회에 참석한 유타 칼텐제는 국무위원석 맞은편

세 번째 줄에 앉아 의원들의 토론을 건성으로 듣고 있었다. 주정부 수상과 녹색당 연합의 대표가 66번 의제인 공항 확장건을 가지고 끝없는 공방을 벌였지만 그녀의 관심은 다른 데 있었다. 로젠블라트 변호사가 그녀에게는 아무 혐의가 없고, 모든 의심은 어머니와 지그베르트에게 쏠려 있다고 거듭 확인해주었지만 마음속의 불안은 좀처럼 떨쳐지지 않았다. 수사반장 일은 잘못했다는 생각이 들었다. 완전히 사건과 거리를 두는 편이 좋았는데! 하지만 수년간 어머니의 수족 노릇을 하고 어떤 양심의 가책도 없이 명령을 수행하던 베르티 그 멍청이가 갑자기 마음이 약해져서 징징거리는 것을 보니 두 손 놓고 가만히 있을 수가 없었다. 지금은 살인 사건, 숨겨진 가족사 같은 것에 연루되어서는 안 되는 중요한 시점이다. 다음 전당 대회에서 그녀는 내년 수상 선거에 나갈 당의 간판 후보로 선출될 것이다. 그때까지 아무 일도 터지지 않도록 사태를 잘 마무리 지어야 한다.

유타 칼텐제는 무음 모드로 설정해놓은 휴대전화를 계속 들여다보느라 회의장 일부에 일기 시작한 동요를 눈치채지 못했다. 그녀는 주정부 수상이 말을 중단한 다음에야 고개를 들고 제복 차림의 경찰 두 명과 빨간 머리 여자가 국무위원석 앞에 서 있는 것을 보았다. 그들이 조용히 뭐라고 속삭이자 수상과 의장은 놀란 표정을 지으며 누군가를 찾는 듯 의원석을 둘러보았다. 유타는 목덜미에 공포가 스멀스멀 기어오르는 것을 느꼈다. 그녀에게는 아무 혐의도 없다. 이런 일은 불가능하다. 사지가 찢겨 죽을지언정 앙리가 입을 열지는 않았을 것이다. 빨간 머리는 단호한 걸음걸이로 그녀를 향해 똑바로 걸어왔다. 유타는 혈관을 타고 오르는 섬뜩한 공포를 느꼈지만 겉으로는 아무렇지도 않은 표정을 지었다. 내게는 면책특권이 있다. 아무도 날 잡아갈 수 없다…….

*

지하 창고는 잘 사용하지 않는 듯 퀴퀴한 냄새를 풍겼다. 보덴슈타인은 벽을 더듬어 전등 스위치를 켰다. 그리고 깜박이는 형광등 불빛 아래서 리터를 발견하고 안도의 숨을 쉬었다. 리터는 물감이 잔뜩 묻은 철제 탁자에 누운 채 묶여 있었다. 초인종을 계속 누르자 일본인 여자가 쿤스트하우스의 문을 열어주었다. 그녀는 오이겐 칼텐제 재단의 후원을 받는 여러 화가들 중 하나로, 반년 전부터 쿤스트하우스의 아틀리에를 사용하고 있다고 했다. 그녀는 보덴슈타인, 벤케, 앙리 애머리, 프랑크푸르트 경찰이 급히 지하실로 내려가는 것을 놀란 표정으로 지켜보았다.

"리터 씨!"

보덴슈타인은 리터가 누워 있는 탁자로 다가갔다. 눈이 본 것을 두뇌가 접수하는 데까지는 몇 초의 시간이 걸렸다. 토마스 리터는 눈을 크게 뜬 채 죽어 있었다. 누군가 목 동맥에 튜브를 꽂아 심장이 뛸 때마다 펌프질 하듯 몸 안의 피가 탁자 밑에 있는 양동이로 쏟아지도록 해놓았다. 보덴슈타인은 비위가 상한 얼굴로 돌아섰다. 시체, 피, 살인이 싫었다. 이젠 정말이지 진저리 나게 싫었다. 언제나 한 발 늦게 도착하는 경찰, 아무것도 막아내지 못하는 자신이 싫어서 견딜 수 없었다. 어째서 리터는 경찰의 경고를 듣지 않았을까? 칼텐제 집안의 협박을 그렇게 쉽게 무시하다니! 보덴슈타인은 그 오만함과 경솔함을 도저히 이해할 수 없었다. 진정 복수심은 이성을 능가하는 힘을 가졌단 말인가! 그 저주받은 자서전과 일기장에서 제때 손을 뗐다면 토마스 리터는 몇 달 후 아버지가 되었을 것이고, 그 아이가 자라는 것을 보며 행복하게 오래오래 살았을지도 모른다! 보덴슈타인은 휴대전화 울리는 소리에 사념에서 깨어났다.

"벤츠 M클래스가 이동하기 시작했습니다. 그런데 피아는 계속 연락이 안 됩니다."

오스터만의 목소리가 흘러나왔다.

"빌어먹을!"

보덴슈타인은 살면서 이렇게까지 참담해본 적이 없었다. 그는 심한 자책감에 빠져들었다. 피아를 폴란드에 가지 못하게 막았어야 했다! 니콜라의 말이 맞았다. 60년 전 그곳에서 일어난 일은 그들과 아무 상관이 없다. 그들이 해야 할 일은 살인 사건을 해결하는 것뿐, 그 이상은 아니다.

"리터는 찾았어요?"

오스터만이 물었다.

"응, 이미 죽었어."

"맙소사! 아래층에서 리터 부인이 반장님이나 피아를 만나기 전엔 안 가겠다고 버티고 있는데."

보덴슈타인은 리터의 시체와 걸쭉한 피가 담긴 양동이를 내려다보았다. 위장이 꼬이는 느낌이 들었다. 만약 피아에게 무슨 일이 일어난다면? 그는 불길한 생각을 떨치려는 듯 머리를 세차게 흔들었다.

"피아에게 계속 연락해보고 헤닝 키르히호프의 휴대전화로도 연락을 해봐."

보덴슈타인은 오스터만에게 지시를 내리고 전화를 끊었다.

"그럼, 전 이제 가도 됩니까?"

앙리 애머리가 물었다.

"아니요. 살인 혐의가 있는데 어떻게 풀어줍니까?"

보덴슈타인은 그에게 눈길 한 번 주지 않고 짤막하게 말했다. 그는 애머리의 항의를 못 들은 척하고 지하 창고에서 나왔다. 폴란드에서 무슨 일이 벌어진 걸까? 차 두 대가 다시 독일로 돌아오고 있다는 건 무슨 뜻일까? 피아는 바로바로 연락하겠다고 약속해놓고 왜 연락을 하지 않는 걸까? 빌어먹을! 머리가 깨질 듯이 아프고 입에서 비릿한 맛이 느껴졌다. 아무것도 먹지 않은 빈속에 커피를 들이부은 탓이다. 보덴슈타인은 시청 광장으로 나서며 심호흡을 했다. 상황은 걷잡을 수 없게 되어버렸다. 지금 그가 간절히 원하는 것은 천천히 산책을 하며 생각을 정리하는 것이지만 먼저 말린 리터에게 남편의 죽음을 최대한 부드럽게 전해야 한다는 과제가 남아 있었다.

*

피아는 목에 통증을 느끼며 정신이 들었다. 목이 너무 아파서 침을 삼키기도 힘들었다. 희미한 빛 속에서 그녀는 자신이 아직 성지하에 있음을 깨달았다. 시야 밖에서 움직임이 느껴졌다. 누군가 그녀 뒤로 다가왔고 급한 숨소리가 들렸다. 순간 모든 기억이 되살아났다. 아냐 모어만, 권총, 총성, 아우구스테 노박이 가슴에 총을 맞았지! 얼마 동안이나 의식을 잃었던 걸까? 등 뒤에서 권총의 안전장치를 푸는 소리가 났다. 피아는 온몸의 피가 얼어붙는 것을 느꼈다. 소리를 지르려고 했지만 목쉰 소리만 나왔다. 그녀는 가슴이 옥죄어 오는 것을 느끼며 눈을 질끈 감았다. 총알이 두개골을 통과

하는 느낌은 어떨까? 느낌이 있을까? 아픔이 느껴질까……?

"피아!"

누군가 뒤에서 그녀의 어깨를 붙잡았다. 헤닝의 얼굴을 본 피아는 안도감에 온몸의 힘이 빠졌다. 그녀는 기침을 하며 목을 감싸 쥐었다.

"어떻게…… 어쩌다가……."

피아가 목쉰 소리로 두서없이 말하자 헤닝은 그새 해쓱해진 얼굴로 그녀를 쳐다보았다. 그러다 갑자기 울먹이며 그녀를 껴안았다.

"얼마나 걱정했는지 몰라."

그는 그녀의 머리에 대고 속삭이다가 말했다.

"이런, 머리에서 피가 나."

피아는 온몸이 덜덜 떨리고 목이 엄청나게 아팠지만 죽을 뻔했다가 살아났다는 생각에 주체할 길 없는 기쁨에 휩싸였다. 그러다 문득 아우구스테 노박과 엘라르트가 떠올랐다. 그녀는 헤닝의 포옹을 풀고 휘청거리며 일어났다. 엘라르트는 어머니를 팔에 안은 채 조상들의 뼈에 둘러싸여 앉아 있었다. 그의 뺨에서는 눈물이 하염없이 흘러내렸다.

"엄마, 지금 죽으면 안 돼요……. 제발 죽지 마세요!"

그가 흐느끼며 속삭였다.

"아냐 모어만은 어디 있어? 내 총에 맞은 사람은 또 어디 있고?"

피아가 헤닝에게 물었다.

"그놈은 저기 널브러져 있어. 아까 당신을 쏘려고 해서 내가 손전등으로 기절시켰어. 그 여자는 바로 도망갔고."

"미리엄은?"

고개를 돌리자 놀라서 눈이 동그래진 미리엄과 바로 눈이 마주쳤다.

"난 괜찮아. 그런데 노박 부인의 상태가 위급해서 어서 구급차를 불러야 할 것 같아."

피아는 기다시피 해서 노박 부인이 있는 곳으로 갔다. 그러나 의사를 부르기에는 이미 늦은 것 같았다. 아우구스테 노박은 입가에 가느다란 핏줄기를 드리운 채 죽어가고 있었다. 눈은 감겼지만 아직 숨은 쉬고 있었다.

"노박 부인, 제 말 들리세요?"

피아가 쉰 목소리로 물었다. 아우구스테 노박은 바로 눈을 떴다. 그 눈동자가 참으로 맑았다. 그녀는 아들의 손을 찾아 더듬었다. 60년 전 바로 이곳에서 잃어버린 아들이다. 엘라르트는 어머니의 손을 덥석 잡았다. 그녀는 깊은 한숨을 토해냈다. 60년의 세월이 하나의 원으로 완성되는 순간이었다.

"하인리히?"

"네, 어머니. 저 여기 있어요. 금방 괜찮아지실 거예요. 다시 건강해지실 테니 걱정 마세요."

엘라르트는 애써 밝은 목소리로 말했다.

"아니다, 애야. 난 이제 죽지만…… 넌 절대…… 울지 말거라……. 이 어미 말 알아듣겠니? 울면 안 돼. 여기서 이렇게…… 죽어서…… 차라리…… 잘됐다. 죽어서도…… 내 사랑하는…… 사람 옆에 있을 수 있으니까……."

엘라르트는 어머니의 얼굴을 쓰다듬었다.

"마르쿠스…… 그 애를 잘 돌봐 다오……."

아우구스테 노박의 속삭임은 곧 기침으로 변했다. 입에서 붉은 거품이 나왔고 눈의 초점이 흐려졌다.

"착한 내 아들……."

그녀는 마지막으로 숨을 크게 들이마신 다음 한숨을 내쉬었다. 그리고 고개가 옆으로 힘없이 떨어졌다.

"안 돼!"

엘라르트는 오열하며 어머니를 꽉 끌어안았다.

"안 돼요, 엄마! 가지 마세요! 이렇게 그냥 가버리시면 저는 어떡해요!"

어린아이처럼 우는 그를 보니 어느새 피아도 눈시울이 붉어졌다. 그녀는 동정심이 북받쳐 올라 그의 어깨를 가만히 다독였다. 그는 눈물과 고통에 일그러진 얼굴로 피아를 올려다보았다. 피아는 그에게 나지막이 말했다.

"아들 품에서, 그리고 가족들 사이에서 평화롭게 가셨어요."

*

말린 리터는 우리 안에 갇힌 호랑이처럼 방 안을 끊임없이 왔다 갔다 했다. 그러다가 유리창 저편 조사실에 앉아 있는 아버지를 건너다보았다. 며칠 새 폭삭 늙어버린 지그베르트 칼텐제는 미동도 없이 앉아 있었다. 멍한 눈길로 허공을 응시하는 모습이 마치 줄이 잘려버린 꼭두각시 인형 같았다. 말린은 수사 과정에서 드러난 일련의 사실에 충격을 받았다. 오랫동안 그렇게 믿어왔고 계속 그렇게 믿고 싶었다. 그러나 그녀의 할머니는 상냥하고 착한 사람이 아니라 평생 사람들을 속이고 거짓말로 일관한 나쁜 사람이었다. 말린은 유리창 앞에 서서 아버지라는 남자를 바라보았다. 평생 할머니의 인정을 받기 위해 고군분투한 남자, 항상 할머니의 기분을 맞추는 데 급급하고 할머니의 명령에 무조건 복종했지만 결과는 어떤가? 모두 헛된 노력이었다. 할머니가 가장 파렴치하게 이용한 사람은 아버지일 것이다. 그것을 알면서도 말린은 아버지가 가엾다는 생각이 전혀 들지 않았다.

"정신없이 왔다 갔다 하지 말고 좀 앉아."

카타리나가 말했다. 그러나 말린은 단호하게 고개를 저었다.

"그럼 미쳐버릴 것 같아요."

카타리나는 말린에게 모든 내막을 들려주었다. 그 저주받은 상자가 발견된 경위, 베라의 자서전을 쓰겠다는 토마스의 아이디어, 일기장을 통해 알아낸 베라의 정체…….

"만약 토마스에게 무슨 일이 생기면 아버지를 절대 용서하지 않겠어요."

말린이 혼잣말처럼 중얼거렸다. 카타리나는 아무 대꾸도 하지 않았다. 조사실에 유타 칼텐제가 들어왔기 때문이다. 지그베르트는 여동생을 빤히 쳐다보았다.

"넌 다 알고 있었지?"

스피커를 통해 그의 목소리가 울려 퍼졌다. 말린은 주먹을 꽉 쥐었다.

"뭘 알아?"

유타 칼텐제가 냉랭하게 반문했다.

"입 막으려고 로버트를 죽인 거. 로버트의 여자친구도 죽이고. 그리고 너도 똑같이 리터가 없어지기를 바라고 있었잖아. 혹시 리터가 두 사람에 대해 나쁜 말을 자서전에 쓸까 봐 겁이 났던 거지?"

"난 지금 오빠가 무슨 말을 하는지 하나도 모르겠어."

유타는 느긋하게 말하며 다리를 꼬고 앉았다. 그 모습에는 아무도 자신에게 섣불리 손대지 못할 거라는 자신감이 넘쳤다.

"모전여전이군."

카타리나가 낮은 소리로 중얼거렸다.

"리터가 말린과 결혼했다는 것, 말린이 임신한 사실. 넌 모두 알고 있었어."

지그베르트의 비난에 유타는 그저 어깨를 으쓱했다.

"만약 그렇다 해도 내 잘못은 없어. 납치까지 할 줄이야 누가 알았겠어?"

"그런 줄 알았다면 내가 막았을 거 아냐!"

"나 참! 오빠, 오빠가 토마스 미워하는 걸 모르는 사람이 어디 있어? 옛날부터 눈엣가시처럼 싫어했잖아."

유타가 코웃음을 치며 말했다. 말린은 유리창 앞에 붙어 서서 움직일 줄 몰랐다. 그때 노크 소리가 나고 보덴슈타인이 들어왔다.

"우리 아버지랑 고모가 남편을 납치했어요! 우리 아버지가 토마스를……."

말린은 얼른 보덴슈타인에게 달려갔다. 그러나 그의 표정을 본 순간 말 한마디 듣지 않아도 모든 것을 알 수 있었다. 그녀는 그 자리에 힘없이 주저앉아 비명을 지르기 시작했다.

*

피아는 늦은 저녁 시간 강력반으로 가는 층계를 올랐다. 마치 오랫동안 인질로 잡혀 있다가 풀려난 기분이었다. 아우구스테 노박이 죽은 지 20분이 채 안 되어 폴란드 경찰이 들이닥쳤다. 그들은 헤닝, 미리엄, 엘라르트, 피아를 기지츠코 경찰서로 데려갔다. 독일에 있는 니콜라 엥겔과 여러 차례 전화 통화를 한 뒤에야 엘라르트와 피아는 풀려나 독일로 돌아올 수 있었다. 헤닝과 미리엄은 다음 날 아침 폴란드 전문 인력의 도움을 받아 유해를 발굴하기로 하고 기지츠코에 머물렀다. 공항에 도착하니 벤케가 기다리고 있었다. 그들은 우선 엘라르트를 마르쿠스 노박이 있는 병원으로 데려다 주고 경찰서로 돌아왔다. 그러고 나니 10시가 넘었다. 피아는 텅 빈 복도를 지나 보덴슈타인의 사무실 문을 두드렸다. 보덴슈타인은 책상에 앉아 있다가 얼른 달려 나와 피아를 얼싸안았다. 그리고 양손으로 피아의 어깨를 붙잡고 민망스럽도록 감격한 표정으로 쳐다보았다.

"어서 와! 무사히 돌아와서 정말 다행이야!"

그가 감격에 목이 메어 말했다.

"반장님, 저 나갔다 온 지 24시간도 안 됐어요. 너무 반가워하시는 거 아니에요? 저 멀쩡하니까 그만 놓으셔도 돼요."

피아는 당황스러움을 농담으로 감추었다. 보덴슈타인도 바로 분위기를 파악하고 씩 웃었다.

"24시간이면 긴 시간이지. 그 많은 보고서를 나 혼자 다 써야 하는 줄 알았잖아."

그 말에 피아도 함께 웃었다.

"사건은 모두 해결된 거죠?"

"응, 그런 것 같아."

보덴슈타인이 고개를 끄덕이며 앉으라는 눈짓을 했다.

"차량 추적 시스템 덕분에 폴란드 국경에서 베라 칼텐제와 아냐 모어만을 모두 체포할 수 있었어. 그리고 아냐 모어만은 이미 자백했어. 로버트 바트코비아크와 모니카 크래머뿐 아니라 토마스 리터도 그 여자가 죽였더군."

"그 여자가 그렇게 쉽게 자백했다고요?"

피아가 아냐 모어만의 권총에 얻어맞은 관자놀이를 만지며 말했다. 살기로 번뜩이던 그 눈빛이 떠올라 다시금 섬뜩한 기분이 들었다.

"알고 보니 동독에서 잘나가던 스파이였더라고. 전과도 몇 개 있어. 어쨌든 그 여자의 진술로 지그베르트 칼텐제의 죄질이 무거워졌어. 살인 청부 지시가 그 사람에게서 나온 거거든."

"정말요? 전 유타 칼텐제일 거라고 생각했는데."

"유타 칼텐제는 그러기엔 너무 약았지. 지그베르트 칼텐제도 이미 다 자백했어. 뮐렌호프에서 아니타 프링스의 유품도 나왔고. 바트코비아크에게 죄를 뒤집어씌우려고 배낭에 넣어놓은 것만 빼고 말이야. 그리고 아냐 모어만 그 여자, 바트코비아크를 자기 집 부엌에서 죽였더라고."

"세상에! 그 정도면 정말 괴물 아니에요?"

피아는 자신이 아냐 모어만의 손에 죽을 뻔했다는 것을 상기하고 가볍게 진저리를 쳤다.

"그런데 바트코비아크를 그 집에 데려다 놓은 사람은 누구래요? 그건 분명 뭘 모르는 사람의 짓이었는데. 만약 먼지를 그대로 두고 시체를 2층 매트리스 위에 앉혀 놓았다면 전혀 의심하지 않았을 거예요."

"그건 애머리 밑에 있는 사람 짓이었어. 어중이떠중이 다 섞여 있는 모양이지."

피아는 자꾸 하품이 나와 참기 힘들었다. 집에 가서 따뜻한 물로 샤워를 하고 24시간은 내리 자고 싶었다.

"그런데 모니카 크래머를 꼭 죽여야만 했을까요? 그건 아직도 이해가 안 돼요."

"간단하지, 뭐. 바트코비아크가 더 의심을 받도록 의도한 거야. 참, 바트코비아크의 배낭에 있던 현금은 아니타 프링스의 금고에서 나온 거였어."

"베라 칼텐제는 어떻게 되는 거예요? 지그베르트 칼텐제도 다 어머니가 시켜서 한 것일 텐데."

"그건 증명하기 힘들어. 그리고 증명할 수 있다고 해도 지그베르트 칼텐제에게 달라지는 건 별로 없어. 대신 검찰 쪽에서 오이겐 칼텐제 사망 사건을 다시 수사하기로 했고, 베라 칼텐제는 다누타 바트코비아크에 대한 살인 혐의로 수사를 받을 거야. 다누타가 불법 체류자여서 실종 신고도 없이 지나갔던가 봐."

"자기 아내가 무슨 짓을 하고 다니는지 모어만이 알까요? 그동안 모어만은 대체 어디 있었던 거예요?"

"그 상자 넣어둔 냉장실 있지? 아냐 모어만이 거기 가둬놨더군. 물론 아내의 과거를 알고 있었어. 모어만도 슈타지 출신이거든. 모어만의 부모도 마찬가지고."

"부모도요?"

피아는 부어오른 관자놀이를 조심스레 만졌다.

"응, 모어만이 아니타 프링스의 아들이야. 자주 와서 휠체어 밀고 다닌다고 한 사람 있잖아. 그 조카가 바로 모어만이었어."

"아, 그랬구나."

두 사람은 잠시 그렇게 말없이 앉아 있었다.

"그럼 그 미제 사건 기록에서 찾아낸 단서는요? 거기서 발견된 유전자는 남성의 것이었잖아요."

피아는 미간에 깊은 주름을 잡으며 이상하다는 표정을 지었다.

"아냐 모어만은 진짜 프로야. 임무를 수행할 때는 항상 진짜 인

모로 만든 가발을 썼고, 현장에 일부러 머리카락을 하나씩 떨어뜨려놨대. 가짜 단서를 뿌린 거지."

"대단하네요."

피아는 머리를 절레절레 흔들며 감탄 아닌 감탄을 했다.

"참, 엥겔 과장이 저 때문에 신경 많이 쓴 것 같더라고요. 우리가 맘대로 들어가서 단독 행동 한 것…… 그런 것 때문에 폴란드 경찰이 아주 안 좋아했거든요."

"응, 맞아. 이번에 아주 공명정대한 모습을 보여줬지. 괜찮은 상사가 생길지도 모르겠어."

피아는 잠시 머뭇거리며 보덴슈타인의 눈치를 살폈다.

"저기…… 반장님, 그 문제는 어떻게 됐어요?"

"잘 해결됐어."

보덴슈타인은 선뜻 대답하더니 자리에서 일어났다. 그리고 캐비닛에서 잔 두 개와 코냑을 가져와 딱 손가락 두 마디만큼씩 술을 따랐다.

"엘라르트 칼텐제와 마르쿠스 노박이 처음부터 솔직하게 말했다면 일이 그렇게까지 복잡해지지는 않았을 거예요. 정말이지 그 두 사람이 그런 관계일 거라고는 생각도 못 했어요. 전 완전히 다른 방향으로 의심하고 있었거든요."

"나도 마찬가지야."

보덴슈타인이 피아에게 잔 하나를 내밀었다.

"뭘 위해서 건배하죠?"

"어디 계산을 해보자……. 약 열다섯 건의 살인 사건을 해결한 셈이군. 거기다 미제 사건 두 건도 있고. 아주 잘했어! 수사 종결을 위하여!"

"위하여!"

"잠깐!"

피아가 잔을 높이 들고 부딪치려는데 보덴슈타인이 갑자기 그녀를 제지했다.

"우리도 이제 슬슬 옛날 독일 형사들처럼 이름을 부르는 게 어떨까? 내 이름은 올리버야."

피아는 고개를 갸웃하며 웃었다.

"그렇다고 의남매 맺고 키스 서약 같은 거 하자는 건 아니죠?"

"그건 아니지!"

두 사람은 웃으며 잔을 부딪쳤다.

"그러다 피아의 동물원장 아저씨에게 맞아 죽으려고?"

보덴슈타인이 술을 목 안에 털어넣은 다음 말했다. 그 말에 피아는 화들짝 놀라며 잔을 내려놓았다.

"어머, 어떡해! 8시 반에 공항으로 마중 나가기로 했는데! 지금 몇 시예요?"

"10시 45분."

"아, 큰일 났다! 전화번호 못 외우는데……. 전화기를 잃어버렸거든요."

"정중하게 부탁하면 전화 걸게 해줄게. 지난번 사건 때 저장해놓은 게 있거든."

"아, 올리버! 부탁이에요!"

"어허, 아직 술도 안 마셨잖아."

피아는 그에게 눈을 한 번 흘긴 다음 단번에 술잔을 비웠다. 그리고 얼굴을 찡그렸다.

"친절하신 올리버 반장님, 전화기 좀 빌릴 수 있을까요?"

*

 크리스토프의 딸들은 밤 11시 반에 찾아온 피아를 이상하게 쳐다보았다. 아버지에게서는 아무 소식이 없었다며 피아네 집으로 간 줄 알았다는 것이다. 아니카가 아버지의 휴대전화로 전화를 걸어보았지만 여전히 꺼진 상태였다.
 "출발이 지연됐는지도 모르죠. 곧 연락하실 거예요."
 크리스토프의 둘째 딸이 별로 걱정하는 기색도 없이 느긋하게 말했다.
 "아, 그래. 알았어."
 피아는 기운이 쑥 빠지고 한없이 우울해져서 집으로 향하면서 생각했다. 보덴슈타인은 실수를 관대히 용서해준 코지마 곁에, 이번 여행에서 진한 눈빛이 오고 간 헤닝과 미리엄은 기지츠코에서 같은 호텔에, 엘라르트는 병원에서 마르쿠스와 함께 있을 것이다. 그런데 그녀만 혼자다. 크리스토프가 공항에서 바로 그녀의 집으로 갔을지도 모른다는 막연한 희망은 현실로 이루어지지 않았다. 불 꺼진 비르켄호프를 보니 더욱 힘이 빠졌다. 대문 앞에 차도 세워져 있지 않았다. 대문을 열고 들어가 반가워하는 개들을 쓰다듬는 피아의 눈에는 눈물이 핑 돌았다. 피아가 기다려도 오지 않고 전화도 안 되자 그 매력적인 베를린 여자 동료와 함께 한잔하러 갔는지도 모를 일이다. 빌어먹을! 약속을 잊어버리다니! 피아는 전등 스위치를 켜고 가방을 바닥에 떨어뜨렸다. 다음 순간 그녀의 마음속에도 환한 불이 켜졌다! 식탁이 차려져 있었다. 좋은 식기가 나와 있고, 다 녹아버린 얼음 통 속에는 샴페인 한 병이, 전기레인지 위에는 뚜껑 덮인 냄비와 프라이팬이 놓여 있는 것 아닌가! 소파에 누위 깊이 잠든 크리스토프를 보니 저절로 미소가 지어졌다. 걷잡을 수 없는 감동의 물결이 밀려왔다.

"크리스토프."

피아는 소파 옆에 쭈그리고 앉아 가만히 그의 이름을 불렀다. 그는 환한 전등 아래서 잠에 취한 눈을 깜박였다.

"왔어? 어쩌지, 음식이 다 식어버렸겠는걸."

"미안해요, 마중 가기로 한 거 잊어버렸어요. 중간에 휴대전화가 없어져서 전화도 못 했어요. 하지만 사건은 모두 해결됐어요."

"잘됐네. 피곤해 보이는데."

그는 손을 뻗어 그녀의 뺨을 어루만졌다.

"요즘 스트레스가 좀 심했거든요."

"그래? 무슨 일 있었어? 목소리가 좀 이상한데."

그는 걱정스러운 눈빛으로 그녀를 쳐다보았다.

"별거 아니에요. 폴란드의 고성에 갔는데, 칼텐제 집안의 요리사가 무너져가는 지하실에서 내 목을 졸라 죽이려고 했어요."

피아가 어깨를 으쓱하며 말했다. 크리스토프는 그 말을 농담으로 들은 것 같았다.

"아, 그래? 다른 문제는 없고?"

"그럼요."

그는 몸을 일으키고 앉아 양팔을 벌렸다.

"내가 자기를 얼마나 보고 싶어 했는지 알아?"

"정말요? 남아메리카에 있을 때 나 보고 싶었어요?"

크리스토프는 그녀를 꽉 안으며 입을 맞추었다.

"그럼! 말도 못 하게 보고 싶었지."

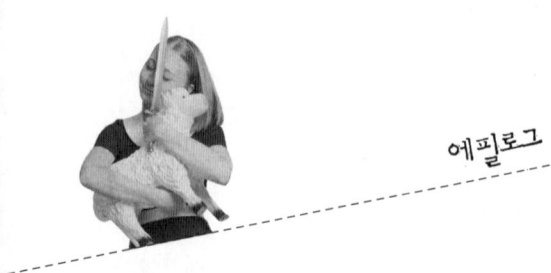

에필로그

2007년 9월.

마르쿠스 노박의 눈에 보이는 것은 그을음투성이의 외벽, 뻥 뚫린 창문, 내려앉은 지붕이었지만 그의 머릿속에서는 원래의 찬란했던 성의 모습이 그려졌다. 단순한 대칭이 아름다운 고전주의 양식의 전면부, 3층짜리 측랑 가운데 위치한 중앙 돌출부, 그 3층은 다시금 둥근 지붕의 돌출부와 그 위에 꽂아놓은 듯한 작은 탑들이 장식하고 있었을 것이다. 정문 앞에 늘어선 호리호리한 도리아식 기둥 앞으로는 나무 그늘이 드리워진 진입로가 길게 뻗어 있고, 광활한 공원 부지에는 수령이 100년도 넘은 너도밤나무와 단풍나무가 즐비했을 것이다.

동프로이센의 넓은 대지, 숲과 강이 어우러져 이루는 조화는 2년 전 처음 이곳을 방문했을 때도 그에게 깊은 인상을 주었다. 이 땅은 엘라르트와 그의 조상에게 속한 땅이다. 그리고 63년 전 지하에서 일어난 사건은 두 사람 인생의 중요한 전환점이 되었다. 지난 넉 달간 많은 변화가 있었다. 마르쿠스 노박은 아내와 가족들에게 사실대로 말하고 집을 나와 밀렌호프로 들어갔다. 손은 두 차례의 수술 후 거의 완치에 가깝게 회복되었다. 엘라르트는 사람이 완전히 바뀌었다. 더 이상 과거의 유령에게 쫓기지 않았다. 그가 평생 어머니라고 믿었던 여자와 그의 아들 지그베르트, 전문 킬러 아냐 모어만은 감옥에 갇혔다. 엘라르트는 말린으로부터 베라 고모의 일기장을 돌려받았다. 몇 주 후면 저자에게 죽음을 안겨준, 문제의 자서전이 도서전에서 선을 보인다. 칼텐제 가족은 적어도 몇 주간은 신문의 톱기사 자리를 놓치지 않을 것이다.

그 와중에도 유타 칼텐제는 당의 간판 후보로 선출되어 1월에 있을 주정부 차원의 수상 선거에 나가게 됐다. 선거에서 이길 확률도 높다. 말린 리터는 당분간 KMF의 대표로서 최고경영진의 도움을 받아 주식회사로의 변환을 이끌 것이다. 밀렌호프에 남아 있던 상자 속에는 심지어 KMF의 원래 주인인 유대인 요제프 슈타인이 독일로 돌아올 경우 회사를 돌려주겠다는 내용을 담은 문서까지 남아 있었다. 베라, 아니 에다 슈빈데르케는 오만함에 사로잡혀 그런 것까지도 없애지 않고 남겨두었던 것이다.

그러나 그것은 모두 과거의 일이 되었다. 마르쿠스 노박은 차이들리츠-라우엔부르크 남작이 다가오는 것을 보고 환하게 미소를 지었다. 순풍을 맞은 배처럼 모든 일이 순조롭게 진행되고 있었다. 마르쿠스는 드디어 프랑크푸르트 구시가지 복원 사업의 책임 기술자로서 계약을 성사시켰다. 또한 두 사람은 마주리아에 삶의 터전을 잡을 생각이었다. 기지츠코 시장이 이미 엘라르트에게 성을 팔기로 구두 약속을 한 상태다. 실제로 매매 계약이 이루어지면 아우구스테 노박의 유해와 유전자 대조에 의해 일부 신원이 확인된 조상의 유골을 호숫가에 있는 가족 묘지에 안치할 생각이었다. 그러면 아우구스테 노박은 사랑하는 남편, 부모, 여동생과 함께 고향에서 마지막 안식을 누릴 수 있을 것이다.

"어때? 가능할 것 같아?"

엘라르트가 옆에 와 물었다.

"가능해요. 하지만 엄청난 돈과 시간이 들 것 같아요."

마르쿠스 노박의 미간에 깊은 주름이 잡혔다.

"뭐, 어때? 세상의 시간이 모두 우리 건데."

엘라르트는 씩 웃으며 그의 어깨에 팔을 둘렀다. 마르쿠스는 그에게 머리를 기대고 성을 바라보았다. 그리고 꿈꾸는 듯한 미소를 지었다.

"호텔 아우구스테 빅토리아. 어떤 모습일지 벌써 눈앞에 선해요."

감사의 말

클라우디아와 카롤리네 코헨, 카밀라 알트파터, 수잔네 헤커, 페터 힐레브레히트, 시모네 슈라이버, 카트린 룽에, 안네 페닝어, 원고를 읽고 도움 말씀 주셔서 감사합니다.

프랑크푸르트 대학 법의학과의 한스유르겐 브라츠케 교수님께도 특별히 깊은 감사를 드립니다. 법의학적 문제로 많이 귀찮게 했는데도 성의 있게 자세한 답변을 해주셨습니다. 이 작품에서 전문적 관점에서 볼 때 오류가 발견되더라도 그것은 제 실수임을 미리 밝힙니다.

호프하임 지방경찰청 강력반의 페터 데페 반장님에게도 감사의 말을 전합니다. 수사 진행 과정과 경찰 공무원들의 일상에 대해 수많은 질문을 드렸는데 더할 나위 없이 성실한 답변을 해주셨습니다. 특히 범죄 수사를 담당하는 경찰 공무원들이 서로 말을 놓는 것은 독일 전역에 걸쳐 똑같다는 조언도 해주셨습니다.

편집을 맡아주신 마리온 바스케즈에게는 아주 특별한 고마움을 전하고 싶습니다. 《깊은 상처》를 함께 작업할 수 있어서 매우 즐거웠습니다.

2009년 2월
넬레 노이하우스

역자 후기

독일인에게 홀로코스트는 6·25나 80년 광주처럼 충격과 통한을 간직한 말이다. 거기에 전범국이라는 사실에서 비롯된 수치심, 죄책감, 억울함, 그리고 후세들의 무관심이 더해져 매우 복합적인 정서가 만들어졌다. 반면 독일의 과거사 청산 과정에서 워낙 자주 입에 오르내리다 보니 교통표지판 만큼도 경각심을 주지 못하는, 닳고 닳은 말이 되어버린 것도 사실이다. 그 주변 상황을 자세히 아는 사람도 많지 않다. 이 작품의 수사관 피아도 마찬가지다. 서쪽에서 태어났고 가족 중에 피난민이 없는 피아는 동프로이센에서 강제로 이주해야 했던 피난민의 삶을 모른다.

피아를 분신 삼아 움직이는 넬레 노이하우스도 별반 다르지 않았던 것 같다. 그녀를 움직인 것은 단순한 작가적 호기심이었던 것으로 보인다. 그래서 이 작품은 홀로코스트의 역사적 의미를 다루지는 않는다. 하지만 자칫 식상할 수 있는 역사적 소재에서 이런 이야기를 이끌어낸 것을 보면 넬레 노이하우스가 실로 대단한 작가임에는 틀림없다. 우리는 그녀의 조사 과정을 따라가며 거미줄처럼 쳐진 플롯의 언저리를 헤매게 될 것이다. 그렇게 사방팔방에서 발을 헛디뎌 가며 단서를 쫓아가다 보면 중앙에 웅크리고 앉아 있는 거대한 늙은 거미를 만나게 된다. 그러나 역시 답은 보이지 않는다.

거기서부터는 거미가 늘어뜨린 실을 따라 지하로, 지하로 내려가야 한다. 거미는 높이도 올라왔다. 높이 올라왔지만 떨어지는 건 한순간이다. 거미줄에 매달려 춤추던 꼭두각시들은 의지할 곳을 잃고 위태롭게 흔들린다. 사랑과 인정을 향한 목마름도, 불타는 질투와 복수심도 모두 거미줄처럼 흩어진다. 남은 것은 거친 욕망에 희생된 주변사람들의 텅 빈 시선과 오열뿐이다.

어찌 보면 그리스비극마저 연상시키는 고전적 동기, 뿌리 깊은 갈등, 휘몰아치는 감정을 다루지만 노이하우스는 시종일관 유쾌함을 잃지 않는다. 타우누스 시리즈 네 번째 작품(백설공주에게 죽음을)부터 시작해 두 번째(너무 친한 친구들), 다섯 번째(바람을 뿌리는 자), 첫 번째 작품(사랑받지 못한 여자)을 거쳐 세 번째 작품까지 모두 번역했지만 역시 노이하우스의 강점은 무겁거나 우중충하지 않다는 데 있다. 아무리 으스스한 사건이 벌어져도 현실감과 유쾌함을 잃지 않는다. 유쾌함이 없다면 이 삭막한 현실을 어떻게 버티겠는가. 강철공처럼 꽉 막힌 세상을 구원할 수 있는 것은 유머뿐이라고 누군가도 말하지 않았던가.

김진아

깊은 상처

초판 1쇄 발행 2012년 11월 21일
초판 13쇄 발행 2023년 10월 4일

지은이 넬레 노이하우스
옮긴이 김진아
펴낸이 신경렬

상무 강용구
기획편집부 최장욱 송규인
마케팅 김사라
디자인 박현경
경영지원 김정숙 김윤하
제작 유수경

펴낸곳 (주)더난콘텐츠그룹
출판등록 2011년 6월 2일 제2011-000158호
주소 04043 서울시 마포구 양화로12길 16, 7층(서교동, 더난빌딩)
전화 (02)325-2525 | **팩스** (02)325-9007
이메일 longest@thenanbiz.com | **홈페이지** www.thenanbiz.com
ISBN 978-89-91239-92-0 03850

- 이 책 내용의 전부 또는 일부를 재사용하려면 반드시 저작권자와 (주)더난콘텐츠그룹 양측의 서면에 의한 동의를 받아야 합니다.
- 잘못 만들어진 책은 구입하신 서점에서 교환해 드립니다.